CHARLOTTE LINK

Die Täuschung

78,00

Buch

Das Frankfurter Ehepaar Laura und Peter Simon besitzt ein Ferienhaus in der Provence und fühlt sich diesem Landstrich seit langem tief verbunden. Neben den gemeinsamen Ferien mit der kleinen Tochter gibt es in jedem Herbst außerdem eine Woche, die Peter Simon ganz allein gehört: Er reist stets nach Südfrankreich, um dort mit seinem besten Freund Christopher Heymann einige Tage auf einem Segelboot zu verbringen. Auch an diesem Oktoberabend erhält Laura, wie immer, einen Anruf von Peter, der sie von seiner Ankunft unterrichtet – das letzte Lebenszeichen, wie sich herausstellt.

Denn von nun an ist Peter wie vom Erdboden verschwunden.

Laura versucht verzweifelt, zuerst von Frankfurt aus etwas über den Verbleib ihres Mannes herauszufinden, und stößt schon bald auf erste böse Überraschungen. Ihr wird klar, dass sie nur vor Ort in St. Cyr weitersuchen kann, und so packt sie kurz entschlossen die Koffer und meldet sich bei Christopher an. Doch auch der scheint ihr nicht wirklich weiterhelfen zu können, ebensowenig wie die französischen Freunde in der Provence, von denen sie sich Informationen erhofft hatte, da Peter nachweislich in deren Restaurant zuletzt gesehen wurde. Als Laura zufällig mitbekommt, daß vor kurzem zwei grausame Morde an einem weiblichen Feriengast und dessen Tochter verübt wurden, findet sie dies zwar beunruhigend, bringt es aber nicht mit dem Verschwinden ihres Mannes in Verbindung. Eine trügerische Annahme – denn wie es scheint, ist die Grenze zwischen Freund und Feind bereits aufgehoben ...

Autorin

Charlotte Link, Jahrgang 1963, gehört inzwischen zu den erfolgreichsten deutschen Autorinnen. Ihre hohe Popularität verdankt sie insbesondere ihrer Vielseitigkeit. Sie machte sich mit großen Gesellschaftsromanen (darunter die Bestseller-Triologie »Sturmzeit«, deren TV-Verfilmung mit überwältigendem Erfolg ausgestrahlt wurde) ebenso einen Namen wie mit psychologischen Spannungsromanen. Auch ihr letztes Buch »Die Rosenzüchterin« (geb. Ausgabe, Blanvalet Verlag 0103) stand wieder viele Monate auf der *Spiegel*-Bestsellerliste.
Charlotte Link lebt in Wiesbaden.

Von Charlotte Link außerdem im Goldmann Taschenbuch:
Die Rosenzüchterin. Roman (45283) – Das Haus der Schwestern. Roman (44436) – Sturmzeit. Roman (41066) – Wilde Lupinen. Roman (42603) –Die Stunde der Erben. Roman (43395) – Die Sünde der Engel. Roman (43256) – Der Verehrer. Roman (44254) – Die Sterne von Marmalon. Roman (09776) – Schattenspiel. Roman (42016) –Verbotene Wege. Roman (09286)

Charlotte Link

Die Täuschung

Roman

GOLDMANN

Umwelthinweis:
Alle bedruckten Materialien dieses Taschenbuches
sind chlorfrei und umweltschonend.

Der Goldmann Verlag ist ein Unternehmen
der Verlagsgruppe Random House

Originalausgabe April 2002
© 2002 by Wilhelm Goldmann Verlag, München,
in der Verlagsgruppe Random House GmbH
Umschlaggestaltung: Design Team, München
Umschlagfoto: E. Wrba
Satz: DTP-Service Apel, Laatzen
Druck: Elsnerdruck, Berlin
Verlagsnummer: 45142
Lektorat: Silvia Kuttny
Herstellung: Heidrun Nawrot
ISBN 3-442-45142-6
www.goldmann-verlag.de

13 15 17 19 20 18 16 14 12

Bericht aus der *Berliner Morgenpost*
vom 15. September 1999

Grausige Entdeckung in einer Mietwohnung in Berlin-Zehlendorf

Ein furchtbarer Anblick bot sich gestern einer Rentnerin, die den Hausmeister einer Wohnanlage in Berlin-Zehlendorf überredet hatte, ihr mit seinem Zweitschlüssel die Wohnung ihrer langjährigen Freundin Hilde R. zu öffnen. Die vierundsechzigjährige, alleinstehende Dame hatte sich seit Wochen nicht mehr bei Freunden und Bekannten gemeldet und auch auf Anrufe nicht reagiert. Nun wurde sie in ihrem Wohnzimmer entdeckt. Sie war mit einem Seil erwürgt worden; der Täter hatte ihre Kleidung mit einem Messer zerschlitzt. Sexuelle Motive liegen offenbar nicht vor, auch war nach Angaben der Polizei kein Diebstahl nachzuweisen. Nichts läßt auf einen Einbruch schließen, so daß davon ausgegangen wird, daß die alte Dame selbst ihrem Mörder die Tür geöffnet hat.

Ersten Autopsieberichten zufolge könnte sich die Leiche bereits seit Ende August in der Wohnung befinden. Vom Täter fehlt jede Spur.

Teil 1

Prolog

Sie wußte nicht, was sie geweckt hatte. War es ein Geräusch gewesen, ein böser Traum, oder spukten noch immer die Gedanken vom Vorabend in ihrem Kopf? Sie neigte dazu, Grübeln, Schmerz und Hoffnungslosigkeit mit in den Schlaf zu nehmen, und manchmal wurde sie davon wach, daß ihr die Tränen über die Wangen liefen.

Aber diesmal nicht. Ihre Augen waren trocken.

Sie war gegen elf Uhr ins Bett gegangen und sehr schwer eingeschlafen. Zu vieles war ihr im Kopf herumgegangen, sie hatte sich bedrückt gefühlt und war in die alte Angst vor der Zukunft verfallen, die sie nur für kurze Zeit überwunden geglaubt hatte. Das Gefühl, eingeengt und bedroht zu werden, hatte sich in ihr ausgebreitet. Für gewöhnlich hatte ihr das Haus am Meer stets Freiheit vermittelt, hatte sie leichter atmen lassen. Noch nie, wenn sie hier gewesen war, hatte sie sich nach der eleganten, aber immer etwas düsteren Pariser Stadtwohnung zurückgesehnt. Zum erstenmal freute sie sich jetzt, daß der Sommer vorüber war.

Es war Freitag, der 28. September. Am nächsten Tag würden sie und Bernadette aufbrechen und heim nach Paris fahren.

Der Gedanke an ihre kleine Tochter ließ sie im Bett hochschrecken. Vielleicht hatte Bernadette gerufen oder im Schlaf laut geredet. Bernadette träumte intensiv, wurde häufig wach und schrie nach ihrer Mutter. Oft fragte sie sich, ob das normal war bei einem vierjährigen Kind, oder ob sie die Kleine zu sehr belastete mit ihren dauernden Depressionen.

Natürlich plagten sie Schuldgefühle deswegen, aber sie vermochte es nicht wirklich zu ändern. Es blieb bei gelegentlichen Anläufen, sich selber aus dem Sumpf des Grübelns und der Verlorenheit zu ziehen, doch nie konnte sie einen anhaltenden Erfolg für sich verbuchen.

Außer im letzten Jahr … im letzten Sommer …

Sie sah auf den elektronischen Wecker, der neben ihrem Bett stand und dessen Zahlen intensiv grün in der Dunkelheit leuchteten. Es war kurz vor Mitternacht, sie konnte nur ganz kurz geschlafen haben. Wieder lauschte sie. Es war nichts zu hören. Wenn Bernadette nach ihr rief, dann tat sie das normalerweise ununterbrochen. Trotzdem würde sie aufstehen und nach ihrem Kind sehen.

Sie schwang die Beine auf den steinernen Boden und erhob sich.

Wie immer seit Jacques' Tod trug sie nachts nur eine ausgeleierte Baumwollunterhose und ein verwaschenes T-Shirt. Früher hatte sie, gerade in der Wärme der provenzalischen Nächte, gern tief ausgeschnittene, hauchzarte Seidennégligés angelegt, elfenbeinfarbene zumeist, weil ihre stets gebräunte Haut und die pechschwarzen Haare damit schön zur Geltung kamen. Sie hatte damit aufgehört, als er ins Krankenhaus kam und sein Sterben in Etappen begann. Sie hatten ihn als geheilt entlassen, er war zu ihr zurückgekehrt, sie hatten Bernadette gezeugt, und dann war der Rückfall eingetreten, innerhalb kürzester Zeit, und diesmal hatte er das Krankenhaus nicht mehr verlassen. Er war im Mai gestorben. Im Juni war Bernadette zur Welt gekommen.

Es war warm im Zimmer. Beide Fensterflügel standen weit offen, nur die hölzernen Läden hatte sie geschlossen. Durch die Ritzen sah sie das hellere Schwarz der sternklaren Nacht, roch die Dekadenz, die der glühend heiße Sommer dem Land vermacht hatte.

Der September war atemberaubend schön gewesen, und

ohnehin liebte sie den Herbst hier besonders. Manchmal fragte sie sich, weshalb sie so beharrlich jedes Jahr Anfang Oktober nach Paris abreiste, obwohl es keinerlei Verpflichtungen dort für sie gab. Vielleicht brauchte sie das Korsett eines strukturierten Jahresablaufs, um sich nicht im Gefühl der Realitätslosigkeit zu verlieren. Im Oktober spätestens kehrten alle in die Städte zurück. Vielleicht wollte sie zugehörig sein, auch wenn sie sich in ihren schwarzen Stunden oft bitter für diesen vorgegaukelten Sinn in ihrem Leben anklagte.

Sie trat auf den Gang hinaus, verzichtete jedoch darauf, das Licht anzuschalten. Falls Bernadette schlief, sollte sie nicht geweckt werden. Die Tür zum Kinderzimmer war nur angelehnt, vorsichtig lauschte sie in den Raum hinein. Das Kind atmete tief und gleichmäßig.

Sie hat mich jedenfalls nicht geweckt, dachte sie.

Unschlüssig stand sie auf dem Flur. Sie begriff nicht, was sie unterbewußt so beunruhigte. Sie wachte so oft nachts auf, sie konnte eher jene Nächte als Besonderheit werten, in denen sie durchschlief. Meist wußte sie nicht, was sie hatte aufschrecken lassen. Weshalb war sie in dieser Nacht nur so nervös?

Tief in ihr lauerte Angst. Eine Angst, die ihr Gänsehaut verursachte und ihre Sinne auf eigentümliche Art schärfte. Es war, als könne sie irgendeine in der Dunkelheit wartende Gefahr wittern, riechen, fühlen. Als sei sie ein Tier, das das Herannahen eines anderen Tiers spürt, das ihm gefährlich werden kann.

Jetzt werde nicht hysterisch, rief sie sich zur Ordnung.

Es war nichts zu hören.

Und doch wußte sie, daß jemand anwesend war, jemand außer ihr und ihrem Kind, und dieser Jemand war ihr schlimmster Feind. Die Einsamkeit des Hauses kam ihr in den Sinn, sie war sich bewußt, wie allein sie beide hier waren, daß niemand sie hören könnte, falls sie schrien, daß niemand es bemerken würde, wenn etwas Ungewöhnliches hier vor sich ginge.

Es kann keiner in das Haus hinein, sagte sie sich, überall sind die Läden verschlossen. Die Stahlhaken zu zersägen würde einen Höllenlärm veranstalten. Die Türschlösser sind stabil. Auch sie zu öffnen kann nicht lautlos funktionieren. Vielleicht ist *draußen* jemand.

Es gab nur einen, von dem sie sich vorstellen konnte, daß er nachts um ihr Haus herumschlich, und bei diesem Gedanken wurde ihr fast übel.

Das würde er nicht tun. Er ist lästig, aber nicht krank.

Doch in diesem Moment wurde ihr klar, daß er *genau das* war. Krank. Daß sein Kranksein es gewesen war, was sie von ihm fortgetrieben hatte. Daß sein Kranksein sie an ihm gestört hatte. Daß es jene sich langsam verstärkende, instinktive Abneigung ausgelöst hatte, die sie sich die ganze Zeit über nicht wirklich hatte erklären können. Er war so nett. Er war aufmerksam. Es gab nichts an ihm auszusetzen. Sie war bescheuert, ihn nicht zu wollen.

Es war Überlebensinstinkt gewesen, ihn nicht zu wollen.

Okay, sagte sie sich und versuchte tief durchzuatmen, wie es ihr ein Atemtherapeut in der ersten furchtbaren Zeit nach Jacques' Tod beigebracht hatte, okay, *vielleicht* ist er da draußen. Aber er kann jedenfalls nicht hier herein. Ich kann mich ruhig ins Bett legen und schlafen. Sollte sich morgen irgendwie herausstellen, daß er da war, jage ich ihm die Polizei auf den Hals. Ich erwirke eine einstweilige Verfügung, daß er mein Grundstück nicht betreten darf. Ich fahre nach Paris. *Falls* ich Weihnachten hier verbringe, kann schon alles ganz anders aussehen.

Entschlossen kehrte sie in ihr Zimmer zurück.

Doch als sie wieder im Bett lag, wollte die Nervosität, die ihren Körper vibrieren ließ, nicht aufhören. Noch immer waren alle Härchen auf ihrer Haut hoch aufgerichtet. Sie fror jetzt, obwohl es sicher an die zwanzig Grad warm war im Zimmer. Sie zog die Decke bis zum Kinn, und eine Hitzewallung machte ihr das Atmen schwer. Sie stand dicht vor einer Panikattacke, die sich bei ihr immer mit einem fliegenden Wechsel zwischen Hitze und Kälte ankündigte. In der Zeit, in der Jacques starb und auch danach hatte sie oft solche Anfälle erleiden müssen. Seit ungefähr einem Jahr war sie frei davon. Zum erstenmal wurde sie nun wieder von den immer noch vertrauten Symptomen heimgesucht.

Sie fuhr mit den Atemübungen fort, die sie vorher draußen im Gang begonnen hatte, und oberflächlich wurde sie ruhiger, aber in ihrem Inneren glühte ein rotes Warnlämpchen und ließ sie in Hochspannung verharren. Sie wurde das Gefühl nicht los, daß sie keineswegs Opfer einer Hysterie war, sondern daß ihr Unterbewußtsein auf eine greifbare Gefahr reagierte und ihr ununterbrochen zurief, sie solle aufpassen. Zugleich weigerte sich ihr Verstand, derartige Gedanken zuzulassen. Jacques hatte immer gesagt, es sei Unsinn, an Dinge wie Vorahnungen, Stimme des Bauchs oder dergleichen zu glauben.

»Ich glaube nur, was ich sehe«, hatte er oft gesagt, »und ich nehme nur an, was sich als Tatsache beweisen läßt.«

Und ich bin im Moment einfach dabei, durchzudrehen, sagte sie sich.

Im gleichen Augenblick hörte sie ein Geräusch, und es war vollkommen klar, daß sie es sich nicht eingebildet hatte. Es war ein Geräusch, das sie gut kannte: Es war das leise Klirren, das die Glastür, die Wohn- und Schlafbereich in diesem Haus voneinander trennte, verursachte, wenn sie geöffnet wurde. Sie vernahm es an jedem Tag, den sie hier war, an die hundert Mal, entweder weil sie selbst hindurchging, oder weil Bernadette hin- und herlief.

Es bedeutete, daß jemand hier war und daß er keineswegs um das Haus herumschlich.

Er war im Haus.

Sie war mit einem Satz aus dem Bett.

Verdammt, Jacques, dachte sie, ohne die Ungewöhnlichkeit dieses Moments zu beachten, denn es war das erste Mal, daß sie einen kritischen Gedanken ihrem toten Mann gegenüber zuließ, und das auch noch in Gestalt eines Fluchs. Ich *wußte* vorhin, daß jemand im Haus ist, hätte ich mich darauf doch bloß verlassen!

Sie konnte ihr Zimmer von innen verriegeln und hätte sich damit vor dem Eindringling in Sicherheit bringen können, aber Bernadette schlief im Nebenzimmer und wie hätte sie sich hier einschließen sollen ohne ihr Kind? Sie stöhnte bei der Erkenntnis, daß ein Instinkt, fein wie der eines Wachhunds, sie geweckt und nach nebenan geführt hatte; sie hätte die Chance gehabt, sich Bernadette zu schnappen und mit ihr Zuflucht in diesem Zimmer zu suchen. Sie hatte die Chance vertan. Wenn *er* bereits diesseits der Glastür war, trennten ihn nur noch wenige Schritte von ihr.

Wie hypnotisiert starrte sie ihre Zimmertür an. Jetzt konnte sie, in ihrer eigenen atemlosen Stille, das leise Tappen von Schritten auf dem Flur hören.

Die Klinke bewegte sich ganz langsam nach unten.

Sie konnte ihre Angst riechen. Sie hatte nie vorher gewußt, daß Angst so durchdringend roch.

Ihr war jetzt sehr kalt, und sie hatte den Eindruck, nicht mehr zu atmen.

Als die Tür aufging und der Schatten des großen Mannes in ihrem Rahmen stand, wußte sie, daß sie sterben würde. Sie wußte es mit derselben Sicherheit, mit der sie kurz zuvor gespürt hatte, daß sie nicht allein im Haus war.

Einen Moment lang standen sie einander reglos gegenüber. War er überrascht, sie mitten im Zimmer stehend anzutreffen, nicht schlafend im Bett?

Sie war verloren. Sie stürzte zum Fenster. Ihre Finger zerrten an den Haken der hölzernen Läden. Ihre Nägel splitterten, sie schrammte sich die Hand auf, sie bemerkte es nicht.

Sie erbrach sich vor Angst über die Fensterbank, als er dicht hinter ihr war und sie hart an den Haaren packte. Er bog ihren Kopf so weit zurück, daß sie in seine Augen blicken mußte. Sie sah vollkommene Kälte. Ihre Kehle lag frei. Der Strick, den er ihr um den Hals schlang, schürfte ihre Haut auf.

Sie betete für ihr Kind, als sie starb.

Samstag, 6. Oktober 2001

1

Kurz vor Notre Dame de Beauregard sah er plötzlich einen Hund auf der Autobahn. Einen kleinen, braunweiß gefleckten Hund mit rundem Kopf und lustig fliegenden Schlappohren. Er hatte ihn zuvor nicht bemerkt, hätte nicht sagen können, ob er vielleicht schon ein Stück weit am Fahrbahnrand entlang getrabt war, ehe er das selbstmörderische Unternehmen begann, auf die andere Seite der Rennstrecke zu wechseln.

O Gott, dachte er, gleich ist er tot.

Die Autos schossen hier dreispurig mit Tempo 130 dahin. Es gab kaum eine Chance, unversehrt zwischen ihnen hindurch zu gelangen.

Ich will nicht sehen, wie sie ihn gleich zu Matsch fahren, dachte er, und die jähe Angst, die in ihm emporschoß, löste eine Gänsehaut auf seinem Kopf aus.

Ringsum bremsten die Autos. Niemand konnte stehen bleiben, dafür fuhr jeder mit zu hoher Geschwindigkeit, aber sie reduzierten ihr Tempo, versuchten, auf andere Spuren auszuweichen. Einige hupten.

Der Hund lief weiter, mit hoch erhobenem Kopf. Es grenzte an ein Wunder, oder vielleicht *war* es sogar ein Wunder, daß er den Mittelstreifen unbeschadet erreichte.

Gott sei Dank. Er hat es geschafft. Wenigstens so weit.

Der Mann merkte, daß ihm der Schweiß ausgebrochen war, daß das T-Shirt, das er unter seinem Wollpullover trug, nun an seinem Körper klebte. Er fühlte sich plötzlich ganz schwach. Er fuhr an den rechten Fahrbahnrand, brachte den Wagen auf dem Seitenstreifen zum Stehen. Vor ihm erhob sich – sehr düster heute, wie ihm schien – der Felsen, auf dem Notre Dame de Beauregard ihren schmalen, spitzen Kirchturm in den grauen Himmel bohrte. Warum wurde der Himmel heute nicht blau? Gerade hatte er die Ausfahrt St. Remy passiert, es war nicht mehr weit bis zur Mittelmeerküste. Allmählich könnte der verhangene Oktobertag südlichere Farben annehmen.

Der kleine Hund fiel ihm wieder ein; der Mann verließ das Auto und blickte prüfend zurück. Er konnte ihn nirgends entdecken, nicht auf dem Mittelstreifen, aber auch nicht zu Brei gefahren auf einer der Fahrspuren. Ob es ihm geglückt war, die Autobahn auch noch in der Gegenrichtung zu überqueren?

Entweder, dachte er, man hat einen Schutzengel, oder man hat keinen. Wenn man einen hat, dann ist ein Wunder kein Wunder, sondern eine logische Konsequenz. Wahrscheinlich trabt der kleine Hund jetzt fröhlich durch die Felder. Die Erkenntnis, daß er eigentlich tot sein müßte, wird sich seiner nie bemächtigen.

Die Autos jagten an ihm vorbei. Er wußte, daß es nicht ungefährlich war, hier herumzustehen. Er setzte sich wieder in den Wagen, zündete eine Zigarette an, nahm sein Handy und überlegte einen Moment. Sollte er Laura jetzt schon anrufen? Sie hatten vereinbart, daß er sich von »ihrem« Rastplatz melden würde, von jenem Ort, an dem man zum erstenmal das Mittelmeer sehen konnte.

Er tippte stattdessen die Nummer seiner Mutter ein, wartete geduldig. Es dauerte immer eine ganze Weile, bis die alte Dame ihr Telefon erreichte. Dann meldete sie sich mit rauher Stimme: »Ja?«

»Ich bin es, Mutter. Ich wollte mich einfach mal melden.«

»Schön. Ich habe lange nichts mehr von dir gehört.« Das klang vorwurfsvoll. »Wo steckst du?«

»Ich bin an einer Tankstelle in Südfrankreich.« Es hätte sie beunruhigt zu hören, daß er auf dem Seitenstreifen einer Autobahn stand und weiche Knie hatte wegen eines kleinen Hundes, der gerade vor seinen Augen dem Tod von der Schippe gesprungen war.

»Ist Laura bei dir?«

»Nein. Ich bin alleine. Ich treffe Christopher zum Segeln. In einer Woche fahre ich wieder nach Hause.«

»Ist das um diese Jahreszeit nicht gefährlich? Das Segeln, meine ich.«

»Überhaupt nicht. Wir machen das doch jedes Jahr. Ist schließlich nie schiefgegangen.« Er sagte dies in einem bemüht leichten Ton, von dem er fand, daß er völlig unecht klang. Laura hätte jetzt nachgehakt und gefragt: »Ist irgend etwas? Stimmt was nicht? Du klingst merkwürdig.«

Aber seine Mutter würde es nicht einmal registrieren, wenn er im Sterben läge. Es war typisch für sie, besorgte Fragen zu stellen, wie die, ob das Segeln zu dieser Jahreszeit vielleicht gefährlich war. Möglich, daß sie sich tatsächlich Gedanken darum machte. Aber manchmal argwöhnte er, daß sie Fragen dieser Art routinemäßig abschoß und sich für deren Beantwortung schon nicht mehr interessierte.

»Britta hat angerufen«, sagte sie.

Er seufzte. Es bedeutete nie etwas Gutes, wenn sich seine Ex-Frau mit seiner Mutter in Verbindung setzte.

»Was wollte sie denn?«

»Jammern. Du hast wieder irgendeine Zahlung an sie nicht überwiesen, und angeblich reicht ihr Geld vorne und hinten nicht.«

»Das soll sie mir selber sagen. Sie braucht sich nicht hinter dich zu klemmen.«

»Du würdest dich regelmäßig verleugnen lassen, wenn sie dich im Büro anruft, behauptet sie. Und daheim ... Sie sagt, sie hätte wenig Lust, immer an Laura zu geraten.«

Er bereute es, seine Mutter angerufen zu haben. Irgendwie gab es stets Ärger, wenn er das tat.

»Ich muß Schluß machen, Mutter«, sagte er hastig, »mein Handy hat kaum noch Saft. Ich umarme dich.«

Warum habe ich das gesagt? überlegte er. Warum dieses alberne *Ich umarme dich*. So reden wir normalerweise gar nicht miteinander.

Es gelang ihm mit einiger Anstrengung, sich von der Standspur wieder in den Verkehr einzufädeln. Er hatte es nicht allzu eilig, pendelte sich auf einer Geschwindigkeit von hundertzwanzig Stundenkilometern ein. Ob seine Mutter nun auch über diesen letzten Satz nachdachte, der für sie eigenartig geklungen haben mußte?

Nein, entschied er, tat sie nicht. Der letzte Satz war an ihr vermutlich ebenso vorbeigerauscht, wie auch sonst alles, was mit anderen Menschen zu tun hatte, von ihr herausgefiltert wurde.

Er fand einen Radiosender, stellte die Musik auf dröhnende Lautstärke. Mit Musik konnte er sich betäuben, so sicher wie andere mit Alkohol. Es kam nicht darauf an, was er hörte. Es mußte nur laut genug sein.

Gegen achtzehn Uhr erreichte er den Rastplatz, von dem aus er Laura anrufen wollte. Wenn sie zusammen nach Südfrankreich fuhren, hielten sie stets an dieser Stelle an, stiegen aus und genossen den Blick auf die Bucht von Cassis mit ihren sie halbmondförmig umfassenden, sanft ansteigenden Weinbergen und auf die oberhalb der Bucht steil aufragenden Felsen. Fuhr er allein – zu dem alljährlichen Segeltörn mit Christopher –, dann rief er Laura von diesem Platz aus an. Dies gehörte zu den stillschweigenden Übereinkünften zwischen ihnen, von denen es viele gab. Laura liebte Rituale, liebte unverrückbar wiederkehrende Momente zwischen ihnen. Er selber hing nicht so daran, hatte aber auch nicht den Eindruck, daß ihre Vorliebe dafür ihn wirklich störte.

Er fuhr die langgezogene, ansteigende Kurve zum Parkplatz hinauf. Der Ort hatte keinerlei Ähnlichkeit mit den sonst üblichen Autobahnraststätten. Eher handelte es sich um einen Ausflugsplatz, um eine Art große Picknickterrasse mit steinernen Sitzgruppen, kiesbestreuten Wegen, schattenspendenden Bäumen. Der Blick war atemberaubend. Für gewöhnlich überwältigten ihn das Blau des Himmels und das Blau des Meeres. Heute jedoch würden sich die Wolken nicht mehr lichten. Grau und diesig hing der Himmel über dem Meer. Die Stille war schwül und bleiern. Die Luft roch nach Regen.

Ein trostloser Tag, dachte er, als er das Auto parkte und den Motor abschaltete.

Unweit von ihm saß ein anderer einsamer Mann in einem weißen Renault und starrte vor sich hin. Ein älteres Ehepaar hatte an einem der sechseckigen Tische Platz genommen und eine Thermosflasche vor sich hingestellt, aus der sie nun beide abwechselnd tranken. Aus einem Kleinbus quoll eine Familie, Eltern, dazu offensichtlich die Großeltern und eine unüberschaubare Schar von Kindern jeder Altersgruppe. Die Größeren trugen Pizzakartons, die Erwachsenen schleppten Körbe mit Wein- und Saftflaschen.

Wie idyllisch, dachte er, ein warmer Oktoberabend, und sie machen ein Picknick an einem wunderbaren Aussichtsort. Zwei Stunden können sie hier noch sitzen, dann wird es dunkel und kalt. Sie werden wieder alle in diesem Bus verschwinden und nach Hause fahren und satt und glücklich in ihre Betten fallen.

Er selber hatte eigentlich nie Kinder gewollt – sowohl sein Sohn aus erster Ehe als auch die zweijährige Tochter, die er mit Laura hatte, waren aus Unachtsamkeit entstanden –, aber manchmal überlegte er, wie es sich anfühlen mußte, Teil einer großen Familie zu sein. Er sah das keineswegs verklärt: Es bedeutete, ewig vor dem Badezimmer anstehen zu müssen und wichtige Dinge nicht zu finden, weil ein anderer sie ungefragt ausgeliehen hatte, es bedeutete jede Menge Lärm, Unordnung, Dreck und Chaos. Aber es mochte auch Wärme entstehen, ein Gefühl der Geborgenheit und Stärke. Es gab wenig Platz für Einsamkeit und die Angst vor der Sinnlosigkeit.

Zum zweitenmal tippte er eine Nummer in sein Handy. Er mußte nicht lange warten, sie meldete sich sofort. Offensichtlich hatte sie um diese Zeit mit seinem Anruf gerechnet und sich in der Nähe des Telefons aufgehalten.

»Hallo!« Sie klang fröhlich. »Du bist auf dem Pas d´Ouilliers!«

»Richtig!« Er bemühte sich, ihren heiteren, unbeschwerten Ton zu übernehmen. »Zu meinen Füßen liegt das Mittelmeer.«

»Glitzernd im Abendsonnenschein?«

»Eher nicht. Es ist sehr wolkig. Ich denke, es wird noch regnen heute abend.«

»Oh – das kann sich aber schnell ändern.«

»Natürlich. Da mache ich mir keine Sorgen. Sonne und Wind wären für Christopher und mich jedenfalls am schönsten.«

Sie war wesentlich feinfühliger als seine Mutter. Sie merkte, wie angestrengt er war.

»Was ist los? Du klingst merkwürdig.«

»Ich bin müde. Neun Stunden Autofahrt sind keine Kleinigkeit.«

»Du mußt dich jetzt unbedingt ausruhen. Triffst du Christopher noch heute abend?«

»Nein. Ich will früh ins Bett.«

»Grüße unser Häuschen!«

»Klar. Es wird sehr leer sein ohne dich.«

»Das wirst du vor lauter Müdigkeit kaum bemerken.« Sie lachte. Er mochte ihr Lachen. Es war frisch und echt und schien immer aus ihrem tiefsten Inneren zu kommen. Wie auch ihr Schmerz, wenn sie Kummer hatte. Bei Laura waren Gefühle niemals aufgesetzt oder halbherzig. Sie war der aufrichtigste Mensch, den er kannte.

»Kann sein. Ich werde schlafen wie ein Bär.« Er schaute auf das schiefergraue Wasser. Die Verzweiflung kroch bereits wieder langsam und bedrohlich in ihm hoch.

Ich muß, dachte er, von diesem Ort weg. Von den Erinnerungen. Und von dieser glücklichen Großfamilie mit den Pizzakartons und dem Gelächter und der Unbeschwertheit.

»Ich werde noch irgendwo etwas essen«, sagte er.

»Irgendwo? Du gehst doch sicher zu Nadine und Henri?«

»Das ist eine gute Idee. Eine leckere Pizza von Henri wäre jetzt genau das Richtige.«

»Rufst du später noch mal an?«

»Wenn ich im Haus bin«, sagte er. »Ich melde mich, bevor ich ins Bett gehe. In Ordnung?«

»In Ordnung. Ich freue mich darauf.« Durch das Telefon hindurch und über eintausend Kilometer hinweg konnte er ihr Lächeln spüren.

»Ich liebe dich«, sagte sie leise.

»Ich liebe dich auch«, erwiderte er.

Er beendete das Gespräch, legte das Handy neben sich auf den Beifahrersitz. Die Pizza-Familie verbreitete jede Menge Lärm, selbst durch die geschlossenen Wagenfenster drangen die Fetzen von Gesprächen und Gelächter. Er ließ den Motor wieder an und rollte langsam vom Parkplatz.

Die Dämmerung kam nun schnell, aber es lohnte sich nicht zu warten; es würde keinen Sonnenuntergang über dem Meer geben.

2

Als Peter um Viertel nach zehn noch nicht angerufen hatte, wählte Laura nach einigem Zögern seine Handy-Nummer. Er konnte sehr gereizt reagieren, wenn sie sich nicht an Vereinbarungen hielt – und in diesem Fall hatte die Vereinbarung gelautet, daß *er* sich wieder melden würde. Aber sie war ein wenig unruhig, konnte sich nicht vorstellen, daß er sich so lange beim Essen aufhielt. Er hatte so müde geklungen vier Stunden zuvor, so erschöpft, wie sie ihn ganz selten bisher erlebt hatte.

Er meldete sich nicht, nach sechsmaligem Klingeln schaltete sich seine Mailbox ein. »Bitte hinterlassen Sie mir eine Nachricht, ich rufe später zurück ...«

Es drängte sie, ihm irgend etwas zu sagen, ihm etwas mitzuteilen von ihrer Sorge, ihrer Liebe, ihrer Sehnsucht, aber sie unterließ es, damit er sich nicht bedrängt fühlte. Vielleicht hatte er sich bei Nadine und Henri festgeredet, hörte das Handy nicht, hatte keine Lust, seine Unterhaltung zu unterbrechen, oder hatte das Gerät überhaupt im Auto vergessen.

Wenn ich jetzt bei Henri anrufe, fühlt sich Peter kontrolliert, dachte sie, und wenn ich in unserem Haus anrufe und er schläft vielleicht schon, wecke ich ihn auf.

»Manchmal«, sagte Peter oft zu ihr, »könntest du Dinge doch einfach auf sich beruhen lassen. Auf die eine oder andere Weise lösen sie sich, auch ohne daß du vorher deine ganze Umgebung verrückt gemacht hast.«

Trotzdem blieb sie noch einen Moment vor dem Telefonapparat stehen und überlegte, ob sie Christopher anrufen sollte. Peter hatte gesagt, er wolle an diesem Abend nicht mehr zu ihm, aber vielleicht hatte er es sich anders überlegt.

Es ist mein gutes Recht, anzurufen, dachte sie trotzig.

Christopher würde ihre Sorge verstehen. Er würde gar nichts dabei finden. Und dennoch würde Peter später behaupten, sie habe ihn vor seinem Freund blamiert.

»Christopher muß ja denken, ich bin ein Hund, der an der kurzen Leine gehalten wird. Du wirst nie das Wesen einer solchen Männerfreundschaft verstehen, Laura. Dazu gehört auch ein Stück Freiheit.«

»Ich glaube nicht, daß Christopher das als Problem sieht.«

»Er würde sich dazu nicht äußern. Weil er sich nicht einmischt und überhaupt ein gutmütiger Kerl ist. Aber er macht sich seine Gedanken, glaube mir.«

Und du schreibst deinem Freund Gedanken und Empfindungen zu, die in Wahrheit nur deine eigenen sind, dachte sie.

Sie ging die Treppe hinauf und schaute in Sophies Zimmer. Die Kleine schlief, atmete ruhig und gleichmäßig.

Vielleicht, überlegte Laura, hätte ich doch mitfahren sollen. Zusammen mit Sophie ein paar sonnige Oktobertage im Haus verbringen, während Peter segelt. Ich hätte mich nicht so einsam gefühlt.

Aber sie war noch nie mitgekommen, wenn Peter zu seinem herbstlichen Segeltreff in den Süden fuhr. Natürlich, bis vor vier Jahren hatten sie auch das Haus in La Cadière noch nicht gehabt, sie hätte in ein Hotel gehen müssen, und sie hielt sich nicht gerne allein im Hotel auf. Einmal – das mußte fünf Jahre her sein – hatte sie überlegt, bei Nadine und Henri zu wohnen, in einem der beiden gemütlichen und völlig unkomfortablen Gästezimmer unter dem Dach, die die beiden hin und wieder vermieteten.

»Ich hätte dann Anschluß, während du mit Christopher unterwegs bist«, hatte sie gesagt. Wieder einmal hatte sie geglaubt, die einwöchige Trennung von Peter nicht zu ertragen.

Doch Peter war dagegen gewesen.

»Ich halte es für ungeschickt, dieses eine Mal bei Nadine und Henri zu wohnen. Sonst tun wir es ja auch nicht, und sie denken dann vielleicht, sie sind normalerweise nicht gut genug für uns, aber im Notfall greifen wir auf sie zurück.«

Seitdem sie Besitzer eines eigenen Hauses waren, hätte sich das Problem nicht mehr gestellt, aber Peter hatte auf Lauras Andeutung, sie könne doch vielleicht mitkommen, nicht reagiert, und einen zweiten Anlauf hatte sie nicht nehmen wollen. Diese eine Oktoberwoche gehörte Christopher, und offenbar hätte es Peter schon gestört, Frau und Tochter auch nur in der Nähe zu wissen.

Sie ging ins Schlafzimmer, zog sich aus, hängte ihre Kleider ordentlich in den Schrank, zog das ausgeleierte T-Shirt an, das sie nachts immer trug. Peter hatte es ihr während ihres ersten gemeinsamen Urlaubs in Südfrankreich vor acht Jahren geschenkt. Damals war es noch bunt und fröhlich gewesen, aber inzwischen hatte es so viele Wäschen hinter sich gebracht, daß Laura sich darin nicht mehr sehen lassen wollte. Doch Peter hatte nicht zugelassen, daß sie es aussortierte.

»Zieh es wenigstens nachts an«, bat er, »ich hänge irgendwie daran. Es erinnert mich an eine ganz besondere Zeit in unserem Leben.«

Sie waren frisch verliebt gewesen damals. Laura war siebenundzwanzig gewesen, Peter zweiunddreißig. Er frisch geschieden, sie frisch getrennt. Beide angeschlagen, mißtrauisch, ängstlich, sich auf etwas Neues einzulassen. Peters Ex-Frau war unmittelbar nach vollzogener Scheidung mit dem gemeinsamen Sohn ans andere Ende Deutschlands gezogen, was Peters Besuchsrecht zur Farce machte und ihn in tiefste Einsamkeit gestürzt hatte. Er hatte länger gebraucht als Laura, sich für die gemeinsame Zukunft zu öffnen.

In dem alten T-Shirt ging sie ins Bad hinüber, putzte die

Zähne und kämmte die Haare. Im Spiegel konnte sie sehen, daß sie blaß war und einen sorgenvollen Zug um den Mund hatte. Sie dachte an Photos, die sie in demselben T-Shirt acht Jahre zuvor in den Straßen von Cannes zeigten: braungebrannt, strahlend, mit leuchtenden Augen. Von der Liebe in mitreißender Heftigkeit getroffen. Überwältigt und wunschlos glücklich.

»Das bin ich heute auch noch«, sagte sie zu ihrem Spiegelbild, »wunschlos glücklich. Aber ich bin eben älter. Fünfunddreißig ist nicht dasselbe wie siebenundzwanzig.«

An der Ruckartigkeit, mit der sie den Kamm durch die Haare zog, erkannte sie, wie gespannt ihre Nerven waren.

Mein Mann ruft *einmal* nicht an, dachte sie, wie kann mich das derart aus dem Gleichgewicht werfen?

Von Freundinnen wußte sie, daß andere Männer in dieser Hinsicht viel lockerer waren. Sie vergaßen in der Hälfte aller Fälle, pünktlich oder überhaupt anzurufen, Vereinbarungen einzuhalten oder sich wichtige Termine der Partnerin zu merken. Lauras Mutter Elisabeth sagte immer, Laura habe mit Peter ein Prachtexemplar erwischt.

»Er ist sehr zuverlässig und auf dich konzentriert. Halte ihn nur gut fest. So etwas findest du so leicht nicht noch einmal.«

Sie wußte das. Und sie wollte auch nicht kleinlich sein. Aber gerade *weil* Peter immer so zuverlässig war, wurde sie ein Gefühl der Beunruhigung nicht los.

Natürlich war sie zudem viel zu fixiert auf ihn – ihre Freundin Anne sagte das auch immer –, aber schließlich ...

Das Telefon klingelte und unterbrach ihre quälenden Gedanken.

»Endlich«, rief sie und lief ins Schlafzimmer, wo ein Apparat neben ihrem Bett stand.

»Ich dachte schon, du bist einfach eingeschlafen und hast mich vergessen«, sagte sie anstelle einer Begrüßung.

Am anderen Ende der Leitung konsterniertes Schweigen.

»Ich kann mir eigentlich nicht denken, daß Sie mich meinen«, sagte schließlich Britta, Peters Ex-Frau.

Laura war ihr Versehen sehr peinlich.

»Entschuldigen Sie bitte. Ich dachte, es sei Peter.«

Brittas Stimme hatte wie immer einen anklagenden Unterton. »Demnach ist Peter wohl nicht daheim? Ich müßte ihn sehr dringend sprechen.«

Samstag abend um halb elf, dachte Laura verärgert, nicht gerade die übliche Zeit, nicht einmal für geschiedene Gattinnen.

»Peter ist nach La Cadière gefahren. Er wird erst nächsten Samstag zurückkommen.«

Britta seufzte. »Von Christopher und diesem verdammten Segeln im Herbst kommt er wohl nie mehr los. Das geht doch jetzt schon seit bald fünfzehn Jahren so.«

Britta demonstrierte immer wieder gern, daß sie über Peters Vorlieben und Besonderheiten bestens informiert war und daß sie ihn überhaupt schon viel länger kannte als Laura.

»Gott sei Dank«, fügte sie nun hinzu, »habe ich ja mit all dem nichts mehr zu tun.«

»Soll ich Peter bitten, Sie anzurufen, wenn er sich bei mir meldet?« fragte Laura, ohne auf die letzte Bemerkung Brittas einzugehen.

»Ja, unbedingt. Die Unterhaltszahlung für Oliver ist noch immer nicht auf meinem Konto eingegangen, und wir haben heute schon den sechsten Oktober!«

»Nun, ich finde …«

»Ich meine natürlich die Zahlung für *September*. Die ich am *ersten September* hätte bekommen sollen. Ich denke nicht, daß ich mich deswegen zu früh melde. Die Zahlung für Oktober ist übrigens auch noch nicht da.«

»Soviel ich weiß, hat Peter dafür einen Dauerauftrag eingerichtet«, sagte Laura, »vielleicht ist der Bank irgendein Fehler unterlaufen.«

»Den Dauerauftrag gibt es schon seit einem Jahr nicht mehr«, erklärte Britta und konnte ihren Triumph über diesen Wissensvorsprung gegenüber der aktuellen Ehefrau kaum verbergen. »Peter überweist selbst und leider fast immer mit einiger Verspätung. Es ist schon manchmal ärgerlich, wie lange ich auf mein Geld warten muß. Es ist auch für Oliver nicht gut. Es erschüttert das Vertrauen, das er trotz allem noch immer in seinen Vater hat, wenn ich ihm erkläre, daß ich ihm irgend etwas nicht kaufen kann, weil Peter wieder einmal mit dem Unterhalt in Verzug ist!«

Laura mußte sich beherrschen, um ihr nicht eine patzige Antwort zu geben. Sie wußte, daß Britta als Leiterin einer Bankfiliale recht gut verdiente und kaum je in die Verlegenheit kommen dürfte, ihrem Sohn einen Wunsch abschlagen zu müssen, nur weil Peter sein Geld ein paar Tage zu spät überwies. Wenn sie es dennoch tat, so konnte dies nur dem Zweck dienen, das Bild, das Oliver von seinem Vater hatte, negativ zu beeinflussen.

»Ich werde mit Peter sprechen, sowie er sich meldet«, sagte Laura, »er wird Sie dann anrufen. Ich bin sicher, es gibt irgendeine ganz harmlose Erklärung.«

»Vielleicht ruft er ja doch noch heute abend an«, meinte Britta spitz. Aus der Art, wie sich Laura gemeldet hatte, hatte sie natürlich geschlossen, daß Laura dringend auf einen Anruf wartete und schon ein wenig entnervt war. »Ich wünsche es Ihnen jedenfalls. Er kann mich dann morgen zu Hause erreichen. Gute Nacht.« Sie legte auf, noch ehe Laura sich ebenfalls verabschieden konnte.

»Schlange!« sagte Laura inbrünstig und hängte ein.

Peter hätte mir sagen können, daß er den Dauerauftrag gekündigt hat, dachte sie, dann hätte ich jetzt nicht so dumm dagestanden.

28

Aber hatte sie überhaupt dumm dagestanden? Und war die Kündigung eines Dauerauftrages wichtig genug, daß Peter sich hätte veranlaßt sehen müssen, dies zu erwähnen? Es mochte ihre übliche Empfindlichkeit sein, die wieder einmal das Gefühl aufkommen ließ, schlecht behandelt worden zu sein. Niemand außer ihr hätte so empfunden. Jede andere Frau hätte die Angelegenheit als das gesehen, was sie war: eine Schlamperei mit der Zahlung. Eine Ex-Frau, die Gift spritzte, weil sie sich nicht damit abfinden konnte, daß ihr geschiedener Mann in einer zweiten Ehe glücklich geworden war, während sie selbst wohl für immer allein bleiben würde.

Ich muß aufhören, sagte sich Laura, dieser Frau gegenüber Minderwertigkeitsgefühle zu haben. Sie ist viel älter als ich, sie ist frustriert und wahrscheinlich ziemlich unglücklich. Sie hat sich ihr Leben ganz anders vorgestellt, als es nun verlaufen ist.

Sie schaute noch einmal in Sophies Zimmer, doch dort war alles wie zuvor; die Kleine schlief und hatte heiße, rote Bäckchen, die sie immer bekam, wenn sie sich tief im Traum befand.

Laura ging ins Schlafzimmer. Kurz betrachtete sie das gerahmte Photo von Peter, das auf ihrem Nachttisch stand. Es zeigte ihn an Bord der *Vivace*, dem Schiff, das ihm und Christopher gemeinsam gehörte. Eigentlich war auch Christopher auf dem Bild gewesen, aber sie hatte ihn weggeschnitten, und man sah am Rand nur noch ein Stück von seinem Arm und seine Hand. Peter trug ein blaues Hemd und hatte einen weißen, grobgestrickten Pullover lässig um die Schultern geknotet. Er lachte. Seine Haut war gebräunt, er sah gesund und zufrieden aus. Im Einklang mit sich selbst, ungekünstelt und unverstellt. Er hatte sein *Vivace*-Gesicht. So sah er immer aus, wenn er sich an Bord des Schiffs befand. Manchmal war es, als werde er dann ein neuer Mensch.

»Schiffsplanken unter den Füßen«, pflegte er zu sagen, »ein im Wind flatterndes Segel und die Schreie der Möwen. Mehr brauche ich nicht, um glücklich zu sein.«

Jedesmal tat es ihr weh, daß sie in dieser Aufzählung nicht vorkam. Einmal hatte sie gesagt: »Und mich? Mich brauchst du nicht, um glücklich zu sein?«

Er hatte sie groß angeschaut. »Das ist doch eine ganz andere Ebene. Das weißt du doch.«

Sie legte sich ins Bett und zog die Decke bis zum Kinn. Draußen konnte sie den Regen rauschen hören. Es war kalt im Zimmer, sie hatte den ganzen Tag das Fenster offen gelassen, und die Heizung war noch nicht wieder eingeschaltet. Aber sicher würde sie gut schlafen können in der frischen Luft.

Sie seufzte, blickte auf das Leuchtzifferblatt des Weckers neben ihrem Bett. Es war zehn Minuten vor elf.

Sonntag, 7. Oktober

1

Sie schlief fast gar nicht in dieser Nacht. Zeitweise hatte sie den Eindruck, als betrachte sie das Umspringen der Zahlen auf dem Wecker. Vermutlich war es auch so. Mit weit aufgerissenen Augen starrte sie die Uhr an. Es wurde halb eins. Es wurde eins. Zehn nach eins. Zwanzig nach eins. Halb zwei.

Um Viertel vor zwei stand sie auf und ging in die Küche hinunter, um ein Glas Wasser zu trinken. Sie fror in dem leichten T-Shirt, fand aber ihren Bademantel nicht. Die Fliesen in der Küche waren sehr kalt unter ihren nackten Füßen. Sie trank das Wasser in kleinen Schlucken und starrte den Rolladen vor dem Fenster an. Sie wußte, daß ihr Verhalten neurotisch war. Was war schon passiert? Ihr Mann war nicht daheim und hatte vergessen, sie vor dem Einschlafen noch einmal anzurufen. Morgen früh würde er sich melden. Er würde ihr erklären, daß er sich ins Bett gelegt und noch ein wenig gelesen hatte, und daß er darüber plötzlich eingeschlafen sei. Er war zu müde gewesen. Sie erinnerte sich, noch darüber nachgedacht zu haben. Über seine ungewöhnliche Müdigkeit. Er hatte erschöpfter geklungen, als sie ihn je erlebt hatte. Kein Wunder, daß ihm an solch einem Tag ein derartiges Versäumnis unterlief. Daß er anzurufen vergaß. Daß er ...

Die Vernunft, mit der sie ihre Unruhe unter Kontrolle hatte bringen wollen, löste sich bereits wieder auf. Die Angst – ein Gefühl hoffnungslosen Alleinseins – schoß wie eine

Stichflamme in ihr hoch. Sie kannte dies, es war nicht neu für sie. Die Furcht vor dem Alleinsein hatte sie zeitlebens begleitet, und sie hatte nie gelernt, ihrer Herr zu werden. Sie überfiel sie aus heiterem Himmel, und es standen Laura keinerlei Waffen zur Verfügung, sich zu wehren. Auch jetzt brachen ihr Stolz und ihre Vorsicht, die sie den ganzen Abend über noch bewahrt hatte, zusammen. Sie ließ ihr Wasserglas stehen, lief ins Wohnzimmer, griff nach dem Telefonhörer und wählte Peters Handy-Nummer. Wiederum meldete sich am anderen Ende schließlich nur die Mailbox. Diesmal hinterließ sie eine Nachricht.

»Hallo, Peter, ich bin es, Laura. Es ist fast zwei Uhr nachts, und ich mache mir Sorgen, weil du nicht angerufen hast. Und warum gehst du nicht an dein Telefon? Ich weiß, es ist albern, aber ...«, sie merkte, daß ihre Stimme weinerlich wie die eines kleinen Kindes klang, »ich fühle mich so allein. Das Bett ist groß und leer ohne dich. Bitte, melde dich doch!«

Sie legte auf. Das Sprechen hatte sie ein wenig erleichtert. Zudem hatte sie seine Stimme in der Ansage gehört, und auch dies hatte etwas von einer Kontaktaufnahme – wenn sie auch höchst einseitig war.

Sie trank sehr selten Alkohol, aber nun schenkte sie sich etwas von dem Schnaps ein, der für Gäste auf einem silbernen Servierwagen stand. Das Zimmer wurde nur beleuchtet von der Lampe, die draußen im Flur brannte, und wie immer, wenn sie hier drinnen stand, erfreute sich Laura an seiner besonderen Schönheit. Das Wohnzimmer war ihr besonders gut gelungen, und das erfüllte sie mit Stolz. Um die Einrichtung des Hauses hatte sie sich praktisch allein gekümmert, damals vor vier Jahren, als sie es gekauft hatten und in den feinen Frankfurter Vorort gezogen waren. Peter hatte zu dieser Zeit besonders viel zu tun gehabt, hatte ihr alles allein überlassen.

»Geld spielt keine Rolle«, hatte er gesagt und ihr seine Kreditkarte in die Hand gedrückt, »kauf, was dir gefällt. Du hast einen wunderbaren Geschmack. Wie immer du es machst, ich werde es lieben.«

Sie war glücklich gewesen, eine Aufgabe zu haben. Für gewöhnlich wurden ihr die Tage oft ein wenig lang; zwar half sie Peters Sekretärin hin und wieder bei der Buchhaltung, aber diese Tätigkeit füllte sie nicht aus und befriedigte sie nicht. Sie war Künstlerin. Es machte ihr keinen Spaß, Papiere zu ordnen, Belege zu sortieren und Zahlenkolonnen zu addieren. Sie tat es, um Peter zu entlasten. Aber ständig wünschte sie, sie könnte …

Nein. Wie üblich brach sie beim Gedanken an ihre eigenen Wünsche sogleich ab. Es war nicht gut, unrealistischen Träumen nachzuhängen. Ihr Leben war wunderbar, ihr Leben war besser als das vieler anderer Menschen. Sie hatte dieses zauberhafte Haus eingerichtet, sie dekorierte es fast täglich um, liebte es, in kleinen Antikgeschäften oder Kunstgewerbeläden zu stöbern, schöne Dinge zu entdecken und nach Hause zu tragen und an dem Nest zu bauen, das sie sich zusammen mit Peter geschaffen hatte.

Wie schön es ist, dachte sie nun wieder, und wie friedlich. Die neuen Vorhänge sehen wunderschön aus.

Sie hatte sie am Vortag von Peters Abreise geholt, aus einem italienischen Geschäft. Sie waren sündteuer gewesen, aber sie fand, daß sie ihr Geld wert waren. Mit großer Mühe hatte sie sie aufgehängt und abends darauf gewartet, was Peter sagen würde, aber er hatte sie zunächst überhaupt nicht bemerkt. Er war sehr in Gedanken gewesen, als er gegen acht Uhr aus dem Büro kam. Irgend etwas schien ihn heftig zu beschäftigen; Laura nahm an, daß es die bevorstehende Reise war. Jetzt, da sie so im Wohnzimmer stand und ihren Schnaps trank, langsam und widerwillig, weil sie Schnaps eigentlich nicht mochte, sah sie es wieder genau vor sich: Sie standen hier gemeinsam, fast an der gleichen Stelle, an der sie nun allein stand.

»Fällt dir nichts auf?« fragte sie.

Peter sah sich um. Sein Gesicht war müde, er schien geistesabwesend. »Nein. Sollte mir etwas auffallen?«

Sie war natürlich etwas enttäuscht, aber sie sagte sich, daß er in Gedanken längst auf dem Segelboot war, und daß ihm die Vorfreude auf seinen Urlaub auch zustand.

»Wir hatten doch immer gesagt, daß die blauen Vorhänge nicht so schön zum Teppich passen«, half sie ihm auf die Sprünge.

Endlich glitt sein Blick zu den Fenstern.

»Oh«, sagte er, »neue Vorhänge.«

»Gefallen sie dir?«

»Sie sind sehr schön. Wie gemacht für dieses Zimmer.« Irgendwie klang es unecht. Als täusche er nur vor, erfreut zu sein. Aber vielleicht bildete sie sich das auch nur ein.

»Ich habe sie aus diesem italienischen Einrichtungsgeschäft. Weißt du? Ich hatte dir davon erzählt.«

»Ja, richtig. Sehr apart, wirklich.«

»Ich habe dir die Rechnung auf den Schreibtisch gelegt«, sagte sie.

»Okay.« Er nickte zerstreut. »Ich werde jetzt meine Sachen für die Reise packen. Ich will nicht zu spät ins Bett.«

»Könntest du die Überweisung noch fertig machen? Sonst wird es vielleicht ein bißchen spät, bis du wieder zu Hause bist.«

»Alles klar. Ich denke daran.« Er verließ langsam das Zimmer.

Die Überweisung fiel ihr nun auf einmal wieder ein. Paradoxerweise hatte ihr der Alkohol einen klaren Kopf verschafft. Die kurze panische Anwandlung wegen ihres Alleinseins war verschwunden. Sie konnte wieder nüchtern denken, und obwohl die Frage nach der Rechnung nicht wirklich bedeutsam war, ging sie hinüber ins Arbeitszimmer, um nachzusehen, ob sie erledigt war.

Das Arbeitszimmer war ein kleiner Raum zwischen Küche und Wohnzimmer, zum Garten hin ganz verglast und ursprünglich als eine Art Wintergarten gedacht. Laura hatte einen schönen alten Sekretär, den sie vor Jahren in Südfrankreich entdeckt hatte, hineingestellt, dazu ein hölzernes Regal und einen kuscheligen Sessel. Sie teilte sich dieses Zimmer mit Peter: Hier machte sie die Buchhaltung, hier arbeitete Peter an den Wochenenden oder am Abend.

Sie knipste das Licht an und sah sofort, daß die Rechnung noch auf dem Tisch lag. Genau da, wo sie sie hingelegt hatte. Vermutlich hatte Peter sie nicht einmal angesehen, geschweige denn bezahlt.

Es war ein ungünstiger Tag, dachte sie, so kurz vor der Abreise. Da hatte er einfach andere Dinge im Kopf.

Langsam stieg sie wieder die Treppe hinauf. Vielleicht würde der Schnaps ihr helfen, endlich einzuschlafen.

Es blieb bei dem Wunsch. Sie lag wach bis zum Morgengrauen. Um sechs Uhr stand sie auf, vergewisserte sich, daß Sophie noch schlief, und ging zum Joggen. Es regnete noch immer, und der Wind schien kälter geworden zu sein seit dem vergangenen Tag.

2

Es regnete an diesem Sonntagmorgen auch an der Côte de Provence. Nach der langen trockenen, sommerlichen Periode brachte diese zweite Oktoberwoche nun den Wetterwechsel. Die Natur brauchte den Regen zweifellos.

Die Wolken ballten sich an den Bergen des Hinterlandes, hingen schwer über den Hängen. Die Weinberge mit ihrem bunten Laub leuchteten nicht wie sonst in der Herbstsonne, sondern blickten trübe unter nassen Schleiern hervor. Auf Straßen und Feldwegen standen Pfützen. Der Wind kam von Osten, was bedeutete, daß sich das schlechte Wetter zunächst festsetzen würde.

Cathérine Michaud war früh aufgestanden, wie es ihre Gewohnheit war. Blieb sie zu lange wach im Bett liegen, konnte sie allzu leicht ins Grübeln geraten, und das war gefährlich. Am Schluß fing sie an zu weinen oder steigerte sich in das ohnehin stets latent vorhandene Gefühl von Haß und Verbitterung hinein und wußte dann kaum noch wohin mit ihren aufgewühlten Emotionen.

Sie hatte sich einen Kaffee gemacht und war, die Finger an der Tasse wärmend, in ihrer Wohnung auf und ab gegangen, von der Küche ins Wohnzimmer, dann ins Schlafzimmer, dann wieder in die Küche. Das Bad hatte sie gemieden. Cathérine haßte das Bad in dieser Wohnung. Es erinnerte sie an eine Art hohe, enge Schlucht, in die von irgendwoher ganz weit oben ein Streifen fahles Licht einsickerte. Der Boden bestand aus kalten, grauen Steinfliesen, in die der Schmutz ganzer Generationen von Bewohnern eingedrungen war und sich nicht mehr entfernen ließ. Die blaßgelben Kacheln, die einen knappen Meter hoch die Wände ringsum bedeckten, hatten abgeschlagene Ecken, und in eine Kachel, gleich neben dem Waschbecken, hatte irgendeiner von Cathérines Vorgängern ein aggressives *Fuck you* eingeritzt. Cathérine hatte versucht, direkt darüber einen Handtuchhalter anzubringen, um die Obszönität mit ihrem Badetuch zu verdecken, aber der Haken war nach zwei Tagen herausgebrochen, und das nun in der Wand gähnende Loch machte die Sache nicht besser.

Das Fenster befand sich so weit oben, daß man auf die Toilette steigen mußte, um es zu öffnen. Stand man am Waschbecken vor dem Spiegel, dann fiel das Licht von dort in einem höchst ungünstigen Winkel auf das Gesicht. Man sah immer hoffnungslos grau und elend aus und Jahre älter, als man tatsächlich war.

Der Spiegel war es auch, der Cathérine an diesem Morgen das Bad meiden ließ. Mehr noch als die atemberaubende Häßlichkeit des Raums machte ihr heute ein Blick auf das eigene Gesicht zu schaffen – wie an vielen anderen Tagen allerdings auch. In der vergangenen Woche hatte sie sich noch ein wenig besser gefühlt, aber in der letzten Nacht war sie aufgewacht von einem Brennen im Gesicht, ein Gefühl, als sei nicht ihr Körper, aber ihre Haut von einem Fieber befallen. Sie hatte leise ins Kissen gestöhnt, hatte sich mühsam beherrscht, nicht die Fingernägel ihrer beider Hände in ihre Wangen zu schlagen und sich in ihrer Verzweiflung die Haut von den Knochen zu fetzen. Es war wieder losgegangen. Warum eigentlich hoffte sie immer wieder in den Phasen der Ruhe, die Krankheit habe sie dieses Mal endgültig verlassen, sei zum Erliegen gekommen, habe beschlossen, sich mit dem zu begnügen, was sie bereits angerichtet hatte? Gott – oder wer auch immer dahintersteckte – könnte den Spaß verlieren, könnte endlich zufrieden sein mit seinem Werk der Zerstörung und sich einem neuen Opfer zuwenden. Die Hoffnung hatte sich noch jedes Mal als trügerisch erwiesen. Im Abstand von wenigen Wochen – im Höchstfall mochten es zwei oder drei Monate sein – brach die Akne über Nacht aus; heimtückisch verschonte sie Rücken, Bauch und Beine und konzentrierte sich ganz auf Gesicht und Hals, tobte sich dort aus, wo es für Cathérine keine Möglichkeit gab, die häßlichen eitrigen Pusteln zu verstecken. Sie blühte einige Tage lang und ebbte dann langsam ab, hinterließ Narben, Krater, Erhebungen, Rötungen und undefinierbare Flecken. Cathérine litt seit ihrem dreizehnten Lebensjahr unter der Krankheit, und heute, mit zweiunddreißig Jahren, sah ihr Gesicht aus, als sei sie Opfer eines grausamen Anschlags geworden. Sie war entstellt, auch in den Phasen, in denen die Akne ruhte.

Mit dicken Schichten von Make-up und Puder konnte sie sie dann jedoch wenigstens notdürftig tarnen. Im Akutzustand hatte das keinen Sinn und verschlimmerte alles nur noch.

Das Jucken in ihrem Gesicht und die engen Wände ihrer düsteren, alten Wohnung machten sie bald so nervös, daß sie beschloß, trotz allem hinauszugehen und in einem Café an der Hafenpromenade zu frühstücken. Ihre Wohnung – in einer der engen, dunklen Gassen der Altstadt von La Ciotat gelegen – war von so bedrückender Atmosphäre, daß sie es manchmal kaum mehr ertragen konnte. Im Sommer, wenn das Land in der Hitze stöhnte, mochten jedoch Schatten und Kühle dort noch angenehm sein. Im Herbst und Winter herrschte eine Stimmung tiefster Depression.

Sie zog einen leichten Mantel an und schlang einen Schal um den Hals, zog ihn dann hinauf und versuchte, Kinn und Mund notdürftig damit abzudecken. Die Gasse, die sie empfing, war feucht und lichtarm. Die Häuser standen sich dicht gegenüber und schienen sich einander zuzuneigen. Der Regen fiel fein und stetig. Mit raschen Schritten und gesenktem Kopf hastete Cathérine durch die Straßen, auf denen sich an diesem frühen Morgen und bei dem schlechten Wetter glücklicherweise kaum Menschen aufhielten. Ein älterer Mann kam ihr entgegen und glotzte sie an. Sie merkte, daß ihr Schal verrutscht war. Sie wußte, wie abstoßend ihre Haut aussah. Fast konnte sie es den Leuten nicht verdenken, daß sie zurückzuckten.

Sie atmete leichter, als sie aus der letzten Häuserreihe heraustrat und das Meer vor sich sah. Träge schwappte es gegen die Kaimauern, grau wie der Himmel, ohne das Leuchten, das ihm sonst entstieg. Die gewaltigen Kräne im Hafen ragten vor der Kulisse des Adlerfelsens empor; Relikte aus dem Krieg, von den Nazis errichtet und so gründlich verankert, daß es ein Vermögen kosten würde, sie zu entfernen; sie blieben also und sorgten in ihrer stählernen Häßlichkeit dafür, daß La Ciotat niemals ein attraktiver Touristenort am Mittelmeer werden konnte, daß ihm für immer der Eindruck einer grauen Arbeiterstadt anhaften würde.

Eine häßliche Stadt, dachte Cathérine, wie geschaffen für eine häßliche Frau.

Sie ging ins *Bellevue* schräg gegenüber vom Hafen, das einzige Café, das am Sonntag zu dieser frühen Stunde schon geöffnet hatte. Der Wirt kannte sie seit Jahren, sie konnte sich also mit ihrem entstellten Gesicht zeigen. Sie setzte sich in eine der hinteren Ecken und zog den Schal vom Hals.

»Einen *café crème*«, sagte sie, »und ein Croissant.«

Philipe, der Wirt, musterte sie mitleidig. »Wieder mal schlimm heute, nicht?«

Sie nickte, bemühte sich um einen leichten Ton. »Kann man nichts machen. Die Geschichte behält ihren Rhythmus. Ich war eben wieder fällig.«

»Ich bringe Ihnen jetzt einen richtig schönen Kaffee«, sagte Philipe eifrig, »und mein größtes Croissant.«

Er meinte es gut, aber sein offensichtliches Mitleid tat ihr weh. Es gab nur diese zwei Möglichkeiten, wie Menschen mit ihr umgingen: voller Mitleid oder mit Abscheu.

Manchmal wußte sie nicht, was schwerer zu ertragen war.

Das *Bellevue* hatte eine überdachte Terrasse zur Straße hin, die in der kalten Jahreszeit mit einer durchsichtigen Kunststoffwand nach vorn geschützt war. Cathérine konnte die Straße beobachten, die sich allmählich etwas stärker bevölkerte. Zwei Joggerinnen, begleitet von einem kleinen, wieselflinken Hund, trabten vorüber; ab und zu kam ein Auto vorbei; ein Mann mit einem riesigen Baguette unter dem Arm schlug den Weg in Richtung Altstadt ein. Cathérine stellte sich vor, wie sehnsüchtig er daheim erwartet wurde, von seiner Frau und seinen Kindern. Ob er eine große Familie hatte? Oder vielleicht war er nur mit einer Freundin zusammen, einer hübschen, jungen Frau, die noch im Bett lag und schlief und die er mit einem Frühstück überraschen wollte. Sie hatten einander geliebt in der Nacht, der Morgen danach war friedlich, und den Regen bemerkten sie kaum. Die junge Frau hatte wahrscheinlich rosige Wangen, und er sah sie ebenso verliebt wie bewundernd an.

Sie haßte solche Frauen!

»Ihr Kaffee«, sagte Philipe, »und Ihr Croissant!«

Schwungvoll stellte er beides vor sie hin, schaute dann sorgenvoll hinaus. »Heute regnet es nur einmal«, prophezeite er.

Sie rührte ein einsames Stück Zucker in ihre einsame Tasse, spürte, daß Philipe noch etwas sagen wollte, und hoffte, er werde es nicht tun, weil es nur wieder zu neuen Schmerzen führen konnte.

»Mit Ihrem Gesicht«, sagte er verlegen und konnte sie dabei nicht ansehen, »ich meine, was sagen die Ärzte denn da? Sie gehen doch sicher zu Ärzten?«

Ihr lag eine patzige Antwort auf den Lippen, aber sie schluckte sie hinunter. Philipe konnte nichts für ihr Elend, und zudem mochte sie sich mit ihm nicht überwerfen. Wenn sie in seine Kneipe nicht mehr gehen konnte, hatte sie keinen Anlaufort mehr außerhalb ihrer Wohnung.

»Natürlich«, sagte sie, »ich war bei unzähligen Ärzten. Ich glaube, es gibt kaum etwas, was nicht probiert wurde. Aber ...« Sie zuckte mit den Schultern. »Man kann mir nicht helfen.«

»Das gibt es doch gar nicht«, ereiferte sich Philipe. »Daß eine Frau so herumlaufen muß ... Ich meine, die können zum Mond fliegen und Herzen transplantieren ... aber mit so einer Geschichte werden sie nicht fertig!«

»Es ist aber so«, sagte Cathérine und fragte sich, was sie seiner Ansicht nach auf seine Bemerkungen hin erwidern sollte. »Ich kann nur hoffen, daß irgendwann ein Arzt einen Weg findet, mir zu helfen.«

»Woher kommt das denn?« Philipe hatte nun eine Hemm-schwelle überschritten, starrte sie unverhohlen an und ver-biß sich in das Thema. »Dazu muß es doch eine Theorie ge-ben!«

»Da gibt es viele Theorien, Philipe. Sehr viele.« Sie sah, daß eine Frau mit zwei Kindern den Raum betrat, und hoff-te inständig, Philipe werde sich nun diesen neu hinzuge-kommenen Gästen zuwenden. »Es wird schon alles wer-den«, meinte sie in abschließendem Ton und hätte am liebsten zu heulen begonnen. Ihr Gesicht brannte wie Feuer.

»Nur den Kopf nicht hängen lassen«, sagte Philipe und ließ sie endlich in Ruhe. Sie atmete tief. Für den Moment ten-dierte sie wieder einmal dazu, Mitleid schlimmer zu finden als Abscheu.

Die beiden Kinder starrten zu ihr herüber. Sie mochten acht und neun Jahre alt sein, zwei hübsche Mädchen mit dunklen Locken und etwas mißmutigen Gesichtern.

»Was ist mit der Frau?« fragte die Jüngere und zupfte am Ärmel ihrer Mutter. »Mama, was ist denn mit ihrem Ge-sicht?«

Der Mutter war die laute Frage der Tochter sichtlich pein-lich. Sie zischte ihr zu, sie solle den Mund halten. »Jetzt sieh doch nicht dauernd hin. Das tut man nicht. Das ist eine ganz arme Frau, da darf man nicht so taktlos sein!«

Ihr Gesicht brannte heftiger. Sie wagte nicht mehr, von ih-rer Kaffeetasse aufzublicken. Der Appetit auf das Croissant war ihr vergangen. Aber auch das Bedürfnis zu heulen. Jetzt spürte sie wieder den Haß, der so häufig neben der Traurig-keit ihr Begleiter war. Den Haß auf alle, die gesund waren, die schön waren, die geliebt wurden, die begehrt wurden, die ihr Leben genießen konnten.

Warum, murmelte sie unhörbar, warum denn nur?

»Darf ich mich zu dir setzen?« fragte eine Männerstimme, und sie schaute hoch. Es war Henri, und obwohl er sie länger kannte als irgendein Mensch sonst, vermochte er für eine Sekunde nicht sein Erschrecken über ihr Gesicht zu verbergen.

»Ach, Cathérine«, sagte er hilflos.

»Setz dich!« Sie wies auf den Stuhl gegenüber. Sie konnte es mehr spüren als sehen, daß die Mutter der zwei neugierigen Mädchen jetzt ebenso gebannt wie überrascht herüberschaute. Henri war ein sehr gutaussehender Mann. Nicht die Art Mann, die man ihr zugetraut hätte. Und daß er ihr Cousin war, stand ihm nicht auf die Stirn geschrieben.

»Ich habe erst an deiner Wohnung geklingelt«, berichtete Henri, »als du dort nicht warst, beschloß ich, hier nachzusehen.«

»Andere Möglichkeiten gibt es ja auch kaum.« Sie schob ihm ihr Croissant hin. »Hier. Iß es. Ich habe keinen Hunger.«

»Du solltest aber ...«

»Ich möchte nicht. Also iß es oder laß es stehen.«

Er machte sich über das Gebäck her wie ein Verhungernder. »Was treibt dich so früh auf die Beine?« fragte sie.

»Das wirst du dir denken können. Ich habe keine Sekunde geschlafen in der letzten Nacht.«

»Henri, ich ...«

»Nicht.« Er machte eine Handbewegung, die ihr sagte, sie solle still sein. »Ich möchte nicht reden.«

»Wo ist Nadine?«

»Sie hat gestern am frühen Abend das Haus verlassen, ist aber heute früh neben mir aufgewacht. Dann ist sie gleich zu ihrer Mutter gefahren.«

»Hast du mit ihr ...«

Sein bleiches, müdes Gesicht war wie versteinert. *»Ich möchte nicht darüber reden!«*

»Okay. Okay.« Sie wußte, daß es jetzt keinen Sinn hatte. Irgendwann würde er reden wollen, und dann würde er zu ihr kommen. »Du siehst so elend aus«, sagte sie nur leise.

»Ich brauche deine Hilfe. Könntest du mir heute in der Küche helfen? Nadine ist, wie gesagt, bei ihrer Mutter, und ich fürchte, bei dem schlechten Wetter wird der Laden brummen. Ich kann das allein nicht schaffen. Ich weiß, du hast mir erst am Freitag ausgeholfen, aber ...«

»Kein Problem. Ich hätte dir auch gestern abend geholfen. Wenn Nadine nicht da war, hattest du sicher Schwierigkeiten. Warum hast du mich nicht angerufen?«

»Du hättest mit mir ... darüber sprechen wollen. Und ich wollte das nicht.«

»Wann soll ich heute dasein?«

»Könntest du ab elf Uhr?«

Sie lächelte bitter. »Hast du einmal erlebt, daß ich nicht kann? Ich warte doch nur darauf, gebraucht zu werden.«

Er seufzte. Sein Gesicht verriet aufrichtigen Kummer. »Ich habe dich enttäuscht, das weiß ich. Ich war zu schwach. Du ahnst nicht, wie oft ich wünsche und gewünscht habe ...«

»Was? Alles anders gemacht zu haben?«

»Nein. Als der Mensch, der ich bin, hätte ich es nicht anders machen können. Schwäche ist ein Teil meines Lebens, meines Charakters, meiner Wesensstruktur. Mein Wünschen geht daher viel weiter. Ich wünschte, ich wäre ein anderer Mensch. Nicht Henri Joly aus La Ciotat. Sondern ... ich weiß nicht ... Jean Dupont aus Paris!«

»Wer ist Jean Dupont aus Paris?«

»Ich habe ihn eben erfunden. Jean Dupont ist Manager in einer großen Firma. Er ist ehrgeizig und ziemlich skrupellos, ein knallharter Verhandler, eher gefürchtet als geliebt, aber jeder versucht sich bei ihm einzuschmeicheln. Er sitzt im Vorstand, und allgemein werden ihm gute Chancen eingeräumt, irgendwann den Vorstandsvorsitz zu übernehmen. Wie findest du Jean?«

Cathérine lächelte, und diesmal war ihr Lächeln weich, verlieh ihrem Gesicht einen Ausdruck, der etwas davon verriet, wie sie hätte aussehen können ohne die Krankheit und ohne die tiefe Bitternis in ihren Zügen: Sie hätte eine aparte Frau sein können, und vielleicht wären den Menschen ihre schönen Augen aufgefallen.

»Ich mag Jean nicht«, sagte sie, »im Gegenteil, ich glaube, er ist mir sogar zutiefst unsympathisch. Das mag daran liegen, daß mir Henri so sehr ans Herz gewachsen ist und daß ich ihn um nichts anders haben möchte, als er ist.«

Henris Kaffee wurde unaufgefordert gebracht. Wie immer trank er ihn schwarz, ohne Milch und Zucker. Cathérine wußte seit Jahren, wie er seinen Kaffee mochte: sehr stark und sehr bitter. Manchmal träumte sie davon, wie es wäre, ihm seinen Kaffee morgens zu kochen, mit ihm am Frühstückstisch zu sitzen, ihm seine Tasse einzuschenken. Sie hätte ihm sein Baguette aufgeschnitten, Butter und Honig darauf gestrichen. Er liebte Honig-Baguette. Auch diese Vorliebe kannte sie.

Er griff den Satz auf, den sie zuletzt gesagt hatte. »Dieser Henri, den du nicht anders haben möchtest ... er hat dich tief enttäuscht ...«

Sie wehrte sofort ab, benutzte unwillkürlich seine zuvor geäußerten Worte. »Ich möchte nicht darüber reden. Bitte nicht!«

»In Ordnung.« Er trank mit wenigen Schlucken seinen Kaffee, schob dann die Tasse zurück, legte ein paar Francs auf den Tisch und stand auf. »Wir sehen uns nachher? Ich danke dir, Cathérine.« Flüchtig strich er ihr über die Haare, ehe er die Kneipe verließ. Die Mutter in der anderen Ecke starrte hinter ihm her. So, wie alle Frauen immer hinter ihm hergestarrt hatten.

Und ich, dachte Cathérine voller Trostlosigkeit, habe wirklich einmal geglaubt, er würde mich heiraten.

3

Nadine bereute es bereits zehn Minuten nach ihrer Ankunft, daß sie zu ihrer Mutter gefahren war. Wie üblich fühlte sie sich nicht besser, sondern schlechter, und sie fragte sich, weshalb sie einen Fehler, den sie kannte, mit solcher Beharrlichkeit wiederholte.

Allerdings war sie an diesem Tag vielleicht auch nicht wirklich zurechnungsfähig. Es war klar, daß sie etwas Unüberlegtes hatte tun müssen. Womöglich hätte ihr sogar Schlimmeres passieren können, als im trostlosen Haus ihrer Mutter zu landen.

Wie oft hatte sie schon auf sie eingeredet, aus dem abseits gelegenen kleinen Haus in Le Beausset auszuziehen. Was hielt sie nur in dem verfallenen Schuppen, der allmählich völlig zugewuchert wurde von der Wildnis des riesigen Gartens. Das Haus lag in einer Art Schlucht, von seinen Fenstern aus hatte man keinen anderen Blick als den auf die hohen, steilen Felsen, die in den Himmel ragten und jede weitere Sicht verhinderten. Die Schlucht war zudem dicht bewaldet und selbst an klaren Hochsommertagen von einer beklemmenden Düsternis. An einem verregneten Herbsttag wie diesem erreichte die Trostlosigkeit den Höhepunkt.

In der Küche war es kalt, und es roch nach irgendeiner verdorbenen Speise. Nadine behielt ihre warme Jacke an, grub sich immer tiefer in sie hinein und konnte doch nicht aufhören zu frieren. Die uralten steinernen Mauern schirmten im Sommer so erfolgreich die Sonnenhitze ab, daß es immer feucht und dunkel im Inneren des Hauses blieb. Im Herbst und im Winter hätte der große steinerne Kamin in der Wohnküche stets beheizt sein müssen, damit sich die Bewohner einigermaßen wohl hätten fühlen können. Aber schon in Nadines Kinderzeit war dies selten der Fall gewesen. Ihr Vater war wegen seiner zahllosen außerehelichen Affären fast nie dagewesen, und ihre Mutter hatte lamentiert und gehadert und war meist zu überfordert gewesen, um sich auch noch um eine Nebensächlichkeit wie ein Feuer im Ofen zu kümmern. Nadine hatte bereits mit zwölf Jahren beschlossen, daß sie ihre Familie so schnell wie möglich verlassen wollte.

Auch heute sah sie sich wieder um und dachte voller Bitterkeit: So dürfte man ein Kind nicht aufwachsen lassen.

Marie Isnard trat mit der Kaffeekanne an den Tisch. »Hier, Kind. Das wird dir guttun.« Sie musterte ihre Tochter besorgt. »Du siehst sehr blaß aus. Hast du überhaupt geschlafen in der letzten Nacht?«

»Nicht so gut. Vielleicht liegt es am Wetter. Ich habe immer Probleme, wenn der Sommer in den Winter übergeht. Ist nicht meine beste Zeit.«

»Heute ist es besonders häßlich«, meinte Marie. Sie war im Bademantel, Nadine hatte sie noch im Bett angetroffen. »Mit Henri ist doch aber alles in Ordnung?«

»Es ist langweilig wie immer.«

»Na ja, nach fünfzehn Jahren ... da ist keine Beziehung mehr aufregend.«

Marie setzte sich ebenfalls an den Tisch, schenkte sich und ihrer Tochter Kaffee ein. Sie hatte sich weder gewaschen noch gekämmt und sah nicht aus wie fünfzig, sondern wie Mitte sechzig. Um die Augen herum war sie stark verquollen, doch Nadine wußte, daß ihre Mutter nie Alkohol anrührte und daß die hängenden Lider und die dicken Tränensäcke nicht von derlei Ausschweifungen herrühren konnten. Marie mußte wieder einmal stundenlang geweint haben. Sie würde sich eines Tages noch einmal die Augen aus dem Kopf weinen.

»Mutter«, sagte Nadine, »warum gehst du nicht endlich fort aus diesem Haus?«

»Darüber haben wir schon so oft gesprochen. Ich lebe jetzt seit über dreißig Jahren hier. Warum sollte ich mich noch verändern?«

»Weil du mit fünfzig Jahren keine alte Frau bist, die sich in einer Einöde verkriechen sollte. Du könntest noch so viel aus deinem Leben machen.«

Marie fuhr sich mit den gespreizten Fingern ihrer linken Hand durch die Haare. Ihre kurz geschnittenen, fast schwarzen Locken standen wie ein Staubwedel in die Höhe. »Schau mich doch an! Was sollte ich denn noch aus meinem Leben machen?«

Tatsächlich war sie noch immer eine recht attraktive Frau, dies verbargen nicht einmal ihre schlampige Aufmachung und die verschwollenen Augen. Nadine wußte, daß ihre Mutter, Weinbauerntochter aus Cassis, einst als eines der schönsten Mädchen der Gegend gegolten hatte, und dies, wie Photos bewiesen, zu Recht. Sinnlich, lebensfroh, tatkräftig und ungeheuer strahlend. Kein Wunder, daß sich der ebenso sinnenfrohe und begehrte Michel Isnard in sie verliebte und sie schwängerte, als sie kaum siebzehn war. Auf das heftige Betreiben von Maries Vater heirateten die beiden und mußten sodann für sich und Baby Nadine eine Bleibe suchen.

Nadine verzieh es ihrem Vater später nie, daß er sich zu dieser Zeit plötzlich ein romantisches, altes Gemäuer in der Einsamkeit in den Kopf gesetzt hatte. Marie erzählte immer, er habe auf einmal nur noch von einem großen Stück Land geschwärmt, von Ziegen und Hühnern und einem Haus, das den Charme lang vergangener Zeiten atme ...

So waren sie an die Bruchbude in Le Beausset gekommen, und Michel hatte verkündet, er werde den Innenausbau in Eigenarbeit übernehmen und ihnen ein gemütliches, schönes Zuhause schaffen. Es blieb im wesentlichen bei der Absichtserklärung. Michel hatte sich noch nie für körperliche

Arbeit begeistern können. Intensiver denn je kümmerte er sich um sein kleines Antiquitätengeschäft in Toulon, war den ganzen Tag fort und schließlich auch die halben Nächte, und Nadine begriff erst nach Jahren, daß er sich in den späten Stunden vorwiegend attraktiven, jungen Touristinnen widmete, durch Kneipen, Diskotheken und Betten zog. Zu jener Zeit fing Marie an, nachts ihre Kissen naß zu weinen, und in gewisser Weise hörte sie damit nie wieder auf. Sie kümmerte sich um den unüberschaubar großen Garten, um die Hühner und Ziegen, die sich Michel so dringend gewünscht hatte, und um das kleine Mädchen, dessentwegen sie mit Anfang zwanzig bereits in einer unglücklichen Ehe festhing und anfing, verhärmt auszusehen.

Sie hatten kein fließendes Wasser im Haus, keinen Strom und nur ungenügend schließende Fenster. Michel hatte begonnen, ein Badezimmer anzulegen, war der Arbeit jedoch auf halbem Wege überdrüssig geworden. Ein paar Kacheln klebten an den Wänden, der Lehmfußboden wurde zur Hälfte von Fliesen bedeckt. Einmal – Nadine war sechs gewesen – brachte er stolz einen Spiegel mit nach Hause, eine schön gerahmte Antiquität.

»Für dich«, sagte er zu Marie, die zwei Nächte lang nicht gewußt hatte, wo er war, und verschwollene Augen hatte, »für dein Badezimmer.«

Es war das erste und einzige Mal gewesen, daß Nadine ihre Mutter als Furie erlebt hatte. Marie hatte ihren Mann angestarrt, als könne sie nicht fassen, was er da gerade sagte, oder als könne sie nicht begreifen, wie er sie derart arglos anlächeln konnte. Dann nahm sie den Spiegel in ihre beiden Hände und schmetterte ihn mit aller Kraft auf den steinernen Küchenfußboden. Glas und Rahmen sprangen in tausend Stücke.

»Mach das nie wieder!« brüllte sie. Die Adern auf ihrer Stirn traten hervor, und ihre Stimme überschlug sich. »Wage es nicht, mich noch einmal so zu beleidigen! Behalte deinen Mist für dich! Ich will keine Geschenke, ich will nichts! Nicht von dir! Ich kann auf dein dummes Grinsen verzichten und auf dein Gesäusele und auf all das, was ohnehin nichts wert ist!«

Nadine war in ihr Zimmer geflüchtet und hatte sich die Ohren zugehalten. Irgendwann, als es schon lange ganz still war im Haus, hatte sie sich wieder hervorgewagt und war in die Küche geschlichen. Marie saß am Tisch, den Kopf in die Hände gestützt, und weinte. Um sie herum lag der Scherbenhaufen des zerbrochenen Spiegels. Von Michel war nichts zu sehen.

»Mama«, sagte sie leise, »was ist denn los? Warum hast du dich nicht über Papas Geschenk gefreut?«

Marie blickte auf. Nadine fragte sich zum erstenmal, wie ihre Mutter wohl aussah, wenn sie keine verweinten Augen hatte.

»Das verstehst du nicht«, sagte sie, »du bist noch zu klein. Eines Tages wirst du es begreifen.«

Und irgendwann hatte Nadine es begriffen. Sie hatte begriffen, daß es im Leben ihres Vaters ständig andere Frauen gab, daß er ein Leichtfuß war, daß er seinen Launen nachgab, wie es ihm paßte, daß er sorglos in den Tag hineinlebte und sich kaum je Gedanken um andere Menschen machte. Er hatte das schönste Mädchen zwischen Toulon und Marseille geheiratet, aber sie vergraulte ihn mit ihrem dauernden Gejammere, ihren Vorwürfen, ihrem Nörgeln.

Als Nadine vierzehn war und nichts stärker ersehnte, als das Leben, das sie führte, endlich verlassen zu können, verliebte sich Michel in eine Boutiquebesitzerin aus Nizza und zog von einem Tag zum anderen bei ihr ein. Er verpachtete sein Antiquitätengeschäft und erzählte jedem, ob er es hören wollte oder nicht, er habe die Frau seines Lebens gefunden. Anfangs tauchte er noch einige Male vor Nadines Schule auf, fing seine Tochter ab, ging mit ihr in ein Café oder zum Essen und berichtete ihr in schwärmerischen Worten, wie wunderbar sich sein Dasein gefügt habe. Aber diese Besuche wurden immer seltener, und schließlich erschien er gar nicht mehr.

Nadine hatte Marie damals immer wieder bestürmt, sich scheiden zu lassen und endlich in eine gemütliche Wohnung am Meer zu ziehen.

»Hier ist es doch furchtbar! Hier versauern wir! Es ist nichts los, und dieses Haus ist einfach schrecklich. Und wieso willst du noch an einen Mann gebunden bleiben, der dich nur enttäuscht und betrogen hat?«

Aber die vielen Jahre der Frustration und des unaufhörlichen Weinens hatten Marie alle Kraft gekostet. Sie brachte die Energie nicht mehr auf, eine Veränderung in ihrem Leben herbeizuführen. Sie fand sich mit dem Haus ab, mit der Einsamkeit, mit all den nicht eingehaltenen Versprechungen, von denen es wimmelte in ihrem Leben. Was keineswegs hieß, daß sie aufhörte zu weinen. Sie hatte sich auch mit den Tränen abgefunden, sie waren fester Bestandteil ihres Alltags. Nadine hatte manchmal den Eindruck, ihre Mutter weinte, wie andere rauchten, tranken oder sich sonst irgendeinem Laster hingaben. Wenn sie ihre Arbeit getan hatte, oder wenn sie auch nur ihre Arbeit unterbrach und sich einen Moment ausruhte, setzte sie sich an den Küchentisch und weinte. Nach einer Weile stand sie auf und machte weiter.

Mit achtzehn beendete Nadine die Schule und hatte alles gründlich satt. Das häßliche, bröckelnde Haus, das nur aus Provisorien bestand. Den ewigen Geldmangel, der von der Tatsache ausging, daß Marie nichts verdiente und sie auf die unregelmäßig eintreffenden Zahlungen Michels angewiesen waren und auf das, was Maries Vater zuschoß, wofür jedoch langwieriges Bitten und Betteln notwendig waren. Sie hatte die Tränen ihrer Mutter satt und die trostlose Eintönigkeit eines jeden Tages.

Heute dachte sie oft, sie hätte Henri nie geheiratet, wäre er ihr nicht als die einzige Möglichkeit erschienen, den heimatlichen Staub von den Füßen zu schütteln.

»Weißt du, Kind«, sagte Marie nun, »du rätst mir immer, was ich tun soll, um glücklicher zu werden. Aber die Wahrheit ist doch die, daß ich mein Leben gelebt habe. Du hingegen hast deines noch vor dir!«

»Ich bin dreiunddreißig!«

»Da steht dir wirklich noch alles offen. Wenn du es klüger anstellst als ich. Mit dreiunddreißig hatte ich eine fast erwachsene Tochter und war von meinem Mann sitzen gelassen worden, nachdem er mir jahrelang das Leben zur Hölle gemacht hatte. Aber ...«

»Ganz richtig«, unterbrach Nadine, »deine Tochter war fast erwachsen. Du warst frei. Aber du hast dich nicht bewegt.«

Marie stellte ihren Becher mit Kaffee, den sie gerade hatte zum Mund führen wollen, mit einem Klirren auf den Tisch.

»Dein Vater«, sagte sie heftig, »hat mir Tatkraft, Energie, Lebensfreude langsam aus allen Gliedern gesaugt. Er hat mich zerstört. Mit dreiunddreißig war ich verbittert und ohne Mut, wenige Jahre später eine alte Frau. Doch bei dir ist das anders. Du bist glücklich mit Henri. Er ist ein wunderbarer Mann. Von Anfang an hat er dich auf Händen getragen. Es gibt keinen Grund, warum du ...«

»Ja? Was wolltest du sagen?«

»Du siehst miserabel aus, um ganz ehrlich zu sein. Das fiel mir schon bei deinem letzten Besuch auf, und der liegt fast acht Wochen zurück. Da war das Wetter wunderschön, und vom Übergang in den Herbst konnte noch keine Rede sein. Trotzdem hattest du eine Leichenbittermiene ... Was ist los?

Da sind Furchen um deinen Mund, die bekommen andere zehn Jahre später.«

»Ach Gott, Mama!« Nadine stand auf. Sie hatte stark abgenommen in den letzten Wochen und wußte, daß sie ungeheuer zerbrechlich aussah. Die vergangene Nacht hatte sie ihre letzten Kräfte gekostet. Sie war verzweifelt und völlig hoffnungslos. »Mama, dring doch nicht plötzlich so in mich. Du hast früher nie gefragt, warum dann jetzt auf einmal?«

»Ich habe früher nie gefragt? Ich habe immer wissen wollen, wie es dir geht. Ich habe mich immer erkundigt. Ich glaube nicht, daß du mir vorwerfen kannst ...«

Nadine bemerkte, daß sie Kopfweh bekam. Ihre Mutter war weder eine unintelligente noch eine verständnislose Frau, aber ihr persönliches Versagen im Leben ihrer Tochter würde sie nicht begreifen.

»Mutter, ich will dir gar nichts vorwerfen. Aber deine Fragen nach meinem Befinden beschränkten sich auf das übliche ›Na, wie geht's?‹. Worauf ich das übliche ›Gut‹ oder ›Es geht‹ antwortete. Besonders nachgehakt hast du nie.«

Marie wirkte einigermaßen perplex. »Aber du schienst immer glücklich!«

Nadine lächelte bitter. »Glücklich! Du weißt, daß ich, solange ich lebe, nichts so sehr wollte, wie Le Beausset zu verlassen. Dieses Loch hier, in das du dich hast sperren lassen und das auch zu meinem Gefängnis wurde. Und wie weit habe ich es geschafft? Bis nach Le Liouquet in La Ciotat! Verdammt weit, nicht wahr? Bis in eine idiotische Küche mit einem noch idiotischeren Pizzaofen. Meinst du, davon habe ich geträumt während all der Jahre in der Schlucht hier?«

»Aber Henri ...«, begann Marie erneut mit schwacher Stimme.

Nadine sank auf ihren Stuhl zurück. »Laß mich mit Henri zufrieden«, sagte sie, »laß mich um Gottes willen mit Henri zufrieden!«

Dann tat sie das, was für gewöhnlich ihre Mutter zu tun pflegte: Sie stützte den Kopf in die Hände und fing an zu weinen. Das kam bei Nadine sonst praktisch nie vor.

Diesmal jedoch schluchzte sie so bitterlich, als sei ein Schmerz in ihr, der sie auffraß, der nichts mehr von ihr übrigließ als ein unendliches Meer von Tränen.

4

Laura war kurz nach sieben Uhr vom Joggen zurückgekehrt, hatte sich Tee gemacht und die Tasse mit ins Bad genommen, wo sie ausgiebig duschte, ihre Haare fönte, sich sorgfältig schminkte und schließlich sogar noch ihre Fußnägel lackierte. Sie wußte nicht, weshalb sie sich an diesem Sonntagmorgen so gründlich pflegte; für gewöhnlich ließ sie sonntags eher fünf gerade sein und blieb manchmal bis abends in Jogginghose und Sweatshirt. Diesmal hatte sie jedoch das Empfinden einer besonderen Situation. Sie fühlte sich ungewöhnlich schwach, suchte nach etwas, woran sie sich festhalten konnte. Sie wollte ordentlich aussehen, damit überhaupt noch etwas ordentlich war. Ihre Welt wankte: Zum erstenmal war sie am vergangenen Abend ins Bett gegangen, ohne zuvor mit Peter gesprochen zu haben.

Und hatte während der ganzen Nacht nicht einen Moment geschlafen.

Ihr war klar geworden, wie abhängig sie von bestimmten Ritualen war, wie abhängig von *ihm*, wie abhängig von dieser Ehe. Ihre gesamte Gemütsverfassung stand und fiel mit den Anzeichen dafür, ob zwischen ihr und Peter alles in Ordnung war oder nicht. Es gelang ihr nicht, auszuweichen, andere Prioritäten ins Spiel zu bringen und damit eine Ausgewogenheit herzustellen. Es gab nur Peter. Er allein entschied darüber, ob sie mit sich im Einklang war oder nicht.

Geduscht, gefönt, geschminkt und zumindest mit ihrem Äußeren einigermaßen zufrieden, hatte sie sich in der Küche ein Spiegelei gebraten und es anschließend in den Müll gekippt, weil ihr allein bei dem Gedanken an Essen übel wurde. Um halb zehn hatte Peter immer noch nicht angerufen.

»Das ist nicht normal«, sagte sie leise zu sich.

Oben begann Sophie in ihrem Zimmer zu krähen. Sie stand in ihrem Gitterbett, als Laura hinaufkam, und streckte ihrer Mutter beide Arme entgegen. Sophie sah ihrem Vater geradezu lächerlich ähnlich. Sie hatte seine weit auseinanderstehenden, graugrünen Augen geerbt, seine gerade Nase und sein breites, strahlendes Lächeln. Laura erkannte nichts von sich selbst in ihrem Kind.

»Wenn ich nicht so sicher wüßte, daß ich die Mutter bin ...«, sagte sie manchmal scherzhaft. Es hatte ihr nie etwas ausgemacht, ein Ebenbild Peters zur Welt gebracht zu haben. An diesem Tag jedoch verspürte sie zum erstenmal einen leisen Stich deswegen. Sie konnte ihn sich jedoch nicht erklären.

Sie nahm Sophie mit hinunter und fütterte sie. Die Kleine war bester Laune, lachte viel und versuchte alles anzufassen, was in ihre Reichweite geriet.

Es war fünf vor zehn, und Laura war noch beim Füttern, als das Telefon klingelte.

Ihre Erleichterung war unbeschreiblich und erschütterte sie beinahe. Sie hatte sich so sehr nach diesem Klingeln gesehnt, daß sie nun, als es endlich ertönte, fast in Tränen ausgebrochen wäre. Mit Sophie auf dem Arm trat sie hastig an den Apparat.

»Mein Gott, Peter, was war denn los?« fragte sie.

Zum zweitenmal innerhalb von zwölf Stunden traf sie auf

konsterniertes Schweigen am anderen Ende der Leitung. Zum Glück war es diesmal aber nicht Britta. Es war Lauras Freundin Anne.

»Ich verstehe nicht ganz, was so tragisch daran ist, daß Peter einmal nicht anruft«, meinte Anne sachlich, nachdem Laura alles erzählt hatte, »aber wenn es für dich so schlimm ist, dann würde ich ihm die Hölle heiß machen. Er kennt dich lange genug, um zu wissen, daß dich sein Verhalten quält. Also nimm keine Rücksicht auf ihn. Wähle jede Minute seine Nummer. Irgendwann wird er reagieren.«

»Ich habe es doch schon versucht. Ich kann mir nur vorstellen, daß er es aus irgendeinem Grund nicht hört. Und das macht mir Sorgen.«

»Oder er hört es und will nicht«, sagte Anne, und als sie es aussprach, begriff Laura, daß sie diese Möglichkeit schon die ganze Zeit über in Erwägung zog und genau deshalb so tief beunruhigt war.

»Das würde er nicht tun«, sagte sie, »warum sollte er auch?«

»Du weißt, ich kann manches an ihm nicht verstehen«, sagte Anne. Sie hatte nie einen Hehl daraus gemacht, daß sie Peter nicht besonders mochte.

»Vielleicht«, meinte sie, »sieht er diesen Segelausflug wirklich als *seine* Woche. Nur er und sein Freund und das Schiff. Er will diese Zeit ganz für sich haben. Sich wieder einmal ganz unbelastet fühlen.«

»Und mit mir fühlt er sich belastet?« fragte Laura pikiert.

Anne seufzte. »Ich denke, du weißt, wie ich das meine. Manchmal will man doch einfach ohne den Partner etwas machen. Mit einer Freundin oder einem Freund zusammen.«

»Nun, ich …«

»Bei dir ist das anders, ich weiß.« Kein Vorwurf klang in Annes Stimme, was Laura ihr hoch anrechnete. Früher, als sie zusammen zur Photoschule gingen, und auch später noch, als sie erste Aufträge bekamen und davon träumten, irgendwann einmal zusammen zu arbeiten, hatten sie ständig irgend etwas gemeinsam unternommen. Mit Peters Eintritt in Lauras Leben hatte das schlagartig aufgehört. Laura dachte oft, daß Anne jeden Grund gehabt hätte, ihr die Freundschaft zu kündigen. Sie war ihr dankbar für die Treue, mit der sie noch immer zu ihr hielt.

»Du bist fixiert auf Peter, und daneben gibt es nichts«, fuhr Anne fort, »aber woher willst du wissen, daß es bei ihm genauso ist? Vielleicht empfindet er anders, und deine ... deine Umklammerung wird ihm manchmal zuviel.«

»Ich umklammere ihn doch nicht! Er kann doch alles machen, wie er möchte. Er lebt für seinen Beruf, und da habe ich ihm noch nie hineingepfuscht!«

»Du wartest zu sehr auf ihn. Du fieberst ihm jeden Tag entgegen, wenn er heimkommt. Du rufst ihn im Büro viel zu oft an. Spätestens am Dienstag willst du wissen, wie und wo ihr beide das kommende Wochenende zusammen verbringt. Er muß dir jede Sekunde seiner Zeit versprechen. Hast du dir mal überlegt, daß er das vielleicht manchmal als Druck empfindet?«

Laura schwieg. Die Worte ihrer Freundin klangen in ihren Ohren nach. Schließlich sagte sie leise: »Die Zeit wird mir manchmal so lang ...«

»Du hättest nie aufhören sollen, zu arbeiten«, sagte Anne.

»Peter wollte es unbedingt.«

»Trotzdem war es falsch. Du hättest kämpfen müssen. Es wäre so wichtig gewesen, etwas für dich zu behalten. Einen Bereich, der dir gehört und der neben Peter auch eine Bedeutung in deinem Leben hat. Glaub mir, du würdest viel gelassener mit eurer Ehe umgehen. Was dieser außerordentlich zugute käme.«

»Was soll ich denn jetzt machen?«

Anne stutzte, dann begriff sie, daß Laura nicht einen beruflichen Neuanfang meinte, sondern bereits wieder zum Anfang ihres Gesprächs zurückgekehrt war.

»Bombardiere ihn. Er hatte versprochen, sich zu melden, und es ist höchst unfair, was er jetzt tut. Ruf ihn an, ruf seinen Freund an. Ruf diese Bekannten von euch an, bei denen er essen wollte. Kreise ihn ein. Erkläre ihm dann, was du von seinem Benehmen hältst. Schmettere den Hörer auf die Gabel und sei für den Rest der Woche nicht mehr zu erreichen.« Anne atmete tief. »Soweit mein Rat, was Peter betrifft. Und was dich angeht, so kann ich nur sagen: Fang endlich wieder an zu arbeiten. Es ist fünf vor zwölf. Peter wird lamentieren, aber schließlich einlenken. Ich kenne die Männer, am Ende beugen sie sich dem Unausweichlichen. Und mein Angebot steht. Ich kann eine gute Mitarbeiterin brauchen.«

»Anne, ich ...«

»Wir waren immer ein gutes Team. Denk noch manchmal daran, was wir alles vorhatten. Es ist nicht zu spät dafür.«

»Ich rufe dich wieder an«, sagte Laura und legte den Hörer auf.

5

Christopher Heymann erwachte um halb elf an diesem Sonntag aus einem komaähnlichen Tiefschlaf, und der Kopfschmerz fiel über ihn her wie ein böser Feind, der seit Stunden neben seinem Bett gelauert hatte. Neben seinem Bett? Nur ganz langsam registrierte Christopher, daß er gar nicht in seinem Bett lag. Seine Finger berührten Holz. Er fror, und als er nach der Decke tastete, konnte er sie nicht finden. Der mörderische Kopfschmerz hatte zunächst alles andere überlagert, aber allmählich setzten sich auch andere Empfindungen durch, und er merkte, daß jeder Knochen in seinem Körper wehtat.

»Scheiße«, flüsterte er heiser.

Nach und nach kristallisierten sich Bilder vor seinen Augen heraus. Er konnte Treppenstufen erkennen, die nach oben führten. Die Füße eines antiken Tischchens. Einen Schirmständer aus Messing, in dem ein blauer Schirm steckte. Den Beginn eines weißlackierten Treppengeländers ...

Der Flur seines eigenen Hauses. Der Eingangsbereich. Er lag bäuchlings direkt hinter der Tür auf dem Fußboden, hatte einen Preßlufthammer im Kopf, spürte Knochen, von deren Existenz er bislang nichts gewußt hatte, und merkte, daß er sich jeden Moment würde übergeben müssen.

Das Telefon klingelte. Er vermutete, daß es das schon seit einiger Zeit tat und er davon aufgewacht war. Es stand in dem kleinen Kaminzimmer gleich neben dem Flur, aber er hatte keine Idee, wie er dort hingelangen sollte. Die Schmerzen tobten in seinem Körper.

Mühsam versuchte er, den vergangenen Abend zu rekonstruieren. Er hatte gesoffen. Er hatte gesoffen bis zum Umfallen. In irgendeiner verdammten Hafenkneipe von Les Lecques. In welcher? Das krampfhafte Erinnern verschärfte den Kopfschmerz. Dies und das unaufhörliche Klingeln von nebenan. Wer immer ihn anrief, er mußte von atemberaubender Penetranz sein.

Schemenhaft kehrten Bilder zurück. Der Hafen. Die Kneipe. Das Meer. Es hatte am gestrigen Abend schon geregnet, es war ziemlich kühl gewesen. Er hatte Whisky getrunken. Er trank immer Whisky, wenn er das Leben zu vergessen suchte. Irgendwann hatte irgend jemand, der Ober vielleicht, ihn zum Aufhören bewegen wollen. Er konnte sich noch erinnern, ziemlich aggressiv geworden zu sein. Er hatte nicht aufgehört. Er hatte auf seinem Recht beharrt, bedient zu werden.

Und dann der Filmriß. Von einem bestimmten Punkt an

verschwand alles im Dunkeln. Er hatte keine Ahnung mehr, was passiert war. Aber da er in seinem Hausflur lag, mußte er auf irgendeine Weise heimgekommen sein. Ihm schwindelte bei dem Gedanken, daß er womöglich Auto gefahren war. Zu Fuß konnte er bis La Cadière nicht kommen. Wenn er sich tatsächlich noch hinter das Steuer gesetzt hatte, war es ein Wunder, daß er noch lebte.

Das Telefon hatte einen Moment geschwiegen, nun setzte das Klingeln wieder ein. Christopher beschloß, zum Apparat zu rollen und das Kabel aus der Wand zu reißen, denn andernfalls würde ihn das Läuten zum Wahnsinn treiben. Er richtete sich auf, stützte sich auf seine Arme, und in diesem Moment wurde ihm sterbensübel. Er kotzte quer über den Flur, und dann kroch er durch sein Erbrochenes hindurch in das kleine, düstere Zimmer. Kurz bevor er das Telefon erreichte, wurde ihm erneut schlecht, und er übergab sich noch einmal. Undeutlich erinnerte er sich an einen anderen Moment in seinem Leben, als ihm so schlecht gewesen war, daß er ins Zimmer gekotzt hatte. Er war noch klein gewesen, ein Kind, und seine Mutter hatte der Familie gerade eröffnet, sie werde fortgehen. Für immer. Er hatte begonnen zu schreien und sich zu erbrechen, aber sie war nicht zu erweichen gewesen. Sie hatte mit schnellen Schritten das Haus verlassen und sich nicht mehr umgedreht.

Er änderte seine Meinung und riß nun doch nicht den Stecker aus der Wand. Stattdessen zog er sich am Tisch hoch, nahm den Hörer ab und ließ sich an der Wand entlang wieder langsam zu Boden gleiten.

»Ja?« sagte er. Er war nicht sicher gewesen, ob er einen Ton herausbringen würde, aber zu seiner Verwunderung hörte sich seine Stimme zwar etwas krächzend, aber ansonsten durchaus kräftig an. Es klang eher, als habe er eine Erkältung als einen schweren Kater.

Nach so vielen Jahren in Frankreich überraschte es ihn jedesmal im ersten Moment, wenn er am Telefon auf Deutsch angesprochen wurde. Nach ein paar Sekunden erkannte er Lauras Stimme. Peters Frau. Und sofort begriff er, daß er gewußt hatte, sie würde anrufen, und daß sein Besäufnis vom Vorabend auch damit etwas zu tun gehabt hatte.

»Christopher? Ich bin es. Laura Simon.« Sie nannte ihren vollen Namen, was sie ihm gegenüber sonst nie tat und was auf Nervosität schließen ließ. »Gott sei Dank, daß du da bist! Ich versuche es schon seit einer halben Stunde!«

»Laura. Wie geht es dir?«

»Bist du erkältet?« fragte sie, statt einer Antwort, zurück. »Du klingst so merkwürdig!«

Er räusperte sich. »Ein bißchen. Das Wetter hier ist scheußlich.«

»Deshalb seid ihr auch nicht unterwegs, oder? Peter sagte, ihr wolltet früh aufbrechen.«

»Es regnet in Strömen.«

»Ist Peter bei dir? Ich versuche seit Stunden, ihn zu erreichen. Im Haus erwische ich ihn nicht, über sein Handy nicht ...«

Das Erbrechen hatte seinen Kopf ein wenig klarer gemacht. Er konnte ihren Worten folgen.

Scheiße, Scheiße, dachte er, was antworte ich ihr?

»Hier ist er nicht«, sagte er mürrisch, »keine Ahnung, wo er stecken könnte.«

Vom anderen Ende der Leitung kam entgeistertes Schweigen. Dann sagte Laura mit rauher Stimme – in der er die Verzweiflung erkannte, in der sie seit Stunden lebte –: »Das kann doch nicht sein. Was heißt, du weißt nicht, wo er steckt?«

»Es heißt, was es heißt. Was soll ich sonst dazu sagen?«

»Christopher, ihr wart doch verabredet! Ihr wolltet euch entweder gestern abend noch oder spätestens heute früh treffen und dann lossegeln. Wie kannst du dann so gelassen erklären, du hättest keine Ahnung, wo er sich aufhält?«

»Er ist nicht aufgetaucht«, sagte Christopher, »gestern abend nicht und heute früh auch nicht.«

Sie schnappte nach Luft. Gleich würde sie schrill werden, Frauen wurden immer schrill, wenn sie sich aufregten.

»Und du tust *nichts*?« fragte sie fassungslos. »Dein bester Freund erscheint nicht zum vereinbarten Zeitpunkt, und das *interessiert* dich überhaupt nicht?«

Wenn sie wüßte, wie weh sein Kopf tat! Hätte er bloß den Hörer nicht abgenommen. Er fühlte sich mit der Situation hoffnungslos überfordert.

»Was soll ich schon machen?« brummte er. »Offenbar hat Peter keine Lust zum Segeln. Er hat es sich anders überlegt. Na und? Er ist ein freier Mann, er kann tun und lassen, was er möchte.«

Er wußte, daß sie ihn für übergeschnappt hielt.

»Christopher, er ist doch wegen des Segelns überhaupt an die Côte gefahren! Gestern um achtzehn Uhr hat er sich noch einmal bei mir gemeldet. Er wollte bei Nadine und Henri etwas essen und dann gleich schlafen. Um heute fit zu sein. Kein Wort davon, daß er es sich anders überlegt haben könnte.«

»Vielleicht braucht er Abstand. Von allem. Von dir.«

»Christopher, bitte tu mir einen Gefallen. Ich habe wirklich Angst, daß etwas passiert sein könnte. Bitte fahr in unser Haus hinüber, den Schlüssel hast du ja. Sieh nach, ob er dort ist. Vielleicht ist ihm schlecht geworden, oder er ist unglücklich gestürzt ...« Sie weinte jetzt fast. »Bitte, Christopher, hilf mir. Hilf *ihm*!«

»Ich kann nicht rüberfahren. Ich hab einen Promillewert im Blut, an dem würden andere sterben. Ich sitze hier und kotze. Sorry, Laura, aber es geht nicht. Ich schaffe es nicht einmal bis in mein Bett!«

Mit einem Krachen brach die Verbindung ab. Überrascht starrte er auf seinen Telefonhörer. Die Maus hatte aufgelegt.

Genauer gesagt, sie mußte den Hörer mit einer Heftigkeit auf die Gabel geschmettert haben, daß sie den Apparat damit hätte zerschlagen können. Er war verwundert; Temperamentsausbrüche kannte er von ihr nicht. Normalerweise bemühte sie sich viel zu sehr darum, nett zu sein und von jedermann gemocht zu werden.

Armes Ding, dachte er, verdammt armes Ding ...

Er rutschte tiefer zu Boden, bis er wieder zum Liegen kam. Das Erbrochene an seinen Kleidern stank zum Gotterbarmen. Trotzdem würde es dauern, bis er versuchen konnte, die Dusche zu erreichen. Zuvor brauchte er noch ein klein wenig Schlaf ...

6

Es herrschte Hochbetrieb im *Chez Nadine* an diesem Sonntag. Zwar hielten sich zu dieser Jahreszeit nicht mehr allzuviele Touristen an der Côte auf, aber die, die da waren, wurden von dem schlechten Wetter in Restaurants und Cafés getrieben und verbrachten dort mehr Zeit, als es für gewöhnlich der Fall war.

Cathérine und Henri arbeiteten ganz allein, denn Nadine war tatsächlich nicht mehr aufgetaucht, und die Hilfe, die Henri manchmal beschäftigte, kam ab dem 1. Oktober nicht mehr, da sie dann für gewöhnlich nicht gebraucht wurde.

Heute wären zwei weitere Hände dringend nötig gewesen. Jeder Tisch war besetzt, und die Leute aßen gegen ihren Frust an, den ihnen der Regen bereitete. Obwohl Henri es nicht ausgesprochen hatte, wußte Cathérine, worin das eigentliche Problem bestand: Henri hätte eine Person zum Servieren benötigt. Und sie war zum Servieren nicht einsetzbar. Mit ihrem Gesicht konnte sie den Leuten nicht das Essen bringen. Wenn die Krankheit blühte, hätte niemand eine Mahlzeit angenommen, die sie zuvor berührt hatte, und wenn sie ehrlich war, konnte sie es den Menschen auch kaum verdenken. Es sah eklig aus und hätte schließlich auch ansteckend sein können. Sie konnte nicht jedem erklären, daß der Ausschlag ihr persönliches Schicksal war, daß sie ihn auf niemanden sonst übertragen würde.

Henri mußte nun den Service allein bewältigen, aber er mußte gleichzeitig den Pizzaofen und die Speisen auf dem Herd im Auge behalten. Normalerweise war sein Platz in der Küche, und Nadine bediente. Heute zerriß er sich fast zwischen beiden Aufgaben. Cathérine konnte ihn wenigstens so weit unterstützen, daß sie Geschirr spülte und immer neue Berge von Tomaten, Zwiebeln und Käse für den Pizzabelag kleinschnitt, außerdem noch auf Henris Anweisung hin und wieder die Töpfe auf dem Herd umrührte und darauf achtete, daß nichts anbrannte. Dennoch sagte sie, als Henri wieder einmal völlig abgehetzt in der Küche erschien und so erschöpft aussah, daß es ihr fast das Herz brach: »Henri, es tut mir so leid. Ich bin keine Hilfe für dich. Im wesentlichen mußt du alles allein machen, und …«

Er war mit einem Schritt neben ihr und legte ihr den Finger auf den Mund. »Psst! Kein Wort mehr. Mach dich nicht immer so schlecht. Ich danke Gott, daß du heute hier bist. Ich würde sonst zusammenbrechen. Du siehst ja …«

Damit wandte er sich schon wieder dem Herd zu, zog mit einem Fluch einen Topf zur Seite, griff hektisch ins Gewürzregal, schüttete irgendwelche Dinge zusammen und verrührte sie. Cathérine wußte, daß er ein Naturtalent beim Kochen und Backen und daher auch in extremen Streßsituationen sehr belastbar war. Für seine Pizza kamen die Menschen von weit her.

Seine kurze Berührung hatte weiche Knie bei ihr verursacht. Mit zitternden Fingern schnitt sie die Zwiebeln. Noch immer. Nach all den Jahren traf er sie noch immer in der Tiefe ihrer Seele, wenn er sie anfaßte. Ihre Augen füllten sich mit Tränen, sie zog die Nase hoch, und Henri sah für einen Moment zu ihr herüber. »Ist was?«

»Nein.« Sie würgte die Tränen hinunter. »Es sind nur die Zwiebeln.«

Henri verließ die Küche mit einem Tablett voller Gläser. Die zweiflügelige Tür schwang hinter ihm auf und zu. Cathérine dachte, wie unmöglich es von Nadine doch war, ihn derart im Stich zu lassen – und es passierte an diesem Tag weiß Gott nicht zum erstenmal.

Flittchen, dachte sie inbrünstig, billiges, kleines Flittchen!

Im selben Moment klingelte das Telefon.

Ein Apparat stand in der Küche, der andere vorn auf der Theke, aber Cathérine nahm an, daß Henri keine Gelegenheit hatte, den Anruf entgegenzunehmen. Sie selbst zögerte; es konnte Nadine sein, die sich melden wollte, und sie wußte, daß Henri es vor ihr am liebsten geheimhielt, wenn er seine Cousine in der Küche beschäftigte. Nadine wurde ärgerlich, wenn sie davon erfuhr, manchmal sogar richtig wütend.

Als das Telefon anhaltend klingelte, nahm Cathérine entschlossen den Hörer ab. Weshalb sollte sie sich immer verstecken? Schließlich sprang sie dort ein, wo eigentlich Nadine hätte tätig sein müssen.

Um die erwartete Attacke sogleich abzuwehren, meldete sie sich mit schroffer Stimme: »Hier ist Cathérine Michaud.« Dann erst ging ihr auf, wie albern das war, und sie fügte hinzu: »Restaurant *Chez Nadine*.«

Zu ihrer Erleichterung war es nicht Nadine. Sondern Laura Simon aus Deutschland. Sie hörte sich schrecklich an. Irgend etwas schien sie tief zu beunruhigen.

Als sie das Gespräch beendet hatte, setzte sich Cathérine für einen Moment auf einen Küchenstuhl und zündete sich eine

Zigarette an. Henri mochte es nicht, wenn sie in der Küche rauchte, und überdies hatten die Ärzte ihr geraten, die Finger vom Nikotin zu lassen, da dies ihr Krankheitsbild verschlimmern könnte. Aber manchmal brauchte sie ein wenig Entspannung, und ihre Krankheit wurde so oder so nicht besser.

Laura Simon. Sie hatte Laura und ihren Mann ein paarmal im *Chez Nadine* erlebt, wenn Nadine nicht dagewesen war und sie wieder einmal hatte einspringen dürfen. Außerdem war sie den beiden einmal in der Altstadt von La Ciotat begegnet, und sie hatten sie aufgefordert, einen Kaffee mit ihnen zu trinken. Cathérine hatte beide gemocht, sich aber – wie üblich – nicht gegen ein Gefühl von heftigem Neid auf Laura wehren können, weil diese in einer glücklichen Ehe lebte, ein hübsches Gesicht und glatte Haut hatte.

Henri kam in die Küche, runzelte einen Moment lang die Stirn wegen der Zigarette, sagte aber nichts. Cathérine stand auf, drückte den Glimmstengel im Spülbecken aus. Henri wischte sich den Schweiß von der Stirn.

»Wer hat angerufen? Nadine?«

Wieviel Angst er hat, dachte Cathérine mitleidig.

»Laura«, sagte sie, »Laura Simon aus Deutschland.«

Sie beobachtete ihn genau. Da war ein Zucken in seinem Gesicht, und er sah plötzlich noch eine Spur fahler aus.

»Laura? Was wollte sie?«

»Sie vermißt ihren Mann. Sie kann ihn nirgendwo erreichen, und das letzte, was sie von ihm gehört hatte, war, daß er hierher zum Essen kommen wollte. Gestern abend.«

»Er war da«, sagte Henri. Wer ihn kannte, konnte merken, daß er ein wenig zu gleichgültig klang. »Er hat hier eine Kleinigkeit gegessen und ist dann gegangen. Ziemlich früh.«

»Du solltest sie zurückrufen und ihr das sagen. Sie macht sich schreckliche Sorgen.«

»Meine Auskunft wird ihr kaum weiterhelfen.« Henri plazierte zwei riesige Pizzen auf großen Keramiktellern. »Gott, wie die Leute heute fressen! Man kommt nicht nach. Ich rufe sie an, Cathérine. Aber später. Im Moment schaffe ich es einfach nicht.«

7

Als Laura den Büroschlüssel fand, war es schon früher Nachmittag, und es hatte endlich aufgehört zu regnen. Sie hatte auf eine mechanische Art gesucht, wie etwa ein Roboter, dem ein Befehl eingegeben worden ist und den er nun ausführt, ohne ihn zu hinterfragen. Der Anruf bei Christopher hatte sie zutiefst verunsichert. Der Anruf im *Chez Nadine* hatte sie keinen Schritt weitergebracht. Sie hatte danach weiche Knie gehabt und zitternde Hände, und schließlich hatte sie sich hingesetzt und sich selbst mit strenger Stimme befohlen, jetzt nicht die Nerven zu verlieren.

»Ich muß überlegen, was ich als nächstes tue«, sagte sie laut.

Am liebsten wäre sie sofort ins Auto gestiegen und nach Süden gefahren, aber es war zu spät, um noch bei Tageslicht in La Cadière ankommen zu können. Zudem erschien es ihr besser, Sophie nicht mitzunehmen, und sie mußte jemanden finden, der sich um sie kümmerte.

»Also kann ich erst morgen los«, sagte sie, wiederum laut, zu sich, »und was mache ich mit dem Rest dieses furchtbaren Tages?«

Sie wußte, daß sie irgend etwas tun mußte, das sie Peter näherbrachte, irgend etwas, das mit ihm zu tun hatte. Etwas, das auch nur im entferntesten Aufschluß zu geben versprach über sein plötzliches Untertauchen – sie nannte es »Unter-

66

tauchen«, denn »Verschwinden« hätte zu bedrohlich geklungen, hätte zu viele bösartige Möglichkeiten in sich geborgen.

Sie schaute in seine Schränke und Kommodenfächer, ohne auf etwas zu stoßen, das anders aussah als sonst. Sie stöberte in dem Sekretär im Arbeitszimmer herum, aber diesen hatte er kaum je benutzt, und sie fand nur Dinge, die an ihre Zeit als Buchhalterin des Büros erinnerten – alte Notizzettel, Ringbücher, Hefte. Überdies fielen ihr Zeugnisse und Prüfungsbescheinigungen aus der Photoschule in die Hände, aber sie legte sie sehr rasch in die Schubfächer zurück.

Irgendwann war ihr dann die Idee gekommen, in Peters Büro zu fahren. Dort hielt er sich schließlich jeden Tag über viele Stunden hinweg auf, und wenn überhaupt, würde sie dort fündig werden.

Den großen Schlüsselbund mit all seinen Schlüsseln führte Peter natürlich mit sich, und so hatte sie fieberhaft nach dem Zweitschlüssel gesucht, ihn schließlich in einem leeren Einweckglas im Küchenschrank gefunden. Sie zog Sophie an, nahm ihren Mantel und ihre Handtasche und verließ das Haus.

Die ganze Straße in dem feinen Frankfurter Vorort atmete vornehme Gediegenheit und sehr viel Geld. Alle Häuser lagen in parkähnlichen Anwesen, waren oftmals von den hohen, schmiedeeisernen Gartentoren aus gar nicht zu sehen. Teure Limousinen parkten in großzügigen Auffahrten. Industrielle und Bankiers siedelten hier vor allem. Anne rümpfte jedesmal die Nase, wenn sie Laura besuchte.

»Nimm es mir nicht übel«, hatte sie ganz zu Anfang zu Laura gesagt, »aber ich könnte hier nicht atmen. Dieser ganze zur Schau gestellte Reichtum ...«

»Hier protzt niemand«, hatte Laura widersprochen, »ich finde, die Gegend ist sehr geschmackvoll.«

»Aber hier bewegt sich nichts! Jedes Haus gleicht einer Festung! Die hohen Mauern, die Tore, die Alarmanlagen und Überwachungskameras ...« Anne hatte sich geschüttelt. »Da wird natürlich Wichtigkeit demonstriert! Und es ist überhaupt nichts los! Keine Kinder auf der Straße. Nur leise Autos. Kein Laut aus den Grundstücken. Hast du nicht manchmal das Gefühl, lebendig begraben zu sein?«

»Ich könnte einen Mann wie Peter nicht ins Westend setzen!«

Anne hatte sie eindringlich angesehen. »Und was ist mit *dir*? Sitzt du eigentlich da, wo du sitzen möchtest?«

Sie versuchte sich zu erinnern, was sie darauf geantwortet hatte. Sie meinte, zusammengezuckt zu sein, ein klein wenig, vielleicht mehr innerlich. Annes Frage hatte etwas in ihr berührt, worüber sie eigentlich nicht nachdenken mochte. Sie wußte, daß ihrer beider Leben im großen und ganzen nach Peters Vorstellung verlief und nicht nach ihrer, aber meistens gelang es ihr, sich einzureden, daß dies sowieso keinen Unterschied machte. Im wesentlichen hatten Peter und sie sowieso dieselben Vorstellungen, daher mußte sie über diesen Punkt nicht nachdenken. Tatsache war, daß *er* für den Umzug in diesen Vorort plädiert hatte und daß *sie* damals keineswegs allzu begeistert gewesen war. Sie hatte die Idee von einem Haus mit Garten gemocht, hätte aber eine belebtere, weniger teure Gegend vorgezogen. Damals war Sophie noch nicht dagewesen. Heute wies Peter stets darauf hin, wie klug sein Vorhaben gewesen sei.

»Eine herrliche Ecke, um ein Kind aufwachsen zu lassen«, sagte er gern, »frische Luft, weitläufige Gärten und kaum Verkehr auf den Straßen. Ich denke, wir haben damals richtig entschieden.«

Auch in der Frankfurter Innenstadt war natürlich an diesem Sonntag nicht allzuviel los. Wenig Autos, wenig Spaziergänger, denn der Himmel versprach jede Menge neuen Regen, und viele blieben wohl lieber in ihren Häusern. Das

Büro lag im achten Stock eines Hochhauses direkt an der Zeil. Laura fuhr den Wagen in die Tiefgarage, stellte ihn auf Peters Parkplatz. Sophie reckte hinten auf ihrem Kindersitz den Kopf.

»Papa!« rief sie freudig.

»Nein, Papa ist nicht da«, erklärte Laura, »wir gehen nur in sein Büro, weil ich dort in seinen Sachen etwas nachsehen muß.«

Sie fuhren mit dem Lift nach oben. Normalerweise herrschte hier überall reges Leben und Treiben, aber heute war es wie ausgestorben. Still und öde lagen die langen Flure da. Es roch nach Putzmitteln und nach dem Teppichboden, der erst vor wenigen Wochen verlegt worden war. Laura fand, daß er sich überhaupt nicht von seinem Vorgänger unterschied. Ein helles, phantasieloses Grau.

Peter teilte sich den achten Stock mit einer Anwaltskanzlei. Sie benutzten denselben Eingang gleich gegenüber dem Fahrstuhl, aber im Innenflur gab es dann eine weitere Tür, die zu den Räumen der Juristen führte.

Peter hatte mit seiner Firma den kleineren Teil der Etage besetzt, aber außer ihm gab es auch nur noch zwei Mitarbeiterinnen und seine Sekretärin. Eine Presseagentur, »klein, aber fein«, wie er immer sagte. Laura wußte – aber das hätte sie nie ausgesprochen –, daß die Agentur klein, jedoch keineswegs fein war.

Von seinem Zimmer aus hatte Peter einen wunderschönen Blick über Frankfurt bis hin zu den verschwommenen, graublauen Linien des Taunus, die sich an diesem Tag allerdings hinter Regenschleiern verbargen. Laura hatte jedoch ohnehin keinen Sinn dafür, hinauszuschauen. Sie setzte Sophie auf den Fußboden, packte ein paar mitgebrachte Bauklötzchen und Plastikfiguren aus und hoffte, diese würden die Kleine eine Weile beschäftigen. Dann setzte sie sich selbst an den Schreibtisch und starrte, einen Moment lang mutlos geworden, auf die Papierberge, die sich vor ihr türmten. Ganz klein lugte dahinter der Rand des Silberrahmens hervor, den sie Peter zum letzten Weihnachtsfest mit einem Photo von sich und Sophie darin geschenkt hatte. Er wurde fast völlig verdeckt von Aktenordnern und sich türmender Korrespondenz. Peter hätte ihn nur ein wenig anders plazieren müssen, dann hätte er ihn immer ansehen können. Aber offensichtlich war ihm dieser Einfall nicht gekommen. Oder er hatte das Bedürfnis nicht verspürt.

Nach einer Stunde intensiven Suchens in allen Schubladen, zwischen Papierbergen und Ordnern, war Laura der Antwort auf die Frage, wo Peter sich aufhalten und was geschehen sein könnte, noch nicht näher gekommen. Eines nur war ihr merkwürdig erschienen: Sie hatte erstaunlich viele Mahnungen gefunden, die sich offenbar auf eine ganze Reihe unbezahlter Rechnungen bezogen. Es gab etliche sanfte »erste Mahnungen«, drängendere »zweite Mahnungen« und eine Reihe bedrohlich klingender Ankündigungen, man werde nunmehr gerichtliche Schritte einleiten. Peter schien es stets zum Äußersten kommen zu lassen, und dabei handelte es sich häufig um nicht allzugroße Beträge, deren Bezahlung keinerlei Schwierigkeiten darstellen dürfte.

Seitdem ich die Buchhaltung nicht mehr mache, dachte Laura mit einer gewissen Befriedigung, klappt es eben nicht mehr richtig.

Peter war immer schlampig gewesen, wenn es ums Bezahlen ging, ob es Handwerkerarbeiten waren, bestellte Weinkisten oder die Umsatzsteuer. Oder die Unterhaltszahlungen für seinen Sohn. Sein Problem bestand weniger darin, den geforderten Betrag herauszugeben, als vielmehr in seiner Abneigung, irgendeine Art von Formular ausfüllen zu müssen. Banküberweisungen waren ihm ein Greuel. Er schob sie so lange vor sich her, bis er sie tatsächlich vergaß. Erst die erbosten Schreiben seiner Gläubiger erinnerten ihn schließlich wieder daran.

Laura hatte alle Mahnungen in einer Ecke des Schreibtisches sortiert, denn irgend jemand würde sich ihrer annehmen müssen – einige duldeten keinen Aufschub bis nach Peters Rückkehr. Sie schaute sich im Büro um, so als hoffte sie, an den Wänden Spuren und Hinweise zu finden. Aber da war nichts. Ein Kunstkalender hing zwischen den Fenstern, aber ansonsten konnte sie nichts sehen, was Aufschluß über Peters Absichten hätte geben können.

Sie hatte ihm irgendwann im vergangenen Jahr ein Bild geschenkt, das Titelblatt einer großen, deutschen Illustrierten im silbernen Rahmen. Peters Agentur hatte Photos und Story geliefert – ein großer Erfolg, einer seiner größten in der letzten Zeit. Sie hatte ganz selbstverständlich geglaubt, er werde es aufhängen. Stattdessen hatte sie es nun in einer der Schreibtischschubladen gefunden, ziemlich tief vergraben unter anderen Papieren. Warum hatte er es förmlich versteckt? Sie fühlte sich enttäuscht und ein wenig verletzt.

Peter hatte die Agentur vor etwa sechs Jahren gegründet. Er war damals bei einer regionalen Zeitung angestellt gewesen und hatte sich mit dem Chefredakteur in einer Art überworfen, die nicht darauf hoffen ließ, dort jemals auf einen grünen Zweig zu kommen. Auf einmal hatte er den dringenden Wunsch verspürt, sich selbständig zu machen.

»Ich will endlich tun, was *ich* möchte und was *ich* für richtig halte«, hatte er erklärt, »ich bin, weiß Gott, alt genug, endlich mein eigener Herr zu sein.«

Seine Agentur lieferte Photos und Texte an Zeitungen und Zeitschriften; manches im Auftrag, vieles auf eigenes Risiko produziert und dann angeboten. Hauptsächlich arbeitete Peter inzwischen mit der Boulevardpresse zusammen, lieferte Porträts von Schauspielern und Schlagersängern. Laura wußte, daß er größeren Einschränkungen unterworfen war, als er es sich je vorgestellt hatte: Die Redakteure der Regenbogenblätter veränderten seine Texte stark.

»Sie verdummen die Leute«, sagte Peter oft, »Himmel, sind die Leser wirklich so schwachsinnig, oder halten die sie bloß dafür?«

Das alles kann nicht so einfach für ihn sein, dachte Laura nun, eigentlich ist das alles recht weit weg von dem Journalismus, den er einmal hat machen wollen.

Sie sah, daß es draußen wieder zu regnen begonnen hatte. Ein trüber, häßlicher Tag, der sich nicht mehr aufhellen würde. Es war halb fünf. Da alles darauf hindeutete, daß sie am nächsten Tag in die Provence würde aufbrechen müssen, sollte sie nun ernsthaft zusehen, daß sie eine Unterkunft für Sophie fand.

Sie sammelte das weit verstreut herumliegende Spielzeug der Kleinen ein, als sie ein Geräusch von der Tür her hörte. Jemand steckte einen Schlüssel ins Schloß und drehte ihn um. Einen Moment lang schoß ihr die unsinnige Hoffnung durch den Kopf, es könnte Peter sein, der zurückgekehrt war, um irgendeine wichtige Arbeit zu erledigen, aber schon gleich darauf wußte sie, daß dies ein absurder Gedanke war.

Sie stand auf.

»Hallo?« rief sie fragend.

Der unerwartete Besucher war Melanie Deggenbrok, Peters Sekretärin. Sie erschrak so, daß sie ganz weiß wurde im Gesicht. »Lieber Himmel! Laura!«

»Entschuldigen Sie.« Laura kam sich albern vor, wie sie da im Büro ihres Mannes stand, Bauklötzchen in jeder Hand und irgendwie wie ein ertappter Einbrecher anzusehen. Kaum hatte sie sich entschuldigt, ärgerte sie sich schon heftig über sich selbst. Wofür entschuldigte sie sich eigentlich? Sie war die Ehefrau des Chefs. Sie hatte mindestens das gleiche Recht, hier zu sein, wie Melanie.

»Ich habe nach Unterlagen gesucht«, erklärte sie, während sie rasch überlegte, ob es ratsam war, sich Melanie anzuvertrauen. Zugeben zu müssen, daß der eigene Mann spurlos verschwunden war, entbehrte nicht einer gewissen Peinlichkeit, und sie mochte nicht Objekt von belustigtem Büroklatsch sein. Andererseits arbeitete Melanie Tag für Tag eng mit Peter zusammen. Sie wußte – ein erschreckender Gedanke – vielleicht mehr über ihn als seine Frau.

»Kann ich Ihnen helfen?« fragte Melanie. »Oder haben Sie gefunden, was Sie gesucht haben?«

Laura gab sich einen Ruck. »Ich weiß eigentlich gar nicht genau, wonach ich suche«, erklärte sie, »es geht um eine Information ...« Rasch berichtete sie, was geschehen war.

»Vielleicht sehe ich Gespenster, aber mir scheint, daß da etwas nicht stimmt. Ich dachte, ich stoße hier vielleicht auf etwas, das mir weiterhilft, aber ...«, sie zuckte die Schultern, »ich bin nicht fündig geworden.«

Melanie sah mit einem eigentümlich leeren Blick an ihr vorbei. »Ihre Tochter ist aber groß geworden«, sagte sie, und es klang nicht so, als ob sie sich wirklich für Sophie interessierte. Eher schien es, als habe sie versucht, etwas zu erwidern, ohne auf Laura eingehen zu müssen. »Als ich sie zuletzt sah, war sie gerade geboren.«

So lange bin ich schon nicht mehr hier gewesen, dachte Laura.

»Sie Ärmste«, sagte sie, »Sie müssen also sogar am Sonntag arbeiten?«

»Bei dem Wetter ist es vielleicht das Vernünftigste«, meinte Melanie.

Laura wußte, daß ihr Mann sie vor knapp drei Jahren wegen einer anderen Frau verlassen hatte, daß sie darüber nicht hinwegkam und sehr einsam war. Wie mochte solch ein verregneter Sonntag für sie aussehen?

»Na ja«, sagte Laura schließlich und nahm Sophie auf den Arm. »Wir beide sehen dann mal zu, daß wir nach Hause kommen.« Offenbar konnte Melanie ihr sowieso nicht helfen. »Die Kleine muß unbedingt ins Bett.« Ihr fiel noch etwas ein, und sie machte eine Kopfbewegung zum Schreibtisch hin. »Ich habe einen ganzen Berg unbezahlter Rechnungen gefunden. Könnten Sie sich darum kümmern? Sonst steht, fürchte ich, in ein paar Tagen der Gerichtsvollzieher hier.«

Sie wußte nicht genau, was sie erwartet hatte. Irgendeine zustimmende Bemerkung, was Peters Schwäche anging, und darauf die Zusage, sich um die Erledigung der Angelegenheit zu kümmern.

Stattdessen schärfte sich von einem Moment zum anderen Melanies leerer Blick. Sie starrte Laura an, und ihre Augen waren plötzlich dunkel vor Wut.

»Wovon soll ich das bezahlen?« stieß sie hervor. »Können Sie mir verraten, wovon?«

Laura schwieg. Melanie schwieg. Sophie hatte aufgehört zu brabbeln. Es war nichts zu hören als das Rauschen des Regens jenseits der Fenster.

»Was?« fragte Laura endlich mit heiserer Stimme, und ein Teil von ihr begriff, was die andere gerade gesagt hatte, während ein anderer sich weigerte, zu verstehen.

»Was?« wiederholte sie.

Melanies Gesicht verschloß sich erneut, sie sah aus, als nähme sie gern zurück, was sie soeben gesagt hatte. Doch dann schien sie einzusehen, daß es dafür zu spät war. Sie ließ die Arme hängen und stand da wie jemand, der aufgibt.

»Ach, was soll's«, sagte sie, »es ist ja nun gleich. Früher oder später erfahren Sie es sowieso. Ich bin heute nicht hierhergekommen, um zu arbeiten. Ich wollte meine persönlichen Sachen holen. Ich werde mir eine andere Arbeit suchen müssen, aber ich wollte meinen Abgang so unauffällig wie möglich gestalten, weil die beiden anderen Mitarbeiterinnen noch nichts wissen. Ich wollte nicht diejenige sein, die es ihnen sagt. Das ist Sache des Chefs.«

»Die ihnen *was* sagt?« fragte Laura mit belegter Stimme.

»Wir sind pleite«, antwortete Melanie. Sie klang teilnahmslos, aber ihre Augen verrieten, wie tief getroffen sie war. »Die Firma ist absolut am Ende. Die Mahnungen, die Sie gefunden haben, sind nicht Zeichen von Schlamperei, sie sind schlicht ein Zeichen von Zahlungsunfähigkeit. Ich habe schon seit zwei Monaten kein Gehalt mehr bekommen, und ich weiß, daß die beiden anderen für diesen Monat auch nichts mehr kriegen. Ich wollte Peter die Treue halten, aber ... ich muß ja auch leben. Ich bin mit der Wohnungsmiete im Rückstand. Mir bleibt keine Wahl mehr.«

»Guter Gott«, flüsterte Laura. Sie ließ Sophie wieder auf den Boden sinken, lehnte sich selbst gegen die Schreibtischkante. »Wie schlimm steht es denn?«

»Schlimmer, als Sie es sich vermutlich vorstellen können. Er hat alles belastet. Sein gesamtes Eigentum. Die Banken hetzen ihn seit Wochen.«

»Sein gesamtes Eigentum? Heißt das ... auch unser Haus?«

»Die beiden Häuser – auch das in Frankreich – hätte er sich gar nicht leisten dürfen. Er kann die Bankkredite nicht tilgen, mußte für die Zinszahlungen neue Kredite aufnehmen ... Ich glaube, es gibt keinen Dachziegel und keine Fensterscheibe bei Ihnen, die nicht verpfändet sind. Und dazu kam dann noch ...«

Sophie gluckste fröhlich. Laura mußte sich mit beiden Händen am Schreibtisch festhalten.

»Was kam noch dazu?« fragte sie.

»Aktienkäufe, mit denen er sich meist verspekuliert hat. Immobilien im Osten, die sich dann nicht vermieten ließen, die kein Mensch ihm abkaufen wollte, die jetzt leer stehen und noch nicht abbezahlt sind. Er hat sich von jedem Idioten sogenannte ›erstklassige Investitionen‹ einreden lassen, hielt sich immer für einen besonders cleveren Geschäftsmann. Aber ... na ja ...«

»Wissen Sie, was Sie da sagen?« fragte Laura.

Melanie nickte langsam. »Es tut mir leid. So hätten Sie das nicht erfahren sollen. Von mir schon gar nicht. Ich war ja die einzige, die Bescheid wußte, natürlich, vor mir als seiner Sekretärin konnte er das nicht verheimlichen. Ich mußte ihm schwören, niemandem auch nur ein Wort zu verraten. Vor allem Ihnen nicht. Das Versprechen habe ich nun gebrochen, aber ich denke, unter den gegebenen Umständen ist das völlig gleichgültig.«

Laura runzelte die Stirn. Melanie wollte aufhören, für Peter zu arbeiten, und deshalb mochte es ihr gleichgültig sein, ein Versprechen zu brechen. Dennoch witterte sie einen Hintersinn. »Unter den gegebenen Umständen ...«

Melanie starrte sie an. »Nun, denken Sie denn, wir sehen ihn jemals wieder? Sie oder ich? Sie haben mir doch gerade selbst erzählt, daß Sie ihn nicht mehr erreichen. Er ist untergetaucht, das ist doch klar. Ich nehme nicht an, daß er sich überhaupt noch in Europa befindet. Er wird sich nicht wieder melden.«

So also fühlte es sich an, wenn die Welt unter einem zusammenbrach. Es geschah eigenartig lautlos, keineswegs mit Donnergetöse, und dabei hätte sie sich einen Weltuntergang immer sehr laut vorgestellt. Wie ein Erdbeben, bei dem alles mit ungeheurem Krachen in sich zusammenstürzte.

Es war eher wie ein stilles Beben. Die Erde schwankte, und überall brachen Risse auf, klafften immer weiter auseinander, wurden zu mörderischen Abgründen. So stumm, so völlig ohne jedes Geräusch, als säße sie vor dem Fernseher und schaute sich einen Katastrophenfilm an. Mit abgedrehtem Ton, um die Bilder erträglicher zu machen. Es wäre sonst zu laut. Zu laut, um es auch nur einen Moment lang aushalten zu können.

»Sie sollten sich vielleicht hinsetzen«, sagte Melanie wie aus weiter Ferne. »Sie sehen aus, als würden Sie jeden Moment umkippen.«

Auch ihre eigene Stimme konnte sie nur gedämpft hören. »Das würde er nicht tun. Das würde er mir nicht antun. Und schon gar nicht seiner Tochter. Wir haben ein zweijähriges Kind! Selbst wenn er mich im Stich ließe, dann doch niemals Sophie. Niemals!«

»Vielleicht war er nicht der, den Sie in ihm gesehen haben«, sagte Melanie. Und plötzlich dachte Laura: Sie genießt es. Sie genießt es, mir die Wahrheit zu präsentieren. Frustrierte, alternde Ziege!

Ihr Entsetzen suchte sich ein Ventil. »Es muß nicht jeder Frau so ergehen wie Ihnen, Melanie«, sagte sie haßerfüllt, »daß sich der Mann bei Nacht und Nebel aus dem Staub macht. Manche sind da weitaus beständiger. Wahrscheinlich bemüht Peter sich, die Dinge in Ordnung zu bringen, und kehrt dann zurück. Wir haben immer eine gute Ehe geführt, müssen Sie wissen.«

Melanie lächelte mitleidig. »Deshalb waren Sie auch so gut informiert über diese Katastrophe in seinem Leben, nicht wahr? Es kann sein, daß man Sie morgen auf die Straße setzt und daß Sie da stehen mit Ihrem Kind und nicht wissen, wohin. Ich bin nicht sicher, ob ich von einer guten Ehe sprechen würde, wenn ein Mann mir so etwas antut.«

»Ihr Mann ...«

»Mein Mann hat mich betrogen und verlassen. Er war ein Scheißkerl. Da habe ich nie etwas beschönigt.«

Wut ballte sich in Laura zu einem Klumpen. Wut – nicht länger auf diese blasse Frau vor ihr, die keine Schuld traf an den Geschehnissen. Sondern Wut auf Peter, der den Untergang ihrer beider Existenz vor ihr geheimgehalten hatte. Der sie in die Lage gebracht hatte, hier in seinem Büro an einem verregneten Oktobersonntag zu stehen und zu erfahren, daß sie seit langem schon mit einer Lüge lebte und daß eine Rettung vielleicht nicht mehr möglich war. Dafür also hatten sie geheiratet. Um die guten Zeiten zu teilen und in den schlechten auseinanderzubrechen.

Sie würde nicht ohnmächtig werden, auch wenn Melanie dies geglaubt hatte. Energie flutete in sie zurück.

»Und wenn ich bis morgen früh in diesem Büro bleibe«, sagte sie, »ich gehe jeden Papierschnipsel hier noch einmal durch. Ich will alles wissen. Ich will ganz genau die Ausmaße des Infernos kennen, das jetzt offenbar über mich hereinbricht. Würden Sie mir helfen? Das Büro ist Ihr System. Sie kennen sich aus.«

Melanie zögerte kurz, nickte dann aber. »In Ordnung. Auf mich wartet ja niemand. Es spielt keine Rolle, wie und womit ich den Sonntag verbringe.«

»Gut. Danke. Ich muß telefonieren. Entweder meine Mutter oder meine Freundin muß Sophie übernehmen. Ich werde sie dann dort abliefern und wieder hierherkommen. Warten Sie auf mich?«

»Natürlich«, sagte Melanie, setzte sich auf den Stuhl hinter Peters Schreibtisch und fing an zu weinen.

Sophie sagte fragend: »Papa?«

Laura dachte: Und dies ist wohl erst der Beginn des Alptraums.

8

Nadine und Cathérine begegneten einander an der Hintertür des *Chez Nadine*, Nadine kam nach Hause, Cathérine wollte gerade gehen.

Beide blieben sofort stehen und starrten einander an.

Cathérine hatte viele Stunden hart gearbeitet, und sie

wußte, daß sie noch unattraktiver aussah als am Morgen – wenn das überhaupt möglich war. Ihre Haare waren über dem Dampf des Spülwassers kraus geworden und ähnelten einem Wischmop. Ihr pickliges Gesicht hatte sich unschön gerötet. Ihre Kleidung zeigte Schweißflecken und roch zudem auch verschwitzt. Es war, wie sie erbittert dachte, genau der richtige Moment, der schönen Nadine zu begegnen, die, obwohl sie an diesem Tag sehr elend und blaß schien – und offensichtlich geweint hatte –, trotzdem eine ungeheuer attraktive Person war.

Immer, wenn sie Henris Frau sah, fragte sich Cathérine voll Wut und Verzweiflung, weshalb das Leben so ungerecht und so scheußlich war. Warum manche alles bekamen und andere nichts. Warum nicht ein gnädiger Gott – als der er sich ja gerne preisen ließ – für etwas mehr Ausgleich gesorgt hatte.

Hätte sie einen Wunsch frei gehabt, Cathérine hätte sich nichts anderes gewünscht, als bis auf die letzte Winzigkeit genauso auszusehen wie Nadine. Abgesehen davon, daß es natürlich ihr höchster Wunsch war im Leben, Henris Frau zu sein, aber die Erfüllung hätte sich aus dem Umstand, wie Nadine auszusehen, von selbst ergeben. Wie konnte ein Mensch so perfekt von der Natur gestaltet sein? Groß und dabei sehr grazil, Beine, Arme, Hände schlank und feingliedrig. Der olivfarbene Teint zeigte keinerlei Unreinheit. Die dunklen Augen standen weit auseinander, hatten die Farbe von tiefbraunem Samt, in dem irgendwo verhalten ein paar goldene Lichter glühten. Ihre Haare waren von demselben Farbton wie ihre Augen; schwer, dick und glänzend lagen sie um ihre Schultern. Kein Wunder, daß sich Henri in sie verliebt hatte. Und als er merkte, daß sie sich zu ihm ebenfalls hingezogen fühlte, hatte er alles daran gesetzt, sie zu erobern. Er war besessen gewesen von dem Wunsch, sie zu heiraten.

»Oh, Cathérine«, sagte Nadine und brach damit als erste das überraschte Schweigen zwischen ihnen beiden, »hast du hier gearbeitet?«

»Es war die Hölle los«, sagte Cathérine, »Henri konnte es allein nicht schaffen.«

»Das schlechte Wetter«, meinte Nadine, »das treibt die Leute in die Restaurants.«

Ach nein, dachte Cathérine, welch eine Erkenntnis!

»Nun ja«, sagte Nadine, »es war jedenfalls nett von dir, auszuhelfen, Cathérine. Ich mußte wieder einmal meine Mutter besuchen. Du weißt ja, sie ist ziemlich einsam.«

Mit einem Ausdruck unverhohlenen Ekels betrachtete sie Cathérines Gesicht, vermied es aber, einen Kommentar abzugeben.

»Komm gut nach Hause«, sagte sie noch, und Cathérine war ganz sicher, daß sie dies so nicht meinte. Es war ihr vollkommen gleichgültig, wie Henris Cousine nach Hause kam, und am liebsten wäre es ihr gewesen, sie wäre in der Versenkung verschwunden.

Cathérine ging langsam zu ihrem Auto, das auf der gegenüberliegenden Straßenseite des *Chez Nadine* parkte.

Wie wird Henri sie empfangen, wenn sie jetzt zur Tür hereinkommt? fragte sie sich. Ich an seiner Stelle würde sie einfach windelweich schlagen!

Für alles, was sie sich in den letzten Jahren geleistet hat, für die ganze Art, wie sie mit ihm umgeht. Aber das bringt er ja nicht fertig. Verdammt, wann kapiert er, daß das die einzige Sprache ist, die Frauen wie sie verstehen?

Henri stand in der Küche und schnitt das Gemüse für den Abend. Er hatte eine Verschnaufpause; der Mittagsansturm war verebbt, die Abendstoßzeit hatte noch nicht begonnen. Im Gastraum saß nur ein einziges Ehepaar; sie stritten miteinander und hatten darüber offenbar die Zeit vergessen, aber sie hielten sich seit zwei Stunden an ihrem Glas Wein fest und verlangten keine Aufmerksamkeit.

Henri sah auf. »Da bist du ja. Es war fürchterlich heute. Ich hätte dich dringend gebraucht.«

»Du hattest ja Cathérine.«

»Mir blieb nichts übrig, als sie um Hilfe zu bitten. Allein hätte ich es nicht geschafft.«

Nadine knallte ihren Autoschlüssel auf den Tisch. »Ausgerechnet sie! Hast du bemerkt, wie sie heute wieder aussieht? Sie vergrault uns die Gäste. Man denkt ja, sie hat eine ansteckende Krankheit.«

»Sie war nur hier in der Küche. Natürlich hätte ich sie nicht servieren lassen. Aber es wäre schön gewesen, wenn du …«

Seine sanften Vorwürfe gingen ihr entsetzlich auf die Nerven.

»Ich habe zufällig noch eine Mutter. Um die ich mich gelegentlich kümmern muß.«

»Wir haben montags Ruhetag. Du hättest morgen zu ihr gehen können.«

»Hin und wieder muß ich auch meine eigenen Entscheidungen treffen können.«

»Deine eigenen Entscheidungen sind meistens von einer ungewöhnlichen Rücksichtslosigkeit bestimmt.«

Sie griff nach ihrem Autoschlüssel. »Ich kann auch wieder gehen, wenn du sowieso nur streiten willst.«

Er legte das Messer hin, sah plötzlich sehr müde aus. »Bleib hier«, bat er, »ich kann Küche und Servieren heute abend nicht alleine bewältigen.«

»Ich möchte nicht ständig deine Vorwürfe hören.«

»Okay.« Wie immer gab er nach. »Wir brauchen nicht mehr darüber zu reden.«

»Ich wasche nur schnell meine Hände und ziehe mich um.«

Sie wollte die Küche verlassen, aber er hielt sie mit seiner Stimme zurück. »Nadine!«

»Ja?«

Er schaute sie an. In seinen Augen konnte sie lesen, wie sehr er sie liebte und wie weh sie ihm getan hatte, als sie ihm ihre Liebe für immer entzog.

»Nichts«, sagte er, »entschuldige, es war nichts.«

Das Telefon klingelte. Nadine sah Henri an, aber er hob bedauernd seine Hände, an denen Erde und Gemüse klebten, und so nahm sie den Hörer auf. Es war Laura. Sie fragte nach ihrem Mann.

Nadine entdeckte Peter Simons Auto knappe hundert Meter vom *Chez Nadine* entfernt auf einem kleinen, eher provisorischen Parkplatz neben einem Trafohäuschen. Es war schon fast dunkel, aber es hatte aufgehört zu regnen, der Himmel riß ein wenig auf und rotes Licht lag über dem Meer und auf den Baumwipfeln. Sie erkannte den Wagen sofort und dachte: Wieso habe ich ihn heute morgen nicht gesehen?

Die Straße, in der das *Chez Nadine* lag, war nur in eine Richtung befahrbar, und so wußte Nadine, daß sie beim morgendlichen Aufbruch zu ihrer Mutter an dieser Stelle vorbeigekommen sein mußte. Allerdings war sie verstört gewesen und völlig in Gedanken versunken.

Es waren wieder viele Gäste heute abend da, und dennoch hatte sie sich für einen Moment entfernt, um einmal die Straße entlangzulaufen. Henri stand in der Küche, er hatte nichts mitbekommen.

Sie selbst hatte Lauras Frage nach Peters Verbleib nicht beantworten können, sie sei den ganzen gestrigen Abend über nicht dagewesen, hatte sie nur erklärt und dann den Hörer so rasch wie möglich an Henri weitergegeben. Er hatte sich als erstes dafür entschuldigt, den Rückruf vergessen zu haben. Aber der Laden sei voll gewesen, und Nadine sei leider nicht dagewesen, um ihm zu helfen ...

Sie stand hinter ihm, betrachtete das Messer, mit dem er

das Gemüse geschnitten hatte, und dachte, daß sie einen krank machenden Abscheu gegen ihn empfand – gegen sein Gejammere, seine Weichheit, sein ewiges Selbstmitleid.

Dann hatte sie zum erstenmal gehört, daß Peter am Vorabend gekommen war. Henri hatte es Laura erzählt.

»Er kam so gegen ... halb sieben etwa. Hier war noch nicht allzuviel los. Wir begrüßten einander, aber ich hatte kaum Zeit, Nadine war nicht da, und ich mußte die Speisen vorbereiten, so weit ich nur konnte, denn ich wußte ja, daß ich nachher wieder mit dem Servieren ungeheuer viel Streß haben würde ... Ich sagte, ich fürchtete, daß wir eine verregnete Woche vor uns hätten, aber das schien ihn nicht wirklich zu bekümmern. Er setzte sich an einen Tisch am Fenster, bestellte ein Viertel Weißwein und eine kleine Pizza. Wie? Nun, er wirkte auf mich ... vielleicht ein bißchen in sich gekehrt, recht still. Oder einfach nur müde, was nach einer so langen Fahrt natürlich nicht verwunderlich ist. Aber ich konnte mir auch nicht wirklich Gedanken um ihn machen, denn ich war, wie gesagt, mit meiner Arbeit völlig überfordert.«

Dann hatte Laura offenbar wieder eine Frage gestellt, und Henri hatte einen Moment lang überlegt. »Ich meine, daß er irgendwann zwischen halb acht und acht wieder ging. Ich kann es aber nicht genau sagen. Wir sprachen gar nicht mehr miteinander, ich fand das Geld abgezählt neben seinem Teller. Ach, ich weiß noch, daß er selbst die kleine Pizza nur zur Hälfte gegessen hatte, das heißt nicht mal ganz die Hälfte.«

Wieder lauschte er, dann sagte er erstaunt: »Sein Auto? Nein, das parkt nicht vor unserem Haus, das hätte ich gesehen. Nein, ich glaube auch nicht, daß es ein Stück weiter weg steht, ich bin heute früh die Straße entlang gefahren, da wäre es mir aufgefallen. Warum sollte es dort auch noch stehen? Er wird gestern abend kaum zu Fuß von hier fortgegangen sein.«

Er seufzte. »Im Moment kann ich nichts machen, Laura, tut mir leid. Morgen vielleicht, morgen ist mein freier Tag. Natürlich halte ich dich auf dem laufenden. Auf Wiedersehen, Laura.« Er legte den Hörer auf, drehte sich zu Nadine um. »Wir sollten nachsehen, ob sein Auto hier noch irgendwo steht. Sie dreht ein bißchen durch. Aber vielleicht ist das gar kein Wunder.«

»Wieso ist das kein Wunder?«

Er starrte sie einen Moment lang an. »Ach, egal«, meinte er dann, »das alles ist ja im Grunde nicht unsere Sache.«

Sie hatte sich umgezogen, die Hände gewaschen, und dann waren schon die ersten Gäste hereingeströmt, und sie hatte keine Ruhe mehr gehabt. In ihrem Kopf hatten sich die Gedanken überschlagen, und noch nie vorher hatte sie sich so heftig danach gesehnt, allein zu sein, Ordnung in den Wirbel hinter ihrer Stirn zu bringen.

Und nun stand sie vor Peter Simons Auto und vermochte nicht zu begreifen, was geschehen war.

Sie spähte in das Wageninnere. Auf dem Rücksitz lagen Gepäckstücke und eine Regenjacke, auf dem Beifahrersitz ein Aktenordner. Das Auto vermittelte den Eindruck, als habe es sein Besitzer nur für einen Moment abgestellt und werde sehr bald wiederkommen. Aber wo war er?

Das war die grundlegende Frage, und sie wurde durch das überraschend aufgetauchte Auto in keiner Weise beantwortet.

Nadine setzte sich auf einen Baumstumpf an der Uferböschung und blickte zwischen den Bäumen hindurch auf das Meer. Es war fast ganz dunkel inzwischen.

In ihr war völlige Ratlosigkeit.

Montag, 8. Oktober

1

Sie hatte in die Abgründe geblickt, und ihr war schwindelig geworden. Dabei war sie vermutlich nicht einmal in die letzten Tiefen vorgedrungen. Aber um kurz vor zwei Uhr in der Nacht hatte Melanie gesagt: »Ich kann nicht mehr. Tut mir leid, Laura, ich bin völlig erschöpft.«

Da erst hatte sie bemerkt, wie müde sie selber war, und auch, daß sie seit endlosen Stunden nichts mehr gegessen hatte.

»Ich denke«, sagte sie, »das Wesentliche wissen wir. Ich habe jetzt einen ungefähren Überblick. Mir gehört praktisch nichts mehr als die Sachen, die ich auf dem Leib trage.«

Melanie sah sie an. »Ich wünschte, ich könnte irgend etwas für Sie tun. Es ist eine scheußliche Situation für Sie, und ...«

»Eine scheußliche Situation?« Sie lachte. »Ich würde sagen, es ist ein Desaster. Ein Desaster von solchem Ausmaß, daß ich mich einfach frage, wie ich *solange* absolut *nichts* davon habe mitbekommen können!«

»Seine Geschäfte liefen ja alle über das Büro hier, und von dem hat er Sie völlig ferngehalten. Er hat Sie auf Haus und Kind reduziert und Sie an nichts mehr teilhaben lassen. Wie hätten Sie da Lunte riechen sollen?«

»Und ich«, sagte Laura bitter, »habe mich bereitwillig reduzieren lassen.«

Ein Gespräch kam ihr in den Sinn, das jetzt mehr als zwei Jahre zurücklag. An einem heißen Abend Anfang Juni war

85

es gewesen, ganz kurz vor Sophies Geburt. Sie hatten im Garten gesessen, und Peter hatte plötzlich gesagt: »Wenn jetzt das Kind da ist, brauchst du dich um die Buchhaltung in der Firma nicht mehr zu kümmern. Das kann Melanie übernehmen. Ich stocke ihr Gehalt etwas auf, und dann wird es schon gehen.«

Sie war überrascht gewesen. »Aber wieso denn? Die Buchhaltung mache ich doch immer von daheim aus, und nicht mal täglich. Das kann ich mit einem Kind problemlos fortführen.«

»Ich finde das nicht gut. Du solltest dich wirklich ganz auf das Kleine konzentrieren. Warum willst du dir zusätzlichen Streß aufbürden?«

»Ich finde nicht, daß ...«

Er hatte sie unterbrochen. »Vergiß nicht, ich habe bereits ein Kind. Im Unterschied zu dir weiß ich also, was auf dich zukommt. Das wird kein Zuckerschlecken. Durchwachte Nächte, Geschrei, Stillen ... du wirst kaum noch Zeit für *dich* haben, geschweige denn für die Buchhaltung der Firma.«

Sie hatte das Gefühl, als werde sie von etwas abgeschnitten – von irgend etwas Lebenswichtigem, oder etwas, das sie mit dem Leben noch verband. Es war, als krieche eine eigentümliche Kälte langsam in ihr hoch und hinterließe eine Spur der Lähmung.

Sie hatte noch einen Vorstoß gemacht. »Ich brauche eine sinnvolle Beschäftigung. Ich brauche ein bißchen eigenes Geld. Ich gehe ja nicht arbeiten. Aber ...«

Er hatte noch ein letztes Argument aus der Tasche gezogen, und dieses hatte er nun ausgespielt, wissend, daß sie dagegen nichts würde sagen können. »Ich kann es mir nicht leisten, daß Fehler gemacht werden. Und du wirst dermaßen übermüdet und abgelenkt sein, daß du Fehler machen wirst. Verstehst du? Du bist mir dann keine Hilfe mehr, sondern eine Last.«

Sie hatte nichts mehr gesagt.

Nun dachte sie: Wie gelegen ihm Sophie kam! Es brannte an allen Ecken und Enden, und lange hätte er das nicht mehr vor mir geheimhalten können. Das Baby war seine Rettung. Aber in jedem Fall hätte er einen Weg gefunden, mich aufs Abstellgleis zu schieben.

»Wissen Sie«, sagte Melanie, die ihr Mienenspiel beobachtet hatte, »Sie sollten vielleicht nicht zu böse auf ihn sein. Er wollte Sie nicht hintergehen. Er wollte Sie schonen. Die ganze Zeit hoffte er, alles wieder in den Griff zu bekommen. Er mochte auch nicht als Verlierer vor Ihnen stehen. Es fällt Männern ungeheuer schwer, Niederlagen einzuräumen.«

»Lieber taucht er unter?«

»Männer sind feige«, sagte Melanie erbarmungslos.

»Immerhin«, sagte Laura, »hat er es geschafft. Er hat es wirklich geschafft, diesen ganzen Schlamassel hier«, sie wies auf den Schreibtisch, »zwei Jahre oder länger vor mir geheimzuhalten. In welcher Welt habe ich gelebt?«

»In der Welt, die er für Sie gebaut hat«, sagte Melanie.

»Die ich mir habe bauen lassen. Es gehören zwei zu solch einem Spiel, Melanie. Was hat er in mir gesehen, daß er glaubte, dies mit mir machen zu können?«

»Ich weiß es nicht«, sagte Melanie unbehaglich.

Sie weiß es genau, dachte Laura, vermutlich wurde hier im Büro sogar über mich gesprochen. Das Püppchen, die Kleine, die Weltfremde, die großäugige Unschuld. Sie konnte sich denken, wie man sie tituliert hatte. Sie wußte ja, was Anne von der Art gehalten hatte, wie sie mit Peter lebte.

Ihre Finger schlossen sich um ein Papier. Eine Rechnung, die sie in einer der Schreibtischschubladen gefunden hatte – eine erstaunlicherweise *bezahlte* Rechnung. Von einem Hotel in Pérouges, wo immer der Ort auch liegen mochte. Die Daten waren ihr aufgefallen, und obwohl sie im Augenblick Wichtigeres zu tun hatte, hatte sie das Papier an sich genommen, um der Angelegenheit vielleicht irgendwann nachzugehen. Die halbe Woche vom 23. bis 27. Mai dieses Jahres würde sie nämlich so rasch nicht vergessen. Sie war Anlaß zu einer Auseinandersetzung zwischen ihr und Peter gewesen. Sie hatten vorher vielleicht schon manchmal heftiger und gereizter gestritten. Aber noch nie war von Peter eine solche Kälte ausgegangen, noch nie hatte er sich so weit von ihr entfernt.

Der 24. Mai war ein Donnerstag gewesen, auf den ein Feiertag fiel – Christi Himmelfahrt. Dies bot die Möglichkeit für ein langes Wochenende; viele Leute nahmen am Freitag Urlaub und hatten damit vier freie Tage hintereinander.

Peter hatte am Montag verkündet, am Freitag einen Termin in Genf zu haben. Es ging um einen in der Schweiz ansässigen deutschen Schlagersänger, der im August seinen fünfzigsten Geburtstag feiern würde und zu diesem Anlaß eine Photoserie und einen Text vorproduzieren lassen wollte. Peter erklärte, es sei geradezu phantastisch, daß seine Firma den Auftrag erhalten habe.

»Das ist ein wirklich fetter Brocken. Wir werden an praktisch alle deutschen Zeitschriften verkaufen können, was eine Menge Geld bedeutet. Deshalb will ich auch keines von den beiden Mädels losschicken. Ich schreibe selbst, und außerdem will ich den Photographen anleiten. Ich habe sehr spezielle Vorstellungen.«

Laura hatte sich für ihn gefreut. Er hatte in der letzten Zeit wenig von seiner Arbeit erzählt und manchmal ein wenig in sich gekehrt und grüblerisch gewirkt.

»Du fliegst schon Donnerstag abend«, vermutete sie, »um Freitag früh gleich anfangen zu können?«

»Ich fliege Mittwoch nachmittag. Um 17 Uhr. Und komme Sonntagabend zurück.«

»Was willst du denn dort so lange?«

»Ich brauche den Donnerstag, um die Locations ausfindig

zu machen. Es geht um Landschaftskulissen, Lichtverhältnisse … du kennst das ja. Damit können wir am Freitag keine Zeit verlieren. Den Samstag will ich offen halten für den Fall, daß wir nicht fertig werden und uns womöglich ein zweiter Tag bewilligt wird. Und am Sonntag würde ich mich ganz gern – wenn du erlaubst – irgendwo an den Genfer See setzen und mich ein wenig ausruhen.«

Es schwang eine Gereiztheit in seiner Stimme mit, die sie überraschte. Sie hatte ihn mit ihrer Frage nicht kritisieren wollen.

Dann war ihr plötzlich etwas eingefallen. »Kann ich mitkommen?«

»Jemand muß bei Sophie bleiben.«

»Wir könnten sie mitnehmen. Oder meine Mutter nimmt sie. Das ist doch kein Problem.«

»Hör mal, das ist keine Ferienreise. Das ist harte Arbeit. Wir hätten überhaupt keine Zeit füreinander.«

Auf einmal war ihr ein Gedanke gekommen, und hastig und unvorsichtig platzte sie damit heraus. »Wir könnten doch zusammen arbeiten. *Ich* könnte die Photos machen!«

»Lieber Gott, Laura! Du kannst doch nicht glauben, daß …«

Die Idee hatte sie mit Begeisterung erfüllt. »Ich habe das gelernt. Ich habe als eine der Besten in der Schule abgeschlossen. Ich habe eine sehr teure Ausrüstung. Ich könnte …«

Vor lauter Freude hatte sie nicht bemerkt, wie finster Peters Miene wurde. Erst als er sie mit scharfer Stimme unterbrach, begriff sie, wie ärgerlich er war.

»Vergiß es, Laura! Es tut mir leid, dir das so hart sagen zu müssen, aber du leidest unter einem krassen Mangel an kritischer Selbsteinschätzung. Weißt du, wie lange du nicht mehr im Job bist? Fast so lange, wie wir zusammen sind, also bald acht Jahre! Weißt du, wie sehr sich die Dinge geändert haben? Weißt du, wie echte Profis heute arbeiten?«

»Nun, ich …«

»Jetzt komm mir nicht mit deiner Freundin Anne, die dich auf dem laufenden hält! Auch wenn es dich kränkt: Kein Mensch kennt sie. Sie ist drittklassig. Ich würde nie mit ihr arbeiten!«

Damit hatte er sie tatsächlich verletzt. Sie hing mehr an Anne, als er ahnte.

»Du konntest sie noch nie leiden. Deshalb arbeitest du nicht mit ihr!«

Dieser Satz brachte ihn nun erst recht auf die Palme. »Für wie kindisch hältst du mich eigentlich? Wenn ich die Menschen, mit denen ich arbeite, danach aussuchen würde, ob ich sie mag oder nicht, könnte ich meinen Job an den Nagel hängen. Wäre Anne gut und würde sich auch nur ein klein wenig an dem orientieren, was der Markt erwartet, anstatt die exaltierte Künstlerin herauszukehren, die sich um nichts schert, würde ich sie sicher dann und wann engagieren. Aber so fällt mir das nicht im Traum ein!«

In seinen Worten steckte ein Funken Wahrheit, das wußte sie. Annes Eigenwilligkeit machte es anderen schwer, mit ihr zu arbeiten. Zu häufig ignorierte sie Absprachen und die Vorstellungen der anderen. Für einen Job, wie Peter ihn machte, war sie völlig ungeeignet. Im übrigen hätte sie ihrerseits nie mit ihm gearbeitet. Die Zeitschriften, die er bediente, faßte sie nicht einmal an.

»Ich bin nicht Anne«, sagte Laura. »Du weißt, daß ich mich durchaus auf das Gewünschte einstellen kann.«

»Es hat keinen Zweck. Finde dich damit ab. Man muß auch wissen, wo die eigenen Grenzen liegen. Diese Geschichte ist wirklich wichtig. Ich brauche dafür den besten Photographen, den ich bekommen kann. Und der bist du nicht.«

Er tat ihr ungeheuer weh mit seinen Worten, obwohl sie – und das war das Eigenartige daran – durchaus wußte, daß er recht hatte. Sie war natürlich zu lange aus dem Geschäft. Sie hatte keinerlei Routine mehr, kannte den Markt nicht. Peter konnte nicht riskieren, daß bei einem so lukrativen Auftrag etwas schiefging.

Was so heftig schmerzte – und das war ihr erst später klargeworden –, war die Art gewesen, *wie* er es gesagt hatte. Er war verärgert gewesen, aber das rechtfertigte nicht die Kälte, die er an den Tag legte, und nicht die Verächtlichkeit. *Verächtlich* hatte er sie vorher noch nie behandelt, und sie wußte nicht, wodurch dies ausgelöst worden war. Es hatte keinen Vorfall gegeben, kein Ereignis, das hätte verantwortlich gewesen sein können. Es war, als sei unerwartet etwas Eisiges zwischen sie getreten – so wie in einem See, durch dessen warmes Wasser man schwamm, um plötzlich in eine unangenehm kühle Strömung zu geraten, die aus dem Nichts zu kommen, im Nichts zu verschwinden schien.

Laura hatte sich in sich verkrochen, fröstelnd und traurig, und sie hatte nicht mehr gefragt, ob sie einfach so mitkommen, sich ein paar schöne Tage machen könnte. Auch er hatte nichts mehr gesagt.

Der Abend war in Schweigen und großer Distanz verdämmert.

Nun hielt sie die Rechnung des Hotels in Pérouges in den Händen, datiert vom 23 bis 27. Mai, und dachte: Pérouges? Wo liegt das? Vermutlich direkt bei Genf.

Sie witterte eine leise Ungereimtheit, und da sie nach jedem Strohhalm greifen mußte, beschloß sie, die Sache zu überprüfen.

Christopher hatte immer noch Kopfschmerzen, als er seinen Wagen auf dem Parkplatz von Les Lecques abstellte und hinüber zu Jacques' Kneipe ging. Inzwischen war ihm eingefallen, daß er dort den gestrigen Abend verbracht hatte. Jacques, der Besitzer, mochte ihn, wußte, wann er reden wollte, und war feinfühlig genug, zu schweigen, wenn ihn seine Depressionen wieder einmal gepackt hatten.

Es regnete nicht, aber schwere Wolken hingen tief über dem Meer und bewegten sich nicht in der windstillen Luft.

Ein kräftiger Westwind, dachte Christopher, und wir hätten strahlendes Spätsommerwetter.

Aber er glaubte nicht, daß es dazu kommen würde. Das Wetter würde grau und öde bleiben.

Ein paar Männer saßen um einen runden Tisch und spielten Karten, tranken Kaffee und trotz der frühen Stunde den obligatorischen Pastis. Sie schauten nur kurz auf, als Christopher hereinkam, murmelten einen Gruß und vertieften sich wieder in ihr Spiel.

Christopher setzte sich auf seinen Stammplatz, einen Tisch am Fenster, von dem aus er einen schönen Blick über die Schiffe im Hafen und direkt auf die *école de voile* hatte, auf das flache Gebäude, in dem die Segelschule untergebracht war. Jacques, der Betreiber der Kneipe, der mit seinem kleinen Schnurrbart und den ewig fettigen Haaren wie das Klischee eines südfranzösischen Ganoven aus einem Gangsterfilm aussah, steuerte sofort auf ihn zu.

»Gott sei Dank, du bist in Ordnung! Ich sah dich schon um einen Baum gewickelt oder im Meer ertrunken. Du hättest Samstag nacht auf keinen Fall mehr Auto fahren dürfen!«

»Warum hast du mich nicht gehindert?«

Jacques fuchtelte aufgeregt mit beiden Armen. Er redete immer gern mit Händen und Füßen, was ihn leicht unehrlich wirken ließ.

»Du hättest dich erleben müssen! Wir haben alle hier auf dich eingeredet! Du bist richtig aggressiv geworden, hast herumgeschrien, es sei deine Sache, ob du Auto fährst oder nicht, ob du einen Unfall baust oder nicht. Ich wollte dir den Schlüssel abnehmen, da hast du mich geohrfeigt!« Jacques wies anklagend auf seine linke Wange. »Was sollte ich da noch machen? Auch die anderen Gäste meinten, dann müßte man dich eben gewähren lassen.«

Christopher begann sich ganz dunkel zu erinnern.

»Gott«, sagte er, »ich habe dich geohrfeigt? Das tut mir leid, ehrlich.«

»Schon gut«, meinte Jacques großmütig, »einem alten Freund verzeiht man manches.«

»Es ist ein Wunder, daß ich bis nach Hause gekommen bin.«

»Das ist es in der Tat. Du solltest deinem Schutzengel danken.«

»Wirklich? Ich bin nicht sicher. Du weißt, ich hänge nicht besonders am Leben.«

»Jeder hängt am Leben«, sagte Jacques, »das ist automatisch so. Man weiß es nur nicht immer. Du würdest kämpfen wie ein Löwe, wenn dir plötzlich jemand ans Leben wollte.«

»Nein. Ich würde ihm sagen, er soll es kurz und schmerzlos machen, aber er soll nicht abspringen.«

Jacques seufzte leise. Er kannte diese düsteren Stimmungen bei Christopher, er erlag ihnen regelmäßig. Dann redete er davon, sterben zu wollen, die Sinnlosigkeit seines Daseins nicht mehr ertragen zu können. Oft war er davongegangen mit der Ankündigung, nun seinem Leben ein Ende setzen zu wollen. Niemand nahm ihn mehr wirklich ernst, doch manchmal dachte Jacques: Eines Tages tut er es. Gerade weil niemand mehr daran glaubt. Er tut es einfach, um es allen zu zeigen.

Christophers Depression hatte an einem Septembertag vor sechs Jahren begonnen, als er von einem Sonntagsausflug mit seinem Segelboot abends zurückgekommen war und oben in La Cadière ein leeres Haus vorgefunden hatte. Auf dem Küchentisch einen Zettel, auf dem ihm seine Frau mitteilte, sie kehre mit den Kindern für immer nach Deutschland zurück und werde überdies die Scheidung einreichen. Christopher hatte gewußt, wieviel Unzufriedenheit und Aggression in seiner Ehe seit langem schwelten, hatte jedoch nicht damit gerechnet, daß seine Frau die Drohung, alles zu beenden, wirklich wahr machen könnte.

Die Familie war alles für ihn gewesen: Mittelpunkt, Lebensinhalt, Sinn und Zukunft.

Er stürzte in einen tiefen Abgrund.

Niemand wartete mehr mit einem Essen auf ihn, wenn er nach Hause kam, niemand wärmte sein Bett am Abend. Im Sommer konnte er nicht mehr mit den Kindern zum Schwimmen an den Strand gehen, und im Herbst nicht mit ihnen auf der Uferpromenade Skateboard fahren. Keine Picknicks mehr an lauen Frühlingsabenden in den Bergen, keine gemeinsamen Besuche mehr bei McDonald's, keine Ausflüge ins Hinterland zu Lavendelfeldern und waldigen Tälern. Kein lautes, ausgiebiges Frühstück mehr am Sonntagmorgen, kein fröhliches Lachen mehr in den Räumen.

Nur noch Stille, Leere und Einsamkeit. Eine Einsamkeit, die für Christopher häufig den Gedanken an den Tod verlockend machte. In all den Jahren hatte er diesen Einschnitt in sein Leben nicht verwunden.

Jacques empfand aufrichtiges Mitleid für den Mann, den er im weitesten Sinn zu seinen Freunden zählte.

»Ich bring dir jetzt erst einmal einen Kaffee«, sagte er, »ich denke, den kannst du brauchen.«

»Und einen Pastis!«

»Keinen Alkohol heute früh«, sagte Jacques streng, »du bist am Samstag haarscharf an einer Alkoholvergiftung vorbeigeschrammt. Du solltest eine Weile etwas kürzer treten.«

»Ich bin hier der Gast, Jacques. Bring mir einen Pastis!«

Jacques seufzte. »Auf deine Verantwortung. Deine Leber wird aufschreien, aber du mußt wissen, was du ihr antust.«

Er ging in die Küche, während Christopher die Wände anstarrte und in seinem Kopf die Fetzen von Bildern des vergangenen Samstagabends zusammenzusuchen sich abplagte. Es gelang ihm nicht, eine durchgängige Linie herzustellen. Von irgendeinem Moment an versank der Abend immer wieder in einem diffusen Nebel, der sich nicht lichten ließ.

Jacques kehrte mit Kaffee und Pastis zurück, und Christopher fragte: »Was war Samstag eigentlich los?«

»Du meinst, als …«

»Ja. Als ich hemmungslos zu saufen begann. Was war vorgefallen?«

»Nichts. Du hattest deine übliche Depression. Du kamst gegen zehn Uhr hier an und erklärtest, das Leben habe keinen Sinn mehr.«

»Und dann?«

Jacques zuckte mit den Schultern. »Dann hast du Schnaps bestellt. Einen nach dem anderen. Ab und zu einen Whisky dazwischen. Du hast von deinen Kindern geredet und von deiner Frau. Es war eigentlich so wie fast jeden Samstagabend. Die Wochenenden, du weißt, sie sind für dich immer …«

»Nicht nur die Wochenenden«, sagte Christopher, »weiß Gott, nicht nur die Wochenenden.« Er drehte sein Glas hin und her, starrte in die milchige Flüssigkeit.

»Das Leben«, meinte er, »ist einfach nur ein großer Haufen Scheiße.«

»Wir sollten vielleicht einmal miteinander reden«, sagte Henri sanft. Es war kurz nach acht Uhr morgens, und es war ungewöhnlich für ihn, an seinem freien Tag schon so früh auf den Beinen zu sein. Die Wochenenden waren hart, und den Montag nutzte er stets, um endlich einmal richtig auszuschlafen. An diesem Tag hatte er das Haus schon um sechs Uhr verlassen und war zu einem Spaziergang aufgebrochen. Nun war er zurückgekehrt, sah aber nicht erfrischt aus, sondern blaß und sorgenvoll.

Ein ältlicher Pizzabäcker, dachte Nadine feindselig.

Er würde früh altern, das zeichnete sich jetzt schon ab. Vielleicht lebte er zu angestrengt, arbeitete zu hart. Er war ein fröhlicher, unbekümmerter Mann gewesen, als Nadine ihn kennengelernt hatte, ein auffallend gutaussehender Mann, der hervorragend surfte und Wasserski lief, viel zu rasant Auto fuhr und sich in den Diskotheken entlang der Küste als unermüdlicher Tänzer erwies. Er schien Nadine wie geschaffen, sie aus dem tristen Leben mit ihrer Mutter zu befreien.

Sie waren beide jung, attraktiv und lebenslustig und wurden sehr schnell ein Paar. Eine Zeitlang taten sie nur, was ihnen Spaß machte: Sie mieteten Segelboote und verbrachten endlose Sommernachmittage in den kleinen idyllischen Buchten entlang der Küste. Mit Dutzenden von Freunden – ebenfalls alle schön und jung und unbeschwert – veranstalteten sie Grillabende am Strand oder in den Bergen. Sie unternahmen wilde Autofahrten, gingen abends Hand in Hand an der Uferpromenade von St. Cyr spazieren, aßen Eiscreme, und Henri, der in der Küche eines Hotels arbeitete, schwärmte von dem kleinen Pizzarestaurant, das er eines Tages haben würde. Er war der Sohn einer Italienerin und hatte seine Ausbildung zum Koch in Italien absolviert, und mit dem ihm eigenen Selbstbewußtsein sagte er von sich, er sei der beste Pizzabäcker weit und breit.

»Du wirst sehen, sie rennen uns das Haus ein. Sie werden von weit her kommen für meine Pizza. Wir werden den besten Ruf genießen, und die Leute werden froh sein, wenn sie einen Platz bei uns bekommen.«

Für ihn stand bereits fest, daß sie ihr Leben gemeinsam führen würden, und Nadine hätte sich sowieso mit niemandem eingelassen, der nicht die Absicht gehabt hätte, sie zu heiraten und ihr ein Zuhause zu bieten. Sie mochte die Idee, Besitzerin eines kleinen, feinen Restaurants zu sein, interessante Gäste zu haben und weithin Bekanntheit und Anerkennung zu genießen. Sie schmiedeten Pläne und durchlebten einen heißen, verliebten, wunderbaren Sommer, von dem Nadine später immer dachte, daß er die beste Zeit ihrer Beziehung gewesen war.

Am Ende des Sommers, als ein sehr warmer, goldener Herbst begonnen hatte, fragte Henri Nadine, ob sie ihn heiraten wolle. Die Frage wurde zwischen ihnen beiden nur als Formsache gesehen, derer sich Henri jedoch stilvoll mit roten Rosen und einem kleinen Brillantring entledigte. Nadine willigte ein, und dann sagte Henri zögernd: »Nadine, ich möchte, daß du Cathérine kennenlernst. Meine Cousine.«

Er hatte Cousine Cathérine schon einige Male erwähnt, aber Nadine hatte nie genau hingehört. Henri hatte eben eine Cousine, die im Hafenviertel von La Ciotat lebte und die er offenbar als eine Art Schwester empfand. Warum auch nicht?

»Klar lerne ich sie kennen«, sagte sie, »sie wird ja wahrscheinlich auch zu unserer Hochzeit kommen?«

»Da bin ich nicht so sicher. Du mußt wissen … Cathérine wäre selbst gern meine Frau geworden. Ich fürchte, daran hat sich nie etwas geändert.«

»Aber ich denke, sie ist deine Cousine?«

»Das gibt es doch öfter. Wir wären nicht der erste Fall, wo Cousin und Cousine heiraten. Also, das ist schließlich erlaubt, und, wie gesagt, es ist ziemlich oft vorgekommen.«

Von diesem Augenblick an hatte Nadine eine Abneigung gegen Cathérine gehegt. Sie war nicht mehr einfach nur eine Verwandte, sie war jetzt eine Rivalin.

»Und«, fragte sie, »hast du ihre Gefühle erwidert? Hast du sie auch heiraten wollen?«

»Ich weiß gar nicht mehr so genau. Es kann sein, daß wir uns als Kinder einmal dazu entschlossen hatten. Wir haben viel Zeit miteinander verbracht. Wir waren wie Geschwister.«

»Und du hast irgendwann aufgehört, sie als die künftige Frau an deiner Seite zu sehen?«

»Natürlich.« Henri hatte sie ganz erstaunt angesehen. »Ich habe das sowieso nie ernst genommen, und hinzu kam ... na ja, du wirst sie ja sehen. Sie ist ein lieber Kerl, aber ... nein, als Frau an meiner Seite hätte ich sie nie in Erwägung gezogen.«

Es hatte dann einen gräßlichen Abend bei *Bérard* in La Cadière gegeben, der so teuer gewesen war, daß Henri noch wochenlang hinter seinem Geld hergejammert hatte. Das Ambiente und Henris Nervosität vermittelten Nadine das Gefühl, einen Antrittsbesuch bei den künftigen Schwiegereltern zu absolvieren, dabei lernte sie doch einfach nur irgendeine Cousine ihres zukünftigen Ehemannes kennen.

Immerhin begriff sie sofort, daß Cathérine als Frau keine ernstzunehmende Konkurrenz darstellte. Einen Meter achtundachtzig groß, breitschultrig und breithüftig, war sie der Inbegriff des plumpen Trampels. Nadine fand sie einfach häßlich, nicht nur langweilig, unscheinbar oder unattraktiv, sondern richtig *häßlich*. Dabei war Cathérine an jenem Abend sogar in einer Phase gewesen, in der ihre Hautkrankheit gerade abgeklungen war; mit Hilfe einer Menge von speziellem Make-up und im günstigen Licht der Kerzen gelang es ihr, die schlimmsten Spuren einigermaßen zu verbergen. Nadine fand zwar, der Trampel habe zu allem Überfluß auch noch eine schlechte Haut, aber das ganze Ausmaß der Zerstörung, das die Krankheit bereits angerichtet hatte, entging ihr.

Die Atmosphäre war von der ersten Minute an gespannt. Cathérine machte ein Gesicht, als sei sie die Hauptdarstellerin in einer griechischen Tragödie. Henri plauderte ohne Unterlaß und allzu bemüht, und das meiste, was er sagte, war ziemlicher Blödsinn. Zum erstenmal, seitdem sie zusammen waren, hatte Nadine den Eindruck, es bestehe ein intellektuelles Gefälle zwischen ihm und ihr, und dieser Gedanke frustrierte sie. Am nächsten Tag sagte sie sich dann, es sei die Aufregung gewesen, die Henri so hirnlos und oberflächlich hatte plappern lassen, und erst viel später erkannte sie, daß sie an jenem Abend bei *Bérard* eine durchaus richtige Eingebung gehabt hatte: Intellektuell war Henri ihr unterlegen, und darin hatte von Anfang an der entscheidende Schwachpunkt ihrer Beziehung gelegen.

Nadine wußte, daß Cathérine sie vom ersten Moment an haßte, und sie sah nicht ein, weshalb sie es nicht genauso machen sollte. Normalerweise hätte sie mit der glücklosen Frau, für die sich lebenslang kein Mann interessieren würde, nur Mitleid empfunden, aber da Cathérine ihr unverhohlene Verachtung entgegenbrachte, reagierte auch sie schließlich nur noch mit Abscheu. Hatte diese häßliche Person ernsthaft geglaubt, einen Mann wie Henri zum Ehemann zu bekommen? Sie mußte an krankhafter Selbstüberschätzung leiden.

Cathérine erschien nicht zur Hochzeit, so daß von Henris Familie überhaupt niemand anwesend war. Sein Vater lebte schon lange nicht mehr, und seine Mutter, die gebürtige Italienerin, war in ihre Heimat zurückgekehrt und traute sich eine Reise von Neapel bis an die Côte de Provence nicht mehr zu.

»Hast du außer deiner Mutter und Cathérine wirklich überhaupt niemanden mehr auf der Welt?« fragte Nadine spät in der Nacht, als ein festliches Essen mit viel Champagner vorüber war und sie in Henris Appartement in St. Cyr zusammen im Bett lagen.

Henri gähnte. »Es gibt noch eine alte Tante. Eine Cousine zweiten Grades oder so ähnlich von meinem Vater. Sie lebt in der Normandie. Ich habe seit vielen Jahren keinen Kontakt. Cathérine besucht sie manchmal.«

Die alte Tante, von der Henri kaum noch wußte, wie sie hieß, stellte sich als entscheidender Weichensteller in ihrer beider Leben heraus. Ein knappes Jahr nach der Hochzeit verstarb sie und hinterließ eine ansehnliche Summe Geld, die, wie sie verfügt hatte, zu gleichen Teilen zwischen ihren letzten lebenden Angehörigen Cathérine und Henri aufgeteilt werden sollte. Dies war natürlich in höchstem Maße ungerecht, da sich Cathérine regelmäßig um sie gekümmert hatte, während Henri nicht ein einziges Mal bei ihr aufgetaucht war. Doch es gab nichts zu rütteln oder anzufechten. Jeder erhielt seinen Anteil. Cathérine kündigte ihre Stelle bei einem Notar; das Getuschel der Kollegen, in deren Kreis sie nie aufgenommen worden war, hatte sie ohnehin schon lange schmerzlich berührt. Sie kaufte die scheußliche kleine Wohnung in La Ciotat und legte den Rest ihres Anteils recht geschickt an, so daß sie für einige Jahre auf sparsamste Art davon würde leben können. Des weiteren hatte sie recht konkrete Vorstellungen davon, wie sie ihren Lebensunterhalt von nun an aufbessern würde.

Denn Henri benutzte sein Geld, um eine kleine, heruntergekommene Kneipe in Le Liouquet zu kaufen, einem Ortsteil von La Ciotat, jedoch völlig abseits der Stadt gelegen. Das

Häuschen, nur durch eine schmale Straße vom Meer getrennt, verfügte im Erdgeschoß über eine geräumige, aber völlig unzulänglich eingerichtete Küche, einen großen Gästeraum mit Bar und eine winzige Toilette. Im ersten Stock befanden sich drei kleinere Zimmer und ein Bad, und eine Art Hühnerleiter führte in eine Mansarde hinauf, die man allerdings im Sommer auch bequem als Backofen hätte nutzen können.

Draußen gab es einen gepflasterten Garten mit schönen, alten Olivenbäumen. Henri war begeistert.

»Eine Goldgrube«, sagte er zu Nadine, »eine echte Goldgrube!«

Sie war skeptisch. »Und wieso ist es dann so verwahrlost? Nach Geld sieht das Ding wirklich nicht aus.«

»Der Besitzer war uralt. Der hat das seit Jahren alles nicht mehr richtig gepackt. Bei uns wird das anders, du wirst sehen!«

Das Geld reichte für den Kauf, aber sie mußten einen ziemlich hohen Kredit aufnehmen, um das Anwesen in Ordnung zu bringen und eine Küche einbauen zu lassen, die Henris Vorstellungen und seinen Ansprüchen genügte. Noch jahrelang zahlten sie an der Tilgung und den Zinsen.

Die kleine Kneipe, die Henri *Chez Nadine* nannte, entsprach nicht im geringsten den Ideen, die Nadine von einem eigenen Restaurant hatte. Sie hatte sich das Ambiente feudaler, schicker gedacht. Sie fand es gräßlich, in ein paar wenigen Zimmern über Küche und Schankraum zu hausen, über sich nur noch die furchtbare Mansarde, die auch zudem hin und wieder vermietet wurde. Eine separate Wohnung wäre jedoch zu teuer gewesen, und auch das Vermieten der Zimmer brachte eine paar Francs, die dringend gebraucht wurden. Henri, der natürlich wußte, daß Nadine dies alles nicht behagte, erklärte immer wieder, das *Chez Nadine* sei nur der Anfang.

»Man beginnt immer klein. Irgendwann kaufen wir das Luxusrestaurant in St. Tropez, das sage ich dir.«

Mit der Zeit begriff Nadine, daß dies nie der Fall sein würde. Das *Chez Nadine* wurde gut besucht, aber das Geld reichte immer nur dafür, einigermaßen sorgenfrei zu leben – unter der Voraussetzung, daß die Ansprüche denkbar bescheiden blieben – und das Restaurant am Laufen zu halten. Nie gelang es ihnen, etwas beiseite zu legen. Das Gourmetrestaurant in St. Tropez rückte in immer weitere Ferne, und Nadine wußte irgendwann, daß sie, wenn es nach Henri ging, für den Rest ihres Daseins in Le Liouquet leben und Pizza und Pasta zwischen Küche und Gastraum hin- und herschleppen würde. Denn *er* liebte das *Chez Nadine*. Es war sein ein und alles. Freiwillig würde er nie von dort weggehen.

Und auch Cathérine hatte sich bereits ihr Plätzchen gesichert. Wie sich herausstellte, hatte sie mit Henri vereinbart, täglich im *Chez Nadine* auszuhelfen. Beim Spülen und Saubermachen und – je nach Stand ihrer Krankheit – beim Servieren. Dagegen nun wehrte sich Nadine mit aller Heftigkeit.

»Ich will sie nicht hier haben! Diese Frau haßt mich wie die Pest! Ich will nicht mit einer Person unter einem Dach sein, von der ich weiß, daß sie mich zum Teufel wünscht. Und daß sie dich haben will!«

»Ich habe es ihr aber versprochen«, sagte Henri unbehaglich, »sie hätte sonst ihre Stelle nicht gekündigt.«

»Das ist nicht mein Problem. Mir hatte niemand etwas gesagt. Ich hätte euch sonst gleich klargemacht, daß aus diesem Plan nichts wird.«

»Wir brauchen aber eine Aushilfskraft.«

»Die gibt es wie Sand am Meer. Da müssen wir nicht Cathérine nehmen.«

»Es geht für Cathérine doch nicht nur ums Geldverdienen.

Sie ist einfach ein zutiefst einsamer Mensch. Es ist ziemlich ausgeschlossen, daß sie es je schafft, eine eigene Familie zu gründen. Sei großmütig und laß sie ein wenig an unserem Leben teilnehmen!«

»*Sie* hat *mich* zuerst abgelehnt, nicht umgekehrt. Ich will sie einfach nicht da haben, Henri. Bitte respektiere das!«

»Du hast so viel mehr als sie. Du könntest doch ...«

»Was habe ich denn schon?« fragte Nadine bitter. »Eine verdammte Pizzabude am Bein. Das ist alles!«

Es pendelte sich schließlich so ein, daß Henri Cathérine dann und wann zu Hilfe holte, wenn Nadine nicht da war, und daß ansonsten verschiedene Mädchen aus den umliegenden Dörfern halfen. Für Cathérine war dies natürlich weit entfernt von dem, was sie einmal angestrebt hatte. Sie griff danach, weil es das einzige war, was sie bekommen konnte. Aber ihr Haß auf Nadine – und das wußte diese – vertiefte sich mit jedem Tag. Nadine ignorierte geflissentlich, daß sich die verhaßte Cousine häufiger im *Chez Nadine* aufhielt, ebenso wie sie den Umstand verdrängte, daß Henri in geschäftlichen Problemen und Fragen Cathérine weit mehr zu seiner Vertrauten gemacht hatte als die eigene Ehefrau.

Wahrscheinlich, dachte Nadine manchmal, ist er inzwischen längst zu der Überzeugung gelangt, daß es vernünftiger gewesen wäre, Cathérine zu heiraten und nicht mich. Die beiden würden leben und sterben für das idiotische Lokal, das dann *Chez Cathérine* hieße und für das sich Cathérine bei lebendigem Leib vierteilen ließe.

»Worüber willst du mit mir sprechen?« fragte sie nun. Sie stand in der Küche, hatte sich gerade eine Tasse Tee gemacht. Sie schloß beide Hände fest um den heißen Becher, aber sie wußte nicht, ob das Frösteln, das sie erfüllte, von der kühlen Morgenluft herrührte, die durch die geöffnete Gartentür hereinströmte, oder ob es ein inneres Frieren war, das aus ihrer Seele kam.

»Ich dachte, das wüßtest du«, sagte Henri, »ich meine, worüber wir sprechen sollten.«

»Ich habe nicht das Bedürfnis, zu sprechen«, sagte Nadine und krampfte ihre Finger noch fester um den Becher. Ein feineres Porzellan wäre bereits zersprungen, die dicke Keramik hielt stand. »Wenn du reden willst, mußt du schon sagen, worüber!«

Er starrte sie an. Er sah müde aus und alt. Oder vielleicht nicht wirklich alt mit seinen sechsunddreißig Jahren, aber verbraucht. Müde und verbraucht. Und sehr verletzlich.

»Nein«, sagte er erschöpft, »es müßte von dir ausgehen. Ich bringe es nicht fertig, von mir aus anzufangen. Es ist … zu schrecklich.«

Sie zuckte mit den Schultern. Innerlich war sie angespannt, sie fror und zitterte und wußte dabei, daß sie nach außen hin kalt wirken mußte. Immer schon waren ihre Züge um so maskenhafter geworden, je mehr eine Situation sie aufwühlte. In ihren Augen erlosch jedes Leuchten, ihre gleichmäßigen Züge waren unbeweglich und wie in Stein gemeißelt. Ihr Gegenüber mußte sich provoziert fühlen von soviel Starre.

Er kannte sie seit so vielen Jahren, und doch hatte er dieses Muster ihres Wesens nie begriffen. Er sah nur ihre abweisende Miene und dachte: Eines Tages werde ich erfrieren an dieser Frau.

Und wußte, daß er längst erfroren war.

Und daß sie nie von sich aus zu ihm kommen und sprechen würde.

An diesem kühlen Oktobermorgen so wenig wie zu irgendeinem späteren Zeitpunkt.

4

Um zehn Uhr an diesem Montagmorgen erschien Lauras Mutter bei ihrer Tochter, um die kleine Sophie wieder abzugeben und herauszufinden, was nun weiter geplant war. Laura hatte ihr das Enkelkind am gestrigen Abend überraschend gebracht und sich vage über eine »Notsituation« geäußert; des weiteren hatte sie hinzugefügt, es könne sein, daß sie kurzfristig nach Südfrankreich müsse, und ob ihre Mutter dann die Kleine für eine weitere Woche übernehmen könne? Elisabeth Brandt begriff nicht, was geschehen sein konnte, war aber entschlossen, dahinterzukommen.

Laura hatte den Telefonhörer am Ohr, als sie ihrer Mutter die Haustür öffnete. Sie hatte gerade die Nummer des Hotels in Pérouges gewählt, war an eine gelangweilte Frau geraten, die gesagt hatte, sie werde sie weiterverbinden. Kurz zuvor hatte sie Pérouges auf der Landkarte nahe bei Lyon entdeckt. Die Entfernung bis Genf schien ihr zu groß, als daß sie sich vorstellen konnte, Peter habe dort gewohnt und sei drei Tage lang immer wieder viele Kilometer gependelt, um seinen Job in der Schweiz zu erledigen. Ihr war plötzlich kalt geworden, und eine Ahnung war in ihr erwacht, das Trümmerfeld ihres Lebens könnte noch größer sein, als sie nach dem gestrigen schrecklichen Tag vermutet hatte.

»Ich verstehe nicht, weshalb du plötzlich nach Frankreich mußt«, sagte Elisabeth anstelle einer Begrüßung. »Ich denke, Peter segelt mit seinem Freund. Was sollst du dabei?«

»Gleich, Mami. Es gibt Probleme mit dem Haus.« Sie bedeutete ihrer Mutter, mit Sophie ins Wohnzimmer zu gehen. Sie selbst blieb im Flur zurück. Elisabeth sprach und verstand kein Französisch, sie würde dem Telefonat nicht folgen können.

Sie hörte, wie Elisabeth im Wohnzimmer mit Sophie plauderte. Die Kleine quiekte und lachte; sie hing sehr an ihrer Großmutter.

Am anderen Ende der Leitung meldete sich nun die Concièrge des Hotels. Laura schluckte; sie hätte das Gespräch am liebsten beendet, noch ehe es begonnen hatte, hätte sich gern alles erspart, was auf sie zukommen mochte. Vielleicht war es manchmal besser, nichts zu wissen. Aber ein Gefühl sagte ihr, daß sie sich nicht lange würde verstecken können vor der Wirklichkeit. Der Stein war längst ins Rollen geraten. Es lag nicht mehr in ihrer Macht, ihn aufzuhalten.

»Hier ist das Büro von Peter Simon in Frankfurt«, sagte sie. »Ich mache die Buchführung und kann eine Abbuchung nicht belegen. Monsieur Simon war im Mai Gast Ihres Hauses. Können Sie mir sagen, wie hoch seine Rechnung war?«

»Monsieur Simon. Warten Sie …« Die Concièrge schien in einem Buch zu blättern. »Im Mai, sagen Sie? Moment, hier … Madame und Monsieur Simon aus Deutschland …«

Schlagartig erfüllte ein lautes Dröhnen Lauras Ohren. Die Stimme der Frau aus Pérouges war weit weg. Sie nannte ihr irgendeine Zahl, die Laura wie durch eine Wattewand hörte und nicht begriff. Sie sank auf die unterste Treppenstufe und dachte, sie würde gleich anfangen, mit den Zähnen zu klappern.

»Madame? Sind Sie noch da? Konnte ich Ihnen weiterhelfen?«

Die entfernte Stimme der Concièrge drang zu ihr durch. Sie mußte irgendwie reagieren.

»Ja, vielen Dank. Das wollte ich nur wissen. Auf Wiedersehen.«

Sie drückte auf die Taste, die das Gespräch beendete. Aus dem Wohnzimmer hörte sie Elisabeths Stimme. »Du hast mir übrigens Sophie gestern viel zu dünn angezogen abgeliefert! Das geht so im Oktober nicht mehr!«

Schon wieder jemand, der eine Antwort wollte.

»Ja, Mami.«

Sie wußte nicht, wie sie sich von der Treppe erheben sollte. Wenn sie es versuchte, würden wahrscheinlich ihre Beine einknicken. Sie hätte mit dem Anruf warten sollen, bis sie allein war. Nun hatte sie keine Ahnung, wie sie ihr grenzenloses Entsetzen verbergen sollte. Wahrscheinlich war sie kalkweiß im Gesicht.

Madame und Monsieur Simon.

Blieb die Frage, wer die Frau war, die er als Madame Simon ausgegeben hatte.

Oder war das letztlich überhaupt nicht wichtig?

Irgendeine beschissene kleine Affäre, dachte Laura, billig und klischeehaft. Er hat eine bescheuerte Geliebte, die er in exklusiven Hotels vögelt und die er als seine Gattin eintragen läßt, weil er zu spießig ist, sich mit einer Frau anderen Namens in ein Zimmer zurückzuziehen.

Ihr wurde plötzlich schlecht, sie ließ das Telefon fallen, sprang auf, stürzte in die Küche und erbrach sich ins Spülbecken. Ihre Haut war von einem Moment zum nächsten mit einem Schweißfilm überzogen. Sie zitterte und würgte, und als sie nichts mehr im Magen hatte, kam nur noch gelblicher Schleim.

Sie hörte die Schritte ihrer Mutter näher kommen.

»Wo bleibst du denn? Telefonierst du immer noch?«

Elisabeth stand in der Küchentür, starrte ihre Tochter an. »Ist dir schlecht?«

Wonach sieht es denn wohl aus? dachte Laura aggressiv, während sie zugleich die Wut auf ihre Mutter zu beschwichtigen suchte: Für den katastrophalen Zusammenbruch des Lebens ihrer Tochter konnte Elisabeth absolut nichts.

Laura richtete sich auf, zog sich eine Küchenpapierrolle heran und tupfte sich den Mund ab. Elisabeth spähte in das Becken. »Das solltest du nicht mit Wasser wegspülen. Ich fürchte, dabei verstopfen die Rohre. Setz dich an den Tisch, trink ein Glas Wasser. Ich beseitige den ... Schaden.«

Laura protestierte schwach. »Nein, Mami, das kann ich dir nicht zumuten. Ich mach das gleich selber. Ich ...«

Elisabeth drückte sie auf einen Stuhl am Küchentisch. »Du machst gar nichts. Du müßtest dich einmal sehen. Du siehst so jämmerlich drein, daß man den Eindruck hat, du fällst jeden Moment um.«

Sie holte Wasser aus dem Kühlschrank, schenkte ein Glas ein, stellte es vor Laura hin. »Trink das. Du weißt ja: immer alles rausspülen.«

Geschäftig machte sie sich daran, mit Küchenpapier das Erbrochene ihrer Tochter zur Gästetoilette zu schaffen und zu beseitigen. Sie öffnete das Küchenfenster und versprühte Raumspray, um den beißenden Geruch zu vertreiben. Wie immer agierte sie tüchtig und engagiert. Wie immer fühlte sich Laura dabei wie ein Kind, kam sich auf einmal sehr klein vor.

»Mami, Peter hat ein Verhältnis«, sagte sie.

Elisabeth hielt für einen Moment inne, dann fuhr sie in ihren Tätigkeiten fort, eine Spur aggressiver als vorher.

»Woher weißt du das?« fragte sie.

»Er hat im Mai in einem Hotel bei Lyon genächtigt. In Begleitung einer Frau, die er als seine Ehefrau ausgab. Ich denke, das ist eindeutig.« Während sie den Sachverhalt schilderte, wurde ihr schon wieder übel. Diesmal war sie besser gewappnet und konnte den Brechreiz zurückdrängen.

Es ist so entsetzlich, dachte sie.

»Deshalb also möchtest du Hals über Kopf nach Südfrankreich. Nicht, weil irgend etwas mit dem Haus nicht in Ordnung wäre«, stellte Elisabeth sachlich fest. Sie wurde immer besonders sachlich, wenn etwas sie bewegte. »Du weißt, wo er ist? Ich meine, er ist ja dann wohl nicht beim Segeln mit seinem Freund?«

»Beim Segeln ist er nicht, das weiß ich. Aber wo er sich stattdessen herumtreibt – keine Ahnung. Ich weiß ja nicht einmal, wer die Frau ist, mit der er mich betrügt. Aber sein letztes Lebenszeichen stammt aus St. Cyr.«

»Sicher?«

»Ich habe mit dem Wirt einer Pizzeria dort gesprochen. Peter hat Samstag abend dort gegessen. Also war er da. Doch dann verliert sich seine Spur.«

»Du glaubst, er ist mit dieser ... Frau zusammen?«

Laura wußte, dies alles war eine Tragödie für ihre Mutter, die inzwischen das Spülbecken mit einer Vehemenz schrubbte, als wolle sie es in seine Bestandteile zerlegen. Elisabeth würde kaum damit fertig werden, eine Tochter mit *gescheiterter Ehe* zu haben. Wenn sie sich von ihrem Schock erholt hatte, würde sie anfangen, unermüdlich nach einer Lösung für das Problem zu suchen.

»Er hat Schwierigkeiten«, sagte Laura, »finanzieller Art.« Das war einigermaßen untertrieben. Aber genauer wollte sie es ihrer Mutter nicht schildern. »Ich könnte mir denken, daß er ... weißt du, eine Art Kurzschlußreaktion ... vielleicht ist er irgendwo untergetaucht.«

Elisabeth hatte noch nie die Neigung gehabt, Dinge zu beschönigen.

»Du meinst, er hat sich womöglich zusammen mit dieser ... Fremden irgendwohin ins Ausland abgesetzt und überläßt dich und euer Kind einer ungewissen Zukunft?«

Die Übelkeit meldete sich wieder. »Ich weiß es nicht, Mami.«

»Wie ernst sind denn seine finanziellen Probleme?«

»Auch da habe ich noch nicht den genauen Überblick. Ich bin erst seit gestern mit all dem konfrontiert. Seit heute weiß ich von ... seinem Verhältnis. Für mich haben sich noch nicht alle Fäden entwirrt.«

»Also, wenn du meine Meinung hören willst«, sagte Elisabeth und hörte endlich auf, das Spülbecken zu malträtieren, »dann würde ich jetzt nicht nach Frankreich fahren. Ordne hier erst einmal die Dinge. Deine finanzielle Zukunft steht vielleicht auf dem Spiel. Die solltest du in Ordnung bringen.«

»Für mich steht etwas ganz anderes auf dem Spiel«, sagte Laura. »Wenn die Dinge so liegen, wie ich jetzt vermute, dann ist Geld das letzte, was mich interessiert.«

Sie stand auf. Diesmal schaffte sie es zur Gästetoilette. Sie übergab sich erneut. Das Gesicht, das ihr danach aus dem Spiegel über dem Waschbecken entgegensah, erschien ihr fremd.

Als gehörte es einer anderen Frau.

5

Monique Lafond hatte seit einer Woche ein schlechtes Gewissen, und deshalb beschloß sie an diesem Montagvormittag, den bohrenden Schmerz hinter der Stirn zu ignorieren, ebenso wie den Umstand, daß sie noch immer erhöhte Temperatur hatte. Sie war eine pflichtbewußte Person, und für gewöhnlich ließ sie sich auch von Erkrankungen nicht von einer einmal übernommenen Aufgabe abhalten. Aber diese Grippe hatte sie mit einer nie zuvor gekannten Heftigkeit erwischt, und sie hatte sich rasch und anhaltend in einer äußerst schmerzhaften Stirn- und Nebenhöhlenentzündung etabliert. Monique ging nie zum Arzt – und in den siebenunddreißig Jahren, die sie nun lebte, war dies auch nie notwendig gewesen –, aber diesmal war ihr schließlich nichts anderes übrig geblieben. Er hatte ihr ein paar Medikamente verschrieben und strikte Bettruhe verordnet.

Deshalb war sie nicht, wie vereinbart, am 29. September

in das Haus von Madame Raymond gegangen, um dort sauberzumachen, sondern schleppte sich erst jetzt, über eine Woche später, dorthin. Und kam sich deswegen irgendwie schuldig vor.

Genaugenommen konnte es Madame Raymond gleich sein. Sie war am 29. September heim nach Paris abgereist und würde vermutlich erst an Weihnachten wieder nach St. Cyr kommen. Die Absprache lautete dahingehend, daß Monique am Tag der Abreise oder einen Tag später gründlich saubermachte, den Herbst über alle zwei Wochen nach dem Haus sah und kurz vor Weihnachten alles schön herrichtete, ehe Madame wieder anreiste.

Sie hatte Madame Raymond an jenem letzten Samstag im September in aller Frühe anzurufen versucht, war aber nur auf den Anrufbeantworter gestoßen. Mit krächzender Stimme hatte sie erklärt, zu krank zu sein, um zu putzen, sich jedoch nach erfolgter Genesung sofort ans Werk zu machen. Madame Raymond hatte nicht zurückgerufen, was darauf schließen ließ, daß sie im ersten Morgengrauen aufgebrochen sein mußte. Monique hatte einen Tag später noch mal in Paris angerufen, jedoch auch dort nur den Anrufbeantworter erwischt. Da sie nichts weiter hörte, ging sie davon aus, daß Madame mit allem einverstanden war. Insgeheim empfand sie ihre Arbeitgeberin als ziemlich unfreundlich. Nach all den Jahren hätte sie ihr wenigstens eine gute Besserung wünschen können.

Es war fast schon Mittag – die Uhr zeigte wenige Minuten vor zwölf –, als sie sich in der Lage fühlte, sich endlich auf den Weg zu machen. Sie hatte drei Aspirin genommen und den Schmerz damit ein wenig eingedämmt. Das leichte Fieber wollte nicht sinken, aber sie beschloß, diesen Umstand zu ignorieren.

Madame Raymonds Ferienhäuschen lag inmitten der Felder, die sich zwischen dem Stadtkern von St. Cyr und den

Ausläufern der Berge erstreckten. Die Straßen waren schmal und holprig, oftmals von kleinen Mauern gesäumt, und wilde Blumen wuchsen an ihren Rändern. Kleine Gehöfte und verwunschene Häuser lagen zwischen den Weinfeldern, beschattet von alten Olivenbäumen. Im Sommer lastete hier schwere Hitze, und knochentrockener Staub wirbelte auf, wenn Autos in zu raschem Tempo über die kurvigen Sträßchen brausten. Heute jedoch, nach dem völlig verregneten Vortag, hob sich Feuchtigkeit aus den Wiesen. Der Himmel hing voller Wolken. Monique betrachtete ein paar dünne Rauchsäulen, die aus vereinzelten Schornsteinen stiegen. Ostwind. Es war keine wirkliche Wetterbesserung in Sicht.

Sie fuhr mit dem Fahrrad und merkte recht bald, daß es ein Fehler gewesen war, sich darauf einzulassen. Schon nach einem Kilometer ging es ihr viel schlechter, und als sie in den schmalen Feldweg einbog, der gewissermaßen die Auffahrt zu Madame Raymonds Haus darstellte, tobten die Schmerzen hinter ihrer Stirn, und sie hatte zudem den Eindruck, daß ihr Fieber noch einmal stieg. Wahrscheinlich war sie bis zum Abend erneut schwer krank und würde wieder nicht zur Arbeit gehen können. Monique arbeitete als Sekretärin bei einem Makler. Mit dem Putzen und Warten von Ferienhäusern verdiente sie sich etwas hinzu, denn die einzige Freude in ihrem recht einsamen Single-Dasein bestand in einer alljährlichen großen Ferienreise in ein weit entferntes Land. Das kostete eine Menge Geld, und dafür schuftete Monique selbst an den Wochenenden – oder an Tagen wie diesem, an denen sie eigentlich noch krank geschrieben war. In diesem Jahr war sie in Kanada gewesen. Im nächsten Jahr wollte sie nach Neuseeland.

Im Hof, der gepflastert war und voller Olivenbäume stand, sprang sie vom Rad. Hoffentlich ist niemand eingebrochen, dachte sie, das würde eine Menge Ärger bedeuten für mich.

Das Haus lag friedlich und still unter dem immer bleierner werdenden Himmel, und es sah nicht so aus, als sei ihm an irgendeiner Stelle Gewalt angetan worden.

Obwohl der Tag nicht kalt war, fror Monique plötzlich, und sie vermutete, daß das am Fieber lag.

Als sie die Haustür aufschloß, prallte sie zurück vor einem widerwärtigen Gestank, der ihr aufdringlich entgegenschlug und ihr fast den Atem nahm.

O Gott, dachte sie entsetzt, irgend etwas *verwest* hier.

Madame mußte – in der Annahme, Monique werde sich unverzüglich um alles kümmern – verderbliche Lebensmittel offen in der Küche liegengelassen haben. Die spätsommerliche Hitze der letzten Woche hatte dann ganze Arbeit geleistet. Monique sah vergammeltes Fleisch vor sich, auf dem es wimmelte von Maden und Würmern, und sie fand, daß ihr Nebenjob manchmal einfach nur hassenswert war.

Immerhin schien es ihr nun ziemlich klar zu sein, daß Madame Raymond aus irgendeinem Grund keine ihrer Nachrichten erhalten hatte, und es tröstete sie, daß es nicht mangelndes Interesse gewesen war, weshalb sich Madame nicht nach ihrem Befinden erkundigt hatte. Sondern eine schlichte Panne in der Nachrichtenübermittlung.

Monique ging den schmalen Flur entlang, wo der Gestank zunahm und ihr beinahe den Magen hob. Wahrscheinlich quoll der Mülleimer über. Etwas so Entsetzliches hatte sie noch nie gerochen. Ihr brach kalter Schweiß aus, und diesmal war sie nicht sicher, ob es von der Grippe kam. Der Gestank hatte etwas zutiefst Beunruhigendes, es schwang etwas darin, was sie frieren ließ und ihr ein eigentümliches Kribbeln auf der Kopfhaut verursachte. Sie empfand eine Art von instinktivem Grauen.

Ich bin krank, das ist alles, sagte sie sich und konnte es nicht wirklich glauben.

In der Küche tickte eine Uhr, und eine Fliege summte zwischen den Wänden, aber es konnte keine Rede sein von verwesenden Fleischbergen. Auf der Spüle stand sauberes Geschirr im Abtropfsieb, der Mülleimer war fest verschlossen. In einer Schale auf dem Fensterbrett faulte Obst, aber Monique mußte die blitzartige Hoffnung, hier sei die Quelle für den seltsam süßlichen Gestank zu finden, sofort wieder fallenlassen. Das Obst roch nur ganz leicht, und man mußte dicht herangehen. Der Gestank *kam überhaupt nicht aus der Küche*! Er kam aus dem hinteren Teil des Hauses, von dort, wo die Schlafzimmer lagen.

Ihr Magen krampfte sich zusammen. Auf einmal begriff sie, welche instinktive Reaktion in ihr vorging. Es war wie das Schreien der Tiere, wenn sie den Schlachthof rochen.

Sie atmete den Tod.

Ihr Verstand arbeitete sofort dagegen. Es war absurd. Am hellichten Tag in einem idyllischen Ferienhaus der Provence roch man nicht den Tod – und wie roch der überhaupt? Es gab eine Erklärung für den mörderischen Gestank, eine simple Erklärung, und die würde sie jetzt herausfinden. Auf der Stelle.

Sie marschierte den Gang entlang, öffnete die Glastür, die den Wohn- vom Schlafbereich trennte, und trat in Madame Raymonds Schlafzimmer, wo diese unterhalb des Fensters lag, bekleidet mit den Fetzen ihres Nachthemds. Um ihren Hals lag ein kurzer Strick, die Augen quollen aus den Höhlen, und die Zunge stand schwarz und steif aus dem Mund. Über die Fensterbank verteilte sich etwas, das wie Erbrochenes aussah. Monique starrte ungläubig auf das Bild, das sich ihr bot, und bemühte auf eine absurde Weise noch immer ihren Verstand um eine vernünftige Erklärung.

Dann schoß es ihr durch den Kopf: *Bernadette!* Und sie stürzte ins Nebenzimmer, um nach Madame Raymonds vierjähriger Tochter zu sehen. Die Kleine lag in ihrem Kinderbettchen. Man war mit dem Kind in dergleichen Weise verfahren wie mit der Mutter, aber offenbar hatte es geschlafen, als der Mörder kam. Es war – hoffentlich – nicht aufgewacht, ehe man begonnen hatte, ihm den Hals abzuschnüren.

»Ich muß überlegen, was ich als nächstes tue«, sagte Monique laut. Der Schock bildete noch immer eine Barriere zwischen ihr und dem furchtbaren Anblick und verhinderte, daß sie schrie oder in Ohnmacht fiel.

Sie verließ das Zimmer, ging auf unsicheren Beinen in die Küche, setzte sich auf einen Stuhl. Die Uhr schien noch lauter zu ticken als zuvor, sie dröhnte förmlich, und auch das Brummen der Fliege hatte sich verstärkt, schwoll mit jeder Sekunde an. Monique starrte auf das faulende Obst, Äpfel und Bananen waren es, die bereits matschig wurden, und sie konnte bräunliches, zerlaufendes Fruchtfleisch sehen. Bräunliches, zerlaufendes Fleisch …

Das Ticken der Uhr und das Brummen der Fliege verdichteten sich gemeinsam zum ohrenbetäubenden Dröhnen. Die Lautstärke schmerzte in Moniques Ohren, wurde unerträglich, drang in ihren Kopf und drohte ihn zum Platzen zu bringen. Sie wunderte sich, daß die Fensterscheiben nicht zersprangen. Wunderte sich, daß die Wände nicht wankten. Daß die Welt nicht unterging, obwohl das Schlimmste geschehen war.

Sie begann zu schreien.

6

Sie hatte nicht ein einziges Mal Rast gemacht. Neben ihr auf dem Beifahrersitz hatte die ganze Zeit über eine Flasche Mineralwasser gelegen, aus der sie immer wieder einen Schluck nahm, bis sie leer war. Seltsamerweise mußte sie kein einziges Mal auf die Toilette, erst als sie auf dem Pas d'Ouilliers aus dem Wagen stieg, merkte sie, daß sie sich dringend erleichtern mußte. Sie kauerte sich hinter einen Busch, wobei sie auch registrierte, wie steif sie vom langen Sitzen geworden war; sie bewegte sich wie eine alte Frau.

Schließlich trat sie an einen der Picknicktische und schaute hinunter auf die tausend blitzenden Lichter der Bucht von Cassis.

Es war fast halb elf, die Nacht war kühl und bewölkt, und hier oben wehte ein Wind, der einen frösteln ließ. Sie hätte ihre Jacke anziehen sollen, aber sie wollte ohnehin nur einen Moment bleiben. Von diesem Ort aus hatte Peter sie zum letzten Mal angerufen. Hier riß der Faden. Hier hatte er vor zwei Tagen – waren es wirklich erst *zwei* Tage? – gestanden und auf dieselbe Bucht, dasselbe Meer geblickt wie sie jetzt. Wenn es stimmte. Wenn er überhaupt hier gewesen war. Seit dem Zusammenbruch ihrer Welt schien es kaum mehr etwas zu geben, was sie noch glauben konnte, aber nachdem Henri Joly bestätigt hatte, daß Peter im *Chez Nadine* gewesen war, sprach manches dafür, daß er zuvor den Pas aufgesucht hatte. Irgendwo mußte er gehalten haben, um zu telefonieren – Peter telefonierte nie beim Fahren – und warum dann nicht hier? Den Ort konnte er zumindest fast automatisch angefahren haben. Hier hatten sie jedesmal gestanden und den ersten Blick auf das Meer genossen. Ob es ihm das gleiche bedeutet hatte wie ihr – ein liebgewordenes Ritual, das nur sie beide miteinander teilten?

Nach allem, was geschehen war, erschien es ihr zweifelhaft.

Wenn er mich geliebt hätte, dachte sie und atmete tief die Luft, die soviel weicher war als daheim, hätte es für ihn kein Wochenende mit einer anderen Frau gegeben.

Und vermutlich waren es viele Wochenenden gewesen. Oder heimliche Mittagsstunden, falls *sie* in Frankfurt wohnte oder häufig dort war. Oder Geschäftsreisen. Wie lange ging das schon? Weshalb hatte sie nichts bemerkt? Aber schließlich waren auch seine abenteuerlichen Spekulationen und Investitionen völlig an ihr vorübergegangen.

Sie überlegte, wie es in der letzten Zeit mit Geld bei ihr ausgesehen hatte: Größere Rechnungen hatte sie sowieso immer an Peter weitergegeben, und vermutlich hatte er sie häufig nicht bezahlt. Für den eigenen Bedarf verfügte sie über ein kleines Konto, auf das Peter in unregelmäßigen Abständen Geld überwies. Schon seit längerer Zeit war nichts mehr eingegangen, und ihr Guthaben war ziemlich geschrumpft, aber das hatte sie nicht gekümmert, weil sie immer davon ausgegangen war, ein einziges Wort zu ihm würde genügen und den Geldfluß wieder in Gang bringen. Ansonsten hatte sie eine Kreditkarte, die zu einem von Peters Konten gehörte, aber mit der hatte sie schon seit längerem nicht mehr eingekauft. Falls sie gesperrt war, hatte sie das nicht bemerkt.

Wie Dornröschen. Sie war ein echtes Dornröschen gewesen. Von Rosen umrankt, in einem hundertjährigen Schlaf gefangen.

Sie hatte bislang nicht geweint, und nicht einmal in diesem Moment verspürte sie das Bedürfnis; ungewöhnlich bei ihr, die dicht am Wasser gebaut hatte und bei weit geringeren Anlässen leicht und schnell in Tränen ausgebrochen war. Nun stand sie hier, an einem Ort, mit dem sich romantischste Erinnerungen verbanden, und ihre Augen blieben klar und trocken. Dicht neben ihr in einem Auto knutschten heftig zwei Männer, aber sie beachtete dies kaum. Sie befand sich wie in einem inneren Zwiegespräch mit dem Mann, den sie zu kennen geglaubt hatte und der doch ein anderer war.

Hier hast du gestanden. Hast mit mir telefoniert. Müde seist du, hast du gesagt. Kein Wunder, habe ich gedacht, nach der langen Fahrt. Heute weiß ich, daß du eigentlich nicht müde auf mich gewirkt hast, und vielleicht war es das, was das Gefühl von Unruhe und Beklemmung in mir auslöste. Du schienst eher angespannt, nervös. Mit Christopher auf Segeltour zu gehen war etwas, das dich normalerweise glücklich und ausgeglichen, freudig sein ließ. Aber du hast nicht die geringste Freude ausgestrahlt. Es ging dir nicht gut. Du hattest vor, deine Geliebte zu treffen und dich mit ihr aus dem Staub zu machen, deine Schulden ebenso wie deine ahnungslose Ehefrau einfach abzuschütteln. Du standest hier und kamst dir vor wie ein Scheusal und ein Versager – und genau das warst du auch und bist es noch.

Sie wünschte, sie könnte die kalte Verurteilung, die sie in Gedanken aussprach, empfinden. Aber davon war sie noch weit entfernt. Sie würde durch eine lange Zeit der Trauer gehen, dann durch eine des Hasses und der Verachtung, und dann, irgendwann, würde sie hoffentlich mit Gelassenheit und ohne Emotionen an ihn denken.

Auf dem Weg zwischen dieser Zukunft und dem Jetzt lag die Hölle.

Eine halbe Stunde später schloß sie die Tür zum Häuschen auf. Ein kleines Haus im Quartier Colette, gebettet an einen sanft ansteigenden Hang, auf dem in Terrassen der Wein wuchs. Das Quartier gehörte zu La Cadière, lag aber außerhalb; man konnte den Berg, auf dem sich das eigentliche Dorf befand, genau sehen, würde aber gut zwanzig Minuten dorthin laufen. Das Quartier lag ein wenig abgeschirmt, wurde nur von einer Privatstraße durchquert. Die Grundstücke waren groß und von hohen Zäunen umgeben; die meisten Bewohner hatten Hunde. Die Zahl der Einbrüche an der Côte war zwar zurückgegangen, aber noch immer war man überall auf Sicherung des Eigentums sehr bedacht.

Ihrem innersten Gefühl folgend, wäre Laura am liebsten sofort zu Henri und Nadine gefahren, denn das *Chez Nadine* war die nächste Station, von der sie wußte, daß Peter sich dort aufgehalten hatte. Aber dort war Ruhetag, wie ihr unterwegs wieder eingefallen war, und sie scheute davor zurück, um diese Uhrzeit privat dort vorbeizuschauen. Sie würde sich bis zum nächsten Morgen gedulden.

Gleich beim Eintritt in das Haus hatte sie den Eindruck, daß niemand hier gewesen war seit ihrem und Peters letztem Aufenthalt im Sommer. Stille, Staub und Unberührtheit hingen zwischen den Wänden. Dennoch ging sie von Raum zu Raum, um sich noch einmal zu vergewissern, aber was sie sah, bestätigte ihre erste Empfindung. Kein Bett war bezogen, die säuberlich aufgeschichteten Decken und Kissen wiesen keinen Knick, keine Delle auf. Unwahrscheinlich, daß jemand hier genächtigt haben sollte. In der Küche gab es keine schmutzige Tasse, keinen benutzten Teller oder Löffel. Im Bad kein Handtuch, das aus dem Schrank genommen und gebraucht worden war. Staub auf Tischen, Stühlen, Regalen. Peter hatte das Haus nicht betreten.

Für diese Nacht lohnte es sich nicht mehr, die schweren Fensterläden zu öffnen, und so verharrte sie in den verbarrikadierten Räumen, atmete die stickige, dumpfe Luft und versuchte, ihre Gedanken zu ordnen.

Weshalb war er hierher gefahren? Hatte es etwas mit jener Frau zu tun? Woher wollte sie wissen, daß es sich um eine Französin handelte? Es konnte ein banales Frankfurter Verhältnis sein, das sich in einem Stundenhotel im Rhein-Main-Gebiet abgespielt hatte. Wenn er ihr nicht gerade ein Wochenende in Pérouges spendierte. Kam sie wegen Pérouges auf eine Französin? Aber diesen Ort hatte Peter vielleicht nur deshalb gewählt, weil er hoffnungslos frankophil war (*mich* hat er schließlich auch immer wieder in dieses Land geschleppt, dachte sie), oder deshalb, weil er tatsächlich in Genf zu tun gehabt hatte, nur nicht ganz so ausgiebig, sondern so, daß genügend Zeit für ein romantisches Wochenende geblieben war. Sie konnten zusammen von Frankfurt aufgebrochen sein.

Aber weshalb dann jetzt die Provence?

Das muß nichts mit *ihr* zu tun haben, dachte sie, vielleicht war sie auch nur ein flüchtiges Abenteuer. Vielleicht spielte sie keine Rolle mehr. Vielleicht war er nur hierher gefahren, um noch einmal das Land zu sehen, das er so liebte.

Vielleicht – plötzlich war sie wie elektrisiert – hatte er gar nicht vor, abzuhauen. Vielleicht hatte er nur untertauchen wollen. Es war nie *ihr* Verdacht gewesen, daß er ins Ausland verschwinden wollte, Melanie hatte diese Vermutung geäußert, und Laura hatte sie völlig unkritisch übernommen. Natürlich auch deshalb, weil es plausibel klang. Aber deshalb mußte es doch nicht so sein!

Ich habe diese Affäre viel zu sehr dramatisiert, dachte sie und merkte, wie über diesem Gedanken der Schmerz ein wenig Linderung erfuhr; in Wahrheit ist Peter einfach in Panik geraten wegen seiner Schulden. Er hat sich verkrochen, er sucht Ruhe und Abstand, er muß nachdenken. Er muß sich überlegen, wie er mir beibringt, daß wir finanziell am Ende sind. Daß wir unsere beiden Häuser verkaufen müssen. Daß wir ganz neu und ganz klein anfangen müssen.

Auf einmal fühlte sie sich völlig sicher, daß er in ihrer Nähe war. Natürlich hatte er sich nicht in dieses Haus zurückgezogen, wo er greifbar und erreichbar war. Wahrscheinlich saß er in einem Hotel oder in einem Appartement. Aber auch das mußte er einmal verlassen. Sie kannte seine Spazierwege, kannte die Flecken, die er am meisten liebte. Irgendwann in den nächsten Tagen würden sie einander begegnen. Dann würde sie mit ihm sprechen.

Ich könnte wieder arbeiten, dachte sie, und es war ein beinahe schon freudiges Herzklopfen, das sie spürte. Wie heißt es immer? In jeder Krise steckt die Möglichkeit einer positiven Entwicklung. Peter und ich werden hinterher nicht mehr dieselben sein.

Am nächsten Tag würde sie beginnen, ihn zu suchen.

Dienstag, 9. Oktober

1

Nadine wollte gerade das Haus verlassen, als Henris Stimme sie zurückhielt. »Wo willst du hin?«

Das klang weniger scharf als ängstlich. Sie drehte sich um. Sie hatte ihn gerade noch im Bad gehört, wo er sich rasierte, und war überzeugt gewesen, daß er ihren Aufbruch nicht mitbekommen würde. Nun stand er in dem kleinen Flur neben der Küche, der zum Hinterausgang führte. Er hatte Rasierschaum im Gesicht und einen Pinsel aus Dachshaar in der Hand. Bekleidet war er mit einer Unterhose und einem T-Shirt, seine dunklen Haare standen noch verstrubbelt von der Nacht um seinen Kopf.

Was für ein schöner Mann, dachte sie, und diese Feststellung war so richtig wie die vom Vortag, als sie gedacht hatte: Wie alt er ist! Was für ein schöner, schwacher Mann!

»Muß ich neuerdings Rechenschaft ablegen, wenn ich das Haus verlasse?« fragte sie zurück.

»Ich denke, es ist eine Frage der Höflichkeit, wenn man den anderen informiert, ehe man geht«, sagte er.

»Ich mache einen Spaziergang. Einfach einen Spaziergang. Ist das in Ordnung?«

Er taxierte sie von oben bis unten. Sie wußte, daß er von ihr ganz sicher nicht dachte, daß sie schön sei. Nicht an diesem Morgen. Sie hatte sich im Spiegel gesehen und sich unattraktiv wie nie zuvor gefunden. Selbst wenn sie krank gewesen war – ein seltenes Ereignis bei ihrer robusten Gesundheit –, hatte sie nicht so elend gewirkt.

Zerstört, hatte sie vorhin gedacht, ich sehe *zerstört* aus.

Sie war in ihren Jogginganzug geschlüpft, hatte die strähnigen Haare lieblos zurückgebunden, auf Wimperntusche und Lippenstift verzichtet. Das war absolut ungewöhnlich bei ihr.

»Nadine schminkt sich immer, und wenn sie nur losgeht, das Klo zu putzen«, hatten Freunde früher gewitzelt. Der etwas mondäne Anstrich war Teil ihres Naturells gewesen. Jetzt kam ihr das alles nur noch überflüssig und sinnlos vor.

»Natürlich kannst du spazierengehen, wann immer du möchtest«, sagte Henri sanft.

»Danke«, erwiderte Nadine.

»Kann ich heute mittag mit dir rechnen? Hilfst du mir?«

»Warum fragst du nicht deine geliebte Cathérine?«

»Ich frage *dich.*«

»Ich bin spätestens um elf zurück. Reicht das?«

»Natürlich.« Diesmal setzte er hinzu: »Danke.«

Sie verließ ohne ein weiteres Wort das Haus.

2

Cathérine betrachtete sich kritisch im Spiegel. Der Höhepunkt der Akneattacke vom Samstag war vorüber, die Pusteln begannen zu verschorfen. Sie sah schlimm aus, jedoch nicht mehr *so* schlimm. Mit einer Menge Make-up und einer Menge Mühe könnte sie ...

Der Gedanke rief eine unangenehme Erinnerung in ihr wach. Vor drei Jahren, als sie wieder einmal an einem seelischen Tiefpunkt angelangt gewesen war und gemeint hatte, die ständige Einsamkeit nicht mehr zu ertragen und noch weniger die Aussicht auf ein lebenslanges Alleinsein, hatte sie auf eine Kontaktanzeige in der Zeitung geantwortet. Der

Text hatte ihr gefallen; der Mann hatte geschrieben, er sei nicht besonders gutaussehend und suche auch keine Schönheit, sondern eine Frau mit Herz und Sinn für Romantik. Er habe einige Enttäuschungen erlebt und wisse es zu schätzen, wenn eine Frau in erster Linie aufrichtig und treu sei.

Cathérine schien es, daß sie alle Kriterien erfüllte: Sie war, weiß Gott, keine Schönheit, hatte dafür Herz und – wenn auch inzwischen ziemlich verschüttet hinter Verbitterung und Vergeblichkeit – einen Sinn für Romantik. Für ihre Treue und Aufrichtigkeit konnte sie garantieren – welchen Versuchungen sollte eine Frau wie sie auch ausgesetzt sein?

Sie schrieb ihm unter einer Chiffre-Nummer, legte dem Brief aber kein Photo bei, sie behauptete, im Augenblick keine aktuelle Aufnahme von sich zu haben und sich nicht mittels eines älteren Bildes jünger machen zu wollen, als sie war. Ein geschickter Schachzug, wie sie fand, denn er ließ sie sehr ehrlich erscheinen.

Zwei Abende später rief der Mann sie an.

Am selben Tag hatte sie nach einer erstaunlich langen – *zu* langen – Phase der Ruhe wieder einen Anfall erlitten. Die Akne überschwemmte sie mit besonderer Heftigkeit, auch über den Hals bis zum Bauch hinunter und über den Rücken. Sie sah aus wie ein Monster.

»Ich wohne in Toulon«, sagte der Mann, der sich als Stephane Matthieu vorgestellt hatte, »also nicht weit von Ihnen. Wir könnten uns morgen abend treffen.«

Das ging natürlich unter keinen Umständen. Sie mußte unbedingt ein paar Tage Zeit herausschinden.

»Ich muß morgen früh aufbrechen zu einer alten Tante in der Normandie«, log sie. »Sie ist krank geworden, und ich bin die einzige Verwandte, die sie noch hat.«

»Das tut mir leid«, sagte Stephane, »wie nett von Ihnen, sich so um sie zu sorgen.«

»Das ist für mich selbstverständlich«, erwiderte Cathérine. Ihr Gesicht brannte wie Feuer. Sie brauchte ihre ganze Willenskraft, sich nicht zu kratzen.

»Das ist ein schöner Zug«, sagte Stephane, »die meisten jungen Frauen heutzutage haben nur ihr Vergnügen im Kopf. Diskos, teure Klamotten, schnelle Autos … Die Männer sollen attraktiv sein und viel Geld verdienen. Das ist alles, worauf es ihnen ankommt.«

»Wissen Sie«, meinte Cathérine, all ihren Mut zusammennehmend, »ich bin nicht besonders hübsch. Aber ich weiß, worauf es ankommt im Leben. Ich meine, ich weiß, welche Werte Bestand haben und welche nicht.«

»Ich denke, wir werden uns sehr interessant unterhalten«, schloß Stephane. »Rufen Sie mich an, wenn Sie von Ihrer Tante zurück sind?«

Sie rief nach drei Tagen an; ihr Gesicht hatte sich erholt. Lieber hätte sie noch ein wenig gewartet, aber sie vermutete, daß er mehrere Zuschriften bekommen hatte, und befürchtete, er werde sich mit einer anderen Frau treffen und ihr vom Haken springen.

Sie hatte schon mittags begonnen, sich für das Treffen am Abend zurechtzumachen. Zum Glück war es November gewesen, und es wurde sehr früh dunkel. Sie hatte ein Fischrestaurant in Cassis ausgewählt, von dem sie wußte, daß dort abends nur Kerzen brannten. Kerzenlicht war günstig für sie. Sie hatte spachteldick Make-up und Puder aufgetragen. Bei der entsprechenden Beleuchtung mochte ihre Haut einigermaßen passabel aussehen.

Stephane war nicht gerade begeistert von ihr, das merkte sie sofort. Natürlich war sie einfach zu dick, und das vermochte auch das fließende Gewand nicht zu verbergen, das sie ausgewählt hatte. Sie hatte es riskiert, trotz ihrer Größe dezente Absätze zu tragen, denn Stephane hatte seine Größe in der Anzeige mit einsneunzig angegeben, aber wie sich herausstellte, mußte er ein wenig geschwindelt haben: Er war kleiner als sie und würde es auch dann sein, wenn sie keine Schuhe trug. Er musterte sie aufmerksam während des Essens – Cathérine dankte Gott für den dunklen Novembernebel draußen und das dämmrige Licht drinnen –, und nur einmal meinte er: »Sie haben eine Allergie?«

Sie hätte sich fast verschluckt. »Ich war wieder leichtsinnig«, antwortete sie dann, betont fröhlich, »ich vertrage keine Nußschokolade, aber ich werde regelmäßig schwach.«

»Das bekommt auch der Figur nicht«, sagte Stephane.

Eigentlich mochte sie ihn kein bißchen. Er trug eine durch nichts gerechtfertigte Arroganz zur Schau, nörgelte am Essen herum und lehnte zweimal den Wein ab, ehe er ihn akzeptierte. Er ließ mehrfach durchblicken, daß er Cathérine zu dick fand (»Dagegen läßt sich ja etwas machen ...«), und legte ihr auch nahe, auf den Nachtisch zu verzichten (»Die Preise sind ja gesalzen hier!«). Er selbst trug den Hosenbund *unter* dem Bauch und hatte für einen Mann einen ungewöhnlich wabbeligen Hintern. Er war knappe einsachtzig statt der angegebenen einsneunzig groß (»Ein Druckfehler der Zeitung«), und seine Krawatte war von erlesener Scheußlichkeit.

Mit dem Mann alt werden, dachte Cathérine, und Kälte kroch in ihr hoch, aber dann dachte sie an ihre düstere, leere Wohnung und an die unendliche Einsamkeit eines jeden Tages, und sie befand, daß Stephane nicht schlimmer war als das, im Lauf der Zeit vielleicht sogar besser.

Es gelang ihr, sich für den Rest der Woche nur abends mit ihm zu verabreden und den Vorteil des Dämmerlichts für sich in Anspruch zu nehmen, aber am Wochenende, als er nicht arbeiten mußte – er war Angestellter einer Bank –, war es damit vorbei. Am Samstag behauptete sie noch, im *Chez Nadine* aushelfen zu müssen, aber für den Sonntag zeigte er sich hartnäckig; er wollte mit ihr am Vormittag zu einem Antiquitätenmarkt in Toulon gehen.

»Danach können wir irgendwo eine Kleinigkeit essen«, meinte er, »und uns dann endlich einmal ganz konkret ein Sportprogramm für dich überlegen.«

Sie begann ihn zu hassen, und mehr noch haßte sie ihr Schicksal, das ihr keine Wahl ließ als diesen Mann, und selbst um ihn mußte sie noch bangen.

Es war ein gleißend heller Wintermorgen, das Licht scharf und kalt, und sie wußte, daß ihre Haut verheerend aussah.

»Himmel«, sagte er, als er ihr vor seiner Wohnungstür gegenüberstand, »bist du diesmal in die Nußschokolade hineingefallen, oder was?«

Dann schaute er genauer hin und runzelte die Stirn. »Das sind ja fürchterliche Narben überall! Das kann doch keine Allergie sein! Es sieht mir aus wie eine ganz schlimme Akne, und zwar eine, die noch aktiv ist!« Das klang anklagend. Cathérine akzeptierte den Schuldvorwurf, sie hatte wesentliche Fakten unterschlagen, was die Beschreibung ihrer Person betraf, und wahrscheinlich war er zu Recht verärgert.

»Ich habe ja gesagt, ich bin nicht attraktiv«, erwiderte sie leise, »aber ich ...«

»Nicht attraktiv! Dazu zähle ich, daß du zu dick bist, strähnige Haare hast und dich unmöglich anziehst ...«

Sie hatte das Gefühl, geschlagen zu werden.

»... aber das da ist ja eine richtige Krankheit! Das hättest du nicht vertuschen dürfen. Allergie! Daß ich nicht lache!«

»Schau mal«, sagte Cathérine, verzweifelt und bereit, sich noch tiefer zu demütigen, »ich werde wirklich an mir arbeiten. Ich werde abnehmen. Ich werde mir eine Dauerwelle machen lassen. Ich werde ...«

»Laß uns gehen«, unterbrach er genervt. »Großer Gott, hast du je daran gedacht, einen Arzt aufzusuchen?«

Sie trottete neben ihm her und versuchte ihm zu erklären, daß sie jahrelang von einem Arzt zum nächsten gelaufen war und daß sich zeitweise ihr ganzes Dasein nur in Warte- und

Sprechzimmern abgespielt hatte, aber sie hatte nicht den Eindruck, daß er ihr zuhörte. Sie liefen über den Antiquitätenmarkt, immer noch unter dem hellen, grellen Licht, und Stephane blieb kaum einmal stehen, um sich etwas anzuschauen. Die ganze Zeit schwieg er, und sie sah nur sein in Wut erstarrtes Gesicht. Mittags gingen sie in ein kleines Restaurant unweit des Hafens, und noch immer sagte er nichts. Cathérine stocherte in ihrem Essen herum, entschuldigte sich irgendwann und floh auf die Toilette. Dort preßte sie ihr Gesicht gegen die kalten Kacheln an der Wand und sagte leise: »Ich hasse dich, lieber Gott. Ich hasse dich für deine Grausamkeit und für deine Willkür und dafür, daß du mich für den Mut, den ich aufbringen mußte, so hart bestrafst.«

Nach einer Weile kehrte sie in den Speiseraum zurück. Stephane war verschwunden, und im ersten Moment dachte sie, er sei auch auf der Toilette. Aber die Kellner räumten bereits den Tisch ab, und einer erklärte Cathérine, der Herr habe bezahlt und sei dann gegangen.

Sie glaubte, sie würde ihn nie wiedersehen, und sie wollte es auch nicht. In dem Restaurant vor den Kellnern zu stehen war der demütigendste Moment ihres Lebens gewesen, und alles, worauf sie hoffte, war, ihn irgendwann vergessen zu können. Natürlich gelang ihr das nicht. Immer wieder erstand die Situation vor ihren Augen, immer wieder durchlebte sie die brennende Scham. Eine Veränderung ging danach mit ihr vor: Mit der Hoffnung auf ein Stück Lebensglück waren auch die letzte Weichheit, die letzte Versöhnungsbereitschaft mit dem Schicksal in ihr gestorben. Haß und Verbitterung bestimmten von da an ihr Wesen.

Und dann, ein halbes Jahr war es nun her, hatte sie Stephane wieder getroffen. In St. Cyr war es gewesen, auf der Bank, zu der sie für Henri einen Scheck brachte. Man hatte Stephane dorthin versetzt, und unvermittelt hatte er ihr auf der anderen Seite des Schalters gegenübergestanden.

Er war noch feister geworden und noch selbstzufriedener. Er erschrak, als er sie sah, faßte sich aber rasch.

»Cathérine! Wie nett, dich zu sehen! Wie geht es dir?«

»Gut. Sehr gut.« Sie hatte der Versuchung nicht widerstehen können. »Ich habe geheiratet inzwischen. Wir sind sehr glücklich.«

»Wie schön für dich!« Sein Gesichtsausdruck verriet, daß er sich fragte, wer wohl der arme Trottel sein könnte, dem dieser Mißgriff passiert war. »Stell dir vor, auch ich bin verheiratet! Wir leben in La Cadière. So findet jeder Topf seinen Deckel, nicht wahr?«

Sie stellte Nachforschungen an und fand heraus, daß *er* tatsächlich nicht gelogen hatte. Es gab eine Madame Matthieu in seinem Haus, eine fade, langweilige Person, die aber bei all ihrer Graumäusigkeit weitaus ansehnlicher war als Cathérine. Sie begann sie zu hassen, nicht so sehr, wie sie Nadine haßte, aber doch mit einer Heftigkeit, die sie selbst manchmal überraschte, da Stephane schließlich kein Traummann und die graue Maus eigentlich bemitleidenswert war. Darüber hinaus haßte sie alle glücklichen Paare, vor allem glückliche Frauen, und sie fand, daß sie allesamt eine tiefe Selbstgerechtigkeit ausstrahlten.

Heute, an diesem Oktobermorgen, fühlte sie sich jener ohnmächtigen Wut, die immer wieder neu in ihr geboren wurde, besonders heftig ausgeliefert. Sie starrte ihr Spiegelbild an, dachte an Stephane und Madame Matthieu und an Henri und Nadine.

»Warum hat Henri denn immer noch nicht genug von ihr?« fragte sie leise und verzweifelt. »Was muß sie noch alles tun, damit er aufhört, sie zu lieben?«

3

Christopher ging am Strand von St. Cyr entlang. Ein windiger, kühler Tag. Der Wind hatte auf Nordwest gedreht, das Meer war bewegt, auf den Wellen tanzten weiße Schaumkronen. Er trug eine warme Jacke, hatte aber inzwischen Schuhe und Strümpfe ausgezogen und die Uferpromenade verlassen, er stapfte jetzt durch den schweren, feuchten Sand gleich am Wasser. Es waren nicht viele Leute unterwegs, ältere Menschen zumeist, die außerhalb der Feriensaison an die Côte kommen konnten. Einige waren tief gebräunt von den letzten hochsommerlich heißen Septemberwochen. Viele hatten Hunde dabei, große und kleine, die übermütig über den Strand tollten, in die Wellen sprangen und laut bellend wieder flüchteten. Er sah eine Familie, die es sich, dem Herbst trotzend, am Strand bequem machte; sie hatte im Windschutz des Mäuerchens unterhalb der Promenade eine Decke im Sand ausgebreitet und hatte sich dort hingesetzt. Die Mutter, die ein wenig erschöpft wirkte, hielt die Augen geschlossen und den Kopf an die Mauer gelehnt. Zwei kleine Kinder, zwischen einem und drei Jahren alt, spielten neben ihren Füßen mit Plastikautos. Der Vater war mit den beiden größeren Kindern ans Wasser gegangen; barfuß und mit hochgekrempelten Hosenbeinen standen sie dort im flachen Meeresschaum und schienen irgendwelche Dinge zu betrachten, die sich im nassen Sand abspielten. Der Vater erklärte etwas ...

Christopher merkte, daß er stehengeblieben war und zu lächeln begonnen hatte. Der Anblick weckte warme Erinnerungen in ihm: Er und Carolin mit den beiden Kindern am selben Strand. Susanne, das Mädchen, voller Entdeckungsdrang und Abenteuerlust voerneweg, so weit manchmal, daß Carolin Angst bekam und hinter ihr hereilte. Tommi, der

Sohn, verträumt und sensibel, ein ganzes Stück hinterher; auf ihn mußte man ständig warten, weil er Dinge entdeckte, die außer ihm niemand sah, oder plötzlich stehen blieb, die Wolken beobachtete und die Zeit dabei vergaß. Er hatte es geliebt, die Verschiedenartigkeit seiner beiden Kinder zu beobachten, er hatte die Ausflüge an den Strand geliebt, die gemeinsamen Mahlzeiten, die abendlichen Rituale des Badens und des Kuschelns vor dem Kaminfeuer im Winter.

Er hatte immer noch daran festgehalten, sich noch die Idylle vorgegaukelt, als diese schon längst nicht mehr bestand. Im Grunde hatte er nie ganz begriffen, weshalb sich Carolin immer weiter von ihm entfernt hatte. Natürlich, sie hatte nie nach Frankreich gewollt. Als er mit der Idee angekommen war, man könnte dort leben und arbeiten, hatte sie dies für einen hübschen Traum gehalten, der sich nie würde realisieren lassen. Gemeinsam mit Christopher hatte sie in Bildern geschwelgt und vom Leben in ewiger Sonne geschwärmt. Sie hatte nicht gesehen, daß es ihm bitterernst war, und er hatte nicht gesehen, daß sie nur ein wenig träumen wollte. Irgendwann war er so weit, daß er es riskieren konnte, seine Firmenberatungen, bei denen es um Verträge und Investitionen ging, auch vom Ausland aus zu betreiben. Auf einmal wurde das Phantasiegemälde Wirklichkeit. Und Carolin hatte das Gefühl, sich zu tief eingelassen zu haben, um noch einen Rückzieher machen zu können.

Sie hatte lange Zeit schmerzlich unter Heimweh gelitten. Christopher hatte das unter anderem an den astronomisch hohen Telefonrechnungen gemerkt, die bei ihren Endlosgesprächen mit Familie und Freunden in Deutschland aufgelaufen waren. Irgendwann hatte sie nur noch lamentiert, und als er ihr – schließlich zermürbt – angeboten hatte, zusammen wieder nach Deutschland zu gehen, hatte sich herausgestellt, daß das Problem des Wohnorts schon lange nur vorgeschoben war.

»Ich kann so nicht leben«, hatte sie während einer ihrer unzähligen, ermüdenden Diskussionen gesagt, die sie meist im Flüsterton führten, damit die Kinder nichts mitbekamen.

»Wie kannst du nicht leben?« hatte er zurückgefragt. Das immer gleiche Frage-und-Antwort-Spiel. Wie üblich hatte sie Probleme gehabt, diese Frage nach dem *Wie* zu beantworten.

»Es ist so ... eng. Ich habe das Gefühl, nicht atmen zu können. Deine Vorstellung von Familienleben erdrückt mich. Es gibt keinen Raum für Rückzüge. Es gibt keinen Raum für *uns beide*. Ohne Kinder. *Nur wir*!«

»Aber wir waren uns doch einig. Wir wollten dieses Leben. Unsere Familie sollte immer vor allem anderen kommen. Wir haben geträumt von gemeinsamen Unternehmungen. Von einem Zusammensein, so oft es nur möglich ist. Von ...«

»Aber irgendwo sind wir doch auch noch Individuen!«

Das hörte sich nach den typischen Weisheiten einschlägiger Selbstverwirklichungsbücher an, aber er wußte, daß sie so etwas ganz selten nur las. Dann begann sie kühne Theorien aufzustellen: Tommi fühle sich vom ungeheuren Aktionismus seines Vaters völlig erschlagen und flüchte deswegen zunehmend in Traumwelten. Susanne hingegen könne nicht zur Ruhe kommen in »dieser Art von Familienleben« und habe sich deswegen zu einem hyperaktiven Kind entwickelt. Sie selbst, Carolin, leide unter den verschiedensten Allergien, weil »mein Körper aufschreit«.

Mehr und mehr sah sich Christopher in die Rolle eines Sündenbocks gedrängt. Er versuchte sich zurückzunehmen, fuhr an den Wochenenden allein in die Berge oder segelte in eine einsame Bucht, um seiner Familie die Gelegenheit zur Selbstfindung zu geben.

Es war zu spät. Carolin hatte sich innerlich bereits von ihm gelöst. Er hatte sie angefleht, es noch einmal zu versuchen, es in *Deutschland* zu versuchen, an jedem Ort, den sie wählen oder vorschlagen würde.

»Bitte, zerstöre nicht die Familie!« hatte er wieder und wieder gesagt, »Wenn nicht um meinetwillen, dann denk doch wenigstens an die Kinder!«

»Gerade an sie denke ich. Kinder sollten nicht in einer zerrütteten Familie aufwachsen. Zwischen uns ist zuviel zerbrochen, Christopher.«

»Was denn?« Er verstand sie wirklich nicht. Was meinte sie? Es hatte Mißstimmungen zwischen ihnen gegeben, aber in welcher Partnerschaft gab es die nicht? Er hätte früher erkennen müssen, *wie* ungern sie in Frankreich lebte, er hätte früher merken müssen, daß sie sehr unglücklich war. Obwohl längst klar war, daß die Gründe für das Scheitern ihrer Ehe auf einer ganz anderen Ebene lagen, hielt er sich beharrlich an dem Problem des Wohnortes fest; vermutlich deshalb, weil er genau wußte, daß hier Abhilfe zu schaffen war. Sich selbst und seine Neigung, grenzenlos aufzugehen in seiner Familie, vermochte er nicht zu ändern.

Dann war Carolin gegangen, und mit ihr die Kinder und Boxerhündin Baguette, und die Scheidung war schnell und glatt über die Bühne gegangen; er hatte die Kraft nicht mehr aufgebracht, sich dagegen zu wehren, und wohl auch begriffen, daß es sinnlos gewesen wäre.

Nun schaute er sich die Familie an, die sich dort vor ihm über den Strand verteilt hatte, und versuchte zu ergründen, ob sie bereits die verräterischen Anzeichen des Auseinanderbrechens zeigte. Es gab da bestimmte Signale, und er kannte sie, er kannte sie nur zu gut.

Aber diese Familie erschien intakt. Der Mann rief den Namen der Frau, sie öffnete die Augen und lächelte. Das Lächeln wirkte nicht aufgesetzt, es war warm und glücklich. Die Kinder hatten sich darangemacht, eine Sandburg mit komplizierten Kanalsystemen am Ufer zu bauen, und darauf hatte er die Mutter aufmerksam machen wollen. Sie winkte den beiden zu und schloß dann wieder die Augen, suchte eine behaglichere Position an der Mauer zu finden.

Alles in Ordnung. Dies zu sehen gab Christopher ein warmes Gefühl. Neid kannte er nicht. Aber Sehnsucht. Eine sehr starke, sehr tiefe Sehnsucht, die fast so alt war wie er selbst. Die an dem Tag geboren worden war, als seine Mutter fortging.

Eilig setzte er seinen Weg fort.

4

Um zehn Uhr hielt Laura vor dem *Chez Nadine* an und stieg aus dem Wagen. Zum erstenmal seit dem vergangenen Samstag hatte sie in der letzten Nacht wieder Schlaf gefunden. Ihr waren viele Gedanken im Kopf herumgegangen, aber irgendwann war sie weggedämmert und erst um acht Uhr am Morgen wieder erwacht.

Da sie nichts im Haus hatte, fuhr sie nach St. Cyr hinein und setzte sich, tief in eine warme Jacke gekuschelt, vor das *Café Paris*, bestellte einen *café crème* und Baguette mit Marmelade. Im *Café Paris* zu frühstücken war ebenfalls eine alte Gewohnheit von ihr und Peter, sie hatten oft in den weichen, von der Sonne ausgeblichenen grünen Kissen der Korbstühle gesessen und den Hunden zugesehen, die über den Marktplatz trabten, die Menschen beobachtet, die nebenan beim Friseur ein und aus gingen, und in die Blätter der Bäume geblinzelt. Ein wenig hatte sie gehofft, ihn hier schon zu treffen, aber sie konnte ihn nirgends entdecken, und vielleicht wäre dies auch zu schnell gegangen.

Sie war zuversichtlich, daß sie Peter finden würde, und auch wenn dann manches Unangenehme zwischen ihnen geklärt werden mußte, so bestand doch noch kein Grund zu glauben, daß auf einmal alles aus sein könnte.

Im *Chez Nadine* saß noch kein Gast. Sie hörte jemanden in der Küche und rief: »Nadine? Henri?«

Einen Moment später kam Henri in den Speiseraum. Sie erschrak ein wenig, weil er so schlecht aussah. Er war braungebrannt und schön wie immer, aber es lagen Schatten unter seinen Augen, seine Bewegungen hatten etwas Fahriges, Nervöses, und es lag ein Ausdruck von Schmerz und tiefem Kummer über seinem Gesicht, wie sie ihn an Henri, dem ewig lächelnden, sonnigen Beau, noch nie gesehen hatte. Er schien sehr hoffnungslos.

»Laura!« sagte er erstaunt. Er trug eine große, bunte Schürze – das einzige, was an ihm fröhlich war – und wischte seine tomatenverschmierten Hände daran ab. »Wo kommst du denn her?«

Sie lächelte, leichtherziger, als ihr zumute war. »Da Peter nicht zu mir kommt, habe ich mich entschlossen, ihn aufzusuchen. Oder besser: ihn zu *suchen*. Hat er sich hier noch einmal blicken lassen?«

»Nein. Wir sind nur am Sonntag auf sein Auto gestoßen. Es parkt etwa zweihundert Meter weiter am Trafohäuschen.«

»*Wie bitte?*«

»Na ja, offenbar ist er nicht von hier weggefahren.«

»Aber ... wir sind hier ein ganzes Stück außerhalb von St. Cyr! Er käme nie auf die Idee, von hier aus zu Fuß loszugehen!«

Henri zuckte die Schultern. »Sein Auto steht aber da.«

»Dann müsste er auch hier irgendwo sein!«

Henri zuckte erneut mit den Schultern. »Hier ist er nicht.«

»Vielleicht in dem Hotel am Anfang der Straße?« Es gab gleich zu Beginn des Weges, an dem das *Chez Nadine* lag, ein Hotel, das vor einem weitläufigen Park lag. Doch Henri schüttelte den Kopf. »Die haben seit dem 1. Oktober geschlossen. Dort kann er nicht untergekommen sein.« Er wischte wieder hektisch an seiner Schürze herum. »Hör zu, Laura, es tut mir leid, aber ich muß wieder in die Küche. Es ist kurz nach zehn, und ab zwölf Uhr ist der Teufel los. Ich muß jede Menge vorbereiten. Ich bin ganz allein, und ich kann nur hoffen, daß Nadine um elf zurück ist.«

Laura hatte den Eindruck, daß ihn die Frage nach Peters Schicksal ziemlich kaltließ, und sie spürte, wie sehr sie das ärgerte. Sie und Peter waren langjährige Gäste und Freunde. Sie fand, daß Henri ein wenig mehr Engagement hätte zeigen können.

»Gibt es noch irgend etwas, woran du dich erinnern kannst?« fragte sie. »Etwas, das dir auffiel an Peter. Etwas Eigenartiges oder Besonderes?«

»Nein, eigentlich nicht.« Henri zögerte. »Höchstens ...«

»Ja?«

»Er hatte eine Aktentasche bei sich. Das ist mir aufgefallen. Ich fand es merkwürdig, daß er eine Aktentasche mit ins Restaurant schleppte. Andererseits ... vielleicht hatte das überhaupt nichts zu bedeuten. Oder es waren irgendwelche Papiere drin, die er nicht im Auto lassen mochte.«

»Eine Aktentasche ...«

»Laura, ich muß wirklich ...«

Sie sah ihn kühl an. »Ich schaue mal nach dem Auto«, sagte sie kurz, drehte sich um und ließ ihn mitsamt seiner kreischend bunten Schürze und seinen nervösen Händen einfach stehen.

Der Wagen war abgeschlossen und vermittelte den Eindruck, sein Besitzer werde jeden Moment zurückkommen. Auf dem Beifahrersitz sah Laura einen Aktenordner liegen, im Fußraum darunter stand die rote Thermoskanne, die sie ihm am Morgen seiner Abfahrt noch mit Tee gefüllt hatte.

Auf dem Rücksitz befanden sich seine Regenjacke und zwei Taschen, unterhalb davon seine Sportschuhe. Ausrüstung – besser: Teile der Ausrüstung – für den geplanten Segeltörn. Den durchzuführen er nie vorgehabt hatte. Der nur Teil des Versteckspiels gewesen war.

Ich muß noch einmal mit Christopher sprechen, dachte sie, er muß sich doch gewundert haben, daß Peter ihn nicht wie sonst anrief, um sich für den Herbst zu verabreden. Oder hat es doch irgendein Gespräch zwischen den beiden gegeben? Hat er Christopher erklärt, weshalb in diesem Jahr nichts aus ihrer traditionellen Verabredung wird?

Christopher war am Sonntagmorgen zu verkatert gewesen, um sich an irgend etwas zu erinnern oder eine klare Auskunft geben zu können. Sie würde es später noch einmal versuchen, vielleicht erwischte sie ihn in einem besseren Zustand. Sie wußte, daß er manchmal ein wenig zuviel trank, seitdem ihm seine Familie davongelaufen war, aber er war kein Alkoholiker. Er suchte nur hin und wieder das Vergessen.

Das geparkte Auto, das vermutlich seit Samstagabend nicht mehr von der Stelle bewegt worden war, irritierte sie tief. Wenn sich Peter nicht mehr in unmittelbarer Nähe aufhielt – und alles deutete darauf hin –, dann mußte er auf irgendeine Weise von hier fortgekommen sein. Warum hätte er den Bus nehmen sollen? Fuhr hier überhaupt einer, und wenn ja, wann und wo? Wenn sie das nicht wußte, wußte Peter es auch nicht; öffentliche Verkehrsmittel benutzte er praktisch nie. Ein Taxi? Aber warum, warum, warum?

Es blieb noch eine Möglichkeit, und sich mit dieser auseinanderzusetzen machte ihr angst. Die Möglichkeit bedeutete, daß jemand mit einem Auto gekommen war und ihn mitgenommen hatte. Und dies wiederum hätte auf eine Frau hinweisen können – auf jene Person, mit der er das Wochenende in Pérouges und wahrscheinlich etliche andere irgendwo verbracht hatte.

Dann wäre das *Chez Nadine* ein Treffpunkt gewesen, auf der Straße davor hatte er sich abholen lassen ... Henri und Nadine hatten nichts mitbekommen dürfen, deshalb war die Geliebte nicht ins Lokal gegangen ...

Sie wollte nicht weiterdenken. Diese Vermutungen schmerzten zu sehr. Es mußte eine andere Erklärung geben.

Zunächst würde sie Henri bitten, daß er ihr half, das Auto aufzubrechen. Sie mußte im Kofferraum nachsehen, ob er Gepäck mitgenommen hatte. Vielleicht konnte sie daraus weitere Schlüsse ziehen.

5

Nadine hatte eine Weile bei den *Deux Sœrs* verbracht, einer Kneipe, die, anders als der Name besagte, von *drei* Schwestern geführt wurde, die allesamt aus dem Rotlichtmilieu kamen.

Sie hatten eine Köchin, die phantastische Crêpes zubereiten konnte, aber an diesem Morgen hatte sich Nadine die ganze Zeit über nur an einem Kaffee festgehalten. Ihr Magen war wie zugeschnürt.

Als sie endlich aufstand und den Kaffee bezahlte, war es fast halb elf, sie hatte eine Stunde dagesessen und nur vor sich hin gestarrt. Sie hatte Henri versprochen, um elf zurück zu sein, und eigentlich hätte sie allmählich an den Rückwe denken müssen, aber beim Gedanken an das *Chez Nadine* fühlte sie sich noch elender, und sie dachte, daß sie wahrscheinlich würde schreien müssen, wenn sie sich nun dort in die Küche stellte und Gemüse für den Pizzabelag schnippelte oder die Tische im Gastraum deckte.

»Unsere kleine Welt«, hatte Henri einmal zu dem Restaurant gesagt. Es hatte liebevoll und stolz geklungen, aber ihr war ganz schlecht geworden. Sie hatte immer die große Welt gewollt, die *wirklich* große Welt, in der es interessante Menschen gab und kein Tag wie der andere war. Wenn sich Henri mit einer kleinen Welt zufriedengab, sollte er das tun. Auf diesem Weg wollte sie ihm nicht folgen.

Aber wie den Weg verlassen? Sie hatte kein eigenes Geld, sie hatte nichts gelernt. Sie konnte nur immer auf Männer bauen, und Männer erwiesen sich meist als unzuverlässig.

Sie lief die Promenade entlang, der Wind wirbelte ihr immer wieder die Haare ins Gesicht, und ärgerlich strich sie sie zurück. Sie suchte in ihren Jackentaschen herum, doch sie hatte kein Band, keine Spange dabei. Egal. Denn nun schossen ihr schon wieder die Tränen in die Augen, und es war gut, wenn die Haare dies verdeckten. Sie hatte nicht einmal ein Taschentuch bei sich, also zog sie geräuschvoll die Nase hoch. Sie hätte gern richtig geheult, so heftig wie am Sonntagmorgen im Haus ihrer Mutter. Aber das war eine Ausnahme gewesen, so leicht würde sich das nicht wiederholen. Sie neigte im allgemeinen nicht dazu, ihren Schmerz auszuleben. Das äußerste waren meist tränende Augen, so wie jetzt, und das waren eher Tränen der Wut, des Zorns. Das, was wirklich weh tat, saß tief drinnen in ihr als großer, schwerer Klumpen, unbeweglich und unzerstörbar. Sie kam nicht an ihn heran, er kam nicht heraus. Er saß nur dort wie eine fette, alte Kröte, wurde immer dicker und würde sie irgendwann ganz und gar ausfüllen. Dann wäre nichts mehr von ihr übrig.

Sie stieß mit einer entgegenkommenden Frau zusammen und murmelte gedankenverloren: »Entschuldigung.«

»Du erkennst deine eigene Mutter nicht«, sagte Marie kopfschüttelnd. »Ich winke dir schon eine ganze Weile, aber du reagierst nicht!« Sie musterte ihre Tochter. »Jedesmal, wenn ich dich treffe, siehst du schlechter aus. Was ist nur los mit dir?«

Nadine ignorierte diese Frage, stellte stattdessen selber eine. »Was tust du denn hier?«

Ihre Mutter verließ die Isolation ihres einsamen Hauses so selten, daß es tatsächlich auf irgendein außergewöhnliches Ereignis in ihrem Leben hindeutete, sie hier anzutreffen.

Marie wies auf ihre Handtasche und sagte mit geheimnisvoll gesenkter Stimme: »Da drin ist eine Sprühdose mit Tränengas. Habe ich mir eben gekauft. Zur Selbstverteidigung.«

»Seit wann denkst du über Selbstverteidigung nach?«

Marie starrte ihre Tochter an. »Sag nur, du weißt es noch nicht? Selbst ich in meiner Abgeschiedenheit ...«

»Was denn, Mutter?«

»Drüben im Chemin de la Clare haben sie eine Frau gefunden. Ermordet. Ihr vierjähriges Kind ist ebenfalls tot. Der Täter hat offenbar beide im Schlaf überrascht. Die Frau muß wohl noch versucht haben, das Fenster ihres Zimmers zu erreichen, aber er war schneller.« Marie sprach nun noch leiser. »Er hat sie mit einem Strick erwürgt. Ihr Nachthemd war mit einem Messer in Fetzen geschnitten worden. Ob er sie mißbraucht hat, muß noch festgestellt werden.«

Nadine merkte, wie ihre eigenen Probleme für einen Moment in den Hintergrund traten. »O Gott! Das ist ja furchtbar! Im Chemin de la Clare sagst du?«

Der Weg befand sich außerhalb der Stadt, gehörte aber zu St. Cyr. Hier lagen die Häuser in großem Abstand voneinander, vereinzelt zwischen den Feldern, jedes über einen eigenen langen, holprigen Pfad zu erreichen. Eine zauberhafte Gegend, ein weites, lichtes Tal, in dem Nadine nie das Gefühl der Abgeschiedenheit gehabt hätte wie daheim in Le Beausset. Und nun war offenbar gerade in diese liebliche Idylle der schlimmste Schrecken gedrungen.

»Weiß man, wer es war?« fragte sie.

»Nein. Es gibt keine Spur von dem Verrückten. Die nächste Nachbarin hat mich angerufen, Isabelle, du weißt, die manchmal für mich einkauft.« Marie verfügte über ein Netzwerk von Menschen, die all die Dinge für sie erledigten, zu denen sie sich nicht in der Lage fühlte. »Isabelle wußte ziemlich gut Bescheid.«

Das wunderte Nadine nicht. Isabelle war eine erstklassige Klatschtante. Auf geheimnisvolle Weise kam sie stets als erste an alle Neuigkeiten.

»Also, im Haus hat angeblich nichts gefehlt. Die Handtasche des Opfers stand mitten im Wohnzimmer, mit Geld und Kreditkarten, aber niemand hatte sie wohl auch nur geöffnet. Genauso war es mit Schränken und Schubladen. Der oder die Täter kamen nur, um zu morden.« Sie schauderte vor ihrer eigenen Formulierung. »*Nur* um zu morden ...«

»Wer war denn das Opfer?« fragte Nadine. »Jemand aus der Gegend?« Es standen eine Menge Ferienhäuser in der betreffenden Ecke, daher ergab die Frage einen Sinn.

»Nein. Sie lebte in Paris. Eine junge Witwe mit ihrer vierjährigen Tochter. Der Mann starb an Leukämie, während sie schwanger war.« Isabelle war es augenscheinlich gelungen, jedes Detail ans Tageslicht zu zerren. »Sie ist ... war wohl sehr wohlhabend. Brauchte keinem Beruf nachzugehen. Eine menschenscheue, depressive Person, sagt Isabelle. Sie führte ein so zurückgezogenes Leben, daß offenbar in Paris kein Mensch bemerkte, daß sie nicht, wie geplant, Ende September zurückkam. Sie hatte nämlich gerade abreisen wollen. Verstehst du? Sie lag zehn Tage lang erdrosselt in ihrem Ferienhaus, und *niemand* hat sie vermißt!« Marie schüttelte sich und setzte dann mit düsterer Miene hinzu: »Na ja, nicht, daß es bei mir anders wäre. Ich könnte lange tot sein, ehe es jemandem auffällt!«

»Aber Mutter!« protestierte Nadine schuldbewußt, weil es stimmte, was Marie sagte. »Ich bin doch auch noch da!«

»Du rufst manchmal zwei Wochen lang nicht an. Und bei mir blicken läßt du dich noch seltener. Nein, nein«, Marie hob abwehrend die Hände, als sie sah, daß Nadine den Mund öffnete, um sich zu verteidigen, »das sollte kein Vorwurf sein. Du hast natürlich dein eigenes Leben und kannst dich nicht mit deiner alten Mutter belasten.«

»Ich sollte mich mehr um dich kümmern«, sagte Nadine. »Ich werde mich bessern.«

Der Gedanke löste eine weitere düstere Erkenntnis aus. Sich um Marie kümmern hieß: bleiben. Das Leben fortführen, wie es war. Den Pizzaofen als ihr Schicksal akzeptieren. Die Stube mit den mittelmäßigen Feriengästen. Henri und seine *kleine Welt*.

Ihre Augen wurden schon wieder naß vor Wut, und sie ballte die Hände in den Taschen der Joggingjacke zu Fäusten.

Marie redete unterdessen weiter.

»Gefunden hat sie die Frau, die für sie putzt und auch sonst ein Auge auf das Haus hat, während es unbewohnt ist. Monique Lafond, kennst du sie? Lebt in La Madrague. Sie putzt auch bei Isabelle, daher weiß Isabelle über alles Bescheid. Monique hat einen Schock erlitten, ist für längere Zeit krank geschrieben. Isabelle sagt, Monique sieht den ganzen Tag über die schrecklichen Bilder vor sich, und nachts kann sie nicht schlafen. Kein Wunder! Es muß ein gräßlicher Anblick gewesen sein!«

»Und jetzt hast du auch Angst«, sagte Nadine, auf das Tränengas zurückkommend. »Aber, Mutter, er hatte es vielleicht nur ganz speziell auf *diese* Frau abgesehen. Wenn er nichts gestohlen hat, dann ist das kein normaler Einbrecher.«

»Die Polizei ermittelt in der Vorgeschichte der Toten. Natürlich kann es ein abgewiesener Liebhaber sein oder ein ehemaliger Geschäftspartner ihres Mannes, der sich für ein vermeintliches Unrecht rächen wollte. Aber es kann auch jemand sein, der es auf alleinstehende Frauen abgesehen hat, einer, für den das Töten eine ... eine Art Befriedigung darstellt. Immerhin wurde auch die kleine Tochter umgebracht, und mit dieser konnte wohl kaum jemand eine persönliche Rechnung zu begleichen haben.«

»Möchtest du für eine Weile bei uns wohnen?« bot Nadine an. Sie glaubte nicht, daß ihre Mutter in Gefahr war, aber es würde ihr leid tun, wenn Marie in den nächsten Wochen nun kein Auge zutat.

»Nein, nein«, sagte Marie, »du weißt ja, am besten schlafe ich im eigenen Bett. Ich stelle das Tränengas auf meinen Nachttisch. So felsenfest, wie ich meine Türen immer verriegle, höre ich es, wenn eine davon aufgebrochen wird. Dann habe ich Zeit, mich zu verteidigen.«

Das brachte Nadine auf eine letzte Frage.

»Wie ist er da eigentlich hineingekommen? Bei der Ermordeten, meine ich.«

»Das ist es, was alle verwundert«, sagte Marie, »es sind nämlich keinerlei Anzeichen eines gewaltsamen Eindringens zu finden. Kein zerschlagenes Fenster, keine aufgebrochene Tür. Nichts.«

»Aber wie es aussieht, hat sie ihm wohl nicht selbst geöffnet.«

»Nein, denn sie wurde ja offensichtlich im Schlaf überrascht.«

»Wahrscheinlich hatte er einen Schlüssel, und das hieße, er ist doch ein alter Bekannter von ihr«, meinte Nadine. Sie gab ihrer Mutter einen Kuß. »Ich glaube wirklich nicht, daß irgend jemand etwas zu befürchten hat. Das war ein privates Drama zwischen zwei Menschen.«

»Was machst du hier eigentlich?« fragte Marie, plötzlich das Thema wechselnd. »Arbeitest du heute nicht in eurem Restaurant?« Sie rechnete in Gedanken nach.

»Heute ist nicht Montag«, stellte sie dann fest.

»Henri schafft es heute mal ohne mich. Ich muß ein paar Stunden alleine sein.«

»Laß ihn nicht zu oft im Stich, Kind. Henri ist ein guter Mann.«

»Ich ruf dich morgen an, Mutter. Mach's gut!« Sie setzte ihren Weg fort, ohne noch auf ein weiteres Wort zu warten. Ihre Mutter hatte Henri immer phantastisch gefunden, und sie hatte im Moment nicht das geringste Bedürfnis, sich eine Predigt über seine Vorzüge anzuhören.

6

Sie stand auf dem provisorisch angelegten, sandigen Parkplatz neben dem aufgebrochenen Auto ihres Mannes, hatte soeben die letzte der drei Reisetaschen im Kofferraum durchwühlt und festgestellt, daß er, wohin auch immer er entschwunden sein mochte, praktisch alles zurückgelassen hatte, was er zuvor für die Reise eingepackt hatte. Unterwäsche, Hemden, Strümpfe, Pullover, Zahnbürste, Kopfschmerztabletten, Schlafanzug, Regensachen, Bücher, Zeitschriften, Ohropax und sogar die Vitaminpillen, ohne die er kaum je das Haus verließ, weil er der Ansicht war, sich stets gegen herumfliegende Erkältungsviren schützen zu müssen.

Die Aktentasche, von der Henri erzählt hatte, hatte sie nicht gefunden.

Er ist mit fast nichts unterwegs, dachte sie und fröstelte plötzlich, obwohl ihr gerade noch heiß gewesen war, außer mit seiner Brieftasche vermutlich, der ominösen Aktentasche und seinem Handy. Und das Handy bleibt beharrlich ausgeschaltet. *Was ist los mit ihm?*

Henri hatte ihr die Fahrertür des Wagens aufgebrochen, damit sie an den Hebel gelangte, der den Kofferraum öffnete.

»Bist du sicher, daß wir das tun sollten?« hatte er zweifelnd gefragt, und sie hatte ungeduldig geantwortet: »Was

144

soll ich sonst tun, Herrgott noch mal? Mein Mann ist spurlos verschwunden. Vielleicht finde ich in diesem verdammten Auto einen Hinweis!«

Außerordentlich geübt und schnell hatte er den Wagen geöffnet, sich dann aber sofort mit seiner Arbeit entschuldigt und in das Restaurant zurückgezogen. Zum zweitenmal an diesem Morgen ärgerte sie sich über ihn, empfand ihn als gefühllos. So war er sonst nie gewesen. Der nette, hilfsbereite Henri. Jetzt vermittelte er ihr das Gefühl, nur lästig zu sein.

Einer Eingebung folgend, kramte sie in den Taschen der Jacke, die auf dem Rücksitz lag, fand aber nur ein Päckchen Tempotaschentücher. Sie schaute in das Handschuhfach und in die Ablagefächer der Türen. Karten, Betriebsanleitungen, ein einzelner Winterhandschuh, ein Eiskratzer, ein leeres Brillenetui ... Ein Briefumschlag schließlich weckte Lauras Interesse. Er war nicht zugeklebt und sah, weiß und leuchtend, wie er war, nicht so aus, als stecke er schon lange zwischen den verknitterten, vergammelten Gegenständen in der Ablage an der Fahrertür. Sie zog zwei Flugtickets heraus und starrte darauf, als hätte sie noch nie vorher etwas Ähnliches gesehen.

Die Tickets waren auf die Namen Peter und Laura Simon ausgestellt, der Flug wäre am vergangenen Sonntagmorgen von Nizza nach Buenos Aires gegangen. Da klar war, daß Peter nicht mit *ihr* hatte fliegen wollen, wußte sie sofort, daß nur ihr Name benutzt worden war. Für die Frau, mit der ihr Mann in Pérouges gewesen war. Für die Frau, mit der er ein Verhältnis hatte. Ein Verhältnis, das nie beendet worden war.

Aus irgendeinem Grund war der Flug nicht angetreten worden. Aber ihr konnte das gleichgültig sein.

Sie begann so zu frieren, daß sie zitterte. Sie konnte nicht länger stehen. Sie sank auf den Fahrersitz und betrachtete erstaunt ihre bebenden Beine. Sie schaute durch die Wind-

schutzscheibe auf die hohen Bäume, die im Wind schwank-
ten, zwischen ihren Zweigen hindurch konnte sie das Meer
sehen, das von der gleichen verhangenen Farbe war wie der
Himmel. Sie hielt die Trümmer ihrer Ehe in den Händen und
betrachtete sich selbst, wie sie in den letzten zwölf Stunden
gewesen war, aus einer ungewohnt weiten Distanz: ein kleines Mädchen, das an Märchen glaubte, das unbeirrbar an
unschuldigen Träumen festhielt, das sich die Wirklichkeit so
lange zurechtbog, bis es mit ihr leben konnte, auch um den
Preis, daß es zum Schluß nicht die geringste Wirklichkeit
mehr gab. Wie ungemein gut eignete sie sich für einen Betrug! Und wenn kein Außenstehender sie betrog, dann über-
nahm sie es selbst. Beinahe in eine Euphorie hatte sie sich
hineingeredet am vergangenen Abend, hatte Peter zum Un-
schuldsengel erkoren, weil sie seine Schuld nicht ertrug, und
hatte sich in einer unsinnigen Hoffnung gewiegt.

Nüchtern betrachtet – und sie stellte sich dieser Betrach-
tung –, hatte sie ihren Mann verloren. Das, wovon sie immer
geglaubt hatte, es sei das Schlimmste und Unerträglichste,
was ihr in ihrem Leben passieren könnte, war eingetreten. Er
hatte sich für eine andere Frau entschieden, hatte mit ihr
nach Argentinien fliegen und vermutlich ein neues Leben beginnen wollen. Wie schon im Hotel in Pérouges hatte er sie
als seine Frau ausgegeben. Irgend etwas, irgend jemand hatte seine Pläne im letzten Moment durchkreuzt, aber wer oder
was das gewesen war, brauchte sie nicht zu interessieren.
Ganz gleich, wie dies alles nun ausgehen, wie es sich aufklä-
ren würde: Ihre Ehe mit Peter war am Ende. Es gab keine
Chance mehr für sie beide.

Zum erstenmal seit jenem verhängnisvollen Samstag begann sie zu weinen. Sie krümmte sich über dem Lenkrad zusammen und gab sich jenem heftigen, schmerzhaften
Schluchzen hin, von dem sie in den vergangenen Tagen gehofft hatte, es werde irgendwann über sie kommen und sie

von der Spannung in ihrem Innern befreien. Die ganze Verzweiflung brach aus ihr heraus, nicht nur die der letzten, schrecklichen Momente, sondern die von Jahren, eine Verzweiflung, deren Existenz sie nie wahrgenommen, sondern stets beiseite geschoben hatte. Die Verzweiflung schloß alles ein: den Verlust ihres Berufs und den Verlust ihrer Eigenständigkeit. Das Gefühl, in den Augen ihres Mannes minderwertig zu sein. Die zunehmende Verächtlichkeit, mit der er sie behandelt hatte und die sie sich erst jetzt zu realisieren erlaubte. Die Einsamkeit langer Tage, in denen sie sich mit Schuldgefühlen herumgeschlagen hatte, weil sie die Gesellschaft ihrer kleinen Tochter nicht als vollwertig empfand, sich mit ihr langweilte und stets zu Depression neigte. Sie weinte um eine Ehe, in der sie unglücklich gewesen war und zu abhängig, um sich ihr Unglück auch nur ein einziges Mal einzugestehen. Sie weinte um eine Menge verlorener Jahre und wegen einer gewaltigen Selbsttäuschung. Sie weinte, weil ihr Mann sie mehr als nur körperlich betrogen hatte, weil er ihr einen wichtigen Teil ihres Lebens geraubt hatte, den ihr niemand zurückgeben würde. Sie saß da und heulte, weil sie so einfältig gewesen war. Und als irgendwann – sie wußte nicht, ob eine halbe oder eine ganze Stunde vergangen war – der Tränenstrom versiegte, hob sie den Kopf und hatte das Gefühl, durch eine schmerzhafte Häutung gegangen zu sein. Es ging ihr nicht wirklich besser, auch hatten die Tränen sie nicht in der erhofften Weise erleichtert, aber irgend etwas hatte sich verändert, seitdem sie sich selbst ins Gesicht gesehen und dabei nichts beschönigt hatte. Vielleicht hatte sie ein Stück Kindlichkeit verloren. Besser, als weiterhin Lebenszeit zu verlieren.

Sie stieg aus, knallte die Wagentür zu und überließ Auto und Gepäck ihres Mannes ihrem Schicksal.

7

»Hallo, Henri, da bin ich«, rief Cathérine.

Sie war durch den Kücheneingang gekommen, er hatte sie nicht gehört und zuckte daher beim Klang ihrer Stimme zusammen. Ihr Anblick löste, wie so häufig, ein warmes Gefühl in ihm aus, nicht das übliche Gefühl, das Frauen in ihm weckten und in dem stets auch Spannung, manchmal Erregung schwang. Die Empfindung, die er Cathérine entgegenbrachte, erinnerte ihn an seine Kindheit. Sein Vater war früh gestorben, und seine Mutter hatte arbeiten müssen, um sich und das Kind über Wasser zu halten. Manchmal war es abends sehr spät geworden, und er hatte sich ein wenig gefürchtet, nicht vor irgendeiner realen Gefahr, sondern vor dem Gefühl des Alleinseins, des Verlassenwerdens. Wenn er dann irgendwann den Schlüssel in der Wohnungstür hörte, ihre leisen Schritte, wenn er den Geruch von Rauch und fettem Essen roch, den sie aus der Kneipe, in der sie jobbte, mitbrachte, kam eine erfüllende Wärme über ihn. Er war nicht länger allein. Da war ein Mensch, der ihm Sicherheit und Halt gab. Seine Mutter war von großer Zuverlässigkeit gewesen. Er hatte nie aufgehört, die Zuverlässigkeit der ihn umgebenden Menschen für sein Wohlgefühl zu brauchen. In den Jahren, in denen er mit dem Surfbrett unter dem Arm, braungebrannt und mit einem Schwarm attraktiver Mädchen um sich herum, an der Côte herumgestromert und für seine Autoraserei berüchtigt gewesen war, hätte niemand dieses Bedürfnis in ihm vermutet, und auch ihm selbst war es nicht bewußt gewesen. Damals hatte Cathérine, die häßliche, zuverlässige Cousine, seine Sehnsucht gestillt. Je älter er wurde, um so deutlicher begriff er, daß ihn bei jeglicher Unzuverlässigkeit noch immer der Schrecken des Verlassenseins packte, dem er als Kind ausgeliefert gewesen war, und daß es nach wie vor Cathérine war und immer sein würde, die ihn davor beschützte.

Auch jetzt, als sie so vor ihm stand, in ihrer ganzen Häßlichkeit und plumpen Größe, wurde ihm dies wieder bewußt. Sie war sein Fels in der Brandung. Treu wie Gold, stark und unerschütterlich. Sie hätten ein phantastisches Team abgegeben. Aber sie als *Frau* zu sehen und zu empfinden, sich Sexualität mit ihr vorzustellen war ihm stets unmöglich gewesen. Diese Seite in ihm war – noch immer – vollständig besetzt von Nadine. Trotz allem.

»Cathérine!« Er lächelte sie an und sah, wie sie aufblühte unter diesem Lächeln. »Wie schön, daß du gekommen bist! Wenn ich dich nicht hätte! Meine ewige Retterin in der Not.«

Er sprach leichthin, fröhlich, aber sie wußten beide, daß hinter seinen Worten eine bittere Wahrheit stand: Cathérine war die Retterin in der Not, weil sich Nadine bei jeder Gelegenheit entzog. Auch heute wieder. Entgegen der getroffenen Vereinbarung, war Nadine nicht um elf Uhr im *Chez Nadine* erschienen, und als sich um zwölf Uhr das Lokal zu füllen begann und von Nadine immer noch nichts zu sehen war, hatte Henri, wie so häufig, bei seiner Cousine angerufen und sie um Hilfe gebeten. Eine Viertelstunde später war sie da. Sie schaute besser aus als am vergangenen Samstag, stellte Henri fest. Die Entzündungen im Gesicht gingen zurück. Sie war häßlich wie die Nacht, aber man dachte nun nicht mehr unwillkürlich an die Beulenpest, wenn man sie sah. Er könnte sie sogar zum Servieren einsetzen. Es blieb ihm ohnehin nichts anderes übrig, da er sich kaum aus der Küche würde rühren können.

Es ist schwer, dachte er deprimiert, das Leben ist schwer, und ich scheine keinen Weg zu finden, mit den Problemen umzugehen.

»Du weißt«, sagte Cathérine, »daß ich zur Stelle bin,

wenn du mich brauchst.« Der Nachsatz blieb unausgesprochen, hing aber zwischen ihnen: obwohl ich nichts dafür bekomme. Nicht das, was ich haben wollte.

»Ja, also«, sagte er, plötzlich aus unerfindlichen Gründen verlegen, »du hast vielleicht gesehen, daß wir heute wieder volles Haus haben. Wir sollten uns an die Arbeit machen.«

Sie sah ihn an, und es war plötzlich, als passiere sie eine Grenze, die immer zwischen ihnen verlaufen war und die sie auch stets respektiert hatte. Er konnte in ihren Augen förmlich die Sekunde ablesen, in der sie beschloß, sich nicht länger an die unausgesprochene Übereinkunft zwischen ihnen zu halten, über Nadine nicht anders als in völlig neutraler Weise zu sprechen. Cathérine hatte diese Abmachung einmal gebrochen, aber da war es um eine Information gegangen, von der sie geglaubt hatte, sie nicht für sich behalten zu dürfen, und sie hatte diese Information mit unbewegtem Gesicht und emotionsloser Stimme weitergegeben. Eben jedoch hatte sie sich grundsätzlich für eine neue Strategie entschieden.

»Wie lange willst du dir das noch bieten lassen?« fragte sie mit heiserer Stimme, und die gespenstische Blässe ihres Gesichts und das Glühen in ihren Augen verrieten, wie dicht daran sie war, ihre übliche Selbstbeherrschung völlig zu verlieren. »Wie lange willst du hier noch stehen und vergeblich warten, daß diese Schlampe, die du …«

»Cathérine! Nicht!«

»Du bist so ein gutaussehender Mann! Ein Mann, der mit Hingabe seinem Beruf nachgeht. Der sein Leben wirklich teilen will mit einer Frau. Du hättest jede Frau haben können, warum läßt du dich lächerlich machen von …«

»Es reicht, Cathérine!«

Sie wich einen Schritt zurück. Ihr häßliches Gesicht verzerrte sich auf groteske Weise, und sie spuckte die folgenden Worte förmlich aus.

»Sie ist eine Nutte! Und das weißt du! Sie hat sich vermutlich durch die ganze Côte gevögelt, bevor sie sich dich gekrallt hat, weil du ihr geeignet schienst, all ihre hochfliegenden Pläne in die Tat umzusetzen. Aber das Schlimme ist, sie hat nicht aufgehört damit. Sie bumst noch immer jeden, der ihren Weg kreuzt, und ...«

»Du sollst still sein«, sagte er und hoffte, daß sie begriff, wie mühsam nur noch er sich beherrschte. Er konnte es nicht ertragen, wie sie Nadine in den Schmutz zog, konnte nicht ertragen zu sehen und zu hören, wie diese dünnen Lippen, die nie ein Mann geküßt hatte, nun von Neid und Mißgunst verzerrt der Rivalin all das zuschrieben, was für sie selbst unerreichbar war. »Halt den Mund, verdammt noch mal!«

Sie konnte nicht mehr aufhören. Der Haß von Jahren brach hervor, unaufhaltsam, gerade weil sie ihn allzu mühsam stets hatte bändigen müssen. Nadine hatte ihr Leben zerstört. Und war dabei, auch das von Henri zu zerstören.

»Sie ist keine Frau zum Heiraten, Henri, das war der große Fehler, den du gemacht hast. Sie ist eine Frau für eine Nacht, und selbst da riskiert es ein Mann, krank zu werden. Sie macht die Beine breit für jeden Landstreicher, der ...«

Sie brach entsetzt ab und starrte Henri aus schreckgeweiteten Augen an. Seine Hand war mit solcher Kraft auf ihrer Wange gelandet, daß es eine weniger korpulente Person als sie ins Schwanken gebracht hätte. Der Schlag hallte nach in der Küche, verschmolz mit dem Echo ihrer gezischten Worte und mit dem leisen Gemurmel und Gläserklirren aus dem Gastraum.

»O Gott«, sagte Cathérine schließlich, ernüchtert und jäh wieder in die Welt zurückgekehrt, von der sie wußte, daß sie ihr derartige Ausbrüche nicht erlaubte, »es tut mir leid.«

Henri hatte den Eindruck, sich ebenfalls entschuldigen zu müssen, aber er brachte es nicht fertig; zu sehr beherrschte ihn noch die Empörung über ihre Worte.

»Tu das nie wieder«, sagte er, »rede nie wieder in meiner

Gegenwart schlecht über Nadine. Sie ist meine Frau. Was zwischen uns ist, geht nur sie und mich etwas an. Du hast damit nichts zu schaffen.«

Sie nickte demütig, während sich ihre linke Gesichtshälfte mit einem brennenden Rot färbte; trotz des dicken Make-ups zeichneten sich die Umrisse seiner Hand ab.

»Kannst du arbeiten?« fragte er, wissend, daß jede andere Frau ihn jetzt in der Küche hätte stehen lassen und ihm bedeutet hätte, er solle selber sehen, wie er zurechtkäme; wissend auch, daß Cathérine bleiben würde, und wenn er sie getreten hätte. Sie hatte keine Wahl, und die Einsamkeit schmerzte weit mehr als ein Schlag ins Gesicht.

»Womit soll ich anfangen?« fragte sie.

8

»Wenn ich dich jetzt daran erinnere, daß ich dich immer vor dem Typen gewarnt habe, nutzt dir das natürlich nichts«, meinte Anne, »aber du weißt vielleicht noch, daß ich oft gesagt habe, du erschienest mir als eine sehr unglückliche Frau. Das war nicht nur dahingeredet. Du warst *nicht glücklich* mit Peter, und irgendwann wirst du froh sein, daß jetzt eine andere Frau mit ihm auskommen muß.«

Laura hatte seit dem Vormittag immer wieder versucht, Anne zu erreichen, aber es war ihr weder über den Anschluß in der Wohnung noch über das Handy geglückt. Erst jetzt, am späten Nachmittag, hatte sich Anne gemeldet und sich entschuldigt: Sie habe gearbeitet und nicht unterbrechen wollen.

Sie hatten seit Sonntagvormittag – seit *vorgestern*, und Laura schienen es Jahre zu sein – nicht mehr telefoniert. Anne war überrascht zu hören, daß Laura von Südfrankreich aus anrief.

»Du bist ihm nachgereist! Gott, Laura, kannst du wirklich keinen Tag ohne seinen Anruf sein?«

»Warte, bis ich alles erzählt habe!« Und Laura hatte mit sich überschlagender Stimme berichtet: von ihrem Gespräch mit Peters Sekretärin, von ihrer Entdeckung seiner Pleite und seiner Untreue, von ihrer Reise in die Provence, von seinem Auto, das noch beladen war mit seinem Gepäck. Zuletzt von den Flugtickets nach Buenos Aires, von denen eines auf ihren Namen ausgestellt war, der offensichtlich ständig von seiner Geliebten benutzt wurde.

Anne hatte fasziniert gelauscht und nur hin und wieder »Das gibt's doch nicht!« gemurmelt. Schließlich sagte sie: »Für zwei Tage hast du ein bißchen viel mitgemacht, mein Armes. Wenn ich nicht ausnahmsweise einmal ein paar lukrative Aufträge hätte und das Geld nicht so dringend bräuchte, würde ich sofort zu dir kommen und dir zur Seite stehen.«

»Danke, aber ich glaube, ich fahre morgen sowieso zurück«, sagte Laura. Sie saß auf dem Balkon ihres Ferienhauses, hatte sich in einen dicken Pullover eingehüllt und sah über das Tal zum Meer. Der Wind war völlig abgeflaut und hatte dem Tag eine eigentümliche Stille zurückgelassen. Eine schwere, lastende Ruhe. Sie entsprach Lauras Gefühl von Betäubung und Unwirklichkeit.

»Ich muß mich um die vielen Probleme kümmern, die daheim auf mich warten«, fügte sie hinzu. »Die Gläubiger werden mir das Haus einrennen, und ...«

»Das sind *Peters* Gläubiger«, sagte Anne. »Wieso solltest du die Scheiße, die er angerichtet hat, allein ausbaden?«

»Weil er nicht auffindbar ist. Ich würde ihn sehr gern zur Rechenschaft ziehen, aber da sehe ich keine Möglichkeit.«

»Hm.« Anne überlegte. »Sein Auto steht vor dieser Kneipe, mit seinem Gepäck und mit den Tickets. Das ist sehr merkwürdig, findest du nicht?«

»Nun, ich denke ...«

»Er ist also nicht nach Buenos Aires geflogen. Das Mäuschen, das er sich angelacht hat, auch nicht. Das heißt, er müßte noch irgendwo da unten sein. In Südfrankreich.«

»Vielleicht haben sie kurzfristig umdisponiert und sind woanders hingeflogen.«

»Das glaube ich nicht. Solche Dinge klärt man lange vorher, da entscheidet man nicht von einem Tag zum anderen neu. Außerdem wäre das noch keine Erklärung für sein zurückgelassenes Gepäck. Das Auto, die Koffer, die Tickets ... ihm ist irgend etwas ganz Entscheidendes dazwischengekommen.«

Laura begann sich unendlich müde zu fühlen. »Aber für mich ist das doch gleichgültig, Anne. Meine Ehe ist so oder so kaputt. Welche Rolle spielt es letztlich, was ihm dazwischengekommen ist?«

»Und wenn er tot ist?« fragte Anne.

Irgendwo schrie schrill ein Vogel. Sie konnte den herben Rauch eines herbstlichen Laubfeuers riechen.

»Was?« fragte sie zurück.

»Er hat dieses ... dieses *Chez Nadine* verlassen. Er wollte zu seinem Auto. Das Auto steht aber noch da, mit allem darin, was ihm gehört. Das bedeutet, er ist möglicherweise nie bei seinem Auto angelangt. Auf dem Stück dazwischen ... wie weit ist das eigentlich? Ich meine, ist der Parkplatz direkt am Restaurant?«

»Nein, es sind ...« Laura überlegte. Es fiel ihr schwer, ihre Gedanken auf die Frage zu konzentrieren, die Anne gestellt hatte. Noch dröhnten ihr die Worte im Ohr: *Und wenn er tot ist?* »Es sind vielleicht zweihundert Meter. Eher mehr.«

»Näher am Lokal kann man nicht parken?«

»Das *Chez Nadine* hat keinen eigenen Parkplatz. Meistens parkt man gegenüber, entlang einer Mauer, die ein Hotelgelände umschließt. Aber wenn dort alles voll ist, muß man weiterfahren, und die nächste Möglichkeit ist die kleine Einbuchtung an dem Trafohäuschen.«

»Wenn er sein Auto nicht gegenüber abstellen konnte, weil dort zu viele Autos standen«, sagte Anne, »dann muß es an jenem Samstagabend ziemlich voll im *Chez Nadine* gewesen sein.«

»Das kann sein. Ja, ziemlich sicher war es so. Aber ich verstehe nicht ...«

»Ich denke mir, auf diesen zweihundert Metern zwischen Restaurant und Auto ist irgend etwas geschehen. Etwas, das nachhaltig verhindert hat, daß Peter seine weiteren Pläne in die Tat umsetzen konnte. Und vielleicht hat jemand etwas gesehen. Wo viele Menschen sind, kriegt auch meistens jemand etwas mit.«

»Ich habe ja vermutet, daß ihn seine ... Geliebte aufgegabelt hat ...«

»Aber dann hätten sie die Tickets mitgenommen. Sein Gepäck. Das paßt doch alles nicht zusammen.«

»Du meinst ...«

»Ich meine, ihm könnte auch etwas zugestoßen sein. Und wenn das so ist, solltest du es dringend herausfinden.«

»Wieso?« fragte Laura und hatte dabei den Eindruck, daß sie Anne enorm nervte mit ihrer Begriffsstutzigkeit. Das Räderwerk in ihrem Kopf drehte langsamer als sonst. Sie vermutete, daß sie stärker unter Schock stand, als ihr im Augenblick bewußt war.

»Er hat dir einen verdammten Haufen Scheiße hinterlassen«, sagte Anne. »Du wirst Geld brauchen – und er hat vermutlich eine Lebensversicherung. Wenn ihm etwas zugestoßen ist, dann muß das festgestellt werden. Anders kommst du nicht an das Geld. Denk an deine Zukunft und an die deines Kindes. Finde deinen Mann, und wenn möglich, finde ihn tot!«

Mittwoch, 10. Oktober

1

Sie waren seit dem frühen Morgen völlig zerstritten.

Carla wußte gar nicht mehr genau, was der Anlaß gewesen war. Vielleicht das schlechte Wetter. Sie war in dem viel zu weichen, durchgelegenen Hotelbett erwacht und hatte von draußen, jenseits der geschlossenen Fensterläden, das gleichmäßige Rauschen und Pladdern gehört, das sie auch am Sonntag schon vernommen hatte und das ihr verriet, daß dieser Tag gräßlich werden würde. Sie sah im Dämmerlicht Rudi an, der neben ihr lag und leise schnarchte. Plötzlich wurde sie wütend auf ihn. Er hatte sich die Hochzeitsreise in die Provence gewünscht, während Carla viel lieber in einen Ferienclub in Tunesien gefahren wäre. Sie hatte nachgegeben, weil die Angelegenheit in einer Auseinandersetzung zu enden drohte, und es wäre ihr als ein schlechtes Omen erschienen, ihre Ehe mit einem Streit zu beginnen.

Beim Frühstück hatte Rudi erklärt, das Wetter werde sich bessern, das habe er dem Radio entnommen, doch sein Französisch war, wie Carla hier herausfand, mehr als schlecht, und mit seinen Übersetzungen lag er ständig daneben. Deswegen konnte er alles Mögliche über das Wetter gehört und es falsch interpretiert haben.

»Ich glaube, es wird jetzt nur noch entweder regnen oder kalt und bewölkt sein«, prophezeite sie düster, und Rudi wurde wütend und meinte, er habe ihr ewiges Genörgel satt.

»*Ich* wollte ja nicht hierher«, murmelte Carla, um dann die Frage zu stellen, mit der sie Rudi am Ende eines jeden

Frühstücks in Schwierigkeiten brachte: »Was machen wir heute?«

»Wir könnten in die Berge fahren«, schlug er vor, und Carla blickte in die graue Nässe hinaus und meinte, dies würde sie ungefähr so reizen wie eine Blinddarmoperation, und am liebsten würde sie den ganzen Tag im Bett bleiben, wenn nicht die Betten so alt und schlecht wären, daß ihr jede Stunde darin heftige Kreuzschmerzen einbrachte.

Nun reichte es Rudi endgültig, und er schnauzte sie an, sie könne machen, was sie wolle, *er* werde in die Berge fahren, und wenn sie nicht mitkomme, sei ihm das nur recht. Natürlich kam sie schließlich mit, aber sie sprachen fast kein Wort miteinander und starrten jeder verbissen in eine andere Richtung.

Sie fuhren die Route des Crêtes hinauf, eine sehr steile, gewundene Straße, die sich entlang der Felsen gleich über dem Meer hinauf in die Berge schraubte. Je weiter sie kamen, desto felsiger wurde die Landschaft um sie herum, desto karger die Vegetation; nur flaches Nadelgehölz kroch noch über den steinigen Boden. Nebelschwaden trieben über die Straße.

Carla zog schaudernd die Schultern hoch. »Hier oben würde man nicht glauben, daß man am Mittelmeer ist«, meinte sie, »es ist ja so schrecklich ungemütlich!«

»Fängst du schon wieder mit dem Gejammer an? Ich habe gesagt, du brauchst nicht mitzufahren, aber du mußtest ja …«

»Entschuldige, aber ich werde doch noch einen Kommentar abgeben dürfen! Oder ist es mir für den Rest dieses herrlichen Urlaubs verboten, den Mund aufzumachen?«

Rudi erwiderte darauf nichts, sondern achtete nur konzentriert auf die Umgebung. Plötzlich bog er auf einen großen, sandigen Parkplatz und brachte den Wagen zum Stehen.

»Hier müßte es sein«, murmelte er und stieg aus.

Carla wartete einen Moment, aber da Rudi keine Anstalten machte, sie zum Mitkommen aufzufordern, stieg sie schließlich von selbst aus und ging hinter ihm her. Sie war inzwischen den Tränen nahe, wollte ihm aber nicht den Triumph gönnen, sie weinen zu sehen.

Blöder Arsch, dachte sie.

Die Felsen fielen steil zum Meer hinab. Rechts unterhalb von ihnen lag Cassis mit seinen terrassenförmig zur Bucht erstreckenden Weingärten. In der Ferne konnte man die zwei Inseln erkennen, die der Bucht von Marseille vorgelagert sind. Das Meer, das so grau gewesen war, zeigte von hier oben einen türkisfarbenen Schimmer, der irgendwo in seiner Tiefe geboren zu werden schien, aber in Wahrheit mit irgendeiner raffinierten Spiegelung zusammenhängen mußte. Carla trat nahe an den Abgrund heran, schauderte vor der Tiefe, in die sie blickte.

»Das ist … ganz schön hoch hier«, sagte sie beklommen.

»Zweihundertfünfzig bis dreihundert Meter«, sagte Rudi. »Hier hinunterzuspringen bedeutet den absolut sicheren Tod. Irgendwo hier muß eine Stelle sein, von der sich immer wieder Liebespaare hinunterstürzen, wenn ihnen aus irgendeinem Grund ihre Situation ausweglos erscheint. Manche verewigen zuvor noch ihre Namen auf einem Stein.«

Carla fröstelte erneut; wegen des Windes, der hier oben wehte, und auch wegen des Blicks in die Tiefe und des Gedankens, verzweifelt genug zu sein, um in dieses unendliche Entsetzen zu springen.

Ihr kam ein Gedanke, und schon während sie ihn aussprach, wußte sie, daß es ein Fehler war, diese Frage gerade jetzt zu stellen, daß sie den schwelenden Streit zwischen ihnen erneut würde auflodern lassen.

»Stell dir vor, unsere Liebe wäre aussichtslos gewesen. Wärst du mit mir gesprungen?«

Die Frage war völlig hypothetisch, und ihre Beantwortung hätte nur dazu dienen sollen, den Frieden wiederherzustellen. Hätte Rudi Carla an sich gezogen und ihr erklärt, daß ohne sie sein Leben nichts wert gewesen wäre, hätte der verkorkste Tag in seiner zweiten Hälfte harmonisch verlaufen können.

Aber Rudi sah Carla kühl an und erwiderte: »Warum hätte ich das tun sollen? Es gibt so viele andere Frauen auf der Welt, und mit den meisten wäre ich sicher besser ausgekommen.«

Und damit hatte er die Situation zum Eskalieren gebracht.

Carla hatte die Straße überquert und rannte in Richtung Landesinneres. Sandige Wege liefen kreuz und quer zwischen flachen Nadelgehölzen, Hügel hinauf und hinunter, durch Täler und über Anhöhen. Feiner Regen schlug ihr ins Gesicht, aber die Kälte des Windes spürte sie nicht, so warm war ihr inzwischen geworden. Sie rannte vor Rudis hellen, kalten Augen davon, vor dem Gefühl, lieblos behandelt worden zu sein, und vor dem Eindruck, einen Fehler gemacht zu haben, als sie ihn geheiratet hatte.

Zunächst hatte sie gehofft, er werde ihr folgen. Sie hatte ihn fassungslos angestarrt und war dann losgestürzt, und er hatte gerufen: »He, spinnst du? Was ist los? Bleib gefälligst stehen!«

Aber er war ihr nicht gefolgt, und kurz fragte sie sich, ob er am Parkplatz warten oder einfach wegfahren würde; wie sollte sie dann ins Hotel zurückkommen, oder war ihm das egal?

Ziemlich schnell bekam sie Seitenstechen, und ihre Lungen fingen an zu schmerzen, aber sie hatte schon lange gewußt, daß es mit ihrer Kondition nicht weit her war. Sie war dem Labyrinth aus kleinen Wegen und Trampelpfaden gefolgt, ohne auf die Richtung zu achten, und als sie sich jetzt einmal um sich selbst drehte, stellte sie fest, daß sie keine Ahnung hatte, wo sie sich befand. Die Straße war hinter all den Hügeln längst ihrer Sicht entschwunden. Nebel wogte um sie herum. Ihre Augen brannten. Auf gut Glück stapfte sie los, in eine Richtung, von der sie nicht wußte, wohin sie führte. Sie würde jeden Moment anfangen zu weinen. Rudi, der Scheißkerl. Ihre Mutter hatte ihn vom ersten Moment an nicht gemocht.

Rudi saß im Auto, rauchte eine Zigarette und dachte, daß Weiber wirklich das allerletzte waren. Und speziell Carla war die dümmste Kuh, die er je getroffen hatte. Nervte ihn tagelang wegen des Wetters, für das er schließlich auch nichts konnte, lamentierte, quengelte und stellte ihm schließlich vorn am Felsen der Liebespaare eine so hirnverbrannte Frage, daß man sie anders als verärgert und ironisch gar nicht beantworten konnte. Ob er da hinuntergesprungen wäre, wenn … Er haßte diese hypothetischen Fragen, mit denen Frauen immer nur irgendwelche Tests durchführen wollten. Ob man sie genug liebte, begehrte, verehrte und was nicht noch alles. Carla war Weltmeisterin darin. Mußte sich ewig vergewissern, daß sie die Hauptrolle in all seinen Gedanken spielte. Guter Gott, wie anstrengend er das oft fand! Meist antwortete er, was sie hören wollte, war ja keine Intelligenzleistung, das zu wissen, und er hatte dann am schnellsten seine Ruhe. Aber heute hatte er es nicht fertig gebracht, heute hatte sie ihn zu sehr genervt. Heute hatte er ihr weh tun wollen, und schließlich mußte es ihm auch erlaubt sein, sich hin und wieder abzureagieren. Und natürlich bekam sie schwimmende Augen und raste davon, und sicher erwartete sie, daß er hinterhergaloppierte, aber da hatte sie sich getäuscht. Ein, zwei Minuten lang hatte er sogar überlegt, zurück ins Hotel zu fahren und sie den Weg zu Fuß gehen zu lassen, aber das hätte bedeutet, sie wäre noch am Abend unterwegs gewesen, und am Ende wäre sie noch auf die Idee gekommen, Anhalter zu spielen, und man wußte ja, was dabei alles passieren konnte. Scheiße, er hatte die Frau geheiratet. Er war jetzt irgendwie auch verantwortlich.

Er kurbelte die Fensterscheibe hinunter und schnippte seine Zigarette hinaus. Mißmutig starrte er über das Meer. Carla würde sich doch nicht verlaufen haben? Aber so blöd konnte eigentlich nicht einmal sie sein. Wahrscheinlich blieb sie aus reinem Trotz so lange weg. Da es ständig nieselte, mußte sie inzwischen völlig durchnäßt sein.

Dumme Pute, dachte er und fragte sich, weshalb er sich zu dieser Heirat hatte überreden lassen.

Und da sah er sie im Rückspiegel.

Sie überquerte gerade die Straße und betrat den Parkplatz. Irgend etwas an ihr kam ihm eigenartig vor. Die Haare klebten an ihrem Kopf, aber das kam vom Regen. Ihr Gesicht schien ihm verzerrt, aber das mochte von der Anstrengung herrühren; sie war ein ganzes Stück gerannt und hatte nicht das geringste Training. Wie peinlich für sie, dachte er genüßlich, sie hat gemeint, ich jage hinter ihr her, und nun muß sie von allein zurückkommen. Mal sehen, wie sie das jetzt zurechtlabert!

Er lehnte sich zurück, behielt sie aber durch den Rückspiegel im Auge. Sie taumelte, hielt sich offenbar kaum noch auf den Beinen. Himmel, er hatte nicht gewußt, daß sie eine *so* schlechte Kondition hatte! Sie kam auf das Auto zugestolpert, als wolle sie jeden Moment zusammenbrechen. Sie war jetzt nah genug, daß er ihr Gesicht deutlicher erkennen konnte, und er sah, daß er sich nicht getäuscht hatte. Ihre Züge waren verzerrt, viel verzerrter, als es zuerst den Anschein gehabt hatte, und jetzt begriff er auch, was ihm so eigenartig vorgekommen war: Sie sah nicht einfach nur angestrengt aus. Ihr Gesicht war in Entsetzen und Panik verzerrt, ihre Augen vor Grauen geweitet.

Wie ein Mensch, der dem Tod ins Gesicht gesehen hat,

schoß es ihm durch den Kopf, und obwohl er ihr auf keinen Fall hatte entgegengehen wollen, verließ er nun rasch sein Auto und trat auf sie zu.

Sie brach buchstäblich in seinen Armen zusammen. Sie stammelte etwas, aber er konnte zunächst nicht verstehen, was sie sagen wollte. Er schüttelte sie sanft.

»Beruhige dich! Was ist denn geschehen? Hör mal, dir kann nichts passieren!«

Endlich brachte sie halbwegs zusammenhängende Silben heraus.

»Ein Mann ...«, krächzte sie, und er bekam einen Heidenschreck: Sie war einem Triebtäter begegnet, irgendwo dort im Nebel, und ...

»Er ist tot! Rudi, er ... liegt da hinten zwischen den Hügeln. Er ist ... voller Blut ... ich glaube, jemand hat ihn erstochen ...«

2

Sie fühlte sich schwer und müde und so, als tue sie etwas, was sie gar nicht tun wollte. Sie befolgte Annes Ratschläge, weil ihr in irgendeinem Winkel ihres Gehirns klar war, daß Anne recht hatte, aber in ihr selbst herrschte eine fast lähmende Gleichgültigkeit. Sie war so erschöpft, daß sie im Grunde kein anderes Bedürfnis spürte als das nach Ruhe. Sie wollte sich hinlegen und schlafen und über nichts mehr nachdenken müssen.

Es regnete seit den frühen Morgenstunden. Sie hatte versucht, Christopher zu erreichen, aber er war nicht daheim gewesen, und so würde sie es am Nachmittag noch einmal probieren. Gegen halb zwölf war sie zum *Chez Nadine* gefahren, wo sich noch kein weiterer Gast aufhielt. Nadine lehnte an der Theke und trank einen Tee; sie war nachlässig gekleidet und ungeschminkt. Laura kam es vor, als sei sie um Jahre gealtert seit dem Sommer, als sie sie zuletzt gesehen hatte. Frustration und Verbitterung zeichneten immer tiefere Linien in ihr Gesicht. Zum erstenmal konnte Laura ihr tatsächlich ansehen, wie sehr sie ihr Leben haßte.

Laura hatte lange Zeit nicht gewußt, daß Nadine unglücklich war. Irgendwie hatte sie stets geglaubt, sie und Henri seien das ideale Paar, das im *Chez Nadine* den gemeinsamen Lebensinhalt gefunden hatte. Sie erinnerte sich, daß sie im Sommer vor zwei Jahren zum erstenmal mit den Tatsachen konfrontiert worden war: Sophie war kurz zuvor geboren worden, sie machten den ersten Provence-Urlaub zu dritt, und es ging Laura auf, daß sie nun auf absehbare Zeit keine Chance haben würde, irgendeiner Arbeit nachzugehen, denn Peter, der sie zuvor schon aus der Agentur herausgedrängt hatte, argumentierte nun ständig mit dem Baby und ließ keinen Zweifel daran, daß er sie für eine schlechte Mutter hielte, wenn sie nicht alle Zeit und Kraft dem Kind widmete. Einmal sprach sie mit Nadine darüber und fügte hinzu: »Du hast es gut. Du hast eine Aufgabe, die dich befriedigt. Du hilfst deinem Mann, ihr habt eine gemeinsame Leidenschaft, die euch ...«

Nadine war ihr ins Wort gefallen, mit einer Heftigkeit, wie sie Laura nie vorher an ihr erlebt hatte. »Leidenschaft! Befriedigung! Gott, wie kannst du nur so blauäugig sein! Glaubst du im Ernst, ich habe mir je ein solches Leben erträumt? In einer verdammten Pizzabude zu stehen, tagaus, tagein, schwachsinnige Touristen zu bedienen, einen Mann neben mir, der Erfüllung findet in der brennend wichtigen Frage, ob sich Mozzarella für den Pizzabelag besser eignet als irgendein anderer verfluchter Käse? Glaubst du wirklich, das ist das Leben, das ich führen will?«

Laura wußte heute nicht mehr, was sie darauf geantwortet hatte. Vermutlich war sie zu überrascht gewesen, um etwas wirklich Vernünftiges zu sagen.

An diesem Mittag drängte die Szene nachdrücklich in ihr Gedächtnis.

Wie verzweifelt sie ist, dachte sie.

Sie aß eine Pizza, die Henri, der ebenfalls bleich und unglücklich aussah, nicht bezahlt haben wollte, und die sie, da sie ja nun ein Geschenk war, bis zum bitteren Ende hinunterwürgte, obwohl sie nach zwei Bissen bereits wieder der Appetit verließ. Sie war am Morgen auf der Waage gewesen und hatte festgestellt, daß sie schon fünf Pfund abgenommen hatte. In der Zeit mit Sophie daheim, gelangweilt und unausgefüllt, hatte sie zugelegt gehabt. Diese ganze Geschichte, dachte sie, wird mir wenigstens mein Idealgewicht zurückbringen.

Sie erklärte Henri und Nadine, daß sie sehr beunruhigt sei wegen des Autos, das Peter mitsamt all seinen Habseligkeiten zurückgelassen hatte. Sie ließ die Flugtickets unerwähnt, ebenso wenig berichtete sie von seiner finanziellen Pleite und dem Vorhandensein einer festen Geliebten.

»Ich denke, ihm könnte etwas zugestoßen sein«, schloß sie, »und eine Freundin brachte mich auf den Gedanken, mich unter den Gästen umzuhören, die Samstag abend da waren. Vielleicht hat ja jemand etwas bemerkt.«

»Ich war nicht da am Samstag«, sagte Nadine.

»Wie üblich«, sagte Henri.

»Ich hatte dir vorher gesagt ...«, fuhr Nadine auf. Laura, die befürchtete, daß die Situation in einen handfesten Krach eskalieren würde, mischte sich rasch ein.

»Du warst doch da, Henri. Kanntest du einen der Gäste? Namentlich, meine ich. Oder sogar mit Adresse und Telefonnummer?«

»O Gott«, sagte Henri, »ich fürchte fast, nein. Du weißt, es sind hauptsächlich Touristen, die herkommen. Selbst wenn man sie ein paar Mal hier sieht, erfährt man nicht, woher sie kommen oder wie sie heißen.«

»Du warst doch sicher nicht allein. Wer hat dir denn geholfen an dem Abend?«

»Niemand. Ich war wirklich ganz allein.«

»Ach«, warf Nadine ein, »wo war denn die treue Cathérine?«

Er ignorierte ihre Frage und sagte: »Ich werde nachdenken, ob mir der Name eines Gastes einfällt.«

Aber Laura hatte nicht den Eindruck, daß er sich nachhaltig engagieren würde. Niemand schien zu glauben, daß etwas Ernstes passiert sein könnte. Vermutlich nahmen sie an, daß Peter sich irgendwo mit einem Mädchen amüsierte und daß seine Frau darauf hysterisch reagierte.

Ihr habt ja alle keine Ahnung, dachte sie erschöpft.

Sie verließ das *Chez Nadine*, nachdem sie noch einmal die Bitte geäußert hatte, Henri möge sie anrufen, wenn ihm ein Name einfiele. Als sie wegfuhr, kam sie wieder an Peters Auto vorbei. Ihre Depression verschärfte sich sofort, ihre Müdigkeit nahm zu. Sie spürte Sehnsucht nach ihrem Kind.

Ich sollte heimfahren und das alles hier sich selbst überlassen, dachte sie.

Eigentlich hatte sie sofort ins Ferienhaus fahren und sich hinlegen wollen, aber plötzlich merkte sie, daß sie jetzt nicht allein sein konnte. Sie fuhr nach St. Cyr, hinunter an den Hafen von Les Lecques, und setzte sich in ein Café. Der Regen schien ein wenig nachzulassen, und sie hatte den Eindruck, daß es über dem Meer aufklarte. Wenn das Wetter schöner würde, wäre alles leichter, davon war sie überzeugt.

Sie bestellte einen Kaffee und einen Schnaps, trank beides in kleinen Schlucken und beobachtete fasziniert, wie die Wolken in raschem Tempo aufrissen und auseinandergetrieben wurden. Wind war aufgekommen. Der Regen versiegte, und blauer Himmel breitete sich aus wie ein Flächenbrand.

Und auf einmal stürzte die Sonne hervor, mit einer Unmittelbarkeit und einer Kraft, als habe sie sich allzulange schon zurückhalten müssen. Sie ergoß sich über das Meer, den Strand, die Steine auf der Promenade, die Häuser, die Abfallkörbe, die Büsche und herbstlichen Blumen, und sie ließ Milliarden von Regentropfen aufblitzen und funkeln.

Wie schön, dachte Laura, wie wunderschön, und sie war überrascht, welch tiefe Magie dieser Moment für sie hatte und wie stark sie ihn empfinden konnte.

»Darf ich mich zu dir setzen?« fragte jemand.

Es war Christopher, und er lächelte sie an.

Den Dialog, der sich zwischen ihnen entspann in dem kleinen Café, würde sie bis an ihr Lebensende nie vergessen. Genauer gesagt: Einige Passagen brannten sich ihr ein, während andere in ein unwirkliches Dämmerlicht getaucht blieben und nie zu wirklicher Klarheit gelangten.

Nach dem üblichen Hin-und-Her, dem »Was machst du denn hier?« und »Ich habe noch mal versucht, dich anzurufen«, sagte Christopher: »Du hast eben ganz verklärt ausgesehen. Ich beobachte dich schon seit fünf Minuten, aber ich wagte nicht, dich anzusprechen. Du schienst in eine Märchenwelt versunken.«

Und Laura sagte: »Es war wie eine Märchenwelt plötzlich. Die Sonne und all das Glitzern ringsum ...«

Dann waren wieder ein paar Belanglosigkeiten gewechselt worden, und auf einmal hatte sie ihm etwas von ihren Gefühlen anvertraut; sie wußte nicht, warum, denn für gewöhnlich war Anne der einzige Mensch, mit dem sie Dinge besprach, die ihr Innerstes betrafen.

»Ich habe eben etwas gefühlt, das mich für einen Moment überwältigt hat«, sagte sie, »es war ein Anflug von Glück und Leichtigkeit. Ich kannte das nicht mehr, es erinnerte mich an meine Jugend, an eine Zeit, in der ich unbeschwert war und siegessicher, an die Zeit vor ...« Sie hatte sich selbst unterbrochen und hart auf die Lippen gebissen, aber natürlich hatte Christopher gewußt, was sie hatte sagen wollen.

»Die Zeit vor Peter«, vollendete er, und sie widersprach nicht.

Später sprach sie ihn auf den geplanten Segeltörn an. »Hat es dich wirklich nicht gewundert, daß Peter nicht erschien?«

»Wir waren nicht verabredet.«

»Ihr wart nicht ... aber am Sonntag sagtest du ...«

»Am Sonntag war ich überrumpelt. Ich wußte nicht, wie ich reagieren sollte.«

»Hat es dich nicht überrascht, daß er sich nicht mit dir verabreden wollte? Nach all den Jahren, in denen diese Herbstwoche fester Bestandteil eures Lebens war?«

»Nein.«

»Warum nicht?«

»Weil ich Bescheid wußte.«

Ein sanftes Rauschen in ihren Ohren. Ein leises Pochen unterhalb ihrer Kehle. Seltsamerweise hatte es keine Sekunde lang einen Zweifel für sie gegeben, was er meinte.

»Seit wann?«

»Seit wann ich es weiß? Seit drei Jahren. Vor drei Jahren hat Peter es mir gesagt.«

»Ich meinte: Seit wann geht seine ... Geschichte? Weißt du das?«

»Seit vier Jahren.«

Das Rauschen verstärkte sich. Es war unangenehm. Einmal, während einer heftigen Grippe, hatte sie dieses Rauschen gehört und auch den Eindruck gehabt, sich von allem, was greifbar und real war, zu entfernen. Damals hatte sie sehr heftig gefiebert.

»Wer ist sie?«

»Nadine Joly«, sagte er, und sie meinte, die Welt breche unter ihr zusammen und der Himmel stürze über ihr ein.

3

Nadine Joly war immer der Überzeugung gewesen, daß es im Leben eines jeden Mannes und einer jeden Frau eine große Liebe gab, einen Menschen, der das Pendant darstellte, der die Zwillingsseele, das Gegenstück, die andere Hälfte war. Fraglich blieb, wann man diesem Menschen begegnete, und ob man zu diesem Zeitpunkt frei war, ihn in seiner Bedeutung für das eigene Schicksal zu erkennen.

Auf den ersten Blick hatte sie gewußt, daß Peter Simon der Mann war, bei dem ihre Bestimmung lag. Sechs Jahre zuvor, sie war siebenundzwanzig gewesen und bereits verzweifelt gefangen in dem Gefühl, in einer Sackgasse gelandet zu sein, war er am Mittag eines glühend heißen Julitages in den Garten des *Chez Nadine* gekommen; sie hatte an einen Baum gelehnt dagestanden und sich für einen Moment ausgeruht. Ihrer beider Blicke hatten sich gekreuzt, und später hatten sie einander bestätigt, daß es in dieser Sekunde passiert war. Alles, was nachher geschah, war in diesem Moment festgelegt worden, und im Grunde hatte es kaum einen Sinn gemacht, noch zwei lange Jahre Widerstand zu leisten, ehe sie vor der Übermacht ihrer Gefühle – oder, wie sie beide wußten: vor der Übermacht ihrer sexuellen Gier nacheinander – kapitulierten. Zwei Jahre, in denen sie sich verzehrten und in Tagträumen auslebten, was dann später Wirklichkeit wurde.

Irgendwann einmal hatte er ihr erzählt, wie er sie an jenem ersten Tag gesehen hatte: »Du standest an diesen Baum gelehnt und sahst aus wie ein Teil dieser südlichen Landschaft, Teil der Sonne, der Olivenbäume, der Lavendelfelder und des Meeres. Du warst stark gebräunt, aber unter der Bräune ahnte man etwas Fahles, Blasses, und das machte dich so lasziv. Du sahst müde aus. Du trugst ein blaues Kleid, das bis zu den Knöcheln reichte und ärmellos war, du hattest deine dunklen Haare am Hinterkopf aufgesteckt, und erst später fand ich heraus, daß sie dir fast bis zur Taille reichen. Unterhalb deiner Brüste zeigte der Stoff deines Kleides feuchte Flecken. Der Tag war ungeheuer heiß.«

Sie hatte einen Mann gesehen mit interessanten graugrünen Augen und vielen grauen Strähnen in den dunklen Haaren; sie schätzte ihn älter ein, als er war, und es überraschte sie später zu hören, daß er an diesem Tag seinen vierunddreißigsten Geburtstag gefeiert hatte. Sie wußte sofort, daß er der Mann war, auf den sie gewartet hatte, was nicht an seinem Aussehen lag, denn sie fand ihn keineswegs überwältigend attraktiv, sondern an der Verbindung, die sogleich spürbar zwischen ihnen entstand. Sie richtete sich auf und sah ihn ernst, ohne jede Koketterie an, denn ihr war klar, daß er das gleiche fühlte wie sie und daß sie einander nichts vormachen mußten; zudem hatte sie so lange auf ihn gewartet, daß sie meinte, keinesfalls mehr die Zeit für Umwege und kindische Versteckspiele zu haben. Eigentlich hätte es zwischen ihnen keiner Worte mehr bedurft.

Und dann entdeckte sie die junge Frau mit den glatten, braunen Haaren und den auffallend schönen, großen topasfarbenen Augen, und sie begriff, daß es ein Problem geben würde.

Die beiden kamen den Sommer über fast jeden Mittag, schließlich auch abends, und Nadine wußte, daß *er* dies steuerte. Sie war fiebrig und angespannt in diesen Wochen, sie wußte, daß etwas Entscheidendes auf sie zukam und daß es vielleicht über ihre Kräfte gehen würde. Nie bediente sie den Tisch, an dem die Simons saßen, sie ließ das Henri tun oder eines der Aushilfsmädchen. Henri fragte sie einmal, was sie denn gegen die beiden habe. »Sie sind doch sehr nett. Und ungeheuer treue Gäste!«

»Ich mag sie einfach nicht besonders«, hatte Nadine erwidert und dann hinzugefügt: »Besonders *sie* nicht. Sie macht auf scheues Reh, aber ich glaube, sie kann sehr unangenehm werden.«

Dann sprach Laura Simon sie eines Tages an, und Nadine wußte sehr bald, daß diese Frau kaum je unangenehm werden würde, daß sie einfach nur nett und liebenswürdig war. Sie hätte leicht etwas zu fade und gleichmäßig wirken können, hätte sie nicht diese phantastischen Augen gehabt.

»Mein Mann und ich suchen ein Haus hier in der Gegend. Ein Ferienhaus. Meinen Sie, daß Sie uns vielleicht helfen können?«

Dieselbe Frage richtete sie auch an Henri, und der bemühte sich mit erstaunlicher Vehemenz in dieser Angelegenheit. Er mochte die Simons wirklich, wie Nadine herausfand. Er suchte ihre Freundschaft, wobei sich Laura ungezwungen und entgegenkommend verhielt. Peter blockte genauso wie Nadine, konnte jedoch nicht aufhören, das *Chez Nadine* zu besuchen. Er vermied es, mit Nadine zu sprechen, aber er mußte sie jeden Tag sehen. Sie quälten sich wahnsinnig, während Henri und Laura nicht das geringste begriffen.

Es dauerte fast zwei Jahre, bis das Traumhaus gefunden war; Henri hatte es entdeckt, und damit war der Damm gebrochen. Jetzt waren sie Freunde. Laura lud sie zur Housewarming-Party ein und Henri bat sie zu seiner Geburtstagsfeier im August, und auf einmal hatte sich ein reges Hin und Her entsponnen, in dem niemandem auffiel, daß keinerlei Initiative dazu je von Peter und Nadine ausging. Zumal die beiden in ihrer verzehrenden Sehnsucht auch nie etwas getan hatten, die Begegnungen, die so schrecklich waren und so unverzichtbar, zu verhindern.

»Ist es nicht nett mit den Simons?« fragte Henri einmal, und Nadine wandte sich ab, damit er ihr Gesicht nicht sah, von dem sie meinte, es müsse alles ausdrücken, was sie empfand.

Peter und Laura kamen regelmäßig über Weihnachten, an Ostern und im Sommer in die Provence. Peter erschien dann im Oktober noch einmal zum Segeln, aber da war er die ganze Zeit über mit seinem Freund zusammen und trat im *Chez Nadine* nicht in Erscheinung. In den Wochen und Monaten dazwischen wurde Nadine immer ein wenig ruhiger. Sie mußte ihn nicht ständig sehen und bemühte sich, sein Bild verblassen zu lassen, ihm möglichst wenig Gedanken zu widmen. Aber zugleich wuchs der dumpfe Verzweiflungsdruck in ihr, denn sie wartete noch immer auf den Mann, der sie aus dem *Chez Nadine* und dem Leben an Henris Seite erlöste, aber sie war so gefangen in ihrer Sehnsucht nach Peter, daß sie keinen anderen Mann mehr wahrnehmen konnte. Und Peter würde niemals mit ihr fortgehen. Manchmal fühlte sie sich wie ein eingesperrtes Tier, das im Kreis herumläuft und weiß, daß es sein Gefängnis nie verlassen wird.

Zwei Jahre nach der ersten Begegnung und etwa fünf Monate, nachdem das Haus gekauft worden war, rief Laura Ende September an und sagte, Peter werde zum Segeln mit seinem Freund Christopher nach St. Cyr kommen. Er werde diesmal aber nicht gleich in See stechen wie sonst, sondern zwei Nächte im Haus verbringen und dort nach dem Rechten sehen. Die Frau, die das Anwesen wartete, sei krank geworden, und ob Nadine so lieb sein könne, sich bei ihr den Schlüssel zu holen und *ausnahmsweise* ein paar Dinge dort zu erledigen: lüften, ein bißchen Staub wischen, Kaffee und Milch kaufen.

Nadine ließ sich darauf ein. Sie tat, was ihr aufgetragen war, und die ganze Zeit über wuchs die Unruhe in ihr ins Uferlose.

Zum erstenmal kam er *ohne sie.*

Sie fuhr wieder ins *Chez Nadine*, hatte aber noch den Schlüssel, und am Abend hielt sie es nicht mehr aus. Es war der erste Oktober, es wurde früh dunkel, aber der Tag war warm gewesen, und der Abend blieb mild und vom Geruch herbstlicher Blumen erfüllt. Nadine zitterte, und schließlich stahl sie sich davon – es wurde einer jener Abende, an denen Henri verzweifelt nach Cathérine telefonierte – und fuhr ins Quartier Colette, parkte ihr Auto vor dem Grundstück, ging ins Haus. Sie schaltete nur eine Lampe im Wohnzimmer ein, setzte sich auf das Sofa vor den Kamin und wartete. Sie hatte sich nicht zurechtgemacht, sich weder geschminkt noch ihre Haare frisch gewaschen, sie trug alte Jeans und ein Sweatshirt von Henri. Um sich zu beruhigen, rauchte sie eine Schachtel Zigaretten, und um elf Uhr hörte sie seinen Wagen. Sie überlegte, ob er ihr Auto bemerkte, ob er erwartete, sie hier anzutreffen. Sie rührte sich nicht. Die Haustür wurde aufgeschlossen, seine Schritte kamen den Gang entlang. Er trat ins Wohnzimmer, wo sie im schwachen Schein der kleinen Lampe kauerte. Später sagte er, daß er ihr Auto nicht gesehen habe und es trotzdem auf eine unerklärliche Art natürlich gefunden habe, sie auf seinem Sofa vorzufinden.

»O Gott, Nadine«, sagte er nur, und es klang ein abgrundtiefes Seufzen in seiner Stimme, von dem sie wußte, es entsprang seiner Verzweiflung darüber, daß die Situation von nun an nicht mehr kontrollierbar sein würde.

Sie stand auf, und er stellte seine Reisetasche ab, sie traten zögernd aufeinander zu, aber ihrer beider Scheu verflog in der Sekunde, in der sich ihre Fingerspitzen berührten. Sie hatten einander in ihrer Phantasie tausendmal geliebt, und was sie nun taten, schien ihnen zutiefst vertraut. Er stand nur da und ließ sich von ihr entkleiden, das Hemd von den Schultern streifen, die Hose hinunterziehen. Ihre Bewegungen waren nicht hastig, aber schnell und konzentriert. Als sie vor ihm niederkniete, stöhnte er leise, und sie wußte, daß sie etwas tat, wovon er wieder und wieder geträumt hatte.

Als es vorüber war, zog er sie hoch, wollte sie umarmen,

wollte beginnen, sie auszuziehen, aber sie wich zurück und schüttelte den Kopf.

»Nein. Nicht so. Du kannst mich nicht so zufällig haben. Einfach nur weil ich hier bin, weil die Gelegenheit günstig ist.« Sie nahm ihren Autoschlüssel vom Tisch und wandte sich zur Tür. »Ich möchte, daß *du* zu *mir* kommst. Und daß du dich ganz für mich entscheidest.«

4

Sie saßen in einem kleinen Restaurant in La Cadière, an einem Tisch mit rotweiß karierter Decke. Laura hatte ihr Essen unberührt zurückgehen lassen, trank dafür den vierten Kaffee und spürte an ihrem heftigen Herzklopfen, daß sie die ganze Nacht kein Auge würde zutun können, aber das wäre auch ohne Kaffee der Fall gewesen.

Nadine.

Peters Affäre hatte nun einen Namen und ein Gesicht. Einen Namen, den sie kannte; ein Gesicht, das sie kannte. Sie hatte es nicht länger mit der anonymen Geliebten zu tun, unter der sie sich alles mögliche vorstellen konnte, und die sie natürlich schon längst in ein Klischee gepreßt hatte: attraktiv, dümmlich und sehr jung, wahrscheinlich kaum über zwanzig.

In Wahrheit stand da eine Frau, die einmal bildschön gewesen sein mochte, der aber eine unglückliche Ehe und viele Jahre der Frustration scharfe Kerben in das Gesicht gezeichnet und das Leuchten aus ihren Augen genommen hatten. Nadine war alles andere als dümmlich, und sie war auch nicht blutjung. Sie war zwei Jahre jünger als Laura selbst, was keinen entscheidenden Unterschied ausmachte.

»Was hat er denn nur in ihr gesehen? Was hat ihn an ihr

so gefesselt? Vier Jahre, Christopher! Vier Jahre bedeuten nicht nur eine kurze, leidenschaftliche Laune. Vier Jahre bedeuten Ernsthaftigkeit. Und jetzt wollte er mit ihr sogar nach Buenos Aires.«

Christopher war überrascht. »Er wollte *weg*?«

Sie erzählte von den Flugtickets. Von Peters finanziellem Desaster. Wie sich herausstellte, hatte Christopher von wirtschaftlichen Problemen gewußt, von deren ganzem Ausmaß jedoch keine Ahnung gehabt. Von dem geplanten Flug nach Argentinien hatte Peter nichts erzählt.

»Ich hatte geglaubt, er ... er wolle einfach eine Woche hier mit ihr verleben«, sagte er und fuhr sich gleich darauf mit gespreizten Fingern durch die Haare, unglücklich und wütend. »Ach, verdammter Mist! Das alles muß sich so scheußlich für dich anhören!«

Sie wagte kaum, die nächste Frage zu stellen, die sich zwangsläufig aufdrängte. »Im letzten und vorletzten Jahr ... und im Jahr davor ... als er sich mit dir im Herbst zum Segeln treffen wollte ... hast du ihn da gedeckt? War er da auch in Wahrheit mit ...« Sie brachte es nicht fertig, den Namen auszusprechen. »War er da auch mit ... *ihr* zusammen?«

Christopher wirkte wie ein in die Enge getriebenes, ertapptes Kind.

»Im vorletzten Jahr und in dem davor ... ja. Du mußt mir glauben, ich habe die Situation gehaßt. Ich wollte es nicht tun. Er hat an unsere alte Freundschaft appelliert, an das, was er schon alles für mich getan hat ... aber egal, es war mies von mir, und ich wußte es. Letztes Jahr habe ich mich geweigert. Ich habe ihm erklärt, daß er mich in eine Lage bringt, die mich überfordert, der ich mich nicht gewachsen fühle. Ich denke, das hat er auch eingesehen. Er war zweieinhalb Tage mit mir auf dem Schiff, danach ... na ja, hättest du in der Zeit angerufen, dann hätte ich dir gesagt, daß er nicht bei mir ist. Das war ihm klar, ich habe ihm erklärt, daß ich nicht für ihn lüge. Er hat es einfach riskiert, und du hast ja dann auch nicht angerufen.«

»Ich wußte, daß er das haßte, wenn er mit dir segelte. Aber er rief von sich aus jeden Abend an und sagte, daß alles okay ist ... und ...«

Sie preßte den Handrücken an den Mund. Ihr war übel. Er hatte angerufen und erzählt, daß er mit Christopher in einem Hafen sei, daß sie nun gleich irgendwo einen Wein trinken würden, daß der Tag herrlich gewesen sei ... Und in Wahrheit war er mit *ihr* zusammen gewesen, hatte sie kurz zuvor geliebt, hatte vor, es gleich darauf wieder zu tun, aber dazwischen mußte rasch die Gattin daheim ruhiggestellt werden, damit sie friedlich schlief und nicht auf die Idee kam, in Eigeninitiative Telefonate zu führen.

»Entschuldige!« Sie sprang auf und stürzte in die Toilette. Sie erbrach den Kaffee und die Pizza vom Mittag. Schwer atmend spülte sie sich den Mund aus. Sie betrachtete ihr spitzes, gelbliches Gesicht im Spiegel.

Jetzt hast du schon zum zweitenmal wegen Nadine Joly gekotzt, dachte sie.

Christopher erwartete sie besorgt.

»Geht es wieder?« fragte er und rückte ihr den Stuhl zurecht.

Sie nickte. »Ja. Ich glaube, ich habe einfach zuviel Kaffee getrunken.«

»Du hast viel verkraften müssen, heute und in den letzten Tagen. Es ist kein Wunder, daß dein Magen rebelliert.«

Sie setzte sich. Ihre Hände, die die Kaffeetasse umfaßten, zitterten.

»Meinst du nicht, du solltest doch eine Kleinigkeit essen?« fragte Christopher. »Das Hungern macht deine Nerven noch schwächer.«

Sie schüttelte den Kopf. Allein bei der Erwähnung von Essen zog sich ihr Magen schon wieder drohend zusammen.

»Hat er …«, fragte sie mühsam, »ich meine, Peter … hat er dir gesagt, *warum* er das getan hat? Hat er dir gesagt, was ihn von mir weg und zu ihr hin getrieben hat?«

Christopher verzog gequält das Gesicht. »Das ist doch egal. Warum willst du dich fertigmachen?«

»Ich möchte es wissen.« Sie sah ihn forschend an. »Er hat mit dir darüber gesprochen. Du bist sein bester Freund. Er hat sich dir anvertraut.«

»Laura …«

»Ich muß es wissen. Bitte.«

Es war Christopher anzusehen, daß er die Situation verabscheute. Er suchte nach Worten. Irgend etwas mochte ihm sagen, daß sich Laura nicht würde abspeisen lassen, daß sie spüren würde, ob er ihr die Wahrheit erzählte oder nicht. Er konnte sich nur bemühen, ihr nicht mehr weh zu tun, als unumgänglich war.

»Es war wohl am Anfang eine stark sexuelle Beziehung. Peter bewies sich noch einmal selbst, was für ein toller Hecht er im Bett war, und Nadine entschädigte sich für einige Jahre der Frustration; zwischen ihr und ihrem Mann schien sich lange nichts mehr abgespielt zu haben. Sie und Peter hielten sich hauptsächlich im Bett auf.«

Laura wurde blaß, und über den Tisch hinweg berührte er kurz ihre Hand.

»Ich will damit sagen, daß nicht besonders viel Tiefgang dabei war. Nach meiner Ansicht ging es für ihn darum, sich seine eigene Unwiderstehlichkeit zu bestätigen. Insofern hatte das alles nicht das geringste mit deinen Qualitäten zu tun. Manche Männer geraten eben in diese Krise, in der sich Peter offenbar befand. Eine Krise, in der sie nach Selbstbestätigung schreien und überzeugt sind, sie nur bei einer anderen Frau zu finden.«

»Und von ihrer Seite aus?«

Christopher überlegte. »Ich denke, sie versprach sich

mehr. Peter erzählte mir, sie sei in ihrer Ehe sehr unglücklich. Das wurde übrigens auch zunehmend zu einem Problem zwischen den beiden. Sie drängte auf eine Entscheidung.«

Laura schluckte. »Entscheidung hätte geheißen, daß er sich ganz von mir trennt und offiziell mit ihr zusammen-geht?«

»So etwas hat ihr wohl vorgeschwebt. Aber mit dieser Idee tat sich Peter schwer. Es kam zu ziemlich scharfen Aus-einandersetzungen. Die beiden sahen einander ja sowieso nur selten, und wenn sie bei diesen Treffen auch noch strit-ten, war das alles für Peter natürlich nicht mehr sehr attrak-tiv.«

»Und dennoch wollte er nun mit ihr ins Ausland.«

»Das ist eine überraschende Neuigkeit für mich, und ich kann das kaum verstehen«, sagte Christopher. »In einem un-serer letzten Telefongespräche meinte er, die Geschichte be-ginne ihm über den Kopf zu wachsen. Ich hatte den Ein-druck, daß er nach einem Weg suchte, die Affäre zu beenden. Eine Entwicklung, die mich beruhigte.«

Sie zuckte mit den Schultern. Sie war müde, und ihr war schlecht.

»Dann war es das Geld«, meinte sie und merkte, daß die-ser Gedanke sie jedoch keineswegs tröstete. »Er mußte weg wegen seiner Schulden, und wahrscheinlich empfand er es als angenehmer, mit einem anderen Menschen zusammen im Ausland neu zu beginnen. Seine Pleite war ihr Glück.«

»Mein Gott«, sagte Christopher, »ich verstehe das nicht. Ich bin Unternehmensberater! Große Firmen vertrauen sich mir an. Aber mein bester Freund fragt mich nicht um Rat, bevor er sich in dubiose Geschäfte stürzt. Ich hätte ihm doch helfen können!«

»So sind die Männer«, sagte Laura. »Selbst bei ihren be-sten Freunden, oder vielmehr: *gerade* bei ihren besten Freunden, müssen sie den starken Kerl spielen, der seine Pro-

bleme allein löst. Oder überhaupt keine hat.« Sie stand auf.
»Ich werde sehen, ob ich drüben im *Hotel Bérard* ein Zim-
mer bekomme. Ich möchte heute Nacht nicht in ... unserem
Haus schlafen.«

Christopher winkte dem Kellner. »Ich zahle nur rasch.
Dann begleite ich dich hinüber.«

Donnerstag, 11. Oktober

1

Lange nach Mitternacht war sie noch wach, sie konnte bei *Bérard* so wenig schlafen, wie sie es im Haus gekonnt hätte, aber es bedeutete doch eine gewisse Distanz, und diese herzustellen erschien ihr aus irgendeinem Grund sehr wichtig. Das Zimmer war eine Suite, viel zu groß und viel zu teuer, aber es war das letzte, das frei gewesen war. Der Blick ging zur Straße, nicht über das Tal, aber das interessierte Laura nicht; es war ohnehin dunkel und sie gar nicht in der Stimmung, Atmosphäre aufzunehmen und zu genießen.

Sie lag in einem breiten Himmelbett und meinte, ihr eigenes Herz laut schlagen zu hören. Der Kaffee hatte sie hellwach gemacht. Sie spürte ein Zittern im ganzen Körper, und noch zweimal hatte sie das Gefühl, sich übergeben zu müssen, aber wenn sie dann im Bad stand, verflog der Brechreiz wieder. Sie starrte das fremde, bleiche Gesicht im Spiegel an und fragte sich, wie sie weiterleben sollte.

Immer wieder dachte sie, daß Anne recht hatte: Es war wichtig herauszufinden, was mit Peter geschehen war. Aber sie merkte, daß dieses Rätsel sie im Innersten kaum berührte. In ihr tobten andere Fragen: die nach dem Warum, die nach Nadine, die nach der Blindheit, derentwegen sie nichts von all dem gemerkt hatte.

Sie stand um sechs Uhr auf, wie gerädert und müder als am Abend zuvor. Ihre Knie zitterten, als sie unter der Dusche stand, ihr Magen schmerzte. Im Frühstücksraum, wo sie der erste Gast war, orderte sie Pfefferminztee statt Kaffee und quälte sich in winzigen Bissen mit einem Croissant ab. Von ihrem Tisch aus hatte sie durch die langgezogene Fensterfront einen herrlichen Blick über das Tal. Noch lag herbstliche Dämmerung zwischen den Hügeln, aber der Himmel war klar und wolkenlos, und im Osten kroch leuchtendes Morgenrot den Horizont hinauf. Es würde ein wundervoller Tag werden, warm, sonnig und erfüllt von flammenden Farben.

Sie konnte nichts empfinden bei diesem Gedanken.

Sie verlangte die Rechnung, es war eine stolze Summe, und als Peters Kreditkarte, die sie nun endlich einmal benutzen wollte, eingezogen wurde, hielt Laura den Atem an. Tatsächlich schüttelte die Concièrge bedauernd den Kopf.

»Die Karte ist nicht gültig, Madame.«

Offenbar waren alle Konten längst gesperrt. Sie verfügte nun nur noch über das wenige Geld, das sie vor ihrer Abreise von ihrem persönlichen Konto abgehoben hatte.

Ich habe, dachte sie, weit größere Sorgen als die Untreue meines Mannes. Ich werde tatsächlich demnächst *kein Geld mehr haben*!

Sie kratzte den Betrag in bar zusammen, was ihre Reserven erheblich schrumpfen ließ. Dann verließ sie eilig das Hotel. Sie hatte nichts dabei gehabt und sehnte sich danach, ihre Wäsche zu wechseln, einen anderen Pulli anzuziehen und sich die Haare zu bürsten. Ohne zu wissen, was sie danach tun sollte.

Zu Nadine fahren und sie zur Rede stellen?

Sie glaubte nicht, daß sie Nadines Anblick ertragen konnte.

Als sie in die Einfahrt ihres Hauses einbog, hörte sie von drinnen schon das Telefon klingeln. Sie hatte die Fenster offen gelassen über Nacht, nicht ganz ungefährlich bei all den Einbrüchen, die noch immer in der Gegend stattfanden. Das Klingeln hörte auf, als sie vor der Haustür stand und in ihrer Handtasche nach dem Schlüssel kramte, aber es setzte gleich darauf wieder ein. Irgend jemand schien äußerst erpicht darauf, sie zu sprechen.

Peter, dachte sie, plötzlich elektrisiert, sperrte mit zitternden Händen das Schloß auf und stürmte ins Wohnzimmer. Offensichtlich waren niemandem die offenen Fenster aufgefallen, denn alles befand sich an seinem Platz, friedlich beschienen von der Morgensonne.

»Hallo?« fragte sie atemlos in den Hörer.

Am anderen Ende war ihre Mutter. Aufgelöst und zugleich erschöpft. »Ich habe die ganze Nacht versucht, dich zu erreichen. *Wo warst du?*«

»Was ist passiert? Etwas mit Sophie?«

»Ich war in eurem Haus, um frische Wäsche für Sophie zu holen. Die Polizei hatte auf den Anrufbeantworter gesprochen und um Rückruf gebeten. Ich habe mich dort gemeldet. Man war von der französischen Polizei beauftragt worden, Kontakt zu dir aufzunehmen. Es ist ein Mann gefunden worden ...«

Ihr wurde eiskalt, und zugleich überschwemmte Schweiß ihren ganzen Körper. »Ein Mann?« Ihre eigene Stimme klang fremd in ihren Ohren. »Wo?«

»Da unten bei euch. Irgendwo in den Bergen. Er war ... er ist tot, und er«, Elisabeth holte tief Luft, »er hat Peters Papiere bei sich, daher haben sie hier angerufen, verstehst du?«

»Aber ...«

»Ich habe eine Telefonnummer für dich. Du sollst dich dort melden. Sie möchten ...«

»Was denn, Mami?« Das verdammte Croissant vom Morgen drängte nach oben. Laura fragte sich, ob sie wohl je wieder in der Lage sein würde, Nahrung bei sich zu behalten.

»Sie möchten, daß du dir den Mann ... den *toten* Mann ansiehst. Denn es besteht die Möglichkeit, daß ... nun, es könnte Peter sein.«

Es bereitete ihm unbestreitbar ein gewisses sadistisches Vergnügen, ihr Gesicht zu beobachten. Aus dem fröhlichen, koketten Mädchen, das er vor mehr als ein Dutzend Jahre zuvor kennengelernt hatte, war eine kühle, überaus kontrollierte Frau geworden, und er konnte sich nicht erinnern, wann ihr zuletzt die Gesichtszüge entglitten waren.

Sie wurde im ersten Moment totenbleich, aber schon in der nächsten Sekunde schoß ihr das Blut in den Kopf und tauchte ihr Gesicht in häßliches Rot. Sie leckte sich mit der Zunge über die Lippen und schluckte trocken. In ihren Augen war ein hysterisches Flackern. Er konnte es sehen in dem kurzen Moment, als sie ihn anschaute, fast hilfesuchend und flehend, ehe sie ihren Blick wieder auf die Zeitung senkte und sich vergeblich mühte, ihre Fassung wiederzuerlangen.

Henri war wie immer früher aufgestanden als sie und hatte in der Küche im Stehen seinen Kaffee getrunken, dabei in der Zeitung geblättert. Aus dem Lokalteil hatte ihn das Photo von Peter angesprungen, ein Paßbild offensichtlich, der Haltung und dem verkrampften Lächeln nach zu schließen. Peter sah darauf deutlich jünger aus, als er heute war, aber es war dennoch unverkennbar Peter.

Grausamer Mord in den Bergen prangte als Schlagzeile über dem Bild, und aus einem kurzen Text darunter war zu erfahren, daß man einen Mann, der einen Paß auf den Namen Peter Simon bei sich führte, ermordet in den Bergen aufgefunden habe. Die Polizei bitte um Hinweise aus der Bevölkerung – wem sei Peter Simon aus Deutschland bekannt, wer habe ihn wann und wo in den letzten Tagen gesehen?

Langsam hatte Henri seinen Kaffee geschlürft und das Bild betrachtet, dann hatte er das Tappen von Nadines nackten Füßen auf der Treppe gehört und die Zeitung mit dem Bild nach oben auf den Tisch gelegt.

Nadine war im Morgenmantel in die Küche gekommen, sie sah verheerend schlecht aus, seltsam gelblich im Gesicht, und ihre strähnigen Haare lagen nicht wie sonst zerzaust, sondern häßlich angeklatscht an ihrem Kopf. Sie hatte ihn keines Blickes gewürdigt, sondern sich ihren Becher aus dem Regal genommen, Kaffee eingeschenkt und war dann zum Tisch gegangen. Zuerst glitt ihr Blick nur flüchtig über die Zeitung – er beobachtete es genau aus den Augenwinkeln –, dann stutzte sie und sah noch einmal genauer hin. Sie konnte das völlige Entgleisen ihrer Gesichtszüge nicht verhindern, und dabei hatte sie, wie er vermutete, noch nicht einmal erfaßt, worum es ging. Peters Photo in der Zeitung reichte zunächst schon aus, sie aus der Fassung zu bringen.

Sie ließ sich auf den Stuhl fallen – wahrscheinlich waren ihr die Knie weich geworden – und starrte auf das Bild; schließlich hielt Henri es nicht länger aus, trat ebenfalls an den Tisch und setzte sich ihr gegenüber.

»Er ist tot«, sagte er.

»Ja«, erwiderte Nadine leise.

Die Röte wich aus ihrem Gesicht und ließ eine fahle Blässe zurück. Selbst ihre Lippen wurden grau und eigentümlicherweise plötzlich schmaler.

»Ich werde mich bei der Polizei melden müssen«, fuhr Henri fort, »und sagen, daß er am Samstag noch hier gegessen hat. Und daß sein Auto draußen steht.«

Nadine fuhr sich mit beiden Händen über das Gesicht. Er sah, daß ein Schweißfilm ihre Haut bedeckte.

Es geht ihr verdammt dreckig, dachte er.

»Gott«, sagte sie. Es klang wie ein kaum hörbarer, aber zutiefst verzweifelter Hilferuf.

»Wo warst du eigentlich am Samstagabend?« fragte Henri.

»Was?«

»Wo warst du? Samstagabend?«

»Bei meiner Mutter. Das habe ich dir doch schon gesagt.«

»Ich nehme an«, sagte Henri, »daß du das auch der Polizei wirst sagen müssen.«

»Der Polizei?«

»Ich sagte doch, ich muß melden, daß er hier war. Da sein Auto noch draußen steht, wird die Polizei – genau wie Laura – vermuten, daß ihm auf dem Weg vom *Chez Nadine* zum Parkplatz etwas zugestoßen ist. Man wird sich in diesem Zusammenhang auch für uns zu interessieren beginnen. Sie werden wissen wollen, was du am Samstag gemacht hast, und sie werden deine Aussage überprüfen.«

»Wir müssen uns doch überhaupt nicht melden.«

»Sein Auto parkt in unmittelbarer Nähe unseres Hauses. Und spätestens Laura wird auf jeden Fall aussagen, daß er hier war, und dann sieht es eigenartig aus, wenn wir uns nicht gemeldet haben. Also sollten wir rasch sagen, was wir wissen.«

Sie nickte, aber er war nicht sicher, ob sie wirklich begriffen hatte. Sie starrte wieder auf das Bild, und er hätte ein Vermögen gegeben, um zu wissen, welcher Film hinter ihrer Stirn ablief.

Er ließ ihr noch eine Minute, ehe er den nächsten Angriff startete.

»Bist du sicher, dein Alibi wird einer Überprüfung standhalten?« fragte er.

Diesmal verstand sie. Sie blickte auf, und zwischen ihren Augen erschien eine steile Falte.

»Wie bitte?« fragte sie zurück, und er dachte, daß sie während dieser eigenartigen Konversation hauptsächlich nur Worte wie *Was?*, *Wie?* oder *Wie bitte?* sagte, während er die entscheidenden Feststellungen von sich gab.

»Na ja, ich möchte dich nur darauf hinweisen, daß es einen Unterschied macht, ob du mich anlügst oder die Polizei.«

Er erwartete ein erneutes: *Was?* oder *Wie?*, aber zu seiner Überraschung versuchte sie nicht einmal, die Verwunderte zu spielen.

Sie fragte zurück: »Seit wann weißt du, daß ich nicht bei meiner Mutter war?«

»Ich weiß es, seit du mir angekündigt hast, du wolltest zu ihr.«

»Du hast nichts gesagt.«

Er fühlte, wie seine Überlegenheit bröckelte. Der Triumph, den ihr Entsetzen ihm bereitet hatte, war nur kurz gewesen. Traurigkeit und Erschöpfung breiteten sich in ihm aus.

»Was hätte ich denn sagen sollen?« fragte er müde. »Was hätte ich sagen sollen, um eine ehrliche Antwort zu bekommen?«

»Ich weiß es nicht. Aber offen zu sein bedeutet häufig, daß auch der andere sich öffnet.«

Er stützte den Kopf in die Hände. Offenheit ... Wie oft in den letzten Tagen war ihm der schreckliche letzte Samstag im Gedächtnis herumgegeistert, und manchmal hatte er auch gedacht, daß ein anderer Mann als er viel besser mit der Situation umgegangen wäre. Warum hatte er Nadine nicht zur Rede gestellt? Warum hatte er nicht mit der Faust auf den Tisch geschlagen? Und das nicht erst am Samstag, sondern schon viel früher, irgendwann während jener langen, quälenden Jahre, in denen er gefühlt hatte, wie er sie mehr und mehr verlor, und in denen dieses fürchterliche Schweigen zwischen ihnen geherrscht hatte, das so viel schlimmer gewesen war als die Streitereien ihrer ersten Jahre. Weshalb hatten sie nie ein klärendes Gespräch geführt?

Es hätte von mir ausgehen müssen, dachte er, *sie* hatte alles gesagt. Daß sie Le Liouquet haßt und das *Chez Nadine*. Daß sie ein Leben führt, wie sie es nicht führen möchte. Daß sie enttäuscht und frustriert ist. Im Grunde hat sie mir sogar gesagt, daß sie jede Gelegenheit ergreifen wird, aus diesem Leben auszubrechen.

»Du wolltest dich am Samstagabend mit Peter treffen«, sagte er.

Sie nickte. Ihre dunklen Augen, die fassungslos und entsetzt geblickt hatten, füllten sich mit Trauer.

»Ja«, antwortete sie, »wir wollten zusammen weggehen. Für immer.«

»Wo hast du auf ihn gewartet?«

»An der Brücke. Der kleinen Brücke, die zwischen La Cadière und dem Quartier Colette liegt, wo er sein Haus hat. Er wollte noch mal dorthin und nachsehen, ob er einige Dinge mitnehmen könnte. Er meinte erst, ich sollte im Haus direkt auf ihn warten, aber ich wollte nicht. Zwischen all den Photos von Laura und dem Baby ... zwischen all den Sachen, die die beiden zusammen für dieses Haus gekauft haben ... Wir verabredeten uns also an der Brücke.«

Sie sah sich in ihrem kleinen, grünen Peugeot am Straßenrand sitzen. Es war dunkel, und der Regen nahm ihr zusätzlich die Sicht. Immer wieder drehte sie den Schlüssel im Zündschloß, um die Scheibenwischer anschalten zu können. Dann spähte sie angestrengt hinaus, ob jemand über die Brücke kam. Sie hätte das am Aufflammen von Scheinwerfern auch so sehen können, sie hätte nicht ständig die Scheibe freiwischen müssen. Aber so konnte sie wenigstens irgend etwas tun und war nicht zu völliger Passivität verurteilt.

Sie hatte auf der Seite des Quartier Colette geparkt, am Rand der Felder, an einer Stelle, die auch Peter Platz ließ zum Anhalten. Sie würde in sein Auto umsteigen und ihres zurücklassen. Irgendwann würde Henri sie als vermißt melden, vielleicht schon am nächsten oder übernächsten Tag, und man würde ihr Auto entdecken. Wahrscheinlich würde man ein Verbrechen vermuten, und Henri würde mit dem Verdacht leben müssen, daß seine Frau ermordet und verscharrt worden war, und mit der Wahrscheinlichkeit, daß der Fall nie geklärt wurde. Er tat ihr nicht leid deswegen. Sie hatte schon lange aufgehört, etwas anderes für ihn zu empfinden als Abneigung.

Vielleicht würde ja Marie reden.

Die ganze Zeit über hatte sie das Gefühl gehabt, sie sollte niemandem, wirklich *niemandem* gegenüber auch nur eine Andeutung über ihr Vorhaben machen. Sie hatte schon zuviel gehört und gelesen über Pläne, die geplatzt waren, weil irgend jemand seinen Mund nicht halten konnte. Und dieser Plan war der wichtigste ihres Lebens. Wenn etwas schiefginge, käme das einem Selbstmord gleich.

Aber sie hatte eine Mutter.

Wenn sie an niemanden eine Bindung hatte – an Freunde nicht, an Verwandte nicht, nicht einmal an ihren Vater und schon überhaupt nicht an Henri –, was ihre Mutter betraf, konnte sie sich von gewissen Gefühlen nicht freimachen. Die arme, schwache Marie, die ihr Leben nie wirklich in den Griff bekommen hatte, die sie dafür gehaßt hatte und vielleicht noch immer haßte und für die sie dennoch eine widerwillige Verantwortung empfand. Henri mochte sich für den Rest seines Lebens quälen im Grübeln über ihr ungeklärtes Schicksal, aber die Vorstellung, daß auch Marie haderte und weinte und nie wieder zur Ruhe kam, machte Nadine zu schaffen. Sie hatte einen Brief geschrieben, in dem sie ihre Mutter bat, sich keine Sorgen zu machen; es gehe ihr gut, besser als zuvor, sie werde zusammen mit einem Freund aus Deutschland weggehen und nie wiederkommen, und Marie möge ihr verzeihen. Sie trug den Brief in ihrer Handtasche mit sich und wollte ihn am Flughafen in Nizza kurz vor dem Start ihrer Maschine einwerfen. Sie hatte Marie in dem Schreiben darum gebeten, niemandem gegenüber etwas verlauten zu lassen, aber sie kannte ihre Mutter: Es war eher unwahrscheinlich, daß sie den Mund halten würde.

Vielleicht würde sie den Brief gar nicht abschicken.

Peter hatte gesagt, er werde zwischen sieben und halb neun Uhr an der Brücke sein, genauer konnte er sich bei einer Fahrt von über eintausend Kilometern nicht festlegen. Sie selbst hatte das *Chez Nadine* bereits um sechs Uhr verlassen; Henri war für längere Zeit auf der Toilette verschwunden, und die Gelegenheit war günstig gewesen, die Koffer aus dem Haus zu schaffen. Genaugenommen war es die einzige Gelegenheit gewesen, denn den ganzen Tag über war er immer um sie gewesen, hatte sie hier gebraucht, da gebraucht, Fragen gehabt, oder war einfach wie ein Schatten überall dort im Haus aufgetaucht, wo sie ihn nicht erwartete. Mit Peter hatte sie vereinbart, daß er sie von unterwegs ab und zu auf ihrem Handy anrufen sollte, aber dann hatte sie es die ganze Zeit über ausgeschaltet gehabt, weil ein Anruf wegen Henris ständiger Präsenz zu gefährlich gewesen wäre. Erst im Auto aktivierte sie es wieder und hörte ihre Mailbox ab, doch niemand hatte eine Nachricht hinterlassen; das hätte Peter natürlich nicht riskiert.

Als sie die Koffer im Auto hatte, war ihre Unruhe so übermächtig geworden, daß sie es nicht länger daheim aushielt. Lieber würde sie im Auto warten als dort. Henri war noch immer hinter der Badezimmertür verschwunden, den Geräuschen nach zu urteilen, konnte es sein, daß er sich übergab. Aus einem Pflichtgefühl heraus zögerte sie.

»Ist dir schlecht?« rief sie.

Der Wasserhahn lief. »Es geht schon wieder«, sagte Henri. Seine Stimme klang matt. »Ich hatte gleich den Eindruck, daß mit dem Fisch heute mittag etwas nicht stimmte.«

Sie hatte von demselben Fisch gegessen, und ihr war nicht schlecht, aber darüber mochte sie nicht nachdenken. Sie verließ das Haus ohne ein weiteres Wort, ohne sich zu verab-

schieden. Sie wollte nicht das Risiko eingehen, daß er sie
doch noch zum Bleiben aufforderte. Als sie beim Mittagessen gesagt hatte, sie werde abends zu ihrer Mutter gehen und
dort übernachten, hatte er überraschenderweise nicht mit
seinem üblichen Gejammere angefangen; genaugenommen
hatte er fast gar nichts gesagt, zunächst nur genickt und
dann noch einmal wiederholt: »Zu deiner Mutter?«

»Sie hat wieder einmal eine depressive Phase. Kein Wunder, in der Einsamkeit dort. Ich muß mich um sie kümmern.«

Er hatte noch einmal genickt, hatte sich dann wieder seinem Essen zugewendet, in dem er schon die ganze Zeit über
ziemlich lustlos herumstocherte. Sie war erleichtert gewesen,
wie einfach sie davonkam. Samstag abend herrschte häufig
Hochbetrieb, selbst Anfang Oktober noch, und sie hätte ge-
schworen, daß er versuchen würde, sie zum Bleiben zu bewegen.

Nun, er hat ja Ersatz, dachte sie, er wird Cathérine anrufen, und sie wird herbeieilen, so schnell sie nur kann.

Kurz vor sieben versuchte sie Peter auf seinem Handy zu
erreichen, aber nach viermaligem Klingeln schaltete sich der
Anrufbeantworter ein. Sie wußte, daß er es haßte, beim Fahren zu telefonieren, wahrscheinlich antwortete er deshalb
nicht. Irgendwie war sie trotzdem frustriert. Sie sehnte sich
so sehr nach einem Lebenszeichen, und er mußte doch schon
ganz in ihrer Nähe sein. Aber natürlich, er hatte es wohl
mehrfach versucht am Nachmittag, und sie war nicht erreichbar gewesen. Vermutlich hielt er jetzt nicht noch einmal
an, sondern fuhr durch. Sie mußte sich in Geduld fassen.
Kurz vor dem Ziel, das wußte sie aus Erfahrung, wurde einem die Zeit immer lang.

Trotzdem versuchte sie es um acht noch einmal, und dann
wieder um halb neun. Sie fror jetzt heftig, und obwohl es inzwischen in Strömen regnete, stieg sie aus und lief an den
Kofferraum, um einen dicken Wollpullover aus ihrem Ge-

päck zu kramen. Sie war ziemlich naß, als sie wieder auf den Fahrersitz rutschte. Sie trug jetzt zwei Pullover und eine Jacke, aber sie bibberte immer noch. Es irritierte sie zutiefst, daß Peter weder anrief noch sich auf ihre Anrufe hin meldete. Er konnte sich doch denken, daß sie es war. Er hätte zumindest bei der nächsten Gelegenheit auf einen Rastplatz fahren und sie zurückrufen können.

Vielleicht meint er, es ist Laura, dachte sie, und die will er in dieser Situation keinesfalls sprechen. Verdammt, aber er könnte mich anrufen! Warum tut er das nicht?

Zum tausendsten Mal an diesem Abend betätigte sie die Scheibenwischer. Pechschwarze Dunkelheit herrschte draußen, von keinem Lichtstrahl erhellt.

Vielleicht ist sein Handy-Akku leer. So etwas passiert immer im ungünstigsten Moment. Und er kommt beim Fahren langsamer voran, als er dachte. Der Regen macht ihm zu schaffen, dazu die Dunkelheit. Es ist ziemlich gräßlich, jetzt zu fahren. Er fährt ohnehin nicht gerne ...

Um kurz nach neun Uhr tauchten endlich Scheinwerfer auf. Ein Wagen kam über die Brücke. Sie ließ die Scheibenwischer laufen und spähte angestrengt hinaus. Das Licht blendete sie, das Auto selbst konnte sie nicht erkennen. Sie drückte die Lichthupe. Der Wagen wurde langsamer.

Endlich, dachte sie, endlich.

Zu ihrer Verwunderung zitterten plötzlich ihre Beine.

Aber dann legte das Auto wieder Tempo zu und rauschte an ihr vorbei. Im Rückspiegel erkannte sie eine kleine Klapperkiste mit französischem Kennzeichen. Es war nicht Peter gewesen. Irgendein Fremder, der nur langsamer geworden war, weil sie ihn mit ihren plötzlich aufblinkenden Scheinwerfern irritiert hatte.

Sie sank in sich zusammen. Das nervöse Zittern in ihren Beinen wollte nicht nachlassen.

Irgendwann war das Auto erfüllt vom Ticken ihrer Armbanduhr. Sie wunderte sich, daß sie dieses Geräusch nicht von Anfang an wahrgenommen hatte. Es war quälend laut und machte das Auto zu einem Gefängnis, aus dem es kein Entrinnen gab. Es übertönte sogar den Regen, dabei war dieser noch stärker geworden.

Es wurde zehn Uhr, elf Uhr. Um halb zwölf fiel ihr kaum mehr eine Erklärung ein. Wenn er sich so sehr verspätete, hätte er anrufen müssen. Selbst wenn sein Handy nicht funktionierte, so gab es Raststätten, Tankstellen, von denen aus er hätte telefonieren können. Zwischen sieben und halb neun hatte er gesagt. Irgend etwas stimmte da nicht.

Um Mitternacht stieg sie aus und lief ein Stück die Straße entlang, ungeachtet des heftigen Regens, der sie im Handumdrehen völlig durchweichte. Sie hielt das Dröhnen der Uhr und die nun schon Stunden andauernde Bewegungslosigkeit nicht mehr aus. Ihre Gedanken überschlugen sich. Sie hegte den furchtbaren Verdacht, daß Peter von daheim in Deutschland gar nicht losgefahren war.

Die ganze Zeit über war sie die Angst nicht losgeworden, daß er im letzten Moment kneifen würde. Nach einer langen Zeit der Zurückhaltung war sie es schließlich gewesen, die zu dem gemeinsamen Ausbruch aus ihrer beider Leben gedrängt hatte, nicht er. Es hatte Kämpfe um Kämpfe gekostet, endlose Auseinandersetzungen, die ihren Höhepunkt gefunden hatten in dem schrecklichen Sommerwochenende in Pérouges, an dem schon alles aus zu sein schien, an dem sie beide zornentbrannt jeder in eine andere Richtung davongefahren waren, überzeugt, daß die Geschichte nun ausgestanden war. Sie hatte schlechte Karten gehabt, seitdem das Baby dagewesen war, das hatte Peter, obwohl er kein Kind gewollt hatte, doch zumindest zu einem halbherzigen Familienvater gemacht, und ihre einzige Chance war seine sich stetig verschlechternde wirtschaftliche Lage gewesen. Irgendwo dazwischen bewegte sie sich mit ihrer Forderung, endlich ein neues, gemeinsames Leben zu beginnen. Das Pendel schlug einmal nach der einen, dann nach der anderen Richtung aus. Schließlich war unerwartet am Ende des Sommers sein Anruf gekommen, am 21. August, nie würde sie das Datum vergessen: Er hatte sich entschieden. Er bat sie, mit ihm ins Ausland zu gehen.

Doch zwischen jenem 21. August und diesem 6. Oktober hatte sie keinen Moment lang die Angst verlassen. Zu sehr hatte sich Peter gequält. Zu leicht konnte er jetzt wieder umfallen.

Und nun schien es, als sei er umgefallen. Im letzten Moment. Er hatte es nicht geschafft, sich loszureißen, hatte abgewogen und sich dann für seine Familie entschieden. Und war noch dazu zu feige gewesen, sich bei ihr zu melden. Er hatte sie stehenlassen auf einem Feldweg, in Dunkelheit und Regen. Er hatte sie auf eine kalte und rücksichtslose Weise absserviert. Er hatte es nicht für nötig befunden, ihr eine Erklärung zu geben. Sie stand in der Gegend herum wie ein ausrangiertes Möbelstück und wußte nicht, wie ihr Leben weitergehen sollte.

Einen Moment lang war sie versucht, einfach bei ihm daheim anzurufen, das hatte sie noch nie gemacht, und es hätte ihn zu dieser Uhrzeit gegenüber seiner Gattin sicher in Verlegenheit gebracht. Aber gleich darauf überwog wieder das Gefühl von Leere und Müdigkeit, und sie begriff, daß es ihr nichts einbringen würde.

Sie ließ das Handy, das sie schon hatte hervorziehen wollen, wieder in ihre Jackentasche gleiten und ging zum Auto zurück. Triefend naß setzte sie sich hinter das Steuer. Teilnahmslos starrte sie in die Finsternis. Es war nach ein Uhr, als sie den Motor wieder anließ und davonfuhr.

Beim Frühstück am nächsten Morgen hörte sie, daß Peter am Vorabend im *Chez Nadine* gewesen war.

»Es muß dich doch erleichtert haben zu hören«, sagte Henri, »daß er hier war. Er hat dich nicht sitzen lassen. Ihm ist etwas dazwischen gekommen.«

Sie starrte an ihm vorbei. Die Tür, die ins Freie führte, stand einen Spalt breit offen, und ein paar herbstliche Blätter, die um die Ecke lugten, flammten auf im Schein der Sonne.

»Das weiß ich erst seit eben«, sagte sie. Langsam klang durch ihre Stimme das Entsetzen, das sich ihrer erst nach und nach bemächtigte. »Er hätte es sich auch hier noch anders überlegen können. Aber er ist tot, und ... o Gott!« Sie preßte die Hand auf den Mund, als sei sie erschrocken über ihre Worte. »Wie konnte das geschehen? *Wie konnte das geschehen?*«

Er wartete, bis sie sich wieder gefaßt hatte. »Er wurde ermordet.« Mit dem Finger tippte er auf die Zeitung. »Irgendwo in den Bergen.«

Sie blickte wieder auf das Photo. Er sah, wie die Fingerknöchel an ihren verkrampften Händen weiß wurden. »Seit wann wußtest du von ihm?« fragte sie.

»Daß es jemanden gibt, habe ich schon seit Jahren vermutet. Daß *er* es war, weiß ich erst seit Freitag.«

»Wie hast du das plötzlich herausgefunden?«

»Ich habe gar nichts herausgefunden.« Abgrundtiefe Resignation erfüllte ihn nun wieder. Bitter fügte er hinzu: »Ich habe schon lange gar nichts mehr herausfinden *wollen.*«

Er trank einen Schluck Kaffee, ohne etwas zu schmecken. »Cathérine hat es mir gesagt.«

»Cathérine? Woher wußte denn die das?«

»Das ist doch gleichgültig, oder? Sie wußte es, und sie hat es mir gesagt.«

Cathérine. Es wunderte sie nicht einmal besonders. Vom ersten Moment an hatte sie gewußt, daß sie von dieser Frau nichts Gutes zu erwarten hatte.

Und dann fiel ihr plötzlich etwas ein, und ihr Herz ging auf einmal schneller, und Spannung erfaßte ihren Körper. Sie setzte sich aufrecht hin und starrte Henri an. Ihre Augen blickten jetzt kalt und klar.

»Seit Freitag wußtest du, daß Peter und ich zusammen sind. Am Samstag siehst du ihn hier in deinem Lokal. Und gleich darauf ist er tot. Ermordet.«

Henri sagte nichts. Das Wort *ermordet* hing im Raum. Ein ungeheuerlicher Verdacht tat sich dahinter auf. Sie mußte ihn nicht formulieren, er las ihn in ihren Augen.

»O Gott«, sagte er leise.

Freitag, 12. Oktober

1

Pauline Matthieu war eine ziemlich phantasielose Frau, und das mochte ein Grund dafür sein, daß sie sich fast nie vor irgend etwas fürchtete. Schon als Kind hatte sie keine Angst gekannt vor Gespenstern oder vor Monstern, die sich unter dem Bett versteckten, weil sie nie auf die Idee gekommen wäre, sich derart abwegige Dinge überhaupt vorzustellen. Auch später änderte sich das nicht. Andere Mädchen hatten Angst, durch Prüfungen zu fallen, Pickel zu bekommen oder keinen Mann zu finden, aber wer Pauline auf solch bedrohliche Möglichkeiten ansprach, erntete erstaunte Blicke. »Wieso? Wie kommt ihr denn *darauf?*«

Sie war so farblos, daß sie ständig übersehen wurde, und insofern mochte es eine Berechtigung geben für ihre Sicherheit, mit der sie Gefahren, Krankheiten und sonstige Schicksalsschläge für sich überhaupt nicht in Betracht zog: Es war tatsächlich anzunehmen, daß sämtliche noch so böse gesonnene Götter ebenfalls an ihr vorübergehen würden, ohne sie wahrzunehmen.

Daher war es völlig ungewohnt und irritierend für sie, daß sie sich seit einiger Zeit eines unbehaglichen Gefühls nicht erwehren konnte.

Als noch beunruhigender empfand sie den Umstand, daß sie gar nicht genau sagen konnte, worin das Gefühl bestand, oder vielmehr: Es wäre ihr absolut lächerlich vorgekommen, wenn sie irgend jemandem gegenüber ihre Beklemmungen erwähnt und den Grund dafür genannt hätte.

Seit etwa vier Wochen meinte sie, beobachtet zu werden. Es war nicht so, daß sie ständig jemanden hinter sich vermutet hätte. Aber es hatte ein paar eigenartige Momente gegeben, die ihr in dieser plötzlichen Häufung sonderbar vorkamen.

Einmal hatte sie den Eindruck gehabt, daß ein Auto ihr folgte. Sie war in ihrem kleinen Renault über die Landstraßen gefahren, und der dunkelblaue Wagen hinter ihr – sie kannte sich mit Automarken nicht gut aus, vermutete nur, daß es sich um einen Japaner handelte – war im stets gleichen Abstand hinter ihr geblieben, war langsamer geworden, wenn sie langsamer wurde, und schneller, wenn sie ihr Tempo steigerte. Sie hatte ein paar Tests gemacht, war urplötzlich und ohne vorher zu blinken in holprige Feldwege abgebogen, hatte abrupte Wendemanöver vollführt oder minutenlang am Straßenrand angehalten. Ihr Verfolger machte jede ihrer sprunghaften Aktionen mit. Erst als sie den Berg zum alten La Cadière hinauf – wo sie wohnte – in Angriff nahm, bog er ab in Richtung Autobahn und brauste davon.

Ein anderes Mal hatte sie abends bei offenem Fenster in ihrem Wohnzimmer gesessen und ferngesehen, als sie meinte, plötzlich einen Schatten jenseits der Gardinen zu bemerken. Sie war allein daheim gewesen, denn Stephane, ihr Mann, hatte seinen allwöchentlichen Stammtisch gehabt. Sie war sofort auf die Terrasse gelaufen, aber da war niemand mehr gewesen; doch sie war überzeugt, daß das Gartentor geklappert hatte.

Zum dritten Erlebnis war es während ihrer Arbeitszeit gekommen. Seit einiger Zeit arbeitete Pauline stundenweise als Zimmermädchen im *Hotel Bérard*, und an jenem Tag hatte sie Dienst im alten Teil des Hauses, dem ehemaligen Klostergebäude, gehabt. Sie war ganz allein im Gang gewesen, beschäftigt mit dem Wagen, auf dem sich frische Bettwäsche und Handtücher stapelten. Sie hatte auf einmal den starken Luftzug verspürt, der entstand, wenn jemand vorn die schwere Pforte öffnete. Irgendwo in ihrem Unterbewußtsein wartete sie auf die Schritte von sich nähernden Gästen oder auf das Knarren der Treppe, falls jemand nach oben ging.

Aber alles blieb still, und in dieser Stille lag plötzlich etwas Atemloses, Lauerndes. Pauline richtete sich auf und sah sich um. Eine Gänsehaut überzog ihren Körper. Die Stille war *zu* still. Sie hätte schwören können, daß irgendwo in dem verwinkelten Gang hinter ihr jemand war, ohne daß sie eine sachliche Begründung hätte anführen können.

»Hallo?« fragte sie. »Ist da jemand?«

Sie kam sich lächerlich vor, und zugleich hatte sie sich noch nie vorher so geängstigt. Beides – das Gefühl der Lächerlichkeit wie die Angst – war so fremd, daß es sie fassungslos machte.

»Hallo?« rief sie noch einmal.

Unmittelbar darauf spürte sie erneut den Luftzug. Der Unbekannte hatte das Kloster offenbar wieder verlassen. Vielleicht jemand, der sich geirrt hatte, der etwas suchte, der neugierig einmal ins Innere des alten Gebäudes hatte blikken wollen. Es gab tausend harmlose Erklärungen. Um so rätselhafter erschienen ihr ihre Angst und Beunruhigung.

Pauline war achtundzwanzig Jahre alt. Als sie zwanzig geworden war, hatten ihre Eltern die Provence verlassen, waren in den Norden Frankreichs gezogen und hatten ihr das hübsche Häuschen mit Garten in La Cadière, in dem sie aufgewachsen war, übereignet. Sie hatte allein dort gelebt und die Stelle bei *Bérard* angenommen, und das langweilige, einsame Dasein, das sie führte, hätte andere junge Frauen in eine Sinnkrise gestürzt, war von ihr jedoch mit dem dumpfen Gleichmut hingenommen worden, mit dem sie ihrem Leben grundsätzlich begegnete.

Vor anderthalb Jahren hatte sie Stephane Matthieu getroffen. Obwohl Stephane, wie sich später herausstellte, seit langem regelmäßig Bekanntschaftsanzeigen aufgab und sich mit heiratswilligen Frauen traf, ohne je einen bleibenden Erfolg erlangt zu haben, lernten sie beide sich lustigerweise nicht auf diesem Weg, sondern durch einen reinen Zufall kennen: Beim Rangieren auf dem Parkplatz am Strand von Les Lecques stieß ein fremdes Auto mit dem von Pauline zusammen; den Fahrer traf eindeutig die Schuld, was jedoch von ihm bestritten wurde. Stephane, der in der Nähe gestanden und den Vorfall beobachtet hatte, mischte sich ein und bot sich Pauline als Zeuge an.

Sie heirateten schon bald darauf, mehr auf Stephanes Betreiben hin als auf das von Pauline. Stephane wollte endlich in einen sicheren Hafen einlaufen, und Pauline hatte nichts dagegen. Sie wußte, daß sie in ihm nicht gerade einen Traummann gefunden hatte, aber einen Besseren würde sie nicht bekommen, auch da machte sie sich keinerlei Illusionen, und womöglich würde überhaupt nie ein anderer kommen. Zu zweit war das Leben besser als allein.

Tatsächlich gelang es ihnen, auf eine friedliche, langweilige Art miteinander zurechtzukommen. Stephane war den ganzen Tag in seiner Bankfiliale in St. Cyr, und sie ging zu *Bérard* oder kümmerte sich um Haus und Garten. Nie hätte sie gedacht, daß sich einmal etwas am gleichmäßigen, ruhigen Ablauf aller Tage ändern könnte. Wie es nun geschehen war. Und ständig wieder geschah.

Richtig nervös wurde sie an diesem Freitag, dem 12. Oktober. Ein herrlicher, strahlender, sonniger Tag, aber für sie voll düsterer Bedrückung. Sie hatte in der gestrigen Zeitung vom grausamen Mord an einem deutschen Touristen gelesen, aber das Verbrechen hatte sie nicht besonders interessiert. In der heutigen Zeitung wurde das Thema noch einmal aufgegriffen. Offensichtlich gab es ein paar erste Vermutungen der ermittelnden Polizei. Demnach wies der Fall Parallelen zum Mord an der jungen Pariserin und ihrer Tochter in deren Ferienhaus auf, wobei es allerdings keine erkennbare Verbindung zwischen den Opfern gab. Alle drei waren sie mit kurzen Stricken erdrosselt worden, wobei die Stricke offenbar jeweils von der gleichen Art und Struktur waren. Der Mann in den Bergen allerdings war zudem mit einem Messer heftig traktiert worden.

Hat ein Serienmörder die Kette seiner schaurigen Taten begonnen? fragte die Überschrift.

Pauline fühlte sich höchst unbehaglich. Was, wenn es der Killer war, der hinter ihr herschlich? Sie wußte nicht, weshalb er sie als Opfer hätte aussuchen sollen, aber bislang war ohnehin kein System erkennbar; der deutsche Tourist und die Pariser Witwe hatten nichts gemeinsam, wenn es da nicht eine völlig verborgene Geschichte im Hintergrund gab. Doch was sie selbst, Pauline, betraf, so wußte sie ganz genau, daß sie beide Menschen nicht kannte und niemals etwas mit ihnen zu tun gehabt hatte. Was wußte man, welches Auslösers es bedurfte, einen Psychopathen auf sich aufmerksam zu machen? Die Art zu lachen, zu sprechen, sich zu bewegen? Sie hatte keine Ahnung. Aber durch irgend etwas war sie ihm womöglich aufgefallen.

Sie saß an diesem Freitagmorgen vor der aufgeschlagenen Zeitung am Eßtisch und fühlte sich immer hilfloser. Stephane hatte sich bereits verabschiedet, sie an der Haustür noch einmal kritisch gemustert und gesagt, sie sehe schlecht aus. Sie hatte ihm von ihrer Besorgnis nichts erzählt, weil sie wußte, daß er sie ausgelacht hätte. Aus demselben Grund mochte sie auch nicht bei der Polizei anrufen. Die Bevölkerung wurde um Hinweise gebeten, und wahrscheinlich riefen wenigstens zwei Dutzend Omas an, die Geräusche im Keller oder ein Rascheln unter ihren Betten gehört hatten. Allzu gern mochte sie sich da nicht einreihen.

Andererseits, vielleicht schwebte sie wirklich in Gefahr.

Sie würde *nicht* anrufen. Sie würde abwarten.
Das Wort Serienmörder tanzte vor ihren Augen.
Oder sollte sie doch anrufen …?

2

Laura lag an diesem Freitag noch bis zum Mittag im Bett.

Sie hatte sich am Vortag sofort nach dem Anruf ihrer Mutter mit der Polizei in Verbindung gesetzt. Eine Beamtin hatte sie daraufhin abgeholt. Sie war wie in Trance gewesen, als sie neben ihr durch die langen Gänge des gerichtsmedizinischen Instituts von Toulon gelaufen war. Sie hatte wie aus der Ferne das Klappern ihrer Absätze auf den Steinfliesen vernommen und die Beamtin reden hören; erst heute kam ihr zu Bewußtsein, daß diese, offenbar mit Rücksicht auf sie als Ausländerin, in einem gebrochenen Französisch gesprochen hatte, in einer Art, wie man sonst mit kleinen Kindern oder sehr alten Leuten sprach. Sie hatte kaum eine Ahnung, was die Frau eigentlich gesagt hatte, aber das mochte auch an ihrem Gefühl der Entrücktheit liegen. Immer noch hatte sie ihre Kleidung und Wäsche nicht gewechselt, immer noch nicht sich die Haare gekämmt. Trotz der Dusche im Hotel am frühen Morgen hatte sie den Eindruck, daß sie schlecht roch und mit ihrer zerwühlten Mähne und dem bleichen Gesicht geradezu abstoßend aussah. Eine Weile fragte sie sich sogar, woher der schlechte Geschmack in ihrem Mund rührte, bis ihr einfiel, daß sie sich nach der letzten Übelkeitsattacke nicht einmal die Zähne geputzt hatte. Gleich darauf wunderte sie sich, weshalb sie über derlei Dinge überhaupt nachdachte.

Am Rande bekam sie mit – und begriff den Sinn der Aussage auch erst viel später –, daß jemand ihr erklärte, man habe den Toten so hergerichtet, daß sie vor dem Anblick keine Furcht haben müsse.

Sie identifizierte Peter, ohne zu zögern. Er sah friedlich aus, von der Gewalteinwirkung, unter der er gestorben war, war nichts zu bemerken. Vielleicht, dachte sie nachher, hätte sie bei genauerem Hinsehen Spuren entdeckt. Den Körper bekam sie nicht zu Gesicht. Peter war bis zum Kinn mit Tüchern abgedeckt.

Es folgte ein langes Gespräch mit dem ermittelnden Beamten. Seinen Namen hatte sie nicht verstanden, aber sie erinnerte sich, ihn als sehr gütig empfunden zu haben. Ein Dolmetscher stand zur Verfügung, wurde aber weggeschickt, als der Beamte merkte, wie gut Laura französisch sprach. Sie erzählte ihm die Geschichte in einer gefilterten Form.

Peter war zum alljährlichen Segeltörn mit Christopher aufgebrochen, bei dem Freund jedoch nicht angekommen. Sein letzter ihr bekannter Aufenthaltsort war das *Chez Nadine* gewesen, dort hatte er am Samstag zu Abend gegessen, wie sie vom Wirt, Henri Joly, erfahren hatte. Sein Auto parkte noch dort. Dann verlor sich seine Spur, sie hatte keine Ahnung, was geschehen war. Sie war ihm nachgereist, weil es sie beunruhigte, keinen telefonischen Kontakt zu ihm zu bekommen. Zudem hatte sie am Sonntag nach Peters Abreise gegen halb elf am Morgen Christopher angerufen und erfahren, daß er dort nicht erschienen war.

Die logische Gegenfrage des Kommissars war, weshalb sich denn Christopher nicht bei *ihr* gemeldet habe, es habe doch auch ihm befremdlich vorkommen müssen, daß der Freund nicht erschien. Spätestens an diesem Punkt hätte sie mit der Geliebten, den Flugtickets und Christophers Wissen darum herausrücken müssen. Warum brachte sie es nicht fertig? Es war klar, daß der Kommissar auch mit Christopher, dessen Namen und Adresse er sorgfältig notierte, sprechen würde. Christopher würde von Nadine berichten. Keine Frage, daß alles auffliegen würde, und dennoch konnte sie es in diesem Moment nicht über sich bringen, selbst etwas davon zu erwähnen. Sicher würde man nachher denken, es sei ihr peinlich gewesen, als betrogene Ehefrau dazustehen. Die Wahrheit, wie ihr bereits dämmerte, war komplizierter: Sie hatte etwas mit dem wehrlosen Toten zu tun, den sie gerade identifiziert hatte. Von seiner Untreue und Verlogenheit zu berichten, wäre ihr wie ein Akt der üblen Nachrede vorgekommen, begangen an einem Menschen, der keine Möglichkeit mehr hatte, sich zu rechtfertigen.

Der Kommissar überlegte einen Moment, so als sei er noch unschlüssig, wie weit er Laura in alle Einzelheiten des Falls einweihen wollte, und sie ahnte, daß er instinktiv spürte, daß sie nicht die ganze Wahrheit sagte, ohne selber genau zu wissen, was an ihr ihm diese Vorstellung vermittelte.

»Wissen Sie, was wir einige Meter vom … Leichenfundort entfernt entdeckt haben? Eine Aktentasche.«

»Oh … ja, stimmt. Henri erwähnte das. Der Besitzer vom *Chez Nadine*. Mein Mann hatte eine Aktentasche bei sich. Er hatte sich noch ein wenig gewundert deswegen.«

»Hm … wissen Sie, was in dieser Tasche war?«

»Nein.«

»Schweizer Franken. In säuberlich gebündelten Banknoten. In deutsche Währung umgerechnet, etwa zweihunderttausend Mark.«

Sie starrte ihn an. »Das gibt es nicht!«

»Doch. Die Tasche und das Geld sind Tatsachen. Wir werden den Restaurantbesitzer – Monsieur Joly – bitten, die Tasche zu identifizieren, aber ich denke, wir können schon jetzt davon ausgehen, daß es sich um den Besitz Ihres Mannes handelt.«

»Aber«, sagte sie, »mein Mann ist … war vollkommen pleite! Er hatte bestimmt keine zweihunderttausend Mark mehr!«

Sie berichtete von seinen Schulden, die, so weit sie das überblicken könne, existenzbedrohend seien. Der Kommissar hörte sehr aufmerksam zu, machte sich hin und wieder Notizen.

»Sehr eigenartig«, sagte er. »Ihr Mann ist pleite und verschwindet von einem Tag auf den anderen, woraus man durchaus den Schluß ziehen könnte, daß er vorhatte unterzutauchen, um sich den zu erwartenden Schwierigkeiten zu entziehen. Aber dann wird er kurz darauf ermordet aufgefunden, mit einem Koffer voll Geld im Handgepäck. Wobei das Geld seinen Mörder offenbar nicht im geringsten interessiert hat. Wir haben es definitiv nicht mit einem Raubmord zu tun!« Er spielte mit seinem Kugelschreiber herum und stellte dann völlig unerwartet eine ganz andere Frage.

»Hätten Sie Ihre Ehe als gut bezeichnet?«

»Eine Ehe mit den normalen Höhen und Tiefen.«

Er sah sie scharf an. »Das ist keine Antwort auf meine Frage.«

»Doch. Unsere Ehe war gut. Aber wir hatten auch immer wieder Probleme.«

Er war unzufrieden, das merkte sie ihm an. Er verfügte tatsächlich über eine feine Witterung. Er schien zu spüren, daß zwischen ihr und Peter etwas nicht gestimmt hatte, aber außer seinem Instinkt hatte er keinen Anhaltspunkt dafür und konnte nicht einhaken.

»Sagt Ihnen der Name Camille Raymond etwas?«

»Nein. Wer ist das?«

»Haben Sie den Namen Bernadette Raymond schon einmal gehört?«

»Nein. Auch nicht.«

»Camille Raymond«, sagte der Kommissar, »ist eine … *war* eine Pariserin, die ein Ferienhaus in St. Cyr besaß, das sie regelmäßig aufsuchte. Bernadette war ihre vierjährige Tochter. Die Putzfrau von Madame Raymond – eine Monique Lafond aus La Madrague, aber der Name ist Ihnen wohl auch nicht bekannt? – hat beide Anfang der Woche in eben jenem Ferienhaus gefunden. Tot, erdrosselt mit jeweils einem kurzen Seil. Die Tat selbst hat allerdings wohl schon Ende September stattgefunden.«

»Mit einem Seil erdrosselt? Aber das klingt wie ...«

Er nickte. »Das klingt wie das, was mit Ihrem Mann passiert ist. Die entsprechenden Untersuchungen sind noch nicht abgeschlossen, aber wir vermuten stark, daß es sich bei den Tatwerkzeugen um die abgeschnittenen Teile ein und desselben langen Seils handelt. Monsieur Simon wurde zusätzlich mit einem Messer schwer verletzt, wobei aber eindeutig das Erdrosseln die Todesursache ist. Im Falle von Madame Raymond hat der Mörder ihr Nachthemd mit einem Messer in Fetzen geschnitten. Das Messer stellt eine weitere Parallele dar. Möglicherweise wurde Monsieur Simon heftiger angegriffen, weil er sich stärker gewehrt hat. Es war sicher schwerer, ihn zu töten, als eine Frau oder gar ein vierjähriges Kind. Ich bin überzeugt, es handelt sich um denselben Täter. Das heißt, die Wege der Opfer haben sich an irgendeiner Stelle gekreuzt.«

Die Gedanken jagten wild in ihrem Kopf, aber noch immer war da diese Watteglocke um sie herum, und es gelang ihr nur langsam, Ordnung in ihr Denken zu bringen.

Schließlich meinte sie: »Aber der Täter könnte seine Opfer doch zufällig ...«

»... zufällig auswählen?« Der Kommissar schüttelte den Kopf. »Im Laufe meiner langjährigen Tätigkeit habe ich gelernt, daß es sehr, sehr wenige Zufälle gibt. Falls wir es mit einem Verrückten zu tun haben, der alleinstehende Frauen mit Kindern in einsam gelegenen Ferienhäusern überfällt und erdrosselt, dann paßt ein deutscher Geschäftsmann, den er vor einem Restaurant abfängt und verschleppt, nicht in das Bild. Auch der perverseste Täter hat ein Muster, das seinem Handeln zugrunde liegt. Er folgt einer Logik, die für ihn zugleich Rechtfertigung seines Tuns ist. Ich schließe es zu neunundneunzig Prozent aus, daß wir hier einen Menschen haben, der sich seine Opfer wahllos aussucht, sozusagen nimmt, was gerade kommt. Das bedeutet, es muß irgendeine Verbindung zwischen Ihrem Mann und Madame Raymond geben. Entweder, die beiden passen, ohne einander zu kennen, in ein gemeinsames Raster, das sich für uns im Moment allerdings überhaupt nicht abzeichnet, oder sie kannten einander eben doch. Näher – oder sehr nah.«

Obwohl ihr Verstand so langsam arbeitete, wußte sie, was er sagen wollte, und ihr leerer, hungriger Magen zog sich mit einem schmerzhaften Stechen zusammen. Ihr erstes instinktives Gefühl war, daß sie ihn so rasch wie möglich von dieser Fährte ablenken mußte.

»Es kann doch auch um eine Nachahmung gehen. Jemand, der von dem ersten Verbrechen gehört oder gelesen hat. Und der dachte, wenn er seine Tat auf die gleiche Weise verübt, glaubt die Polizei an einen Serientäter, und auf ihn fällt kein Verdacht.«

Sie war selbst erstaunt, ihre eigene Stimme zu hören. Vor einigen Stunden hatte sie erfahren, daß ihr Mann ermordet worden war. Vor einer knappen Stunde hatte sie seine Leiche identifiziert. Warum weinte sie nicht, hatte keinen Nervenzusammenbruch, brauchte keine Beruhigungsspritze? Sie saß im Zimmer eines Kommissars und diskutierte Tätertheorien mit ihm. Und fühlte sich dabei wie fremdgesteuert, so als sei sie nicht wirklich bei sich, aber als flüstere ihr eine innere Stimme unerbittlich zu, daß sie funktionieren müsse, daß sie aufpassen müsse und nichts falsch machen dürfe.

Sie konnte sehen, daß auch der Kommissar ihr Verhalten eigenartig fand.

»Natürlich gibt es das Phänomen des Nachahmungstäters«, sagte er, »aber diese Theorie würde natürlich dann hinfällig, wenn sich herausstellte, daß es sich wirklich um ein und dasselbe Tatwerkzeug handelt, nicht wahr? Und zum anderen: Unter diesen Umständen müßte der sogenannte Nachahmungstäter nun wirklich einen Grund gehabt haben, ganz gezielt gegen Ihren Mann vorzugehen. Raubmord, wie gesagt, scheidet aus. Könnte Ihr Mann Feinde gehabt haben?«

Sie fror. Nein, sagte sie, ihr sei nichts bekannt.

Der Kommissar nahm seinen ursprünglichen Gedanken wieder auf. »Diese Madame Raymond … das andere Opfer …«, sagte er vorsichtig, »könnten Sie sich vorstellen, daß Ihr Mann sie kannte, ohne daß Sie davon wußten? Ohne daß Sie davon wissen *durften*?« Er sah ihr nun sehr direkt in die Augen. Ihm würde kein Zucken in ihrem Gesicht entgehen.

»Könnte es sein, daß Ihr Mann ein Verhältnis mit Madame Raymond hatte?«

Das Schlimme war, *daß* es sein konnte. So rundweg sie diese Vorstellung von sich gewiesen hatte, so genau wußte sie, daß der Gedanke des Kommissars absolut nicht weit hergeholt war. Peter hatte sie jahrelang mit Nadine Joly betrogen. Wer sagte ihr, daß er sie nicht mit einem halben Dutzend Frauen mehr hintergangen hatte? Vielleicht war Nadine Täterin und zugleich auch Opfer, weil sie geglaubt hatte, die einzige zu sein, und es nie gewesen war.

Ein Polizist hatte sie nach Hause gefahren, nachdem der Kommissar sie gebeten hatte, vorläufig in Frankreich zu bleiben und sich erreichbar zu halten. Sie ahnte, daß er wie ein Jagdhund auf ihrer Fährte bleiben würde. Er verfügte über einen durch jahrelange Erfahrung verfeinerten Instinkt. Ihre ausweichenden Antworten auf seine Fragen nach Peters Liebesleben würde er nicht einfach stehen lassen.

Den ganzen verbleibenden Donnerstag hatte sie im Bett verbracht, zusammengekrümmt wie ein Embryo, frierend aus ihrem tiefsten Inneren heraus. Das Telefon hatte häufig geklingelt, aber sie wollte niemanden sprechen, und sie fand, daß sie das Recht auf einen Rückzug hatte. Sicher war ihre Mutter schon am Verzweifeln, weil sie nichts von sich hören ließ, aber für den Moment konnte sie nur an sich und ihre Bedürfnisse denken.

Innerhalb kürzester Zeit war sie zuerst zur betrogenen Ehefrau und gleich darauf zur Witwe geworden. Ihren Mann hatte nicht ein Herzinfarkt niedergestreckt oder ein Autounfall umgebracht, sondern irgendein Verrückter in die Berge geschleppt und ihn dort erwürgt und mit einem Messer verstümmelt. Ihr Leben, so schien es ihr, hatte jegliche Normalität verloren. Von einer Idylle, die, wenn sie auch offensichtlich eine Scheinidylle gewesen war, aber dennoch auf Frieden, Gleichmaß und sehr bürgerlicher Beständigkeit beruht hatte, war sie in ein Chaos aus unüberschaubaren Schulden, einem jahrelangen außerehelichen Verhältnis und einem perversen Mörder geraten. Sie hatte keine Ahnung, wie sie das alles verarbeiten sollte, sie hatte nur das Bedürfnis, sich zu verkriechen und jeden Gedanken auszuschalten. Verkriechen konnte sie sich. Ihre Gedanken wurde sie nicht los.

An diesem Freitag nun fühlte sie sich krank und entkräftet. Sie stand nur auf, um die Toilette zu benutzen und sich einen Pfefferminztee zu kochen. Sie wußte, daß sie dreckig und ungepflegt war, sie hatte ihre Kleider nicht einmal im Bett ausgezogen. Das Telefon klingelte noch immer in regelmäßigen Abständen, sicher war es Elisabeth, die langsam den Verstand verlor, und vielleicht auch hin und wieder Anne.

Anne! Sie dachte daran, was die Freundin ihr bei dem letzten Gespräch, das hundert Jahre zurückzuliegen schien, gesagt hatte: »Finde deinen Mann, und wenn möglich, finde ihn tot!«

Sie spürte ein hysterisches Lachen in sich aufsteigen. Anne und ihre knallharten Formulierungen. Sie mußte ihr bald sagen, daß sie ihre Anweisung zuverlässig befolgt hatte.

Gegen halb drei stand sie auf und setzte sich in den Korbstuhl auf der Veranda. Der 12. Oktober. Ein sonniger, sehr milder Tag. Drinnen klingelte unverdrossen das Telefon. Sie betrachtete ihre Füße, die in schmutzigen, ehemals weißen Socken steckten. Zwei Stunden verbrachte sie nur damit, das Spiel ihrer Zehen unter dem Frotteestoff zu beobachten. Ganz langsam durchbrachen ihre Gefühle den Panzer, den der Schock über sie gelegt hatte. Es war, als grabe sich ein Küken mühsam und beharrlich seinen Weg aus der Eierschale.

Es war fast fünf Uhr, als sie zu schreien begann.

Sie weinte nicht einfach, wie am Dienstag, als sie in Peters Auto gesessen und sich am Lenkrad festgeklammert hatte. Sie brüllte ihren Schmerz heraus, ihre Wut, ihre Verletztheit, die Demütigung, das Grauen, ihre Angst. Ihren Haß, ihre Enttäuschung. Sie beugte sich nach vorn, umklammerte mit beiden Armen ihre Knie und ließ all ihre aufgewühlten, heftigen Gefühle über sich hereinbrechen und aus sich herausströmen.

Irgendwann war sie zu erschöpft, um weiterzumachen. Ihr Hals schmerzte, und sie spürte jeden einzelnen Gesichtsmuskel, so sehr hatten sich ihre Züge verzerrt während des Ausbruchs. Aber in ihre Erstarrung war Bewegung gekommen, und in dieser Bewegung lag das erste zaghafte Versprechen, daß der Albtraum nicht ewig währen würde.

Gegen halb sieben, als es bereits dunkel wurde, merkte sie, daß sie fror. Im Grunde fror sie seit Tagen, aber zum erstenmal fiel es ihr unangenehm auf. Ihre Wahrnehmung, so lange unter der Watteglocke begraben, schärfte sich langsam wieder. Sie ging ins Haus, schloß Fenster und Türen, schichtete Holz und alte Zeitungen im Kamin aufeinander. Sie entzündete ein Feuer und kauerte sich dann davor nieder, rückte so nah es ging an die Flammen heran. Langsam kroch Wärme in ihre Glieder. Ihr Magen schmerzte vor Hunger, auch das hatte sie die ganze Zeit über nicht registriert. Irgendwann später, wenn sie die Kraft gefunden hatte, aufzustehen, würde sie nachsehen, ob es etwas Eßbares im Haus gab. Unbedingt brauchte sie auch einen Schluck Wasser. Sie spürte, wie stark ihr Körper nach Flüssigkeit verlangte.

Um kurz nach acht Uhr klingelte es vorn am großen Tor. Einen Moment lang hatte sie die Idee, es sei Elisabeth, die sich, entnervt, weil sie ihre Tochter nicht ans Telefon bekam, auf den Weg nach La Cadière gemacht hatte. Sie fühlte die Versuchung, einfach so zu tun, als sei sie nicht da, wußte aber zugleich, daß dies unmöglich war. Sie rappelte sich auf, betätigte den elektrischen Öffner. Sie hörte einen Wagen die Auffahrt heraufkommen, öffnete die Haustür. Christopher stand vor ihr, blaß im Gesicht und zaghaft lächelnd, in der Hand einen großen Korb.

»Ich habe es in der Zeitung gelesen«, sagte er. »Ich wußte, daß du Hilfe brauchst. Nachdem du gestern und heute nicht ans Telefon gingst, beschloß ich, einfach vorbeizukommen.«

Sie trat einen Schritt zurück.

»Komm herein«, sagte sie.

Wie sich herausstellte, befanden sich in dem Korb alle Zutaten für ein schnell zubereitetes Essen: Spaghetti, Tomaten, Zwiebeln, Knoblauch, Zucchinis und Oliven, Sahne und Käse. Christopher sagte, er wolle das Kochen übernehmen, und baute all die mitgebrachten Utensilien auf dem Küchentisch auf. Dann sah er Laura noch einmal an. »Wie wäre es, wenn du in der Zwischenzeit ein schönes heißes Bad nimmst?«

»Eine heiße Dusche tut's auch«, meinte sie und ging ins Badezimmer.

Sie sah verheerend aus, wie sie feststellte. Die Haare fettig und struppig, das Gesicht verquollen, die Haut fahl und um die Nase herum schuppig. Ihre Kleidung war fleckig und zerdrückt. Sie wirkte krank, elend und verhärmt. Sie betrachtete ihr Spiegelbild, sah, was Peter mit seiner Verlogenheit und Treulosigkeit innerhalb weniger Tage aus ihr gemacht hatte, und dachte voller Wut, daß es an ihr lag, ob sie es weiterhin zuließ oder nicht. Sie brauchte alle ihre Kräfte, in erster Linie, um einen Weg aus dem Dickicht des finanziellen Desasters zu finden, aber auch, um für sich und ihre kleine Tochter ein neues Leben zu organisieren. Sie hatte keine Zeit, um Peter zu trauern, weder wegen seines Todes noch wegen der Tatsache, daß er sie jahrelang betrogen hatte.

Aber so gern sie stark sein wollte und tapfer, sie spürte doch, daß sie ihrer Traurigkeit nicht einfach würde befehlen können, sie in Ruhe zu lassen. Sie würde bei ihr bleiben, auf eine leise, unbestimmte Art vielleicht ihr Leben lang. Teilweise würde man es an dem Verlust ihrer Unbefangenheit merken. Sie war zu grausam getäuscht worden. Die Frau mit dem heiteren Urvertrauen in sich und in ihr Leben konnte sie nie wieder sein.

Sie duschte lange und ausgiebig, verbrauchte viel heißes Wasser, Duschgel und Shampoo. Als sie fertig war, tuschte sie ihre Wimpern und zog die Lippen nach, fönte die Haare und verteilte eine zart getönte Creme übers Gesicht. Endlich zog sie frische Unterwäsche an, saubere Jeans, einen weichen Pullover. Sie sah besser aus und fühlte sich auch so.

»Und jetzt habe ich Hunger«, sagte sie zu ihrem Spiegelbild.

Als sie das Bad verließ, roch es schon überall nach dem köstlichen Essen, das Christopher vorbereitete. Er stand in der Küche am Herd, wandte ihr den Rücken zu. Er schnippelte Tomaten und Zucchinis in eine Pfanne, in der bereits Knoblauch briet und seinen appetitanregenden Duft verströmte. Neben sich hatte er ein Glas mit Rotwein stehen. Aus dem Radio im Regal klang leise Musik.

Trauer stieg in ihr auf. Wie oft hatten sie und Peter in dieser Küche gekocht, mit Musik und Rotwein, so heiter und verliebt und so voller Frieden.

Und so verlogen, dachte sie.

»Hallo, Christopher«, sagte sie schließlich.

»Ich habe eine Flasche Rotwein aus dem Keller geholt«, sagte er. »Ich hoffe, du hast nichts dagegen.«

Dann wandte er sich zu ihr um und lächelte.

»Eine neue Frau«, meinte er.

»Kennst du eine Camille Raymond?« fragte sie.

3

Monique Lafond dachte, es sei besser gewesen, zur Arbeit zu gehen und sich abzulenken, anstatt sich krank schreiben zu lassen, daheim herumzuhängen und den furchtbaren Bildern ausgeliefert zu sein, die ihr ihr Gedächtnis mit unbarmherziger Präzision wieder und wieder vorspielte.

Sie sah Madame Raymond und ihre kleine Tochter vor sich, beide tot, Madame noch dazu so entstellt durch die hervorquellenden Augen und die herausstehende Zunge. Sie roch die Verwesung und meinte, wieder schreien zu müssen, so laut sie nur konnte.

Sie hatte an jenem fürchterlichen 8. Oktober nicht die Polizei gerufen, sondern war, nachdem sie sich heiser geschrien hatte, losgerannt, war ein paarmal hingefallen, weil ihre Beine immer wieder nachgaben. Sie trug aufgeschlagene Knie und blaue Flecken davon und merkte es nicht. Sie hatte keine Ahnung, wohin sie lief, erkannte erst, daß sie bei Isabelle Rosier gelandet war, als sie vor deren Haustür stand und mit den Fäusten dagegenhämmerte. Wahrscheinlich war sie instinktiv hierher gelaufen, weil sie bei Isabelle ebenfalls putzte und den Weg zwischen deren und Madame Raymonds Haus zu anderen Zeiten oft gegangen war.

Bei Isabelle war sie auch in der vergangenen Woche zweimal zum Putzen gewesen, trotz der Krankschreibung. In ihrer Wohnung hatte sie es nicht mehr ausgehalten. Der Block, in dem sie lebte, lag zu nah am Meer; zwar hatte sie einen schönen Blick auf das Wasser, aber die Feuchtigkeit machte ihr zu schaffen, besonders jetzt im Herbst, und im Winter war es noch schlimmer. Schon jetzt kam ihr die Bettwäsche klamm vor. Das hatte Monique schon immer gestört, aber noch nie so sehr wie in diesem Jahr. Überhaupt störte sie *alles* an ihrem Leben viel mehr als früher, vor dem furchtbaren Ereignis. Sie mochte die Côte de Provence nicht mehr – im Sommer zu heiß, im Winter zu naß –, und ihre hübsche Wohnung am Meer kam ihr leer und eng vor. Ihr ging plötzlich auf, wie trist der Alltag ablief zwischen dem öden Maklerbüro, in dem sie nur Angebote in den Computer eingeben und niemals ein Projekt eigenständig betreuen durfte, und den verschiedenen Putzstellen, bei denen sie wenigstens einige nette Leute kennengelernt hatte, aber natürlich auch nur eine stumpfsinnige Arbeit verrichtete. Einzig die großen Reisen hatten ihr immer Spaß gemacht.

Während sie in ihrer Wohnung herumschlich, versuchte sie sich des Gefühls zu erinnern, das sie überkam, wenn sie ihren Platz in einem Flugzeug einnahm, sich anschnallte, die anderen Passagiere beobachtete und dem Start entgegenfieberte, dem herrlichen, leichten Ziehen im Bauch, das sie immer spürte, wenn die Maschine abhob. Sie hoffte, daß sie, würde sie dieses erwartungsvolle Vibrieren ganz stark in ihrer Erinnerung erzeugen, die Bilder und den Geruch nach Verwesung vertreiben könnte.

»Im Sommer fliege ich nach Neuseeland«, sagte sie laut zu

sich selbst und starrte auf den Berg von Prospekten und Bildern, der sich auf dem Glastisch vor ihrer Couch türmte, »ich fliege auf die andere Seite der Erde!«

Nichts in ihr rührte sich. Gar nichts. Sie hätte genausogut denken können: Morgen bringe ich den Müll hinunter.

Die Reisen waren das Schönste in ihrem Leben gewesen. Jetzt auf einmal dämmerte ihr, daß sie vor allen Dingen betäubenden Charakter gehabt hatten: Sie war vor der Leere und Einsamkeit ihres Lebens buchstäblich geflohen, so weit sie nur konnte. Bei der Wahl ihrer Urlaubsziele hatte deren Entfernung zu St. Cyr die entscheidende Bedeutung gehabt. Erst dann hatte sie sich mit Hilfe von Broschüren und Bildmaterial einen echten Eindruck von der betreffenden Region verschafft und Interesse dafür in sich erzeugt. Aber im Grunde war es darum gegangen, möglichst ganze Weltmeere zwischen sich und ihr alltägliches Leben zu legen.

Und mit wem eigentlich teilte sie ihre Erlebnisse? Wenn sie sonnengebräunt und mit Bergen von Photos zurückkehrte, gab es niemanden, der auf sie wartete. Ihrem egozentrischen Chef im Büro durfte sie damit nicht kommen; am ehesten erzählte sie noch Isabelle davon, wenn sie nach den Putzarbeiten zusammen einen Kaffee tranken. Isabelle konnte sie vielleicht als Freundin bezeichnen, aber auch das nur mit sehr viel gutem Willen, und sonst gab es niemanden. Eine schwache Leistung für eine nicht einmal unattraktive Frau von siebenunddreißig Jahren.

Irgend etwas war völlig schief gelaufen in ihrem Leben.

Das Befremdliche war, daß dieser Gedanke sie erst seit dem vergangenen Montag bedrängte. Zuvor mochte er bereits dagewesen sein, fest verschlossen jedoch in ihrem Unterbewußtsein. Die jähe, unvorhersehbare Konfrontation mit schlimmster Gewalt und mit dem Tod hatte alles verändert. Der Verdrängungsmechanismus, von dem sie nicht einmal gewußt hatte, daß sie ihn ständig anwandte, funktionierte nicht mehr. Auf einmal war sie gezwungen, sich und ihr Leben mit unbarmherziger Klarheit zu betrachten, und was sie sah, war öde und kalt.

An diesem Freitag hatte sie eigentlich in die Stadt gehen wollen, aber sie konnte sich nicht aufraffen, auch nur zu duschen und sich anzuziehen. Bis zum Abend lief sie im Nachthemd herum, und da sie nicht einmal die Energie fand, sich etwas zu essen zu kochen, aß sie nur eine Chipstüte und einen Becher Eiscreme aus der Tiefkühltruhe leer. Danach war ihr zu allem Überfluß auch noch schlecht.

Als es um halb neun am Abend an ihrer Wohnungstür klingelte, war sie tief erstaunt. Eigentlich bekam sie kaum je Besuch. Vielleicht die Nachbarin, die sich wieder einmal Zucker oder Milch leihen wollte. Unlustig erhob sie sich vom Sofa, wo sie gelegen und in einer Modezeitschrift geblättert hatte, und öffnete.

Vor ihr stand eine blasse junge Frau, die Augen machte, als wolle sie eigentlich am liebsten gleich wieder davonlaufen.

»Sind Sie Monique Lafond?« fragte sie.

»Ja. Wer sind Sie?«

»Mein Name ist Jeanne Versini. Ich bin heute aus Paris angereist. Darf ich hereinkommen?«

Monique zögerte. Jeanne fügte hinzu: »Ich bin eine Bekannte von Camille Raymond.«

»Oh«, sagte Monique und forderte sie mit einer Handbewegung auf, näher zu treten.

»Ich kann nicht sagen, daß ich mit Camille richtig befreundet war«, sagte Jeanne, als sie in Moniques unaufgeräumtem Wohnzimmer saß, ein Glas Orangensaft vor sich und in ihrem eleganten dunkelblauen Hosenanzug wie ein Fremdkörper wirkend. »Camille ließ keinen Menschen wirklich an sich heran. Ich habe nie eine verschlossenere Person erlebt als sie.«

»Ja, das war auch mein Eindruck von ihr«, stimmte Monique zu. Sie hatte ihren Morgenmantel übergezogen und sich für ihr verschlamptes Aussehen entschuldigt. »Ich bin seit ... seit dem Ereignis irgendwie aus dem Tritt geraten. Ich sitze daheim und werde all die Bilder nicht los, und mir fehlt jegliche Energie, etwas Sinnvolles zu tun.«

»Das ist aber doch nur allzu verständlich!« hatte Jeanne sofort gesagt. »Sie Ärmste, es muß ein furchtbares Erlebnis für Sie gewesen sein.«

Ihre ehrliche Anteilnahme hatte Monique gut getan; sie erkannte, wie sehr sie in den letzten Tagen einen Menschen gebraucht hätte, der ihr Mitgefühl und Wärme entgegenbrachte.

Nun fuhr sie fort: »Mir hat die kleine Bernadette immer ein wenig leid getan. Für ein Kind ist ein derart zurückgezogenes Leben nicht gut. Oft dachte ich, daß sie am Ende vielleicht genauso depressiv wird wie ihre Mutter, und das noch, ehe sie überhaupt erwachsen ist.«

»Mir ging es genauso«, sagte Jeanne. »Ich wohnte in Paris nur zwei Häuser weiter und habe eine Tochter im selben Alter wie Bernadette. Die beiden waren befreundet, und ich habe es gefördert, daß sie häufig miteinander spielten. Ich wollte wenigstens das Kind ein Stück weit aus der Isolation herausholen. Zwangsläufig trat ich dadurch auch immer wieder in Kontakt mit Camille. Sie wollte dies einerseits zwar nicht, hat aber andererseits wohl erkannt, daß sie für ihr Kind ein wenig über ihren Schatten springen mußte. So lernten wir einander ein bißchen näher kennen.«

»Als sie starb, war sie dreiunddreißig«, sagte Monique. »Zu jung, um so unglücklich zu sein, nicht wahr?«

»Sie konnte einfach den Tod ihres Mannes nicht verwinden. Er war die große Liebe ihres Lebens, wie sie mir einmal sagte. Er hat nicht einmal mehr sein Kind kennengelernt. Sie konnte einfach nicht mehr fröhlich sein.«

»Ja«, sagte Monique, »und dabei war sie eine so schöne Frau. Sie hätte an jedem Finger ein Dutzend Männer haben können.«

Jeannes Körper spannte sich, fast unmerklich, doch Monique hatte den leisen Ruck gespürt.

»Wissen Sie da etwas?« fragte sie. »Von einem Mann, meine ich.«

Monique war verwirrt. »Nein. Warum?«

»Ich bin genau deswegen hier«, sagte Jeanne. »Weil es da eine Geschichte gab, die ... nun, die mir jetzt irgendwie im Kopf herumgeht, seit ich gelesen habe ... seit ich von dem furchtbaren Unglück gelesen habe.«

»Sie haben in *Paris* davon gelesen?«

»Es war nur eine kleine Notiz. Hier unten hat es sicherlich die Schlagzeilen gefüllt. Aber es wurden auch bei uns Hinweise aus der Bevölkerung erbeten, schließlich hat Camille ja dort gelebt.«

»Wenn es da, wie Sie sagen, *eine Geschichte gab*, weshalb gehen Sie dann nicht zur Polizei?«

»Weil ich mir so unsicher bin ... ich möchte mich nicht blamieren«, sagte Jeanne, und Monique erkannte bei ihr die instinktive Angst und Abneigung vieler Menschen gegenüber allem, was mit der Polizei zu tun hat.

»Ich kenne ... ich *kannte* Camille seit vier Jahren«, fuhr Jeanne fort, »seit sie zum erstenmal den Wagen mit ihrer neugeborenen Tochter an meinem Haus vorbeischob und ich sie ansprach ... und ich kannte sie nur depressiv und verschlossen. Im letzten Jahr allerdings, als sie im September von hier nach Paris zurückkehrte, schien sie verändert. Ich kann gar nicht genau sagen, was es war, sie wirkte noch immer in sich gekehrt und still. Und doch blickten ihre Augen nicht mehr so traurig drein, und ihr seltenes Lächeln war nicht mehr so gequält. Ich freute mich, ich dachte, daß eben doch die Zeit nach und nach Wunden heilen läßt.«

Jeanne spielte an ihrem Glas herum. Sie war sehr konzentriert. »Dann, im Januar dieses Jahres, als sie von ihren Weihnachtsferien aus St. Cyr zurückkam, wirkte sie sehr bedrückt. Über ihre übliche Trauer hinaus, schien ein Problem sie zu beschäftigen. Ich sprach sie darauf an, aber sie sagte, da sei nichts. Ich akzeptierte, daß sie nicht darüber reden mochte. Ostern fuhr sie wieder hierher, und diesmal machte sie einen erleichterten Eindruck, als sie wiederkam. Irgendeine Last war von ihr genommen. Ich wagte nicht, sie noch einmal deswegen zu fragen. Aber kurz bevor sie im Juni wieder hierherreiste, konnte ich sie überreden, mich und die Kinder zu einem Tagesausflug nach Disney-Land zu begleiten. Ein kleines Wunder, normalerweise hätte sie mich allein mit den beiden gehen lassen und wäre selbst daheim geblieben. Der Tag gefiel ihr, sie taute richtig auf, und am Abend kam sie sogar noch auf ein Glas Wein mit zu mir. Mein Mann war nicht da, die Kinder spielten, und vielleicht löste auch der Wein ein wenig ihre Zunge. Sie sagte, sie freue sich auf den Sommer, seit langem fahre sie wieder mit leichterem Herzen in ihr Häuschen am Meer ... Ich fragte nach dem Grund, und sie erzählte, sie habe im Sommer des vergangenen Jahres einen Mann dort unten kennengelernt, und zunächst habe es ausgesehen, als könne sich daraus etwas Ernsteres entwickeln ... Natürlich habe sie Schuldgefühle gegenüber ihrem verstorbenen Mann gehabt, aber da sei die schöne Empfindung gewesen, es könne noch einmal ein neues Glück für sie geben.«

»Ich hätte ihr das von Herzen gewünscht«, sagte Monique aufrichtig, »ich mochte Camille Raymond.«

Jeanne spielte noch immer mit ihrem Glas, ohne auch nur einen Schluck zu trinken. »Ich auch, weiß Gott. Aber sie sagte, an Weihnachten habe sie herausgefunden, *daß etwas nicht stimmte.* Sie habe die sich anbahnende Beziehung abgebrochen.«

»Und was hat nicht gestimmt?«

»Darüber wollte sie nichts Näheres sagen. Sie berichtete nur, dieser Mann habe ihre Entscheidung über längere Zeit nicht akzeptieren wollen. Er habe sie ständig angerufen und bedrängt. Erst Ostern, als es noch einmal ein direktes Gespräch gegeben habe, habe er offenbar begriffen, wie ernst es ihr war. Er habe sich nun nicht mehr gemeldet, und sie gehe davon aus, daß er sie den Sommer über in Ruhe ließe.«

»Hoffentlich wußte sie, was sie da tat«, meinte Monique. »Ich meine, jetzt ist es gleich, aber … nun, sie konnte auch ganz schön schwierig sein, das wissen Sie ja sicher. Vielleicht war das ein ganz netter Mann, und nur sie sah wieder Probleme, wo keine waren. Andererseits …« Sie richtete sich auf, starrte Jeanne an. »Glauben Sie, *er* könnte der Täter sein?«

»Ich weiß es nicht«, sagte Jeanne. Sie rutschte ein wenig unbehaglich auf ihrem Platz hin und her. Es gab noch etwas, was sie sagen wollte, aber es fiel ihr sichtlich schwer, damit herauszurücken. »Im Juni, als Camille dann abgereist war, bin ich einen Tag später in ihre Wohnung gegangen. Ich sollte dort die Blumen für sie gießen und die Post aus dem Briefkasten holen. Ihr Anrufbeantworter blinkte, offenbar war nach ihrer Abreise ein Anruf eingegangen.«

Jeanne stockte.

Und du warst recht erpicht darauf, zu hören, wer da angerufen hatte, dachte Monique. Sie sah die kleine, elegante Frau, deren Hemmungen darauf hindeuteten, daß sie ursprünglich einer anderen Schicht angehört hatte als der, in die sie hineingeheiratet hatte, in Camilles Wohnung herumstreifen, von mehr Neugier getrieben, als sie nun zugeben mochte. Weshalb war sie hinübergegangen, kaum daß die andere weg war? Einen Tag später! Weder konnten die Blumen so rasch Wasser gebraucht haben noch der Briefkasten am Überquellen gewesen sein.

Du hast einfach mal deine Nase ganz tief in Camilles Leben stecken wollen, dachte Monique.

»Sie müssen wissen«, sagte Jeanne, »daß ich mich seit Jahren um die Wohnung kümmere, wenn sie fort ist, und kaum je hat einmal der Anrufbeantworter geblinkt. Camille bekam praktisch keine Anrufe. Und kaum Post, jedenfalls keine private. Bankbriefe und Rechnungen vor allem. Insofern war ich erstaunt, als ich das Gerät blinken sah.«

»Sie hörten es ab«, sagte Monique.

»Ja, ich dachte, vielleicht ist das eine wichtige Information, die ich Camille dann zukommen lassen könnte. Es war ein Mann auf dem Band. Ich war sofort sicher, daß das der Mann sein mußte, von dem Camille mir erzählt hatte. Er nannte nicht seinen Namen, er sagte nur *Ich bin es*, offenbar ging er davon aus, daß sie dann schon wissen würde, um wen es sich handelte. Er wirkte sehr gereizt. Wann sie denn nach St. Cyr komme, und sie solle sich doch gleich bei ihm melden. Das klang recht herrisch, aber gegen Ende wurde er sanfter, meinte, sie könne ihren gemeinsamen Traum doch nicht einfach im Sande verlaufen lassen. Er nannte eine Handy-Nummer, unter der sie ihn ständig erreichen könne, und legte dann auf.«

»Und Sie riefen Camille an?«

Jeanne hörte endlich auf, an ihrem Glas herumzudrehen. Sie senkte den Blick. »Ich habe sie nicht angerufen. Und das ist es, was mir jetzt so schwer zu schaffen macht. Verstehen Sie? Ich denke dauernd: Vielleicht war *er* es! Vielleicht hat er sie umgebracht aus Wut, weil sie ihn nicht angerufen hat. Oder weil sie – nach seiner Ansicht – einfach seinen Anruf ignoriert hat. Vielleicht habe ich mich auf furchtbare Weise schuldig gemacht!«

»Warum haben Sie ihr denn nichts gesagt?« fragte Monique mit betont sachlicher Stimme, denn sie fürchtete, Jeanne könnte jeden Moment in Tränen ausbrechen.

Jeanne hatte den Gesichtsausdruck eines kleinen, hilflosen Mädchens. »Ich dachte ... ich hatte Angst, sie könnte böse werden. Sie hat mir nie gesagt, daß ich ihren Anrufbeantworter abhören soll. Am Ende hätte sie es als einen Vertrauensmißbrauch empfunden. Ich hätte ihre Freundschaft verloren ... ach, ich war einfach völlig unsicher. Schließlich notierte ich die Nummer, die der Mann genannt hatte, und löschte den Text.«

»Wieso mußten Sie ihn gleich *löschen?*«

»Weil man sonst gesehen hätte, daß ich ihn abgehört hatte. Das rote Licht leuchtet dann noch, blinkt aber nicht. Camille hätte das nach ihrer Rückkehr bemerkt. Löschen schien mir die einzige Möglichkeit zu sein.«

Monique dachte, daß Jeanne tatsächlich ziemlich unreif war. Ihr ganzes Verhalten erinnerte an ein Kind, das, ohne länger nachzudenken, nur bemüht ist, die Spuren eines Fehlverhaltens zu vertuschen. Mit ihrer Unfähigkeit, souverän mit der Situation umzugehen, hatte sie womöglich die Chance verspielt, das Unglück zu verhindern. Was sie allerdings nicht hatte ahnen können. Das Geschehene lag außerhalb alles Vorstellbaren.

»Ich finde einfach keine Ruhe mehr«, sagte Jeanne. »Ich kann nachts nicht schlafen, ich muß immer darüber nachdenken, was ich getan habe. Schließlich dachte ich, ich muß mit jemandem reden, der hier unten lebt, der sie in jenen Sommerwochen vielleicht gesehen hat, der womöglich weiß, ob sie und dieser Mann einander getroffen haben ... jemand, der mich hoffentlich von der Vorstellung befreien kann, daß der unterschlagene Anruf den Beginn der Tragödie darstellt. Das Schlimmste ist, daß ich hier niemanden kenne. Einzig eine Nachbarin namens Isabelle hat Camille ein paarmal erwähnt, aber schon den Nachnamen oder die Adresse kannte ich nicht. Also konnte ich keine Telefonnummer ermitteln und sie anrufen. Deshalb bin ich hierhergereist.«

Dies fand Monique nun wiederum recht rührend. Jeanne nahm ihren einmal begangenen Fehler keineswegs auf die leichte Schulter.

»Die Adresse von Camilles Haus kannte ich, das Haus, das sie als *nächsten Nachbarn* bezeichnet hatte, war leicht zu ermitteln. Isabelle war nicht da, nur ihr Mann. Ich war verzweifelt, ich sagte, ich müsse jemanden sprechen, der Camille näher gekannt hat. Isabelle kommt aber erst morgen abend zurück, sie ist bei ihrer Schwester in Marseille. Da nannte er mir Ihren Namen und Ihre Adresse.« Jeanne atmete tief. »Und da bin ich nun.«

Wenn es einen Mann in Camilles Leben gegeben hatte, und sei es eine vorübergehende Geschichte gewesen, so hatte Monique davon nichts mitbekommen, und sie war erstaunt, wie traurig sie dies plötzlich stimmte. Camille hatte sie tatsächlich nicht im mindesten in ihre Nähe gelassen.

»Es tut mir leid, Jeanne«, sagte sie, »aber ich habe nichts von der Existenz dieses Mannes gewußt. Camille hat mir nichts erzählt, und ich habe sie nie mit jemandem gesehen.«

»Überlegen Sie«, drängte Jeanne, »Sie haben saubergemacht bei ihr. Und da war nie ein Mann? Nie irgendwelche Utensilien eines Mannes? Eine weitere Zahnbürste, eine Rasierklinge, Socken, die nicht Camille gehört haben können ... irgend etwas. Normalerweise hinterläßt doch jeder Mensch immer Spuren.«

Monique überlegte, schüttelte aber schließlich den Kopf. »Ich habe nichts wahrgenommen. Jedenfalls nicht bewußt. Sie müssen ja auch bedenken, welch ein Mensch Camille war: diskret bis zur völligen Tarnung all dessen, was sich in ihrem Leben abspielte. Sie wollte doch nie, daß irgend jemand erfährt, was in ihr vorgeht oder was sie gerade beschäftigt. Außerdem hat sie Ihnen selbst erzählt, daß sie Schuldgefühle wegen ihres verstorbenen Mannes hatte. Ich denke, es wäre ihr sehr unangenehm gewesen, wenn ich beispielsweise bemerkt hätte, daß sie eine neue Beziehung führ-te. Ich hätte das nur normal und kein bißchen verwerflich gefunden, aber sie dachte sicher, man würde sie verurtei-len.«

»Dann bleibt mir nur die Hoffnung, daß Isabelle etwas weiß«, meinte Jeanne, doch sie klang alles andere als hoff-nungsvoll. »Ich werde sie morgen abend aufsuchen. Aber ich fürchte, Camille hat die Angelegenheit vor ihr genauso ge-heimgehalten wie vor Ihnen.«

»Das nehme ich allerdings auch an. Isabelle ist eine unge-heure Klatschtante. Hätte Camille ihr etwas erzählt, hätte ich es bestimmt erfahren – und ein Dutzend anderer Leute ebenfalls. Isabelle hat noch nie etwas für sich behalten.«

»Also werde ich unverrichteter Dinge wieder nach Paris fahren müssen. Und kann mich für den Rest meines Lebens mit der Frage herumschlagen, ob ich schuld bin am Tod ei-ner jungen Frau und ihrer kleinen Tochter.«

Sie tat Monique leid. Sie sah sehr blaß und sorgenvoll aus. Und war doch nur in einem kurzen Moment ihres Lebens einfach ein wenig zu neugierig gewesen.

»Warum rufen Sie ihn nicht an?« fragte sie plötzlich.

Jeanne, die in sich zusammengesunken war, richtete sich auf und runzelte die Stirn. »Wen?«

»Na, diesen großen Unbekannten. Madame Raymonds Liebhaber – oder was immer er war. Sie haben doch seine Handy-Nummer.«

»Aber ich kann doch nicht einfach anrufen!«

»Weshalb nicht? Diese Nummer ist schließlich der einzige Anhaltspunkt, den Sie haben.«

»Vielleicht sollte ich mit der Nummer eher zur Polizei ge-hen.«

»Das wäre bestimmt das Beste.«

»Aber dann muß ich dort auch erzählen, daß ...«

»Daß Sie ein bißchen geschnüffelt haben? Jeanne, dafür

wird Sie niemand verurteilen, es interessiert auch im Grunde keinen. Man wird einfach froh sein, daß Sie einen wichtigen Hinweis liefern.«

Jeanne nahm endlich einen Schluck von ihrem Saft.

»Mir ist das sehr unangenehm. O Gott, hätte ich doch nie dieses Band abgehört!«

»Aber dann wäre auch nichts anderes passiert«, sagte Monique sachlich. »Wenn tatsächlich der Mann auf dem Anrufbeantworter etwas mit Camilles Tod zu tun hat, und wenn seine Tat damit zusammenhängt, daß sie sich nicht bei ihm gemeldet hat, dann wäre dies genauso der Fall gewesen, wenn Sie das Band gar nicht erst abgehört hätten. Er hat sich einfach zu spät bei ihr gemeldet. Sie war schon weg. Und dafür können Sie überhaupt nichts.«

Dieser Gesichtspunkt war offensichtlich neu für Jeanne, und er schien sie ein wenig zu trösten. Sie wirkte gefaßter als zuvor.

»Na ja ...«, meinte sie vage und machte Anstalten, sich zu erheben.

Monique griff nach dem Hörer ihres Telefons, das neben ihr stand.

»Kommen Sie«, sagte sie, »wir versuchen es einfach. Ich rufe ihn jetzt an. Dann wissen wir beide mehr.«

»Und wenn er gefährlich ist?«

»Ganz ehrlich gesagt, ich glaube nicht, daß er etwas mit all dem zu tun hat. Er ist vielleicht ein bißchen unsympathisch und zudringlich, aber deshalb muß er noch lange kein wahnsinniger Killer sein. Können Sie mir die Nummer diktieren?«

Jeanne holte einen sorgsam zusammengefalteten Zettel aus ihrer dunkelblauen Hermès-Handtasche. Sie schien erleichtert, daß jemand die Dinge nun in die Hand nahm.

Monique wählte die Nummer. Es klingelte eine lange Zeit, dann schaltete sich die Mailbox ein. Ein Name wurde nicht genannt, es kam der neutrale Ansagetext des Serviceanbieters. Als er endete, erklärte Monique unbefangen ihr Anliegen.

»Hallo, mein Name ist Monique Lafond. Aus La Madrague. Ich bin eine Bekannte von Camille Raymond. Es gibt da ein paar Dinge, die ich gern mit Ihnen besprechen würde. Könnten Sie sich bitte bei mir melden?« Sie nannte ihre Nummer und legte dann auf.

»So«, sagte sie zufrieden, »nun werden wir ja sehen, was passiert. Ich bin sicher, er ruft an. Und vielleicht sind Sie ja dann eine Sorge los, Jeanne.«

Jeanne erhob sich nun endgültig. Sie hatte den Zettel wieder eingesteckt und sah wesentlich entspannter aus als noch vor einer halben Stunde.

»Ich werde auf jeden Fall versuchen, morgen abend mit Isabelle zu sprechen«, sagte sie, »bis mindestens Sonntag früh bin ich also noch da. Ich wohne im *Hotel Bérard* in La Cadière. Ich wäre Ihnen sehr dankbar, wenn Sie mich informieren würden, falls er«, sie machte eine Handbewegung zum Telefonapparat hin, »sich meldet.«

»Selbstverständlich«, sagte Monique, »ich rufe Sie an oder komme selbst vorbei. Und Sie überlegen sich bitte noch einmal, ob Sie nicht doch zur Polizei gehen wollen. Es wäre das Vernünftigste, und sicher auch das, was man jetzt von Ihnen erwarten würde.«

»Ich denke darüber nach«, versprach Jeanne, aber Monique hatte das beinahe sichere Gefühl, daß sie nach wie vor unter keinen Umständen zur Polizei wollte.

Als Jeanne gegangen war, versuchte Monique die Zeitung vom Morgen zu lesen, aber sie konnte sich nicht recht konzentrieren. Zu viele Gedanken geisterten in ihrem Kopf herum. Im Grunde konnte auch sie sich nicht mehr einfach aus allem heraushalten. Wenn Jeanne nicht zur Polizei ginge, müßte sie selbst es tun. Sie kannte sich nicht in den Gesetzen aus, aber sie vermutete, daß sie sich strafbar machte, wenn sie half, eine so wesentliche Information unter den Teppich zu kehren.

Am Montag, sagte sie sich, am Montag gehe ich zur Polizei. Und vielleicht hat sich ja bis dahin auch schon der große Unbekannte gemeldet.

Es war Viertel nach neun. Den ganzen Tag über war es ihr nicht gelungen, etwas Sinnvolles zu tun. Jetzt raffte sie sich auf, ging ins Bad und duschte. Ihr war noch immer etwas übel von den Chips und der Eiscreme, und wenn sie es sich richtig überlegte, dann hatte sie die ganze Woche über nichts gegessen, was vernünftiger gewesen wäre. So konnte das nicht weitergehen. Morgen früh würde sie sich anziehen und auf den Markt gehen, sie würde viel frisches Gemüse kaufen und sich zum Abend etwas Schönes kochen. Dazwischen ein Spaziergang am Meer und ein belebender *café crème* in einem Strandcafé.

Sie rieb sich sorgfältig mit Bodylotion ein, ehe sie ein frisches Nachthemd anzog und sich ins Bett legte.

Es war Zeit, wieder unter die Lebenden zurückzukehren.

4

»Vielleicht gab es ganz viele Camilles und Nadines in seinem Leben. Vielleicht sehe ich nur die Spitze des Eisbergs. Vielleicht bestand sein ganzes Dasein nur aus Affären und Liebesabenteuern.«

»Das kann so sein, aber dafür hast du keinen Anhaltspunkt. Ich weiß nur von Nadine. Warum hätte er mir von Camille oder einer anderen nicht auch erzählen sollen?«

»Weil er deine Ansichten kennt. Er wußte, du würdest nicht billigen, was er tut. Du würdest es gerade noch hinnehmen, wenn er dir von *einer* Frau erzählt, mit der er mich betrügt, wenn er behauptet, dies sei nun einmal seine ganz große Liebe und er sei unrettbar verstrickt in seine Gefühle. Aber sowie er mit mehreren daherkäme, würde er jegliche Unterstützung von dir verlieren.«

»Die hat er sowieso verloren. Wie ich dir sagte, habe ich ihn schon seit dem letzten Jahr nicht mehr gedeckt.«

»Aber bis dahin konnte er auf dich zählen. Nein, keine Angst, ich meine das nicht vorwurfsvoll. Ich kann durchaus verstehen, daß die Situation sehr schwierig war für dich. Er war mal dein bester Freund.«

»Ich habe zu keiner Sekunde in Ordnung gefunden, was er tat.«

»Ich weiß. Und vielleicht bist du auch von ihm belogen und betrogen worden. Er hat dir gesagt, er verbringt die Herbstwoche mit Nadine. Aber woher weißt du, ob das stimmte? Er kann auch mit Camille Raymond zusammengewesen sein – oder mit einer dritten oder vierten, die wir nicht kennen.«

»Wieso gehst du so sicher davon aus, daß er Camille Raymond überhaupt kannte?«

»Sie sind beide auf die gleiche Art getötet worden. Das kann kein Zufall sein. Irgendeine Verbindung gibt es zwischen ihnen. Davon ist auch der Kommissar überzeugt. Und nach allem, was ich jetzt von Peter weiß, kann es nur *eine* Art von Verbindung sein.«

»Nein. Es gibt mit Sicherheit andere Möglichkeiten. Solche, auf die wir vielleicht gar nicht kommen können. Die es aber trotzdem *gibt*.«

»Warum hat er weder dir noch mir je von dieser Frau erzählt? Wenn sie nur irgendeine Bekannte, eine Geschäftspartnerin gewesen wäre – dann hätte er sie zu irgendeinem Zeitpunkt erwähnt. Aber er hat sie vollständig verschwiegen. Und das läßt für mich nur einen Schluß zu.«

»Aber wieso sind beide am Ende tot?«

»Vielleicht gab es noch einen anderen Mann in ihrem Leben. Ich weiß, sie war verwitwet. Aber trotzdem kann irgendwo in ihrem Umfeld ein Mann gewesen sein, der sich Hoffnungen auf sie machte. Und der ausrastete, als er hinter ihr Verhältnis mit Peter kam. Er ermordete erst sie und dann ihn. Aus Eifersucht, Rache, verletzten Gefühlen. Das sind sehr häufige Mordmotive.«

»Das klingt alles so weit hergeholt.«

»Alles, was mir in den letzten Tagen zugestoßen ist, klingt weit hergeholt. Mein Leben hat vollständig seine Gleise verlassen. Nichts ist mehr, wie es war.«

»An einen solchen Punkt kommt fast jeder irgendwann einmal. In diese furchtbare Situation, in der nichts mehr Bestand hat. In der es kein Gefüge mehr gibt. Nichts mehr, woran man sich festhalten kann.«

»Ich weiß. Dir ist es nicht anders ergangen.«

»Du trauerst jetzt. Du bist verstört, ratlos, verzweifelt. Aber es ist wichtig, irgendwann wieder auf das Leben zuzugehen. Es unbefangen anzuschauen. Ohne Bitterkeit und Schmerz. Dann werden andere Menschen dir entgegenströmen. Du wirst einen neuen Weg finden. Du wirst die Kraft haben, ihn zu gehen.«

»Ist das deine Erfahrung?«

»Noch nicht. Aber ich glaube dennoch ganz fest daran. *La vie continue.* Das ist einfach so.«

»Es ist spät. Ich habe gar nicht bemerkt, wie die Zeit vergangen ist.«

»Zehn Uhr.«

»Ich bin schrecklich müde. Es war schön, daß du da warst. Danke, daß du für mich gekocht hast.«

»Ich habe es gern getan. Ich … ich fühle mich irgendwie auch so schuldig an dem, was Peter dir angetan hat. Ich möchte dir wirklich helfen. Bitte ruf mich an, wenn du mich brauchst. Zum Reden oder Spazierengehen oder wozu auch immer. Ja?«

»Gern. Danke, Christopher.«

»Gute Nacht, Laura.«

Samstag, 13. Oktober

1

Nadine hoffte, daß Cathérine zu Haus sein und sie einlassen würde. Sie stand vor dem schäbigen Haus in der düsteren Gasse und hatte schon zweimal die Klingel neben Cathérines Namensschild gedrückt. So viele Jahre lang war sie nicht mehr hier gewesen, daß sie sich gar nicht sofort zurechtgefunden hatte. Sie hatte ihren Wagen am Hafen geparkt und war dann in die Altstadt hineingegangen, in das Gewirr dunkler Sträßchen, von denen eines dem anderen zum Verwechseln glich. In La Ciotat war die Armut nahezu greifbar. In einem dieser alten Häuser zu leben mußte schlimmer sein, als in der Hütte zu hausen, aus der Marie sich aus unerfindlichen Gründen seit mehr als dreißig Jahren nicht fortbewegte. Nadine merkte, daß dies einer der seltenen Momente war, in denen sie einen Funken von Mitleid für Cathérine empfinden und sogar in irgendeinem Winkel ihres Herzens verstehen konnte, weshalb diese sich so eng an Henri anschloß und ihn nicht loslassen wollte. Henri wäre in jeder Hinsicht ihre Rettung gewesen. Vor der Einsamkeit, vor einer tristen Wohnung in einem häßlichen Ort, davor, nach Hause zu kommen und von niemandem erwartet zu werden. Nadine war sicher, daß sich Henri auch dann nicht für seine Cousine entschieden hätte, wenn *sie* nicht seinen Weg gekreuzt hätte; es wäre dann eben irgendeine andere Frau Madame Joly geworden. Aber für Cathérine war sie die Person, die ihr Leben zerstört hatte.

Wie sehr muß sie mich hassen, dachte sie unruhig.

Als sie das Haus endlich gefunden hatte, stellte sie sich so dicht an die Tür, daß man sie von den oberen Fenstern aus nicht würde sehen können. Cathérine öffnete bestimmt nicht, wenn sie erst entdeckte, wer da zu ihr wollte.

»Komm«, murmelte Nadine leise, »sei zu Hause!«

Der Tag war wieder von besonderer Schönheit, sehr klar, sehr warm und voller Sonne, aber nicht ein Strahl drang in diese Straße. Auf den Dachziegeln des gegenüberliegenden Hauses lag ein Sonnenfleck; es war weit und breit der einzige.

Nadine wollte schon aufgeben, da summte der Türöffner, und sie gelangte in das finstere Treppenhaus. Da sie fast nichts sah, stolperte sie die zwei Treppen mehr hinauf, als daß sie ging. Oben stand Cathérine und zuckte sofort zurück.

»Du«, sagte sie gedehnt.

»Darf ich reinkommen?« fragte Nadine.

Cathérine zögerte, mochte sich aber wohl selbst einer Feindin gegenüber nicht allzu unhöflich verhalten. Sie nickte widerstrebend. »Komm herein.«

In der Wohnung brannte Licht, und Nadine erkannte sogleich, weshalb es so lange gedauert hatte, bis Cathérine die Tür öffnete: Sie hatte sich noch rasch ihr verschorftes Gesicht mit Make-up bestrichen; wie hastig sie dies getan hatte, sah man daran, daß die Farbe an den Rändern verschmierte und auch um die Nase herum nicht ordentlich verrieben war.

Hat sie geglaubt, ein Liebhaber kommt? dachte Nadine gehässig. Für mich hätte sie sich wirklich nicht anstrengen müssen.

»Es ist erst das zweite Mal, daß du hier bist«, sagte Cathérine. »Das erste Mal war ... das war ...«

»Das war kurz nach unserer Hochzeit«, sagte Nadine, »als Henri glaubte, er müßte unbedingt Freundinnen aus uns machen.«

Er hatte damals mit Engelszungen auf sie eingeredet. Sie *müßten* Cathérine einfach einmal besuchen, und sie *müßte* unbedingt dabeisein.

»Versuch doch, sie ein bißchen zu mögen, Nadine. Diese arme, benachteiligte Frau. Es kann doch nicht so schwer sein!«

Idiotischerweise hatte sie sich tatsächlich überreden lassen. Es war ein gräßlicher Nachmittag geworden, nicht nur für sie, sondern ganz sicher auch für Cathérine, die schmale Lippen gehabt hatte und zur Toilette geeilt war, als Nadine einmal nach Henris Hand gegriffen hatte. Nadine hatte vermutet, daß sie sich dort erbrach, und später hatte sie Henri gefragt, ob er wirklich geglaubt habe, mit dieser Aktion irgend jemandem einen Gefallen zu tun.

»Ich dachte, wir könnten zu einem vernünftigen Umgang miteinander finden. Zu einer normalen Art, zurechtzukommen.«

»Vergiß es!«

»Ja«, sagte Cathérine nun, »das hätte er gern gesehen. Daß wir Freundinnen werden und es von da an immer wieder fröhliche Abende und Nachmittage zu dritt gibt. Eine Art Familie.«

»Wir alle glücklich vereint um seinen Pizzaofen«, sagte Nadine, und das Wort *Pizzaofen* klang aus ihrem Mund wie *Jauchegrube*.

»Er ist harmoniesüchtig«, sagte Cathérine, »das ist er immer gewesen. Leider macht ihn das sehr angreifbar für Menschen, die aggressiver und streitlustiger sind als er.« Unsicher und fahrig faßte sie kurz an ihr Gesicht. Vielleicht war ihr selber klar, daß sie unvorteilhaft verschmiert aussah.

»Möchtest du ... wollen wir uns ins Wohnzimmer setzen?«

Sie hatte ein paar schöne alte Möbel im Wohnzimmer stehen, die nicht recht in die triste Atmosphäre paßten. Nadine vermutete, daß sie sie geerbt hatte, vielleicht von jener Tante, deren Tod auch für Henri und damit für sie selbst so bedeutsam geworden war. Auch hier brannte elektrisches Licht, da zu wenig Helligkeit durch die Fenster hereindrang.

Cathérine deutete auf das Sofa, aber Nadine hatte plötzlich das Gefühl, lieber stehen zu wollen.

»Schon gut, Cathérine«, sagte sie, »ich möchte mich eigentlich nicht setzen. Dies ist auch kein offizieller Besuch. Ich wollte dir nur eine Frage stellen.«

»Ja?« sagte Cathérine. Sie blieb ebenfalls stehen.

»Henri hat mir gesagt, du hättest herausgefunden, daß ich mit Peter das Land verlassen wollte. Und nun möchte ich wissen, auf welche Weise du dahintergekommen bist.«

Cathérine wurde blaß. Sie schnaufte ein wenig, es schien ihr schwerzufallen, ihren normalen Atemrhythmus wiederzufinden. »Henri hat gesagt ...«, wiederholte sie schleppend und verstummte dann.

»Du brauchst weder deine noch meine Zeit damit zu verschwenden, dein widerwärtiges Denunziantentum abzustreiten. Sag mir nur, wie du's gemacht hast.«

Cathérines Augen glitten unruhig hin und her, es war, als suche sie nach einer Möglichkeit, unbeschadet aus der Situation herauszukommen, und als hoffe sie, diese Möglichkeit irgendwo hier im Zimmer zu finden. Erst nach einer Weile richtete sich ihr Blick wieder auf Nadine.

»Wie konntest du«, fragte sie leise, »wie konntest du Henri so weh tun? Wie konntest du ihn betrügen und hintergehen? Er war ein anderer Mensch früher. Du hast aus ihm einen ängstlichen, mißtrauischen, betrogenen Mann gemacht. Er wird nie verwinden, was du ihm angetan hast. Du hast ihn zerstört.«

Nadine betrachtete angelegentlich die Spitzen ihrer Schuhe, als gebe es dort etwas Interessantes zu sehen.

»Wie du es gemacht hast«, wiederholte sie mit unbeteiligter Stimme. »Nur das will ich wissen.«

»Du weißt, daß ich Henri liebe«, sagte Cathérine. »Ich habe ihn immer geliebt, und ich werde ihn immer lieben. Er wird nie mehr der Henri sein, den ich kannte, und trotzdem werde ich nicht aufhören, ihn zu lieben. Das kannst du nicht verstehen, nicht wahr? Du weißt ja nicht, was Liebe ist. Du brauchst Bewunderung und Zuwendung, Geld, ein wenig Glamour, schicke Klamotten. Du suchst einen Mann nur danach aus, ob er dir diese Wünsche erfüllen kann. Alles andere interessiert dich nicht.«

»Ich möchte keine Analyse meines Charakters hören, Cathérine. Grundsätzlich ist mir deine Meinung über mich sowieso egal. Aber du hast herausgefunden, daß Peter und ich ein Paar waren, und ...«

Cathérine lachte auf. Es klang so schrill und so bitter, daß Nadine zusammenzuckte, obwohl sie unbedingt ihren Gleichmut bewahren, hochmütige Gelassenheit zur Schau stellen wollte.

»Daß ihr ein Paar wart«, sagte Cathérine, und ihre verzweifelte Stimme triefte von Hohn. »Die Kunst der Selbstdarstellung beherrschst du wirklich, Nadine, das muß man dir lassen. Um alles, was dich betrifft, muß immer gleich das richtige Brimborium gemacht werden. Und wenn es sich um eine abgeschmackte, primitive Affäre handelt. Du warst das Verhältnis von diesem Mann. Er hat sich offenbar in seiner Ehe gelangweilt und brauchte eine Frau nebenher, mit der er hin und wieder ins Bett steigen konnte. Gut, vielleicht wäre er mit dir fortgegangen, weil ihm das gerade ganz gut in den Kram paßte. Aber er wäre immer derselbe Mann geblieben. Irgendwann hätte er sich mit dir auch gelangweilt, und dann hätte er dich so betrogen, wie er es jetzt mit seiner Frau getan hat. Er hat dich benutzt, und für eine so schäbige, so drittklassige Geschichte hast du Henri auf das Schlimmste verletzt. Es ist mir schleierhaft, wie du noch in den Spiegel schauen kannst!«

Nadine atmete tief. Jedes einzelne von Cathérines Worten schmerzte, gerade weil sie selbst in all den Jahren immer wieder gefürchtet hatte, es könne sich so verhalten – so *schäbig* und *drittklassig*, wie Cathérine es nun genannt hatte.

Obwohl es so nicht gewesen war. Er hatte mit ihr fortgehen wollen, und das nicht nur, weil *es ihm gerade gut in den Kram paßte.* Sie hatten auf der Stufe zu einem neuen Leben gestanden. Hätte ihn nicht irgend jemand niedergemetzelt und dort oben in den Bergen zwischen die Büsche geworfen ...

Das Schlimme war, daß sie nur einen einzigen Menschen kannte, der ein Motiv hatte, und wenn sie daran dachte, wurde ihr schwindelig.

Nachdem sie ihre Giftpfeile abgeschossen hatte, wurde Cathérines Miene sehr kühl. »Es war leicht, hinter dein Geheimnis zu kommen«, sagte sie. »Ich habe den Brief gelesen, den du an deine Mutter geschrieben hast. Am vorletzten Freitag. Ich war mittags da, um Henri zu helfen. Du hattest ihn wieder einmal im Stich gelassen. In dem Brief hast du deinen Plan ja erläutert.«

Eigenartig, dachte Nadine erstaunt, wie oft man im Leben erkennt, daß man auf die innere Stimme hören sollte. Ich *wußte*, daß ich den Brief nicht hätte schreiben sollen.

»Der Brief lag nicht einfach so offen in der Gegend herum«, sagte sie, »er war ganz hinten in meiner Schreibtischschublade. Wenn du ihn gelesen hast, mußt du gezielt in meinen Sachen gestöbert haben.«

»Ja«, sagte Cathérine. Sie wirkte keineswegs peinlich berührt.

»Hast du das öfter getan?« fragte Nadine perplex.

»Immer mal wieder. Ich war häufig da, und du warst häufig weg. Da Henri mir erlaubt hatte, eure private Toilette zu benutzen, war es kein Problem für mich, nach oben zu gehen. Zwei Schritte hinüber in dein Zimmer, und dann Stichproben in Schränken und Schubladen. Meist allerdings ergebnislos.«

»Ich kann das kaum glauben«, murmelte Nadine.

»Du warst sehr vorsichtig, Nadine. Ich fand Tagebücher, die abgeschlossen waren. Briefe, Notizen, Photos, die herumlagen, waren zwar privaten Inhalts, gaben aber keinerlei Hinweise auf einen Liebhaber. Einmal habe ich Reizwäsche gefunden. Nichts Besonderes eigentlich, schwarze Spitze, ein Höschen und einen dazu passenden BH. Das Eigentümliche war nur, daß sie eindeutig benutzt und, wie ich herausfand, über Wochen nicht gewaschen worden war. Als sei dieses spermaverschmutzte Ding eine Kostbarkeit, die unberührt bleiben müßte. Aber wann heben Frauen so etwas auf? Wenn es eine Erinnerung darstellt, an einen ganz bestimmten Mann, an eine ganz bestimmte Nacht. Ganz sicher bewahren Frauen derartige Dinge nicht, wenn es um einen Beischlaf mit dem Ehemann geht. Der ist selten so einmalig und kostbar. Noch dazu, wenn das Interesse an dem Ehemann sowieso praktisch nicht mehr vorhanden ist, wie in deinem Fall.«

»Du bist ja krank«, sagte Nadine, »das, was du tust, und das, was du dir dazu denkst, ist vollkommen krank. Weißt du, ich dachte immer, du bist eine arme, übriggebliebene Frau, und eigentlich müßte man dich aus tiefstem Herzen bedauern. Manchmal hatte ich richtige Schuldgefühle, weil ich dich so widerlich fand und nicht wußte, weshalb. Aber jetzt ist mir klar, daß ich instinktiv immer gespürt habe, daß du eine gefährliche Psychopathin bist, unberechenbar und niederträchtig. Mit dir kann man nicht in Frieden leben. Du bist so sehr im Unfrieden mit dir selbst, daß du skrupellos Dinge tust, für die normale Menschen sich wenigstens schämen würden.«

»Ich wußte schon lange, daß du ein Verhältnis hast«, fuhr Cathérine fort, so als habe Nadine nichts gesagt. »Und Henri wußte es auch. Er hat unmenschlich gelitten. *Da läuft etwas, Cathérine*, hat er immer wieder zu mir gesagt, *ich kann es nicht beweisen, ich kann nicht einmal genau sagen, woran ich es merke, aber es gibt einen anderen Mann in ihrem Leben. Sie hat ein Verhältnis, Cathérine. Meine Frau hat ein Verhältnis!*«

In Cathérines kalte Augen war ein warmer Schimmer getreten, als sie von Henri sprach. Es war jenes Leuchten, mit dem sie ihn ansah, wenn er den Raum betrat, wenn er das Wort an sie richtete. Noch nie hatte Nadine über das besondere Verhältnis zwischen ihrem Mann und seiner Cousine anders gedacht als in Bewertungen wie: Sie schmachtet eben hinter ihm her. Sie ist häßlich wie die Nacht, und sie wußte schon als junges Mädchen, daß sie nie einen Kerl abbekommen würde. Da hat sie sich frühzeitig auf Henri festgelegt und gedacht, wenn sie ihn lange genug bequatscht, wird er schon weich werden.

In diesem Augenblick erstmals begriff sie, daß es echte Liebe war, was Cathérine für Henri empfand. Er war nicht bloß ihre Notlösung, weil sich sonst niemand nach ihr umschaute. Er war die große, einzige und wahre Liebe ihres Lebens; er war es immer gewesen und würde es immer sein. Eine Liebe voller Tragik, weil sie sich nie erfüllen konnte. Aber sie war groß genug, daß Cathérine aufrichtiges Mitleid für diesen Mann hatte empfinden können, als er sich wegen der Untreue ihrer verhaßten Rivalin quälte.

Jede andere hätte triumphiert, dachte Nadine, aber ihr haben seine Schmerzen wirklich weh getan.

»Mir war klar, daß es stimmte«, sagte Cathérine, »ich wußte von Anfang an, daß du Henri nicht liebst. Er paßte einfach gerade gut in deine Lebensplanung, deshalb hast du ihn dir geschnappt. Als es dann nicht so lief, wie du es dir gedacht hattest, mußtest du natürlich Ausschau nach der nächsten Beute halten.«

»Woher wußtest du, daß es Peter war? Seinen Namen habe ich in dem Brief nicht erwähnt.«

»Nein, aber du schriebst, daß du mit einem Deutschen weggehst. Sowohl Henri als auch ich wußten niemanden sonst, der in Frage kommen könnte. Henri war doppelt getroffen; er hatte Peter für einen Freund gehalten. Für ihn brach in einer Sekunde nahezu alles zusammen, woran er jemals geglaubt hat.«

»Du hast diesen Brief also gefunden«, sagte Nadine langsam, »nachdem du auf ekelhafte Weise in meinen Sachen gestöbert hast. Du hast ihn gelesen und bist sofort damit zu Henri gelaufen. Merkwürdig, findest du nicht? Ich meine, weshalb mußtest du mich anschwärzen? Du hättest die Dinge doch einfach laufen lassen können. Einen Tag später wäre ich weg gewesen. Auf Nimmerwiedersehen, wie du wußtest. Endlich wäre der Weg für dich frei gewesen. Nach einer Reihe von Jahren hätte Henri unsere Ehe annullieren lassen können. Und du wärst endlich mit ihm zum Standesamt gegangen.«

Cathérine lächelte. Nun war nichts Sanftes mehr in ihren Augen, nur noch Bitterkeit und Frustration.

»Du weißt ganz genau, daß es so nicht gekommen wäre. Er hätte mich niemals geheiratet, in seinem ganzen Leben nicht. Aber vielleicht hätten wir in einer Art Partnerschaft miteinander gelebt. Das *Chez Nadine* – wenn es noch so geheißen hätte – wäre unser Kind gewesen, wir hätten es gehegt und gepflegt und uns ungeheuer dafür engagiert. Es hätte nie eine erotische Verbindung zwischen uns gegeben, denke nicht, ich sei so vermessen, dies zu glauben, aber auf eine befriedigende und intensive Weise hätten wir unser Leben sinnvoll geführt. Wir hätten einander nie enttäuscht, und keiner von uns wäre jemals wieder einsam gewesen.«

»Aber dann ...«

»Ich wußte, wenn du einfach verschwindest, würde er nie aufhören, nach dir zu suchen. Er würde nie abschließen. Er würde sein Leben vergeuden in der Hoffnung, dich zurückzubekommen, und er würde nie seinen Frieden finden. Meine einzige Chance war, ihm wirklich und ohne Gnade die Augen über dich zu öffnen, und wenn ich sage *ohne Gnade*, dann meine ich das nicht melodramatisch, sondern sehr ernst. Es war einer meiner schlimmsten Momente überhaupt, als ich ihm den Brief zeigte. Obwohl er wußte, daß er dich eigentlich längst verloren hatte, ist er zutiefst erschrocken. Nie habe ich einen entsetzteren, getroffeneren Menschen gesehen. Mein Gott, Nadine, er hat dich geliebt. Er hat dich so sehr geliebt, und irgendwann in deinem Leben wirst du begreifen, was du weggeworfen und zerstört hast, und du wirst es voller Schmerz vermissen. Vielleicht merkst du es auch jetzt schon?« Sie betrachtete die andere kritisch, schien zufrieden mit dem, was sie sah. »Du wirst sicher finden, daß es mir absolut nicht zusteht, mich abwertend über das Aussehen anderer Frauen zu äußern, aber um dir den Wind aus den Segeln zu nehmen, kann ich dir ja sagen, daß du eine sehr schöne Frau bist. Das mußte ich dir von der ersten Minute an zugestehen, und ich würde dies auch heute tun. Aber du siehst entsetzlich schlecht aus, Nadine. Da ist nicht mehr viel von der Frau, die du einmal warst. Man sieht dir viele durchweinte Stunden an, und solche, in denen du verzagt warst. Man sieht dir die – wahrscheinlich jahrelange? – Angst an, Peter könnte sich am Ende doch für seine Frau entscheiden und nicht für dich. Deine Züge sind heute verhärmt und verkrampft. In deiner Ausstrahlung lag früher eine beneidenswerte Selbstsicherheit, ein herausforderndes Lächeln, das du an die ganze Welt zu richten schienst. Das ist verschwunden, vollkommen verschwunden. Und das Schlimme ist – du hast es geopfert für nichts! Denn du stehst mit leeren Händen da. Dein Geliebter liegt mausetot im pathologischen Institut in Toulon, und dir bleibt nur Henri, dessen Liebe du nun nie zurückgewinnen wirst. Du bist noch nicht einmal Mitte dreißig und siehst an Tagen wie heute aus, als seist du schon ein Stück über vierzig. Du hast nichts mehr. Gar nichts.«

Jedes ihrer Worte traf Nadine wie ein Keulenschlag, und sie merkte, daß sie den Rückzug antreten mußte, wollte sie nicht irgendwann in Tränen ausbrechen. Sie hatte sich übernommen mit diesem Besuch. Sie wünschte, sie wäre nicht nach La Ciotat gefahren.

»Weißt du, Cathérine«, sagte sie, während sie sich bereits der Wohnzimmertür näherte, »du solltest dir dein Mitleid vielleicht besser für dich selbst aufsparen. Ich habe sicher eine Menge verloren, aber auch für dich ist alles schiefgelaufen. Denn dadurch, daß *mein Geliebter mausetot ist,* bin ich nun nicht in Buenos Aires, sondern hier, und das mag tragisch für mich sein, aber zweifellos auch für dich. Aus eurem gemeinsamen Hätscheln des *Chez Nadine* wird nun nichts. Keine Partnerschaft, kein geteiltes Alter. Du wirst auf ewig in diesem Loch hier sitzen und dir die Augen nach Henri ausweinen, und du wirst so einsam sterben, wie du gelebt hast. Hättest du nur nichts gesagt, Cathérine! Es wäre so unendlich viel klüger gewesen.«

»Das hätte nichts daran geändert, daß deine Pläne von einem Mörder zerstört wurden«, entgegnete Cathérine und kniff gleich darauf die Augen zusammen. »Oder was meintest du eben?«

»Ich kenne einen Menschen, der einen verdammt guten Grund gehabt hätte, Peter aus dem Weg zu räumen«, sagte Nadine, »nachdem er erfahren hat, daß er der Mann war, mit dem ich den Rest meines Lebens verbringen wollte.«

Cathérine stutzte, ihre Miene zeigte ungläubige Verwunderung, und dann fing sie an zu lachen, schrill und hysterisch und so, daß es fast auch ein Weinen hätte sein können. »Du glaubst allen Ernstes, Henri könnte Peter getötet haben?« rief sie. »Was bist du nur für eine Frau, Nadine! So viele Jahre, und du hast keine Ahnung, wer der Mann ist, mit dem du lebst. Keine Ahnung! Zu glauben, daß Henri …«

Sie krümmte sich nach vorn wie in einem Krampf, und nun war es klar, daß sie nicht mehr lachte, sondern weinte. »Henri ein Mörder! Henri ein Mörder!« schrie sie immer wieder, und Nadine hörte ihr Gebrüll noch auf der Straße, nachdem sie die Wohnung bereits fluchtartig verlassen hatte und zu ihrem Auto rannte und wußte, daß sie nie wieder hierherkommen würde.

2

An diesem Samstagmorgen führte Laura endlich das längst überfällige Telefongespräch mit ihrer Mutter, und das auch nur, weil sie unbedingt wissen wollte, wie es Sophie ging. Natürlich war Elisabeth gekränkt und verärgert, weil sie sich nicht früher gemeldet hatte.

»Ich habe unablässig versucht, dich zu erreichen. Wieso bist du nicht ans Telefon gegangen?«

»Ich hatte eine Art Zusammenbruch während der letzten beiden Tage. Vielleicht so etwas wie einen Schock. Ich habe nur im Bett gelegen. Ich konnte mit niemandem sprechen. Wie geht es Sophie?«

»Gut. Möchtest du sie sprechen?«

»Bitte. Unbedingt.«

Elisabeth holte Sophie ans Telefon, und Laura fühlte sich gleich ein wenig besser, als sie das fröhliche Gebrabbel und quietschende Lachen ihrer Tochter hörte. Sie unterhielt sich eine Weile mit ihr in einer Kindersprache, die nur sie beide verstanden, und versicherte ihr, sie werde bald wieder bei ihr sein.

Aber danach kam natürlich Elisabeth noch einmal an den Apparat, und sie stellte gleich die entscheidende Frage.

»Du hast ihn identifiziert? Der Tote ... war Peter?«

»Ja.«

»Du hättest mir das gleich sagen müssen. Ich bin hier fast verrückt geworden vor Sorge.«

»Ich weiß. Es tut mir leid.«

»In was für einer Welt leben wir eigentlich?« fragte Elisabeth aufgebracht. Laura wußte genau, daß es ihre Mutter dem Schicksal persönlich sehr übel nahm, sie in eine so peinliche Situation gebracht zu haben. Ihre Tochter war betrogen worden, und als ob dies allein nicht schon schlimm genug wäre, hatte der unnütze Schwiegersohn zudem eine gigantische Pleite hingelegt und sich dann ins Ausland abgesetzt. Als Krönung des Ganzen war er nun auch noch ermordet worden. Als hoffnungslose Egozentrikerin fragte sich Elisabeth vor allem, weshalb dies ausgerechnet *ihr* hatte zustoßen müssen. »Ich meine, das ist doch alles nicht normal! Weiß man denn, wer der Täter war?«

»Nein. So schnell noch nicht.«

»Ich bin sicher, es gibt da einen Zusammenhang mit dem Flittchen, das er sich ja offenbar seit einiger Zeit geleistet hat. Hast du herausgefunden, wer sie ist?«

Laura wollte dies nicht mit ihrer Mutter besprechen. Eigentlich wollte sie überhaupt nicht mit ihr reden. »Nein. Ich ...«

»Aber du hast hoffentlich der Polizei erzählt, daß es da eine Frau gab? Es ist nicht angenehm, eine solche Demütigung durch den eigenen Mann offenzulegen, aber die müssen das wissen. Hörst du?«

»Natürlich, Mutter.« Jetzt nur keine Debatte. Das kurze Gespräch hatte Laura ohnehin schon völlig erschöpft. »Ich mache das schon alles richtig, das kannst du mir glauben. Es ist nur ... es geht mir nicht so gut ...«

»Ich habe Peter ja nie wirklich gemocht. Aber mit dir war damals nicht zu reden.«

Es ist hoffnungslos, dachte Laura, es ist einfach hoffnungslos, Trost oder Mitgefühl von ihr zu erwarten. Wahrscheinlich empfindet sie durchaus so etwas wie Anteilnahme. Aber sie kann sie einfach nicht ausdrücken.

»Mutter«, sagte sie rasch, ohne auf den Vorwurf einzugehen, »ist es sehr schwierig für dich, Sophie noch eine Weile zu übernehmen? Ich darf hier im Moment nicht weg. Es könnte sein, daß die Polizei mich noch braucht.«

»Das ist kein Problem«, sagte Elisabeth großmütig, »aber du hältst mich auf dem laufenden? Ich möchte nicht wieder vergeblich hinter dir hertelefonieren.«

»Natürlich halte ich dich auf dem laufenden. Gib Sophie noch einen Kuß von mir, ja?«

Nachdem sie den Hörer aufgelegt hatte, starrte Laura eine Weile nachdenklich vor sich hin. Noch war Sophie zu klein, als daß sie hätte verstehen können, was geschehen war. Sie würde häufiger nach ihrem Vater fragen, ohne daß sie ihr dies alles erklären konnte. Aber eines Tages würde sie erfahren und begreifen, daß ihr Vater ermordet worden war.

Welch eine Belastung für ihr weiteres Leben, dachte Laura, auf eine vielleicht ganz unbestimmte, aber stets präsente Weise wird sie sich nie ganz zugehörig fühlen können. Da ist etwas in ihrer Vergangenheit geschehen, das sie von anderen abgrenzt. Etwas, das in ein normales Leben nicht hineingehört, ihr aber leider zugestoßen ist.

Sie nahm sich vor, alles zu tun, um zu verhindern, daß Sophie je von der Absicht ihres Vaters erfuhr, im Ausland unterzutauchen und Frau und Tochter allein auf seinem Schuldenberg zurückzulassen. Wie sollte sie ein gesundes

Selbstwertgefühl entwickeln, wenn sie sich ihren Vater als gewissenlosen Feigling vorstellen mußte?

Sie erschrak im selben Moment über diese Bezeichnung, mit der sie ihren ermordeten Mann – wenigstens in Gedanken – tituliert hatte. *Gewissenloser Feigling.* Durfte sie so über einen Toten denken? Über den Mann, mit dem sie acht Jahre zusammen, sieben Jahre verheiratet gewesen war? Mit dem sie ein Kind hatte, mit dem sie hatte alt werden wollen?

»Ich denke, ich darf«, sagte sie leise, »ich darf es, weil ich es anders nicht aushalten würde.«

Sie mußte sich an irgend etwas zu schaffen machen, und so rückte sie die beiden Sessel vor dem Kamin zurecht, in denen sie und Christopher am Vorabend gesessen hatten, schüttelte die Kissen auf, nahm ihr leeres Weinglas in die Hand, das noch auf dem Boden gestanden hatte. Es hatte ihr gut getan, Christopher bei sich zu haben. Unaufdringlich und verständnisvoll hatte er mit ihr über Peter geredet, über seine Stärken und Schwächen, darüber, daß er ein guter Freund gewesen war, dem er, Christopher, nicht hatte helfen können, als sein Leben aus dem Gleichgewicht geriet.

»Wenn das mit dem Geld nicht dazugekommen wäre«, hatte er mit unglücklicher Stimme gesagt, »dann hätte sich alles wieder eingerenkt. Dauerhaft hätte Nadine Joly ihn nicht an sich binden können. Er wäre zu dir zurückgekehrt, und ich denke auch, danach wäre ähnliches nicht mehr vorgefallen. Diese Art von Krise hat ein Mann nur einmal. Wenn sie vorüber ist, kommt sie nicht wieder.«

Und später hatte er gesagt: »Immer wieder habe ich mit ihm gesprochen. *Du hast eine so nette Frau,* habe ich gesagt, *eine so hübsche Frau! Und eine süße Tochter. Du bist wahnsinnig, deine Familie aufs Spiel zu setzen. Ist dir nicht klar, welchen Schatz du hast? Vielleicht müßtest du erst einmal in meine Lage kommen, damit du dein Glück zu schätzen wüßtest.* Ich glaube, er sah durchaus ein, daß ich recht hatte. Und es war auch ersichtlich für mich, daß er sich langsam löste. Zum Schluß begriff ich nicht mehr, woran er eigentlich noch hing. Jetzt ist mir klar, daß ihm seine prekäre Finanzlage den Rückweg zu dir zu versperren schien.«

Sie hatte seinen Worten gelauscht, nicht aber echten Trost in ihnen gefunden. Denn da gab es noch Camille Raymond und vielleicht noch etliche andere, und der Betrug mochte weit größere Ausmaße gehabt haben, als es selbst Christopher je geahnt hatte.

Während sie die Asche zusammenkehrte, überlegte sie, ob es sinnvoll für sie war, Erkundigungen über Camille Raymond einzuziehen. Herauszufinden, in welcher Art von Beziehung sie zu Peter gestanden hatte. War es wichtig zu wissen, ob die beiden ein Verhältnis gehabt hatten? Es mochte sich auswirken auf das Bild, das sie fortan von Peter haben würde. An ihrem Kummer, an ihrer Verletztheit, an ihrem weiteren Leben jedoch konnte es kaum etwas ändern.

Andererseits saß sie nun ohnehin für eine gewisse Zeit hier unten fest. Sie hatte keine Ahnung, wann man ihr erlauben würde, nach Hause zurückzukehren. Da sie irgend etwas Sinnvolles tun mußte, hatte sie bereits beschlossen, am Montag einen Makler aufzusuchen, der ihr sagen konnte, wieviel Geld sie beim Verkauf des Ferienhauses erwarten durfte. Daheim mußte sie dann jedoch noch herausfinden, wie hoch Peter das Haus beliehen hatte. Am Ende würde ihr kaum etwas bleiben.

Vor ihr lag noch das Wochenende. In ihrem Kopf spukte ständig ein Name herum, den der Kommissar während des Gesprächs mit ihr in einem Nebensatz erwähnt hatte. *Monique Lafond.* Das war die Frau, die Camille Raymond und ihre kleine Tochter gefunden hatte. *Monique Lafond aus La Madrague.* Madame Lafond hatte bei Camille geputzt. Putzfrauen bekamen eine Menge mit von dem, was sich im Privatleben ihrer Arbeitgeber abspielte. Wenn Camille ein Verhältnis mit Peter gehabt hatte, dann wußte Monique möglicherweise Bescheid.

Da sie auf diesen Gedanken immer wieder zurückkam, war ihr klar, daß sie Madame Lafond irgendwann vermutlich sowieso aufsuchen würde. Warum sollte sie es vor sich herschieben?

Nachdem sie die Asche in die Abfalltonne in der Küche gekippt hatte, rief sie bei der Auskunft an und erhielt Monique Lafonds Adresse. Verblüfft, weil dies so einfach gegangen war, starrte sie auf den Zettel, auf dem sie die Angaben notiert hatte. Kurz entschlossen verließ sie das Haus, schloß diesmal alles sorgfältig hinter sich ab und setzte sich in ihr Auto. Nachdem sie am Vortag bis mittags im Bett gelegen und bis abends im Bademantel herumgesessen hatte, erstaunte sie die Energie, die sie heute aufzubringen in der Lage war. Sie vermutete, daß sie noch immer auf der Flucht war vor all den Geschehnissen, aber daß ihre Strategie wechselte: Anstatt sich die Bettdecke über den Kopf zu ziehen, vermochte sie diesmal keine Sekunde untätig zu sein.

Monique Lafond war nicht zu Hause. Laura hatte den Wohnblock mit dem flachen Dach und den vielen kleinen Balkonen, die einen besonders schönen Meeresblick bieten mußten, rasch gefunden. Unten gab es nur eine Schwingtür, die tagsüber nicht abgeschlossen wurde; man konnte ungehindert ins Innere des Hauses gelangen. Laura klingelte mehrfach oben an der Wohnung, aber nichts rührte sich. Vielleicht war es dumm gewesen, gerade am Samstagmorgen hierherzukommen, um diese Zeit waren die meisten Leute beim Einkaufen. Sie kramte einen Zettel und einen Stift aus ihrer Handtasche, schrieb ihren Namen und ihre Telefonnummer darauf und bat Monique, sie in einer dringenden Angelegenheit anzurufen. Sie klemmte den Zettel an die Wohnungstür und verließ das Haus.

Unter halb gesenkten Lidern sah Pauline Stephane beim Essen zu. Er saß ihr gegenüber, schenkte ihr jedoch keinen Blick, sondern konzentrierte sich nur auf das gebratene Hühnchen, das vor ihm auf dem Teller lag. Er probierte von dem Reis, den es als Beilage dazu gab, und bemerkte – noch immer ohne seine Frau anzuschauen –: »Nicht gerade körnig. Du weißt doch, daß ich pappigen Reis nicht mag.«

»Tut mir leid«, murmelte Pauline. Sie wußte, daß ihr auch das Huhn nicht besonders gut gelungen war. Normalerweise war sie beim Kochen so emotionslos und routiniert wie in den meisten übrigen Lebensbereichen, und bis auf den Umstand, daß ihr tatsächlich öfter einmal der Reis zu klebrig wurde – was Stephane dann auch stets sofort monierte –, konnte man sich auf die korrekte Gleichförmigkeit ihrer Küche verlassen. Aber seit einiger Zeit war sie einfach nicht mehr sie selbst. Nie hätte sie gedacht, daß irgend etwas oder irgend jemand sie einmal in einen Zustand nervöser Unruhe versetzen könnte; hatte sie doch kaum gewußt, was nervös zu sein überhaupt bedeutete. Nun wußte sie es: Es bedeutete die Unfähigkeit, sich auf irgendeine Tätigkeit wirklich zu konzentrieren, es bedeutete, Stunde um Stunde wachsam und übermäßig angespannt zu sein, zitternde Hände zu haben, bei jedem Geräusch zusammenzuzucken.

Das gibt es doch einfach nicht, dachte sie, *wie kann denn ein Mensch derart aus der Fassung geraten?*

Sie hatte Stephane noch nie verstohlen während des Essens – oder während sonst irgendeiner Tätigkeit – gemustert. Es wäre ihr gar nicht in den Sinn gekommen. Heute tat sie es, weil sie in seinen Zügen, in seinem Gebaren nach Hinweisen darauf suchte, daß er bemerkte, wie es um sie stand, und sich Gedanken darüber machte. Sie wartete auf eine Reaktion. Eine Reaktion auf das mißlungene Hühnchen, darauf, daß sie fast keinen Bissen hinunterbekam, daß sie, wie sie noch vor einer Stunde vor dem Spiegel festgestellt hatte, erbärmlich blaß aussah. Zum erstenmal, seitdem sie mit ihm zusammen war, sehnte sie sich danach, daß er ihr besorgte Fragen stellte, sie aufmerksam musterte oder sogar zärtlich in den Arm nahm. Früher war ihr das nie wichtig gewesen, und soweit sie sich nun erinnerte, hatte Stephane auch noch nie in der von ihr jetzt ersehnten Weise agiert. Er gehörte zu den Männern, die es schon haßten, beim Spazierengehen die Hand der Partnerin zu halten. Geschweige denn, daß er ihr einmal über die Haare gestrichen oder sich nach ihrem Befinden erkundigt hätte.

Ihr wurde klar, daß dies auch jetzt nicht von ihm zu erwarten war. Für den Moment interessierte ihn nichts als sein Essen. Er beugte sich tiefer über den Teller, als es die guten Manieren erlaubten, und legte seine Arme breit auf den Tisch. Da Samstag war, arbeitete er heute nicht, und zum erstenmal fiel ihr auf, wie sehr sein Benehmen zu wünschen übrig ließ, wenn er Anzug und Krawatte abgelegt und sich vom Bankangestellten in einen Privatmann verwandelt hatte. Sie und ihr ästhetisches Empfinden waren ihm jedenfalls offenbar gleichgültig. Er hatte sich nicht rasiert, und graue Bartstoppeln bedeckten seine Wangen. Er trug ein weißes T-Shirt, das ihm zu eng war.

Sein Bauch ist noch viel dicker als damals bei unserem Kennenlernen, dachte sie und wunderte sich, daß sie dies zuvor nie bemerkt hatte.

»Ich kann gar nichts essen«, sagte sie schließlich.

Stephane sah kauend auf. »Schmeckt es dir nicht?«

»Ich weiß nicht ... ich glaube nicht, daß es daran liegt ...«

»Der Reis klumpt entsetzlich«, nörgelte Stephane, »und mit dem Huhn ist auch irgend etwas anders als sonst. Dir ist zuviel Paprika hineingeraten, kann das sein?«

»Kann sein. *Aber daran liegt es nicht.*« Ob er in der Lage sein würde, dies zu begreifen?

Er hatte sich wieder seinem Teller zugewandt. »Du hast besser gekocht, als wir uns kennenlernten. Sorgfältiger.«

»Mir geht es nicht gut zur Zeit, Stephane.«

Etwas in ihrem Ton ließ ihn aufhorchen. Er blickte wieder hoch, sah sie diesmal eindringlich aus schmalen Augen an. »Du bist doch nicht schwanger? Du weißt, wir waren uns einig, daß wir auf keinen Fall ...«

»Nein. Nein, um Gottes willen, das ist es nicht.« Sie lachte nervös. »Nein, es ist etwas anderes ... du wirst es albern finden. Wahrscheinlich *ist* es auch albern ...«

Er trank geräuschvoll von seinem Cidre und wischte sich dann mit der Papierserviette über das fettglänzende Kinn. »Herrgott, was ist es denn? Es muß dich ja ganz schön durcheinanderbringen, wenn du selbst ein so einfaches Essen wie Huhn und Reis vermurkst. Übrigens siehst du nicht gut aus.« Der Blick, mit dem er sie bedachte, war so kritisch wie der, mit dem er zuvor den Reis auf seiner Gabel beäugt hatte. »Hast du dich früher geschminkt und jetzt damit aufgehört?«

»Ich habe mich noch nie geschminkt.«

»Aber deine Haut war nicht so grau.«

»Ich schlafe schlecht. Ich ... ich habe so seltsame Erlebnisse ...«

Immerhin schien er nun ein wenig beunruhigt. »Seltsame Erlebnisse? Seltsame Erlebnisse gibt es nicht, das weißt du. Vielleicht kommst du in die Wechseljahre. Da sollen Frauen ja sehr eigenartig werden.«

»Stephane, ich bin achtundzwanzig!«

»Bei manchen geht's eben früh los.« Er wandte sich wieder seinem Essen zu. Aus irgendeinem Grund hatte sie plötzlich das Bedürfnis, loszuheulen. Sie mußte einige Male schlucken, um einen Tränenausbruch zu verhindern.

»Stephane, ich glaube, daß ich verfolgt werde«, sagte sie schließlich, und nun schwankte ihre Stimme bedenklich, »seit einiger Zeit schon. Jemand ist ständig um mich herum …«

Sie konnte sehen, wie sehr sie ihn nervte. Er hatte in Ruhe essen wollen. Während der Mahlzeiten sprachen sie für gewöhnlich kaum miteinander, reichten einander nur mit einem *Bitte* und *Danke* Salz und Pfeffer oder machten Bemerkungen über das Wetter.

Aber eigentlich, dachte Pauline plötzlich, reden wir auch sonst nicht viel mehr.

»Jemand ist *ständig* um dich herum?« wiederholte er, und sein Tonfall machte deutlich, wie absurd er fand, was sie sagte.

»Nun ja, nicht ständig …«

»Was denn nun? Ständig oder nicht ständig? Kannst du dich nicht wenigstens klar ausdrücken?«

Sie berichtete ihm von den merkwürdigen Erlebnissen, die ihr in der letzten Zeit widerfahren waren. Von dem Auto, das ihr gefolgt war. Von der unsichtbaren Person im Klostergang bei *Bérard*. Von dem Schatten vor ihrem Fenster.

»Und gestern …«

»Was war gestern?« Er klang ungeduldig und gereizt.

»Gestern mittag bin ich zur Post gegangen. Ich wollte Briefmarken kaufen. In einigem Abstand fuhr mir langsam ein Auto hinterher.«

»Dasselbe Auto, das dir angeblich schon einmal gefolgt ist?«

»Ein anderes. Beim letzten Mal war es, glaube ich, ein Toyota. Jetzt ein kleiner Renault.«

»Aha. Diesmal also ein Renault. Und was tat er, dieser feindliche Renault?«

Sie hatte gewußt, daß es keinen Zweck hatte. Er würde ihr nicht glauben, und, was noch schlimmer war, er würde aggressiv werden. Genau das war ihr von vornherein klar gewesen.

»Er folgte mir einfach. Im Schrittempo. Sonst tat er nichts.«

»Aufregende Geschichte«, bemerkte Stephane ironisch.

Ihre Augen schwammen. »Aber Stephane! Das ist doch *nicht normal*! Und dann, gestern abend, als ich zum Briefkasten ging ...«

»Wieso gingst du zum Briefkasten? Ich denke, du warst mittags schon bei der Post!«

»Ich hatte Briefmarken gekauft, wie ich doch sagte. Dann habe ich den Brief geschrieben und ihn abends weggebracht.«

»Sehr ökonomisch. Auf die Idee, zuerst den Brief zu schreiben und ihn dann gleich von der Post abzuschicken, bist du wohl nicht gekommen?«

»Stephane, darum geht es doch jetzt gar nicht. Mir ist abends schon wieder jemand gefolgt.«

»Aha. Wieder der kleine Renault?«

»Nein. Diesmal war es jemand zu Fuß. Ich konnte die Schritte hören, obwohl sich die betreffende Person Mühe gab, leise zu sein.«

»Vielleicht wollte irgendein anderer harmloser Mensch ebenfalls zum Briefkasten! Das kommt nämlich vor. Oder er hat einen Abendspaziergang gemacht. Nicht immer, wenn außer dir ein weiterer Mensch sich auf der Straße aufhält, will er dir ans Leben!«

»Aber er ist *geschlichen*!«

Stephane seufzte tief. Demonstrativ schob er die letzten Essensreste an den Tellerrand. *Du hast mir den Appetit verdorben,* hieß das.

»So. Und wer ist deiner Meinung nach jener geheimnisvolle Unbekannte?«

Pauline wagte es kaum noch auszusprechen. Fast flüsternd sagte sie: »Es stand doch jetzt so viel in der Zeitung. Von dem Mörder, erinnerst du dich? Der diese Frau aus Paris in ihrem Haus ermordet hat und vielleicht auch den Deutschen, den sie oben in den Bergen gefunden haben. Und da dachte ich ... ich dachte, ob ich vielleicht die nächste ...«

Stephane tat ihr nicht einmal den Gefallen zu lachen. Vielleicht, dachte sie, kann man von keinem Mann erwarten, daß er eine solche Geschichte – oder vielmehr: solch eigenartige Episoden – ernst nahm. Aber er hätte lachen, sie ein wenig aufziehen und schließlich in den Arm nehmen können. Ihr versichern, daß er da sein würde. Daß ihr niemand etwas tun konnte. Am Ende hätte sie sogar ein wenig in sein Lachen einstimmen, sich ein bißchen befreit fühlen können.

Aber er sah sie nur an. Kalt. Und so, als empfinde er eine tiefe Abneigung gegen sie.

»Pauline«, sagte er, »ich möchte nicht, daß du jetzt mit so etwas anfängst. Verstehst du? Ich kann überspannte oder gar hysterische Frauen nicht leiden. Ich habe keine Lust, mich mit so etwas herumzuschlagen. Also, wenn dir weiterhin Autos folgen und Killer vor deinem Fenster auftauchen, dann behalte das bitte für dich. Setz dich allein damit auseinander. Aber verschone mich bitte damit. Vor allem beim Essen.«

Er schob seinen Stuhl zurück und stand auf. Die Bewegung, mit der er seine Serviette zerknüllte und auf den Teller warf, verriet seine Wut.

»Ich gehe irgendwohin einen Kaffee trinken«, sagte er und verließ das Zimmer.

Pauline brach in Tränen aus.

»Ich möchte wissen, wo du am Samstagabend warst«, sagte Nadine, und in ihrer Stimme schwang wieder jene Schärfe, die über den tragischen Ereignissen der letzten Tage verlorengegangen schien. »Ich möchte über jede Minute Bescheid wissen.«

Henri hackte Zwiebeln. Es war heiß in der Küche, Mittagszeit. Zwei Drittel aller Tische im Gastraum waren immerhin besetzt, obwohl die Saison vorüber war. Er hatte so etwas geahnt, hatte am Morgen schon überlegt, ob er Cathérine anrufen sollte, es dann aber wegen der überaus angespannten Situation mit Nadine nicht gewagt. Wie erwartet, hatte er nun das Nachsehen. Nadine dachte natürlich nicht daran, ihm zu helfen, stattdessen versuchte sie zu allem Überfluß, ihn in ein Gespräch zu verwickeln.

»Nicht jetzt«, bat er. Für einen Augenblick hielt er inne und wischte sich den Schweiß von der Stirn. »Ich muß Mahlzeiten für etwa vierzehn Personen aus dem Boden stampfen. Ich kann nicht reden. Wenn du irgend etwas für mich tun willst, dann übernimm das Servieren.«

»Ich will nichts für dich tun«, sagte Nadine.

Sie war, dachte er gleichermaßen erschöpft wie verbittert, wieder der gottverdammte Eisklotz, den er nur zu gut kannte.

»Mich interessieren weder deine Gäste noch was du ihnen auf die Teller füllen wirst. Der Mann, den ich geliebt habe, ist ermordet worden. Vermutlich am Samstagabend. Und ich will wissen, wo du warst.«

Der Mann, den ich geliebt habe ... Es tat so weh, daß er Mühe hatte, ein Stöhnen zu unterdrücken. So bewußt grausam war sie ihm gegenüber noch nie gewesen. Es war, als habe sie den Startschuß für neue Spielregeln gegeben: Von jetzt an wird mit harten Bandagen gekämpft.

Keine Frage, wer dabei wem überlegen war.

Letztlich aber sowieso keine Frage, wer wem grundsätzlich und immer überlegen war.

Obwohl er es gerade noch abgelehnt hatte, sofort mit ihr zu reden, sagte er: »Wie kannst du so dumm fragen? Hier herrschte Hochbetrieb. Ich hatte nicht mal Zeit, aufs Klo zu gehen. Geschweige denn, in die Berge zu fahren und deinen Liebhaber umzubringen.«

»Das kann stimmen oder auch nicht.«

»Ich kann dir nichts anderes sagen.«

»Wieso hast du an jenem Abend nicht Cathérine geholt? Sonst stand sie doch so sicher wie das Amen in der Kirche hier in unserem Haus und mühte sich, dir zur Hand zu gehen!«

»Ich wollte sie nicht sehen.«

»Wieso nicht? Sie war am Freitag da. Sie war am darauffolgenden Sonntag da. Warum nicht am Samstag?«

Wieder wischte er sich den Schweiß von der Stirn. »Sie hatte mir am Freitag gesagt, daß ... du und Peter ... o Gott, du weißt doch, was am Freitag geschehen ist!«

»Und da wolltest du am Samstag lieber keinen Zeugen hier haben?«

»Nein. Aber ich konnte sie nicht sehen. Ich wollte nicht mit ihr sprechen. Ich wollte nicht, daß sie mich den ganzen Abend über fragt, was ich jetzt tun werde. Ich hätte das nicht ertragen.«

»Aber am nächsten Mittag hast du's ertragen.«

»Du warst wieder da. Ich hatte dich nicht verloren.«

»Weil Peter tot war.«

»Aber damit habe ich nichts zu tun.«

Aus dem Gästeraum drangen laute Stimmen. Die Leute wurden unruhig. Seit langem war niemand mehr erschienen, um ihre Bestellungen aufzunehmen, und wer bereits bestellt hatte, wartete schon ewig auf sein Essen. Henri begann stärker zu schwitzen.

»Wir reden«, sagte er, »wir reden heute abend. Über alles. Über uns. Über was du willst. Aber ich muß jetzt hier weitermachen, sonst bricht das Chaos los. Das siehst du ein, oder?« Er sah sie flehend an. »Hilfst du mir?«

Außer Haß konnte er nichts erkennen in ihren Augen.

»Nein«, sagte sie und verließ die Küche.

5

Anne meinte, die Telefonate mit Laura kämen ihr allmählich vor wie ein spannender Fortsetzungsroman, den sie leider nicht verschlingen durfte, sondern in abgewogenen Häppchen zugeteilt bekam.

»Aber ich kann sicher sein, daß jedesmal, wenn du anrufst, irgend etwas Neues und Unerwartetes geschehen ist«, sagte sie. »Der gute Peter ist wirklich für manche Überraschung gut. Ich hielt ihn immer für reichlich spießig. Und nun läßt er sich irgendwo in der Einöde ermorden und präsentiert nach seinem Ableben noch eine ganze Palette von Geliebten. Ganz abgesehen von einem Geldkoffer, den er herumgeschleppt hat. Er war durchtriebener, als ich dachte.«

Es war Samstag nachmittag, kurz nach vier Uhr, und Laura hatte die Freundin endlich erreicht, nachdem sie es zwei Stunden lang vergeblich versucht hatte.

»Ich war Mittagessen mit einem Typ, den ich gestern abend kennengelernt habe«, hatte Anne erklärt, »aber entweder er oder ich war bei unserer ersten Begegnung betrunken. Jedenfalls hielt ich ihn für ungemein witzig und geistreich. Tatsächlich ist er das nicht im geringsten. Ich bin schon beim Aperitif beinahe eingeschlafen. Und als jetzt das Telefon klingelte, hatte ich schon Angst, er könnte es sein, der hinter mir hertelefoniert.«

»Nein, ich bin es nur«, hatte Laura gesagt, und etwas in ihrer Stimme mußte Anne signalisiert haben, daß etwas Ernstes geschehen war, denn sie hörte sofort auf, von ihrer neuen Eroberung zu erzählen, und fragte: »Was ist passiert?«

Atemlos hatte sie gelauscht: dem Bericht von Peters Ermordung, von dem vielen Geld, das man am Tatort gefunden hatte, von Lauras Erkenntnis, daß Nadine Joly seine Geliebte gewesen war, und von Camille Raymond, die auf die gleiche Art ermordet worden war wie Peter und von der der ermittelnde Kommissar – aber auch Laura selbst – überzeugt war, daß sie zu Peter in irgendeiner Beziehung gestanden hatte.

»Und welche Art von Beziehung ist wohl klar«, hatte Laura hinzugefügt, und Anne hatte gemeint, daß auch sie irgendeine amouröse Geschichte vermutete.

Nach der Bemerkung über Peters unerwartete Durchtriebenheit überlegte Anne eine Weile, und auch Laura sagte nichts, weil sie sich plötzlich unendlich müde fühlte.

Dann sagte Anne: »Weißt du, was ich merkwürdig finde? Du und diese Camille Raymond – ihr habt ganz viel gemeinsam.«

»Du kanntest sie doch gar nicht.«

»Natürlich nicht. Ich meinte auch keine charakterlichen Gemeinsamkeiten oder so etwas. Aber drei Fakten – drei nicht ganz *unbedeutende* Fakten – stimmen überein: Ihr seid beide jung, ungefähr Mitte Dreißig. Ihr habt jede eine kleine Tochter. Und ihr seid beide Witwen.«

Laura war verblüfft. Was Anne sagte, stimmte, aber ihr selbst war das bislang nicht aufgefallen.

»Aber … was schließt du daraus?« fragte sie.

»Vorläufig – gar nichts. Ich kann mir noch kein Bild aus all dem machen. Und vielleicht gibt es da auch gar keines. Trotzdem fiel es mir plötzlich auf. Ein bißchen eigenartig ist es schon, findest du nicht?«

Laura fragte sich, weshalb sie so ein seltsames Kribbeln in ihrem Bauch spürte. Eine leise vibrierende Spannung, so als verändere sich ihr Körper im Angesicht einer drohenden Gefahr.

»Aber eines stimmt auf jeden Fall nicht überein«, sagte sie. »Camille Raymond und ich *hatten* manches gemeinsam. Denn sie ist jetzt tot. Und ich nicht. Und ich denke, dies ist ein äußerst entscheidender Unterschied.«

Anne schwieg, und dann sagte sie in einem Ton, der irgendwie unecht klang: »Ja, natürlich, du hast recht.«

Laura hatte den Eindruck, daß Anne sich Sorgen machte.

6

Monique fühlte sich so, als führe sie ein Theaterstück auf mit dem Titel *Meine Rückkehr ins Leben* und als tue sie dies äußerst angestrengt, um nicht genau hinsehen zu müssen, wie trist dieses Leben in Wahrheit war.

Denn letzten Endes hatte es nicht gerade etwas Berauschendes, an einem Samstagabend allein in der Wohnung zu sitzen und auf die Stimmen aus dem Fernseher zu lauschen. Es lief irgendeine Show, in der ausgewählte Kandidaten blödsinnige Dinge tun und sich vollkommen lächerlich machen mußten, damit einer von ihnen am Ende dreißigtausend Francs gewinnen konnte. Monique warf immer wieder einen Blick auf den Apparat und bemühte sich zu lachen und das, was sie sah, komisch zu finden, aber im tiefsten Innern wußte sie, daß sie sich eine so dumme Sendung nie ansehen würde, wenn sie nicht so allein wäre.

Immerhin hockte sie nicht nur tatenlos auf der Couch, sondern eilte geschäftig in der Wohnung umher und deckte einen schönen Tisch – für *eine* Person, aber in irgendeiner

Zeitschrift hatte die Kummerkastentante alleinlebenden Frauen geraten, es sich manchmal auch *nur für sich selbst* richtig schön zu machen. In der Küche brutzelte eine Seezunge in einer selbst zubereiteten Knusperpanade, und eine große Schüssel mit herrlich angerichtetem Salat stand auch schon bereit.

Schluß mit den Tiefkühlgerichten, hatte sie am Morgen streng zu sich gesagt, von jetzt an ernährst du dich anspruchsvoller und besser.

Sie hatte sich eine Flasche Wein geöffnet und summte leise vor sich hin. Im Fernsehen mühte sich ein Kandidat ab, in einem kleinen Schwimmbecken nach versenkten Kondomen zu tauchen. Das Publikum schrie vor Vergnügen.

Hin und wieder warf Monique einen Blick zum Telefon, als erwarte sie, es könne jeden Moment klingeln. Und eigentlich glaubte sie auch, es müsse dies tun. *Irgendeine* Reaktion mußte es doch geben. Sie war den ganzen Vormittag beim Einkaufen gewesen und hatte sich dann ein Essen im Restaurant gegönnt, hatte die Einkäufe im Auto verstaut und noch einen langen Spaziergang am Strand gemacht. Es war fast halb fünf, als sie in ihre Wohnung zurückkehrte. Als erstes hatte sie den Anrufbeantworter abgehört. Es war nur eine Frau aus dem Nachbarhaus zu hören, die fragte, ob sie am Abend ihr Baby hüten würde, damit sie mit ihrem Mann ausgehen konnte. Monique hatte dies ein paarmal getan und den Job zunehmend gehaßt; nach ihrer Ansicht war dies etwas für Schulmädchen oder für alleinstehende ältere Frauen. Da sie sich beim besten Willen nicht zu den Schulmädchen rechnen konnte, blieb nur die andere Variante übrig, über die sie lieber gar nicht erst nachdenken wollte.

Er hatte sich nicht gemeldet. Das wunderte sie. Er sollte doch ein Interesse daran haben, sich mit ihr in Verbindung zu setzen. Und da sie ihm auf sein Handy gesprochen hatte, konnte sie sich nicht vorstellen, daß er wegen einer Reise nicht zurückrief. Das Handy führte man schließlich fast immer mit sich.

Wenn er morgen nicht anruft, dachte sie, versuche ich es noch einmal.

In ihrem Bemühen, sich an den eigenen Haaren aus dem Sumpf zu ziehen, hatte sie sich ein Kleid gekauft, und plötzlich kam ihr die Idee, es zum Essen anzuziehen. Warum nicht? Sie hatte lange genug Abend für Abend im Bademantel herumgesessen.

Es war ein sehr sexy Kleid, schwarz und schlicht, mit tiefem Ausschnitt und dünnen Trägern über den Schultern. Das klassische Kleid, in dem eine Frau ihren Liebhaber erwartet. Es stand ihr gut, fand sie. Ihr Busen kam wunderschön zur Geltung, und daß der besonders hübsch war, hatten ihr die wenigen Männer, die es in ihrem Leben gegeben hatte, zumindest einhellig versichert.

Als sie in die Küche ging, um nach ihrem Essen zu sehen, klingelte es an der Tür. Verwirrt schaute sie zur Uhr: Viertel nach acht. Eine ungewöhnliche Zeit für einen Besuch, besonders in ihrem ereignislosen Leben. Vielleicht war es die Nachbarin, bei der sie nicht zurückgerufen hatte, die einen letzten Versuch starten wollte, ihr das kleine Quengelmonster aufs Auge zu drücken. Aber so, wie sie gerade aussah, konnte sie glaubhaft behaupten, eine Verabredung zu haben.

Sie trat aus der Küche. Nur wenige Schritte trennten sie von ihrer Wohnungstür, und irgendein nicht definierbares Geräusch – es hätte ein Räuspern sein können oder ein Scharren mit dem Fuß – sagte ihr, daß der Besucher bereits im Haus war. Das war nicht ungewöhnlich. Die Haustür unten sollte eigentlich immer zugeschlossen werden, aber niemand machte sich die Mühe, nur ein paar alte Damen, die damit jedoch auf völlig verlorenem Posten standen. Keiner sonst im Haus sorgte sich ernsthaft wegen irgendwelcher Gefahren.

Im selben Moment läutete es schon wieder. Monique konnte ungeduldige Klingler nicht leiden.

»Meine Güte, ich komme ja schon!« rief sie.

Als sie jedoch öffnete, war niemand zu sehen. Sie blickte nach rechts und links, doch der Gang war leer. Sie runzelte die Stirn. Sie hätte schwören können, daß ihr Besucher bereits hier oben stand.

Auf der Treppe vernahm sie Schritte. Gleich darauf tauchte Jeanne Versini auf. Diesmal trug sie ein perfekt geschnittenes Chanelkostüm in verschiedenen Pastellfarben, passende hellblaue Schuhe und eine hellblaue Handtasche mit der typischen Goldkette. Ihr Anblick bewirkte, daß sich Monique in ihrem etwas zu tief ausgeschnittenen kleinen Schwarzen sofort billig vorkam.

»Oh«, sagte Jeanne, »entschuldigen Sie. Sie haben Besuch?«

Monique war einen Moment lang in Versuchung, ja zu sagen, um wenigstens einmal im Leben den Anschein zu erwecken, sie gehöre zu den geselligen, begehrenswerten Frauen, die am Wochenende aufregende Kleider anzogen, um aufregende Männer zu empfangen. Aber dann überwog die Neugier zu hören, ob Jeanne etwas über Camille und deren geheimnisvollen Freund herausgefunden hatte, und so sagte sie statt dessen: »Nein, nein. Ich habe mir dieses Kleid heute gekauft und mußte es einfach noch mal anprobieren.« Einladend trat sie einen Schritt zurück. »Kommen Sie doch herein. Möchten Sie ein Glas Wein?«

»Ich will wirklich nicht stören«, sagte Jeanne, folgte aber dennoch der Aufforderung, einzutreten. Sie sah den festlich vorbereiteten Eßtisch und stutzte erneut, registrierte dann wohl aber, daß nur für eine Person gedeckt war, denn sie entspannte sich gleich wieder.

»Ich finde es ja ein wenig leichtsinnig, daß man selbst abends unten ohne Schwierigkeiten ins Haus hineinkann«, meinte sie. »Nach Einbruch der Dunkelheit sollte schon ab-geschlossen sein, finden Sie nicht?«

»Ich kann mir eigentlich nicht vorstellen, daß Einbrecher es auf dieses Haus abgesehen haben könnten. Reichtümer vermutet hier bestimmt niemand«, sagte Monique.

»Ich habe jedenfalls unten geklingelt«, sagte Jeanne, »denn ich stelle es mir unangenehm vor, zu so später Stunde zu öffnen und einen unerwarteten Besucher bereits direkt vor der Tür stehen zu sehen.«

Ihre Bemerkung erinnerte Monique an die Irritation, die sie empfunden hatte, als sie niemanden vor der Wohnungs-tür entdeckt hatte.

»Sie haben doch zweimal geklingelt«, vergewisserte sie sich.

Jeanne sah sie verwundert an. »Nein. Einmal.«

»Sicher?«

»Ganz sicher. Ich habe einmal geklingelt und bin dann gleich hinaufgegangen.«

»Das ist merkwürdig«, sagte Monique, aber sie mochte das Thema nicht mit Jeanne besprechen und ging darüber hinweg. »Gibt es etwas Neues?« fragte sie, während sie ein zweites Glas holte, Wein einschenkte und es ihrer Besuche-rin reichte.

»Schon«, meinte Jeanne zögernd, »aber es bringt uns wohl nicht wirklich weiter.« Sie machte eine Kopfbewegung zum Telefon hin. »Hat *er* sich gemeldet?«

»Nein. Ich finde das seltsam, aber vielleicht gibt es irgend-einen einleuchtenden Grund. Wie ist es, möchten Sie mit mir essen? Mein Fisch ist gerade fertig, ich kann leider nicht war-ten.«

Jeanne lehnte dankend ab, sie esse abends nie, und Moni-que dachte, daß dies wohl das Geheimnis ihrer grazilen Fi-gur war.

Schließlich saßen sie einander am Tisch gegenüber, Jeanne nippte an ihrem Wein, und Monique verzehrte Fisch und Salat. Jeanne sagte, sie sei um sechs Uhr zu Isabelle gegangen, habe dort eine halbe Stunde warten müssen, und dann sei Isabelle nach Hause zurückgekehrt und habe zum Glück gleich Zeit gefunden, mit ihr zu reden.

»Also, *sie* hat etwas gewußt von einem Mann in Camilles Leben. Aber sie weiß auch nicht, wer er war, sie kennt keinen Namen, keine näheren Angaben zu seiner Person. Sie ist einmal morgens, im letzten Sommer, an dem Weg vorbeigekommen, der zu Camilles Haus führt, und da fuhr ein Wagen mit einem Mann entlang. Es war eine Uhrzeit, zu der eigentlich niemand unterwegs ist, jedenfalls meint Isabelle, man könne ausschließen, daß es sich um irgendeinen Lieferanten oder Handwerker oder etwas Ähnliches handelte. Es ging allerdings alles zu schnell, als daß sie sich das Gesicht hätte einprägen können. *Olàlà,* hat sie sich gedacht, *da kehrt wohl endlich wieder ein bißchen Lebensfreude in das traurige Dasein von Camille ein!* Sie hat dann ein paarmal versucht, durch vorsichtiges Fragen etwas aus Camille herauszubekommen, doch da biß sie wohl auf Granit. Aber genau wie auch ich im letzten Jahr hatte sie den Eindruck, daß mit Camille eine Veränderung vor sich ging, daß sie ein wenig fröhlicher und zuversichtlicher wurde. Um Weihnachten herum traf Isabelle Camille am Strand und ging ein Stück mit ihr spazieren, und ihr fiel auf, daß sie sehr bedrückt und unglücklich wirkte. Camille erzählte ihr schließlich das gleiche wie mir, daß sie einen Mann kennengelernt habe, die Geschichte aber nun beenden wolle, und daß dieser Mann nicht so einfach loszuwerden sei. Isabelle ist ein wenig zäher als ich, sie hakte intensiver nach. Camille muß etwas in der Art gesagt haben, daß dieser Mann ihr manchmal angst mache, und Isabelle wollte wissen, wie sie das meine. Es war wohl nicht ganz einfach herauszufinden, was wirklich los war, wie üblich wollte Camille nicht recht mit der Sprache heraus.

Isabelle reimte es sich schließlich so zusammen, daß Camille Angst in dem Sinn gemeint hatte, daß sie fürchte, er ersticke sie, enge sie ein, erdrücke sie mit Liebe. Isabelle sagt, der Unbekannte habe ihr in diesem Moment leid getan. Wahrscheinlich ein ganz normaler Mann, habe sie gedacht, der Camille ganz normale Avancen macht. Aber scheitern muß an ihrer komischen Art.«

Jeanne seufzte. »Sie wissen schon, wie sie es meinte. Camille konnte verschlossener sein als eine Auster. Isabelle sagte, Camille fühlte sich von einem Mann schon bedrängt, wenn er ihr Blumen mitbrachte oder sie ins Kino einlud.«

»Hat Isabelle der Polizei davon erzählt?« fragte Monique.

Jeanne schüttelte den Kopf. »Ihr war das alles so harmlos und nebensächlich vorgekommen, daß sie überhaupt nicht mehr daran gedacht hat. Zumal diese Liebesgeschichte, oder was immer es war, dann ja auch recht unspektakulär im Sande verlief. Erst durch meine Fragen fiel ihr die Angelegenheit wieder ein.«

Monique hatte auf einmal das Gefühl, daß sie beide bereits einen entscheidenden Fehler gemacht hatten, weil sie nicht sofort zur Polizei gegangen waren. Sie konnte sich nicht erklären, weshalb sie dies mit solcher Gewißheit fühlte; es mochte ein Instinkt sein, aber selten zuvor hatte ein Gedanke sie so intensiv bedrängt wie dieser.

»Wissen Sie, Jeanne«, sagte sie, »ich bin überzeugt, daß wir unser Wissen nicht für uns behalten dürfen. Ich hatte mir bereits vorgenommen, am Montag zur Polizei zu gehen, und ich werde das auf jeden Fall tun. Ich überlege sogar, ob ich morgen schon anrufe. Wenn Camille gesagt hat, sie habe *Angst* vor diesem Mann, dann kann das auch ganz anders gemeint gewesen sein, als Isabelle das schließlich interpretiert hat. Vielleicht war das wirklich ein ganz unangenehmer Typ, und Camille hatte äußerst realistische Gründe, sich vor ihm zu fürchten. Immerhin wurde sie ermordet.«

Jeanne zog fröstelnd die Schultern hoch. »Und Sie haben dem Mann Ihren Namen auf den Anrufbeantworter gesprochen«, sagte sie, »und gesagt, wo Sie wohnen. Sie sollten ein bißchen vorsichtig sein in der nächsten Zeit, Monique. Wenn *er* es war, dann ist mit ihm jedenfalls nicht zu spaßen.«

Monique starrte sie an und schob dann ihren Teller zurück, obwohl der halbe Fisch noch darauf lag.

»Lieber Himmel«, flüsterte sie.

Sie hatte plötzlich keinen Hunger mehr. Ihr war übel.

7

Es war Viertel nach neun, dunkel, eine kalte, sternklare Oktobernacht. Seit dem späten Nachmittag brannte bei Laura der Kamin im Wohnzimmer. Es war kuschelig warm im Haus, gemütlich und anheimelnd. Die Flammen warfen tanzende Schatten an die Wände.

Wie schwer wird es mir fallen, das hier zu verkaufen, dachte Laura.

Sie hatte sich ein Brot gemacht und ein Glas Wein eingeschenkt und setzte sich damit auf ein großes Kissen vor den Kamin. Zum erstenmal seit Tagen hatte sie das Gefühl, ein wenig zur Ruhe zu kommen. Nicht zur Entspannung, zum Durchatmen, dazu war es noch zu früh. Es war eher eine Art Erschöpfung, die sie umfing, eine tiefe Müdigkeit, die ihr ein wenig Erleichterung brachte, weil sie ihr die Kraft nahm, das Gedankenkarussell in ihrem Kopf unentwegt laufen zu lassen. Sie sehnte sich danach, für eine Weile alles Denken loszulassen. Vielleicht gelang es ihr, wenigstens für eine halbe Stunde nur in die Flammen zu starren, ohne andere, bedrückende Bilder zu sehen.

Sie trank in kleinen Schlucken ihren Wein, aß dazu das

Brot. Wenigstens konnte sie seit dem Vorabend wieder normal essen. Für ein paar Momente spürte sie so etwas wie Frieden. Sie fühlte sich allein, aber es war ein gutes Gefühl.

Sie schrak heftig zusammen, als von draußen an die Balkontür geklopft wurde. So heftig, daß beinahe das Weinglas ihren Fingern entglitten wäre. Sie hatte die Fensterläden noch nicht geschlossen, weil sie nachher noch einmal hinaustreten und die Sterne ansehen wollte. Nun nahm sie einen großen Schatten auf der Veranda wahr, einen Mann, vermutete sie, und allem Anschein nach wollte er zu ihr herein.

Ihr allererster Impuls war, nach oben ins Schlafzimmer zu laufen und die Tür hinter sich zuzumachen, aber dann dachte sie, daß das albern sei, und zwang sich, langsam aufzustehen. Ob *er* sie schon länger beobachtete? Hier drinnen, im Schein des Feuers, saß sie schließlich wie auf dem Präsentierteller. Irgend etwas irritierte sie dabei, aber sie begriff nicht, was es war.

Doch während sie noch überlegte, hörte sie schon, wie ihr Name gerufen wurde. »Laura, ich bin es. Christopher! Machst du mir auf?«

Zutiefst erleichtert, lief sie zur Tür und öffnete. Christopher drängte herein, rieb dabei seine Hände aneinander. »Das ist vielleicht kalt draußen! Ich bin viel zu leicht angezogen.« Er gab ihr einen raschen, freundschaftlichen Kuß. »Hallo, Laura. Tut mir leid, daß ich zu spät bin. Ich saß den ganzen Tag am Schreibtisch und habe irgendwann die Uhr aus den Augen verloren.«

Sie fröstelte in der kalten Luft, die mit ihm ins Zimmer strömte und schloß rasch die Tür wieder. Etwas verwirrt sah sie Christopher an. »Wieso zu spät? Waren wir verabredet?«

Er erwiderte ihren überraschten Blick. »Das hatte ich doch gestern gesagt. Daß ich gegen halb neun heute wieder hier wäre.«

Mit einem entschuldigenden Lächeln faßte sie sich an den

Kopf. »Es ist nicht zu glauben. Ich erinnere mich wirklich nicht. Ich bin so durcheinander, seit ... seit das alles passiert ist. Demnächst werde ich vergessen, wie ich heiße.«

Er lächelte. »Das ist doch nur zu verständlich. Mach dir deswegen bloß keine Sorgen.«

Er war, dachte sie, toleranter und weniger perfektionistisch als Peter. Dieser hätte sich kaum eine zynische Bemerkung verkneifen können.

»Dann«, sagte Christopher, »hast du vermutlich auch nichts zum Essen vorbereitet?«

Sie schluckte. »Hatten wir das auch verabredet? O Gott ...«

Er lachte, warm und herzlich. »Ja. Aber das ist kein Problem. Ich lade dich irgendwohin ein. Was hättest du gerne?«

Wäre sie ehrlich gewesen, so hätte sie nun gesagt: »Daß du wieder gehst.« Sie hatte ein fast schmerzhaftes Bedürfnis, allein zu sein. Aber nachdem sie schon ihre Verabredung verschwitzt hatte, konnte sie ihn nicht derart brüskieren. Er meinte es gut, er wollte sie nicht sich selbst überlassen.

Immerhin brachte sie den Mut auf, ihm zu sagen, daß sie nicht weggehen wollte. »Ich kann dir Brot und Käse anbieten«, sagte sie, »oder wir könnten noch etwas von gestern aufwärmen. Wein ist jede Menge im Haus. Aber ich möchte jetzt nicht unter Menschen.«

Er verstand das und verschwand in der Küche. Sie blieb vor dem Kamin, hörte ihn nebenan herumhantieren, mit ein paar Töpfen und Besteck klappern. Nach einer Weile zog der Geruch warmen Essens herüber. Er schien in der Küche zu essen, vielleicht hatte er gemerkt, daß ihr nicht allzusehr nach Gesellschaft zumute war. Aber der Anflug von Frieden war gestört, sie konnte spüren, daß sich ihr Körper wieder verspannt hatte. Sie war nicht mehr allein mit sich.

Er räumte sein Geschirr in die Spülmaschine, wie sie den Geräuschen entnehmen konnte. Irgend etwas störte sie. Es hatte nichts mit ihm zu tun, sondern mit ihr selbst. Sie wußte, daß sie die Situation am gestrigen Abend, als er für sie gekocht und als sie zusammen gegessen hatten, als anheimelnd empfunden hatte. Heute hätte es wieder so sein können. Das warme Zimmer, die tanzenden Flammen, Christophers leises Hantieren im Nebenraum. Aber das Gefühl vom Vorabend wollte sich nicht mehr einstellen, und sie schimpfte sich eine undankbare Ziege, weil sie ihn als lästig empfand.

Er kam ins Zimmer, ein Weinglas in der Hand, und wieder einmal stellte sie fest, daß er angenehme Bewegungen hatte; es gab nichts Lautes, Ungeschicktes an ihm. Er war ein umsichtiger Mensch, jemand, der behutsam mit anderen Menschen und deren Gefühlen umging. Laura konnte sich nicht vorstellen, daß er seiner Frau angetan hätte, was Peter ihr angetan hatte.

»Tut mir leid, daß ich so gierig war«, sagte er, »aber ich hatte seit dem frühen Morgen nichts mehr gegessen. Ich hatte fürchterlichen Hunger.«

»*Mir* tut es leid, daß ich nichts vorbereitet hatte. Ich weiß wirklich nichts mehr davon, daß wir verabredet waren.«

Er setzte sich auf das zweite Kissen. »Es muß dir nicht leid tun. Aber ich hatte mich auf eine ganz kindische Art darauf gefreut, weißt du das? Hierher zu kommen und von dir mit einem Essen erwartet zu werden. Eine Situation, wie ich sie seit Jahren nicht mehr kenne. *Erwartet zu werden.* Darin liegt ein ganz besonderer Zauber. Ein Heim, eine Frau, Kinder. Das Haus, in dem man lebt, wieder als *zu Hause* empfinden zu können. Noch einmal einzutauchen in ein Gefühl, das aus Kindertagen vertraut ist. Für mich ist das jedenfalls so ... Ich sehe mich als Kind an kalten, dunklen Herbstabenden nach Hause kommen, sehe meine Mutter, die sich freut auf mich, sehe die Familie um den Tisch sitzen ... Das war vor ... nun, du weißt ja. Später war mir ein solches Glück noch einmal mit Carolin und den Kindern vergönnt. Aber auch das ist ja inzwischen lange her.«

Er sah so traurig aus, daß es ihr weh tat. Sie erinnerte sich, daß Peter damals erzählt hatte, Christopher leide unmäßig unter der Scheidung.

»Ich habe manchmal die Befürchtung, er geht zugrunde darüber«, hatte er gesagt, »der Umstand, daß die blöde Kuh auf und davon ist, bringt ihn fast um den Verstand.«

Laura hatte es nicht gemocht, daß Peter Christophers Frau von dem Moment der Trennung an nur noch als *blöde Kuh* titulierte. Davor hatte er sie eigentlich recht gern gehabt. Carolin hatte sich mit den Kindern in der Nähe Frankfurts niedergelassen und die Simons mehrfach eingeladen, aber Peter hatte jedesmal unter fadenscheinigen Vorwänden abgesagt, bis sie begriffen und sich nicht mehr gemeldet hatte. Auch Laura hatte er jeglichen Kontakt untersagt.

»Das ist ein Akt der Solidarität mit Christopher«, hatte er gesagt, »wir können nicht mit beiden befreundet sein.«

Laura hatte stets den Eindruck gehabt, daß Christopher diese Solidarität überhaupt nicht verlangte.

»Du weißt doch gar nicht genau, was da vorgefallen ist«, hatte sie einmal zu Peter gesagt, »sie hatte vielleicht durchaus einleuchtende Gründe, zu gehen.«

»Unsinn!« Er hatte ihren Kommentar mit einer unwirschen Handbewegung zur Seite gewischt. »Christopher war der treueste, fürsorglichste Ehemann und Vater, den man sich vorstellen kann. Schon wegen dieser traumatischen Geschichte mit seiner Mutter. Nein, Carolin kam in die Jahre und meinte plötzlich, ein Stück auf dem Selbstverwirklichungspfad gehen zu müssen. Sogar um den Preis, einen hoch anständigen Menschen tief zu verletzen. Aber der Scherbenhaufen, den sie anrichten, ist diesen Frauen ja gleichgültig.«

»Welche Art *Frauen* meinst du? Solche, die sich scheiden lassen? Du hast damals auch die Scheidung von deiner Ex-Frau eingereicht. Oder ist das bei Männern anders?«

Sie erinnerte sich, daß er ziemlich aggressiv geworden war.

»Das ist nicht bei Männern etwas anderes. Aber der Fall war anders. Zwischen Britta und mir herrschte jahrelang nur noch Krieg, und irgendwann habe ich die Konsequenzen gezogen. Aber zwischen Christopher und Carolin war alles in Ordnung. Da gab es kaum je ein lautes Wort!«

»Aber offensichtlich war doch eben nicht alles in Ordnung. Irgend etwas an dieser Beziehung hat sie unglücklich gemacht. Mit zwei Kindern läßt man sich nicht so leicht scheiden. Was wissen wir denn, was sich alles so zwischen den beiden abgespielt hat, wenn sie allein waren!«

Sie dachte auch jetzt wieder daran, wie heftig sie Carolin verteidigt hatte. Und doch mußte sie gerade in diesem Moment auch Peter nachträglich ein Stück weit recht geben: Es war tatsächlich schwer vorstellbar, wieso eine Frau einen Mann wie Christopher verließ.

»Warum hast du eigentlich nicht wieder geheiratet?« fragte sie nun und erschrak im nächsten Moment über sich selbst. Wie taktlos, eine solche Frage zu stellen!

»Entschuldige«, fügte sie rasch hinzu, »es geht mich natürlich eigentlich nichts an, und vielleicht ...«

Er lächelte. »Natürlich geht es dich etwas an. Wir sind Freunde – oder? Ich hätte sehr gern wieder geheiratet, sehr, sehr gern. Noch mal Kinder gehabt, eine neue Familie gegründet. Aber es ist nicht so einfach, einen Menschen zu finden, der zu einem paßt. Der die gleichen Ideale hat, die gleiche Lebensvorstellung. Leider wirst du das auch feststellen. Du bist ja nun ebenfalls allein, und irgendwann wirst auch du vielleicht wieder die Augen offen halten für einen Mann, der neuer Partner werden könnte. Es ist nicht leicht. Sehr viele Versuche enden in einer Enttäuschung.«

»Aber sicher nicht alle«, erwiderte sie und bezog dies eher auf ihn als auf sich, denn sie konnte sich im Augenblick nicht im entferntesten vorstellen, jemals wieder das Bedürfnis nach einer Beziehung zu haben. »Irgendwann ist ein Glückstreffer dabei. Da bin ich ganz sicher.«

»Man soll die Hoffnung nicht aufgeben«, sagte er ausweichend. Und übergangslos fügte er hinzu: »Weshalb holst du eigentlich nicht deine kleine Tochter hierher?«

Sie sah ihn verblüfft an. »Weshalb sollte ich? Ich weiß doch gar nicht, wie lange ich hier bleiben muß. Außerdem gibt es wahrscheinlich noch Polizeitermine, und dann muß ich zusehen, das Haus zu verkaufen. Sie ist bei meiner Mutter viel besser aufgehoben.«

»Ich konnte mich immer kaum trennen von meinen Kindern«, sagte Christopher, »deshalb fragte ich dich. Ich wollte immer am liebsten die ganze Familie um mich haben.«

»Eine *Familie* habe ich eigentlich nicht mehr«, sagte Laura, »es gibt nur noch Sophie und mich. Irgendwie müssen wir uns nun durchschlagen.«

Christopher erwiderte nichts, und eine ganze Weile blickten sie nur in die prasselnden Flammen.

Nur noch Sophie und ich, dachte Laura, das ist alles, was von meiner Traumfamilie übriggeblieben ist. Eigentlich dachte ich immer, Peter und ich sitzen als alte Leute noch Hand in Hand unter einem blühenden Apfelbaum im Garten und schauen unserer Enkelschar beim Spielen zu. Ich wollte noch mindestens zwei Kinder, und …

Sie unterbrach ihre eigenen Gedanken, verbot sich, tiefer in jene alten Träume einzutauchen. Außer Schmerz konnte ihr das nichts bringen.

»Ich glaube«, sagte sie leise, »daß ich allein sein möchte.«

Christopher nickte. »In Ordnung. Das kann ich verstehen.« Er stellte sein Glas zur Seite. »Dann sehen wir uns auch morgen nicht?«

»Das hat nichts mit dir zu tun. Ich brauche ein bißchen Zeit ganz für mich. Mein Leben ist zusammengebrochen. Ich muß mich erst wieder zurechtfinden.«

Er stand auf, und in dem Blick, den er ihr zuwarf, lagen Wärme und eine leise Besorgnis. »Du rufst mich an, wenn es dir schlecht geht?« vergewisserte er sich. »Oder wenn du irgendeine Art von Hilfe brauchst? Ich bin für dich da.«

»Ich weiß. Danke, Christopher.«

Er verschwand durch die Verandatür, zog die Glasscheibe hinter sich zu. Als er die Auffahrt hinunterging, sprang der Bewegungsmelder an. Vorhin hatte er das nicht getan. Oder war es ihr nur entgangen?

Sie war zu müde, darüber nachzudenken.

Sie hatte plötzlich heftige Sehnsucht nach Sophie.

Sonntag, 14. Oktober

1

Zum erstenmal seit vielen Tagen aß er zum Frühstück wieder ein Honig-Baguette. Es hatte ihn nicht verwundert, daß er in der letzten Woche keinen Appetit darauf gehabt hatte, aber es wunderte ihn jetzt, daß er plötzlich wieder Lust auf sein Lieblingsfrühstück verspürte. Seit seiner Jugend hatte ihm dies jeden Morgen das Aufstehen versüßt: Der Gedanke an zwei Tassen sehr starken, sehr heißen Kaffee und ein Baguette mit Butter und Honig.

Offensichtlich kehrte nach den traumatischen, lähmenden Tagen ein Stück Alltag zurück.

Woher jene erste, kaum merkliche optimistische Regung kam, war Henri schleierhaft, doch war sie unzweifelhaft vorhanden. Vielleicht hing sie damit zusammen, daß er allmählich realisiert hatte, daß der Nebenbuhler tot war. Er lag im Kühlraum des gerichtsmedizinischen Instituts von Toulon und würde sich nie wieder in sein oder Nadines oder ihrer beider Leben einmischen können. Nadine mochte noch eine Weile trauern, aber sie war nicht die Frau, die ein Leben lang hinter einem Toten herweinte und sich im Kummer um eine zerstörte Liebe verzehrte. Henri war ohnehin überzeugt, daß Nadine Peter nicht *geliebt* hatte. Nach seiner Ansicht konnte sie überhaupt nicht lieben, was natürlich die Gewißheit beinhaltete, daß sie auch für ihn selbst dieses Gefühl nicht aufgebracht hatte. Doch damit hatte er sich abgefunden. Wenn sie nur bei ihm blieb. Irgendwann, wenn sie beide älter waren, würden sie den Weg zueinander wiederfinden.

Im Augenblick war sie beherrscht vom Haß auf ihn, das wußte er. Sie verdächtigte ihn sogar des Mordes an Peter, aber das nahm er keineswegs allzu ernst. In ihrer Verstörtheit mochte ihr dieser Gedanke gekommen sein, aber wenn sie erst wieder ein wenig zur Ruhe gekommen wäre, würde ihr die Abwegigkeit klar werden. Er war kein Killer. Natürlich waren ihm Mordgedanken gekommen, als er erfuhr, wer der Mann war, mit dem ihn seine Frau betrog, daß dieser Mann sogar mit ihr heimlich das Land hatte verlassen wollen.

»Ich bring ihn um«, hatte er schluchzend zu Cathérine gesagt und beide Fäuste gegen die Augen gepreßt, »ich bring den verdammten Kerl um!«

Aber wie oft im Leben stieß man diese Drohung aus? Und auch wenn es sicher einer der emotionalsten, der erschütterndsten Augenblicke für ihn gewesen war, er hatte nie ernsthaft an *töten* gedacht. Nicht einmal einen Abend später, als er ihn im Gastraum sitzen sah und ihm eine Pizza servieren mußte. Ein anderer als er hätte ihn vielleicht hinausgebeten, wäre mit ihm hinters Haus gegangen und hätte ihm wenigstens ein paar Zähne ausgeschlagen. Aber selbst dieser Gedanke war ihm nicht gekommen. Er war zu Gewalt nicht fähig.

»Wenn du mich fragst«, hatte Cathérine an jenem verhängnisvollen Freitag gesagt, an dem Nadines Brief ihr in die Hände gefallen war, »solltest du sie aus dem Haus jagen. Und froh sein, wenn sie und ihr sauberer Liebhaber sich nie wieder blicken lassen.«

Nadine aus dem Haus jagen ... riskieren, daß sie sich wirklich nie wieder blicken ließe ... Das war so undenkbar, daß er allein bei diesem Gedanken leise stöhnte. Niemals würde er es aushalten, ohne sie zu leben.

Ihre Träume waren geplatzt, auf eine denkbar brutale Weise, aber vielleicht war das gut so, vielleicht hätte sie sich anders nie wirklich von ihnen verabschiedet.

Sein Honig-Baguette schmeckte so köstlich, wie er es in Erinnerung hatte. Warm und irgendwie tröstlich. Es war still und friedlich in der Küche an diesem sonnigen Sonntagmorgen. Der Kaffee duftete. Henri hatte die Nacht allein verbracht, Nadine war in eines der beiden Fremdenzimmer unter dem Dach umgezogen. Das brauchte sie für einige Zeit, das war klar. Irgendwann würde sie zurückkehren.

Er lauschte dem Ticken der Uhr, gab sich, noch immer verwundert, seinem Gefühl von Frieden hin. Die Gefahr war gebannt. Die Wunden würden heilen, langsam natürlich, das würde seine Zeit brauchen. Seine Wunden wie auch die von Nadine. Aber irgendwann ... er war ganz sicher an diesem Morgen, daß es einen Neubeginn für sie beide geben würde. Und dann wollte er sie fragen ... schließlich waren sie beide jung genug ... und am Ende würde es ihr die verlorene Ruhe zurückgeben ... Er wollte sie fragen, nein, er wollte versuchen, sie zu überreden, eine richtige Familie mit ihm zu gründen. Ein Kind zu bekommen. Ein Kind würde ihre Ehe retten und ihr einen neuen Sinn geben. Sie könnten eine feste Kraft für das Restaurant einstellen, dann mußte Nadine nie wieder der verhaßten Tätigkeit des Servierens nachgehen, sondern konnte sich ganz dem Kind widmen. Wenn sie es verlangte, würde er sich auch von Cathérine trennen, obwohl diese dann wohl endgültig den Boden unter den Füßen verlöre. Aber wirklich schwer fiel ihm der Gedanke an einen Bruch mit ihr nicht, denn obwohl sie es für ihn getan hatte, war sie ihm als Schnüfflerin und Denunziantin ein wenig unangenehm geworden.

Langsam trank er seinen Kaffee. Hoffnung breitete sich in ihm aus, legte sich über sein Gemüt wie ein zarter, heller Schleier, der allem anderen ringsum die rauhen Konturen der Wirklichkeit nahm.

2

Laura wählte Christophers Nummer zum zweiten Mal. Neun Uhr am Sonntag war vielleicht ein wenig früh, aber schließlich waren sie gute Freunde. Sie hatte das Bedürfnis, sich bei ihm zu entschuldigen. Er hatte es gut gemeint, hatte ihr helfen wollen, und sie hatte ihm sehr direkt gesagt, daß sie ihn nicht bei sich haben wollte. Zwar war er verständnisvoll wie immer gewesen, aber erst im nachhinein war ihr aufgegangen, was es mit seiner Bemerkung über das Essen und den Wunsch, von jemandem erwartet zu werden, auf sich hatte. Er hatte selbst gehofft, Trost zu finden, aber sie war völlig auf sich und ihre Probleme fixiert gewesen. Nun hätte sie ihn gern zu einem Frühstück eingeladen, um ihre abweisende Haltung wiedergutzumachen.

Doch auch beim zweiten Versuch meldete sich niemand. Offensichtlich war er sehr früh schon aus dem Haus gegangen, vielleicht machte er einen Spaziergang am Strand. Langsam legte sie den Hörer wieder auf. Sie trat auf den Balkon hinaus, blickte über das Tal, dessen herbstliche Farben im Licht der Morgensonne erstrahlten. Am Horizont glitzerte blau und spiegelnd das Meer.

Es würde ein traumhaft schöner Sonntag werden.

3

Sie wußte, daß er wieder da war. Sie merkte es daran, daß sich die feinen Härchen auf ihren Armen aufrichteten und daß sich ein komisches Gefühl in ihrem Magen ausbreitete. Vielleicht hatte auch ein Luftzug sie gestreift.

Mist, dachte sie erschöpft.

Sie hatte Sonntagsdienst bei *Bérard*, eine naturgemäß ungeliebte Tätigkeit, aber an diesem Morgen war sie ihr durchaus gelegen gekommen. Immerhin konnte sie dadurch Stephanes schlechter Laune entgehen, die er seit dem Gespräch am Vortag mit sich herumtrug. Sie fragte sich, weshalb er eigentlich sauer war auf sie, denn schließlich hatte sie ihm nichts getan, sie hatte ihm lediglich von ihren Sorgen und Ängsten erzählt. Offenbar reichte dies, ihn zutiefst zu verstimmen.

Heute früh hatte sie gehofft, allein frühstücken zu können, aber zehn Minuten nachdem sie in die Küche geschlichen war, war er ebenfalls heruntergekommen. Im Verlauf des letzten Jahres hatte sein Bauchumfang weiterhin stark zugenommen, und sein speckiger Bademantel spannte.

Wie häßlich er aussieht, hatte Pauline gedacht und sich eines Gefühls von Abscheu nicht erwehren können, wie widerlich und wie fett!

So viele Emotionen hatte sie ihrem Ehemann noch nie entgegengebracht, nicht im guten und nicht im schlechten Sinn. Es erstaunte sie, was die augenblickliche Streßsituation in ihr auslöste. Empfindungen, die sie nie gekannt hatte, wurden in ihr wach. Leider waren sie von recht beunruhigender Natur.

»Du hättest noch nicht aufstehen müssen«, hatte sie gesagt, aber er hatte sie mißmutig angesehen und erklärt, es sei leider unmöglich, zu schlafen, wenn jemand einen solchen Lärm veranstalte wie sie. Er hatte seine Kaffeetasse genommen und war aus der Küche geschlurft, und sie hatte überlegt, wann er zuletzt ein wirklich liebevolles Wort zu ihr gesagt hatte. Tatsächlich fiel ihr eine solche Gelegenheit nicht ein. Sie dachte, daß sie die Zeiten, in denen sie über solche Dinge gar nicht nachgedacht hatte, als wesentlich angenehmer empfunden hatte.

Und nun kniete sie bei *Bérard* im düsteren Gang des alten

Klosters und wischte den Staub aus den Ecken, es war die gleiche Situation wie neulich schon einmal, und sie meinte, *er sei da.* Diesmal jedoch spürte sie seine Anwesenheit auf einer subtileren Ebene. Sie konnte lediglich vermuten, ein Luftzug habe sie gestreift, sicher war sie nicht. Sie registrierte nur ihre starke körperliche Reaktion.

Hysterisch, sagte sie sich, du bist komplett hysterisch.

Seitdem sie sich heute in diesem Gang zu schaffen machte, wurde sie die Furcht nicht los. Immer wieder hatte sie sich umgeschaut, immer wieder innegehalten und gelauscht. Einmal war ein älteres Ehepaar aus einem der Räume gekommen, gestiefelt und gespornt für einen Strandspaziergang; sie hatten freundlich gegrüßt und das Hotel verlassen. Ansonsten rührte sich die ganze Zeit über nichts.

Und dann, von einem Moment zum anderen, war es passiert; ein urplötzlicher Adrenalinstoß versetzte ihren Körper in Alarmzustand, und nach einem Moment der Fassungslosigkeit und des erfolglosen Versuchs, die Panik, die sie spürte, kleinzuhalten, sprang Pauline auf die Füße. Sie kam sich vor wie ein Tier, dem ein Instinkt drohende Gefahr verkündet, doch anders als ein Tier wußte sie nicht, wie sie darauf reagieren sollte.

Sie lauschte in die Stille, und dann warf sie mit einer entschlossenen Bewegung ihren Wischlappen auf den Boden und marschierte den Gang entlang. Sie bog um die Ecke. Der Raum vor der schweren Eichenholztür war leer.

Sie merkte, daß ihre Knie weich wurden. Sie sank auf die unterste Stufe der Treppe, die in den ersten Stock hinaufführte. Gebannt starrte sie auf ihre zitternden Hände. Es gelang ihr nicht, sie ruhig zu halten. Schließlich schob sie sie unter ihren Po, blieb darauf sitzen und wartete, daß das Zittern verebbte, aber schließlich stellte sie fest, daß das Beben in ihrem ganzen Körper war, nicht bloß in ihren Händen.

Es war niemand dagewesen. Sie war einer Einbildung erlegen. Vermutlich würde sie demnächst den Verstand verlieren, Stimmen hören, die gar nicht da waren, Schatten sehen, Finger spüren, die nach ihr griffen ... Überspannt und hysterisch hatte Stephane sie genannt, und vermutlich hatte er damit recht.

Aber wenn doch jemand dagewesen war?

Eines war sicher: Den Gang würde sie nicht fertig putzen. In dem Dämmerlicht sah man sowieso nicht, ob er ordentlich gewischt war oder nicht.

Zu ihrem Entsetzen fing sie schon wieder an zu weinen.

4

Monique ging am Strand spazieren. So früh am Morgen war sie noch nie dort gewesen, und es überraschte sie, wie schön es zu dieser Tageszeit war. Die Luft klar und frisch, der Sand unberührt, der Himmel hoch und wie gläsern. Die Oktobersonne hatte sich am östlichen Horizont hinaufgeschoben, vermochte aber noch keine Wärme in ihre Strahlen zu legen. Es war kühl, auf eine angenehme, prickelnde Art. Monique trug Jogginghosen und ein dickes Sweatshirt.

Normalerweise saß sie um diese Uhrzeit im Büro. Sonntags verließ sie ihr Bett nicht vor halb elf, lungerte bis um drei Uhr im Bademantel daheim herum und raffte sich dann manchmal – eher selten – zu einem Spaziergang auf. Häufig führte aber ihr Weg sie aus der Wohnanlage nur bis zu einem der Cafés an der Uferpromenade, wo sie einen *crème* trank und aus etwas verquollenen Augen – am Vorabend, einem der einsamen Samstage, hatte sie meist zu tief ins Glas geschaut – den Vorübergehenden hinterherblickte.

Doch zu dem neuen Leben, das sie sich verordnet hatte, gehörten mehr Sport und weniger Zeit daheim. Sie würde jetzt mindestens eine Stunde laufen. Vielleicht würde ihr dann auch das Frühstück viel besser schmecken.

Sie schritt kräftig aus und hielt das Gesicht in die Sonne.

5

Nadine verließ das Haus durch die Hintertür. Auf leisen Sohlen war sie die Treppe hinuntergehuscht, hatte Henri in der Küche auf und ab gehen gehört. Wenn er dies tat, das wußte sie, legte er sich Sätze und Argumentationen zurecht, bereitete eine Art Rede vor, die er irgend jemandem zu halten gedachte. Im Augenblick konnte eigentlich nur sie das Opfer sein – und sie ahnte auch, was er ihr würde sagen wollen. Es würde um ihrer beider Neuanfang gehen, um den Aufbruch ins Glück nach überstandener Krise. Für Henri hatten sich die Dinge glänzend gelöst; die Ereignisse der Vergangenheit mochten ihn noch heftig schmerzen, aber er würde sie verdrängen, bis er mit ihnen leben konnte. Er war ein schwacher Mann. Ein stärkerer Mensch hätte ihr die Tür gewiesen und dann das Scheidungsbegehren zustellen lassen. Er hätte nicht im Traum daran gedacht, auch nur einen Tag länger mit ihr zusammenzubleiben. Henri wußte, daß sie ihn jahrelang betrogen hatte. Er wußte, daß sie drauf und dran gewesen war, mit ihrem Geliebten fortzugehen. Wie konnte er ernsthaft an eine gemeinsame Zukunft glauben?

Doch, Henri konnte, soviel wußte sie von ihm. Er konnte das eher, als einen Schlußstrich unter ihre gemeinsame Geschichte zu ziehen. Dies hätte Tatkraft und Mut erfordert, und beides besaß er nicht. Er war ein Mann, der sich lieber mit einer unguten Situation, deren Widrigkeiten ihm bekannt waren, abfand, als sich in eine neue Situation zu begeben, deren mögliche Widrigkeiten ihm unbekannt waren.

Nach der langen, schlaflosen Nacht, die hinter ihr lag, war Nadine zu der Erkenntnis gelangt, daß Übererregung und Entsetzen in ihr den Gedanken hatten aufkeimen lassen, Henri könnte Peters Mörder sein. Als der Morgen dämmerte und sie ruhiger wurde, als sie die Dinge wieder in ihren richtigen Dimensionen zu sehen vermochte, begriff sie die Absurdität dieser Verdächtigung. Henri konnte keiner Fliege etwas zuleide tun. Ihn sich vorzustellen, wie er mit einem Messer auf einen Widersacher losging, war einfach grotesk. Inzwischen vermutete Nadine, daß tatsächlich ein Irrer in der Gegend herumstreifte und wahllos Menschen ermordete und daß eine grausame Tücke des Schicksals Peter zu einem seiner Opfer hatte werden lassen – in einem Moment, da er sein und ihr Leben hatte ändern wollen.

Sie ging die Straße entlang, kam zu dem kleinen Sandplatz, auf dem Peters Auto gestanden hatte. Inzwischen war es auf Veranlassung der Polizei abgeschleppt worden, wurde vermutlich kriminaltechnisch untersucht. Sie betrachtete den Ort, von dem sich seine Spur verloren, an dem sich auch ihr Schicksal entschieden hatte. Die Trauer um all die Möglichkeiten, die ihr verloren gegangen waren, schmerzte wie eine tiefe, frische Wunde, aber dahinter regte sich eine Erkenntnis, von der sie bereits ahnte, daß sie sich hartnäckig in ihr Bewußtsein schieben und vielleicht auch manche Veränderung mit sich bringen würde: Ihr ganzes Leben hatte auf Abhängigkeit gegründet, nie auf Eigenständigkeit und Tatkraft, und vielleicht war dies der Grund dafür, daß sie nun das Gefühl hatte, vollständig gescheitert zu sein. Sie hatte von Glanz und Glamour in den Nobelorten der Côte d'Azur geträumt und deshalb Henri geheiratet; in der Erwartung, er werde ihr diesen Wunsch erfüllen. Und als sie merkte, daß sie von ihm nicht bekommen würde, was sie wollte, hatte sie sich an Peter geklammert, hatte gehofft, er werde ihr ein neues und besseres Leben bescheren. Nun war Peter tot, und wieder einmal hatte sich ein Mann als nicht verläßlich erwiesen. Vielleicht hätten ihre eigenen Beine sie weitergebracht.

Direkt von dem kleinen Sandplatz aus führte ein steiler Pfad durch wildes Dickicht hinunter zum Strand. Man mußte ihn kennen, sehen konnte man ihn zwischen all dem Gestrüpp nicht. Nadine machte sich vorsichtig an den Abstieg, zum Glück hatte es nun schon seit Tagen nicht mehr geregnet, und Erde und Laub unter ihren Füßen waren trocken. Der Weg konnte rasch zu einer Schlitterpartie werden. Dornenranken schlugen gegen ihre Beine, sie atmete herbstlichen Modergeruch und fröstelte im Schatten der hohen Bäume.

Welch ein kalter und klarer Morgen, dachte sie.

Die Wildnis teilte sich plötzlich, und sie stand vor dem Meer, das zusammen mit dem Himmel das sehr tiefe Blau des Herbstes trug. Die Wellen rauschten mit einem leisen, perlenden Geräusch, das an Sekt erinnerte, gegen den Strand. Es war eine kleine Bucht, zu der aber auch im Sommer kaum Badende kamen: Es gab keinen Sand hier, sondern nur Kieselsteine, und fast niemand kannte den verwunschenen Kletterpfad. Auf der anderen Seite des Strandes führte eine Holztreppe hinunter, die jedoch zu einem Privatgrundstück gehörte. Ansonsten ragten steile Felswände auf, die unbegehbar waren.

Nadine setzte sich auf einen großen, flachen Stein, zog die Beine eng an den Körper, schlang beide Arme darum. Sie hatte sich viel zu dünn angezogen, es war merklich kälter als an den Morgen davor, aber sie wollte keinesfalls zum Haus zurückgehen und sich etwas zum Anziehen holen; die Gefahr, dabei Henri in die Arme zu laufen, war viel zu groß.

Sie spürte eine so starke Nähe zu Peter an diesem Morgen, daß sie den Eindruck gehabt hatte, ganz allein mit ihm sein zu müssen. Es gab noch immer so viele unbeantwortete Fragen, mit denen sie sich herumschlug, solche, die für sie vielleicht wichtiger und entscheidender waren als die nach seinem Mörder. Weshalb war er am Tag ihrer Verabredung noch einmal im *Chez Nadine* aufgetaucht? Damit hatte er eindeutig gegen die Absprache verstoßen. Drei Tage zuvor hatten sie telefoniert, und er hatte gefragt, ob er zum Restaurant kommen solle.

»Himmel, nein«, hatte sie mit einem nervösen Lachen erwidert, »soll ich vor Henris Augen meine Koffer nehmen und in dein Auto steigen?«

Daraufhin hatte er vorgeschlagen, sie solle in seinem Ferienhaus auf ihn warten, aber auch das hatte sie abgelehnt. »Es ist auch ihr Haus. Mit all ihren Sachen darin. Ich glaube nicht, daß ich das aushalte.«

»O Gott, wo denn dann?« Seine Stimme hatte scharf geklungen. Durch das Telefon konnte sie seine Anspannung, das Vibrieren seiner Nerven spüren. Aber ihr selbst ging es ja nicht anders. Sie waren beide dabei, aus ihrem bisherigen Leben, aus ihren Ehen auszubrechen. Niemand würde dies leichten Herzens und unbekümmert tun, und doch hatte sie das deutliche Empfinden, daß nach wie vor *er* der unsichere Kandidat war. Sie hatte seit Jahren auf diesen Moment hingefiebert, und auch wenn ihr die Aufregung in der letzten Woche manchmal fast die Luft abschnürte, hätte keine Macht der Welt sie zum Umkehren bewegen können.

Sie erinnerte sich, einmal gedacht zu haben: Man müßte mich schon töten ...

Und nun war Peter getötet worden, und die Konsequenz war die gleiche.

Im nachhinein begriff sie, daß ihre Furcht, Peter könne im letzten Moment aus dem gemeinsamen Boot aussteigen, nur allzu berechtigt gewesen war. Denn nun, da alle Träume geplatzt waren und sie die Wirklichkeit nicht mehr vor sich selbst beschönigen mußte, konnte sie sich eingestehen, daß Peter genauso schwach gewesen war wie Henri. Genauso wenig tatkräftig, so wenig entschlossen. Lediglich die völlige Ausweglosigkeit seiner finanziellen Situation hatte ihn dazu gebracht, die Flucht mit ihr überhaupt in Erwägung zu ziehen. Ohne dies, auch das sagte sie sich zum erstenmal in schonungsloser Offenheit, hätte er nie an eine Trennung von Laura gedacht, sich nie konsequent für sie, Nadine, entschieden. So oder so: Sie würde niemals erfahren, ob er nicht ohnehin am Schluß umgefallen war.

Sie hatte damals auf seine gereizte Frage hin die Brücke als Treffpunkt vorgeschlagen. »Ich warte dort in meinem Auto auf dich. Dann steige ich zu dir um.«

»Aber ich kann nicht genau sagen, wann ich da bin. Keinesfalls vor sieben Uhr. Kann auch halb neun werden. Am Ende sitzt du da ziemlich lange herum.«

»Das macht nichts. Ich habe so lange auf dich gewartet. Diese Zeit geht auch noch vorbei.«

Um halb sieben, hatte Henri gesagt, war Peter im *Chez Nadine* aufgekreuzt. Zu diesem Zeitpunkt hatte er damit rechnen müssen, ihr gerade noch zu begegnen, zumindest hatte er diese Möglichkeit offenbar billigend in Kauf genommen. Hatte er mit ihr sprechen wollen? Ihr sagen wollen, daß er es sich anders überlegt hatte? Es hätte zu Peter gepaßt, daß er versuchte, ein solch unangenehmes Gespräch von einer einsamen Landstraße in ein Restaurant zu verlegen, an einen Ort, an dem sie wehrloser war und er eine Chance hatte, keine Szene zu erleben.

Zumindest, dachte sie und starrte über das eisfarbene Meer, muß ich mit der Möglichkeit leben, daß es so war.

Sie mußte an jenen Herbst denken, in dem ihre Beziehung begonnen hatte. Um genau die gleiche Zeit war es gewesen, vor vier Jahren. Nach jenem Abend in seinem Ferienhaus war er zum Segeltörn mit Christopher aufgebrochen, und sie hatte eine Woche lang gezittert, ob er sich jemals wieder bei ihr melden würde. Schließlich hatte sie ihm gesagt, daß sie nicht einfach eine Affäre mit ihm haben wollte, sondern eine wirkliche Beziehung, und möglicherweise scheute er vor diesem Anspruch zurück.

Aber am Ende der Woche hatte er angerufen und mit rauher Stimme gesagt: »Ich will dich sehen.«

»Wo bist du?« hatte sie gefragt. Sie war oben in der Wohnung, Henri unten in der Küche gewesen, dennoch hatte sie sehr leise gesprochen.

»Im Hafen von Les Lecques. Wir sind zurück.«

»War es schön?« Es hatte sie gar nicht interessiert, ob es schön gewesen war, aber sie hatte nicht gewußt, was sie sagen sollte.

»Ich will dich sehen«, hatte er anstelle einer Antwort wiederholt.

»Wo?«

»Der Weg unterhalb unseres Hauses«, hatte er gesagt, »wenn du ihn fast bis zum Ende fährst, kommst du an eine alte Gärtnerei. Sie steht leer, niemand hält sich dort je auf. Kannst du da hinkommen?«

»Wann?«

»Jetzt gleich«, hatte er gesagt und den Hörer aufgelegt.

Es war ein Samstagabend gewesen, und natürlich hatte sich Henri darauf verlassen, daß sie ihm half. Sie hatte darauf verzichtet, noch einmal unter die Dusche zu gehen, hatte eine weiße Jeans und einen blauen Pullover angezogen und dreimal über ihre Haare gebürstet. Ein dunkler, kühler Oktoberabend. Sie nahm ihre Handtasche und huschte die Treppe hinunter, aber obwohl sie sich alle Mühe gab, leise zu sein, hatte Henri sie gehört und trat aus der Küche.

»Da bist du ja. Es sitzen erstaunlich viele Leute drüben. Könntest du gleich die Bestellungen aufnehmen?« Dann fiel sein Blick auf ihre Handtasche, und er runzelte die Stirn. »Willst du weg?«

»Meine Mutter hat angerufen. Es geht ihr nicht gut.«

»Mein Gott«, sagte Henri entsetzt, »was mache ich denn jetzt?«

»Ruf Cathérine an.« Es war das erste Mal, daß sie von sich aus diesen Vorschlag machte. »Sie wird mit Begeisterung herbeieilen.«

»Wenn du mich über deine Pläne etwas früher unterrichtet hättest ...«

»Ich konnte ja nicht ahnen, daß sich meine Mutter plötzlich nicht wohl fühlen würde. Ciao!« Schon war sie zur Tür hinaus. Seine Sache, wie er jetzt klarkam. Schon zu diesem Zeitpunkt hatte sie sich innerlich längst von ihm verabschiedet.

Die Ecke, in der Peters Ferienhaus lag – und das von Laura, aber für sich nannte sie es nur *Peters Ferienhaus* –, war Nadine nicht allzu vertraut; früher hatte es für sie nie einen Grund gegeben, dorthin zu kommen, und später hatte sie die Gegend bewußt gemieden. Sie verfuhr sich zuerst, fand in der Dunkelheit auch nicht sofort den richtigen Rückweg und geriet schon beinahe in Panik, weil sie plötzlich keine Ahnung mehr hatte, wo sie sich eigentlich befand. Sie begann hektisch und planlos herumzukurven, und es war nur ein Zufall, daß sie schließlich vor dem stillgelegten Gärtnereibetrieb landete, den Peter ihr genannt hatte. Sie konnte im Mondlicht der klaren Nacht die langen Reihen der einstigen Gewächshäuser sehen und das dichte Gestrüpp aus Unkraut, das allmählich das gesamte Gelände überwucherte. Vor allem aber entdeckte sie das parkende Auto und den Mann, der als langer, dunkler Schatten an der Fahrertür lehnte und schon Ausschau nach ihr hielt.

Sie kam neben ihm zum Stehen. Peter stieg zu ihr ein, rieb sich die Hände. »Himmel, ist das kalt«, sagte er, »aber ich wagte nicht, im Auto sitzen zu bleiben, weil ich Angst hatte, du übersiehst mich dann. Warum kommst du so spät?«

»Ich habe mich verfahren.« Sie merkte, wie ihr das Herz

bis zum Hals schlug. Er war so dicht neben ihr. Nichts hatte sich an ihrer sexuellen Gier nach ihm geändert. Sie fragte sich, ob er ebenso empfand wie sie.

»O Gott, Nadine«, sagte er leise, »o Gott.«

»Warum wolltest du mich sehen?« Sie merkte, daß sie ziemlich unterkühlt klang. Aber sie war schon froh, daß wenigstens ihre Stimme nicht zitterte.

»Weil ich dich will«, antwortete er.

»Weil du mich willst?«

»Das war es doch, was du wissen wolltest. Vor einer Woche. Als wir in unserem … in meinem Haus waren. Du sagtest, ich solle mich ganz für dich entscheiden. Und hier bin ich. Ich habe mich für dich entschieden.«

Sie hatte mit allem gerechnet, nur nicht mit einer derart klaren Aussage, und so wußte sie zunächst nicht, wie sie auf diese unerwartete Situation reagieren sollte. Stumm saß sie da, während er ihre Hand nahm, an seine Lippen zog und küßte.

»Und was«, fragte sie schließlich, »heißt *Entscheidung* in diesem Fall?«

Anstelle einer Antwort neigte er sich diesmal ganz zu ihr herüber und küßte ihren Mund. Sie antwortete mit all der Erregung, die sich so lange in ihr aufgestaut hatte, und obwohl sie nicht vorgehabt hatte, mit ihm zu schlafen, bevor er nicht genau erklärt hatte, wie er sich ihrer beider Zukunft vorstellte, vermochte sie auf einmal nicht mehr umzukehren. Es war unbequem und wenig romantisch im Auto, lächerlich schwierig für sie beide, die Hosen auszuziehen und eine Position zu finden, in der sie überhaupt zueinander kommen konnten. Ständig stießen sie mit Köpfen und Beinen gegen Tür, Lenkrad oder Schalthebel, aber keiner fing an zu kichern oder schlug vor, einen anderen Ort aufzusuchen. Sie waren wie besessen von dem Moment, von ihrer Leidenschaft, von der Begeisterung, endlich die Kontrolle verlieren zu dürfen. Sie hatten beide das Gefühl, niemals vorher auf so einzigartige Weise mit einem anderen Menschen verschmolzen, niemals auf solchen Wogen von Ekstase getragen worden zu sein. Sie liebten einander eine unendlich lange Zeit, wieder und wieder von neuem, noch nicht wissend, daß sie die Besonderheit dieser Stunde später nie mehr würden wiederholen können. Es war der beste, der erfüllendste Moment ihrer Beziehung. Kaum war er vorüber, begann der langsame Abstieg.

Sie hörten auf, weil Peter einen Krampf im Bein bekam und nicht länger in seiner unbequemen Stellung verharren konnte. Während er mit schmerzverzerrtem Gesicht seinen Fuß gegen die Windschutzscheibe stemmte, huschte Nadine hinaus und pinkelte hinter einen Oleanderstrauch; sie mußte plötzlich ganz dringend und war nur froh, daß sie das zuvor offenbar nicht bemerkt hatte. Sie zog sich vollständig an, frierend in der immer kälter werdenden Nacht, dann stieg sie rasch wieder ins Auto. Auch Peter hatte sich inzwischen angekleidet, sein Krampf hatte sich offenbar gelöst. Irgendwie sah er plötzlich so aus, als sehne er sich nach einer Zigarette oder einem doppelten Whisky.

Nadines Verstand arbeitete nun wieder, und sie konnte das Unbehagen spüren, das von Peter ausging. Die Frage nach der Entscheidung, die sich für eine Weile verflüchtigt hatte, drängte sich klar und fordernd in den Raum. Es war nicht zu erwarten, daß Peter das Thema anschneiden würde, das verrieten seine Mimik, seine abweisende Haltung.

Schließlich sprang Nadine ins kalte Wasser. »Du sprachst vorhin von einer Entscheidung?«

Er antwortete eine Weile nicht, wandte sich dann schließlich zu ihr um. Sie versuchte in seinen Augen zu lesen … Liebe, Begehren … Sie konnte nicht ausmachen, ob sein Blick etwas davon enthielt, aber zweifellos sah er sie sehr weich an.

»Es war so wunderschön mit dir, Nadine. Ich könnte mir mein Leben nicht mehr vorstellen ohne dich darin. Nein«, er schüttelte den Kopf, »das wäre undenkbar.«

Sie mußte die Frage stellen. »Wegen ... ist es, weil wir gerade miteinander geschlafen haben?«

Er zögerte einen Moment. »Ich bin verrückt nach dir«, sagte er schließlich, und es klang ehrlich. »Ich war es vom Moment unserer ersten Begegnung an. Ich habe dich gesehen und mir vorgestellt, wie es sein muß, deine Brüste zu berühren, deine wunderbaren langen Beine, dein Haar ... Ich habe mich gefragt, wie du schmeckst, wie sich dein Atem dicht und heiß an meinem Hals anfühlt ... Und jetzt war es noch besser und einzigartiger, als ich es mir hätte träumen lassen. Aber es ist nicht nur das. Es ist ...« Er schaute jetzt wieder hinaus in die Nacht, hob in einer hilflosen Geste die Schultern. »Mein Gott, Nadine, ich glaube, ich kann das nicht beschreiben. Es ist einfach, wie ich gesagt habe: Ich kann mir mein Leben ohne dich nicht vorstellen. Du gehörst dazu. Bitte zieh nicht einen Schlußstrich, nachdem unsere Geschichte kaum angefangen hat.«

Der Wirkung seines bittenden Blicks, seiner leisen Stimme vermochte sie sich kaum zu entziehen. Dennoch bemerkte sie, wie sie immer stärker zu frösteln begann, irgendwo von innen heraus, weil sie ahnte, daß sie nicht bekommen würde, was sie wollte. Er machte zu viele Worte. Er redete um etwas herum, was er offensichtlich nicht gern sagte.

Wieder war sie es, die den unangenehmen Vorstoß tätigte – und im übrigen sollte auch dies typisch werden für ihre Beziehung: Von sich aus wurde Peter nicht konkret, legte sich nicht fest, sprach speziell unangenehme Wahrheiten nicht aus. Stets mußte Nadine vorpreschen, mußte nachhaken, mußte das Gespräch suchen und klare Auskünfte verlangen. Sie wurde die Drängende, er der Ausweichende.

»Was ist mit Laura?«

Er zuckte zusammen. Ihr war klar, daß er natürlich gewußt hatte, daß diese Frage kommen würde, aber dennoch hatte er sich wohl nicht abschließend auf sie vorbereiten können.

»Was möchtest du?« fragte er, obwohl er das genau wissen müßte.

»Ich möchte ein neues Leben mit dir anfangen. Das bedeutet ... ich möchte, daß du dich scheiden läßt.« Sie sah, daß er erneut zusammenzuckte, und fügte rasch hinzu: »Auch ich würde mich natürlich scheiden lassen.«

Er fuhr sich mit der Hand über das Gesicht, seine Geste wirkte unendlich müde, und erst später fand sie heraus, daß er sich gern in Müdigkeit flüchtete, wenn er Gesprächen oder Situationen ausweichen oder sie, Nadine, zwingen wollte, rücksichtsvoller mit ihm umzugehen.

»Das ist nicht so einfach, Nadine. Wirklich, ich habe die ganze Woche ständig darüber nachgedacht. Eigentlich schon vorher, eigentlich schon nachdem ich ins *Chez Nadine* kam und die Frau erblickte, von der ich wußte, sie würde mich nie mehr loslassen. Das Problem ist ...« Er stotterte eine Weile herum. Schließlich rückte er damit heraus, daß er finanzielle Sorgen habe.

»Die Agentur läuft nicht ganz so, wie sie sollte. Zudem habe ich mich in einigen ... Anlagen etwas vertan. Und wir haben gerade das Haus bei Frankfurt gekauft. Das Haus hier. Ich bin ein wenig in Bedrängnis. Das wird sich natürlich wieder geben, es ist einfach ein Engpaß, den ich durchstehen muß.«

»Was hat das mit Scheidung zu tun?«

»Laura und ich haben bei unserer Heirat keine Gütertrennung vereinbart. Ich müßte ihr von allem die Hälfte geben. Das würde mich im Augenblick ruinieren.«

»Aber du kannst doch beide Häuser einfach verkaufen. Wir würden ja sowieso ganz neu zusammen anfangen. Dann gibst du ihr die Hälfte. Es bleibt doch immer noch genug übrig.«

»Aber beide Häuser sind stark belastet. Ich habe Bankschulden. Nadine«, er nahm ihre Hände, »bitte schenk mir ein bißchen Zeit. Ein, zwei Jahre, und ich bin saniert. Dann kann ich Laura auszahlen, ohne hinterher mit nichts in der Hand dazustehen. Bitte gib mir diese Chance.«

Was hätte sie tun sollen? Erkennen, daß er auf Zeit spielte, weil er unfähig war, eine Entscheidung zu treffen? Natürlich hatte sie diesen Verdacht gehegt. Sie hatte keine Möglichkeit nachzuprüfen, ob seine Behauptung, daß es ihm schlecht ging, stimmte. Im nachhinein wenigstens, viel später, als er mit ihr ins Ausland gehen wollte, hatte sich herausgestellt, daß er nicht gelogen hatte. Das Wasser stand ihm wohl wirklich bis zum Hals.

Allerdings, dachte sie jetzt, hat er bestimmt schon damals gewußt, daß das keine Frage von ein, zwei Jahren werden würde. Und er hatte unerwähnt gelassen, daß es da noch zweihunderttausend Mark gab, Geld, das er an der deutschen Steuer vorbei in der Schweiz deponiert hatte. Damit hatte er ihnen beiden den Start in Argentinien ermöglichen wollen. Weshalb so spät? Weshalb nicht sofort?

Sie hatte sich an jenem Abend auf ihn eingelassen, auf das Spiel einer geheimen, verbotenen Liebe, bei dem es immer einen Verlierer geben mußte, und hatte in Kauf genommen, daß sie selbst dieser Verlierer sein könnte. Ihre Begegnungen seither waren konspirativ und romantisch gewesen, hastig oft, und sie hatte den trostlosen Moment der Trennung nur allzu häufig erleben müssen. Ganz für sich hatten sie nur die eine Woche im Herbst, während Laura glaubte, Peter sei mit Christopher unterwegs. Peter hatte in seinem und Lauras Haus gewohnt, und er hätte es gern zu einem Liebesnest für sich und Nadine gemacht, aber nur dreimal hatte sie sich dort mit ihm getroffen, als es so heftig regnete, daß man sich nicht im Freien aufhalten konnte. Sie fühlte sich zwischen Lauras Möbeln nicht wohl, aber sie hatte Angst, in ein Hotel zu gehen: Sie war in der Gegend als Henris Frau zu bekannt. Meist machten sie also Ausflüge, in die Berge oder mit einem gemieteten Boot in verschwiegene Buchten, liebten einander dort stundenlang oder saßen nur Hand in Hand im Gras oder auf den Felsen, schauten in die Ferne und wechselten manchmal ganze Nachmittage über kaum ein Wort. Irgendwann hatte sich Christopher nicht länger bereit erklärt, Peter zu decken, und in jenen letzten Herbstferien war Peter nervös und unruhig gewesen, und Nadine hatte stets das Gefühl gehabt, Laura sei anwesend, zumindest in seinen Gedanken. Aber auch vorher schon hatte sie jenen allabendlich wiederkehrenden Augenblick gehaßt, wenn Peter sein Handy nahm, ihr ein entschuldigendes Lächeln zuwarf und das Restaurant verließ, in dem sie zusammen aßen – und das sie jeden Tag wechselten, um niemandem als Paar aufzufallen. Von irgendeiner verschwiegenen Ecke aus rief er Laura an und schwärmte ihr von dem herrlichen Segeltag mit Christopher vor.

Wenn er dann zu ihr zurückkam, konnte sie sich eine bissige Bemerkung meist nicht verkneifen. »Und? Ist alles in Ordnung mit der holden Gattin? Oder langweilt sie sich in dem noblen Luxusdomizil, das du ihr finanziert hast und wegen dem wir nicht zueinanderkommen können?«

Manchmal hatte sie gemeint, vor Wut keine Luft mehr zu bekommen, wenn er Laura dann verteidigte. »Nadine, du kennst sie doch. Sie ist nicht die gelangweilte Ehefrau, die in ihrer Villa sitzt und Däumchen dreht. Sie würde sehr gern wieder in ihrem Beruf als Photographin arbeiten, aber *ich* möchte das nicht. Sie ist keine Luxuspuppe!«

»Dann laß sie doch arbeiten. Vielleicht verbessert sich dann eure finanzielle Lage, und du kannst dich schneller scheiden lassen.«

Über der Frage, daß Laura wieder arbeiten könnte, waren sie regelmäßig in Streit geraten; eine Ironie, wie Nadine oft dachte, denn genau darüber stritt er sicherlich auch mit Laura selbst häufig. Peter hatte einmal gesagt, er wolle nicht, daß Laura in ihren Beruf zurückkehre, weil sie mit allzu leichtlebigen Menschen dabei in Berührung komme. »Künstler, Journalisten, Photographen ... ich kenne schließlich die Branche. Ein flatterhaftes Volk, das es mit der Treue nicht allzu ernst nimmt. Und wenn ich mir vorstelle, sie könnte sich mit ihrer Freundin Anne wieder zusammentun ... Himmel, da wird mir ganz schlecht. Du solltest sie sehen! Eine durch und durch ausgeflippte Person!«

»Ja, und? Das kann dir doch völlig egal sein! Du sagst doch immer, du liebst Laura eigentlich schon längst nicht mehr. Du willst dich von ihr trennen. Was interessiert es dich dann noch, ob sie mit leichtlebigen Menschen herumtut oder gar durch fremde Betten tanzt? Das dürfte eigentlich keine Bedeutung mehr für dich haben!«

»Sie ist immer noch meine Frau. Wenn wir geschieden sind, kann sie machen, was sie will, aber vorher können mir ihr Umgang und ihr Lebenswandel nicht ganz gleichgültig sein.«

Hinter seinen Worten hatte Nadine stets ein noch waches Interesse an Laura gewittert, und häufig waren die Gespräche darüber in wütenden Vorwürfen eskaliert. Entnervt und wütend hatte Peter dann immer wieder angedroht, die Beziehung zu Nadine zu beenden.

»Weshalb tue ich mir das eigentlich an?« hatte er wütend gebellt. »Ich könnte mit Christopher friedlich auf einem Schiff sitzen und in den Sonnenuntergang segeln! Statt dessen muß ich mir von dir zum hunderttausendsten Mal die ewig gleichen Vorwürfe anhören. Ich bin nicht hierhergekommen, um noch mehr Streß zu haben als im Büro. Das ist mein Urlaub, und ich möchte mich erholen.«

Sie hatte große Angst gehabt, ihn zu verlieren, daher hatte sie gelernt, sich mehr und mehr zurückzunehmen. Aber sie hatte immer schlechter ausgesehen, so daß Henri sie häufig drängte, doch einen Arzt aufzusuchen.

»Laß mich in Ruhe!« hatte sie dann gerufen und war in Tränen ausgebrochen, hatte auf seine bohrenden Fragen aber immer nur den Kopf geschüttelt.

Der schlimmste Moment in der ganzen Beziehung war jener Märztag vor zweieinhalb Jahren gewesen, als sie erfahren hatte, daß Laura ein Kind erwartete. Vielleicht, dachte sie manchmal, war es sogar der schlimmste Moment ihres ganzen bisherigen Lebens gewesen. Laura und Peter waren zu einem zweiwöchigen Urlaub in die Provence gekommen, und schon am zweiten Tag hatte Peter Nadine angerufen und um ein Treffen gebeten. Sie hatte den Strand vorgeschlagen, jenen Strand, an dem sie auch heute saß und über ihr Leben grübelte, das ihr verpfuscht und sinnlos erschien.

Es war ein ziemlich warmer, sonniger Tag gewesen, und sie hatte ein leichtes Sommerkleid angezogen und auf Unterwäsche verzichtet, weil es ihr das Gefühl gab, sexy zu sein. Sie hoffte, daß sie miteinander schlafen würden, denn in der körperlichen Vereinigung wenigstens gehörte er ihr, und sie fieberte auf diese Momente hin. Sie hatte Rouge und Lippenstift aufgelegt, in größeren Mengen als sonst, aber sie hatte immer noch sehr verhärmt ausgesehen.

Allerdings wirkte Peter nicht gerade fröhlich. Er war schon da, als sie den geheimen Pfad hinuntergeklettert kam, saß auf einem flachen Felsen und warf Kieselsteine ins Wasser. Er bemerkte sie nicht sofort, und sie konnte einen Moment lang seine Gesichtszüge studieren. Seine Mundwinkel waren nach unten gezogen, und zwischen seinen Augen stand eine tiefe Falte; er wirkte mürrisch und fast ein wenig aggressiv. Sie wußte plötzlich, daß die Begegnung keinesfalls angenehm verlaufen würde.

Sie ahnte jedoch nicht, *wie* unangenehm sie werden sollte.

Sie mußte dicht an ihn herantreten, ehe er sie bemerkte. Er war so in seine Gedanken vertieft gewesen, daß er zusammenzuckte, als sie plötzlich neben ihm stand. Er erhob sich, trat auf sie zu und küßte sie auf beide Wangen. Er schien vollkommen leidenschaftslos.

»Wie schön, daß du da bist«, sagte sie, zärtlich, aber auch ängstlich, weil sie wußte, das irgend etwas geschehen war.

Er setzte sich wieder auf den Felsen, wies einladend neben sich. »Komm, setz dich. Hattest du ein Problem, zu kommen?«

Sie schüttelte den Kopf. »Henri macht keine Probleme. Und ich hätte mich sowieso nicht aufhalten lassen.«

»Laura ist in unserem Haus. Sie fühlt sich nicht besonders wohl. Ich habe gesagt, ich fahre zum Einkaufen, aber allzu lange kann ich nicht wegbleiben, das würde zu sehr auffallen.«

Sie nickte. »Immerhin. Wenigstens ein paar Momente haben wir.«

»Wir kommen heute abend zum Essen zu euch. Ich weiß, du magst das nicht so gern. Aber Laura wollte unbedingt, und ich wußte nicht, was ich hätte einwenden sollen. Ich kann sie nicht zwei Wochen lang vom *Chez Nadine* fernhalten.«

»Nein, natürlich nicht.«

Sie haßte solche Abende. Peter und Laura zusammen zu sehen bereitete ihr beinahe körperliche Schmerzen. Vor allem dann, wenn Laura nach seiner Hand griff, wenn sie ihn anstrahlte, wenn sie zärtlich mit dem Finger seine Wange berührte.

»Wann kommt ihr?« fragte sie.

»Gegen acht Uhr. Laura wollte jetzt bei Henri anrufen, während ich weg bin. Sie wird den Tisch bestellen.«

»Sehe ich dich noch mal allein, während du hier bist?«

Er antwortete nicht auf ihre Frage, sondern begann wieder, Steine ins Wasser zu werfen.

Schließlich sagte er: »Ich möchte nicht, daß du erschrickst heute abend. Laura ist schwanger.«

Es war, als hätte er ihr mit einem schweren Gegenstand auf den Kopf geschlagen. Sie war völlig betäubt. Das Wort *schwanger* vibrierte in ihrem Gehirn, wurde langsam lauter, stieg an zu einem Dröhnen. Bis heute erinnerte sie sich, wie schlecht ihr plötzlich geworden war und wie schwindelig. Und sie hatte gedacht: Das kann nicht wahr sein. Es ist ein schlechter, dummer Scherz. Gleich wird er lachen und nach meiner Hand greifen, auslachen wird er mich, weil ich etwas so Dummes glauben konnte.

Aber natürlich lachte er nicht, auch griff er nicht nach ihrer Hand. Er fuhr fort, die Steine ins Wasser zu schießen, und vermied es, sie anzusehen.

»Wenn man es nicht sehen würde, hättest du es nicht erwähnt«, sagte sie schließlich mühsam und erinnerte sich seiner Worte: *Ich möchte nicht, daß du erschrickst ...* »Wann wird das ... das Baby kommen?«

»Im Juni.«

»Dann ist sie ...«, sie rechnete rasch nach, »dann ist sie im sechsten Monat. Dann habt ihr ... dann wurde das ... Baby im September gezeugt.« Die Übelkeit wurde stärker. Jeden Moment würde sie ihm vor die Füße kotzen. »Und im Oktober hast du mit mir eine Woche verbracht! Du hast mir gesagt, du schläfst nicht mehr mit ihr! Du hast gesagt, du hast seit fast einem Jahr nicht mehr mit ihr geschlafen! Kannst du mir erklären, wie dann ein Kind entstehen konnte? Im Reagenzglas?«

»Natürlich nicht. Es ist eben passiert. Mein Gott, Nadine!« Den nächsten Stein warf er voller Wut ins Wasser. »Wir ... ich komme viermal im Jahr hier herunter. Davon ist eine einzige Woche ganz für uns reserviert. Während der übrigen Zeit müssen wir uns im geheimen treffen, selten genug und meist unter größten Schwierigkeiten. Denkst du, ich lebe die ganze restliche Zeit wie ein Mönch?« Endlich schaute er sie an. »Du schläfst doch sicher auch mit Henri!«

»Nein!« Sie schüttelte heftig den Kopf. »Und zwar schon lange nicht mehr. Ich habe schon vor unserer Beziehung damit aufgehört. Weil ich wirklich fertig mit ihm bin. Ich könnte gar nicht mehr mit ihm schlafen. Aber das ist offensichtlich bei dir ganz anders.«

»Es war eher ein Ausrutscher. Ich hatte getrunken an dem Abend, und ...«

»Eben hast du gesagt, du lebst nicht wie ein Mönch. Wieso hattest du mir früher erzählt, du schläfst nicht mehr mit ihr?«

Er wurde immer wütender, sie konnte spüren, daß er jeden Moment losbrüllen würde. Situationen wie diese haßte er; schlimmer: er haßte *sie* in solchen Momenten. *Unerträgliches Quengeln* nannte er es, wenn sie traurig oder eifersüchtig war, ihm Vorhaltungen machte oder irgendwelche Zusagen erhalten wollte. Er hätte erwartet, daß sie eine Nachricht wie die von der Schwangerschaft seiner Frau ohne größere Kommentare hinnahm, vielleicht später daheim in der Abgeschiedenheit ihres Zimmers einen Tobsuchtsanfall bekam, ihn jedoch unbehelligt ließ. Er wollte eine Beziehung. Er wollte keinen Streß.

Aber, dachte sie hilflos, woher soll ich die Kraft nehmen, einen solchen Schmerz mit mir allein auszumachen?

»Ich sage solche Dinge, um mir dein Genörgel vom Hals zu halten«, antwortete er nun zornig auf ihre Frage. »Du bohrst so lange herum, drängst mich, daß ich dir schwöre und versichere und ich-weiß-nicht-was-noch-alles, daß ich nicht mehr mit ihr schlafe, bis ich dir sage, was du hören willst, einfach, damit du endlich still bist. Du kannst so entsetzlich anstrengend sein! Immer geht es nur um dich, dich, dich! Vielleicht könntest du zwischendurch auch einmal an mich und meine Probleme denken!«

Sie fragte sich, wie er reagiert hätte, wenn sie ihm erzählt hätte, *sie* sei schwanger. Aber vermutlich hätte er zunächst nur Panik gehabt, das Kind könnte von ihm sein, und als nächstes hätte er sich überlegt, daß sie nun womöglich als jederzeit verfügbare Geliebte für eine Weile ausfiel. Was er als höchst ärgerlich empfunden hätte.

Oder dachte sie da zu schlecht von ihm?

»Es ist ja nicht meine Schuld, daß wir so wenig Zeit füreinander haben«, sagte sie, »ich dränge seit eineinhalb Jahren auf eine Entscheidung. Ich finde die Situation entsetzlich. Unerträglich. Und nun auch noch das ...« Ihre Stimme brach, sie biß sich auf die Unterlippe. Sie durfte nicht in Tränen ausbrechen. Die wenigen Male, da sie zu weinen begonnen hatte, war Peter wutentbrannt davongerauscht und hatte sie einfach stehen lassen. So weit sollte es nicht wieder kommen.

»Ich habe dir erklärt, weshalb ich mich jetzt nicht scheiden lassen kann. Ich dachte, das hättest du verstanden.«

»Du hast von zwei Jahren gesprochen. *Ein, zwei Jahre* waren deine Worte. Jetzt sind bald zwei Jahre um.«

»Im Oktober«, sagte er, »im Oktober sind zwei Jahre um.«

»Aber allmählich müßte sich doch die Entwicklung schon abzeichnen. Wie steht es denn? Hat sich deine Finanzlage verbessert?«

Er starrte unter sich, scharrte mit den Füßen im Kies herum. Sie sah ihn an und bemerkte, daß er zuvor, als sie ihn von Ferne beobachtet hatte, nicht einfach nur für den Moment einen mürrischen Gesichtsausdruck aufgesetzt hatte. Die Kerben zwischen Nase und Mundwinkeln hatten sich eingegraben. Da waren Falten, die sich nicht glätteten, Linien, die sich durch sein Gesicht zogen und es alt machten. Sie begriff, noch ehe er antwortete, daß seine Sorgen nicht weniger geworden waren. Sie hatten sich verschärft, raubten ihm nachts den Schlaf und kosteten ihn am Tag den Seelenfrieden.

Als er ihr antwortete, klang seine Stimme nicht mehr zornig, sondern müde. Unendlich müde wie die eines alten Mannes.

»Es ist schlimmer geworden«, sagte er leise, »es ist uferlos. Ich habe Schulden ohne Ende. Wenn ich ein Loch zu stopfen versuche, reiße ich an anderer Stelle eines auf. Und die Abgründe werden immer tiefer. Ich weiß nicht, wohin das steuert, ich weiß nur, daß ich die Kontrolle verloren habe.«

Diesmal zitterte *seine* Stimme; einen Moment glaubte Nadine, er werde anfangen zu weinen. Er hatte sich jedoch rasch wieder im Griff, nur die Mutlosigkeit und Verzweiflung fielen nicht von ihm ab. Sie schienen längst Teil von ihm geworden zu sein.

»Ich komme mir vor, als säße ich auf einem Karussell, das sich wie rasend dreht, immer schneller und schneller. Ich möchte abspringen, aber ich weiß nicht, wo ich landen werde, und ob ich mir am Ende das Genick breche dabei. Also verharre ich, wo ich bin, und mit jedem Tag wird meine Lage aussichtsloser.«

Es drängte sie, nach seiner Hand zu greifen, ihm zu sagen, es werde alles gut, aber er hatte seine Hände ineinander verkrallt und sich halb von ihr abgewendet; ganz offensichtlich wollte er keinerlei Berührung. Zudem wäre es eine Lüge gewesen, und sie hätte sie mit nicht einem einzigen Argument untermauern können. Ohne daß sie seine Finanzen kannte, kannte sie doch ihn; er neigte nicht zu Hysterie oder Übertreibung. Wenn er sagte, daß seine Lage aussichtslos war, dann war sie eher noch schlimmer, als er sie schilderte.

»Am liebsten würde ich einfach verschwinden. Mit dir. Irgendwohin, wo uns niemand kennt. Ein neues Leben, ganz von vorn anfangen ... Eine zweite Chance ...«

Es war das erste Mal gewesen, daß er diese Möglichkeit erwähnte, und Nadine hatte den Atem angehalten. Er schilderte ihren Traum. *Ein neues Leben ... ganz von vorne anfangen ... eine zweite Chance* ... Im Zusammenhang mit ihr hatte er so etwas noch nie ausgesprochen, aber die Erkenntnis, daß nicht sie, sondern lediglich seine Lebenssituation ihn zu derartigen Überlegungen trieb, konnte sie damals noch verdrängen.

»Es gibt da noch ... eine Reserve«, sagte er, »etwa zweihunderttausend Mark. Auf einem Schweizer Bankkonto. Ich konnte das Geld damals an der Steuer vorbeischleusen. Es würde uns einen neuen Start ermöglichen.«

Im nächsten Moment brach sich jedoch wieder seine Verzweiflung Bahn. »Aber wie soll ich das machen? Ich würde Laura auf einem Schuldenberg sitzen lassen. Jahrelang würde sie ja nicht einmal an die Lebensversicherung herankommen, die ihr vielleicht aus dem Allergröbsten heraushelfen könnte. Bis sie mich für tot erklären lassen könnte, würde eine ewige Zeit vergehen. Und zu allem Überfluß kommt jetzt das Baby! O Gott, Nadine«, endlich blickte er sie an, »ich könnte mich doch nie wieder im Spiegel anschauen.«

Sie wagte es, seine Hände zu streicheln, und er ließ es zu. Blitzschnell hatte sie sich eine Taktik überlegt, die einzige, die es für sie gab, die sie vielleicht zum Erfolg führen würde: Sie schwenkte um in diesem Moment. Sie bedrängte ihn nicht mehr. Sie zeigte Mitgefühl und Verständnis. Sie wußte: Seine Schulden würden schlimmer, seine Sorgen größer werden. Sein Leben würde wie ein Kartenhaus zusammenstürzen. Die Gedanken an Flucht und Neuanfang würden ihn, nun, da sie einmal gefaßt waren, nicht mehr verlassen, sie würden immer gewichtiger, und im gleichen Maß, in dem seine Verzweiflung wuchs, würden seine Skrupel gegenüber Laura und dem Baby abnehmen. Er mußte nur noch dichter mit dem Rücken an der Wand stehen. So schwer es ihr fiel, sie mußte sich in Geduld fassen.

Es war eine Zitterpartie geworden, die schließlich vollkommen über ihre Kraft ging und zeitweise sogar ihre körperliche Gesundheit beeinträchtigte. Noch jetzt, an diesem kühlen Morgen am Strand, konnte sie die Übelkeit spüren, die sie ein Jahr lang Tag für Tag befallen hatte, die Kopfschmerzen, den trockenen Mund, das wiederkehrende Zittern ihrer Hände.

Das Kind war schuld, dachte sie, er fing an, das Kind mehr zu lieben, als ich es voraussehen konnte.

Sie hatte sich immer an seine Worte geklammert, das Kind sei ein Unfall gewesen, und bis heute war sie überzeugt, daß diese Aussage zu den wenigen Wahrheiten gehört hatte, die er ihr gegenüber ausgesprochen hatte. In seiner damals bereits überaus brenzligen Situation konnte er sich nicht auch noch ein Kind gewünscht haben. Aber dann war es da, ein süßes, blondes Mädchen, kein Junge, den er ja schon hatte, sondern eine bezaubernde Prinzessin, und sie besaß sofort einen Platz in seinem Herzen. Nicht, daß er dies Nadine gegenüber so formuliert hätte. Er hielt sich – in dieser Hinsicht mußte sie ihm ein gewisses Taktgefühl zuerkennen – überhaupt mit Berichten aus dem Kinderzimmer zurück. Aber was ihn betraf, verfügte Nadine über feine Antennen, und die wenigen Male, die er von Sophie sprach, konnte sie die besondere Wärme in seiner Stimme wahrnehmen, die sich sonst nie zeigte. Seine Skrupel, die Familie zu verlassen, wurden eher größer als kleiner. Nie hätte sie ihn derart heftiger Schuldgefühle für fähig gehalten.

Irgendwann hatte sie ihre Strategie der Zurückhaltung nicht länger durchstehen können, da sie ins Nichts zu münden schien, und seit Beginn dieses Jahres waren die Streitereien wieder losgegangen – ihr Drängen, ihre Bitten, seine Wut –, und dann war es zu dem furchtbaren Wochenende in Pérouges gekommen. Und schließlich, als sie schon jede Hoffnung aufgegeben hatte, zu seiner Entscheidung.

Aber am Ende war sie die Verliererin, und vielleicht war eine Geschichte, die sich von Anfang an so widerspenstig, so widerwillig entwickelte, in sich zum Scheitern verurteilt. Sie hatte etwas zu erzwingen versucht, was nicht hatte sein sollen, und am Ende gab es einen Toten, eine Witwe, eine Halbwaise und sie – eine Frau, die wieder einmal um all ihre Hoffnungen und Sehnsüchte betrogen worden war.

Auf eigenen Füßen stehen, dachte sie vage – denn sie hatte nicht die geringste Ahnung, wie das ging –, das wäre vielleicht die einzige Chance, die ich hätte.

Ihr war kalt, aber nicht nur wegen des frischen Windes. Sie fror tief in ihrem Inneren. Es war, als lebte sie, obwohl bereits die Totenstarre einsetzte.

Am Ende dieses Prozesses würde sie vielleicht Schmerz und Enttäuschung nicht mehr fühlen, auch nicht mehr Begierde und Hoffnung. Sie würde einfach gar nichts mehr fühlen.

Vielleicht konnte auch dies eine Art innerer Frieden sein.

6

Monique war viel weiter gelaufen, als sie ursprünglich vorgehabt, ja, als sie es sich überhaupt zugetraut hatte. Sie war zunächst von ihrer Wohnung aus in westlicher Richtung bis fast nach Les Lecques gewandert, war dort umgekehrt und hatte, als sie wieder in La Madrague ankam, festgestellt, daß sie noch keine Lust hatte, in ihre Wohnung zurückzukehren. Also hatte sie den Klippenpfad in Angriff genommen, der bis

Toulon führte und dessen erste Meter sie von ihrem Küchenfenster aus sehen konnte. Scharen von Wanderern hatte sie über die Jahre kommen und gehen sehen, nie jedoch den Wunsch verspürt, sich einmal selbst auf diesen Weg zu machen. Es sollte herrliche Aussichtspunkte geben, aber auch immer wieder steil bergab und bergauf gehen, und derlei Anstrengungen hatte Monique nie geschätzt.

Natürlich *war* es tatsächlich anstrengend, auch an diesem Morgen, der der Beginn eines neuen Lebensabschnitts sein sollte, denn der gute Wille allein verbesserte noch nicht ihre erbärmliche Kondition. Sie schnaufte bei den Steigungen wie eine Dampflokomotive und mußte immer wieder stehen bleiben, vornübergeneigt, eine Hand auf ihre schmerzende rechte Seite gepreßt.

Aber sie fühlte sich gut. Sie genoß die herrliche Aussicht, mehr noch aber die Herausforderung, die sie an ihren eigenen Körper stellte. Die frische, kühle Luft war köstlich. Ihr Kopf fühlte sich klar und frei.

Sport, dachte sie, ich werde richtig Sport machen. Ich werde schlank und fit und durchtrainiert sein. Ich kann es nicht erzwingen, einen Lebenspartner zu finden, eine Familie zu haben, aber ich kann etwas dagegen tun, vor dem Fernseher zu verschimmeln.

Irgendwie hatte sie das Gefühl, daß körperliche Fitneß ihr langfristig auch bei ihren anderen Problemen helfen würde. Sie konnte diesen Gedanken nicht logisch begründen, aber eine Intuition sagte ihr, daß es so wäre.

Als sie endlich zu Hause ankam, war es halb eins. Sie hatte Lust auf ein schönes Mittagessen, und eigentlich hatte sie es sich auch redlich verdient. Ihre Beine schmerzten, während sie die Treppen hinaufstieg. Oben angelangt, kramte sie den Schlüssel aus ihrer Hosentasche und schloß ihre Wohnungstür auf.

Sie hatte keine Ahnung, woher der Mann plötzlich aufgetaucht war. Er war auf einmal hinter ihr und schob sie in die Wohnung hinein, folgte ihr und schloß die Tür hinter ihnen beiden. Viel später überlegte sie, daß er wohl hinter der Wand des nächsten Treppenaufgangs auf sie gewartet hatte. Das Ganze ging so schnell, daß sie überhaupt nicht begriff, was eigentlich passierte, und gar nicht auf die Idee kam, zu schreien oder irgendeinen anderen Laut auszustoßen. Im Flur ihrer Wohnung drehte sie sich um und schaute ihn an.

Er war groß und schlank und gutaussehend, aber er bedachte sie mit einem unangenehmen Lächeln, und sie fand, daß seine Augen seltsam starr dreinblickten.

»Monique Lafond?« fragte er, aber sie hatte den Eindruck, daß er ohnehin wußte, wer sie war, und daß es keinen Sinn haben würde, es abzustreiten.

»Ja«, sagte sie.

Sein Lächeln vertiefte sich und wurde dabei noch abstoßender.

»Sie wollten mich sprechen?« fragte er, und in einer plötzlichen Erleuchtung, die nicht zu den übrigen verlangsamten Abläufen in ihrem Kopf paßte, erkannte sie, daß sie einen furchtbaren Fehler gemacht hatte.

Teil 2

Prolog

Es belastete ihn ungemein, sie unten im Keller seines Hauses zu wissen. Ein ungelöstes Problem, von dem ihm nicht einmal entfernt vorschwebte, wie es zu lösen sein könnte. Und so etwas konnte er sich nicht leisten, gerade jetzt noch weniger als zu sonst irgendeinem Zeitpunkt. Er war so dicht am Ziel. Die Verwirklichung all seiner Sehnsüchte, das spürte er, lag zum Greifen nahe. Monique Lafond hätte nicht passieren dürfen.

Als er ihre Nachricht auf seiner Mailbox vorgefunden hatte, war er erstarrt vor Schreck und hatte sofort angefangen zu grübeln, wer diese Frau war und wie sie an seine Handy-Nummer hatte gelangen können. Der Name kam ihm bekannt vor, irgendwo hatte er ihn schon einmal gehört, aber es dauerte eine ganze Weile, bis er ihn unterbringen konnte: Die Putzfrau! Camilles verdammte Putzfrau. Er hatte sie nie persönlich getroffen, aber ein- oder zweimal hatte Camille den Namen erwähnt. Wie war diese Person an seine Telefonnummer gekommen? Er hielt es für unwahrscheinlich, daß Camille sie ihr gegeben hatte, sie hatte keinerlei vertrautes Verhältnis zu ihrer Putzfrau, und ihr war ohnehin daran gelegen gewesen, die Beziehung zu ihm geheimzuhalten.

Natürlich hätte Camille Gott und der Welt von ihm erzählen können, und sicher hätte er niemandem gegenüber, schon gar nicht bei der Polizei, abgestritten, daß es eine Beziehung zwischen ihnen gegeben hatte. Aber nicht ein einziger Beamter war bei ihm aufgetaucht, und daraus hatte er geschlossen, daß Camille aus ihm ein ebensolches Geheimnis gemacht hatte, wie sie überhaupt alles für sich behielt. Ihre Abgrenzung von ihrer gesamten Umwelt trug beinahe autistische Züge, und er konnte sich durchaus vorstellen, daß sie vollkommenes Stillschweigen gewahrt hatte. Weshalb hätte er von sich aus zur Polizei gehen und schlafende Hunde wecken sollen?

Als er Moniques Anruf vorgefunden hatte, war ihm klar geworden, daß er falsch gehandelt hatte. Er hätte damit rechnen müssen, daß doch noch jemand auftauchte, und im nachhinein sah es eigenartig aus, daß er sich nicht von selbst bei der Polizei gemeldet hatte. Mehr als das: Es machte ihn außerordentlich verdächtig. Es könnte ihm kaum gelingen, dafür eine gute Erklärung zu finden.

Und nun meldete sich diese Person, die ganz offensichtlich über seine Beziehung zu Camille Bescheid wußte, und sie benutzte überdies seine Handy-Nummer, was ihn vollends nervös machte. Diese Handy-Nummer kannten nur ganz wenige Menschen, er gab sie kaum jemals heraus. Camille hatte sie gehabt. Hatte die Putzfrau sie bei ihr irgendwo gefunden? Er überlegte und grübelte; wann war er unvorsichtig und leichtsinnig gewesen? Einmal hatte er die Nummer auf Camilles Anrufbeantworter in Paris gesprochen, aber da konnte jene Monique kaum darauf gestoßen sein. Dennoch beunruhigte ihn dieses Vorkommnis auf einmal, denn schließlich könnte jemand anders das Band abhören. Wieso war er eigentlich so sicher gewesen, daß Camille immer alle Nachrichten löschte, kaum daß sie sie abgehört hatte? Er hatte ein paarmal mitbekommen, wie sie es hier tat, in ihrem Ferienhaus, sie hörte ab und löschte manchmal, noch ehe der Anrufer überhaupt zu Ende gesprochen hatte. Ein Ausdruck ihres krankhaften Desinteresses an der Welt.

»Wieso hast du so ein Ding überhaupt?« hatte er sie einmal gefragt. »Wenn du kaum hinhörst, was die Leute dir sagen?«

Sie hatte ihn abwesend angesehen. »Jacques hat die Anrufbeantworter installiert«, sagte sie. Wie er wußte, kam das einer Heiligsprechung dieser Geräte gleich. Was ihr verstorbener Mann eingerichtet hatte, blieb unangetastet, vermutlich bis in alle Ewigkeit. Selbst dann, wenn es sie nervte.

Und wenn sie aus irgendeinem Grund seine Nachricht in Paris nicht gelöscht hatte? Sie hatte ja damals abgestritten, sie überhaupt bekommen zu haben. Er hatte ihr nicht geglaubt, hatte es für eines ihrer üblichen Ausweichmanöver gehalten, mit denen sie sich immer mehr aus der Beziehung zu lavieren suchte. Eigentlich hatte er ihr gar nichts mehr geglaubt, und das hatte ihn so wütend gemacht, so entsetzlich wütend, so daß er schließlich ...

An jenem Punkt verbot er sich stets, noch weiter in die Vergangenheit zu schweifen. Er wollte nicht daran denken, was dann geschehen war. Er hatte genug zu tun, sein Leben heute zu organisieren. Wenn er Fehler gemacht hatte, dann mußte er zusehen, daß sie ihm nicht zum Verhängnis wurden.

Er mußte überlegen, was mit dieser Monique Lafond werden sollte, die er jetzt am Hals hatte und die ihm so sehr gefährlich werden konnte.

Sie hatte ihm dankenswerterweise sogar den Ortsteil genannt, in dem sie lebte, und so war es einfach gewesen, über die Auskunft ihre genaue Adresse herauszufinden. Am frühen Samstagnachmittag, gegen drei Uhr, war er zum erstenmal zu ihrer Wohnung gegangen, sie war nicht da gewesen, aber in ihrer Wohnungstür hatte ein Zettel gesteckt, den er natürlich sofort entfernte. Die Schlampe hatte offenbar schon reichlich viel Staub aufgewirbelt, es wurde höchste Zeit, daß er einschritt.

Am Abend hatte er sie erneut aufsuchen wollen, aber gerade als er vor ihrer Wohnungstür stand, hatte er gehört, daß unten am Hauseingang jemand bei ihr klingelte, und rasch war er ein Stockwerk höher gehuscht. Den Stimmen hatte er entnommen, daß eine Freundin bei ihr aufgekreuzt war, und da nach seiner Erfahrung Frauen, die einander am Samstagabend besuchten, gewöhnlich die halbe Nacht zusammenhockten, hatte er gar nicht erst versucht, abzuwarten, sondern war so leise und heimlich verschwunden, wie er zuvor aufgetaucht war.

Heute hatte er ziemlich lange ausharren müssen, und das hatte ihn eine Menge Nerven gekostet. Das Problem waren die anderen Hausbewohner; sie würden mißtrauisch werden, wenn ein fremder Mann stundenlang im Flur herumlungerte, und am Ende könnten sie sich noch gut an sein Gesicht erinnern. Wenn er irgendwo eine Wohnungstür gehen hörte, war er jedesmal ganz nach oben gehuscht und hatte sich unter einer kleinen Treppe versteckt, die zu einem Ausstieg aufs Dach führte. Es war unwahrscheinlich, daß dort jemand vorbeikam. Schwieriger war es, wenn er unten die Haustür aufschwingen hörte, denn dann konnte er sich nicht unters Dach flüchten, da es Monique hätte sein können, die zurückkam. Er mußte auf seinem Posten bleiben und den Flur im Auge behalten, und zweimal war es ihm nur in letzter Sekunde geglückt, nach oben zu entwischen, ehe der jeweilige Hausbewohner ihn entdecken konnte.

Dann endlich war *sie* erschienen, und er hatte blitzschnell gehandelt. Gott sei Dank war sie allein, die ganze Zeit über hatte er die Befürchtung gehegt, es sei wieder eine Freundin bei ihr. Seltsamerweise war ihm nie der Gedanke gekommen, sie könne einen Mann oder einen Lebensgefährten haben. Das mochte daran liegen, daß nur ihr Name auf dem Türschild stand, aber mehr noch vielleicht an ihrem dämlichen Verhalten: Nach seiner Überzeugung hätte ein Mann niemals einen Anruf getätigt, wie sie es getan hatte, bei einem potentiellen Mörder, unter Hinterlassung von Namen und Telefonnummer. Über eine derartige Naivität konnte nur eine Frau verfügen.

Er hatte sie in die Wohnung gedrängt und die Tür geschlossen. Er hatte ein Messer dabei, aber er hatte es nicht zeigen müssen, sie leistete nicht den geringsten Widerstand, schrie auch nicht, sondern starrte ihn nur aus schreckgeweiteten Augen an.

»Sie wollten mich sprechen?« hatte er gefragt und gleich darauf in ihren Zügen lesen können, daß sie begriff, worauf er anspielte, und daß sie Angst bekam. Er hatte vorsichtshalber die Hand in die Tasche seiner Sweatjacke geschoben, um rasch an das Messer zu gelangen, falls sie nun doch zu schreien begann, aber offenbar war sie dazu nicht in der Lage. Sie glotzte nur, und hinter ihrer Stirn schienen hundert Gedanken zu jagen.

Draußen auf dem Flur hörte er jemanden vorbeigehen. Sie standen viel zu dicht an der Tür, und daher schob er Monique rückwärts bis ins Wohnzimmer; genaugenommen mußte er sie nicht schieben, sondern sich nur langsam auf sie zu bewegen, und schon wich sie von selbst zurück. Im Wohnzimmer vergewisserte er sich rasch, daß alle Fenster geschlossen waren, dann forderte er Monique auf, sich zu setzen, was sie sofort tat. Zum Glück hatte sie wirklich echte Angst vor ihm und würde voraussichtlich keinerlei Schwierigkeiten machen. Er selbst blieb stehen, weil ihm dies ein Gefühl der Überlegenheit gab, denn er fühlte sich in Wahrheit zutiefst unsicher. Er hatte keine Ahnung, was er tun sollte. Sein einziger Gedanke die ganze Zeit über war gewesen: Ich muß sie ausschalten. Ich muß diese Gefahr irgendwie unschädlich machen. Nun hatte er die Gefahr vor sich und wußte nicht, wie er mit ihr verfahren sollte.

»Woher haben Sie meine Telefonnummer?« fragte er. »Ich meine, die Handy-Nummer?«

Sie zögerte etwas zu lange. Sie würde ihm nicht die Wahrheit sagen.

»Von Madame Raymond«, sagte sie.

Er lächelte verächtlich. »Madame Raymond hätte niemals meine Nummer ihrer Putzfrau gegeben!« Das Wort Putzfrau spuckte er geradezu aus. Er merkte, wie er ein Stück Sicherheit zurückgewann. Er mußte sich nur klarmachen, daß sie wirklich nichts anderes war als eine Hausangestellte, nichts Besonderes, schon gar keine Geistesgröße. Zudem fand er sie alles andere als attraktiv, sie hatte für seinen Geschmack zu dicke Oberschenkel und ein ziemlich rundes Gesicht. Sie war absolut nicht sein Typ.

»Sie hat mir aber die Nummer gegeben«, beharrte Monique.

Woher hatte sie sie wirklich? Es gab zwei Möglichkeiten: Entweder sie hatte hin und wieder in Camilles Schubladen geschnüffelt, die Nummer dabei entdeckt und wollte dies nun nicht zugeben, weil es ihr peinlich war. Oder es gab einen Informanten, den sie zu decken versuchte. Aber wer, verflucht, konnte das sein? Camille hatte keine guten Bekannten oder Freunde gehabt. Und selbst wenn – welchen Sinn hätte es gemacht, irgend jemandem seine Handy-Nummer zu geben?

Im Lauf des Nachmittages fragte er noch einige Male nach, aber sie blieb bei ihrer völlig unglaubwürdigen Version, und langsam merkte er, wie er wütend auf sie wurde. Hätte sie noch geschickt gelogen, wäre es etwas anderes gewesen, aber so wurde sie zu einer Beleidigung für seine Intelligenz, und ihre Hartnäckigkeit machte ihn aggressiv. Das war gut so. Er hatte Menschen getötet, aber er war keineswegs in der Lage, einfach jeden zu töten. Seine Opfer hatten es verdient, es war geradezu zwingend notwendig gewesen, sie zu vernichten, weil sie es waren, die dafür sorgten, daß die Welt immer schlechter, kälter und unerträglicher wurde.

Monique Lafond zählte nicht zu diesen wertlosen Kreaturen, zumindest nicht, daß er es gewußt hätte. Aber sie hatte sich eingemischt, und nun versuchte sie ihn für dumm zu verkaufen, und wenn sie es noch ein bißchen weiter trieb, würde er zu dem Schluß gelangen, daß sie ebenfalls bestraft gehörte. Dies würde die Dinge wesentlich erleichtern.

Irgendwann – sie saß immer noch in sich zusammengesunken auf dem Sofa, er stand noch immer groß und drohend vor ihr – sagte er: »Ich werde dich schlagen. Ich werde dich so lange schlagen, bis du die Wahrheit sagst.«

Sie blinzelte nervös und fragte dann mit ängstlicher Stimme, ob sie auf die Toilette gehen dürfe.

»Nein«, sagte er und stellte zufrieden fest, daß sie um eine Schattierung blasser wurde. Das war eine echte Folter, und zudem eine, die von Minute zu Minute, von Stunde zu Stunde schlimmer wurde, ohne daß er etwas dazu tun mußte. Vielleicht würde sie irgendwann kapieren, daß es besser für sie war, wenn sie kooperierte.

Zum Glück wurde es früh dunkel zu dieser Jahreszeit. Um sechs Uhr entschied er, daß sie den Aufbruch wagen konnten. Es war nicht schlecht, daß er ihr das Messer bislang nicht gezeigt hatte, denn als er es nun hervorholte, erschrak sie fast zu Tode und begann heftig zu zittern. Er war überzeugt, daß sie keinen Versuch machen würde, ihn auszutricksen.

»Wir verlassen nun diese Wohnung und gehen zu meinem Wagen«, sagte er. »Ich gehe direkt neben dir, und das Messer liegt an deinem Rücken. Du hast es tief in deinen Nieren stecken, wenn du irgendwelchen Mist baust, und ich muß dir wohl nicht erklären, daß dich das entweder umbringt oder zum Invaliden macht. Das heißt, du solltest sehr brav sein und nichts tun, was ich dir nicht ausdrücklich sage. Verstanden?«

Es war ihm selbst nicht bewußt geworden, daß er irgendwann im Lauf des Nachmittages vom *Sie* zum *Du* gewechselt war; er registrierte dies erst in diesem Moment. Ein gutes Zeichen. Je mehr seine normalen höflichen Umgangsformen ihr gegenüber nachließen, desto eher wurde sie für ihn zum Objekt, und irgendwann würde dies die Dinge sehr erleichtern.

»Bitte«, sagte sie, »darf ich noch auf die Toilette?«

»Nein«, sagte er und scheuchte sie mit einer Handbewegung auf die Füße.

Er hatte ungemeines Glück. Sie begegneten keinem Menschen im Haus, und auch draußen auf dem Weg hinunter zum Hafen trieb sich niemand herum. Der Tag war sonnig, aber kühl gewesen, der Abend nun war richtig kalt. Er ging so dicht an sie gepreßt, daß jeder sie für ein Liebespaar gehalten hätte. Das Messer steckte verborgen in seinem Ärmel, aber die Spitze berührte Moniques Rücken, und als sie einmal stolperte, sorgte er dafür, daß sie sofort die Härte des scharfen Stahls spürte. Im Schein der Hafenlaternen konnte er sehen, daß sie Schweißperlen auf Stirn und Nase hatte. Es ging ihr ziemlich dreckig, und das geschah ihr recht.

Sie mußte in den Kofferraum steigen, nachdem er sich gründlich umgesehen und festgestellt hatte, daß niemand sie beobachtete. Sie rollte sich wie ein Igel zusammen und begann leise zu weinen. Er vermutete, daß sie allen Grund dazu hatte.

Zu Hause gelang es ihm, sie wiederum ungesehen aus dem Auto ins Haus zu bringen. Sie kletterte aufreizend langsam und umständlich aus dem Kofferraum, sie war offenbar grauenhaft unsportlich, und zudem drückte wohl auch ihre Blase inzwischen extrem quälend, denn das erste, was sie sagte, als sie im Haus waren, war: »Oh, bitte, lassen Sie mich auf die Toilette! Bitte, bitte!«

Er schüttelte den Kopf, sie sollte ruhig sehen, daß er so stur sein konnte wie sie. Er führte sie in den Keller hinunter, der völlig fensterlos und wie ein große, steinerne Höhle war; es gab dort einen kleinen Raum, in dem er auf einem Holzregal Konservendosen lagerte. Ansonsten befand sich dort nichts, er war schließlich auch nicht darauf vorbereitet gewesen, dort eine Frau gefangenzuhalten. Er stieß sie in die kalte Dunkelheit und verriegelte die Tür, stieg dann, gefolgt von ihren Schreien, die Treppe hinauf. Als er die obere Kellertür schloß, war nichts mehr zu hören. Erschöpft strich er sich die Haare zurück, er hatte eine Atempause gewonnen, aber mehr auch nicht, darüber mußte er sich im klaren sein. Letztlich würde er eine Lösung finden müssen, er konnte Monique Lafond in dem eisigen, finsteren Grab dort unten nicht verschimmeln lassen. Oder doch? Er bräuchte nichts weiter zu tun, nur mußte er irgendwann beseitigen, was von ihr übrig war.

Er ging ins Wohnzimmer, knipste die Stehlampe neben dem Sofa an. Er mochte ihren sanften, milden Schein. In dem großen, gußeisernen Ofen glühten die Holzscheite und verbreiteten mollige Wärme. Er schenkte sich einen Whisky ein, spürte das Brennen, mit dem er die Kehle hinunterrann, genoß das Feuer, in das er den Körper hüllte. Er wußte, daß er manchmal zuviel trank, aber er war keineswegs der typische Alkoholiker; es reichten geringe Mengen, damit er sich stärker und zuversichtlicher fühlte.

Sein Blick fiel auf das Telefon. Er hatte solche Sehnsucht, ihre Stimme zu hören, und obwohl er keinesfalls lästig sein wollte, hob er schließlich, nach einigem Zögern, den Hörer ab und wählte die Nummer. Sein Herz hämmerte, während er darauf wartete, daß sie sich meldete.

Lieber Gott, laß sie zu Hause sein. Ich muß mit ihr sprechen. Ich muß mich vergewissern, daß es sie noch gibt. Daß sie für mich da ist, daß sie mich mag, daß sie mich lieben wird eines Tages ...

Es dauerte so lange, daß er schon glaubte, sie sei nicht daheim, und die Enttäuschung löste einen so heftigen Schmerz in ihm aus, daß er meinte, ihn nicht ertragen zu können.

Er wollte schon aufgeben, da wurde endlich der Hörer abgenommen.

»Ja?« fragte sie atemlos.

Sie hatte die schönste Stimme der Welt, süß, melodisch, weich und voll zauberhafter Versprechungen. Die Erleichterung überschwemmte ihn, er merkte, wie heftig sein Verlangen nach ihr war und wie sehr er sich schon eins mit ihr fühlte.

»Oh – du bist ja doch da, Laura«, sagte er hölzern, und es paßte gar nicht zu dem, was er fühlte, »ich dachte schon … nun, egal. Hier ist Christopher. Hättest du Lust, heute abend mit mir essen zu gehen?«

Montag, 15. Oktober

1

»Ich kann Ihnen«, sagte Henri, »leider nicht wirklich weiterhelfen. Meine Frau und ich sind entsetzt und erschüttert über den Tod eines langjährigen Freundes, aber wir haben nicht die geringste Ahnung, was passiert sein kann.«

»Hm«, machte der Kommissar. Er wirkte unzufrieden; zudem hatte Henri das beunruhigende Gefühl, daß er ihm seine völlige Unwissenheit nicht wirklich abnahm. Er merkte selbst, wie auswendig gelernt und unecht es geklungen hatte, aber konnte das nicht auch eine normale Reaktion sein auf das schockierende Ausmaß von Gewalt, mit dem sie alle plötzlich konfrontiert worden waren?

Es war halb neun am Montagmorgen, und als er die Fensterläden vorn im Restaurant aufgestoßen hatte, war ihm sofort der graue Wagen mit den zwei Männern darin aufgefallen, der auf der gegenüberliegenden Straßenseite parkte.

Sie waren ausgestiegen, kaum daß sie seiner ansichtig wurden, und auf ihn zugekommen, und es war ihm nichts übriggeblieben, als ihnen die Tür zu öffnen.

Sie stellten sich als Kommissar Bertin und sein Mitarbeiter Duchemin vor und sagten, sie hätten gern einige Fragen an ihn gerichtet. Er bat sie in die Küche, schenkte ihnen Kaffee ein, den sie dankbar zu sich nahmen. Zuerst hatten sie sich nach Nadine erkundigt.

»Es wäre uns lieb, wenn Ihre Frau an diesem Gespräch teilnehmen könnte.«

Er mußte erklären, daß seine Frau leider nicht daheim war.

»Hat sie schon so früh am Morgen das Haus verlassen?« erkundigte sich Bertin mit hochgezogenen Augenbrauen.

»Sie hat gar nicht hier geschlafen die letzte Nacht. Sie ist bei ihrer Mutter. Dort ist sie öfter.« Es kam Henri vor, als spräche er ein wenig zu hastig. »Ihrer Mutter geht es gesundheitlich nicht gut«, fügte er erklärend hinzu.

Wie er erwartet hatte, wußten sie von Laura, daß Peter Simon am vorletzten Samstag im *Chez Nadine* gegessen hatte. Sie wollten alles über ihn erfahren, was er geredet hatte, wie er sich verhalten hatte, ob irgend etwas an ihm auffällig gewesen sei, aber Henri sagte, was er auch Laura gesagt hatte: daß Peter müde und still gewirkt habe, was aber nach der langen Autofahrt nicht verwunderlich gewesen sei. Daß er seine Pizza kaum zur Hälfte gegessen habe und nach etwa einer Stunde gegangen sei. Daß sie fast kein Wort miteinander gewechselt hatten.

»Sie waren Freunde«, sagte Bertin, »und Sie hatten einander sicher längere Zeit nicht gesehen. Wäre es da nicht normal gewesen, sich ein bißchen zu unterhalten?«

»Sicher«, sagte Henri, »aber ich mußte arbeiten. Das Lokal war voll, und meine Frau war wieder einmal urplötzlich ausgefallen, weil sie zu ihrer Mutter mußte. Ich war allein und jagte zwischen Küche und Gastraum hin und her, und die Leute beschwerten sich schon, weil alles zu lang dauerte. Ich konnte mich nicht um Peter kümmern.«

»Wußten Sie, weshalb er an die Côte gekommen war?«

»Natürlich. Er kam jedes Jahr in der ersten oder zweiten Oktoberwoche. Er segelte dann immer mit einem Freund.«

»Und er erwähnte nichts davon, daß er diesmal etwas anderes vorhabe?«

Henri merkte, daß ein Nerv an seiner rechten Schläfe zu zucken begann. Hoffentlich sahen die beiden Männer das nicht. Was wußte Bertin? Wußte er, daß Peter Simon sehr wohl etwas anderes vorgehabt hatte? Daß er mit Nadine hatte durchbrennen, irgendwo ein neues Leben hatte beginnen wollen? Aber woher sollte er das wissen? Laura hatte keine Ahnung, sonst wäre sie längst hier aufgetaucht und hätte Nadine zur Rede gestellt, davon war er überzeugt. Hatten sie in seinem Auto etwas gefunden, was auf die geplante gemeinsame Flucht hindeutete, Briefe oder etwas Ähnliches? Er beschloß, bei seinem eingeschlagenen Weg zu bleiben: Er hatte von nichts eine Ahnung.

»Nein«, sagte er, »er erwähnte nichts. Aber, wie gesagt, sehr viel mehr als *Hallo* und *Wie geht's* haben wir ohnehin nicht ausgetauscht. Ich war ja nur am Rennen.«

Sie fragten ihn nach den Namen der anderen Gäste, aber er bedauerte, ihnen nicht helfen zu können, niemand sei ihm bekannt gewesen.

»In der Saison sind hier häufig Leute, die ich seit Jahren kenne. Aber diese verstreuten Grüppchen in der Nachsaison ... nein, mir war niemand bekannt an diesem Abend. Außer eben Peter Simon.«

»Hat sich Monsieur Simon mit jemandem unterhalten?«

»Nein.«

»Madame Simon sagt, Sie hätten eine Aktentasche erwähnt, die er mit sich führte. Diese ist Ihnen aufgefallen?«

»Ja, weil er noch nie mit einer Aktentasche hier hereingekommen ist. Aber auch darüber habe ich nicht länger nachgedacht. Ich war, wie gesagt, viel zu beschäftigt, in dem Chaos hier meine Nase über Wasser zu halten.«

»Als Monsieur Simon ging, ist ihm da jemand gefolgt? Ich meine, hat jemand direkt nach ihm das Restaurant verlassen?«

»Nicht daß ich wüßte. Aber ich war auch in der Küche beschäftigt. Ich hätte es vielleicht nicht bemerkt.«

»Man hätte Sie zum Kassieren rufen müssen.«

»Manche zahlen auch und trinken dann noch in Ruhe ihren Wein zu Ende, ehe sie gehen. Das besagt nicht unbedingt etwas, aber mir ist zumindest niemand aufgefallen.«

Bertin hatte sich vorgebeugt und Henri sehr eindringlich gemustert. »Was wissen Sie über Peter Simon? Ich meine, wie weit ging diese Freundschaft? Wieviel vertraute man einander an, was erzählte man einander von Sorgen und Problemen, vom Alltag, von Kummer und Freuden? War es wirklich *Freundschaft* oder eher eine *Bekanntschaft*?«

Der Nerv in seiner Schläfe mochte sich nicht beruhigen. Das Zucken kam ihm inzwischen so stark vor, daß Bertin und Duchemin es sicher bemerkten. Aber er durfte sich davon nicht durcheinanderbringen lassen. Er mußte ruhig und gelassen antworten.

»Wir sahen uns ja nicht allzuoft«, sagte er. »Die Simons kamen Ostern hierher und im Sommer. Manchmal über die Jahreswende, aber das war nur ... ich glaube, zweimal der Fall. Im Oktober kam Peter zum Segeln, da sah ich ihn manchmal gar nicht. Ich denke nicht, daß wir allzuviel voneinander wußten. Sie aßen oft hier, aber da mußten Nadine und ich ja arbeiten, also gab es auch dabei keine langen Gespräche. Nein«, er war in der Lage, Bertin einen einigermaßen festen Blick zuzuwerfen, »vermutlich sollte man es doch eher eine *Bekanntschaft* nennen.«

»Wußten Sie, daß Peter Simon existenzbedrohende finanzielle Schwierigkeiten hatte?«

»Nein.« Er war ehrlich überrascht. Davon hatte er nie etwas mitbekommen. »Das wußte ich nicht.«

»Wir haben über das Wochenende von den Kollegen in Deutschland seine wirtschaftliche Situation prüfen lassen. Die Witwe sitzt auf einem Schuldenberg, und man kann nur hoffen, daß er eine hohe Lebensversicherung abgeschlossen hatte.«

»Keiner von beiden hat das je erwähnt.«

»Hm«, machte der Kommissar. Er nahm einen Schluck Kaffee, ehe er fortfuhr: »Wie sah denn diese Bekanntschaft zwischen Ihnen und den Simons genau aus? Sie waren zwei Paare. Meist verteilen sich in derlei Konstellationen die freundschaftlichen Gefühle nicht völlig gleichmäßig. Es sind manchmal eher die Männer, die gut miteinander können, während die Frauen einander gar nicht so mögen. Oder umgekehrt. Oder die Frau des einen ist mit dem Mann der anderen enger verbunden ... es gibt da mehrere Möglichkeiten. Wie würden Sie das in Ihrem Fall definieren?«

Ob er doch etwas ahnte? Wie sollte man diese Frage anders interpretieren? Der Nerv zuckte nicht nur, er begann jetzt auch zu schmerzen. Sehnsüchtig dachte Henri daran, wie anders dieser frühe Morgen für ihn hätte aussehen können. Zeitung lesen, Kaffee trinken, ein Honig-Baguette essen ... Er spürte plötzlich ein geradezu kindisches Verlangen nach seinem Honig-Baguette. Als sei darin all der Trost enthalten, den seine wunde Seele brauchte.

Er fragte sich, weshalb er sich wie ein Beschuldigter im Verhör fühlte. Weshalb er so genau darauf achtete, sich richtig zu verhalten. Weshalb er Angst hatte, und weshalb seine Nerven zuckten. Er hatte nichts verbrochen. Er hatte mit Peter Simons Tod nichts zu tun. Aber darum ging es wohl auch gar nicht. Er hatte einfach Angst, diese beiden Männer da vor ihm mit den kühlen, intelligenten Gesichtern könnten herausfinden, welch ein gehörnter Schlappschwanz er war, einer, der jahrelang damit lebte, von seiner Frau betrogen zu werden, und der am gemeinsamen Leben und an der Hoffnung auf eine glückliche Zukunft sogar dann noch festhielt, als er von ihrem Plan, ihn für immer zu verlassen, erfahren hatte. Ganz flüchtig fragte er sich, was Bertin in einer Situation wie der seinen getan hätte. Die Alte zum Teufel gejagt? Aber vermutlich würde er in eine solche Lage gar nicht erst geraten.

Er sah nicht aus wie einer, der sich von der eigenen Frau auf der Nase herumtanzen ließ.

»Ich glaube nicht«, bemühte er sich auf Bertins Frage zu antworten, »daß es in unserem Fall eine spezielle Aufteilung gab ... Wir mochten einander alle vier. Ab und zu unternahmen wir etwas gemeinsam, aber eher selten, denn wie gesagt: Wenn die Simons Urlaub hatten, hatten wir Hochsaison in der Pizzeria. Und ganz offensichtlich wußten wir nicht viel voneinander. Ich bin sicher, auch meine Frau hatte keine Ahnung von Peter Simons finanziellen Problemen.«

»Tauschte sich Ihre Frau vielleicht manchmal intensiver mit Laura Simon aus?«

»Ich glaube nicht, nein.«

Und dann sagte er den Satz von seinem und Nadines Entsetzen über den Tod eines langjährigen Freundes, und daß sie keine Ahnung hatten, was passiert sein könnte, und er hatte den Eindruck, mit irgend etwas das Mißtrauen des Kommissars geweckt zu haben.

Die beiden Männer standen auf, und zum erstenmal ergriff Duchemin das Wort. »Wir würden gern auch noch einmal mit Ihrer Frau sprechen. Wann wäre das möglich?«

»Ich weiß nicht genau, wann sie heute zurückkommt ... Vielleicht bleibt sie eine zweite Nacht bei ihrer Mutter. Wir haben heute Ruhetag, und ...«

Duchemin reichte ihm seine Karte. »Sie soll mich anrufen. Ich vereinbare dann einen Termin mit ihr.«

»In Ordnung.«

Er begleitete die Männer zur Tür. Der Morgen war strahlend schön wie seine Vorgänger, aber noch kälter. Er überlegte, ob er Cathérine anrufen und sie zum Mittagessen einladen sollte. In der letzten Zeit hatte er sich immer nur bei ihr gemeldet, wenn er sie brauchte, und sehr nett war er oft auch nicht zu ihr gewesen. Er könnte einmal etwas richtig Schönes für sie kochen und ihr über einen langen, einsamen

Tag hinweghelfen. Unwahrscheinlich, daß Nadine vor morgen mittag zurückkäme.

2

»Ich dachte gleich, daß mir der Name irgendwie bekannt vorkam«, sagte Marie. »Peter Simon! Natürlich. Eure Freunde aus Deutschland. Du hattest sie ein paarmal erwähnt.«

»Es war ein Schock«, sagte Nadine.

Sie saß ihrer Mutter gegenüber an dem hölzernen Küchentisch, an ihrem alten Platz, den sie in ihrer Kindheit besetzt hatte. Die Kante war an dieser Stelle voller Kerben und Kritzeleien, tausend Mal hatte sie ihre Wut, ihre Frustration, ihre Hilflosigkeit mit Messern in das Holz geschnitten oder ihr in gemalten Zacken und Blitzen Ausdruck verliehen. Heute, als erwachsene Frau, fühlte sie nicht anders, hätte am liebsten ihre Fingernägel am Tisch gewetzt. Was ihr zeigte, daß sie keinen Schritt weitergekommen war seit damals. Sie saß in derselben Falle wie einst, und noch immer hatte sie keine Ahnung, wie sie sich befreien sollte.

Ein Blick hinauf aus der Schlucht hatte ihr das leuchtende Blau des Himmels offenbart und verraten, daß der Tag sonnig und wolkenlos war, aber in dieser Jahreszeit schaffte es die Sonne zu keinem Moment des Tages, in das schmale Tal zwischen den Felsen vorzudringen. Sie mußten das elektrische Licht brennen lassen und würden es bis zum Abend nicht ausschalten.

»Das kann ich mir vorstellen!« Marie zog schaudernd die Schultern zusammen. »Jemanden persönlich zu kennen, der so grausam ermordet wird ... Wie entsetzlich! Hast du eine Idee, was da passiert sein kann?«

»Nein. Das hätte ich längst der Polizei gesagt.«

Marie nickte, dann warf sie einen diskreten Blick auf die Küchenuhr. Es war zehn Minuten nach neun Uhr. Sie seufzte. Sie fand es durchaus spannend, daß ein enger Bekannter ihrer Tochter Opfer eines Mordes geworden war, aber noch mehr interessierte sie im Augenblick das Leben ihrer Tochter, genauer gesagt: die Ehe ihrer Tochter. Nadine ließ Henri zu oft allein, und das konnte nicht gut gehen auf die Dauer. Es war zum Verzweifeln, daß Nadine nicht erkennen wollte, welch einen Glücksgriff sie mit Henri getan hatte. Wahrscheinlich mußte man eine so trostlose Ehe führen wie sie selbst, um einen Mann wie Henri schätzen zu können. Marie konnte sich durchaus vorstellen, daß er ein wenig langweilig sein mochte, mit seiner sanften Stimme und dem ausgeglichenen Temperament; ein Mann, der nicht brüllte oder tobte, raste vor Eifersucht oder umgetrieben wurde von immer neuen Leidenschaften. Aber was war denn die Alternative? Ein Charmeur wie Michel, der an keiner Frau vorübergehen konnte? Henri war berechenbar und gutherzig. Aber irgendwann würde auch ihm die Geduld reißen.

»Manchmal denke ich«, sagte sie vorsichtig, »daß dich andere Schicksale mehr interessieren als dein eigenes. Natürlich ist es tragisch, daß euer Freund auf so schlimme Weise ums Leben kommen mußte, aber letztlich hat das doch mit deinem Leben nichts zu tun. Dein Leben sind Henri und das *Chez Nadine*, und damit solltest du dich intensiver beschäftigen.«

»Was versuchst du mir zu sagen?«

Marie seufzte erneut. Sie empfand derlei Gespräche als außerordentlich schwierig.

»Du weißt, wie einsam ich bin. Und wie sehr ich mich über deine Gesellschaft freue. Aber es ist nicht richtig, daß du Henri so oft sich selber überläßt. Gestern abend war er allein, heute früh ist er allein. Er liebt dich, und er ist dir sehr … ergeben. Aber selbst Liebe und Ergebenheit halten nicht alles aus. Nadine«, sie griff über den Tisch und streichelte kurz über die Hände ihrer Tochter, »es wird Zeit, daß du dich auf den Rückweg machst.«

Nadine zog ihre Hände zurück, verbarg sie unter der Tischplatte, als habe sie Angst vor einem weiteren Übergriff ihrer Mutter.

»Es gibt keinen Rückweg«, sagte sie.

Marie starrte sie an. »Was heißt das? Wie meinst du das?«

»Wie ich es sage. Was ist daran unklar?«

»Es gibt keinen Rückweg? Du willst nicht zu Henri zurück?«

»Nein.« Noch immer hielt sie ihre Hände unter der Tischplatte versteckt. »Ich will nicht zurück. Unsere Ehe ist am Ende, und das schon seit langem. Es hat keinen Sinn, wenn du mir einzureden versuchst, er sei ein phantastischer Mann, und ich solle mich zusammenreißen und was-weiß-ich-noch-alles. Es ist aus. Ich will nicht mehr.«

Marie war völlig vor den Kopf gestoßen und sagte eine Weile gar nichts. Endlich meinte sie mit leiser Stimme: »Du hast so etwas öfter angedeutet. Aber ich dachte immer …«

»Was dachtest du?«

»Ich dachte, das sei eine vorübergehende Mißstimmung. In jeder Ehe gibt es Krisen. Aber deswegen wirft man nicht gleich alles hin. Man steht es durch, und irgendwann ändern sich die Zeiten auch wieder.«

»Es geht bei uns nicht um eine Krise oder Mißstimmung. Meine Gefühle für Henri sind seit Jahren tot. Sie werden nicht wieder erwachen, so wenig, wie überhaupt je etwas Totes wieder lebendig geworden ist. Alles, was ich jetzt fortführen würde, wäre nur Quälerei. Für mich und letztlich auch für ihn.«

Marie nickte, überwältigt von der Entschlossenheit in der Stimme ihrer Tochter. »Was willst du tun?« fragte sie.

»Ich muß sehen«, sagte Nadine, »daß ich auf eigenen Füßen stehe. Ich habe kein Geld, keinen Beruf, kein eigenes
Dach über dem Kopf.« Ihre Stimme schwankte einen Moment, die Hoffnungslosigkeit ihrer Lage senkte sich über sie
wie eine Decke, die sie zu ersticken drohte. Dann riß sie sich
zusammen. »Ich werde einen Weg finden. Bis dahin ... Ich
wollte dich fragen, ob ich vorübergehend wieder bei dir
wohnen könnte?«

Es war Marie anzusehen, daß sie geschockt war vom dra-
matischen Ablauf der Geschehnisse, aber es gelang ihr, die
Fassung zu wahren – was ihr noch selten im Leben geglückt
war.

»Aber selbstverständlich«, sagte sie, »dies hier ist eben-
sosehr dein Zuhause wie meines. Du kannst hier wohnen,
solange du möchtest. Und wenn es für immer ist.«

Dieser letzte Satz ließ Nadines Selbstbeherrschung zusammenbrechen. Sie war entschlossen gewesen, nicht zu
weinen, die Kapitulation, das Scheitern all ihrer Pläne und
Träume würdevoll zu überstehen, aber die Leichtigkeit, mit
der ihre Mutter ein *für immer* als Möglichkeit einkalkulier-
te, nahm ihr den letzten Rest verbliebener Kraft.

»O Gott, Mutter«, sagte sie, und die Tränen schossen ihr
aus den Augen genau wie bei ihrem letzten Besuch, und
wenn Marie für einen Moment gedacht hatte, es seien Tränen der Rührung oder der Erleichterung, so begriff sie ihren
Irrtum sehr rasch: Nie vorher hatte sie einen Menschen so
verzweifelt und untröstlich weinen sehen, und nicht einmal
bei sich selbst hatte sie es erlebt; dabei hatte sie sicher mehr
Zeit ihres Lebens in Tränen aufgelöst verbracht als in irgendeinem anderen Zustand. Sie fragte sich, was sie falsch gemacht hatte, jetzt und während Nadines Jugend, und wie
meist gelangte sie zu dem Schluß, daß alles in irgendeiner
Weise Michels Schuld war.

Verbittert starrte sie in ihre Kaffeetasse und lauschte dem

Schmerz ihrer Tochter, von dem sie ahnte, daß sie nichts würde tun können, ihn zu lindern.

3

Sie begann zwiespältige Gefühle der Bedrängung und der Schuld zu entwickeln, und diese Mischung erwies sich als überaus anstrengend und kompliziert. Christopher hatte am Vorabend angerufen und sie zum Abendessen einladen wollen, aber in ihr war ein so starkes Bedürfnis nach Alleinsein gewesen, daß sie behauptet hatte, sie sei schon dabei, etwas für sich zu kochen.

»Dann mach eine doppelte Portion«, hatte er vergnügt entgegnet, »ich bin in einer Viertelstunde bei dir. Ich werde einen besonders schönen Rotwein für uns mitbringen.«

»Nein, bitte nicht«, hatte sie hastig und wohl auch mit einer gewissen Schärfe in der Stimme geantwortet, denn in dem darauf folgenden Schweigen erkannte sie Betroffenheit und Verletztheit – sogar durchs Telefon.

So vorsichtig wie möglich hatte sie hinzugefügt: »Es hat nichts mit dir zu tun, Christopher. Ich brauche einfach Zeit für mich. Es ist so viel passiert ... ich denke intensiv nach und beschäftige mich mit mir und einigen Dingen aus meiner Vergangenheit. Es tut mir leid.«

Wie immer war er verständnisvoll und mitfühlend gewesen, ohne sich jedoch so einfach abschieben zu lassen. »Natürlich, Laura, das kann ich verstehen. Deine ganze Welt ist durcheinandergewirbelt worden, und du mußt dich erst langsam wieder in deinem Leben zurechtfinden. Trotzdem, es ist nicht gut, zuviel zu grübeln, und es ist auch nicht gut, sich zu verkriechen. Irgendwann laufen die Gedanken nur noch im Kreis, und manche Dinge nehmen Dimensionen an, die ihnen gar nicht zukommen. Dann ist es besser, sich mit einem Freund auszutauschen.«

Sie wußte, daß er recht hatte mit seinen Worten, wußte aber zugleich, daß auch sie im Recht war mit ihrem Bedürfnis, für sich zu sein, und sie fühlte sich undankbar, weil sie nicht glücklich war, Freundschaft angeboten zu bekommen, sondern statt dessen ärgerlich wurde, weil er insistierte, anstatt ihr Nein einfach zu akzeptieren.

Wahrscheinlich hätte ich gar keine Erklärung abgeben dürfen, dachte sie später, das ist grundsätzlich falsch im Gespräch mit einem Mann. Für Männer ist eine Erklärung gleichbedeutend mit einer Rechtfertigung, und Rechtfertigung heißt für sie Schwäche. Und da haken sie ein.

Damit war sie wieder bei den Fehlern angelangt, die sie bei Peter gemacht hatte, und das war ein so weites Feld, daß sie dann den Rest des Abends mit Grübeleien darüber verbrachte.

Jetzt, am nächsten Morgen, hatte sie zumindest das Gefühl, ein Stück weitergekommen zu sein. Sie wollte sich und ihre Ehe mit Peter nicht bis in alle Ewigkeit hinein analysieren, aber sie wollte in ein paar wesentlichen Punkten Klarheit gewinnen, und sie hatte zudem den Eindruck, daß ihr dieser Prozeß half, mit dem Erlebten fertigzuwerden.

Sie hatte in aller Frühe einen Spaziergang durch die Felder gemacht, hatte die aufgehende Sonne und die klare, kühle Luft genossen. Wieder daheim, machte sie sich einen Tee, trank ihn im Stehen auf der Veranda, während sie über das Meer schaute und den tiefen Frieden genoß, den dieser Blick in ihr auslöste und der ihr bewies, daß sie irgendwann gesund werden und ein neues Leben beginnen würde.

Schließlich dachte sie, daß sie Christopher anrufen müßte, aber der Gedanke war ihr unangenehm, und sie zögerte den Weg zum Telefon hinaus. Als der Apparat plötzlich schrillte, schrak sie heftig zusammen, aber dann sagte sie sich, daß es auch Monique Lafond sein könnte. Am Samstag hatte sie ihr den Zettel mit der Bitte um Rückruf an die Wohnungstür gehängt, und falls sie nicht verreist war, hätte sie sich längst melden müssen.

Natürlich war es Christopher. »Guten Morgen, Laura. Ich hoffe, ich rufe nicht zu früh an?«

Sie lachte unecht. »Aber nein. Ich bin ein Frühaufsteher, wie du weißt.«

Gleich darauf dachte sie: Wie blöd von mir, woher soll er das wissen?

»Leider«, sagte er auch prompt, »wußte ich das bisher nicht. Es gibt vieles an dir und deinem Leben, das ich noch entdecken muß.«

Sie begann zu frösteln. Entweder redeten sie aneinander vorbei, oder sie hatte ihm während der letzten Tage ein Signal gegeben, das er mißverstanden hatte. Allerdings fiel ihr nichts dergleichen ein. Oder hatte er seine Bemerkung ganz harmlos gemeint, und sie interpretierte etwas hinein, woran er gar nicht gedacht hatte?

»Hat dir der gestrige Abend etwas gebracht?« fuhr er fort. »Ich habe mir nämlich Sorgen gemacht. Manche Menschen werden richtig depressiv über all diesem Grübeln. Mir selbst ging es so, nachdem Carolin mich verlassen hatte. Ich bin in Gedanken noch einmal durch jedes Gespräch gegangen, das wir je geführt hatten, ständig habe ich überlegt, worin meine Fehler bestanden hatten, was ich hätte tun können, um sie zu vermeiden. Irgendwann war ich völlig durcheinander und verzweifelt. Ich brauchte Monate, um aus dem Gedankenkarussell in meinem Kopf aussteigen zu können.«

»Glaubst du, man kann süchtig danach werden?« fragte sie. Sie fand dies einen interessanten Aspekt des Problems.

»Ich glaube, ja. Zumindest verselbständigt sich das Grübeln und wird zum Selbstzweck. Die Maschine springt an, wenn du morgens die Augen aufschlägst, und sie unterbricht ihre Tätigkeit erst wieder, wenn du einschläfst. Du grübelst zwanghaft und ohne noch irgendeinen Nutzen davon zu haben. Ich denke, dabei kann man schon von Suchtcharakter sprechen.«

»Aber davon bin ich noch weit entfernt. Ich bin gerade erst Witwe geworden. Ich habe gerade erst erfahren, daß mein Mann mich betrogen hat. Ich muß das verarbeiten, und ich kann das nicht, indem ich es verdränge.«

»Natürlich«, sagte er sanft, »ich meinte auch nicht, daß du es verdrängen sollst. Ich wollte dir nur raten, dich nicht völlig dem Grübeln auszuliefern. Sondern dazwischen auch noch den Rest der Welt und andere Menschen zu sehen. Grenz dich nicht ab von allem und jedem.«

Seine Stimme klang warm und ruhig, und Laura merkte, wie sich das aggressive Gefühl, das sich bei ihr in den letzten Tagen ihm gegenüber eingestellt hatte, in Luft auflöste. Er war verständnisvoll, hilfsbereit und fürsorglich. Er wollte sie nicht einfach sich selbst überlassen, sondern ihr helfen und für sie da sein. Eigentlich tat er nur das, was man von einem Freund in einer Situation wie der ihren erwartete.

»Komm doch heute abend zu mir«, schlug sie spontan vor, »diesmal werde ich für dich kochen – so wie du es dir neulich gewünscht hast. Um acht Uhr?«

»Gern«, sagte er feierlich, und als sie aufgelegt hatte, dachte sie, daß sie es schön fand, nicht schon wieder einen Abend lang allein zu sein.

Über die Auskunft erfragte sie die Telefonnummer von Monique Lafond und rief dann bei ihr an, aber es meldete sich nur der Anrufbeantworter. Wiederum bat sie die Fremde, sich mit ihr in Verbindung zu setzen, obwohl ihr seit dem gestrigen Abend Zweifel gekommen waren, ob sie diese Spur wirklich verfolgen wollte. Spielte es eine Rolle, welcher Art die Beziehung zwischen ihrem Mann und der mysteriösen Camille Raymond gewesen war? War es wichtig, ob er sie mit einer Frau oder mit zwei oder drei Frauen betrogen hatte? Die Antwort war, daß es die Affäre mit Nadine relativieren würde. Sie würde herausfinden, ob Nadine seine große Liebe gewesen war oder lediglich eine Bettgefährtin unter vielen. Dies zu wissen würde es ihr erleichtern, mit der Gewißheit zu leben, hintergangen worden zu sein.

Sie schrieb die Worte *M. Lafond* auf den Zettel mit der Telefonnummer und legte ihn neben den Apparat. Sie würde es am Abend noch einmal versuchen.

4

Irgendwann war Monique endlich eingedöst, aber als sie aus dem unruhigen Schlaf erwachte, hatte sie nicht den Eindruck, daß ihr ein langes Wegtauchen vergönnt gewesen war. Es kam ihr vor, als seien es nur Minuten gewesen, allerdings sprachen die steifen, schmerzenden Knochen ihres Körpers dafür, daß sie doch eine ganze Weile auf dem kalten, harten Zementfußboden ihres Verlieses gelegen hatte.

Für Sekunden glaubte sie, einen Alptraum gehabt zu haben, der sich nun auflösen und sie mit einem erleichterten Durchatmen in die Wirklichkeit zurückkehren lassen würde, aber schon im nächsten Moment arbeitete ihr Verstand wieder ganz klar, und die Erkenntnis, daß das Entsetzen andauerte, traf sie mit solcher Härte, daß sie leise wimmerte. Sie war verschleppt worden. Sie befand sich im Keller eines fremden Hauses. Um sie herum herrschte völlige Dunkelheit. Und eisige Kälte. Sie konnte nichts sehen, hatte die Größe des Raumes nur durch Ertasten herausgefunden. Ihr Zeitgefühl hatte sich völlig verwirrt, sie wußte nicht, ob es mitten in der Nacht war oder der nächste Morgen oder schon der Nachmittag des nächsten Tages. Sie hatte Hunger, aber noch schlimmer quälte sie brennender Durst. Der Mann, der sie gefangen hielt, war der Mörder von Camille und Bernadette Raymond.

Sie hatte Camille und Bernadette gefunden, hatte gesehen, was er ihnen angetan hatte. Bis heute roch sie den Gestank der verwesenden Körper. Als ihr – noch ehe sie eingeschlafen war – die Bilder der toten Frau und des toten Kindes wieder ins Bewußtsein gekommen waren und sie sich zum erstenmal klargemacht hatte, daß es der Mörder war, der sie in seiner Gewalt hatte, mußte sie sich übergeben. Da sie den ganzen Tag über nichts gegessen hatte, spuckte sie nur ein wenig Galle, aber sie würgte und kämpfte minutenlang, überwältigt von ihrem Entsetzen und ihrer Angst. Dann versuchte sie ruhig zu werden, bemühte sich, ihren Verstand einzuschalten. Er hätte sie gleich töten können, schon in ihrer Wohnung. Er hatte es nicht getan, hatte sie statt dessen mit Fragen bestürmt. *Woher hatte sie die Telefonnummer?* Offenbar vermutete er einen weiteren Mitwisser.

Solange ich ihm den Namen nicht nenne, wird er mich nicht töten. Er braucht mich lebend. Er muß wissen, ob es da noch jemanden gibt, der Bescheid weiß oder die Polizei zumindest auf seine Spur bringen kann.

Sie krallte sich an dieser Hoffnung fest, die aber zugleich den Weg frei machte für eine neue Angst: Was würde er sich einfallen lassen, um sie zum Reden zu bringen? Er war wahnsinnig, und er war skrupellos. Wieviel Schmerzen konnte sie ertragen?

Sie durfte den Namen ihrer Informantin nicht nennen. Nicht nur, um diese zu schützen: Sie hätte, davon war sie überzeugt, im selben Moment ihr eigenes Todesurteil unterschrieben.

In ihrer Not hatte sie sich am Abend, nicht lange nachdem er sie in den Kellerraum gestoßen hatte und verschwunden war, in einer Ecke ihres Gefängnisses erleichtert; zuvor war sie zitternd und weinend herumgekrochen und hatte gesucht, ob er ihr irgendwo einen Eimer hingestellt hatte. Sie war an ein Regal gestoßen, offenbar aus rohen Holzlatten gezimmert und darauf schienen sich Gläser und Konserven zu befinden, aber ansonsten gab es in dem Raum, den sie auf drei mal drei Meter schätzte, nichts, absolut nichts. Keine Liege, keine Decke, keine Wasserflaschen, nichts. Und schon überhaupt nichts, was sie als Toilette hätte benutzen können.

Sie versuchte sich die Ecke zu merken, damit sie dort immer hingehen konnte und ihre Exkremente nicht über den ganzen Boden verteilen mußte, aber schon jetzt, nachdem sie geschlafen hatte, fühlte sie sich vollkommen orientierungslos. Sie fror entsetzlich, es ging eine Eiseskälte von dem Zementfußboden aus. Sie durfte nicht soviel liegen, sonst würde sie ziemlich bald eine Nierenentzündung bekommen, und wie sie ihn einschätzte, würden ihn Schmerzen und Krankheit bei ihr nicht kümmern. Vielleicht kümmerte ihn überhaupt nichts mehr. Einen entsetzlichen Moment lang dachte sie, er hätte vor, sie in diesem Keller verrecken zu lassen, einfach nicht mehr zu erscheinen, sie Hunger, Durst, Kälte und einem qualvollen Sterben zu überlassen. Dann versuchte sie sich wieder Mut zu machen:

Er will eine Information von mir. Er hat keine Chance mehr, etwas herauszufinden, wenn ich erst tot bin.

Wahrscheinlich war das, was sie hier durchlitt, bereits die Folter. Er wollte sie weichkochen. Er ließ sie hungern und frieren und trieb sie fast zum Wahnsinn in der undurchdringlichen Finsternis, damit sie ihr Schweigen brach. Er würde sie natürlich nicht *wirklich* sterben lassen.

Aber konnte er sie am Leben lassen? Er hatte nichts getan, um von ihr nicht wiedererkannt zu werden. Sie hatten einen ganzen Nachmittag Auge in Auge in ihrem Wohnzimmer verbracht, sie kannte sein Gesicht, würde ihn jederzeit beschreiben können. Er konnte nie vorgehabt haben, ihr Freiheit und Leben zu schenken.

Sie wußte, daß sie nicht in Panik geraten durfte. Eigenartigerweise war es vor allem das Gefühl der Zeitlosigkeit, was ihr immer wieder die Luft abschnürte und sie an den Rand einer Hysterie trieb. Der Moment, in dem sie durchdrehen würde, stand immer wieder dicht bevor, und jedesmal, wenn sie mühsam gegen ihn ankämpfte, dachte sie, daß alles leichter wäre, wenn sie nur die Uhrzeit wüßte.

Sie trug eine Armbanduhr, aber die hatte kein Leuchtzifferblatt, und so konnte sie nicht das geringste sehen. Immer wieder überlegte sie, das Uhrenglas einzudrücken, um die Stellung der Zeiger ertasten zu können, aber sie hatte Angst, die Uhr dabei kaputtzumachen und hinterher gar nichts mehr zu haben. So vernahm sie, wenn sie ihr Handgelenk ans Ohr legte, zumindest noch das tröstliche Ticken, das ihr das Gefühl einer letzten Verbindung mit der Welt gab.

Hin und wieder versuchte sie auch Geräusche aus dem Haus zu erlauschen, aber da war nichts. Keine Tür, die in den Scharnieren quietschte, keine Telefonklingel, nicht einmal das Rauschen einer Toilettenspülung. Es hätte ein völlig verlassenes Haus sein können, in das er sie gebracht hatte, aber sie hatte beim Verlassen des Kofferraumes gesehen, daß sie sich inmitten eines Dorfes oder einer kleinen Stadt befanden, und der Eingangsbereich des Hauses selbst, der enge Flur, den man als erstes betrat, wirkte vollständig eingerichtet und bewohnt.

Er lebte in diesem Haus.

Aber sie befand sich im entlegensten Winkel des Kellers, in einem hermetisch abgeschlossenen Raum, und so konnte sie nichts mitbekommen von dem, was über ihr geschah.

Sie stand an die Wand gelehnt, beide Arme um ihren vor Kälte zitternden Körper geschlungen, und wartete. Wartete auf etwas, wovon sie nicht wußte, was es sein würde, was aber in irgendeiner Weise lebensentscheidend sein mußte. Sie wartete auf ihn, auf eine Information darüber, wie seine nächsten Schritte aussehen würden. Sie wartete auf irgend etwas, das die Schwärze, die Leere, die Zeitlosigkeit um sie herum durchbrechen würde. Vielleicht wartete sie auch nur auf einen Schluck Wasser.

Wenn er sie nicht sterben lassen wollte, musste er ihr bald, sehr bald, etwas Wasser bringen.

5

Christopher hatte erwartet, daß ihn die Polizei aufsuchen würde; er war sogar erstaunt gewesen, daß nicht viel eher Ermittlungsbeamte bei ihm erschienen waren. Natürlich machte ihn, während er Bertin und Duchemin in seinem Wohnzimmer gegenübersaß, der Gedanke an die Frau im Keller nervös, doch schien bei den Polizisten nicht die geringste Absicht zu bestehen, sich in seinem Haus näher umzusehen. Er wußte, daß sie sich nicht bemerkbar machen konnte. Der uralte Keller würde nie ein Geheimnis preisgeben.

Bertin sagte, er habe mit Madame Simon und Monsieur Joly gesprochen, und in beiden Gesprächen sei eine Aussage ihn, Monsieur Heymann, betreffend gemacht worden, die ihn habe stutzig werden lassen.

»Peter Simon war, wie jedes Jahr im Oktober, mit Ihnen zum Segeln verabredet«, sagte Bertin, »aber er ist bei Ihnen nicht aufgetaucht. Seine Frau berichtete, sie habe am Sonntag, dem 7. Oktober, morgens bei Ihnen angerufen und erfahren, daß ihr Mann zu der Verabredung nicht erschienen sei. Ist das so richtig?«

»Ja«, sagte Christopher. Er hatte geahnt, daß Laura den Beamten nichts über Nadine Joly sagen würde, und er hatte eine Frage dieser Art erwartet.

»Hatten Sie vereinbart, sich am Samstagabend noch zu treffen, oder erst Sonntag früh? Ich frage deshalb, weil es mich wundert, daß nicht *Sie* bei Madame Simon angerufen haben. Madame berichtete, daß sie gegen«, Bertin warf einen Blick in seine Aufzeichnungen, »gegen halb elf bei Ihnen anrief. Bis dahin hätten Sie Ihren Freund doch schon vermissen und Nachforschungen anstellen müssen?«

Christopher rutschte auf seinem Stuhl hin und her. Er hoffte, daß er Verlegenheit und Unschlüssigkeit gut darstellte.

»Nun ja …«, sagte er vage.

Bertin sah ihn scharf an. »Was heißt das? Haben Sie ihn bereits vermißt, als Madame Simon bei Ihnen anrief?«

Christopher gab sich einen Ruck. Er sah dem Beamten in die Augen. »Nein. Ich habe ihn nicht vermißt. Denn ich glaubte zu wissen, wo er war.«

Bertin und Duchemin neigten sich näher an ihn heran. Beide waren jetzt voll gespannter Aufmerksamkeit.

»Sie glaubten zu wissen, wo er war?« wiederholte Bertin ungläubig.

»Laura … ich meine, Frau Simon hat Ihnen wohl nichts gesagt?«

»Ich würde nicht derart im dunkeln tappen, wenn sie es getan hätte«, sagte Bertin ungeduldig.

»Wahrscheinlich ist es ihr peinlich … sie wollte es geheimhalten … ich denke aber, ich muß die Dinge beim Namen nennen.«

»Dazu würden wir Ihnen sehr dringend raten«, erwiderte Duchemin grimmig.

Christopher knetete seine ineinander verkrampften Hände. »Ich wußte, daß Peter Simon gar nicht vorhatte, mit mir zu segeln. Schon seit längerer Zeit diente ihm unser früher üblicher herbstlicher Segeltörn nur noch als Ausrede. Als Ausrede seiner Frau gegenüber. In Wahrheit verbrachte er die Zeit mit … Nadine Joly.«

Es gelang den beiden Beamten nicht, ihre völlige Verblüffung zu verbergen.

»Mit Nadine Joly?« fragte Bertin ungläubig, während Duchemin gleichzeitig fassungslos fragte: »Nadine Joly vom *Chez Nadine*?«

Christopher nickte. »Er war mein Freund«, sagte er hilflos und unglücklich, »ich konnte ihn nicht verraten. So schlimm und entsetzlich ich fand, was er da tat – aber ich konnte ihm nicht in den Rücken fallen.«

»Das würden wir jetzt alles gern ganz genau wissen«, sagte Bertin, und Christopher lehnte sich zurück, eine Spur entspannter in Erwartung all der vertrauten Fragen, die jetzt kommen würden: Seit wann? Wer wußte davon? Woher wußte er davon? Hatte Laura Simon eine Ahnung gehabt? Und, und, und ...?

Und zum Schluß, auch darauf hätte er jederzeit gewettet, würden sie nach Camille Raymond fragen. Sein Vorsprung bestand darin, daß er immer schon ganz genau wußte, was als nächstes kam.

6

Pauline war sicher, daß jemand vor dem Wohnzimmerfenster gewesen war. Sie schaute auf die Uhr: Es war fast zwölf. Sie hatte das Bügelbrett vor dem Fernseher aufgebaut, weil sie für Stephane einen Berg Hemden bügeln mußte, und sie unterhielt sich dabei gern mit irgendeiner anspruchslosen Talk-Show, die man den ganzen Tag über auf jedem Sender finden konnte. Eher aus den Augenwinkeln hatte sie den Schatten am Fenster bemerkt, das sich schräg hinter ihr befand, und nach einer Schrecksekunde war sie herumgefahren, bereit, der Gefahr ins Auge zu sehen und sich ihr zu stellen. Aber da war niemand. Nur ein Zweig des Oleander-strauchs bewegte sich im leisen Wind, und sie fragte sich, ob er es gewesen war, was sie für einen menschlichen Schatten gehalten hatte. Aber der Zweig bewegte sich ständig, und sie hatte ihn die ganze Zeit über nicht bemerkt.

Mit unbeherrschten Bewegungen – wie eine Verrückte, dachte sie – stürmte sie durch die Tür hinaus auf die Terrasse. Es war kalt, und der Platz, an dem sie im Sommer schweigend nebeneinander saßen und lasen oder an manchen Abenden grillten – und den Anschein einer ehelichen Idylle erweckten, aber darüber hatte sie zuvor noch nie nachgedacht –, lag still und leer in der Herbstsonne. Kein Mensch weit und breit.

Wütend, oder vielleicht eher verzweifelt, riß Pauline an dem Oleanderzweig, der ins Fenster hineinnickte und den sie gerade deshalb immer so gern gemocht hatte. Sie brach ihn mit einem einzigen Ruck ab und schleuderte ihn in den Garten. Dann ging sie ins Wohnzimmer zurück, starrte in den Fernseher, wo sich ein wütendes Ehepaar gegenseitig der Untreue beschuldigte und von der Moderatorin nur mühsam am Austausch von Handgreiflichkeiten gehindert wurde, und brach in Tränen aus. Entweder stand sie auf der Abschußliste eines wahnsinnigen Mörders und war praktisch todgeweiht, oder sie verlor langsam den Verstand, und das war auch nicht viel besser.

Und mit all dem, was es auch sein mochte, war sie allein. Vollkommen allein. Und diese Erkenntnis war vielleicht das Schlimmste von allem.

Henri hatte Cathérine gebeten, um halb eins im *Chez Nadine* zu sein, und wie immer war sie pünktlich. Sie schien sich jedoch ziemlich abgehetzt zu haben, denn sie atmete hastig, als sie die Küchentür aufriß, und sie wirkte verschwitzt: Ihre Haare klebten ihr in der Stirn, und der leichte Baumwollpullover, den sie trug, zeigte feuchte Ränder unter den Armen. Zudem roch sie auch nach Schweiß, wie er feststellte, und er merkte, wie sich leiser Widerwillen in ihm regte. Sicher, die Natur hatte sie wahrhaft stiefmütterlich behandelt, und ihre Möglichkeiten, eine halbwegs ansehnliche Frau aus sich zu machen, blieben mehr als eingeschränkt, aber warum mußte sie sich neuerdings so gehen lassen? Er meinte zu wissen, daß das früher besser gewesen war. Zumindest hatte sie stets nach Seife und manchmal sogar nach etwas Parfüm gerochen, sie hatte sich die Haare gekämmt und dann und wann etwas Lippenstift aufgetragen. Aber neuerdings war sie schlampig und unappetitlich, und er hätte ihr gern gesagt, daß dies sicher die falsche Art war, auf die Frustrationen und Niederlagen in ihrem Leben zu reagieren. Aber irgendwie hatte er keine Lust dazu. Es war nicht seine Sache. Sie war nicht seine Frau. Letztlich ging es ihn nichts an.

»Bin ich zu spät?« fragte sie hektisch. »Ich habe meine Uhr daheim vergessen und mich nur an meinem Zeitgefühl orientiert.«

»Dann funktioniert dein Gefühl einfach perfekt«, meinte er in forcierter Munterkeit, »du kommst auf die Minute.«

Cathérine seufzte erleichtert und strich sich die verklebten Haare aus der Stirn. Als sie den Arm hob, setzte sie eine neue Duftwolke frei.

Vielleicht ist ihr einfach das Deo ausgegangen, dachte er, und morgen kauft sie ein neues.

Er hatte den Tisch vorn im Gastraum gedeckt, mit weißer Tischdecke, frischen Blumen, Stoffservietten und den bemalten Keramiktellern, die sie so gern mochte. Er hatte eine Gemüsesuppe mit Croutons vorbereitet, danach selbstgemachte Ravioli mit einer Käsefüllung und cremiger Tomatensoße, ein leichtes Fischgericht und zum Nachtisch eine *crème caramel*. Aber obwohl er mit einer gewissen Hingabe und guten Laune gearbeitet hatte, machte ihm die ganze Angelegenheit plötzlich keinen Spaß mehr, und er hoffte, sie würde rasch essen und dann wieder gehen.

»Ich war noch bei einem Makler«, erklärte sie, »deshalb ...« Sie ließ den Satz unbeendet, als müsse er wissen, wofür ihr Maklerbesuch eine Erklärung war, aber er wußte es nicht und sah sie nur fragend an.

»Ich meine, ich bin nicht direkt von daheim hierhergekommen«, fügte sie hinzu, »sonst wäre die vergessene Uhr ja kein Problem gewesen.«

»Was? Ach so, ja. Nun, sie war auch so kein Problem, denn, wie gesagt, du bist außerordentlich pünktlich.« Sie machten, so schien es ihm, auf eine schrecklich verkrampfte Art Konversation. Als ob sie sich nicht seit Babytagen kannten, sondern zwei Menschen seien, die einander wenig zu sagen hatten, aber aus irgendeinem Grund höflich und zuvorkommend miteinander umgehen mußten.

»Setz dich doch schon mal. Ich bringe gleich die Suppe.«

Er schöpfte die Suppe in die Teller, schenkte den Wein ein. Die Sonne schien hell genug, so daß er darauf verzichten konnte, die Kerzen anzuzünden; obwohl er sie zuvor eben zu diesem Zweck auf dem Tisch plaziert hatte, war er nun froh, daß sie überflüssig waren.

»Wo ist Nadine?« fragte Cathérine, nachdem sie beide fünf Minuten lang schweigend gelöffelt hatten.

»Bei ihrer Mutter«, antwortete er fast mechanisch, denn schließlich war sie praktisch immer bei ihrer Mutter, aber in der nächsten Sekunde fiel ihm ein, wie oft es wohl in den letzten Jahren vorgekommen sein mochte, daß er sie bei ihrer Mutter vermutet hatte, während sie in Wahrheit in den Armen ihres Liebhabers lag, und ein leises Stöhnen kam über seine Lippen.

»Wird sie wieder hierherkommen?« Cathérine tat so, als sei dies eine völlig normale Frage, so als sei es tatsächlich fraglich, ob Nadine je zurückkehren würde, und dies entrüstete ihn. Wie selbstgerecht sie war, und wie anmaßend. Als ob sie zur Familie gehörte. Ihm fiel etwas ein, das Nadine oft gesagt hatte, wenn sie – wieder einmal – wegen Cathérine stritten.

»Es geht ihr um Macht. Und zwar Macht über dich! Sie wird immer alles tun, ihren Fuß in unserer Tür zu halten. Sie wird immer versuchen, mitzureden, sie wird sich immer einmischen.«

»Natürlich kommt Nadine zurück«, sagte er mit Schärfe in der Stimme, »sie ist meine Frau. Sie wohnt mit mir in diesem Haus. Weshalb sollte sie von einem Besuch bei ihrer Mutter nicht zuückkommen?«

Cathérine war unter seinen Worten zusammengezuckt, hob den Kopf, wollte zu einer Erwiderung ansetzen, schluckte sie aber hinunter. Sie legte ihren Löffel zur Seite, obwohl ihr Teller noch nicht leer war, und fragte: »Möchtest du nicht wissen, weshalb ich einen Makler aufgesucht habe?«

Tatsächlich hatte er zwar das Wort Makler registriert, sich jedoch keinerlei Gedanken darüber gemacht. Nun erst fiel ihm auf, daß es wirklich eigenartig war: Was hatte Cathérine mit einem Makler zu tun?

»Und?« fragte er.

»Ich habe ihn beauftragt, meine Wohnung zu verkaufen.«

Das überraschte ihn nun so, daß er seinerseits den Löffel weglegte. »Du willst deine Wohnung verkaufen?«

»Ja. Viel werde ich dafür ja leider nicht bekommen, aber

der Makler meint, vielleicht doch ein bißchen mehr, als ich hineingesteckt habe. Dann habe ich ein wenig Kapital.«

»Ja, aber – warum?«

Sie schaute an ihm vorbei zur Wand, saugte sich an einem Arrangement aus Strohblumen fest, das dort hing und unter einer Schicht von Staub einen einheitlich grauen Farbton angenommen hatte.

»Ich möchte dort nicht mehr leben. Die Wohnung ist häßlich und trostlos, und ich habe mich nicht eine Minute lang dort wohl gefühlt. Außerdem wird es Zeit, daß ich ...«

»Was?«

»Daß ich mein Leben ändere«, sagte sie, und die Trostlosigkeit in ihrer Stimme verriet, daß sie genau wußte, mit dem Verkauf der Wohnung allein würde es nicht getan sein, daß es darüber hinaus aber sehr wenige Möglichkeiten für sie gab, einen echten Wandel herbeizuführen, »dafür wird es allerhöchste Zeit.«

Einen Moment lang geriet er in echte Panik. Was, zum Teufel, hatte sie vor? Was bedeutete in diesem Zusammenhang die Frage, die sie soeben noch gestellt hatte? *Kommt Nadine hierher zurück?*

Wollte sie ... glaubte sie etwa ...?

Aber schon im nächsten Moment befreite sie ihn von dem beängstigenden Bild, das sich ihm aufgedrängt hatte.

»Ich werde fortgehen.«

»Fort?«

»Ja, fort. Irgendwohin. Vielleicht in die Normandie, in das Dorf, in dem unsere Tante gelebt hat. Immerhin ...«

»Ja?« Ihm wurde bewußt, wie einsilbig und stupid er sich anhören mußte mit seinem ständigen *Warum?, Was?, Fort?, Ja?,* aber aus irgendeinem Grund war er im Augenblick nicht in der Lage, einen vernünftigen, zusammenhängenden Satz zu bilden.

»Immerhin fühle ich mich dort nicht ganz verloren: Ich

bin oft dort gewesen, und ich weiß schon ein bißchen Bescheid. Den Pfarrer kenne ich recht gut, und ein paar Freunde unserer Tante erinnern sich vielleicht noch an mich, und ich ... na ja, ich wäre nicht ganz alleine.«

Sie biß sich auf die Lippen, denn auch ihr war natürlich, genau wie Henri, bewußt, daß die Freunde der Tante, wenn sie überhaupt noch lebten, um die neunzig Jahre alt sein mußten und sicher nicht das waren, was sich eine Frau von Anfang dreißig normalerweise unter Freunden vorstellte.

»Ach, Cathérine«, sagte er hilflos, und im nächsten Augenblick schämte er sich zutiefst, denn ein Gefühl unendlicher Erleichterung überschwemmte ihn, so daß er sich als unanständig und kaltherzig und egoistisch empfand. Er würde frei sein! Frei von dieser Frau, die, dick und häßlich und vom Leben benachteiligt, an ihm klebte, seit er denken konnte, und die er nicht abschütteln durfte, weil sie niemanden hatte als ihn. Natürlich war sie treu und fleißig gewesen, war eingesprungen, wann immer er sie rief, aber was alles hatte sie dafür verlangt: Zuwendung, Ansprache, Zugehörigkeit. Wie wenig hatte Nadine sie gemocht, und war das nicht nur allzu verständlich? Welcher Frau hätte es gefallen, die Cousine des Mannes gewissermaßen mitheiraten zu müssen?

Ihm fiel es wie Schuppen von den Augen in diesem Moment, daß Cathérine der Störfaktor in seiner Ehe mit Nadine gewesen war, verantwortlich für alles, was schiefgelaufen war. Ihr Rückzug bedeutete die große Chance eines Neuanfangs.

»Cathérine«, sagte er, und er hoffte, sie konnte nicht lesen, was in seinen Augen stehen mußte, »willst du das wirklich tun?«

Sie musterte ihn mit einer eigentümlichen Kälte, die er noch nie an ihr wahrgenommen hatte, und er ahnte, daß sie durchaus begriff, was in ihm vorging. Sein Gefühl der Scham wurde noch stärker, aber auch das Gefühl der Hoffnung.

»Ich bin ganz sicher, daß ich das tun werde«, antwortete sie, »denn welche andere Möglichkeit habe ich schon? Das sogenannte Leben, das ich hier führe, ist kein Leben. Es ist ein erbärmliches Dasein, einsam und unerfüllt, und nun, nach allem, was geschehen ist, auch noch hoffnungslos. Du wirst nie von Nadine lassen, und ich kann es nicht aushalten, noch länger in deiner Nähe zu leben. Du weißt, daß ich mich immer nach dir verzehrt habe, aber was mich jetzt forttreibt, ist nicht dieses schreckliche Sehnen, von dem ich mich nie werde befreien können, sondern der Schmerz, mit anzusehen, wie der Mann, der mir alles bedeutet, an einer Frau festhält, die ...« Sie biß sich auf die Lippen, sprach den Satz nicht zu Ende, wohl wissend, daß er ein abwertendes Urteil über Nadine noch immer nicht hinnehmen würde.

»Wir brauchen wohl nicht mehr darüber zu reden«, sagte sie, »du kennst meine Gedanken und Gefühle zur Genüge.«

Und ob er sie kannte! Wie oft hatte sie über Nadine gesprochen, hatte sie meist auf subtile, eher unangreifbare Art angeklagt, war dann zwischendurch aber auch heftig geworden, hatte ihn in aller Deutlichkeit wissen lassen, was sie von seiner Frau hielt. Welch ein schrecklicher, untragbarer Zustand, und er fragte sich jetzt voller Ratlosigkeit, weshalb ihm dies nicht früher aufgefallen war. Warum hatte er gewartet, bis *sie* ihn beendete?

»Ich werde dich besuchen«, sagte er, aber er wußte, daß schon die bloße Absichtserklärung eine Lüge war, und Cathérine wußte es auch.

»So häufig, wie du unsere Tante besucht hast«, erwiderte sie spöttisch, und er senkte den Kopf, weil auch dies eine Verfehlung war in seinem Leben, und noch dazu eine, für die er Geld bekommen und angenommen hatte. Aber trotz dieses berechtigten Vorwurfs konnte er nicht aufhören, sich zu freuen, und während sie langsam weiteraßen, schweigend und mit ernsten Gesichtern, breitete sich jubelndes Glück in ihm aus, eine tiefe Vorfreude auf das neue Leben mit Nadine. Er trug den nächsten Gang auf und schwelgte in Bildern zu künftiger Harmonie, aber er wurde jäh aus seinen Träumen gerissen, als es nachdrücklich an der Tür klopfte.

»Wer kann das sein?« fragte Cathérine.

Es waren Bertin und Duchemin. Sie wollten wissen, wo genau Henri am Samstag, dem 6. Oktober, abends gewesen war.

Und wen er als Zeugen für seine Aussage benennen konnte.

8

Am unerträglichsten wurde schließlich der Durst, obwohl Monique bereits ahnte, daß der Verlust des Zeitgefühls sie über kurz oder lang in den Wahnsinn treiben würde, aber vermutlich würde der Durst sie vorher erledigen. Sie hatte gehofft und gebangt, Stunde um Stunde – ohne zu wissen, wie lang eine Stunde war und wann sie aufhörte –, daß ihr Peiniger auftauchen und ihr etwas zu essen und zu trinken bringen würde, aber schließlich mußte sie sich mit der furchtbaren Einsicht vertraut machen, daß er nicht vorhatte, bei ihr zu erscheinen, ehe sie nicht tot war und ihre Leiche verschwinden mußte. Ihre Theorie, er werde sie zumindest am Leben halten, bis er wußte, wer ihr seine Handy-Nummer genannt hatte, schien sich nicht zu bewahrheiten. Er wollte sie töten, aber aus irgendeinem Grund hatte er beschlossen, sie nicht zu erwürgen wie Camille und Bernadette. Er würde einfach warten, bis sie in diesem Keller verreckt war.

An diesem Punkt ihrer Überlegungen hatte sie zu weinen

begonnen und sich gefragt, warum dies jetzt hatte passieren müssen, da sie gerade ein neues Leben hatte beginnen wollen. Sie erinnerte sich an das Gefühl von Glück und Entspanntheit, das sie am Morgen erfüllt hatte – an diesem Morgen, am gestrigen Morgen? –, und es erschien ihr so ungerecht, daß nun etwas so Schreckliches geschehen mußte, aber im nächsten Moment weinte sie noch heftiger über der Gewißheit, daß das, was mit ihr passierte, so außerhalb alles Vorstellbaren lag, daß es immer schrecklich und nicht zu verkraften gewesen wäre.

Irgendwann versiegten ihre Tränen, weil die Kraft sie verließ. Sie hatte zuvor an der Wand gelehnt, war dann aber langsam hinuntergerutscht und fand sich nun gekrümmt wie ein Embryo auf dem Fußboden wieder, halb erstarrt vor Kälte und mit einem wattigen Gefühl im Mund, als sei mit den Tränen der letzte Rest Feuchtigkeit aus ihrem Körper gewichen. Sie rappelte sich auf, schniefte in die Dunkelheit und machte sich klar, daß sie ihrem Entführer in die Hände arbeitete, wenn sie die Nerven verlor und sich aufgab.

»Ich muß überlegen, was ich als nächstes tue«, sagte sie laut.

Ihr fiel ein, daß sie Gläser und Dosen auf dem Holzregal ertastet hatte, und bei der Vorstellung, dort könnten sich eingemachte Früchte befinden, deren Saft sich *trinken* ließe, krabbelte sie sofort los in die Richtung, in der sie das Regal vermutete. Da der Raum so klein war, stieß sie schon sehr bald unsanft mit dem Kopf gegen eines der Bretter, stemmte sich auf ihre Knie hoch und tastete hastig in den Fächern herum, getrieben von der Gier dessen, der in der Wüste eine Oase wittert. Ihre zitternden Finger bekamen ein Glas zu fassen und hoben es auf. Es wog zu schwer, um leer sein zu können.

Es gelang ihr, den Gummiring am Deckel zu lösen und das Glas zu öffnen. Sie hörte eine Flüssigkeit schwappen, und das ließ sie jede Vorsicht vergessen. Sie setzte das Glas an ihre Lippen und kippte den halben Inhalt in ihren Mund – um ihn im nächsten Moment spuckend und würgend wieder von sich zu geben. Essig. Sie hatte eingelegte Gurken erwischt, widerliche, sauer eingelegte Essiggurken.

Sie sank auf den Boden zurück, hustete und keuchte, wischte sich mit einer kraftlosen Bewegung den Essig vom Kinn.

Vielleicht war er sadistischer, als sie gedacht hatte. Vielleicht hatte er das ganze Regal mit Scheußlichkeiten dieser Art gefüllt, weil er gewußt hatte, sie würde in ihrer Verzweiflung die Gläser zu öffnen versuchen.

Sie würde dies nur herausfinden, indem sie weiterprobierte.

Langsam und stöhnend richtete sie sich wieder auf.

9

»Am schlimmsten war es, die Kinder zu verlieren«, sagte Christopher, »ich wußte, daß es andere Frauen in meinem Leben geben würde, aber nie wieder diese Kinder. In den ersten Wochen dachte ich, ich müßte wahnsinnig werden. Das Entsetzen, mit dem ich in die leeren Zimmer blickte, war wie ein körperlicher Schmerz. Ich lief im Kreis herum und meinte, mit dem Kopf an die Wand schlagen zu müssen.«

»Ich könnte es nicht ertragen, Sophie zu verlieren«, meinte Laura, »und vielleicht ist es für Männer gar nicht so anders. Es muß eine sehr harte Zeit für dich gewesen sein.«

»Es war die Hölle«, sagte er leise.

Sie saßen vor dem Kamin, in dem ein Feuer brannte, tranken Rotwein und blickten in die Flammen, die die einzige Lichtquelle im Raum waren.

Die Stimmung war angespannt gewesen, als Christopher eingetroffen war. Am Nachmittag war Kommissar Bertin bei Laura gewesen und hatte ihr auf den Kopf zu gesagt, daß er von Peters Verhältnis mit Nadine Joly wußte.

»Und ich weiß auch, daß Sie seit einigen Tagen davon Kenntnis hatten. Warum haben Sie bei unserem Gespräch nichts davon gesagt?«

Sie hatte versucht, ihm zu erklären, was in ihr vorgegangen war, und sie hatte den Eindruck gewonnen, daß er sie verstand – wenn er natürlich auch ihr Verhalten nicht gutheißen konnte. »Es geht hier um Mord, Madame. Da haben Gefühle wie Scham und Verletztheit nichts zu suchen. Wenn Sie wichtige Fakten unterschlagen, schützen Sie am Ende den Mörder Ihres Mannes.«

Er hatte noch ein paar Dinge von ihr wissen wollen, und er hatte wie elektrisiert auf die Information reagiert, daß sich Peter mit Nadine nach Argentinien habe absetzen wollen.

»Wann haben Sie davon erfahren?« hatte er sofort gefragt, aber sie war nicht sicher, ob er ihr glaubte, daß sie dies erst herausgefunden hatte, als Peter bereits verschwunden und tot gewesen war. Natürlich hatte sie sich verdächtig gemacht, aber das fiel ihr erst später auf. Sie hätte ein gutes Motiv gehabt, ihren Ehemann zu töten. Als Bertin ging, hatte sie ihn gefragt, woher er von Peter und Nadine erfahren habe, doch er hatte den Namen seines Informanten für sich behalten. Laura war fast sicher, daß es Christopher gewesen war, der ihm reinen Wein eingeschenkt hatte, und sie hatte ihn danach gefragt, als sie beide einen Aperitif tranken. Er hatte nicht geleugnet.

»Laura, er ist Kriminalkommissar. Ich kann es doch nicht riskieren, ihn anzulügen. Irgendwann wäre es herausgekommen, und wie hätte ich dann dagestanden? Außerdem – was hätte ich sagen sollen auf seine Frage, warum mich Peters Wegbleiben gar nicht beunruhigt hat?«

Sie hatte ihn verstanden und sich dennoch nicht loyal behandelt gefühlt.

»Du hättest mich anrufen und warnen können.«

Er war zerknirscht gewesen, und sie hatten schweigend zu essen begonnen. Aber irgendwie – sie hätte nicht genau sagen können, wie ihm das gelungen war – hatte er das Gespräch auf seine Lebensgeschichte gebracht, und die Art, wie er davon erzählte, bewirkte, daß sie Mitleid empfand und das Bedürfnis spürte, ihn zu trösten.

»Das Wichtigste in meinem Leben«, fuhr Christopher nun fort, »war immer die Familie. Von dem Tag an, als meine Mutter uns ... verließ, als diese Hölle begann, da habe ich es nur ausgehalten, indem ich mir immer wieder gesagt habe, es wird einmal anders. Später, als Student, als meine Freunde noch ihre Freiheit und Selbstverwirklichung im Kopf hatten, träumte ich davon, nach Hause zu kommen und von einer Frau und einer ganzen Schar Kindern begrüßt zu werden ...« Er grinste melancholisch. »Na ja, eine ganze Schar war es dann zwar nicht, aber die zwei haben mich schon auch in Trab gehalten.«

»Das kann ich mir vorstellen«, sagte Laura, »ich habe nur eine Tochter, und selbst der gelingt es durchaus, mich umfassend zu beschäftigen.«

»Ich habe dich das, glaube ich, schon einmal gefragt: Warum holst du sie nicht hierher? Wie kannst du es aushalten ohne sie?«

»Ich weiß sie in guten Händen. Und ich bin allein hier beweglicher. Ich könnte mich im Augenblick einfach nicht so gut um sie kümmern, wie meine Mutter das tut.«

Er nickte, aber sie hatte nicht den Eindruck, daß er überzeugt war.

Mit seiner Vorgeschichte, dachte sie, kann er vermutlich nicht begreifen, wie man sich freiwillig auch nur für eine Stunde trennen kann.

»Die Gefühle der Väter werden in den meisten Scheidungsfällen auf geradezu brutale Weise mißachtet«, sagte Christopher. »Ich habe mich damals mit einer Selbsthilfegruppe in Deutschland in Verbindung gesetzt. Sie bestand aus Vätern, denen ebenfalls die Kinder weggenommen wurden. Man versuchte einander mit Rat und Tat zur Seite zu stehen. Manche kämpften seit Jahren um ein erweitertes Umgangsrecht oder sogar um das Sorgerecht. Aber sie standen auf ziemlich verlorenem Posten, und nachdem mir das klargeworden war, habe ich mich von der Gruppe zurückgezogen. Ich habe akzeptiert, daß es die Familie, die ich hatte, für mich nicht mehr geben wird. Aber ich sagte mir auch, daß ich immer noch jung genug sei für einen Neuanfang.«

»Und das bist du auch«, erwiderte Laura mit Wärme in der Stimme. »Ich denke, es war das Beste, was du tun konntest: die Situation anzunehmen und nach vorn zu blicken. Anstatt deine Kräfte in einem aussichtslosen Kampf zu verschleißen und darüber völlig die Gegenwart und die Zukunft zu vergessen.«

»Siehst du das wirklich so?«

»Natürlich. Und ich bin davon überzeugt, daß es ein neues Glück für dich geben wird.«

Er sah sie mit einem seltsam eindringlichen Blick an. »Es war ein ganz besonderes Gefühl ... vorhin«, sagte er. »Hierherzukommen ... die Lichter in den Fenstern zu sehen, die in die Nacht strahlten, warm und erwartungsvoll. Zu wissen, dort ist jetzt eine Frau, die auf mich wartet, die ein Essen vorbereitet, den Kamin angezündet, eine Weinflasche geöffnet hat ... Noch schöner wäre es gewesen, auch von der kleinen Sophie begrüßt zu werden. Den Eifer zu sehen, mit dem sie mir ihren Turm aus Bauklötzchen zeigen will und den Vogel, den sie gemalt hat ... Es wäre vollkommen gewesen ...«

Auf eine beunruhigende Weise hatte sie plötzlich das Gefühl, er komme ihr zu nah, und sie versuchte, ihn mit Ironie wieder auf Distanz zu bringen.

»Oh, aber absolut vollkommen wäre es zweifellos gewesen, wenn ich etwas weniger Salz an das Zucchinigemüse getan hätte«, sagte sie und kicherte, denn sie hatten beide während des Essens eine Menge Wasser trinken müssen.

Christopher griff ihren scherzhaften Ton nicht auf.

»Du weißt ja«, sagte er, »was es bedeutet, wenn Köche das Essen versalzen ...«

Fast unmerklich rückte sie ein kleines Stück von ihm ab. »Ich glaube nicht«, entgegnete sie steif, »daß man derlei Weisheiten verallgemeinern kann.«

Christopher sah ihr direkt in die Augen. Sie versuchte, seinem Blick standzuhalten, senkte aber schließlich die Lider.

»Laura«, sagte er sehr leise, »komm, sieh mich an.«

Widerstrebend hob sie den Blick. »Ich glaube nicht«, wehrte sie sich schwach, als er sein Gesicht dem ihren näherte, »ich glaube nicht, daß ich ...«

Er küßte sehr sanft ihre Lippen. Sie war überrascht, wie angenehm sich die Berührung anfühlte. Wann war sie zuletzt so geküßt worden? Peter hatte ihr schon lange nur noch den unverbindlichen Begrüßungs- oder Abschiedskuß auf die Wange gehaucht, den entfernte Bekannte einander gaben.

»Was glaubst du nicht?« fragte er und küßte sie noch einmal.

Sie glaubte, daß sie nicht wollte, was er da tat, aber aus irgendeinem Grund war sie nicht fähig, ihm das zu sagen. Sie hatte seine Worte nicht gemocht, aber sie reagierte auf seine Berührung. Ohne daß ihr Kopf dies gewollt hätte, erwachte ihr Körper, wurde warm und weich und erwartungsvoll.

Sie stand rasch auf. »Ich bringe die Gläser in die Küche«, sagte sie.

Christopher folgte ihr mit der halbleeren Weinflasche. Als sie unschlüssig an der Spüle stand, trat er von hinten an sie heran und legte beide Arme um sie. Sie blickte auf seine braungebrannten Handgelenke hinunter. In ihr erwachte der Wunsch, sich fallen zu lassen. Und mochten es nur Minuten sein, in denen sie dem Alptraum würde entkommen können – es erschien ihr als größtes Geschenk, loszulassen, aufgefangen zu werden, schwach sein zu dürfen und Schutz zu finden vor all dem, was sie jagte und bedrängte. Nur für einen Moment, nur für einen kurzen Moment …

»Du bist so schön«, flüsterte er an ihrem Ohr, »du bist so wunderschön …«

»Das geht nicht«, sagte sie, als sich seine Hände langsam zwischen ihre Beine schoben.

»Und warum nicht?«

»Du bist … du warst Peters bester Freund … er ist seit einer Woche tot … ich … wir können das nicht machen …«

Die Stimme an ihrem Ohr veränderte um nichts ihren weichen, lockenden Klang. »Peter war ein Schwein. Er hat dich über Jahre betrogen. Und nicht nur dich. Er hat auch euer Kind betrogen, und er hat eure Familie zerstört. Er ist es nicht wert, daß um ihn getrauert wird. Er hat alles gehabt und hat alles verspielt …« Seine Hände streichelten sie sehr sanft zwischen den Beinen. Ihre Lust erwachte von einer Sekunde zur anderen, und an einem plötzlichen scharfen Atemzug an ihrem Hals erkannte sie, daß er das Kribbeln auf ihrer Haut und das jähe Aufrichten all der feinen Härchen bemerkt und richtig gedeutet hatte.

»Tu, was du möchtest«, flüsterte er, »du hast es so lang nicht mehr getan. Tu endlich, was du möchtest …«

Sie wollte von diesen kräftigen Händen gehalten werden. Sie wollte vergessen. Sie wollte sich auflösen. Sie wollte den Schmerz nicht länger spüren. Die Demütigung nicht, und auch nicht die Angst.

Sie wandte sich langsam zu ihm um, ließ es zu, daß er ihre Hose hinunterstreifte, ganz vorsichtig ihren Slip über die

Schenkel nach unten schob. Er ließ seine Hände über ihren Bauch gleiten, sie schienen eine glühende Spur zu hinterlassen; er umschloß mit seinen Fingern ihre Brüste, die sich aufgerichtet hatten und anzuschwellen schienen.

Es machte ihm keine Mühe, sie hochzuheben und auf die Arbeitsfläche zu setzen. Sie lehnte sich zurück, berührte mit dem Kopf irgendwelche Küchengeräte, die hinter ihr an der Wand hingen, bemerkte aber kaum, daß die Ränder in ihre Haut drücken. Christopher legte ihre Beine über seine Schultern und drang mit einer so hastigen, heftigen Bewegung in sie ein, daß sie aufschrie – vor Überraschung, vor Schmerz und vor Lust.

Und während sie so dalag, unbequem und verrenkt und – wie sie vermutete – ungünstig beleuchtet vom Licht in der Dunstabzugshaube, wußte sie, daß sie nicht den besten, aber den wichtigsten Sex in ihrem Leben hatte. Es war vor allem anderen Triumph, der sie erfüllte, und der Gedanke, daß die Erniedrigung, die Peter ihr zugefügt hatte, in diesem Moment von ihr genommen wurde, durch nichts als den Umstand, daß sie sich von seinem besten Freund auf ihrer Küchenarbeitsfläche bumsen ließ und daß er es gehaßt hätte, sie beide so zu sehen.

»Ich liebe dich«, flüsterte Christopher, als er schwer atmend über sie sank und sein schweißnasses Gesicht auf ihre Brust preßte.

Sie hatte keinen Höhepunkt gehabt, aber dafür ihre Rache, und das war das weit bessere Gefühl. Sie mochte auf seine Liebeserklärung nicht reagieren, sondern kraulte ihm nur die feuchten Haare und hoffte, daß er dies als Zärtlichkeit empfand. Sie wünschte, er wäre jetzt sofort gegangen, denn sie wollte allein sein mit ihren großartigen Empfindungen, aber sie konnte ihn wohl nicht gleich fortschicken. Inzwischen spürte sie deutlich die Küchengeräte an der Kopfhaut und die Knochen der Wirbelsäule auf den harten Kacheln.

Sehr lange würde sie in dieser Position nicht mehr verharren können.

»Christopher«, flüsterte sie und bewegte sich ein wenig, um ihm anzudeuten, daß sie gern wieder von der Spüle heruntergerutscht wäre.

Er hob den Kopf und sah sie an. Sie erschrak fast vor dem Ausdruck seines Gesichts, vor seinen flammenden Augen, den schmalen, weißen Lippen.

»Christopher«, sagte sie noch einmal, und diesmal klang ihre Stimme beunruhigt.

Er preßte ihre Hand so fest, daß es weh tat.

»Wann heiraten wir?« fragte er.

Sie riß die Augen auf und starrte ihn fassungslos an.

Dienstag, 16. Oktober

1

Er hatte die ganze Nacht nicht geschlafen und sich nur in den Kissen herumgewälzt, und um sechs Uhr am Morgen hielt er es nicht mehr aus und stand auf. Draußen herrschte noch tiefe Dunkelheit, aber soweit er das erkennen konnte, hielt das kalte, trockene Wetter an. Wie schön. Die Sonne paßte zu seinem Aufbruch in ein neues Leben.

Er hätte gern bei Laura übernachtet, hätte sie nach dem hastigen Akt in der Küche am liebsten noch einmal in ihrem Bett geliebt, zärtlicher und ruhiger diesmal, und dann wäre sie in seinen Armen eingeschlafen und er hätte ihren Schlaf beobachten können, ihrem Atem lauschen, ihr Gesicht betrachten, wenn es entspannt war und weich. Sie wären zusammen aufgewacht, einer an den anderen geschmiegt, und dann hätten sie zusammen Kaffee im Bett getrunken und durch das Fenster dem Herandämmern des Morgens zugeschaut.

Aber sie hatte allein sein wollen, und er hatte akzeptiert, daß die Entwicklung der Dinge vielleicht zu rasch gegangen war für sie und daß sie ein wenig Zeit brauchte, sich zurechtzufinden.

Jetzt, da sein Ziel zum Greifen nahe lag, vermochte er es kaum mehr auszuhalten. Endlich würde er wieder Geborgenheit empfinden, endlich wieder im Zusammenhalt einer Familie leben. Er hatte es so lange vermißt, so lange ersehnt, daß er sich nun fragte, wie er überhaupt hatte existieren können in all den Jahren. Es war die schlimmste Zeit seines Lebens gewesen, aber nun war sie vorbei, und er würde alles daransetzen, sie zu vergessen.

Er erinnerte sich ihres überraschten Gesichts, als er sie fragte, wann sie heiraten wollten. Sie war sprachlos gewesen, hatte sich dann unter ihm weg und von der Küchenablage herunter gewunden, sich angezogen, mit beiden Händen versucht, ihre wirren Haare zu glätten. Ihre Bewegungen waren hektisch gewesen, und in ihm war so unendlich viel Zärtlichkeit für sie erwacht. Sie war verlegen, natürlich, sie war keine leichtfertige Frau, es war ihr peinlich, die Kontrolle verloren zu haben. Deshalb sollte sie auch gleich wissen, wie ernst es ihm war, daß er keine billige Affäre gesucht hatte, keinen unverbindlichen Sex. Sie sollte wissen, daß er die gleichen Gefühle für sie hegte wie sie für ihn und daß ihre Liebe für die Ewigkeit geschaffen war.

Da sie emotional überfordert schien und keine Erwiderung fand, hatte er ihr schließlich sehr sanft über die Haare gestrichen.

»Möchtest du allein sein?« hatte er gefragt und natürlich gehofft, sie werde dies verneinen, aber sie hatte recht rasch *Ja!* gesagt, und er war gegangen – mit federnden Schritten und getrieben von dem Wunsch, sein Glück in die kalte Oktobernacht hinauszuschreien, sein Glück darüber, daß eine lange Leidenszeit vorüberging und daß ihm das Leben wieder offen stand.

Am liebsten hätte er sie jetzt sofort angerufen, aber er beherrschte sich; schließlich war es noch sehr früh am Morgen, und sie schlief vielleicht noch tief und fest.

Er ging in die Küche und schaltete die Kaffeemaschine ein. Er nahm sich einen Joghurt aus dem Kühlschrank und mixte ihn in einer Schüssel mit seinem Müsli. Als er fertig war, stellte er fest, daß er vermutlich kaum in der Lage sein würde, etwas zu essen, und kippte alles in den Abfalleimer. Er war viel zu ruhelos. Wenn er nur endlich anrufen, endlich ihre Stimme hören könnte! Er schaute auf die Uhr. Es war zwanzig Minuten nach sechs. Um sieben würde er anrufen. Länger könnte er es nicht aushalten.

Er trank seinen Kaffee im Stehen im Wohnzimmer, den Kopf an die Vorhänge am Fenster gelehnt. Er starrte hinaus auf die dunkle Straße, auf der sich noch kein Leben regte. Irgend etwas nagte in seinem Unterbewußtsein, irgend etwas, das ihm Unbehagen verursachte, etwas, das nicht zu all der Freude, zu dem Glück paßte, das er empfand. Dann fiel es ihm ein: Richtig, die *Person* unten in seinem Keller! Die hatte er völlig vergessen. Er kaute nervös an seinen Fingernägeln. Er mußte sich überlegen, was er mit ihr machte.

Aber nicht jetzt. Jetzt war er viel zu fiebrig. Wieder schaute er auf die Uhr. Hatten sich die Zeiger je mit solch aufreizender Langsamkeit bewegt?

Wann war es endlich sieben Uhr?

2

Laura stand um halb sieben auf, nachdem sie sich fast zwei Stunden lang vergeblich bemüht hatte, noch ein wenig Schlaf zu finden. Sie konnte sich ihre Unruhe nicht recht erklären: Am Vorabend hatte sie Triumph gefühlt, und sie war mit einem so leichten Herzen wie schon lange nicht mehr ins Bett gegangen. Es war auch nicht so, daß sie beim Aufwachen in den frühen Morgenstunden plötzliche Reue empfunden hätte, im Gegenteil, sie bedauerte nichts von dem, was sie getan hatte. Es war eher eine untergründige Ahnung von Bedrohung, die in ihr herumgeisterte, der Eindruck, sie habe etwas in Gang gesetzt, das sie vielleicht nicht würde kontrollieren können.

Es mochte an Christophers Heiratsantrag liegen.

Selten hatte etwas sie so sehr überrascht, und selten hatte sie sich in einer Situation so unbehaglich gefühlt. Da ihr klar war, daß ein so lebensentscheidender Entschluß wie eine Heirat kaum innerhalb weniger Minuten der Leidenschaft auf einem Spültisch geboren wurde, mußte sie davon ausgehen, daß Christopher seine Zuneigung schon eine Weile länger in sich herumtrug. Schon zu der Zeit vor Peters Tod? Der Gedanke war ihr unangenehm, ebenso wie die Erinnerung an sein Verhalten während der letzten Tage. Er hatte deutlich ihre Nähe gesucht, obwohl sie ihm mehr als einmal signalisiert hatte, lieber allein sein zu wollen. Sie hatte dies als freundschaftliches Verhalten interpretiert, hatte sich geschämt, weil sie so abweisend aufgetreten war. Nun begriff sie, daß er selbst das Bedürfnis nach ihrer Nähe verspürt hatte, und daß es ein sehr gesunder Instinkt gewesen war, der sie hatte zurückweichen lassen.

Und jetzt, dachte sie, muß ich unbedingt die Kurve kriegen, ohne ihm weh zu tun.

Sie räumte die Spülmaschine mit dem Geschirr vom Vorabend aus, brachte Gläser, Teller und Besteck in die Schrankfächer und schaute dabei immer wieder auf die Uhr. Sie mußte unbedingt mit Anne sprechen, wagte aber nicht, sie vor sieben Uhr zu stören. Sie kehrte sogar noch die Küche und schaltete den Backofen an, um sich ein altes Baguette zum Frühstück aufzubacken.

Um eine Minute vor sieben wählte sie Annes Nummer.

3

Es war besetzt!

Er starrte auf den Hörer in seiner Hand, als könne ihm dieser eine Antwort auf seine brennende Frage geben.

356

Es war *sieben Uhr am Morgen.*

Mit wem, um Himmels willen, telefonierte sie um diese Uhrzeit?

Er drückte die Telefongabel nieder, wählte erneut Lauras Nummer. Vielleicht hatte er sich vertan.

Das Besetztzeichen erklang erneut. Es kam ihm vor, als schwinge ein hämischer Ton darin mit, so als wolle es ihn verspotten.

Er spürte das Kribbeln in den Fingerspitzen. Vorbote jener Wut, die ihn auf so entsetzliche Art packen konnte. Die Wut, von der er gehofft hatte, sie werde ihn nie wieder überfallen.

Hoffentlich hatte sie eine verdammt gute Erklärung für dieses Gespräch am frühen Morgen!

4

Anne hatte verschlafen geklungen, als sie sich meldete, aber sie war sofort hellwach, als sie Lauras Stimme erkannte, und sie lauschte aufmerksam und konzentriert ihren Schilderungen.

»Es ist nicht zu fassen«, sagte sie schließlich, »kaum ist der letzte Kerl unter der Erde, meldet sich schon der nächste mit Heiratsabsichten an! Weißt du, daß während meines ganzen Daseins noch kein einziger Mann mit dieser Bitte an mich herangetreten ist?«

Laura mußte lachen. Anne auf dem Standesamt war ein zu eigenartiger Gedanke. »Du verkündest ja auch ständig, wie spießig du es findest, wenn zwei Menschen heiraten«, sagte sie, »welcher Mann sollte sich da noch trauen, dir ein derart unsittliches Angebot zu unterbreiten?«

Auch Anne mußte kichern, und Laura merkte, daß es ihr

bereits besser ging. Es war immer wieder erstaunlich, wie gut es ihr tat, Annes Stimme zu hören und ihr etwas rauchiges Lachen, mit dem sie selbst größere Probleme innerhalb weniger Sekunden entschärfen konnte.

»Also«, sagte Anne, »für dich kommt dieser Christopher keinesfalls in Frage, wenn ich das richtig verstanden habe.«

»Nein, wirklich nicht. Gar kein Mann kommt im Augenblick für mich in Frage. Ich wollte nur ...«

»Du wolltest nur mal ordentlich vögeln und sonst nichts«, sagte Anne verständnisvoll, denn ziemlich genau das war es, was *sie* im wesentlichen von den Männern wollte. »Aber das kannst du ihm doch klar machen!«

»Natürlich. Aber es ist mir irgendwie unangenehm. Ich glaube, er hat in mir nie die Frau gesehen, die sich ... na ja, einfach so, ohne tiefere Gefühle mit einem Mann ins Bett legt.«

»Dann hat er sich eben getäuscht und wird das begreifen müssen. Laß dir bloß kein schlechtes Gewissen einreden! Du hast ihm schließlich nicht vorher die Ehe versprochen. Wenn er das anders sieht, ist es sein Problem.«

»Das stimmt.« Laura wußte, daß Anne recht hatte, war aber dennoch irgendwie überzeugt, in massiven Schwierigkeiten zu stecken, ohne daß sie hätte erklären können, worin diese genau bestanden. Anne kannte Christopher nicht. Sonst hätte sie vielleicht begriffen, daß ...

Was eigentlich? fragte sich Laura. Was dramatisiere ich da schon wieder? Christopher hat sich in mich verliebt, aber ich mich nicht in ihn, und diese Konstellation gibt es tausendfach auf der Welt. Hätte ich über seine Gefühle Bescheid gewußt, hätte ich nicht mit ihm geschlafen, aber nun ist es passiert, und er wird es überleben.

»Ach, Anne«, seufzte sie, »zur Zeit sehe ich wohl alles ein bißchen schwarz. Ich hoffe, die Polizei läßt mich bald abreisen. Ich möchte nach Hause. Ich brauche mein Kind, und ich brauche dich. Abgesehen davon muß ich sicher eine Menge regeln.«

»Wenn du magst, regeln wir die Dinge zusammen«, bot Anne an, »ich bin für dich da, das weißt du. Und mein altes Angebot wegen eines gemeinsamen Photostudios steht immer noch. Im übrigen kannst du auch gern bei mir unterschlüpfen, wenn du dein hübsches Häuschen im Villenvorort räumen mußt. Ich habe genug Platz für dich und Sophie, und du könntest in aller Ruhe etwas Neues suchen.«

»Danke«, sagte Laura leise, »wenn es dich nicht gäbe, würde ich mich um so vieles elender fühlen. Durch dich habe ich einfach die Hoffnung, daß es weitergehen wird.«

»Es wird nicht nur weitergehen, es wird ein ganz neues und viel besseres Leben«, prophezeite Anne. »Du wirst wieder jung sein. Das kann ich dir versprechen.«

Sie verabschiedeten sich, und Laura registrierte erleichtert, um wie vieles ruhiger und zuversichtlicher sie sich fühlte. Wie sehr hatte Peter Anne gehaßt. Aber es war ihm nie gelungen, sie aus dem Leben seiner Frau zu entfernen. Und nun erwies sie sich als der Rettungsanker.

Laura hatte kaum den Hörer auf die Gabel zurückgelegt, da klingelte der Apparat bereits. Sie zuckte zusammen. Wahrscheinlich war es ihre Mutter, wer sonst würde sie so früh anrufen?

Wie immer, wenn ihr ein Gespräch mit Elisabeth bevorstand, fühlte sich Laura beklommen. Sie meldete sich mit einer Stimme, die ein wenig so klang, als habe sie Watte verschluckt. »Ja, hallo?«

Auf das, was dann folgte, war sie nicht im mindesten vorbereitet. Jemand brüllte sie an in schrillen, hohen und – ja, das war das Seltsame daran – schrecklich verzweifelten Tönen.

Zuerst erkannte sie auch überhaupt nicht, wer da in der Leitung war.

»Mit wem hast du gesprochen? Mit wem hast du um diese Uhrzeit gesprochen? Antworte mir! Antworte mir sofort!«

5

Brennender Durst weckte Monique, jedenfalls schien es ihr so, aber es konnte auch die Kälte gewesen sein oder der Schmerz in ihren steifen, verrenkten Gliedern. Automatisch hielt sie als erstes das Handgelenk mit der Uhr an ihr Ohr, lauschte dem gleichmäßigen Ticken. Noch immer hatte sie nicht die geringste Ahnung, wieviel Zeit seit ihrer Entführung vergangen war, ob es Tag oder Nacht war, ob Sonne oder Mond draußen schienen, und gegen das immer stärker drohende Gefühl des Wahnsinns half ihr nichts als das Ticken der Uhr.

Nach dem Schock mit den eingelegten Essiggurken war es ihr einige Zeit später gelungen, ein Glas mit eingemachten Pfirsichen zu öffnen. Nie zuvor im Leben war ihr etwas so köstlich und so belebend erschienen wie der dicke, süße, kalte Saft, der ihre verdorrte Kehle hinunterrann, und wie die prallen, feuchten Pfirsichstücke, die ihr zumindest für Augenblicke den schlimmsten und quälendsten Hunger nahmen.

Ich werde überleben, hatte sie gedacht, fast euphorisch, ich werde überleben!

Die Suche nach dem Glas in der undurchdringlichen Finsternis hatte sie tief erschöpft, und als sie sich in die Ecke gekauert hatte, war sie fast übergangslos eingeschlafen. Wie viele Stunden ihr Schlaf gedauert hatte, wußte sie nicht. Es erschütterte sie jedoch zu bemerken, wie heftig der Durst schon wieder brannte.

Der Zucker, dachte sie, die Pfirsiche waren stark gesüßt.

Aber gleichgültig, sie hatte keine Wahl, sie mußte hoffen, erneut an ein Glas mit Obst zu gelangen, Zucker hin oder her. Es ging ums Überleben.

Der Hunger verursachte ihr Krämpfe im Magen, als sie sich auf allen vieren in die Richtung bewegte, in der sie das Regal vermutete.

Einmal hielt sie inne, weil sie meinte, ein Geräusch aus dem Haus vernommen zu haben, aber es blieb alles still, und sie nahm an, daß sie sich getäuscht hatte. Vielleicht würde sie demnächst ohnehin Dinge hören und sehen, die gar nicht da waren. Irgendwo hatte sie einmal gelesen, daß langsames Verhungern und Verdursten von immer heftigeren Wahn-vorstellungen begleitet werden. Und inzwischen war ihr klar, daß ihr Entführer genau dieses Ende für sie vorgesehen hat-te.

Als sie das Regal erreichte, begann sie, genau wie beim letztenmal, in den Fächern zu tasten. Es dauerte eine ganze Weile, bis ihre Finger einen Gegenstand umschlossen, aber bei genauerem Fühlen stellte sie fest, daß sie an eine Kon-servendose geraten war. Keine Chance, sie zu öffnen. Sie unterdrückte eine jähe Panik, die sich ihrer bemächtigte. Wenn sie das einzige Einmachglas erwischt hatte! Wenn es sonst nur Konserven gab! Dann konnte sie jegliche Hoff-nung sofort begraben.

Such weiter, befahl sie sich, und behalte um Himmels willen die Nerven.

Sie stöberte und tastete, und die ganze Zeit über wurde ihr Durst immer heftiger, und ständig mußte sie an eine Cola-dose denken, die, beschlagen von Kälte, aus einem Kühl-schrank genommen wurde und an deren Seite langsam ein Tropfen hinunterperlte. Trinken, trinken, trinken. Wie ge-dankenlos war sie früher damit umgegangen, hatte Wasser-flaschen einfach weggekippt, weil sich die Kohlensäure nicht gehalten hatte, und manchmal hatte sie einen halben Tag lang gar nichts getrunken, weil sie zu faul gewesen war, in die Küche zu gehen. Aber da war die Gewißheit gewesen, daß es nur eines Handgriffs bedurfte, und sie hätte Wasser und Cola und Limonade im Überfluß zur Verfügung gehabt. Und nicht im Traum wäre ihr jemals der Gedanke gekommen, in eine Situation zu geraten, in der sie Kondenswasser von den Wänden geleckt hätte, hätte es welches gegeben.

Sie fand ein Glas, zerrte mit zitternden Fingern an dem Gummi, der es verschloß. *Lieber Gott, keine Essiggurken, bitte! Laß es Obst sein. Obst mit ganz viel Saft!*

Noch nie hatte sie echte, verzweifelte Gier erlebt. Gier, die den Körper beben, das Herz jagen, die Ohren rauschen läßt.

Ihr Mund war mit Staub gefüllt. Er war heiß und trokken. Ihr Hals brannte, ihr Körper glühte.

Der Gummi löste sich, schnellte irgendwohin in die Dunkelheit. Der Glasdeckel entglitt ihren bebenden Fingern und zerbrach auf dem Fußboden. Für den Moment war ihr die Gefahr, die sich aus den herumliegenden Scherben ergeben mochte, gleichgültig. Über diese Dinge konnte sie später nachdenken, später, wenn sie ihr Überleben gesichert hatte.

Es waren Pfirsiche. Irgend jemand in diesem Haus, vielleicht der Mörder selbst, hegte eine Vorliebe für Pfirsiche, und sie hätte heulen mögen vor Dankbarkeit dafür. Sie trank in großen, durstigen Zügen und schob zwischendurch die saftigen, süßen Scheiben in den Mund.

Wenn ich hier rauskomme, dachte sie plötzlich, dann möchte ich ein kleines Häuschen mit einem Garten. Irgendwo weit draußen auf dem Land. Ich möchte einen Pfirsichbaum haben und noch ganz viel anderes Obst und Hühner und Katzen.

Sie wußte nicht, wieso ihr dieses idyllische Bild gerade jetzt durch den Kopf schoß, aber es erfüllte sie mit Kraft. Es war ein so schöner Lebensplan.

Sie mußte durchhalten, um ihn verwirklichen zu können.

6

Es erstaunte Henri nicht, seine Schwiegermutter morgens um neun Uhr noch in Nachthemd und Bademantel anzutreffen. Er hatte an die Tür geklopft und war auf ihr *Herein!* in die Küche getreten, in die man unmittelbar durch die Haustür gelangte. Sie saß am Tisch und hatte eine leere Kaffeetasse vor sich, mit der sie herumspielte. Auf dem Tisch befanden sich eine Zuckerdose, ein Päckchen Toastbrot und ein halbleeres Glas mit Erdbeermarmelade. Es sah nicht so aus, als habe sie irgend etwas davon angerührt, ebensowenig schien eine zweite Person hier gefrühstückt zu haben. Das elektrische Licht brannte, was die Düsterkeit des engen Bergtals noch hervorhob.

Nun, da seine Sinne geschärft, sein Gemüt sensibilisiert war, begriff Henri erstmals, weshalb Nadine so gelitten hatte in diesem Haus, und ihm ging auch auf, daß hier die Ursache für manches Problem lag, das später ihre Ehe so belastet hatte.

»Guten Morgen, Marie«, sagte er. Er trat zu ihr hin und küßte sie auf beide Wangen. Er hatte sie sehr lange nicht gesehen und war erschrocken, wie mager sie war und wie kalt sich ihr Gesicht anfühlte. »Ich hoffe, ich störe nicht?«

Sie lächelte. »Wobei solltest du stören? Sieht es aus, als sei ich sehr beschäftigt?« Ihr Lächeln war warm und erinnerte ihn an Nadines Lächeln, wie es während der ersten Jahre ihrer Ehe gewesen war. Schon lange hatte sie es ihm nicht mehr geschenkt. Inzwischen musterte sie ihn nur noch mit Kälte und Abneigung.

Aber Marie mochte ihn, hatte ihn immer gemocht.

»Ich bin gekommen, Nadine nach Hause zu holen«, sagte er.

Sie sah ihn nicht an, spielte nur weiter mit der Tasse herum. »Nadine ist nicht da.«

»Sie sagte aber, sie wollte zu dir.« Er hoffte, daß sie seine Angst nicht bemerkte. Hatte Nadine ihn schon wieder belogen? Trieb sie sich erneut irgendwo herum und setzte ihm Hörner auf? Und wußte eigentlich Marie etwas von dem Liebesleben ihrer Tochter?

»Was heißt das?« setzte er nervös hinzu. »Sie ist nicht da?«

»Sie ist zum Einkaufen gefahren«, sagte Marie, »nach Toulon. Es kann länger dauern, denn sie wollte danach noch zur Polizei.«

»Zur Polizei?«

»Gestern war ein Kommissar hier. Hat eine halbe Stunde mit ihr gesprochen und sie für heute vormittag noch mal zu sich bestellt. Sie hat mir nichts Genaues gesagt. Es ging wohl um diesen Bekannten von euch, der ermordet worden ist.«

»Peter Simon. Ja, bei mir waren sie auch deswegen.« Er verschwieg, daß sie gleich zweimal an einem Tag da gewesen waren und daß sie bei ihrem zweiten Besuch mit ihrer Frage nach seinem genauen Aufenthaltsort am Abend des 6. Oktober seiner Ansicht nach einen klaren Verdacht ausgesprochen hatten. Er hatte ihnen wahrheitsgemäß geantwortet, namentliche Zeugen jedoch nicht benennen können, und er war überdies fast versunken vor Scham, weil sie nun alles wußten, weil er als Schlappschwanz vor ihnen stand, der nicht in der Lage gewesen war, seine Frau am Fremdgehen zu hindern. Oder war er in ihren Augen sehr wohl in der Lage gewesen? Glaubten sie wirklich, er habe den Nebenbuhler am Schluß umgebracht, um seine Frau zurückzugewinnen? Sie baten ihn jedenfalls, sich zur Verfügung zu halten und die Region nicht zu verlassen.

Obwohl er sich deswegen Sorgen machte, spürte er in diesem Moment doch Erleichterung. Nadine hatte sich wirklich bei ihrer Mutter einquartiert. Peter Simon war tot, und es gab niemanden sonst in ihrem Leben. Und inzwischen war sie auch nicht mehr die Frau, die jeden Mann für sich gewinnen konnte.

»Lohnt es sich, daß ich warte?« fragte er. Ihm entging nicht, daß ihn Marie nicht aufgefordert hatte, sich zu setzen, und irgend etwas sagte ihm, daß dies nicht aus Nachlässigkeit geschehen war. Sie wollte nicht, daß er länger blieb.

»Marie«, sagte er leise, »ich kann nicht verstehen, wie es so weit hat kommen können. Ich schwöre dir, ich habe in all den Jahren versucht, Nadine glücklich zu machen. Es ist mir offenbar nicht so geglückt, wie ich es gern gehabt hätte. Aber ich denke, daß du mich recht gut kennst und daß du weißt, daß ich nie wissentlich und willentlich etwas getan habe oder tun werde, was ihr schaden könnte. Ich liebe Nadine. Ich möchte mit ihr zusammen alt werden. Ich will sie nicht verlieren.«

Marie sah ihn endlich an. Sie hatte Tränen in den Augen. »Ich weiß, Henri. Du bist ein wunderbarer Mann, und das habe ich Nadine auch immer wieder gesagt. Diese Ruhelosigkeit in ihr … diese Unzufriedenheit … das hat nichts mit dir zu tun. Das liegt vielleicht einfach in ihren Genen. Ihr Vater war genauso. Er konnte sich nicht auf uns als Familie einlassen. Immer meinte er, irgendwo anders müßte das Glück liegen. Immer jagte er hinter etwas her, wovon er, glaube ich, selbst nicht genau wußte, was es war. Mir selbst ist dieses Naturell fremd, aber ich bin damit geschlagen, es zweimal in meiner Familie erleben zu müssen.«

»Nadine wird älter«, sagte er.

»Ja, und darin sehe auch ich eine Hoffnung. Sogar ihr Vater hat irgendwann eine gewisse Stabilität in seinem Leben gefunden, und es mag sein, daß dies auch bei Nadine geschehen wird. Gib ihr ein wenig Zeit. Und hör nicht auf, sie zu lieben.« Sie wischte sich die Tränen fort, die über ihre Wangen liefen. »Sie ist ein zutiefst unglücklicher Mensch, und es gibt kaum etwas, das einer Mutter mehr weh tut, als ihr eigenes Kind so zu sehen und ihm nicht helfen zu können. Ich möchte nicht, daß sie so endet wie ich.« Sie machte eine Handbewegung, mit der sie den düsteren Raum, den lieblos gedeckten Frühstückstisch, die leere Kaffeetasse und sich selbst in ihrem verschlissenen Bademantel umschrieb. »Ich möchte sie nie so dasitzen sehen, wie du mich jetzt hier siehst!«

Die Klarheit, mit der sie sich und ihr Leben beurteilte, berührte ihn tief. Er mußte an Cathérine denken.

Wie viele einsame Menschen es gibt, dachte er, und wie dankbar müßten Nadine und ich sein, daß wir einander haben. Es ist, bei Gott, keine Selbstverständlichkeit.

Der Gedanke an Cathérine erinnerte ihn an etwas Wesentliches.

»Ich werde Nadine Zeit geben«, sagte er, »ich werde hier nicht auf sie warten und sie nicht bedrängen.«

Er sah, daß sich Erleichterung auf den Gesichtszügen seiner Schwiegermutter abzeichnete.

»Aber ich bitte dich, ihr etwas auszurichten. Sag ihr, daß Cathérine fortgehen wird. Daß sie ihre Wohnung in La Ciotat verkauft und sich im Norden Frankreichs niederläßt. Es wird sie in unserem Leben nicht mehr geben.«

»Glaubst du, daß das entscheidend ist?« fragte Marie.

Er nickte. »Es *ist* entscheidend, und ich hätte es schon vor Jahren erkennen müssen. Aber nun hat sich alles gut gefügt, und …« Er wandte sich zur Tür, sprach den Satz nicht zu Ende.

»Ich gehe jetzt«, sagte er, »richte Nadine aus, daß ich auf sie warte.«

7

Er war zu weit gegangen, verdammt noch mal. Er hätte sie nicht so anschreien dürfen. Das war ein Fehler gewesen, ein eklatanter Fehler, und er konnte nur beten, daß er eine Chance bekommen würde, ihn wiedergutzumachen.

Er hatte gebrüllt und gebrüllt, und als er eine Pause hatte machen müssen, um Luft zu holen, hatte sie gefragt: »Christopher?« Sie hatte eher erstaunt als verärgert geklungen.

»Ja. Allerdings. Pech, nicht wahr? Du dachtest nicht, daß ich um diese Zeit anrufe!«

»Lieber Gott, wovon sprichst du?«

»Ich habe dich etwas gefragt. Mit wem hast du telefoniert? Vielleicht wäre es möglich, daß du meine Fragen beantwortest, ehe du deinerseits welche stellst!«

Eine leise Stimme in seinem Hinterkopf hatte ihn gewarnt. *Sprich nicht in diesem gereizten, scharfen Ton mit ihr. Sie wird verstört sein, und dann wütend. Sie wird sich das nicht gefallen lassen. Du bist dabei, alles zu verderben!*

Aber es fiel ihm ungeheuer schwer, seinen Kurs zu ändern. Er war so wütend, so außer sich. So empört und so voller Angst, doch Angst hatte sich bei ihm schon immer in Aggression entladen. Anders konnte er nicht mit ihr umgehen.

Laura hatte sich von ihrer Überraschung erholt. »Ich weiß nicht, woher du den Anspruch ableitest, von mir in irgendeiner Weise Rechenschaft zu verlangen«, sagte sie kühl.

Jetzt, am Vormittag, da er das Gespräch noch einmal in Gedanken durchging, erinnerte er sich, in diesem Moment und beim Klang ihrer Stimme zum erstenmal die Ahnung gehabt zu haben, daß die Geschichte mit Laura den gleichen Verlauf nehmen würde wie andere Geschichten zuvor, und daß ihn diese Vorstellung mit Bestürzung und Traurigkeit erfüllt hatte. Doch er zwang sich, vorläufig daran nicht zu denken.

Es gibt keinen Grund, die Hoffnung aufzugeben.

Er hatte am Telefon ein wenig eingelenkt, sich um einen sanfteren Ton bemüht. »Ich denke, nach allem, was war, solltest du so fair sein und mir sagen, wenn es einen anderen Mann in deinem Leben gibt.«

Sie hatte gestutzt. »Nach allem, was war? Du meinst ... den gestrigen Abend?«

»Ja, natürlich. Ich ... nun, für mich bedeutet es etwas, wenn ich mit einer Frau schlafe. Vielleicht ist das bei dir anders ...«

Damit hatte er sie in der Defensive.

»Auch für mich bedeutet es viel, wenn ich mit einem Mann schlafe«, erwiderte sie gequält. Sie klang nicht länger kühl, sondern einlenkend. »Aber vielleicht sind die ... Schlüsse, die du daraus gezogen hast, für mich ein bißchen zu schnell gegangen ...«

»Welche Schlüsse meinst du?«

»Na ja, du ...« Sie hatte sich gewunden, und er hatte gemerkt, daß er fast den Telefonhörer zerquetschte, so fest umklammerte er ihn mit seiner Hand. »Du hast von Heiraten gesprochen, und ... das kam für mich wohl etwas zu plötzlich ...«

Er kannte diese Art von Frauen, diese hilflosen Versuche, sich aus Bindung und Verantwortung herauszuwinden, und schon immer hatte dies Verzweiflung und Haß in ihm ausgelöst. Sie waren unstete, leichtlebige Geschöpfe, die ihr Leben lebten, wie es gerade kam, die nahmen, was sich ihnen bot, und es ohne Skrupel wieder wegwarfen, wenn ihnen der Sinn nach etwas anderem stand. Der verdammte Liberalismus und die Frauenbewegung hatten ihnen die Köpfe völlig verdreht. Seitdem lebten sie in dem Glauben, tun und lassen zu können, was sie wollten, sich einen Dreck scheren zu müssen um Gefühle und Bedürfnisse anderer. Zwischendurch erinnerten sie sich dann, daß sie es bei den Männern auch mit *Menschen* zu tun hatten, und verfielen in das alberne Gestottere, das auch Laura ihm gerade bot – anstatt klar heraus zu sagen, daß es *just for fun* gewesen war, was sie mit ihnen ins Bett hatte springen lassen …

Die Wut war heillos und vernichtend über ihn hereingebrochen, aber er hatte sie noch zurückdrängen können.

Es mußte nicht so sein, wie er dachte. Er mußte gerecht bleiben, durfte sie nicht vorschnell verurteilen. Vielleicht war sie wirklich verwirrt, überrumpelt. Es war alles sehr schnell gegangen am gestrigen Abend, da hatte sie schon recht.

»Nun«, sagte er und hatte dabei den Eindruck, daß er zumindest ruhiger klang, als er tatsächlich war, »ich denke, wir haben die gleichen Vorstellungen von Familie und Zusammenleben. Möglicherweise brauchst du ein wenig mehr Zeit als ich, um dich auf unsere Situation einzustellen. Du hast viel erlebt in den letzten Wochen.«

»Ja«, hatte sie gesagt und wieder so gequält geklungen, und er war sich vorgekommen wie jemand, der hilflos um die Gunst eines Lächelns bittet und sie nicht gewährt bekommt.

»Darf ich dich heute abend wieder anrufen?« hatte er demütig gefragt. Natürlich hätte er sie viel lieber gesehen als angerufen, aber ein Instinkt sagte ihm, daß sie sich an diesem Tag nicht auf eine Verabredung einlassen würde und daß er sich eine erneute Frustration ersparte, wenn er gar nicht erst fragte.

»Sicher«, hatte sie geantwortet, und dann hatten sie beide einige Sekunden lang geschwiegen, während Unausgesprochenes zwischen ihnen hin und her wogte, unangenehm und so bedrängend, daß er es nicht mehr hatte aushalten können und auf einmal nur noch bestrebt gewesen war, das Telefonat zu beenden.

»Ich melde mich«, hatte er gesagt und hastig aufgelegt,

und danach war er im Zimmer herumgelaufen und hatte versucht, seine aufgewühlten, erregten Gefühle wieder zu beruhigen.

Das hatte eine Weile gedauert, und irgend etwas hatte er dabei in seinen Händen zerquetscht, ohne zu wissen, was es war. Erst später stellte er fest, daß er eine Schachtel mit Photos zu einem kleinen, harten Ball zusammengedrückt hatte.

Nachdem er seine Aggressionen niedergekämpft hatte, kamen die Schuldgefühle, ein ängstliches: *Was habe ich nur getan?* und: *Ich hätte nicht schreien dürfen!*

Er durchlebte auch dies, reflektierte das Gespräch noch einmal vorwärts und rückwärts, seine Worte, ihre Worte, seinen Tonfall, ihren Tonfall, und am Ende gelangte er zu dem Schluß, daß alles gar nicht so schlecht gelaufen war, daß er keineswegs wirklich laut geschrien hatte, daß er nicht wirklich aggressiv gewesen war, daß er sie nicht angegriffen hatte; und sie ihrerseits war ihm nicht ausgewichen, sie hatte nur die übliche Zurückhaltung an den Tag gelegt, die eine Frau nun einmal zeigen mußte, wenn sie gefragt wurde, ob sie heiraten wolle; ein gewisses Zögern gehörte zum Spiel zwischen den Geschlechtern, und er wollte es ihr gern zugestehen.

Nachdem er so weit gekommen war, entspannte er sich spürbar, bekam sogar plötzlich Hunger und verließ sein Haus, um auf dem Marktplatz einen *café créme* zu trinken und sich hinterher noch eine Quiche und einen leichten Weißwein zu bestellen. Er saß in der Sonne, die jetzt, da es langsam auf Mittag zuging, an Wärme gewann und von ihm als sanft und angenehm empfunden wurde. Ein paar Hunde liefen auf der schmalen Straße herum, und direkt vor dem Eingang zum *Hotel Bérard* lag eine dicke, graue Katze und schlief.

Wie schön das Leben ist, dachte er ein wenig schläfrig und

doch im vollen Bewußtsein, daß etwas Großes und Wunderbares auf ihn zukam, und immer wieder voller neuer Möglichkeiten.

Es waren nur wenige Menschen zu sehen. Zwei ältere Frauen saßen an einem Nachbartisch und unterhielten sich aufgeregt über irgendeine dritte Frau, die ihr Haus und sich selbst auf üble Weise verwahrlosen ließ. Zwei dickbäuchige Männer standen in den Türen ihrer Kneipen, plauderten und lachten. Ein paar Kinder stritten um einen Ball. Eine Frau trat aus ihrem Haus, ließ sich mit einem Seufzer auf den steinernen Stufen vor ihrer Tür nieder und zündete sich eine Zigarette an. Eine andere verließ das *Hotel Bérard*, sie wirkte hektisch und nervös und wäre beinahe über die dicke Katze gestolpert. Er beobachtete dies alles voller Wohlwollen, ja sogar voller Zuneigung, wenn er es richtig überlegte. Er mochte die Menschen. Bald würde er auch wieder zu ihnen gehören, einer von ihnen sein. Eine Frau haben, ein Kind. Eine Familie. Wie schön würde es sein, mittags mit Laura und Sophie hier zu sitzen. Mit ihnen am Strand spazieren zu gehen. Sophie das Schwimmen beizubringen und das Fahrradfahren. Er dachte an ein Picknick in den Bergen, an den Duft von Salbei und Pinien und hohem, trockenem Gras, und Bernadette schlang die Ärmchen um ihn und ... halt! Er runzelte die Stirn. Ein falsches Bild, ein falscher Name. Es hatte dieses Picknick gegeben im letzten Sommer, und die kleine Bernadette hatte zutraulich gespielt und geschmust mit ihm, aber daran *wollte er jetzt nicht denken!*

Seine Tochter hieß Sophie. Eine andere hatte es nie gegeben. Wenn er an eine andere dachte, bekam er nur Kopfweh am Ende, und das wollte er nicht. Es waren böse Bilder, die sich in sein Bewußtsein drängten.

Ich muß mir diese Bilder nicht ansehen, wenn ich nicht will!

Er überlegte, daß sie natürlich in seinem Haus wohnen

würden. Nach allem, was ihm Laura über Peters finanzielle Misere erzählt hatte, konnte er sich ausrechnen, daß sie ihr Haus im Quartier Colette würde verkaufen müssen, aber das war ja kein Problem, er hatte genug Platz für sie alle, ein schönes Kinderzimmer für Sophie und ein zweites, wenn der liebe Gott seinen sehnlichsten Wunsch erfüllen und ihm noch ein eigenes Kind schenken würde.

Kurz runzelte er erneut die Stirn, als ihm das Ungeziefer in seinem Keller einfiel. Wann hatte er sie dort eingesperrt? Gestern, vorgestern? Sie hatte nichts zu essen, nichts zu trinken, sie würde bald ... halt!

Er richtete sich in seinem Stuhl auf. Verdammt, er hatte das Zeug in dem Kellerraum vergessen! Eingemachtes Obst, Pfirsiche, Mirabellen, Kirschen ... Genug Saft, um sich eine Weile über Wasser zu halten. Daneben gab es Essiggurken gegen den ärgsten Hunger ... auf die Dauer sicher nicht wirklich nahrhaft, aber wenn *sie* die Sachen fand – und das würde sie vermutlich –, konnte sie Zeit schinden. Und das konnte problematisch für ihn werden, denn bald, sehr bald schon, wollte er Laura ihr neues Zuhause zeigen, und sicher wollte sie dann auch den Keller sehen ...

Er stand hastig auf, schob ein paar Geldscheine unter seinen Teller und verließ mit schnellen Schritten den Marktplatz.

8

»Es ist nicht so, daß ich irgend etwas von deinem verrückten Gerede ernst nehmen würde«, sagte Stephane, »aber ich fürchte inzwischen, du wirst mir keine Ruhe mehr lassen. Und ehrlich gesagt, ich kann's nicht mehr hören. Abgesehen davon, daß du dich mehr und mehr gehen läßt und ich mich nicht mal mehr darauf verlassen kann, daß der Haushalt auch nur im mindesten funktioniert.«

Er stand Pauline in der Küche gegenüber, wütend, gereizt, ungeduldig. Eine Viertelstunde zuvor war er von der Bank gekommen, um wie üblich mit Pauline das Mittagessen einzunehmen. Üblich jedenfalls an Tagen wie diesem, wenn sie mittags frei hatte. Sonst aß er in Les Lecques bei den *Deux Sœurs*, und er wünschte inzwischen, er hätte das auch heute getan.

Denn keineswegs hatten ihn köstlicher Essensduft und ein hübsch gedeckter Tisch erwartet, als er sein Haus betrat, sondern eine heulende Ehefrau, die mitten in der Küche auf einem Schemel zusammengesunken war und noch nicht einen Handstrich getan hatte. Sie zitterte und schluchzte, und es sah nicht so aus, als könne es ihm noch gelingen, sie an den Herd zu jagen. Eine aufgeplatzte Tüte mit Kartoffeln lag neben ihr und bewies, daß sie durchaus hatte kochen wollen und beim Einkaufen gewesen war.

Es hatte eine Weile gedauert, bis sie in der Lage gewesen war zu sprechen, und er hatte ohnehin schon geahnt, was kommen würde.

Der unheimliche Verfolger. Der lauernde Schatten. Der Killer.

»Und?« fragte er genervt. »Was war diesmal?«

Angeblich war ihr diesmal niemand gefolgt, sondern hatte auf sie *gewartet*. Sie sei in den Garten gekommen, berichtete sie unter Tränen, und da sei jemand gewesen. Auf der hinteren Terrasse. Sie habe die Person gerade noch um die Ecke verschwinden sehen, vermutlich habe sie sich zuvor am Fenster zu schaffen gemacht.

»Verstehst du?« fragte sie schluchzend. »Der Typ wollte hier herein! Wahrscheinlich wollte er mich im Haus erwarten. Wer weiß, was er vorhatte. Er …«

»Na, ich denke, du weißt genau, was er vorhatte«, sagte

Stephane. »Er wollte dich mit einem Strick erdrosseln und danach deine Kleider mit einem Messer in Fetzen schneiden. Soviel ist doch mittlerweile klar.« Er wurde immer gehässig, wenn er Hunger hatte, und jetzt gerade hatte er *verdammten* Hunger.

Sie starrte ihn aus großen Augen an. Ihr Gesicht war kalkweiß. »Stephane«, stammelte sie, »Stephane, ich kann nicht mehr ...«

»Quatsch. Du trinkst jetzt erst mal einen Schnaps, und dann gehen wir los und sehen zu, daß wir bei *Arlechino* jeder eine Portion Spaghetti kriegen. Ich muß unbedingt etwas essen.«

Er schaukelte seinen dicken Bauch ins Wohnzimmer hinüber und kehrte mit einem Glas Birnenschnaps zurück. Sie sträubte sich zunächst, aber er bestand darauf, daß sie trank. Er wollte verhindern, daß sie wirklich hysterisch wurde, und außerdem sollte sie endlich auf die Füße kommen und mit ihm zum Essen gehen.

Dann erklärte er ihr, daß er sie keineswegs ernst nehme, es jedoch satt habe, daß nichts mehr wie gewohnt funktionierte.

»Ich werde mir etwas überlegen«, versprach er, und als sie auf dem Weg zum *Arlechino* waren – sie einen halben Schritt hinter ihm und noch immer leichenblaß –, erläuterte er ihr seinen Plan.

»Wann arbeitest du wieder bei *Bérard*?« fragte er. »Heute noch?«

»Nein. Morgen nachmittag wieder.«

»Gut. Du gehst also abends von dort zurück. Um wieviel Uhr?«

»Um zehn.«

»In Ordnung. Ich hole dich ab.«

Dieses Angebot machte sie beinahe fassungslos. »Du holst mich ab?« Sie schien nicht zu wissen, wie sie seinen Vorschlag einordnen sollte. »Wieso holst du mich ab?« Dann kam ihr offenbar ein Gedanke, und ihre Augen wurden noch größer. »Du denkst auch, daß der Killer es auf mich abgesehen haben könnte? Du hast Angst, wenn ich allein herumlaufe?«

»Gott, welch ein Blödsinn! Ich hole dich im übrigen auch nicht *direkt* ab. Ich werde mich dort bei *Bérard* herumtreiben, natürlich so, daß niemand mich sieht. Und wenn du herauskommst, folge ich dir. Du drehst dich bitte nicht um, bist so wie immer ...«

»Aber wenn ich wie immer bin, drehe ich mich ständig um! Ich habe ja dauernd das Gefühl, daß mir jemand folgt.«

Er seufzte, tief und theatralisch. »Dann drehst du dich eben um. Aber du rufst nicht meinen Namen oder hältst Ausschau nach mir. Ich werde da sein.«

»Aber ...«

»Es gibt nur zwei Möglichkeiten. Entweder dieser große Unbekannte existiert tatsächlich, dann werde ich ihn entdecken und herausfinden, wer er ist und was er im Schilde führt. Oder es gibt ihn nicht, dann wirst du mir hoffentlich glauben, daß nur *ich* dir gefolgt bin und du im übrigen unter Hirngespinsten leidest. Wobei ich praktisch sicher bin, daß Letzteres der Fall sein wird.«

»Aber es könnte doch sein, daß es ihn gibt, aber er gerade morgen nicht auftaucht. Dann denkst du, alles ist in Ordnung, aber in Wahrheit ...«

»... in Wahrheit wirst du einen Tag später abgemurkst. Das alles ist schon pathologisch bei dir, Pauline. Weißt du, am Anfang unserer Beziehung dachte ich immer über dich: Sie ist nicht hübsch, aber sie ist praktisch veranlagt und steht mit beiden Beinen fest auf der Erde. Inzwischen kann ich das leider nicht mehr von dir sagen. Ich meine, hübsch bist du immer noch nicht, aber dafür zunehmend hysterisch und überspannt.«

Ihre Augen begannen zu schwimmen. »Stephane ...«

Er bekam Angst, daß sie wieder anfangen würde zu heulen.

»Mach dir bloß nicht in die Hosen. Zur Not wiederholen wir dieses idiotische Räuber-und-Gendarm-Spiel noch an zwei oder drei weiteren Abenden. Obwohl ich mir, weiß der Teufel, Amüsanteres vorstellen könnte. Aber eines sage ich dir: Wenn wir dann immer noch niemanden entdeckt haben, will ich nie wieder etwas von dieser Sache hören. Verstanden? Nie wieder. Sonst werde ich ungemütlicher, als selbst du es dir in deinen verrückten Phantasien vorstellen kannst!«

9

Sie verließ das Haus, in dem sie so viele Jahre gelebt hatte, aber als sie die Tür hinter sich zuzog, konnte sie noch immer nicht sagen, daß es ihr letzter Besuch dort gewesen war. Zu viele ihrer Sachen befanden sich noch immer dort, sie hatte nicht alles verpacken und in ihr Auto laden können; sie würde wenigstens noch einmal zurückkommen müssen.

Sie hatte lange mit Kommissar Bertin gesprochen, und seltsamerweise hatte das Gespräch – oder sollte sie es *Verhör* nennen? – sie erleichtert. Zum erstenmal hatte sie einem Menschen alles erzählt. Über ihre jahrelange Affäre mit Peter Simon. Über ihre Ehe, die für sie keine Ehe mehr war. Über die Unerträglichkeit ihres Lebens im *Chez Nadine*. Über all die Hoffnungen, die sie mit Peter verbunden hatte. Sie hatte von der geplanten Flucht nach Argentinien berichtet und von dem neuen Anfang, den sie beide dort hatten wagen wollen. Und sie hatte ihm gesagt, daß ihr Leben zerstört war, seit man Peter tot in den Bergen gefunden hatte.

Bertin hatte sie sanft getadelt, weil sie mit all dem nicht

früher herausgerückt war, und hatte sie angewiesen, sich zu seiner Verfügung zu halten, die Gegend keinesfalls zu verlassen. Sie hatte ihm die Adresse ihrer Mutter gegeben, und als sie gegangen war, hatte sie sich gefragt: Ob ich jetzt wohl verdächtig bin?

Es hatte sie erstaunt, Henri nicht anzutreffen, noch mehr verwundert hatte sie ein Schild an der vorderen Tür, auf dem ziemlich schlampig die Information gekritzelt stand, daß das *Chez Nadine* heute geschlossen bleiben werde. An einem gewöhnlichen Dienstag. Das war absolut ungewöhnlich für Henri. Das *Chez Nadine* war sein Kind, sein Liebstes, ein Teil von ihm. Nadine konnte sich nicht erinnern, daß er es in all den Jahren an einem einzigen Tag außer der Reihe geschlossen hatte, und selbst am offiziellen Ruhetag, dem Montag, war er um das Restaurant rotiert und hatte all die Dinge erledigt, für die er sonst keine Zeit fand.

Vielleicht, hatte sie gedacht, während sie auf das Schild starrte, hätten wir einen Tag in der Woche für uns gebraucht. An dem wir Dinge gemeinsam unternehmen, die Spaß machen, und alles vergessen, was mit der verdammten Kneipe zusammenhängt.

Aber fast im selben Moment wußte sie, daß sie sich mit solchen nachträglichen Gedanken um die übersehenen Rettungsmöglichkeiten ihrer Ehe nur selbst etwas vormachte. Denn an der Zeit, die sie füreinander hatten oder nicht hatten, hatte es nicht gelegen. Während der Wintermonate waren stets tagelang keine Gäste gekommen, sie hatten nicht kochen und nicht einkaufen müssen, die Buchhaltung war erledigt gewesen und die Dachrinne ausgebessert und die Gartenstühle gestrichen ... Und irgendwann war gar nichts mehr zu tun gewesen und sie hatten einander am Küchentisch gegenübergesessen, heißen Kaffee vor sich und vielerlei Möglichkeiten, miteinander zu sprechen, sich an den Händen zu fassen, einander zu erforschen, den Schwingungen zu lauschen ... Aber da war nichts gewesen. Nur Sprachlosigkeit, Unverständnis und – jedenfalls von ihrer Seite aus – Feindseligkeit und eine heftige Abneigung, irgendeine Art von Nähe entstehen zu lassen.

Sie hatte den Gedanken an das, was hätte sein können, weggeschoben; es war müßig, ihn zu vertiefen, denn den Punkt, an dem eine Umkehr möglich gewesen wäre, hatten sie längst überschritten. Sie hatte die Tür aufgeschlossen, hatte festgestellt, daß Henri nicht da war, hatte ihre Koffer vom Dachboden geholt und einen ersten Schwung an Kleidern und Wäsche eingepackt, zudem die wichtigsten Briefe, Tagebücher, Bilder aus ihrer Schreibtischschublade genommen. Diese entweihte Schublade, an der sich Cathérine zu schaffen gemacht hatte, um sie auszuspionieren, um Beweise gegen sie zu finden, um sie zu erniedrigen ... Schon deshalb, dachte sie, könnte ich hier nicht mehr leben. Das Gefühl einer zutiefst verletzten Intimsphäre würde nie wieder verschwinden.

Sie hatte sich Zeit gelassen, weil sie gehofft hatte, Henri werde auftauchen. Zwar graute ihr vor dem Gespräch mit ihm, aber sie hätte es doch gern hinter sich gebracht. Sie wollte ihm das Ende ihrer Ehe so klar und deutlich mitteilen, daß er es begriff und sie in Zukunft sicher sein konnte, keinerlei Druck mehr von ihm zu erleben. Sie wollte einen klaren, unmißverständlichen Abschluß, der sie beide ein für allemal voneinander trennte.

Sie schaffte die Koffer ins Auto, mußte dann einen von ihnen wieder ins Haus zurückschleifen, weil er nicht mehr hineinpaßte. Wie sehr hatte sie immer von einem schönen, großen, repräsentativen Auto geträumt, aber das gehörte wohl auch zu den Wünschen, die sich erledigt hatten, und es war, wie sie zugeben mußte, bei weitem nicht das Schlimmste von allem.

Dann setzte sie sich in die Küche und rauchte eine Zigarette, trank einen Kaffee, rauchte eine zweite Zigarette, schaute hinaus in den strahlenden Tag und fühlte nicht einen Funken von Zuversicht oder Hoffnung in sich. Aber zumindest die Gewißheit, daß es richtig war, was sie tat.

Und vielleicht ist schon das etwas, wofür man dankbar sein muß, dachte sie.

Sie war erstaunt, als sie feststellte, daß es ein Uhr war. Seit dem frühen Morgen trödelte sie nun hier herum. *Ob Henri verreist war?*

Egal, entschied sie, dann rede ich später mit ihm. Oder gar nicht. Am Ende hat er selbst schon begriffen, wie die Dinge stehen.

Sie stieg in ihr vollbeladenes Auto und fuhr los. Unweigerlich mußte sie an der Stelle vorbei, an der Peters verlassenes Auto geparkt hatte, und wieder versetzte ihr dies einen Stich.

Nicht daran denken, befahl sie sich, hielt die Augen starr geradeaus gerichtet und die Lippen fest zusammengepreßt, es ist vorbei. Nicht daran denken.

Entweder heute abend noch oder am nächsten Tag würde sie herkommen und ihre restlichen Sachen holen.

Und dann war das Kapitel unwiderruflich abgeschlossen.

10

Sie hörte ihn kommen. Ganz plötzlich war da ein Geräusch, das die Grabesstille des Kellerraumes durchbrach. Eine Art Knacken, ein Schleifen ... sie vermochte es nicht einzuordnen. Es irritierte sie, weil es so gänzlich unerwartet kam nach all dem endlosen Schweigen, und es dauerte einige Sekunden, bis sie begriff, daß jemand die Kellertreppe herunterkam.

So sehr sie anfangs gewünscht hatte, ihr Peiniger möge

sich zeigen, möge ihr sagen, was er vorhatte, möge ihr die Gelegenheit geben, ihrerseits mit ihm zu sprechen, so sehr erschreckte sie nun seine tatsächliche Nähe.

Der Kerl war gefährlich. Blitzartig drängten sich wieder die Bilder Camilles und Bernadettes in ihre Erinnerung, wie sie ausgesehen hatten, nachdem er mit ihnen fertig gewesen war, und ihr Herz begann laut und wie rasend zu schlagen, und sie spürte das instinktive und völlig absurde Verlangen, sich irgendwo hier in diesem Raum zu verstecken. Die Schritte kamen immer näher, und zu ihrem Entsetzen schien er auch noch laut zu keuchen, bis sie begriff, daß sie selbst diese lauten Atemzüge ausstieß.

Als die Tür aufgerissen wurde, fiel ein Lichtschein herein, der sie so blendete, daß sie sofort das Gesicht tief in den Händen vergrub. Schmerzhaft wie ein Messerstich war der Strahl in ihre Augen gedrungen, sie konnte ein Jammern nicht unterdrücken.

»Miststück«, sagte jemand, »verdammtes Miststück. Hast du eine Ahnung, welche Scherereien du mir machst?«

Sie kroch noch mehr in sich zusammen und schrie leise auf, als ein Fußtritt sie am Oberschenkel traf.

»Schau mich an, wenn ich mit dir rede, *du Miststück*!«

Mühsam blinzelnd blickte sie auf. Ganz langsam nur gelang es ihren Augen, sich an das Licht zu gewöhnen, obgleich es sich nur um den eher matten Schein einer Taschenlampe handelte. Er hielt die Lampe gesenkt, so daß sie ihn erkennen konnte, ja, es war ihr Entführer, der vor ihr stand.

Er trug Jeans und einen grauen Rollkragenpullover und war barfuß. Er war ein wirklich gut aussehender Mann, stellte sie fest und wunderte sich, daß sie zu einem solchen Gedanken in ihrer Situation überhaupt fähig war.

»Du hast dich hier satt gegessen. Stimmt's?«

Es hatte keinen Sinn, dies abzustreiten, und so nickte sie, wofür sie mit einem weiteren Fußtritt bestraft wurde.

»Was glaubst du, warum du hier bist? Um dich an meinen Vorräten zu bedienen?«

Sie wollte ihm antworten, doch sie brachte nur einen leisen Krächzlaut hervor. Sie hatte schon so lange nicht mehr gesprochen, und vielleicht waren es auch Hunger und Durst und Angst, die ihr die Kehle zuschnürten.

»Wolltest du etwas sagen?« fragte er drohend.

Endlich gelang es ihr, sich zu artikulieren. »Ich ... dachte ... die Sachen wären ... für mich.« Ihre Stimme klang fremd in ihren Ohren. »Sonst ... sonst hätten Sie mich ... nicht hierher ... gebracht.«

»Schlaues Ding«, sagte er und hob die Taschenlampe, um sie zu blenden. Gequält schloß sie die Augen. Als sie merkte, daß er die Lampe wieder senkte, hob sie die Lider und sah, daß er seine rechte Hand ununterbrochen zu einer Faust ballte und wieder öffnete. Er strahlte Nervosität und Aggression aus, und sie wußte, daß ihre Lage sehr ernst war.

»Ich kann dich hier nicht ewig behalten«, sagte er, »das wirst du einsehen. Und wenn du ausgiebig ißt und trinkst, dauert es länger. Wir werden daher die Vorräte entfernen.«

Er will, daß ich sterbe. Er will wirklich, daß ich sterbe.

Jetzt erst bemerkte sie den Korb, den er neben sich abgestellt hatte. Darin würde er vermutlich die Gläser und Konserven davontragen, und sie würde hier unten elend und langsam und unbemerkt krepieren.

»Bitte«, sagte sie. Ihre Stimme gehorchte ihr nun wieder, klang aber dünn und zutiefst verängstigt. »Bitte, lassen Sie mich frei. Ich ... ich habe Ihnen doch nichts getan ...«

Sie wußte, daß es kindisch war, was sie sagte, aber sie hatte nicht die Kraft, anders zu wimmern und zu betteln als ein Kind, denn genauso klein und hilflos und ausgeliefert fühlte sie sich.

Er schien sich ihr Argument tatsächlich einen Moment

lang durch den Kopf gehen zu lassen, traf dann aber doch eine klare Absage.

»Nein. Denn du würdest mir jetzt alles kaputtmachen.«

»Aber ich verspreche Ihnen ...«

Er unterbrach sie mit einer Handbewegung. Dann stellte er ihr eine Frage, die sie überraschte.

»Bist du verheiratet?«

Kurz überlegte sie, ob von der Beantwortung dieser Frage irgend etwas für sie abhängen könnte, ihr Leben beispielsweise, aber da sie sich keinerlei Zusammenhang erklären konnte, hielt sie es für ratsam, bei der Wahrheit zu bleiben – die er vielleicht ohnehin kannte, und womöglich prüfte er nur, ob sie lügen würde.

»Nein«, sagte sie also.

»Warum nicht?«

»Ich ... nun, es hat sich nie ergeben ...«

»Gab es je einen Mann, der dich heiraten wollte? Der mit dir *eine Familie* gründen wollte?« Das Wort *Familie* betonte er auf eine eigenartige Weise, so als spreche er über etwas ganz Besonderes, etwas fast Heiliges.

Ich hätte sagen sollen, daß ich Familie habe, dachte sie instinktiv, ich wäre in seiner Achtung gestiegen.

»Nein«, sagte sie, »einen solchen Mann gab es nie. Dabei wünsche ich mir nichts sehnlicher als Kinder ... als ein Familienleben ...«

Er sah sie verächtlich an. »Wenn du dich wirklich danach sehntest, hättest du es dir längst aufgebaut. Du gehörst vermutlich zu den Frauen, die ihre Freiheit jeder Art von Bindung vorziehen. Die meinen, ihr Leben bestehe aus solch idiotischen Dingen wie *Selbstverwirklichung* und *Unabhängigkeit*. Es sind diese gottverdammten *Scheiß-Emanzen*, die die Familie in Mißkredit gebracht und alles zerstört haben!«

Rede mit ihm, dachte sie. Irgendwo hatte sie einmal gelesen, daß es Entführern schwerer fällt, ihre Opfer zu töten, wenn sie mit ihnen sprechen und sie dabei näher kennenlernen.

»Was alles haben sie zerstört?« fragte sie.

Sein Blick war jetzt voller Haß, und sie hatte die Befürchtung, daß er bei diesem Thema irgendwann die Kontrolle über sich verlieren würde. Andererseits würde er im Moment kaum davon ablassen.

»Alles«, sagte er auf ihre Frage hin, »alles, wovon ich je geträumt habe. Was ich je für mein Leben haben wollte.«

Erstaunt beobachtete sie, wie der Haß einer fast anrührenden Verletztheit wich. Dieser Mann war tief verwundet worden und vermochte nicht damit fertigzuwerden, das begriff sie in diesem Moment. Auf irgendeine Weise war auch er ein Opfer, das sich mit dem gleichen Selbsterhaltungstrieb gegen die Grausamkeiten des Lebens wehrte, wie jede Kreatur es tat.

»Wovon haben Sie geträumt?« fragte sie. *Mach dich zu seiner Verbündeten. Zeig ihm, daß du ihn verstehst. Daß du so bist wie er.*

Statt zu antworten, stellte er seinerseits eine Frage. »Wie war die Familie, in der du aufgewachsen bist?«

Sie tappte im dunkeln, worauf er eigentlich hinauswollte, aber wenigstens hatte sie zu diesem Thema Gutes zu berichten.

»Es war eine schöne Familie«, sagte sie mit Wärme und merkte, wie ihr bei der Erinnerung an ihre geborgene Kindheit Tränen in die Augen stiegen, »meine Eltern haben einander sehr geliebt, und mich haben sie geradezu vergöttert. Sie mußten sehr lang auf mich warten, sie waren schon vergleichsweise alt, als ich auf die Welt kam. Deshalb habe ich sie auch leider früh verloren. Mein Vater starb vor acht Jahren, meine Mutter vor fünf.«

Er sah sie verächtlich an. »Früh nennst du das? *Früh?*«

»Nun, ich denke …«

»Weißt du, wann ich meine Mutter verloren habe? Als ich sieben war. Und kurz darauf meinen Vater.«

In ihrer Situation waren ihr die traumatischen Erlebnisse seiner Kindheit scheißegal, aber sie nahm alle Anstrengung zusammen, gab sich mitfühlend und interessiert.

»Woran sind sie gestorben?«

»Gestorben? Vielleicht kann man das, was mit meinem Vater passierte, *sterben* nennen. Meine Mutter haute einfach ab. Eine Freundin, eine verdammt gewissenlose Freundin, hatte sie auf die Idee gebracht, daß phantastische Talente in ihr schlummern, die sie in ihrem langweiligen Dasein für die Familie vergeudet. Also befreite sie sich, ließ Mann und vier Kinder zurück, zog mit der Freundin zusammen und versuchte sich als Malerin und Sängerin. Sie hatte höchst mäßige Erfolge zu verzeichnen, aber das machte nichts, es ging ja vor allem darum, frei zu sein, kreativ zu sein, sich zu verwirklichen … Na ja, als ich neunzehn war, wurde sie in Berlin von einem betrunkenen Autofahrer überfahren. Sie starb an ihren Verletzungen. Aber da hatten wir schon lange keinen Kontakt mehr gehabt.«

»Das … das muß ganz furchtbar für Sie gewesen sein …«

»Als sie uns verließ, hielt mein Vater noch eine Weile durch, aber er konnte es nicht ertragen, sie verloren zu haben. Er fing an zu trinken, verlor seine Arbeit … ich sehe ihn noch vor mir … wie er mittags im Wohnzimmer unserer kleinen Sozialwohnung saß, wenn ich aus der Schule kam, verquollen im Gesicht, unrasiert, mit roten Augen … gerade aus dem Bett gekrochen, und schon wieder die Schnapsflasche an den Lippen. Er war vorher ein starker, lebensfroher Mann gewesen. Nun verfiel er vor den Augen seiner Kinder. Er ist dann später an Leberzirrhose gestorben.«

Sie hoffte, daß er Verständnis und Anteilnahme in ihren Zügen las.

»Ich verstehe«, sagte sie, »ich verstehe Sie jetzt sehr gut. Sie konnten das alles nicht verwinden.«

Er sah sie fast überrascht an. »Doch«, sagte er, »ich konnte es verwinden. Als ich Carolin traf, als wie heirateten, als die Kinder kamen. Aber dann ging sie weg, und alles war kaputt. Alles.«

»Aber Sie sind doch noch nicht alt. Sie sehen sehr gut aus. Sie haben jede Chance, daß …«

Er sprach einfach weiter, als habe er ihren Einwurf gar nicht gehört. »Ich begann zu begreifen, daß man diese Weiber auslöschen muß. Sie zerstören die Welt. Vor zwei Jahren habe ich die Frau getötet, die meine Mutter damals überredet hat, uns zu verlassen.«

Er sagte dies so beiläufig, als habe er etwas Selbstverständliches getan. Monique schluckte trocken.

»O Gott«, flüsterte sie.

»Es stand sogar in der Zeitung. In einer Berliner Zeitung.« Das klang fast stolz. »Aber sie wissen bis heute nicht, wer es war. Es war so einfach. Ich nannte meinen Namen und sie ließ mich in ihre Wohnung. Es war noch dieselbe Wohnung, in der sie mit meiner Mutter gelebt hatte. Die Alte war erfreut, den Sohn ihrer verstorbenen Freundin zu sehen. Sie hatte nichts begriffen, gar nichts. Sie kapierte es selbst dann nicht, als schon das Seil um ihren Hals lag und ich es zusammenzog. Ich habe es sehr langsam getan. Es hat lange gedauert. Aber nicht so lange wie mein Leid.«

Er ist vollkommen wahnsinnig, gefangen in seinen irren Vorstellungen.

Sie redete um ihr Leben.

»Ich kann Sie verstehen. Wirklich. Ich habe noch nie so genau über dieses Problem nachgedacht, aber nun sehe ich es mit anderen Augen. Frauen wie Ihre Mutter oder wie die Freundin Ihrer Mutter haben schlimmes Unrecht auf sich geladen. Da haben Sie völlig recht. Aber nicht alle Frauen sind

so. Auch ich habe mich immer so sehr nach einer Familie gesehnt, das müssen Sie mir glauben. Aber manchmal sind es
auch die Männer, die keine tiefere Bindung wollen. Ich bin
nur an solche geraten. Sie haben mich ausgenutzt und dann
wieder abgelegt. Inzwischen habe ich fast jede Hoffnung
aufgegeben.«

Da er immer noch nichts erwiderte, versuchte sie es weiter.

»Aber natürlich, irgendwo denke ich noch immer, daß ...
da vielleicht eines Tages jemand sein wird, der ...«

Endlich sah er sie an. Seine Miene war unergründlich.

»Der Prinz, der dich auf sein weißes Pferd hebt, meinst du?«

»Ich ... nun ...«, sagte sie unsicher.

Er strahlte nicht die geringste Verletzlichkeit mehr aus,
sondern nur noch Kälte und Verachtung.

»Was redest du nur für eine blöde Scheiße«, sagte er, »das
sollte man ja kaum für möglich halten. Hör zu, ich sage dir
jetzt etwas: Ich weiß nicht, was du auf dem Kerbholz hast.
Ob du je eine Familie zerstört oder einen Mann zurückgewiesen hast, der es ehrlich mit dir meinte. Deshalb lebst du
noch, aber es ist klar, daß du nicht am Leben bleiben kannst.
Da verstehen wir uns doch?«

Sie begann zu zittern. Die Angst sprang sie wieder mit aller Macht an. Es lief auf ihren Tod hinaus, nur darauf.

»Mir wäre es am liebsten, du krepierst hier unten. Ver-
hungerst, verdurstest, was auch immer. Aber wenn das nicht
schnell genug geht, werde ich nachhelfen. Es war einfach
idiotisch von dir, dich einzumischen. Aber ich lasse mir von
dir nichts kaputtmachen. Ich stehe dicht davor, meine Träume zu verwirklichen. Es ist meine letzte Chance, und ich er-
greife sie, und eine blöde, fette kleine Zecke wird mir nicht
dazwischenkommen!«

Er nahm den Korb. Machte zwei Schritte in den Raum
hinein.

Und trat mit seinen bloßen Füßen in die Scherben des Glasdeckels, der ihr zuvor hinuntergefallen war.

Zwischen den Zehen des linken Fußes schoß das Blut hervor. Er starrte fassungslos darauf, dann stieß er ein Stöhnen aus, ließ den Korb fallen und sank zu Boden.

Mit den Händen umklammerte er den Fuß und versuchte, den Blutfluß zu stoppen.

»O Gott!« Seine Lippen wurden weiß. »Schau nur, das Blut! So viel Blut!«

Sie erkannte, daß er für einige Augenblicke außer Gefecht war. Der Anblick seines Blutes entsetzte und lähmte ihn. Sie rappelte sich auf.

Im ersten Moment drohten die Beine unter ihr einzuknikken. So lange hatte sie nur gesessen oder gelegen oder war auf allen vieren gekrochen, daß ihre Muskeln alle Kraft verloren zu haben schienen. Zudem war ihr schwindelig vor Hunger und Angst, und Wände und Fußboden neigten sich vor ihren Augen.

Doch dann siegte ihre Entschlossenheit, und sie stürzte aus dem Keller hinaus, gefolgt von seinen Schreien. »Was ist los? Verdammt, was ist los?«

Sie hatte einen großen Fehler gemacht, das begriff sie schon nach wenigen Sekunden. Sie hätte ihn einschließen und dann den Weg nach draußen suchen müssen. Aber daran hatte sie nicht gedacht, sie hatte ja auch gar keine Zeit gehabt zum Denken, hatte nur weggewollt ... und nun fand sie den Ausweg nicht, fand die Treppe nicht, die nach oben führen mußte ... Vor ihr erstreckte sich der Keller, der riesig sein mußte, beleuchtet von vereinzelten Glühbirnen, die nackt von der Decke hingen und offenbar durch einen Zentralschalter angeknipst worden waren. Sie hörte *ihn* hinter sich, er hatte offenbar aufstehen können und folgte ihr nun.

»Bleib stehen, Miststück! Bleib sofort stehen!«

Er war gehandikapt durch seine Fußverletzung, aber er

würde sie erwischen, denn sie erkannte, daß sie in die falsche Richtung gerannt war, ans Ende des Kellers, und die Treppe lag offenbar zur anderen Seite hin. Doch dort würde sie nicht hingelangen, denn dazwischen war *er*, jetzt ganz sicher entschlossen, sie sofort und ohne Zögern umzubringen.

Sie sah die letzte Tür vor sich, am Ende des Flurs. Außen steckte ein Schlüssel. Mit zitternden Fingern zog sie ihn ab, öffnete die Tür ...

Er war fast bei ihr. Er humpelte, und sie konnte kurz einen Blick auf sein schmerzverzerrtes und vor Wut entstelltes Gesicht werfen. Dann huschte sie in den Raum hinein, knallte die Tür hinter sich zu, hielt mit aller Kraft dagegen, als er sie von außen aufzureißen versuchte, kämpfte wie eine Löwin, manövrierte irgendwie den Schlüssel ins Schloß – beinahe hätte sie den Kampf verloren, die Tür öffnete sich bereits einen Spalt weit –, aber noch einmal gelang es ihr, sie ganz zu sich heranzuziehen und den Schlüssel herumzudrehen.

Er tobte draußen, während sie langsam mit dem Rücken an der Tür entlang zu Boden rutschte. Sie dachte, sie müßte weinen, aber sie konnte nicht. Sie zitterte und würgte.

Sie war wieder gefangen, aber nun hatte sie den Schlüssel. Wenn er sie töten wollte, mußte er die Tür eintreten.

11

Henri kehrte um vier Uhr am Nachmittag ins *Chez Nadine* zurück, und es dauerte nicht sehr lange, bis er begriff, daß Nadine ernsthaft entschlossen war, ihn zu verlassen. Als erstes stolperte er fast über den gepackten Koffer, den sie nicht mehr im Auto hatte unterbringen können und der nun gleich hinter der Eingangstür stand. Offenbar wollte sie ihn irgendwann später abholen. Dann ging er hinauf in den ersten Stock, trat in ihr Zimmer und tat etwas, was er noch nie vorher getan hatte: Er öffnete alle Schränke und Schubladen und inspizierte, was sie eingepackt und mitgenommen hatte. Und das waren keineswegs nur die Dinge, die sie notwendig gebraucht hätte, um ein paar Tage bei ihrer Mutter verbringen zu können, wie etwa Wäsche, ein paar Pullis und Hosen und ihre Zahnbürste. Nein, sie hatte nahezu sämtliche Kleidungsstücke ausgeräumt, die Sachen für den Winter ebenso wie die für den Sommer, ihre Badeanzüge und Baumwollkleider und ihren Skianzug, sogar ihre zwei Abendkleider. Was aber noch bestürzender war: Sie hatte die Schreibtischschubladen geleert, hatte Tagebücher, Photos, Briefe und Notizen mitgenommen. Er wußte von Cathérine, daß diese Dinge in den Schubladen gewesen waren, sie hatte ihm davon erzählt, nachdem sie den verhängnisvollen Brief gefunden hatte. Widerwillig und beschämt hatte er die Ergebnisse ihrer Spionagetätigkeit zur Kenntnis genommen und sie in den hinteren Winkeln seines Gedächtnisses vergraben, aber nun erinnerte er sich blitzartig wieder daran und er wußte, daß die komplett geleerten Schubladen an Aussagekraft nicht zu überbieten waren. Sie hatte nicht vor, zurückzukehren. Höchstens, um den letzten Koffer abzuholen und die paar wenigen Dinge, die noch in ihren Schränken lagen oder hingen und für die sie wahrscheinlich keinen Platz in Koffer oder Tasche mehr gefunden hatte.

Er ging in die Küche. In der Spüle befand sich ein unter Wasser gesetzter Unterteller, in dem zwei Zigarettenkippen schwammen. Daneben stand eine leere Kaffeetasse. Sie hatte sich also einen Kaffee gemacht und zwei Zigaretten geraucht. Sie hatte auf ihn gewartet. Sie hatte mit ihm reden wollen, und er wußte, was sie vorgehabt hatte, ihm zu sagen.

Er setzte sich an den Tisch und aß ein Baguette mit Honig, ohne Trost darin zu finden. Er starrte zum Fenster hinaus, stellte sich vor, wie sie vor einigen Stunden an vermutlich ebendieser Stelle gesessen und durch dasselbe Fenster hinausgesehen hatte. Hatte sie eine Art von bewußtem Abschied genommen? Oder einfach nur voller Widerwillen dem Moment entgegengefiebert, da sie endlich für immer dieses Haus würde verlassen können?

Keine gemeinsame Zukunft. Kein gemeinsames Baby. Cathérine weit weg, und auch Nadine würde fortgehen. Ihm blieb das *Chez Nadine*, dessen Name ihm dann nur noch absurd vorkäme. Ob er es *Chez Henri* nennen sollte? Das wäre sicher passend, denn außer ihm wäre ja keiner mehr da.

Er war allein.

In der Euphorie nach dem Gespräch mit Cathérine und nach der zweiten Begegnung mit den Beamten, die ihm unverhohlenes Mißtrauen entgegenbrachten, hatte er seine Kräfte verbraucht. Nach der Begegnung mit Marie Isnard am Morgen war er stundenlang in der Gegend herumgekurvt, über lange Strecken gerast wie der Teufel, so wie man es von ihm kannte, als er noch selbstbewußt und stark gewesen war, dann wieder langsam gefahren, um wieder und wieder die Aussprache mit Nadine zu proben, in glühenden Worten ihrer beider gemeinsame Zukunft zu entwerfen und ihr in schönen, gewählten Sätzen die Affäre mit Peter S. – denn so nannte er ihn für sich, seitdem das alles passiert war – zu verzeihen.

Jetzt fiel sein Luftschloß in sich zusammen, und auf einmal war da nur noch lähmende Müdigkeit, eine tiefe seelische Erschöpfung und die Angst vor einer leeren und trostlosen Zukunft. Er, der Sunnyboy, war noch nie derart heftig von der Sehnsucht nach Nähe überwältigt worden. Er wollte in die Arme genommen werden, er wollte weinen dürfen, und jemand sollte ihm über die Haare streichen und ihm tröstliche Worte ins Ohr flüstern.

Er sehnte sich nach seiner Mutter.

Er dachte, daß er sich dafür schämen müßte, aber ihm fehlte die Energie. Er mochte sich nicht mit der Frage auseinandersetzen, ob er eine solche Sehnsucht haben durfte oder nicht, ob das eine Schmach war oder eine Niederlage. Er wollte nichts anderes als die Erfüllung.

Er fragte sich, ob seine Kraft reichen würde, die Koffer zu packen und sich auf den Weg nach Neapel zu machen. Der Kommissar hatte ihm untersagt, die Gegend zu verlassen, und durch sein Verschwinden würde er sicherlich den Verdacht, der ohnehin gegen ihn bestand, noch erhärten, aber das war ihm gleichgültig. Es ging ihm nur um Nadine. Vielleicht konnte er ihr einen Brief hinterlassen. Er würde ihr darin erklären, daß er begriffen und akzeptiert hatte. Sie sollte nicht das Gefühl haben, sich vor ihm verstecken zu müssen.

Er blickte zum Fenster hinaus, bis es dunkel wurde, dann schaltete er das Licht ein und betrachtete in der Scheibe das Spiegelbild des einsamen Mannes am Küchentisch, der nach Neapel zu seiner Mutter fahren würde, um mit dem Zusammenbruch seines Lebens fertigzuwerden.

12

Kurz bevor sie zu Bett gehen wollte, fiel Laura ein, daß sie bereits am Vorabend bei Monique Lafond hatte anrufen wollen. Durch Christophers Besuch und die dann folgenden Ereignisse hatte sie dies völlig vergessen, obwohl sie sich extra eine Notiz neben das Telefon gelegt hatte.

Offenbar hatte sie den Zettel während ihrer Telefonate am heutigen Tag übersehen.

Tatsächlich lag er auch nicht mehr dort, wie sie nun feststellte. Sie suchte zwischen anderen Papieren herum und

schaute auch auf den Fußboden, ob er vielleicht herunterge-
fallen war, aber sie konnte ihn nirgends entdecken.

»Sehr eigenartig«, murmelte sie.

Sie überlegte, ob sie um diese Uhrzeit – es war Viertel nach
zehn – noch bei Monique Lafond anrufen durfte, und entschied, daß dies zulässig sei. Sie mußte erneut die Auskunft
anrufen, hatte aber bei Mademoiselle Lafond wiederum kein
Glück: Es meldete sich der Anrufbeantworter. Diesmal
sprach sie keine Nachricht auf Band, ihre letzte mußte sich
noch dort befinden, und irgendwann würde Monique darauf stoßen. Wahrscheinlich war sie verreist.

Und überdies war Laura weniger denn je davon überzeugt, daß diese Fährte für sie wirklich noch interessant sein
konnte.

Sie hatte am Nachmittag noch einmal Besuch von Kommissar Bertin gehabt. Er hatte wissen wollen, ob ihr noch etwas eingefallen sei, was für die Ermittlungsarbeiten von Be-
lang sein konnte, aber sie hatte ihn enttäuschen müssen.
Nach ihrem Eindruck tappten der Kommissar und seine
Leute ziemlich im dunkeln. Sie hatte das fast sichere Gefühl,
daß Bertin sie für unschuldig hielt, und daher wagte sie es,
ihn zu fragen, wann sie nach Hause reisen dürfe.

»Mein Kind ist in Deutschland. Und die Gläubiger meines
Mannes stehen bereit. Ich muß eine Menge Dinge ordnen
und meine Zukunft komplett neu aufbauen. Hier sitze ich
nur herum!«

Er hatte genickt. »Ich verstehe. Das ist eine sehr unangenehme Situation für Sie. Wir haben ja Ihre Adresse und Telefonnummer in Deutschland. Ich denke, Sie können Frankreich verlassen. Es könnte allerdings passieren, daß Sie noch
einmal herkommen müssen – falls es neue Spuren gibt und
wir Sie persönlich hier brauchen.«

»Das ist sicher kein Problem. Zumindest ist es das geringste Problem von allen, die ich derzeit habe.«

Er hatte sie nachdenklich angesehen. »Sie sind eine tapfere Frau«, sagte er. »Viele andere würden in Ihrer Lage weit mehr lamentieren und hätten jeden Mut verloren. Sie gehen die Dinge an. Ich finde das sehr bewundernswert.«

Sein Lob hatte sie wahnsinnig gefreut. Als er gegangen war, hatte sie sich vor den Badezimmerspiegel gestellt und sich ganz genau betrachtet. War ihr die Veränderung anzusehen? Es war nicht viel Zeit vergangen, und doch schien es ihr, als habe sie einen sehr langen Weg zurückgelegt – von der unterwürfigen Laura, die zu Hause auf ihren Mann wartete und ständig neue Vorhänge und Teppiche kaufte, um die Zeit totzuschlagen, hin zu der Frau, die ihren ermordeten Mann in der Gerichtsmedizin der Polizei identifiziert hatte, die hinter sein jahrelang andauerndes Verhältnis gekommen war, die vor einem Schuldenberg stand und bei all dem noch die Kraft und die Nerven gehabt hatte, eine kurze Affäre mit dem besten Freund ihres Mannes zu beginnen.

Sie meinte, etwas weniger weich und weniger scheu auszusehen und die Zaghaftigkeit aus ihrem Mienenspiel verbannt zu haben.

»Du machst das alles schon ganz gut«, sagte sie zufrieden zu sich selbst.

Am Abend hatte sie Musik gehört und sich eine Flasche Sekt geöffnet, und sie hätte sich entspannt und frei gefühlt, wäre da nicht eine Rastlosigkeit in ihr gewesen, die sie sich zuerst nicht hatte erklären können, bis ihr aufging, daß sie in Zusammenhang mit Christopher stand. Ständig erwartete sie, daß das Telefon klingelte, daß er es wäre, der sie um die nächste Verabredung bitten wollte. Sie schloß sogar die Fensterläden, was sie sonst nie tat, aber dauernd hatte sie das ungute Gefühl, er werde plötzlich dort draußen erscheinen und Einlaß begehren, oder – was noch unangenehmer wäre – er könne dort einfach nur stehen und sie beobachten.

Er hat dir nichts getan, sagte sie sich immer wieder, *es ist*

schließlich kein Verbrechen von ihm, sich in dich zu verlie-
ben, und wenn er etwas schnell und direkt war, so ist das
auch noch kein Grund, ihn zu fürchten.

Denn das war das Verrückte: Sie fürchtete sich vor ihm, ohne genau zu wissen, weshalb. Ihr Verstand sagte ihr, daß das Unsinn sei, aber der Instinkt, das negative, angespannte, argwöhnische Gefühl, wollte sich nicht beschwichtigen lassen. Als das Telefon tatsächlich im Lauf des Abends einmal klingelte, fuhr sie so heftig zusammen, als habe sie dieses Geräusch nie vorher in ihrem Leben gehört. Sie hatte Herzklopfen, als sie den Hörer abnahm, und nannte sich selbst im stillen eine hysterische Gans. Es war ihre Mutter, die sich – natürlich – beklagte, weil sie *nie* angerufen wurde, die außerdem mitteilen wollte, es gehe Sophie gut, aber sie habe schon mehrfach nach Laura gejammert; und überdies hoffte sie zu erfahren, wann Laura denn endlich nach Hause käme.

»Falls du es überhaupt für nötig hältst, mir das mitzuteilen«, fügte sie spitz hinzu.

»Man hat mir heute – erst heute, Mami – mitgeteilt, daß ich das Land verlassen darf. Ich denke, ich werde übermorgen aufbrechen. Morgen möchte ich noch mit einem Makler sprechen. Er soll mir sagen, was das Haus hier wert ist. Vermutlich ist es belastet bis unters Dach und mir bleibt ohnehin nichts vom Verkauf, aber den Marktwert will ich wenigstens kennen.«

»Es wird jedenfalls Zeit, daß du dich um die Dinge hier kümmerst«, sagte Elisabeth. »Ich gehe ja öfter in euer Haus, um die Blumen zu gießen, und ich kann der Briefberge kaum Herr werden, die sich dort stapeln. Banken, hauptsächlich. Euer Anrufbeantworter ist überlastet. In Peters Büro bricht alles zusammen, von den Damen dort scheint keine zu wissen, was zu tun ist.«

»Wissen sie dort schon, daß Peter tot ist?«

»Keine Ahnung. Das konnte ich ihren Nachrichten nicht

entnehmen. Sie sind doch wahrscheinlich von der deutschen Polizei vernommen worden, oder? Auf jeden Fall muß jemand die Abwicklung hier in die Hand nehmen.«

»Und zwar ich. Wie gesagt, Donnerstag abend bin ich zu Hause.«

»Peters Ex-Frau krakeelt übrigens auch ständig auf dem Anrufbeantworter herum. Wegen der Unterhaltszahlungen, die noch ausstehen.«

»Ruf sie an und sag ihr, die kann sie sich ins Haar schmieren. Ihr Versorger liegt im gerichtsmedizinischen Institut in Toulon, und seine gesamte irdische Hinterlassenschaft kommt unter den Hammer. Von jetzt an muß sie selbst zusehen, wie sie durchkommt.«

»Ich habe mir überlegt«, sagte Elisabeth, »daß ihr am besten zu mir zieht, du und Sophie. Das Haus muß ja wohl verkauft werden, und Geld wirst du erst einmal keines haben. Meine Wohnung ist ohnehin viel zu groß für mich. Ihr könnt die beiden hinteren Zimmer haben.«

Laura schluckte.

»Das ist sehr lieb von dir. Aber ... ich denke nicht, daß das uns beiden, dir und mir, so gut tun würde. Ich werde bei Anne wohnen. Das bedeutet, Sophie und ich sind immer in deiner Nähe, aber wir sitzen nicht so dicht aufeinander, daß wir Probleme miteinander bekommen könnten.«

Auf der anderen Seite herrschte ein längeres Schweigen.

»Wie du meinst«, sagte Elisabeth schließlich spitz, »jeder muß selbst wissen, was für ihn das Beste ist.«

Sie verabschiedeten sich kühl voneinander, aber Laura fühlte sich hinterher erleichtert, weil ein weiterer Punkt geklärt worden war.

Als sie schließlich ins Bett ging, hatte sie ein Stück Ausgeglichenheit wiedergefunden. Christopher hatte sich seit dem Morgen nicht gemeldet. Sicher wußte er inzwischen, daß er sich mit seinem eifersüchtigen Geschrei unmöglich benommen hatte, und vielleicht war ihm auch aufgegangen, daß er die ganze Geschichte zwischen ihnen beiden falsch gesehen und sich in eine einseitige Idee hineingesteigert hatte. Jeder Mensch konnte sich einmal in etwas verrennen. Offensichtlich wollte er nun den Abstand schaffen, der es ihnen beiden ermöglichen würde, irgendwann wieder ohne Verlegenheit miteinander umzugehen.

Sie las noch eine Weile im Bett, bis sie zu müde war, um sich noch auf das Buch konzentrieren zu können. Als sie das Licht löschte, blickte sie auf die Uhr: Es war zehn Minuten nach elf.

Fünf Minuten später klingelte das Telefon.

Sie setzte sich aufrecht hin, hellwach von einem Moment zum anderen. Ihr Herz hämmerte. Sie wußte sofort, wer das um diese Uhrzeit sein mußte.

Sie ließ es klingeln, bis es aufhörte, aber der Anrufer mußte sofort erneut gewählt haben, denn das Läuten setzte nach einer kurzen Pause gleich wieder ein. In der dritten Runde hielt sie es nicht mehr aus, kletterte aus dem Bett und lief hinaus auf die Galerie vor dem Schlafzimmer, wo sich ein Apparat befand.

»Ja?« meldete sie sich und stellte dabei fest, daß ihre Stimme gehetzt klang.

»Laura? Ich bin es, Christopher! Wo warst du? Warum hat es so lange gedauert, bis du am Telefon warst?«

Du dumme Kuh! Es hat sich nichts geändert! Du hattest ganz recht mit deinem unguten Gefühl. Der Typ ist nicht ganz dicht!

Sie versuchte, ihm ruhig und sehr bestimmt zu antworten. »Christopher, es ist nach elf Uhr. Ich habe geschlafen. Ich habe versucht, das Läuten zu ignorieren, aber du hast mir keine Chance gelassen. Ich finde es, ganz ehrlich gesagt, ziemlich unmöglich, wie du dich verhältst.«

»Laura, ich möchte dich sehen.«

»Nein. Es ist spät. Ich bin müde.«

»Morgen früh?« Er war jetzt ganz anders als bei dem letzten Gespräch, nicht laut, nicht drohend. Er klang verzweifelt.

»Ich weiß nicht, ich ...«

»Bitte, Laura! Ich wollte dich den ganzen Tag über anrufen. Ich sterbe fast vor Sehnsucht nach dir. Ich dachte, du fühlst dich vielleicht belästigt, deshalb habe ich gewartet ... es war die Hölle ... und jetzt habe ich es nicht mehr ausgehalten. Bitte ...«

Verdammt, die Sache entgleitet dir! Er ist ja wie besessen. Wie gut, daß du übermorgen abreist.

Bei allem Ärger tat er ihr jedoch auch leid. Sie stellte sich vor, wie er stundenlang um das Telefon herumgeschlichen sein mußte, wie er sich beherrscht hatte, wie er sich gequält hatte. Sie wußte, wie sich eine solche Besessenheit anfühlte.

Sie versuchte, nett zu ihm zu sein.

»Morgen früh geht es nicht. Da habe ich einiges zu erledigen.« Sie verschwieg den geplanten Makler-Besuch; eine innere Stimme riet ihr, nichts zu erwähnen von ihrer Absicht, alle Brücken in diesem Land hinter sich abzubrechen. »Wir könnten zusammen zu Mittag essen.«

Seine Erleichterung war durch das Telefon spürbar.

»Ja. Ich muß dich einfach sehen. Soll ich dich abholen?«

»Nein. Ich bin in der Stadt ... Wir treffen uns um halb eins auf dem Strandparkplatz in La Madrague. Einverstanden? Dann überlegen wir, wohin wir gehen. Bis morgen!«

»Ich liebe dich, Laura.«

Sie legte den Hörer auf. Sie stand vor dem Telefon und merkte, daß ihr Körper schweißnaß war.

Die Furcht, die sie bereits verdrängt zu haben geglaubt hatte, war deutlicher denn je spürbar.

Er war nicht normal.

Und morgen mittag mußte sie ihm sagen, daß es keine Zukunft für sie beide gab.

Mittwoch, 17. Oktober

1

Es regnete an diesem Morgen.

Die Wolken waren über Nacht aufgezogen und hatten dem klaren, fast spätsommerlichen Wetter ein Ende bereitet. Der Regen war nicht strömend und kräftig, sondern fein und sprühend. Die Welt, die noch am Vortag in herbstlichen Farben geleuchtet hatte, versank in eintönigem Grau. Die Feuchtigkeit schien in jeden Winkel zu kriechen.

Nadine war sehr früh aufgestanden, hatte sich so leise sie konnte gewaschen und angezogen und hatte sich einen Kaffee gekocht. Trotz des Feuers im Kachelofen, das die Nacht über gebrannt hatte und von Nadine nun wieder neu geschürt worden war, herrschte klamme Kälte im Haus. So war es immer gewesen. Nadine konnte sich nicht erinnern, daß es im Herbst und Winter je gemütlich und warm hier gewesen war.

Sie stand ans Fenster gelehnt, die Hände um die heiße Kaffeetasse geklammert, sah zu, wie die Dunkelheit in Dämmerung überging, und dachte daran, daß es da draußen, jenseits der Schlucht, trotz des häßlichen Wetters irgendwann Tag sein würde, während die Dämmerung hier verharrte und am späteren Nachmittag wieder von der Dunkelheit abgelöst würde.

Peter hatte von dem schönen Haus gesprochen, das sie in Argentinien haben würden, groß und hell und licht, von Weiden und Wiesen umgeben.

»Mit einer Holzveranda entlang der ganzen Vorderseite«,

hatte er gesagt, »auf der wir an Sommerabenden Hand in Hand sitzen und über unser Land blicken.«

Da sie sein finanzielles Desaster kannte, hatte sie nie recht an das Haus und das Land geglaubt, denn wie sollten seine letzten zweihunderttausend Mark für solch hochfliegende Pläne reichen, aber sie hatte ihm gern zugehört, wenn er davon redete. Es war ein schöner Traum, und den sollte er behalten. Sie selbst hatte – für sich im stillen – an eine Wohnung gedacht, irgendwo in Buenos Aires, eine kleine, sonnige Wohnung mit drei Zimmern und einem Balkon nach Süden. Sie hätte Spanisch gelernt und sich bunte Kleider gekauft, und abends hätten sie zusammen Rotwein getrunken.

Verdammt, dachte sie, und schon wieder schossen ihr die Tränen in die Augen. Sie hob den Blick, damit sie ihr nicht über die Wangen liefen und Streifen von schwarzer Wimperntusche hinter sich herzogen. Marie konnte jeden Moment aufkreuzen, und wenn sie ihre Tochter weinen sah, weinte sie unweigerlich mit. Und es wäre Nadine unerträglich gewesen, an einem solch trostlosen Morgen hier mit ihrer Mutter zu sitzen und gemeinsam zu schluchzen.

Es hatte sie entsetzt zu hören, daß Henri hier gewesen war, um mit ihr zu sprechen. Er hatte damit eine unausgesprochene Regel verletzt, nämlich die, daß Le Beausset *ihr* Revier war, das er nicht zu betreten hatte. So sehr sie die Schlucht und das Haus haßte, so war es doch die einzige Rückzugsmöglichkeit, die sie hatte, und sie hatte geglaubt, Henri wisse und respektiere dies. Statt dessen kam er hier angetrampelt, verletzte die Grenzen, wollte sie zurückholen und meinte, wegen des geplanten Weggangs von Cathérine sei nun zwischen ihnen alles in Ordnung. Wieso klammerte er sich an eine so absurde Illusion? Das bedeutete, daß er Schwierigkeiten machen würde, wenn sie ihm das Ende ihrer Ehe erklärte.

Trotz allem wollte sie mit ihm reden, jedoch nicht hier, auf ihrem Territorium, sondern an einem Ort, der nicht zu ihr gehörte und den sie jederzeit wieder verlassen konnte.

Sie beschloß, am Abend zum *Chez Nadine* zu gehen, ihre letzten Sachen zu holen und Henri für alle Zeit Lebewohl zu sagen. Der Abend erschien ihr günstig: Es würden nicht viele Gäste da sein, nicht zu dieser Jahreszeit, so daß sie Gelegenheit haben würden, ein paar Worte zu wechseln. Aber ein oder zwei Tische waren sicherlich besetzt, und Henri würde sich nicht für längere Zeit aus dem Betrieb ausklinken können, und schon gar nicht konnte er ihr folgen, wenn sie ging. Auf jeden Fall würde dies der Angelegenheit einen zivilisierten, zeitlich begrenzten Rahmen setzen.

Der Regen wurde heftiger. Das Tal war in einen Nebel gehüllt, der fast undurchdringlich war. Die Welt versank in Trostlosigkeit und Trauer. Marie kam in die Küche geschlurft, den Bademantel eng um den Körper gezogen, die Haare wirr, das Gesicht sehr alt und sehr müde.

»Es ist kalt«, seufzte sie.

Nadine drehte sich zu ihrer Mutter um, flehend und hoffnungsvoll. »Mutter, laß uns das Haus verkaufen. Bitte! Wir suchen uns eine hübsche kleine Wohnung am Meer, mit viel Sonne und einem weiten Blick!«

Marie schüttelte den Kopf.

»Nein«, sagte sie, »nein, dein Vater hat mich zu diesem Leben hier verdammt, und so lebe ich es. Bis zum Ende.«

»Aber, Mutter, das ist doch ... das ist Wahnsinn! Warum tust du dir das an? Warum tust du *mir* das an?«

Marie schüttelte erneut den Kopf, diesmal heftiger und bestimmter. »*Dir* tue ich gar nichts an. Du mußt dein eigenes Leben führen.«

Dann setzte sie sich an den Tisch, zog die Kaffeekanne und eine Tasse zu sich heran, schenkte ein, stützte den Kopf in die Hände und fing an zu weinen. So wie sie es jeden Morgen tat, solange Nadine ihre Mutter kannte.

Mein eigenes Leben, dachte Nadine. Sie wandte sich wieder zum Fenster.

Woher soll ich überhaupt wissen, was das ist?

2

Monsieur Alphonse gab sich dienstbeflissen und zuvorkommend und war offenbar sehr daran interessiert, den Verkauf des Hauses zu übernehmen.

»Quartier Colette«, sagte er, »besonders schöne Ecke. Selten, daß dort etwas frei wird. Und die gesamte Gegend hier wird immer begehrter. Ich glaube nicht, daß wir Schwierigkeiten mit dem Verkauf haben werden.«

»Zuerst möchte ich einfach nur eine Schätzung des Werts«, sagte Laura zurückhaltend. »Alles weitere muß ich mir dann überlegen.«

»Natürlich. Das ist doch selbstverständlich«, versicherte Monsieur Alphonse. Sein Maklerbüro lag in St. Cyr direkt gegenüber dem Strandstück, an dem Laura und Peter in den Sommern der vergangenen Jahre immer gebadet hatten. Laura hatte sein Büro mit den hohen Glasfenstern daher stets vor Augen gehabt, wenn sie zum Auto zurückgegangen waren, und sie hatte es für das einfachste gehalten, sich in ihrer Situation nun an ihn zu wenden.

Monsieur Alphonse zog ein Notizbuch aus der Schreibtischschublade, hüstelte, blätterte und tat nach Lauras Eindruck ziemlich geschäftig. Sie erspähte kaum Einträge in dem Terminkalender, dennoch tat der Makler so, als sei es nicht einfach, eine freie Stunde zu finden.

»Ich müßte es mir heute noch ansehen, sagen Sie? Nun ... wie wäre es um vier Uhr? Das könnte ich ermöglichen.«

»Gern. Also dann um vier.« Laura erhob sich und wandte sich zum Gehen. Dabei fiel ihr Blick auf den zweiten Schreibtisch in diesem Büro, der schräg in der hinteren Ecke stand. Es befanden sich ein Computer, ein Telefon und ein paar Akten darauf, Papiere, Kugelschreiber und ein kleiner blühender Kaktus. Vor allem aber das diskrete Schildchen im Acrylrahmen: *Monique Lafond.*

»Monique Lafond arbeitet mit Ihnen zusammen?« fragte sie überrascht.

»Sie ist meine Sekretärin«, sagte Monsieur Alphonse und seufzte tief, »und bislang konnte ich durchaus zufrieden mit ihr sein. Sie war zumindest immer zuverlässig. Aber heute ist sie den dritten Tag nicht erschienen, ohne sich krankzumelden, ohne eine Erklärung abzugeben. Bei ihr daheim geht niemand ans Telefon. Mir ist das schleierhaft.«

»Den dritten Tag? In Folge?«

»Ja. Sie war krankgeschrieben bis Ende letzter Woche, aber am Montag hätte sie wieder kommen müssen. Oder zumindest Bescheid geben, wenn sie sich noch nicht fit fühlt. Ich habe schließlich fest mit ihr gerechnet.« Monsieur Alphonse senkte vertraulich die Stimme. »Sie haben doch sicher von dem Mord an der Pariserin in ihrem Ferienhaus gelesen? Monique hat für die Frau geputzt, und sie war es, die sie gefunden hat! Erdrosselt, mit zerschnittenen Kleidern. Meiner Ansicht nach ein Sexualverbrechen. Und die kleine Tochter obendrein! Kein Wunder, daß Monique einen Schock hatte und zu Hause bleiben wollte, obwohl ich ja eigentlich denke, es ist gar nicht so gut, sich in einem solchen Fall daheim zu vergraben. Aber bitte, jeder, wie er will. Nur wenn sie sagt, sie kommt am Montag wieder, dann soll sie auch kommen. Oder bei mir anrufen!« Dann schien ihm aufzugehen, daß Laura so überrascht auf das Namensschild reagiert hatte, und neugierig fragte er: »Kennen Sie Monique?«

»Nur aus dem Zusammenhang mit dieser Geschichte. Diesem Verbrechen«, erwiderte Laura. »Da fiel einmal ihr

Name.« Sie mochte ihm nicht sagen, daß sie selbst an Monique interessiert war. Es hatte sie erleichtert, daß er sie nicht erkannt hatte, als sie sich vorstellte; der Name Peter Simon war durch die Presse gegangen, und Monsieur Alphonse hätte sie darüber identifizieren können. Sie mochte den Mann nicht, er kam ihr zudringlich und sensationslüstern vor.

»Sind Sie bei ihr daheim gewesen?« fragte sie. »Vielleicht ist ihr ja etwas zugestoßen.«

»Aber das ist doch nicht meine Angelegenheit«, wies Monsieur Alphonse dieses Ansinnen sofort zurück, »da muß es schließlich Verwandte und Freunde geben!«

»Wissen Sie das?«

»Woher soll ich das wissen? Sie ist meine Sekretärin, nicht meine Vertraute. Aber«, er versuchte das Thema zu wechseln, »das sollte uns jetzt nicht allzu sehr kümmern. Wir sehen uns um vier?«

Laura wurde das Gefühl nicht los, daß etwas ganz und gar nicht stimmte, aber es war nicht der Moment, sich damit zu beschäftigen.

»Ja, um vier«, sagte sie.

Bis dahin würde sie eines der kompliziertesten Mittagessen ihres Lebens überstanden haben.

3

Sie mußte sich immer wieder sagen, daß sie sich verbessert hatte: Ihr neues Verlies hatte einen Lichtschalter und eine Glühbirne, die nackt und häßlich von der gekalkten Decke baumelte. Sie konnte also sehen. Sie konnte die Uhr ablesen, und sie mußte nicht orientierungslos in ihren eigenen Fäkalien herumkriechen. Sie konnte ihre Arme und Beine, ihre

Hände und Füße betrachten. Seltsamerweise tat es ihr gut, etwas von sich selbst zu sehen.

Und sie hatte einen Schlüssel. Nicht ihr Peiniger hatte sie eingesperrt, sondern sie sich selbst. Was bedeutete, daß sie sich auch selbst aus dem Gefängnis herauslassen konnte.

Andererseits hatte sie nicht das geringste mehr zu essen oder zu trinken. Der Raum, in dem sie sich befand, war leer bis auf zwei Pappkartons, die in der Ecke standen. Sie hatte hineingeschaut und Kosmetikartikel gefunden; eingetrocknete Cremetuben, alte Lippenstifte, die unangenehm rochen, Haarwaschmittel und eine halb aufgebrauchte Puderdose. Die Gegenstände hatten wohl Carolin gehört, seiner Frau, von der er erzählt hatte, sie habe ihn verlassen. Die zweite Frau in seinem Leben, die fortgegangen war. Danach war er ausgetickt. Hatte die Freundin seiner Mutter getötet, dann die arme Camille Raymond und die unschuldige Bernadette, und Gott mochte wissen, wen sonst noch.

Sie mußte hier raus, so viel war klar.

Wenn sie nur wüßte, wo der Mann sich aufhielt!

Er hatte sich gleich nach ihrer Flucht entfernt, sie hatte ihn davonhumpeln und -schlurfen gehört. Sein Fuß hatte stark geblutet, das hatte sie noch mitbekommen, und er hatte sich wohl zuerst um seine Verletzung kümmern müssen. Seitdem war er nicht wieder aufgetaucht, obwohl inzwischen fast vierundzwanzig Stunden vergangen waren. Zumindest hatte sie nichts davon bemerkt.

Und wenn er dort draußen im Gang auf der Lauer lag? Wenn er nur darauf wartete, daß sie herauskam?

Er konnte es abwarten. Er wußte, Hunger und Durst würden sie irgendwann zwingen, etwas zu unternehmen. Schon jetzt konnte sie zeitweise an nichts anderes denken als an die Pfirsichgläser ein paar Räume weiter. Unwahrscheinlich, daß er sie noch fortgebracht hatte. Wenn es ihr gelänge, hinüberzuhuschen, etwas zu trinken ...

Aber falls er doch dort im dunklen Gang stand?

Sie konnte es nur herausfinden, wenn sie losginge, und dann konnte es auch schon zu spät sein.

Sie saß in der Falle. Hoffnungslos und fatal.

4

Er war so bleich, daß sie beinahe Angst um ihn bekam. Seine Lippen waren grau, und ein ungesunder Schweißfilm bedeckte seine Haut. Sie hoffte, daß es nicht nur mit ihr zusammenhing, sondern auch mit seinem Fuß zu tun hatte. Er war gehumpelt, als er vorhin auf dem Parkplatz aus dem Auto gestiegen war, und dann hatte sie auch den dicken Verband gesehen. Schon da war er blaß gewesen, aber nicht so blutleer wie jetzt in dem Restaurant, als er mit ihr an einem Tisch saß und sie ihm erklärte, daß eine gemeinsame Zukunft für sie nicht vorstellbar sei.

»Was hast du denn mit deinem Fuß gemacht?« hatte sie als erstes gefragt, froh, ein Thema zu haben und ihm nicht verlegen schweigend im Regen gegenüberzustehen. Das Meer schwappte grau und träge gegen die Hafenmauer, ein einsamer Spaziergänger in Ölhaut und Gummistiefeln stapfte vorüber. Die Wolken schienen sich immer tiefer über das Land zu senken, und der Regen, der am frühen Morgen eher ein nebelartiges Geniesel gewesen war, strömte jetzt kraftvoll und gleichmäßig herab. Laura hatte einen Schirm, und da Christopher keinen hatte, mußte sie ihn zwangsläufig mit unter ihren nehmen und ihn dadurch viel dichter an sich heranlassen, als sie eigentlich wollte.

»Ich bin barfuß in eine Glasscherbe getreten«, erklärte er, »und muß mich an einer ganz blöden Stelle geschnitten haben. Es wollte gar nicht aufhören zu bluten.«

»Tut es weh?«

»Es geht. Jetzt ist es sowieso nicht mehr schlimm.« Er nahm ihren Arm, drückte ihn. »Denn jetzt bist du ja bei mir.«

Selten hatte sie ein so starkes Bedürfnis gespürt, einfach davonzulaufen.

Sie landeten in einem kleinen Bistro, in dem außer ihnen nur noch zwei alte Damen saßen, die einen Schnaps nach dem anderen kippten und lautstark über das schlechte Wetter klagten. Ein übellauniges junges Mädchen gammelte hinter der Theke herum und empfand es ganz offensichtlich als Zumutung, an einem Tag wie diesem auch noch arbeiten zu müssen.

Laura und Christopher bestellten ihr Essen, wobei Christopher abwartete, was Laura wählte, und sich ihr dann anschloß. Für gewöhnlich trank Laura mittags noch keinen Alkohol, aber es erschien ihr erlaubt, in einer solchen Situation eine Ausnahme zu machen, und so entschied sie sich für einen Viertelliter Weißwein. Hierbei folgte Christopher ihr nicht; er hielt sich an Mineralwasser.

Sie redeten über dies und das, und Christopher wurde immer unruhiger; schließlich begriff Laura, daß es an ihr war, das entscheidende Thema anzuschneiden, daß er es nicht fertigbringen würde, von sich aus darüber zu sprechen.

So einfühlsam und schonend sie nur konnte, erklärte sie ihm, daß es keine Hoffnung auf eine gemeinsame Zukunft gab.

Als sie fertig war, hatte er den letzten Rest Farbe im Gesicht verloren und sah aus, als werde er jeden Moment in Ohnmacht fallen.

»Vielleicht solltest du einen Schnaps bestellen«, meinte Laura besorgt, aber er ignorierte ihre Worte und fragte: »Warum? Warum nur?«

Sie wußte, daß er nicht den Schnaps meinte.

»Das habe ich doch erklärt.« Sie hatte ihm alle ihre Gründe auseinandergesetzt, jedoch schon damit gerechnet, daß er nachfragen würde.

»Es ist alles zu schnell gegangen. Ich bin mir über meine Zukunft einfach nicht im klaren. Im Moment kann ich mir überhaupt nicht vorstellen, jemals wieder eine Beziehung zu einem Mann einzugehen.«

»Aber ...«

»Ich habe mich in den Jahren meiner Ehe mit Peter völlig aus den Augen verloren. Ich habe sein Leben gelebt, nicht einen Moment lang mein eigenes. Ich muß erst wieder herausfinden, wer ich bin, was ich möchte, wie ich mir mein Leben vorstelle. Wie soll ich mich an jemanden binden, ohne über mich selbst Bescheid zu wissen?«

In seinen Augen glomm ein Funke, den sie nicht zu deuten wußte. Hätte sie nicht gewußt, daß dies im Moment wohl kaum der Fall sein konnte, sie hätte gemeint, Haß zu erkennen.

»Selbsterfahrung«, murmelte er. »Selbstverwirklichung. Auch du.«

»Wäre das so ungewöhnlich? In meiner Situation?«

Die übellaunige Kellnerin brachte das Essen, zwei Teller mit dampfender Zwiebelsuppe und käseüberbackenen Weißbrotscheiben darin. Es sah nicht so aus, als werde Christopher in der Lage sein, auch nur einen Bissen hinunterzubringen.

Als das Mädchen wieder weg war, fuhr Laura fort: »Es sind Schlagworte, ich weiß. Und manchmal kann man sie nicht mehr hören. Es geht für mich wirklich nicht darum, mich an einen Modetrend anzuhängen. Aber wie haben denn die letzten Jahre für mich ausgesehen? Meinen Beruf mußte ich aufgeben. Ich mußte in ein Haus und in einen Vorort ziehen, in dem ich gar nicht leben wollte. Mein Mann hat mich komplett von seinem Leben ausgeschlossen, aus guten Gründen, wie ich nun weiß. Er wird ermordet, und ich erfahre, daß ich vor dem finanziellen Ruin stehe, daß er sich ins Ausland hat absetzen wollen, daß er mich seit Jahren mit einer gemeinsamen Bekannten betrogen hat. Er hätte mich und unser Kind eiskalt in dem Schlamassel sitzen lassen, den er angerichtet hat. Wie muß ich mich fühlen? Kannst du dir das nicht vorstellen? Kannst du mir nicht zugestehen, daß ich mein Vertrauen in Männer, in Partnerschaft oder gar Ehe erst einmal verloren habe? Und lange Zeit brauchen werde, es wieder aufzubauen?«

Er neigte sich nach vorn. Ein Hauch von Farbe stieg in seine Wangen. »Aber das ist es doch! Dabei möchte ich dir helfen. Ich möchte dir dein Vertrauen zurückgeben. Du sollst das Schlechte in deinem Leben vergessen und begreifen, daß es andere Männer als Peter gibt!«

Sie schüttelte den Kopf. »Diesen Weg muß ich selbst gehen. Ich werde Zeit brauchen, und die möchte ich mir auch nehmen. Ich kann einfach nicht ohne jeden Übergang unter die Fittiche des nächsten Mannes kriechen.«

»Ich bin doch ganz anders als Peter. Ich würde dich niemals betrügen. Nie hintergehen. Nie verlassen.«

»Ich weiß. Aber auf deine Art ...«, sie wählte ihre Worte vorsichtig, »...auf deine Art würdest auch du mich einengen.«

»Niemals!« Er griff über den Tisch nach ihrer Hand, hielt sie fest. Seine Augen hatten einen fiebrigen Glanz angenommen. »Niemals würde ich dich einengen! Ich möchte dich nicht formen, nicht unterwerfen, dich nicht zu meiner Marionette machen, oder was immer du denken magst. Wenn es das ist, wovor du Angst hast, dann vergiß es. Ich liebe dich als der Mensch, der du bist, ohne Wenn und Aber. Es gibt nichts, was ich an dir ändern möchte. Ich möchte nur glücklich mit dir sein, ganz fest zu dir gehören, in einer Familie mit dir leben. Mit dir und Sophie. An deine Tochter mußt du doch auch denken. Es ist nicht gut für ein Kind, ohne Vater aufzuwachsen. Und sie ist klein genug, daß sie mich als ihren Vater ohne Probleme akzeptieren würde. Ihr Umfeld wäre viel gesünder als irgendeines, das du ihr bieten kannst!«

Er redete schnell und hämmernd auf sie ein. Und er kam ihr schon wieder zu nah. Buchstäblich, indem er ihre Hand hielt, aber auch durch seine Eindringlichkeit, mit der er ihr jedes Wort in den Kopf hineinzubohren schien. Sie wußte jetzt, weshalb sie sich nie wirklich wohl fühlte in seiner Gegenwart: Er war bedrängend, immer, ganz gleich, was er tat oder sagte. Er schien sie einzusaugen, zu verschlingen, zu einem Teil von sich zu machen. Er ließ sie atemlos werden und erweckte stets das Bedürfnis in ihr, sich zurückzuziehen, Abstand einzulegen, einen Graben zu schaufeln. Was er jedoch nicht zuließ.

Vielleicht war es das, dachte sie, was seine Frau von ihm fortgetrieben hat.

Sie wußte sich nicht mehr zu helfen, und sie hatte den Eindruck, das Gespräch könnte endlos und erschöpfend werden.

»Ich liebe dich nicht, Christopher«, sagte sie leise und starrte dabei in ihren Suppenteller, als gebe es darin etwas zu entdecken.

Er zog seine Hand zurück. »Wie meinst du das?«

Sie sah ihn noch immer nicht an. »Wie ich es sage. Ich liebe dich nicht.«

Beim zweiten Mal sagte sich der Satz schon einfacher. *Ich liebe dich nicht.* Sie fühlte Erleichterung. Es war heraus, sie hatte es hinter sich gebracht. Sie brauchte nicht mehr lange zu reden, zu argumentieren, sich mit seinen Widerworten auseinanderzusetzen. Was sie gesagt hatte, stimmte: daß ihre Selbstfindung wichtig war und ihre Unabhängigkeit, daß sie sich so rasch nicht binden konnte und Zeit für sich brauchte. Aber das Wesentlichere und Entscheidende war, daß sie

Christopher nicht liebte. Nie lieben würde, und daß deshalb weitere Gespräche überflüssig waren.

Sie lehnte sich zurück, atmete tief durch, befreit von einer schweren Last, und hob endlich den Blick.

Er war – und das hätte sie eigentlich für unmöglich gehalten – noch blasser geworden. Es war die Farbe von Kalk, die sein Gesicht überzogen hatte. Er schwitzte stark, und seine Hände zitterten. Er hielt sich an seinem Wasserglas fest, jeden Moment würde es zwischen seinen bebenden Fingern zersplittern.

»Mein Gott«, sagte sie leise, »du mußt es doch gewußt haben.«

»Darf ich dich etwas fragen?« Seine Stimme klang, verglichen mit seinem Aussehen, erstaunlich fest und sachlich. »Weshalb hast du dich mir hingegeben? Vorgestern abend?«

Unter anderen Umständen hätte sie gekichert über die altmodische Formulierung, aber in diesem Fall war Heiterkeit natürlich nicht angebracht. Besser war es zudem, nicht die Wahrheit zu sagen; sie hatte Christopher für eine späte Rache an ihrem Ehemann und damit als Therapie für ihre enttäuschte und gedemütigte Seele benutzt, und das durfte er keinesfalls wissen.

»Begehren«, sagte sie, »Sehnsucht nach Nähe und Wärme. Du mußt das doch kennen. Jeder hat schon mal aus allein diesen Gründen mit jemandem geschlafen.«

Er schüttelte den Kopf. »Ich nicht. Ich habe es immer nur aus Liebe getan. Und immer nur, weil ich eine Bindung und eine gemeinsame Zukunft wollte.«

Sie hob hilflos die Schultern. »Es tut mir sehr leid. Hätte ich gewußt, daß du so viel mehr darin siehst, hätte ich das nicht getan. Ich habe es einfach zu spät begriffen.«

Die mißgelaunte Kellnerin trat an ihren Tisch.

»Stimmt was nicht mit der Suppe? Sie essen ja gar nichts.«

Christopher schrak zusammen, so als habe er völlig vergessen, daß sich noch andere Menschen auf der Welt befanden. Er sah das Mädchen fassungslos an. Laura schob die Teller zur Seite. »Es ist alles in Ordnung«, sagte sie, »wir haben nur zu spät festgestellt, daß wir keinen Hunger haben.«

Das Mädchen trug die Teller beleidigt in die Küche zurück.

Christopher strich seine Haare aus der Stirn. Der Haaransatz war klatschnaß.

»Du hast mein Leben zerstört«, murmelte er. »Meine Zukunft. Meine Hoffnung. Alles zerstört.«

Sie spürte Ärger in sich keimen. Zu keinem Moment war sie für sein Leben, seine Zukunft, seine Hoffnung verantwortlich gewesen. Sie hatte den Fehler gemacht, mit ihm zu schlafen, aber daraus konnte er keine Verpflichtung für sie ableiten, ihn zu heiraten.

Gott sei Dank, daß ich morgen abreisen kann, dachte sie, hütete sich jedoch, dies laut zu sagen.

Er sah sie sehr eindringlich an. Seine Augen schienen in die ihren eintauchen zu wollen.

Er ist schon wieder zu nah!

»Wäre es möglich«, fragte er, und er sprach dabei jedes einzelne Wort sehr sorgfältig und betont aus, »daß du es dir noch anders überlegst? Daß du jetzt verwirrt und überwältigt bist, und deshalb Dinge sagst, die ... nun, die irgendwann ganz anders aussehen?«

Sie schüttelte den Kopf. Inzwischen wollte sie ihm nur noch entkommen. Sie wollte ihm nichts Verbindliches, Tröstendes mehr sagen, wollte ihm keine vage Hoffnung geben, um die Härte des Augenblickes zu mildern. Sie wollte weg, und am liebsten wollte sie ihn nie wiedersehen.

»Nein. Ich bin weder verwirrt noch überwältigt. Ich habe dir gesagt, was zu sagen ist. Es wird sich nichts ändern.« Sie schob ihren Stuhl ein Stück zurück, um anzudeuten, daß sie das Treffen als beendet ansah.

Sein Blick kam ihr jetzt sehr eigentümlich vor, ohne daß sie genau hätte sagen können, worin das Sonderbare bestand. Irgendwie schien er nicht einfach nur traurig, zerstört, enttäuscht. Fast meinte sie Mitleid in seinen Zügen zu entdecken – Mitleid mit ihr?

Und wenn schon. Wenn er meint, ich sei zu bedauern, weil ich die Ehre, seine Frau zu werden, ausgeschlagen habe, dann soll er das ruhig denken. Meinetwegen kann er eine Kerze für mich anzünden. Hauptsache, ich bin heil aus diesem Schlamassel herausgekommen!

Sie kramte ihren Geldbeutel hervor, suchte ein paar Scheine zusammen und legte sie auf den Tisch. Sie stand auf. Christopher machte keine Anstalten, sich ebenfalls zu erheben, um ihr einen Abschiedskuß zu geben, und zum ersten Mal heute war sie ihm dankbar.

»Also, ich gehe dann. Leb wohl, Christopher. Ich wünsche dir alles Gute!«

Sein Blick veränderte sich nicht. Etwas darin verursachte ihr Gänsehaut. »Alles Gute, Laura«, sagte er.

Sie verließ das Restaurant mit schnellen Schritten, und erst draußen, als sie tief Luft holte, merkte sie, daß sie in den letzten Minuten nicht mehr richtig hatte atmen können. Daß sie es in Christophers Gegenwart nie gekonnt hatte.

Vorbei und vergessen, sagte sie sich.

Doch das Gefühl der Beklemmung wollte sich noch nicht verabschieden.

5

Cathérine legte den Brief zur Seite, den sie gerade zum zehnten Mal an diesem Tag gelesen hatte. Er tat ihr gut, und wahrscheinlich griff sie deshalb immer wieder danach. Der

Pfarrer des kleinen Dorfes, in das sie ziehen wollte, hatte ihr geantwortet. Sie hatte ihn früher oft bei ihrer Tante angetroffen, hatte mit ihm geredet und manchmal sogar Spaziergänge unternommen. Der einzige Mensch, vor dem sie sich nicht ihrer schlechten Haut und ihrer unförmigen Figur wegen schämte. Er war damals ein Mann in den mittleren Jahren gewesen, inzwischen mußte er ein älterer Herr sein. Zum Glück war er noch immer der Pfarrer des Dorfes, und er hatte sich auch sofort an sie erinnert, als er ihren Brief erhielt. So schrieb er jedenfalls.

Sie hatte ihn gefragt, ob er ihr helfen könne, eine Unterkunft zu finden, hatte auch angedeutet, über ein wenig Geld aus dem Verkauf ihrer Wohnung zu verfügen. Viel bekam sie für die heruntergewohnte Bude natürlich nicht, aber zumindest stand sie nicht mittellos da. Vielleicht würde sie irgendwo auch eine Arbeit finden, denn es täte ihr auf keinen Fall gut, den ganzen Tag nur daheim zu sitzen.

Der Pfarrer schrieb, daß es ein leerstehendes Häuschen im Dorf gebe, »ganz nah bei dem ehemaligen Haus Ihrer Tante«. Die Besitzerin sei in ein Altenheim umgezogen und wolle vermieten, und er werde gern ein gutes Wort für sie, Cathérine, einlegen. Zum Schluß fügte er noch hinzu: »Ich denke, es ist ein guter Entschluß von Ihnen, hierherzukommen. Ich hatte immer den Eindruck, daß Sie für unsere Gegend ein gewisses Heimatgefühl empfinden, vielleicht mehr für die Küste, an der Sie leben. Sicher folgen Sie einer inneren Stimme, und aus meiner Lebenserfahrung weiß ich, daß man durchaus auf das hören sollte, was das Herz rät. Wir freuen uns jedenfalls auf Sie!«

Der letzte Satz trieb ihr beinahe die Tränen in die Augen. Sie las ihn wieder und wieder und spürte zum ersten Mal seit sehr langer Zeit ein Stück Hoffnung darauf, daß das Leben auch für sie noch ein kleines Maß an Glück oder wenigstens Zufriedenheit bereithalten könnte.

Sie hatte vorgehabt, an diesem Tag zu Hause zu bleiben, und sie war, unterstützt durch den Brief des Pfarrers, auch überzeugt gewesen, daß ihr das gelingen würde.

Aber nun, da der Nachmittag anbrach – es war fast drei Uhr –, wurde sie unruhig. Es fehlte ihr etwas – etwas, das offenbar schon sehr viel mehr zu einem Bestandteil ihres Lebens geworden war, als sie hatte wahrhaben wollen. Es war fast wie ein Zwang.

Sie lief in der Wohnung hin und her, las immer wieder den Brief des Pfarrers und versuchte, sich in ihre neue Zukunft hineinzuträumen. Es gelang ihr immer schlechter, und irgendwann gab sie den aussichtslosen Kampf auf. Schließlich würde sie nicht mehr lange hier sein, und in den wenigen verbleibenden Wochen konnte sie tun und lassen, was sie wollte. Insgesamt hatten all diese Dinge keine Auswirkung mehr auf ihr weiteres Leben.

Sie nahm ihre Tasche und ihren Autoschlüssel und verließ das Haus.

6

Ihm war heiß, und zugleich fror er. Seine Beine fühlten sich an wie Gummi. Sein verletzter Fuß tat weh, und sein Kopf schmerzte, und manchmal meinte er, Stimmen zu hören. Als stehe jemand hinter ihm und spreche ihn an, aber jedesmal, wenn er herumfuhr, war niemand da. Irgendwann begriff er, daß die Stimmen nur in seinem Gehirn existierten, aber es gelang ihm nicht, zu verstehen, was sie sagten.

Nach dem Mittagessen – *nachdem sie ihn hingerichtet und zerstückelt und mit Füßen getreten hatte, die gottverdammte Hure* – war er sehr ruhig nach Hause gefahren und hatte sich vergewissert, daß die obere Kellertür noch immer verschlossen war, denn da gab es ja noch die Kreatur, die sich dort unten verbarrikadiert hielt. Zum Glück hatte der Keller nirgendwo Fenster, sie konnte also nur hier oben heraus, und da hatte er den Schlüssel dreimal herumgedreht. Das wirklich Ärgerliche war, daß er nicht mehr ohne weiteres in seinen Keller konnte, denn er mußte damit rechnen, daß sie, mit einer Metallstange oder etwas Ähnlichem bewaffnet, hinter einer Ecke auf ihn lauerte. Sie konnte dort unten jetzt Nahrung und Wasser finden; neben dem Raum mit den Einmachgläsern, in dem sie gesteckt hatte, gab es einen richtigen Vorratsraum mit Nudelpaketen und Fertigsoßen – denn davon ernährte er sich hauptsächlich – und einer Tiefkühltruhe. Zum größten Teil nützten ihr die Dinge allerdings nichts, weil sie sie nicht backen, kochen oder grillen konnte, aber sie würde auch Kästen mit Mineralwasser und Cola vorfinden. Nicht zu vergessen seinen Weinkeller. Wahrscheinlich ließ es sich die Schlampe richtig gut gehen. Falls sie sich aus ihrem Versteck herauswagte.

Er hatte nach unten gelauscht, jedoch keinen Laut vernommen. Er mußte das Problem natürlich lösen, und wenn er Giftgas in den Keller pumpte, aber er würde sich ein wenig später damit beschäftigen. Es gab Vordringlicheres.

Die Angelegenheit belastete ihn enorm, und anderthalb Stunden verbrachte er nur damit, in seinem Haus herumzulaufen, die Treppen hinauf und hinunter, in alle Räume, außer in den Keller. In seinem Fuß pochte der Schmerz immer heftiger, aber in seiner Erregung empfand er ihn als etwas, das nicht wirklich zu ihm gehörte. In den ehemaligen Kinderzimmern, in denen er nie etwas verändert hatte seit jenem furchtbaren Tag, schossen ihm die Tränen in die Augen. Wieviel Leben, wieviel Wärme hätte die kleine Sophie hier wieder hereingetragen. Welch eine wunderbare Kindheit hätte er ihr bereitet! Eines Tages konnte sie sich bei ihrer Mutter dafür bedanken, vaterlos und ohne Familie aufgewachsen zu sein. Er blieb stehen, weil ihm einfiel, daß sie sich bei ihrer Mutter vermutlich für gar nichts mehr würde bedanken können, und wieder überkam ihn die Verzweiflung, weil ihn selbst graute vor dem, was er würde tun müssen, und weil er doch wußte, daß es keinen anderen Ausweg gab. Sie selbst hatte ihm keinen gelassen.

Irgendwann fand er sich tränenüberströmt auf dem Rand seiner Badewanne im ersten Stock wieder, immer der gleiche Kampf, immer wieder dieses Ringen, dieses Suchen nach einer anderen Lösung, und immer wieder das Scheitern, weil er am Ende kapitulierte und tat, was er tun mußte. Gegen vier Uhr hatte er es nicht mehr ausgehalten, hatte noch einmal die Kellertür überprüft – *wenn sie nur endlich krepierte dort unten!* – und war mit dem Auto zum Quartier Colette hinübergefahren, hatte den Wagen am Fuß des Weges stehen gelassen, der zu *ihrem* Haus hinaufführte, und war bis zur letzten Biegung gelaufen. Von dort konnte er das Haus sehen, und er merkte, wie er sich förmlich festsaugte daran, wie tief ihn der Gedanke an die Frau erfüllte, die dort jetzt im Wohnzimmer am Kamin saß oder die Küche aufräumte oder vielleicht auf dem Bett lag und über ihr Leben nachdachte. Er empfand Liebe für sie, aber auch Verachtung, denn sie war nicht besser als alle anderen, und aus Erfahrung wußte er, daß die Verachtung langsam, Stunde für Stunde, in Haß umschlagen würde, und daß der Haß irgendwann unerbittlich und durch nichts mehr zu besänftigen sein würde. Ende der Woche. Fast war er sicher, daß es am Ende dieser Woche geschehen würde.

Damit begannen dann das Frieren und die Kopfschmerzen, und seine Beine wurden weich, die Stimmen sprachen mit ihm, und er wußte, daß er wieder an jenem Punkt angelangt war, an dem er sein Leben als Scherbenhaufen empfand und keine Hoffnung sah.

Wie seltsam, dachte er, daß es immer wieder mir passiert,

als ob ein unausweichliches, sehr düsteres Schicksal über mir liegt. Er versuchte herauszufinden, ob die Stimmen etwas dazu sagten, ob sie eine Antwort gaben, aber noch immer konnte er sie nicht verstehen.

Wenige Minuten nach halb fünf bewegte er sich näher auf das Haus zu, schleppend jetzt, weil die Schmerzen in seinem Fuß explodierten. Es hatte zu regnen aufgehört, aber es ging kein Wind, und so konnte die dichte Wolkendecke nicht aufreißen.

Der schöne Spätsommer war endgültig vorüber.

Wie traurig, dachte er, und wie passend.

Erst als er nur noch hundert Meter vom Haus entfernt war, entdeckte er den Wagen, der direkt vor dem großen Einfahrtstor parkte. Von seinem ersten Standort aus war er nicht zu sehen gewesen. Ein Auto mit französischem Kennzeichen. Er runzelte die Stirn.

Gab es einen anderen Mann in ihrem Leben?

Bevor dieser Gedanke wirklich von ihm Besitz ergreifen konnte, verließ ein Mann das Grundstück und stieg in das Auto. Der kurze Blick auf ihn hatte genügt, Christopher zu beruhigen – zumindest was die Möglichkeit eines zweiten Liebhabers in Lauras Leben anging. Er kannte den Makler Alphonse, jedenfalls vom Sehen, war oft an dessen Büro vorbeigekommen. Er konnte jedoch ziemlich sicher annehmen, daß er umgekehrt Monsieur Alphonse nicht bekannt war.

Als das Auto den Weg entlangkam, hielt er es an. Monsieur Alphonse kurbelte die Scheibe hinunter. »Ja, bitte?«

Christopher bemühte sich, freundlich zu lächeln. Er hoffte, daß der andere nicht merkte, wie sehr er schwitzte. »Sie haben doch das Maklerbüro unten in St. Cyr?«

»Ja.«

»Ich sah Sie gerade aus dem Haus dort kommen und dachte, fragen kostet ja nichts … Da wird nicht zufällig etwas verkauft? Ich bin nämlich auf der Suche nach einem geeigneten Objekt ...«

Monsieur Alphonse zuckte mit den Schultern. »Die Dame wollte erst einmal den Marktwert wissen. Sie hat wohl noch ein paar Dinge abzuwickeln und wird dann über den Verkauf entscheiden. Im Fall eines Verkaufs wird sie mich beauftragen. Sie können mich ja ...«, er kramte eine Visitenkarte hervor und reichte sie Christopher, »... Sie können mich ja nächste Woche noch mal anrufen, dann weiß ich vielleicht mehr.«

Christopher nahm die Karte. Seine Hände zitterten stark. »Sie meinen, nächste Woche könnte sich schon etwas entschieden haben?«

Sie spricht schon mit Maklern. Sie will hier wirklich die Zelte abbrechen.

»Keine Ahnung. Die Dame fährt jedenfalls schon morgen nach Deutschland zurück – sie ist nämlich Deutsche, wissen Sie, und das hier ist nur das Ferienhaus. Na ja, jedenfalls gibt's da wohl irgendwelche Probleme, und wie lange sie damit zu tun hat, weiß ich nicht.«

Christopher trat zur Seite, und der Wagen des Maklers fuhr langsam den Berg hinunter. Ob Monsieur Alphonse sich noch verabschiedet hatte, hatte Christopher nicht mitbekommen. Er stand wie erstarrt, und das Kärtchen, das er soeben erhalten hatte, flatterte langsam zu Boden.

Morgen. Sie würde morgen abreisen.

Sie hatte ihm kein Wort davon gesagt. Sie befand ihn nicht einmal für wert, solche Informationen mitgeteilt zu bekommen. Klammheimlich hatte sie sich aus dem Staub machen wollen, hatte ihn abschütteln wollen wie ein lästiges Insekt.

Aber nun war er ihr einen Schritt voraus. Er kannte ihre Pläne, während sie nicht wußte, daß er sie kannte.

Kein Gedanke mehr an das Ende der Woche.

Ihm blieb nur der heutige Abend.

Es war kurz nach halb neun, wobei Monique nicht sicher wußte, ob es Abend oder Morgen war. Wenn sie jedoch davon ausging, daß der Mann, der sie gefangenhielt, tagsüber zu ihr gekommen war, anstatt mitten in der Nacht herumzugeistern, mußte es nach ihrer Berechnung Abend sein. Aber im Grunde war alles möglich, und ohnehin hätte die eine wie die andere Variante das tödliche Risiko kaum vermindert. Sie hatte nichts als die vage Hoffnung, daß er um diese – angenommene – Tageszeit möglicherweise ausgegangen war. Offenbar lebte er ja allein, und alleinlebende Männer gingen häufig am Abend zum Essen weg. Oder in eine Kneipe.

Oder sie sitzen vor dem Fernseher, dachte sie und wußte, daß sie sich auf einem hauchfeinen Grat bewegte. Rechts und links lauerte der Tod.

Als sie die Tür zu ihrem Versteck aufschloß und in den Gang trat, rechnete sie jede Sekunde damit, gepackt und niedergeschlagen zu werden. Oder ein Messer in den Bauch zu bekommen. Oder ihm einfach nur gegenüberzustehen und in sein wahnsinniges Gesicht zu blicken. Denn er war verrückt. In seinen Augen hatte sie gesehen, daß er krank war.

Doch sie hatte keine Wahl, als wenigstens den Versuch zu wagen. Er konnte abwarten, bis sie da unten verschimmelte. Er saß am längeren Hebel.

Sie hoffte, ein Kellerfenster zu entdecken, das sich öffnen ließ. Vielleicht gelang es ihr, durch einen Lichtschacht nach draußen zu entkommen. Intensiv dachte sie an das Häuschen auf dem Land, an den Garten mit dem Pfirsichbaum. An Katzen und Hühner. An all das, weswegen sie um jeden Preis weiterleben wollte.

Der Gang lag dunkel und bedrohlich vor ihr. Sie wagte nicht, das Licht einzuschalten, vielleicht hätte er das bemerkt, wenn er im Haus war. Sie ließ nur die Tür zu ihrem Versteck ein Stück weit offen stehen, so daß ein Schimmer von dort in den Gang fiel und sie wenigstens schattenhaft ihren Weg erahnen konnte.

Der Keller war riesig und verwinkelt, und er verfügte über nicht ein einziges Fenster, wie sie nach einer halben Ewigkeit deprimiert feststellte. Sie hatte in jeden Raum geschaut, einige Male sogar für Sekunden das Licht eingeschaltet, um sicherzugehen, aber außer geschlossenen Steinmauern hatte sie nichts entdecken können. Es gab keine Fenster in diesem Keller, keine Schächte. Sie hatte einen gut gefüllten Vorratsraum entdeckt und einige Kisten mit Getränken, wofür sie in den Tagen zuvor Gott auf Knien gedankt hätte, aber jetzt nahm sie nur rasch ein paar Schlucke aus einer Wasserflasche. Sie war zu nervös, um sich länger aufzuhalten. Jeden Moment konnte er hinter ihr auftauchen.

Das ist eine Situation, in die ein Mensch nicht geraten sollte, dachte sie.

Ihr blieb nur noch der Ausweg über die Kellertreppe. Garantiert hatte er die Tür oben verschlossen, aber die Frage war, ob es ihr gelang, sie aufzubrechen. Was nur mit erheblichem Lärm geschehen konnte und in seinen, ohnehin geringen Erfolgsaussichten, einzig davon abhing, daß der Täter nicht im Haus war. Was sie wiederum nicht herausfinden konnte.

Was soll ich nur tun? Ich werde wahnsinnig, wenn ich noch länger hier unten sitze und warte. Ohne zu wissen, worauf eigentlich, denn meine Situation wird sich nicht ändern. Sie wird morgen nicht anders sein als heute, und nächste Woche auch nicht.

Sie setzte sich auf eine der Getränkekisten und fing an zu weinen.

Um zehn Minuten nach neun wußte Christopher, daß er nicht länger warten konnte. Eigentlich hatte er um halb elf oder um elf aufbrechen wollen, aber seine Unruhe war mit dem frühen Einbruch der Dunkelheit immer heftiger geworden, und nachdem draußen schwarze Nacht herrschte, konnte er sich kaum mehr zügeln. Eine eigentümliche Angst hatte ihn befallen: Wenn sie früher aufbrach, wenn sie die Nacht durchfahren wollte ... dann konnte sie schon weg sein, und vielleicht wurde es allerhöchste Zeit für ihn.

Er hatte zwei Gläser Rotwein getrunken, um sich zu entspannen, aber es hatte nicht wirklich etwas genützt. Sein verletzter Fuß wurde zunehmend zu einem Problem. Er war geschwollen und pochte, und das Bein fühlte sich bis fast zum Knie hinauf heiß an. Natürlich konnte er darauf keine Rücksicht nehmen, nicht jetzt, in seiner Situation, aber er fürchtete, daß er in den nächsten Tagen dringend einen Arzt würde aufsuchen müssen und daß dieser ihm etwas Unangenehmes sagen würde.

Aber darüber muß ich später nachdenken, sagte er sich.

Er hatte nur einen Schuh angezogen, über den geschwollenen Fuß hatte er statt dessen mehrere Strümpfe übereinander gestreift. Unangenehm bei dem nassen Wetter draußen, aber es würde gehen, und es war letztlich auch nicht wichtig. Sein Leben war zerstört. Nasse Strümpfe hatten daneben keinerlei Bedeutung.

Er begutachtete seine Ausrüstung: eine Taschenlampe, ein Dietrich. An dem Abend, als er für Laura und sich gekocht hatte, war er in den Keller gegangen, während sie duschte, um Wein zu holen, und dabei hatte er die Tür, die nach draußen führte, überprüft. *Hatte er da bereits geahnt, daß er wieder würde tun müssen, wovor ihm so graute?* Er verbot sich sofort, darüber nachzudenken. Er hatte gleich erkannt, daß er die Tür mit Leichtigkeit würde aufbrechen können. Er hatte also nicht einen ihrer Schlüssel entwenden und nachmachen lassen müssen. Bei Camille, deren Haus gesichert gewesen war wie Fort Knox, war es so gewesen. Aber da hatte er auch mehr Zeit gehabt. Einen ganzen Sommer lang, um alles vorzubereiten. Bei Laura drängte die Zeit.

Das Seil, mit dem er die Tat ausführen würde, ausführen mußte, hatte er im Auto. Er war bereit, und wozu sollte er noch länger warten?

Er wollte gerade die Haustür öffnen und in den dunklen, verregneten Abend hinaustreten, da vernahm er ein Geräusch. Er konnte es nicht sofort einordnen, aber dann begriff er, daß es von der Kellertreppe herkam. Jemand kratzte vorsichtig an der Tür, fingerte an dem Schloß herum.

Die Kreatur! Die widerliche Kreatur, die er dort unten eingesperrt hatte, versuchte, an die Oberfläche zu gelangen. Die Person, die er gerade am wenigsten brauchen konnte. Die verantwortlich war für den rasenden Schmerz in seinem Fuß.

Ganz leise trat er an die Kellertür heran. So leise es jedenfalls ging mit dem schleifenden Fuß. Die Kreatur mußte direkt hinter der Tür stehen und wurde in ihrer Verzweiflung nun auch mutiger: Sie machte sich lauter und deutlicher an dem Schloß zu schaffen. Sie versuchte es aufzubrechen. Den Geräuschen nach zu schließen, benutzte sie nicht nur ihre Fingernägel. Sie hatte irgend etwas in der Hand, ein Stück Eisen, zumindest ein Stück Blech. Nicht schwierig, so etwas im Keller aufzutreiben. Er mußte vorsichtig sein.

Die Kellertür ging nach innen auf. Und der Absatz, auf dem man stehen konnte, ehe die Treppe begann, war sehr schmal. Die Treppe selbst war steil und uneben, aus groben Steinen gebaut.

Es gab kein Geländer. Er erinnerte sich, wie Carolin darüber immer gejammert hatte.

»Eines Tages stürzt sich dort jemand zu Tode«, hatte sie oft gesagt.

Er drehte den Schlüssel um und stieß die Tür kraftvoll auf, ehe er lange überlegen oder zögern konnte.

Er sah noch ihr entsetztes Gesicht. Ihre weit aufgerissenen Augen. Ihre Arme, die plötzlich wild ruderten und ins Leere griffen. Er hörte das Klirren, als ihr der Wagenheber aus den Händen fiel und die Treppe hinunterpolterte. Stufe um Stufe.

Er sah sie um ihr Gleichgewicht kämpfen und wußte, daß sie verloren hatte. Er hatte sie zu hart und zu unvorbereitet getroffen. Sie würde innerhalb von Sekunden dem Wagenheber in die Tiefe des Kellers folgen.

Er sah sie stürzen, sah sie sich überschlagen, hörte die dumpfen Laute, mit denen ihr Kopf auf die Steinstufen schlug. Er hörte sie schreien. Er wußte, daß sie sterben würde.

Das einzige, was er nicht wußte, war, daß sie in der Sekunde, ehe sie das Bewußtsein verlor, an einen Garten mit einem Pfirsichbaum dachte.

Aber das hätte ihn auch nicht im mindesten interessiert.

9

Nadine war überrascht, das *Chez Nadine* erneut geschlossen vorzufinden, als sie um zwanzig vor zehn am Abend dort eintraf. Sie hatte die Uhrzeit für passend befunden: Um diese Jahreszeit kamen eher Einheimische zum Essen, und diese aßen spät, meist erst ab neun Uhr. Zwischen neun und halb elf würde Henri unabkömmlich sein. Ein kurzes, klärendes Gespräch in der Küche – sie wollte ihn dabei nun auch definitiv um eine schnelle, einvernehmliche Scheidung bitten –, dann würde sie die letzten Sachen packen und verschwinden.

Soweit ihr Plan. Aber wie sie erkennen mußte, hatte er sich einer Aussprache wiederum entzogen. Nirgends im Haus brannte Licht, und auch sein Auto stand nicht auf dem Hinterhof. Er war fort, und das womöglich für längere Zeit.

Sie war frustriert, weil sie gehofft hatte, die Dinge endlich regeln zu können und sie damit vom Tisch zu haben, und sie fragte sich, ob er gezielt auf Zeitgewinn einarbeitete, und was er damit erreichen wollte. Und wo mochte er sich überhaupt aufhalten?

Bei Cousine Cathérine – trotz deren Trennungsabsichten?

Am Ende wird er gleichzeitig von den beiden Frauen in seinem Leben verlassen, dachte sie, während sie die Tür zum Lokal aufschloß und nach dem Lichtschalter tastete, aber so kommt es ja meistens.

Der vertraute Geruch nach Strohblumen, Holztischen und provenzalischen Gewürzen und Kräutern empfing sie. Trotz allem heimatliche Düfte, die ihr Leben von nun an nicht länger begleiten würden. Sie überlegte, ob sich ein Anflug von Wehmut in ihr Gemüt geschlichen hatte, schob diesen Gedanken aber rasch wieder beiseite. Wenn alles so gegangen wäre, wie es hätte gehen sollen, wäre sie schon lange fort, und zwischen ihr und dem *Chez Nadine* läge der ganze Atlantik.

Ihr Koffer stand noch dort, wo sie ihn zurückgelassen hatte. Sie hatte von ihrer Mutter zwei Reisetaschen mitgebracht, in die sie noch einige Kleidungsstücke, Schuhe und persönliche Gegenstände packen würde.

Als sie die Treppe hinaufgehen wollte, entdeckte sie das weiße Kuvert, das an der zweiten Stufe lehnte. Es stand kein Name darauf, aber sie nahm an, daß es für sie gedacht war, und so zog sie den sauber gefalteten Briefbogen heraus. Sie erkannte sogleich Henris Schrift. In kurzen Worten teilte er ihr mit, daß das Ende für sie beide gekommen sei und daß er diese Entwicklung akzeptiere. Die Situation stelle sich für ihn als sehr belastend dar, und so werde er nun »zu der einzigen Frau fahren, die mich je geliebt und verstanden hat«. Sie, Nadine, möge das bitte respektieren.

Sie stutzte nur einen Moment, dann begriff sie, daß er natürlich seine Mutter meinte. Ein Mann wie Henri hatte keine Geliebte. Er ging zu seiner Mutter, und das bedeutete, er befand sich auf dem Weg nach Neapel oder war vielleicht schon dort angekommen. Er war weit weg und würde so schnell auch nicht wiederkommen.

Sie steckte den Brief in den Umschlag zurück, legte ihn auf die Treppe, setzte sich auf eine Stufe.

Sie fragte sich, was sie empfand. Seltsamerweise fühlte sie sich ein wenig allein. Peter tot, und Henri fort. Kraftlosigkeit lähmte sie.

Sie blieb auf der Treppe sitzen und starrte die gegenüberliegende Wand an.

10

Laura war schon um neun Uhr ins Bett gegangen, hatte noch eine halbe Stunde gelesen und dann sehr müde das Licht ausgeschaltet. Sie hatte vor, am nächsten Morgen um halb sechs aufzustehen, verderbliche Lebensmittel wegzuwerfen, das Haus abzuschließen und um halb sieben im Auto zu sitzen und die Heimfahrt anzutreten. Sie würde dann gegen vier Uhr am Nachmittag zu Hause ankommen. Zeit genug, Sophie bei ihrer Mutter abzuholen und noch ein wenig mit ihr zu spielen und dann den Abend über Anrufe abzuhören und die eingegangene Post zu sichten. Sie hatte viel zu tun, war aber voller Tatendrang. Es war besser, als noch länger sinnlos in Südfrankreich herumzusitzen.

So erschöpft sie gewesen war, es gelang ihr nicht, einzuschlafen, als sie im Dunkeln lag. So vieles ging ihr im Kopf herum. Da war die Vorfreude auf Sophie und daneben bedrängende Bilder aus ihrem Leben mit Peter. Gedanken an all die Lügen und Halbwahrheiten, die ihre letzten Jahre begleitet hatten und von denen sie nicht wußte, ob das schon alle gewesen waren. Worauf würde sie noch stoßen? Wie viele Abgründe mochten da noch lauern?

Und dann, wie würde ihr neues Leben aussehen? Würde es gutgehen, sie und Sophie bei Anne in der Wohnung? Anne und sie waren nicht mehr Anfang zwanzig. Jeder hatte ein völlig eigenes Leben geführt, jahrelang. Es war etwas anderes, ob man sich am Telefon nach wie vor gut verstand oder ob man unter einem Dach wohnte.

Es wäre in jedem Fall von Vorteil, schnell eigenes Geld zu verdienen, dachte sie, damit ich unabhängig bin und für mich und Sophie bald selbst eine Wohnung mieten kann.

Das Gespräch mit Monsieur Alphonse hatte ihr gut getan. Er meinte, daß sie umgerechnet an die neunhunderttausend Mark für Haus und Grundstück bekommen konnte. Eine Menge Geld, aber die Frage war, wie hoch Peter das Anwesen beliehen hatte. Und wie weit würde sie überhaupt in Anspruch genommen werden für seine Schulden? Sie hatten damals ohne Gütertrennungsvereinbarung geheiratet.

Als erstes, überlegte sie, brauche ich einen guten Anwalt.

Ganz langsam dämmerte sie ein. Der Gedanke an einen Anwalt beruhigte sie. Schluß mit den Spekulationen. Endlich würde ihr jemand sagen können, wie ihre Situation aussah. Sie konnte schlafen. Der Wecker war gestellt. Sie konnte ganz ruhig schlafen.

Das Geräusch – ein eigenartiges Knarren, das nicht zu den üblichen abendlichen Geräuschen des Hauses paßte – hätte sie beinahe in einen beginnenden Traum eingearbeitet. Aber es wiederholte sich gleich darauf, um einiges lauter als zuvor, und ließ sie im Bett hochschrecken. Sie starrte in die Dunkelheit und fragte sich, ob sie sich geirrt hatte. Um sie herum herrschte völlige Stille.

Da war nichts, sagte sie sich, aber der Schlaf war nun wie weggeblasen, und ihr Herzschlag hatte sich beschleunigt. An den Armen hatte sie eine Gänsehaut bekommen. Sie war in höchster Alarmbereitschaft, und sie hoffte, daß dies auf Hysterie gründete und nicht auf einem stimmigen Instinkt.

Sie stand auf, verzichtete aber darauf, das Licht anzuschalten. Auf bloßen Füßen tappte sie hinaus auf die Galerie, von der aus man hinunter in das große Wohnzimmer blicken konnte. Der Raum lag still vor ihr. Sie hatte die Läden nicht geschlossen, und für Sekunden fiel ein blasses Mondlicht durch die Fenster herein. Hin und wieder riß der Wind Lükken in die Wolken, aber es regnete noch immer stark.

Der Bewegungsmelder im Garten war nicht angesprungen.

Irgend etwas regte sich in ihrem Gedächtnis ... undeutlich nur ... irgend etwas, das mit dem Bewegungsmelder zu tun hatte, doch sie kam nicht darauf, was es war.

»Unsinn«, sagte sie laut, »hier ist nichts. Ich habe geträumt.«

Aber sie *wußte*, daß sie nicht geträumt hatte.

Da sie sicher war, jetzt nicht einschlafen zu können, zögerte sie, ins Schlafzimmer zurückzukehren. Vielleicht würde es ihr gut tun, einen heißen Kakao zu trinken.

Sie knipste nun doch die kleine Stehlampe auf der Galerie an und wollte gerade die Treppe hinuntergehen, da hörte sie wieder etwas. Eine Art Knarren, das aber anders klang als das Geräusch, mit dem der Wind an den Fensterläden rüttelte. Das Haus hatte Laute, die sie gut kannte und sofort einzuordnen wußte, aber dieser gehörte nicht dazu.

Es hatte sich angehört, als sei jemand im Keller.

»Unsinn«, sagte sie noch einmal, jetzt aber fast flüsternd,

während ihr Hals plötzlich ganz eng wurde und sie Schwierigkeiten hatte zu schlucken.

Der Kellertür, die sich seitlich am Haus befand, hatte sie nie getraut. Ein ziemlich wackliges Ding aus Holz mit einem einfachen Schloß. Sie hatte Peter ein paarmal darauf angesprochen, ihn gebeten, dort irgendeine Sicherheitsvorrichtung zu schaffen, aber es war dann immer wieder vergessen worden, und da sie mit Peter zusammen nicht wirklich Angst gehabt hatte, hatte sie nicht nachdrücklich gedrängt. Jetzt dachte sie, daß es niemandem schwerfallen konnte, durch diese Tür ins Haus zu gelangen. Man mußte, um dorthin zu kommen, nicht einmal die Lichtschranke passieren, die man sonst unweigerlich auslöste, wenn man sich der Haustür näherte. Und deshalb konnte es sein, daß sie sich keineswegs täuschte.

Jemand war im Keller.

Ihr nächster Gedanke war, sofort das Haus zu verlassen, aber sie wagte sich nicht die Treppe hinunter und durch das Wohnzimmer zur Tür, denn dort unten konnte der Fremde jede Sekunde vor ihr stehen. Wenn sie sich im Schlafzimmer verbarrikadierte, gewann sie Zeit, aber nicht für lange, denn wenn er die Kellertür aufgebrochen hatte, gelang ihm das auch mit der Schlafzimmertür. Und sie hatte dort drin kein Telefon, um Hilfe herbeizuholen.

Sie vernahm das eigenartige Geräusch aus dem Keller erneut und war jetzt sicher, daß die Holzstiegen knarrten, die von unten heraufführten.

Für ein paar Sekunden lähmte die Angst sie völlig. Sie konnte ihre Füße nicht bewegen, den Kopf nicht drehen, nicht schlucken und nicht atmen. Sie stand nur da und wartete auf das Verhängnis und dachte, daß sie sich in einem aberwitzigen Alptraum befand.

Dann plötzlich kam Leben in sie. Mit zwei Schritten war sie am Telefon, riß den Hörer hoch.

Die Polizei. Sie mußte die Polizei rufen. Wie, verdammt, lautete der Notruf der französischen Polizei?

In ihrem Kopf herrschte Leere, aber es konnte auch sein, daß sie die Nummer noch nie gewußt hatte. Wann hatten sie je die Polizei gebraucht? Wann hatten sie sich schon um solche Dinge gekümmert? Irgendwo hatte sie einen Zettel mit der Nummer von Kommissar Bertin, aber vermutlich lag der beim Telefon im Wohnzimmer oder steckte in ihrer Handtasche, von der sie nicht wußte, wo sie war.

Lieber Gott, hilf mir. Laß mich eine Nummer wissen.

Es gab eine einzige Nummer aus der Gegend, die sie auswendig kannte. Weil sie sie in besseren Zeiten so oft gewählt hatte.

Die Nummer des *Chez Nadine*.

Ihr blieb nichts anderes übrig. Ihre Finger zitterten, als sie die Zahlen tippte.

Wenn niemand zu Hause war, war sie verloren.

11

Nadine wußte nicht, wie lange sie auf der Treppe gesessen hatte. Es mochten Minuten gewesen sein, es konnte aber auch länger gedauert haben. Sie hatte vor sich hin gestarrt, und durch ihren Kopf waren Bilder gezogen; Erinnerungen aus den vergangenen Jahren, Erinnerungen an Henri, an ihr gemeinsames Leben in diesem Haus, an das Meer aus Tränen, das sie hier in diesen Räumen vergossen hatte. Mit einer sie seltsam anmutenden Teilnahmslosigkeit war sie den Bildern gefolgt, die eine Bilanz ihres bisherigen Lebens darstellten. Die Ruhe, mit der sie das Debakel betrachtete, stellte erstmals einen Schritt fort von der üblichen Selbstzerfleischung dar, mit der sie sich sonst peinigte. Vielleicht einen

Schritt hin zu der Fähigkeit, das Geschehene ohne Beschönigung, aber auch ohne Selbsthaß zu akzeptieren.

Als das Telefon plötzlich schrillte, schrak sie zusammen und wäre fast auf die Füße gesprungen. Hatte der Apparat schon immer so laut geklingelt? Oder schien es ihr nur so, weil es im *Chez Nadine* noch nie so still gewesen war wie an diesem späten Abend?

Sie hatte nicht vor, sich zu melden, denn sie empfand sich nicht mehr als zu diesem Haus gehörig, aber dann dachte sie, daß es wahrscheinlich Marie war, die sich Sorgen machte, weil ihre Tochter immer noch nicht zurückgekehrt war, und die sich noch mehr aufregen würde, wenn niemand ans Telefon kam, und so erhob sie sich schwerfällig und nahm den Hörer ab.

»Ja?« fragte sie.

Von der anderen Seite kam ein Flüstern, das sie nicht verstand und von dem sie nicht ausmachen konnte, zu wem es gehörte. Im ersten Moment dachte sie, es sei Henri, betrunken und weinerlich, und fast hätte sie laut geflucht vor Ärger, weil sie sich gemeldet hatte. Aber dann vernahm sie in all dem Gestammel einen vollständigen Satz.

»Ich bin es. Laura.«

»Laura?« Der letzte Mensch, mit dem sie reden wollte, noch weniger als mit einem durchgeknallten Henri. »Laura, ich verstehe dich ganz schlecht.«

Sie wollte schon auflegen. Einfach auflegen und nicht mehr drangehen, wenn es wieder klingelte. Aber irgend etwas hielt sie zurück. Später dachte sie, daß sie Lauras Angst und Verzweiflung wohl gespürt hatte.

»Bitte hilf mir.« Sie wisperte nur. »Es ist jemand im Haus.«

»In deinem Haus? Wer denn? Laura, kannst du nicht lauter sprechen? Hast du etwas getrunken?«

»Du mußt ...« Das eigenartige Gespräch wurde mitten im Satz abgebrochen.

Nadine lauschte noch einen Moment lang in den Hörer, legte dann auf. War das wirklich Laura gewesen? Die Stimme hatte sie in diesem Flüsterton nicht erkennen können, aber ein deutscher Akzent war es auf jeden Fall gewesen. Sie schaute auf die Uhr: Es war zehn Minuten nach zehn. Weshalb rief Laura um diese Zeit bei ihr an? Und benahm sich so eigenartig? Warum redete sie nicht laut und deutlich?

Betrunken, dachte Nadine, sie war einfach betrunken.

Ob sie etwas weiß?

Wahrscheinlich wußte sie alles. Der Kommissar, der sie vernommen hatte, war vermutlich auch bei Laura gewesen. Vielleicht hatte Laura heute, an diesem Tag, erfahren, daß ihr Mann ein Verhältnis gehabt hatte, daß er dicht davor gewesen war, mit einer anderen Frau im Ausland ein neues Leben zu beginnen. Daß die Frau eine gute Bekannte, fast eine Freundin war.

So etwas mußte schrecklich weh tun.

Oder hatte sie es vorher schon gewußt?

Zum erstenmal stellte sich Nadine diese Frage. Peter hatte immer behauptet, Laura habe keine Ahnung, aber es war tatsächlich eher selten, daß eine Ehefrau über den Zeitraum von vier Jahren hinweg nicht mitbekam, daß ihr Mann fremdging. Obwohl die räumliche Distanz zwischen ihr, Nadine, und Peter wiederum zu groß gewesen war, um häufige Treffen zu erlauben. Über Monate war Peter abends pünktlich vom Büro nach Hause gekommen. Der klassische Fremdgeher mit Überstunden und ständigen Geschäftsessen war er nie gewesen.

Wenn sie's nicht wußte, dann weiß sie es jetzt, dachte Nadine, und dann hat sie sich wahrscheinlich komplett vollaufen lassen, und das letzte, was sie geschafft hat, war, meine Nummer zu wählen. Kein Wunder, daß ich ihr im Kopf herumgehe.

Sie zündete sich eine Zigarette an und setzte sich wieder auf die Treppe.

12

Erst um Viertel nach zehn konnte Pauline das Hotel verlassen. Es hatte Ärger gegeben; in der Wäschekammer fehlte eine beträchtliche Anzahl an Handtüchern, und die Chefin selbst hatte sich der Sache angenommen. Die Zimmermädchen wurden angewiesen, strikt darauf zu achten, daß sie immer dieselbe Anzahl an Handtüchern aus den Zimmern herausholten, die sie zuvor hineingelegt hatten. Pauline hatte wie auf glühenden Kohlen gesessen. Stephane wartete draußen im Regen und war vermutlich miserabler Laune; mit jeder Minute, die verging, durchweichte er mehr, und am Ende würde sich noch herausstellen, daß alles ohnehin nur Einbildung ihrerseits gewesen war. Sie konnte sich gut vorstellen, wie er die halbe Nacht auf ihr herumhacken würde. Das hatte er früher auch schon getan, wenn ihm etwas nicht paßte, wenn sie das Essen nicht zu seiner Zufriedenheit gekocht oder den Wein abends nicht kalt genug serviert hatte, aber es hatte ihr nicht allzuviel ausgemacht. Sie hatte abgeschaltet, und irgendwann war er auch wieder still gewesen. Neuerdings hingegen hatte sie das Gefühl, in Tränen ausbrechen zu müssen, wenn er sie nur schief ansah. Es war erstaunlich, was in relativ kurzer Zeit aus ihren Nerven geworden war.

Kaum hatte sie das *Bérard* endlich verlassen, begann sie natürlich schon wieder daran zu zweifeln, daß Stephane wirklich da war. Die ganze Zeit über hatte sie sich ausgemalt, wie er im Regen stand und sie mit jeder Sekunde mehr haßte, und nun plötzlich war sie überzeugt, daß er gar nicht erst erschienen war. Sie kannte ihn, er war außerordentlich bequem, und sein Feierabend mit einer Flasche Wein vor dem Fernseher war ihm heilig. Weshalb sollte er sich in einer kalten Oktobernacht in den Regen stellen und den Hirngespinsten seiner Frau nachforschen?

Es war kein Mensch zu sehen auf der Straße, es regnete dünn und gleichmäßig. Der Wind frischte langsam auf; im Lauf der Nacht würde es wohl noch richtig stürmisch werden. Der schwarze Asphalt glänzte vor Nässe. Pauline spannte ihren Schirm auf. Sie brauchte zehn Minuten für den Heimweg. Er führte durch schmale Gassen, vorbei an Toreinfahrten und Mauervorsprüngen. Tausend Möglichkeiten für den Täter, sich zu verstecken und ihr aufzulauern. Sie merkte, wie eine Gänsehaut ihren Körper überzog und sich ein eigenartiges Gefühl in ihrem Magen ausbreitete. Vielleicht hatte sie nur noch wenige Minuten zu leben.

Am liebsten hätte sie laut nach Stephane gerufen. Ihn gebeten, sich zu zeigen, neben ihr herzugehen. Ihr zu zeigen, daß er wirklich da war.

Aber sie traute sich nicht. Denn wenn er da war, wenn er hier irgendwo stand und wartete und fror, dann würde er außer sich sein vor Wut, wenn sie alles verdarb. Wenn sie seinen Plan umwarf. Er würde sich kein zweites Mal bereit erklären, ihr zu helfen.

Sie ging los. Ihre Absätze klackten auf der Straße. Darüber hinaus konnte sie nichts hören, nur die Geräusche des Regens natürlich, das Rauschen und Gluckern. Er bot eine wunderbare Gelegenheit, sich unbemerkt anzuschleichen. Sie hätte es nicht bemerkt. Nicht ehe sich eine Hand um ihren Hals ...

Sie beschleunigte ihren Schritt. Stephane würde fluchen, aber ihre Nerven waren jetzt dicht vor dem Zerreißen. Am liebsten wäre sie gerannt. Wenn sie zu Hause war – falls sie je dort ankam –, würde sie sich übergeben, das spürte sie bereits. Ihr Magen benahm sich wie auf einer Achterbahn.

Die letzten Meter rannte sie tatsächlich. Sie stieß das Tor auf, lief den Gartenweg entlang, kramte zugleich hektisch in ihrer Handtasche nach dem Schlüssel. Sie sah, wie die Haustür aufgerissen wurde, eine Gestalt, die sie im Gegenlicht nur als Schatten erkennen konnte, herauskam und um das Haus herum im Garten verschwand. Sie begriff nicht, was sich abspielte, und wußte nur, daß sie es nicht mehr bis zur Toilette schaffen würde.

Die Handtasche entglitt ihr und fiel auf den nassen Weg. Sie beugte sich zur Seite und erbrach sich in die Oleanderbüsche. Wieder und wieder.

Kotzte ihre Angst heraus, ihre Frustration und die Trostlosigkeit ihres Daseins. Sank auf die Knie und machte weiter und empfand ein eigenartiges Gefühl von Erleichterung.

»Ich kann das nicht glauben!« sagte Stephane. »Wenn ich jeden hier erwartet hätte – dich ganz bestimmt nicht!«

Pauline, die mit weichen Knien den Gartenweg entlangschlich, bot sich ein seltsames Bild: Stephane, der aus dem hinteren Teil des Gartens auftauchte und eine riesige, nasse Gestalt halb hinter sich herschleifte, halb vor sich herschob, die sich, als sie beide in den Lichtkegel des aus der geöffneten Haustür fallenden Scheins traten, als eine dicke Frau im dunklen Regencape entpuppte. Die Kapuze, die sie tief in die Stirn gezogen hatte, rutschte soeben vom Kopf. Die Frau hatte wirres Haar und ein bleiches, von häßlichen Narben entstelltes Gesicht. Sie wirkte zu Tode erschrocken.

»Stephane«, fragte Pauline, »was ist passiert?«

»Das wüßte ich auch gern«, antwortete Stephane grimmig. Er trug die graue Strickjacke, in die er sich an kühlen Abenden hüllte, und seine Filzpantoffeln. Pauline versuchte diese Fakten in ihrem Kopf einzuordnen. Er war doch hinter ihr gewesen? Er war doch nicht in *Pantoffeln* losgegangen?

»Und zwar«, fuhr er fort, »wüßte ich das gerne von *dir*!«

Er stieß die große, dicke Frau an. »Was, zum Teufel, hattest du hier in unserem Garten zu suchen?«

Die Frau antwortete nicht. Sie hob nur die Hand und bemühte sich vergeblich, ihre struppigen Haare zu glätten.

»Ich schätze, das hier ist dein Killer«, sagte Stephane zu Pauline gewandt, »Cathérine Michaud. Oder heißt du anders jetzt? Du hattest doch geheiratet?«

Zum erstenmal öffnete die Frau den Mund. »Nein. Ich habe nicht geheiratet.«

»Aber du sagtest doch ...«

Sie schüttelte den Kopf.

»Wer ist sie?« fragte Pauline.

»Eine alte Bekannte«, sagte Stephane. »Hatte sich mal eingebildet, ich würde sie heiraten. Und inzwischen ist sie offenbar durchgeknallt. Oder hast du«, er sah jetzt wieder Cathérine an, »eine richtig gute Erklärung für diesen Auftritt hier?«

»Hast du vor *Bérard* gewartet, Stephane?« fragte Pauline. Ihr Kopf schmerzte, und im Mund hatte sie einen schlechten Geschmack.

»Natürlich nicht«, sagte Stephane empört, »glaubst du, ich stelle mich bei diesem Wetter vor ein Hotel und hole mir eine Lungenentzündung?«

»Und wenn ich wirklich dem Mörder begegnet wäre?« Sie fühlte sich sehr einsam. Sehr kalt. Sehr leer.

»Den *Mörder* siehst du doch hier! Ich habe plötzlich einen Schatten am Fenster bemerkt, bin hinausgestürzt und habe sie gerade noch erwischt. Sie wollte schon hinten durch den Garten über die Mauer. Was bei ihrer Leibesfülle natürlich nicht ganz einfach ist. Immerhin wissen wir jetzt, daß du nicht an Wahnvorstellungen gelitten hast, Pauline. Es ist wirklich jemand ums Haus herumgeschlichen. Denn das war ja heute nicht das erste Mal, nicht wahr, Cathérine?«

Pauline sah Cathérine an. »Sind Sie mir heute gefolgt?«

»Nein. Ich habe hier gewartet. Auf der Terrasse.«

»Ich hätte gute Lust, dich zur Polizei zu schleppen, Ca-thérine«, dröhnte Stephane. »Was, um alles in der Welt, soll-te das denn?«

Cathérine wandte langsam den Kopf zu ihm hin. Pauline fand, daß sie tragisch aussah, zerstört, besiegt. »Ich wollte einfach nur wissen, wie ihr lebt.«

»Wie wir *leben*?«

»Ich hätte sie sein können«, sagte Cathérine mit einem Blick auf Pauline, »und ich versuchte, ein Stück mit euch zu leben. Ich kam jeden Tag hierher.« Sie senkte den Kopf. »Ich wollte niemandem etwas antun.«

»Sie ist tatsächlich durchgeknallt!« sagte Stephane. »Du wolltest niemandem etwas antun? Weißt du, was du mit Pauline gemacht hast? Sie dachte schon, dieser Verrückte ist hinter ihr her, der Leute erdrosselt. Sie hat keine Nacht mehr geschlafen, sie war ein Nervenbündel, wir hatten nichts als Streit ... und das alles nur wegen einer Verrückten, die sel-ber keinen Kerl abgekriegt hat und deshalb meint, es bringt ihr etwas, wenn sie bei anderen Menschen durchs Fenster späht und sich vorstellt, sie würde dazugehören! O Gott, Ca-thérine, ich mache ja heute noch drei Kreuze, daß ich damals so schnell das Weite gesucht habe!«

»Es tut mir leid«, sagte Cathérine zu Pauline, »ich wollte Sie nicht ängstigen. Es ist nur so, daß ich ... ich habe einfach niemanden.«

»Und das ist ja wohl kein Wunder«, höhnte Stephane, »schau dich doch nur an!« Er schüttelte sich vor Abscheu. Pauline fand, daß er sehr selbstgerecht aussah mit seinem dicken Bauch und dem empörten Gesichtsausdruck. »Du warst schon damals häßlich wie die Nacht, aber es ist dir tat-sächlich gelungen, das noch zu steigern. Du bist ein Mon-strum, und du solltest dich endlich damit abfinden. Mir zu erzählen, du seist verheiratet! Und ich Trottel glaube das auch noch! Einen solchen Notstand kann überhaupt kein Mann haben, daß er sich mit dir einließe!«

Pauline sah, daß die Nerven in den Schläfen der Frau zu pochen begannen. Sie hatte noch nie ausgeprägt über die Fähigkeit verfügt, sich in andere Menschen hineinzuversetzen, aber in dem Moment stellte sie sich vor, was in dieser Cathérine vorgehen mußte, wenn sie solche Worte hörte, und sie konnte nicht anders, als Mitleid mit ihr zu empfinden. Zumal es bestimmt nicht das erste Mal war; es mochte nicht in der gleichen Direktheit und Derbheit geschehen sein, aber ganz sicher hatte sie ihr Leben lang höhnische oder herablassende Blicke und taktlose, demütigende Bemerkungen ertragen müssen. Wie lebenswert mochte sie ein solches Dasein empfinden?

Wie verzweifelt mußte man sein, um zu tun, was sie getan hatte: wochenlang in einem fremden Garten kauern, durch ein fremdes Fenster spähen, sich zum unsichtbaren Beobachter eines fremden Lebens zu machen, um ein eigenes ungelebtes Leben zu kompensieren? Und wer war die Frau, mit der sie die Identifikation gesucht hatte? Die Frau, deren Handtasche auf dem Gartenweg lag, wo sie sie hatte fallen lassen, um sich in den Oleander hinein zu übergeben, weil die Angst sie aufgefressen hatte in den letzten Wochen. Die Frau, die von ihrem eigenen Mann ständig im Stich gelassen wurde, sogar am heutigen Abend, entgegen seinem festen Versprechen.

»Darf ich gehen?« fragte Cathérine mit dünner Stimme. Sie war gebrochen, gedemütigt und hoffnungslos.

»Geh«, sagte Stephane, »geh zum Teufel und laß dich nie wieder in unserer Nähe blicken! Hast du verstanden? Beim nächsten Mal lasse ich dich einsperren.« Er brüllte plötzlich: »Nun hau schon ab!«

Sie warf Pauline noch einen kurzen Blick zu und hastete

den nassen Gartenweg entlang. Sie hörten, wie das Tor ins Schloß fiel.

»Daß mir die noch mal in die Quere kommt!« sagte Stephane. »Ich sag's ja immer: Für jeden Fehler im Leben zahlst du irgendwann. Ich war damals viel zu gutmütig. Ich hätte sie nach unserem ersten Abend schon stehen lassen sollen!« Er hob fröstelnd die Schultern. »Was soll's. Letztlich kann sie einem einfach nur leid tun.«

Das Gefühl der Kälte und Leere war schlimmer geworden und drohte Pauline zu überwältigen.

Warum hatte er nicht bei Bérard *gewartet? Warum nur hatte er das nicht getan?*

Sie sah in die Nacht, in der Cathérine verschwunden war.

»Warum sie?« fragte sie. »Warum kann *sie* einem leid tun? *Sie* ist dir schließlich entkommen.«

Sie lief an ihm vorbei ins Haus.

13

Nadine hatte um genau halb elf das *Chez Nadine* verlassen, sorgfältig die Tür hinter sich abgesperrt und sich gefragt, weshalb sie sich dort so lange aufgehalten hatte. Vielleicht war es wirklich ein Abschiednehmen gewesen, und dann konnte sie sich jetzt sagen, sie hatte es gründlich zelebriert. Vorbei. Aus. Sie würde nie mehr zurückkommen. Sie hatte sogar Henris Brief liegen gelassen. Sie mochte nichts von ihm mit hinübernehmen in ihr neues Leben.

Ihr neues Leben. Wenn sie doch nur wenigstens die allerkleinste Vorstellung hätte, wie es aussehen sollte.

Als sie die dunkle Landstraße entlangfuhr, fiel ihr wieder Lauras Anruf ein. Irgend etwas daran ließ sie einfach nicht los. Was sollte der Satz: *Es ist jemand im Haus?* War sie so betrunken, daß sie Geräusche, Schritte, Stimmen hörte? Manche sahen weiße Mäuse. Laura vielleicht glaubte sich einer Horde Einbrecher gegenüber.

Nicht einer Horde. *Es ist jemand im Haus.* Sie hatte nicht so geklungen, als übertreibe sie hemmungslos.

Nadine wußte, daß sie nicht die mindeste Lust hatte, sich ausgerechnet um Laura zu kümmern. Laura hatte sie immer strapaziert. Sie hatte sie gehaßt, weil sie zwischen ihr und Peter stand, aber sie hatte Freundschaft heucheln müssen, um nicht verdächtig zu erscheinen. Es war anstrengend und ermüdend gewesen. Sie wollte Laura in ihrem ganzen Leben nicht wiedersehen.

Sie umrundete den großen Kreisverkehr in St. Cyr, schlug die Richtung nach La Cadière ein. Es regnete beharrlich, sie ließ die Scheibenwischer in rascherem Tempo über die Windschutzscheibe gleiten. Wenn sie Lauras Anruf ignorierte, würde sie die ganze Nacht ein dummes Gefühl haben, aber wenn sie zu ihr hinfuhr, hatte sie wahrscheinlich eine betrunkene, heulende, zeternde Frau am Hals, die von ihr wissen wollte, wieso sie vier Jahre lang mit ihrem Mann geschlafen und am Ende eine Flucht mit ihm ins Ausland geplant hatte. Denn natürlich würde sie *ihr* die Schuld geben. Ehefrauen redeten sich in Fällen wie diesem gern ein, daß der treulose Gatte in Wahrheit nur das hilflose Opfer einer raffinierten Verführerin gewesen war.

»Verdammt«, sagte sie und schlug mit der Faust auf das Lenkrad, »noch jetzt macht sie mir Scherereien. Sie wird nie aufhören, ärgerlich und lästig für mich zu sein!«

Sie war kurz vor La Cadière angelangt. Sie konnte jetzt geradeaus weiterfahren, den Rand des Ortes streifen und auf der anderen Seite die Autobahnbrücke überqueren, um auf die Straße nach Le Beausset zu gelangen. Das war der Weg, den sie seit Jahren immer nahm, denn die Alternative, an dieser Stelle links abzubiegen, die Autobahn bereits hier zu überqueren und auf der anderen Seite weiterzufahren, brachte sie allzu nah an das Quartier Colette und damit an Peters Haus heran. Seit sie mit ihm eine Beziehung unterhalten hatte, hatte sie diese Strecke gemieden, und jetzt, nach seinem Tod, mochte sie die Gegend noch weniger.

Also geradeaus.

In letzter Sekunde riß sie das Steuer herum, und da sie kurz zuvor noch Gas gegeben hatte, nahm sie die Kurve viel zu schnell. Fast wäre sie auf der nassen Fahrbahn geschleudert und gegen die Leitplanke geknallt. Ein Auto, das ihr von La Cadière entgegenkam und dessen Fahrer überraschend mit der Tatsache konfrontiert wurde, daß sie nicht geradeaus, sondern nach links fuhr, konnte gerade noch mit quietschenden Reifen bremsen.

Nadine bekam ihren Wagen unter Kontrolle und überquerte die Brücke.

Es war besser, als die ganze Nacht nicht zu schlafen.

Sie würde nachsehen, was mit Laura los war, und dann würde sie so rasch wie möglich zu ihrer Mutter fahren.

Auf gar keinen Fall würde sie sich auf ein Gespräch einlassen.

14

Als sie noch ein Kind gewesen war, zwölf Jahre alt vielleicht, hatte sie einmal in ihr Tagebuch geschrieben: *Ich bin so froh, daß ich Henri habe. Er ist mein einziger Freund. Er versteht mich. Ich glaube nicht, daß es etwas gibt, was ich ihm nicht sagen könnte. Und egal, wie schlecht es mir geht, er sagt immer etwas, das mir das Gefühl gibt, daß alles nicht so schlimm ist.*

Das ist der Tiefpunkt, dachte sie, der absolute Tiefpunkt meines bisherigen Lebens. All die Demütigungen und Tiefschläge der vergangenen Jahre waren nur das Vorspiel. Jetzt habe ich den Tiefpunkt erreicht.

Ihre Hände zitterten, und alle Gegenstände sah sie wie von fern: das Lenkrad, der Schalthebel, der Rückspiegel, an dem ein kleines Äffchen aus Stoff schaukelte, die Scheibenwischer, die quietschend über die Scheibe glitten. Sicher hätte jeder ihr geraten, jetzt nicht Auto zu fahren. Aber ihr war das gleichgültig. Und wenn sie einen Unfall baute, dann baute sie ihn eben. Sie konnte nicht entstellter sein, als sie schon war. Sie konnte nicht toter sein.

Wann immer ihr die Szene in dem dunklen Garten wieder in den Sinn kam, versuchte sie die Bilder sofort zu stoppen. *Ich will nicht darüber nachdenken. Ich muß nicht darüber nachdenken. Es ist geschehen, und es ist vorbei.*

Das Schlimme war, daß sie Stephanes Stimme nicht abschalten konnte. Sie dröhnte in ihren Ohren.

Du bist ein Monstrum. Du warst schon damals häßlich. Einen solchen Notstand könnte ein Mann gar nicht haben, daß er sich mit dir einließe!

»Ich will das nicht hören!« sagte sie laut.

Es irritierte sie, daß das Zittern ihrer Hände immer schlimmer wurde und daß immer noch alles so weit weg schien. Auf einer fast unterbewußten Ebene ahnte sie, daß sie einen Zusammenbruch haben würde und daß sie dann nicht allein sein durfte. Sie hatte schon oft in ihrem Leben über Selbstmord nachgedacht, wenn die Akne sie wieder so sehr quälte, wenn das Getuschel der Menschen besonders schlimm wurde, wenn die Einsamkeit ihrer Wohnung sie fast erdrückte. Irgendwann hatte sie gespürt, daß sie in der Lage dazu wäre, gäbe es nur einen Auslöser, der über das gewohnte Maß an Leid hinausginge.

Vielleicht war er jetzt eingetreten.

Sie hatte versucht, die Angelegenheit zu bagatellisieren, als sie durch den Regen zu ihrem Auto gehastet war, Stephanes Brüllen hinter sich: »Nun hau schon ab!«

Einmal wäre sie fast ausgerutscht und hingefallen, und dann bekam sie den Schlüssel nicht ins Schloß. Sie sagte sich, daß es natürlich dumm gewesen war, was sie getan hatte, und daß deshalb Stephanes Reaktion so heftig ausfiel. Seine Frau hatte offenbar in größter Angst gelebt.

»Sie hat gedacht, ich sei der Killer!« sagte sie laut und lachte schrill, aber das Lachen war allzu dicht an der Grenze zum Weinen, und sie brach es rasch ab. Sie bekam endlich die Wagentür auf und setzte sich ins Auto – *eine große, fette Raupe kriecht in ihre Behausung*, war der Gedanke, der sie dabei begleitete –, und dann brauchte sie wiederum eine Weile, um das Zündschloß zu erwischen.

Als wäre ich betrunken, dachte sie.

Als wie krank würde wohl ein Psychiater sie einstufen nach dieser Tat? Sie war von Stephane damals gnadenlos abserviert worden, und nun ging sie hin und identifizierte sich so stark mit der Frau, die er schließlich geheiratet hatte, daß sie süchtig wurde nach täglichen Bespitzelungen und Überwachungen. Es war irgendwann zu einer festen Einrichtung geworden, die sie nicht mehr missen mochte, die zu ihrem Alltag gehörte und ihm Struktur gab, vor allem dann, wenn sie nicht ins *Chez Nadine* gehen durfte. Einfach mal sehen, was Pauline so trieb … Daheim, an ihrem Arbeitsplatz … Sie hatte schließlich recht gut über deren Gewohnheiten Bescheid gewußt, kannte ihre Tagesabläufe, die Uhrzeiten, an denen bestimmte Dinge geschahen. Ein paarmal war sie ihr sogar mit dem Wagen gefolgt, hatte verschiedene Autos gemietet, um nicht identifizierbar zu sein.

Sie war Paulines Schatten gewesen, und als Schatten hatte sie ein Stück Zugehörigkeit gefühlt. Nicht mehr und nicht weniger. Sie hatte ein wenig von dem Leben gelebt, das sie an der Seite Stephanes erwartet hätte. Nicht, daß er der Mann gewesen wäre, den sie je hätte lieben können. Aber er war die einzige Rettung gewesen, die sie einmal, für kurze Zeit, hatte wittern dürfen.

Sie erinnerte sich, daß sie an diesem Tag gar nicht hatte gehen wollen, es schließlich jedoch nicht ausgehalten hatte, darauf zu verzichten.

Vermutlich war sie ziemlich krank. Ziemlich gestört. Vermutlich war es das Beste, einfach Schluß zu machen.

Irgendwo in ihrem Hinterkopf tickte das Credo ihrer Kindheit. Henri brachte die Dinge in Ordnung. Henri war die Quelle von Trost und Zuversicht. In Henris Armen konnte sie weinen und schluchzen und dabei spüren, wie die Kälte um sie herum langsam nachließ. Er war ihr Zuhause. Ihre Zuflucht.

Und er würde sie verstehen. Er hatte sie immer verstanden.

Sie hatte ihm gesagt, daß sie weggehen und nie mehr wiederkommen würde, und seine Erleichterung war für sie nicht zu übersehen gewesen. Es hatte weh getan, aber sie wußte, daß es dabei nicht um sie ging, sondern um den Teufel, den er geheiratet hatte. Er war erleichtert gewesen, weil er sich eine Verbesserung seiner Beziehung zu Nadine versprach. Womit er sich irren würde, das hatte sie genau gewußt, aber den Weg mußte er allein gehen, den Irrtum selbst herausfinden.

Sie hörte ein Schluchzen und brauchte einen Moment, um zu begreifen, daß sie es war, die diesen trostlosen Laut ausgestoßen hatte. Alles hatte sich von ihr entfernt, sogar sie selbst.

Wie habe ich nur so etwas tun können? Wie konnte ich mich nur so weit erniedrigen?

Sie konnte in letzter Sekunde bremsen und würde sich später darüber wundern, daß sie noch so geistesgegenwärtig reagiert hatte. Sie war an der Kreuzung unterhalb des Berges von La Cadière angelangt, und sie wußte nicht genau, weshalb sie geglaubt hatte, das ihr entgegenkommende Auto werde geradeaus weiterfahren. Wahrscheinlich hatte es nicht geblinkt, obwohl sie das nicht mit Sicherheit hätte sagen können. Völlig unerwartet jedenfalls riß der Fahrer plötzlich das Steuer herum und bog direkt vor Cathérines Nase nach links ab. Ihr Auto rutschte auf der nassen Fahrbahn, kam jedoch zum Stehen.

Das Zittern ihrer Hände wurde stärker.

Es war Nadines Auto, das dort gerade so rücksichtslos um die Kurve gejagt war, sie erkannte die Nummer. Die Fahrweise entsprach allerdings weit mehr der von Henri; Manöver dieser Art waren typisch für ihn, und schon manchmal hatten sie deswegen heftig gestritten.

Aber was sollte Henri um diese Zeit hier? Oder Nadine? Die Richtung, in der das Auto verschwunden war, war eindeutig: Quartier Colette. Dort, wo der Mann, mit dem Nadine Henri so gequält hatte, sein Haus gehabt hatte. Aber weshalb sollte einer von ihnen jetzt noch dorthin fahren? Nach allem, was geschehen war?

Ihr Gesicht war naß. Sie merkte, daß sie weinte.

15

Nadine fuhr den kurvigen Weg zu Peters Haus hinauf und sagte sich, daß es einfach idiotisch war, was sie tat. Nie wieder hatte sie auch nur in die Nähe dieses Ortes kommen wollen, und sehr rasch merkte sie nun auch, daß es ihr nicht gut tat. Eigentlich mußte sie alles daransetzen, dieses Kapitel ihres Lebens zu vergessen, um endlich nach vorn schauen zu können, und es riß zweifellos alte Wunden auf, *sein* Territorium wieder zu betreten. Noch dazu jenen Bereich, der für sein Eheleben reserviert gewesen war. Und wie sehr hatte sie all die Jahre unter dem Umstand gelitten, daß er verheiratet war und sich nicht trennen mochte.

Sie sah nicht ein, daß sie auch nur einen einzigen Finger für Laura, die dumme Kuh, krumm machen sollte, und fast wäre sie umgedreht, hätte es sich anders überlegt und wäre gleich nach Le Beausset gefahren. Daß sie es nicht tat, lag nur an der Enge des Serpentinenwegs. Es war unmöglich, einfach zu wenden. Die nächste Gelegenheit würde sich ihr erst wieder oben in der Einfahrt von Peters Haus bieten.

Sie fluchte leise. Der Regen wurde stärker. Es war so dunkel. Es war absolut absurd, daß sie hier herumgeisterte.

Sie hätte einfach noch einmal bei Laura zurückrufen sollen, sich vergewissern, was los war. Ihre Scheu, ihr Unbehagen gegenüber der Frau, in deren Ehe sie eingebrochen war, hatten sie zurückgehalten. Ihr Handy hatte sie nicht dabei. Sie mußte ihr jetzt entweder direkt gegenübertreten oder die Sache vergessen und sich davonmachen.

Das Tor zum Grundstück war nur angelehnt, sie konnte es öffnen, indem sie es mit der Stoßstange ihres Autos sacht anstieß. Sie würde im weiträumigen, kiesbestreuten Hof wenden und dann machen, daß sie fortkam.

Sie warf einen Blick auf das Haus. Es war fast dunkel, aber irgendwo im Wohnzimmer mußte ein Licht brennen. Wahrscheinlich oben auf der Galerie. Sie erinnerte sich an den Abend, an dem sie dort gesessen und auf Peter gewartet hatte. Es war die gleiche Jahreszeit gewesen. Es war der Beginn von allem gewesen.

Peter war jetzt tot. Er war nicht einfach an einem Infarkt gestorben oder bei einem Verkehrsunfall. Er war einem Wahnsinnigen in die Hände gefallen. Man hatte ihn in die Berge verschleppt und dort auf brutalste Weise niedergemetzelt, ihn wie einen Haufen Unrat in ein Gebüsch geworfen.

Niemand verstand, weshalb das geschehen war, aber irgend jemand hatte ihn sich ausgesucht, und er hatte dafür einen Grund gehabt.

Ein ungutes Gefühl beschlich sie, während sie so im Auto saß und durch den Regen zu dem dunklen Haus hinüberstarrte. Jetzt hatte seine Frau bei ihr angerufen und ins Telefon gewispert: »Es ist jemand im Haus ...«

Entschlossen stieg sie aus, schrak nur kurz vor dem Wind zurück, der jetzt sehr stark geworden war. Wenigstens konnte sie einmal versuchen, durch eines der Fenster hineinzublicken. Vielleicht sah sie Laura einfach nur sturzbesoffen auf dem Sofa hocken, dann konnte sie sich immer noch unbemerkt davonschleichen. Was sie tun wollte, wenn sie irgend etwas anderes sah, wußte sie nicht. Im Grunde erwartete sie es auch noch nicht. Es war nur dieses Gefühl der Beunruhigung ... sie mußte sich Gewißheit verschaffen.

Der Regen durchnäßte sie schnell, als sie durch den Garten zum Haus lief. Sie hatte keine Jacke angezogen und fror erbärmlich. Als der Bewegungsmelder ansprang und Scheinwerfer die Nacht um sie herum in gleißendes Licht tauchten, erschrak sie und blieb stehen. Sie hatte vergessen, daß es so etwas hier gab, und nun mußte sie warten, bis sie wieder erloschen, sonst stand sie selbst auf dem Präsentierteller, wenn sie versuchte, ins Wohnzimmer zu spähen. Sie wünschte, sie wäre nicht heute am Abend ins *Chez Nadine* gegangen. Dann hätte sie nichts von all dem mitbekommen und wäre auch nicht verantwortlich.

Sie atmete erleichtert auf, als es wieder dunkel um sie wurde. Endlich war sie an der überdachten Terrasse und fand Schutz vor dem Regen. Sie bewegte sich jetzt möglichst lautlos, wobei sie dachte, daß sie im Grunde weniger Angst hatte vor einem Einbrecher, als davor, von Laura entdeckt und mit Anklagen und Vorwürfen überschüttet zu werden. Was daneben noch an Furcht in ihr war, schob sie zur Seite.

Sie hatte die große Fensterfront fast erreicht, da nahm sie ein Geräusch hinter sich wahr. Zumindest glaubte sie das, aber später dachte sie, daß das Prasseln des Regens auf dem Dach eigentlich zu laut gewesen war, als daß sie wirklich etwas anderes hätte hören können. Vielleicht hatte sie auch aus den Augenwinkeln eine Bewegung registriert.

Es war zu spät, um zu reagieren.

Jemand preßte ihr von hinten eine Hand auf den Mund, hielt ihre Arme wie mit einem Schraubstock umklammert und versuchte, sie ins Haus zu schleifen.

16

Laura hatte geglaubt, ein Auto gehört zu haben, aber sie war nicht ganz sicher; das Rauschen des Regens und das Heulen des Windes, der sich langsam zum Sturm steigerte, machten es fast unmöglich, andere Geräusche wahrzunehmen. Sie lehnte sich zum Fenster hinaus und schrie, aber sie konnte selbst merken, wie ihre Stimme von dem Tosen in dieser Nacht sofort verschluckt wurde. Wenn es Nadine war, die da kam, lief sie direkt in die Falle.

Laura hatte auf der Galerie gestanden, das kurze, gewisperte Telefonat geführt und hektisch den Hörer auf die Gabel geworfen, als sie sah, daß sich die Kellertür vorsichtig und lautlos öffnete. Als sie Christopher erblickte, tat sie einen überraschten Atemzug, im selben Moment, da er den schwachen Lichtschein wahrnahm und nach oben blickte. Sie sahen einander für einige Sekunden schweigend an.

Laura hatte zunächst nicht an eine echte Gefahr geglaubt, sondern gedacht, dies sei ein weiterer Versuch Christophers, mit ihr zu sprechen und sie zu einer gemeinsamen Zukunft zu bewegen. Und zwar einer, der absolut zu weit ging. Er konnte nicht nachts durch ihren Keller einsteigen und ein Gespräch erzwingen wollen, das sie ihm freiwillig nicht gewährt hätte.

»Verschwinde«, sagte sie, »tu so etwas nie wieder. Es gibt keine Zukunft für uns. Ich habe dir das heute mittag gesagt, und seitdem hat sich nichts geändert.«

Er bewegte sich langsam auf die Treppe zu. Er hinkte stark. »Es gibt keine Zukunft für *dich*, Laura«, sagte er, »leider. Es tut mir wirklich sehr leid.«

Da hatte sie zum erstenmal seinen Wahnsinn erkannt. Nicht allein in seinen Worten, sondern in seiner Stimme.

Sie war einen Schritt zurückgewichen.

»Komm nicht hier herauf«, sagte sie.

Er stand nun am Fuß der Treppe.

»Doch«, erklärte er, »genau das tue ich. Ich komme jetzt herauf.«

Sie war ins Schlafzimmer geflüchtet, hatte die Tür zugeschlagen, den Schlüssel herumgedreht. Sie wußte, daß sie damit nur wenig Zeit gewann. Die Tür aufzubrechen würde ihm kaum Schwierigkeiten bereiten. Und sie hatte kein Telefon hier drin. Das Fenster lag zu hoch. Bei einem Sprung hinunter würde sie sich ein Bein brechen.

»Mach auf«, sagte er von draußen. Er hatte überraschend lange für die Treppe gebraucht. Sie schloß daraus, daß ihm sein verletzter Fuß wirklich schwer zu schaffen machte und daß sie, sollte sich eine Gelegenheit zum Weglaufen ergeben, wahrscheinlich schneller wäre als er. Ein Vorteil, der ihr in ihrer augenblicklichen Situation jedoch nichts nutzte.

»Laura, ich werde dich töten, und das weißt du«, sagte er. »Wenn es nicht jetzt passiert, dann in zehn Minuten oder in einer halben Stunde, je nachdem, wie ich mich entscheide. Aber es wird passieren. Du könntest uns beiden einen Kampf ersparen.«

Sie lehnte an der Wand und wünschte verzweifelt, aufzuwachen und zu wissen, daß sie einen schrecklichen Alptraum gehabt hatte, der jedoch nicht das mindeste mit der Wirklichkeit zu tun hatte.

Lieber Gott, dachte sie, was soll ich denn nur machen? Was soll ich nur machen?

In ihrer Panik lief sie nun doch zum Fenster, öffnete es, schrie um Hilfe und wußte dabei, daß niemand sie hören konnte. Die Häuser lagen hier viel zu weit auseinander, getrennt von riesigen, parkähnlichen Gärten, und der Wind zerstückelte ihre Worte und Laute. Sie blickte hinunter. Der Regen schlug ihr ins Gesicht. Tief unter ihr lag schwarz und schweigend der Garten. Der Hang, an dem sich das Grundstück befand, fiel an dieser Stelle besonders steil ab.

Er hatte gehört, daß sie das Fenster öffnete.

»Tu es nicht«, sagte er fast gelangweilt, »du brichst dir mit Sicherheit ein paar Knochen. Ich habe ein leichtes Spiel dann mit dir da draußen, aber für dich wird alles noch schlimmer.«

Sie schaute nach oben. Die Frage war, ob es ihr gelingen könnte, vom Fensterbrett aus das Dach zu erklimmen. Mit seinem verletzten Fuß wäre es sicher äußerst schwierig für ihn, hinterherzuklettern. Außerdem konnte sie ihn von oben daran hindern, überhaupt nur die Hände an die Dachziegel zu legen.

Aber ich komme selbst nicht hoch, dachte sie verzweifelt.

Das Dach war naß und glitschig, ebenso das Fensterbrett. Und es hätte bedeutet, einen Klimmzug zu machen, mit dem sie ihr gesamtes Gewicht hinaufhievte und sich dann wenigstens bis zur Hüfte über das Dach hinausstemmte. Es war hoffnungslos. Sie wußte, daß sie das nicht schaffen konnte.

Ihre einzige, winzige Chance bestand darin, daß Nadine etwas unternehmen würde. Falls sie überhaupt begriffen hatte. *Ich verstehe dich schlecht*, hatte sie gesagt, und: *Kannst du nicht lauter sprechen?* Und sie hatte sie gefragt, ob sie betrunken sei. Falls sie zu diesem Schluß gelangt war, würde sie gar nichts tun. Und auch sonst: Rief jemand wegen eines so ominösen Anrufs gleich die Polizei? Vielleicht schickte sie Henri hierher. Oder besprach sich mit Kommissar Bertin. War Bertin um diese Zeit zu erreichen?

»Jetzt öffne schon die Tür«, sagte Christopher von draußen.

Hinhalten, dachte sie, ich muß ihn hinhalten. Vielleicht kommt doch jemand. Ich habe ja keine andere Möglichkeit.

Sie war erstaunt, daß ihre Stimme ihr überhaupt gehorchte. »Hast du Peter getötet?« fragte sie.

»Ja. Es war notwendig geworden. Ich hätte es viel früher tun müssen.«

»Warum?« Was sie am meisten erschütterte, war die Selbstverständlichkeit, mit der er sprach. Nach seinem Gefühl hatte er nichts getan, was unrecht gewesen wäre. Er hatte etwas getan, was einfach getan werden *mußte*.

»Er hat eure Familie zerstört. Er hat ein Verhältnis begonnen. Aber zumindest hat er all die Jahre noch zu dir und Sophie gehalten. Er ist immer wieder zu euch zurückgekehrt. Dann jedoch ...«

»Du wußtest, daß er vorhatte, ins Ausland zu gehen?« Sie erinnerte sich, wie überrascht er gewirkt hatte, als sie ihm davon erzählte. Er war ein guter Schauspieler. Und auf eine schizophrene Art hielt er seine Taten auf der einen Seite für zwingend und gerecht, andererseits wußte er jedoch, daß er sie vertuschen mußte und keinen Verdacht auf sich lenken durfte.

»Ich habe es an jenem Abend erfahren. An dem Abend, an dem ich ihn dann getötet habe, meine ich.«

»Wie hast du es erfahren?« *Bring ihn zum Reden. Halte ihn auf, solange du kannst.*

»Er hat mich angerufen. Er war vor dem *Chez Nadine* angekommen, wollte hineingehen. Ich fragte, mußt du gleich als erstes zu *ihr*? Und er antwortete, daß sie vielleicht gar nicht mehr da sei. Sie würden sich am Abend woanders treffen. Ich sagte, aha, aber vorher darf ihr Mann dich noch bekochen, hättest du dir nicht etwas Geschmackvolleres ausdenken können? Und plötzlich schrie er, er wisse nicht mehr aus noch ein, er müsse einfach an den Ort, an dem er sie das erste Mal getroffen habe, ob sie nun noch da sei oder nicht; er müsse den Ort sehen, um zu wissen, ob er das Richtige tue. Aber vielleicht sei es sowieso das Falsche, vielleicht habe er immer das Falsche getan, aber sein Leben sei nun verpfuscht, und alles sei egal. Und dann wurde er ganz ruhig und sagte, er habe sich nur von mir verabschieden wollen. Er werde mit Nadine das Land verlassen und nie mehr wiederkommen.«

»Und das wolltest du verhindern?« Sie sah sich hektisch im Schlafzimmer um. Gab es etwas, das sie als Seil benutzen konnte, um aus dem Fenster zu klettern? In Filmen und Büchern zerrissen sie in solchen Fällen das Bettlaken und knoteten die Streifen aneinander. Unglücklicherweise würde er es hören, wenn sie damit anfinge. Er würde ihr nicht die Zeit lassen, die sie brauchte.

»Was interessiert dich das?« fragte Christopher. »Das alles kann dir doch jetzt gleich sein!«

»Er war mein Mann. Jahrelang haben wir unser Leben geteilt. Mich interessieren seine letzten Stunden.«

Das schien ihm einzuleuchten.

»Ich sagte ihm, er solle sich das noch einmal überlegen, aber er meinte, er habe keine Wahl. Dann brach er das Gespräch ab. Ich konnte es nicht fassen. Wie kann ein Mann von seiner Familie fortgehen? Ich lief in meinem Haus hin und her. Ich dachte an dich und Sophie. An diese zauberhafte kleine Familie ...«, er klang nun wirklich verzweifelt, »und ich wußte, ich darf es nicht zulassen. Also fuhr ich zum *Chez Nadine*.«

»Du wolltest es für mich tun?« Es gab in diesem verdammten Zimmer nichts, was sich zum Abseilen geeignet hätte. Wie stolz war sie immer auf ihr Einrichtungstalent gewesen. Fehlanzeige. Für die Zukunft sollte sie sich merken: In jedem Raum ein Telefon und ein Kletterseil. Und eine Pistole.

Für welche Zukunft?

»Was meinst du?« fragte Christopher. »Was meinst du mit: *Du wolltest es für mich tun?*«

»Du wolltest ihn für mich töten?«

»Ich wollte mit ihm reden. Ich wollte diese Familie erhalten. Wie sieht denn die Welt aus? Wohin sind wir denn gekommen? Überall Scheidungen. Jede dritte Ehe schafft es nicht. Man bemüht sich doch auch gar nicht. Es ist ja so einfach heute. Man heiratet, man läßt sich scheiden. Kein Problem. Früher war man hinterher nicht mehr gesellschaftsfähig. Früher hatte das Konsequenzen. Früher haben die Menschen auch Krisen gehabt. Aber sie rannten nicht gleich zum Anwalt. Sie standen es durch, sie probierten es von neuem miteinander. Und wie oft schafften sie es!«

»Natürlich. So sehe ich das auch.«

»Die Welt ist im Großen so, wie ihre kleinsten Zellen sind. Und die kleinste Zelle ist die Familie. Ist sie kaputt, ist auch die Welt kaputt.«

»Ja. Das leuchtet mir ein.« Sie fragte sich, ob sie es schaffen konnte, sich zu seiner Komplizin zu machen. Sie mußte die Nerven behalten. Sie merkte, daß die Innenfläche ihrer linken Hand blutete, so tief hatte sie ihre Fingernägel hineingegraben.

»Dir leuchtet das überhaupt nicht ein«, sagte er spöttisch, »sonst hättest du nicht beschlossen, dein Kind allein großzuziehen und im übrigen auf den Selbstverwirklichungstrip zu gehen. Dich zu *finden*. Herauszubekommen, wer du *eigentlich bist*! Gott, wie ich diese Sätze kenne! Wie ich sie hasse! Du bist um nichts besser als meine Mutter!«

»Das ist nicht wahr. Mir ging das doch nur alles viel zu schnell. Ich habe noch kaum begriffen, daß ich Witwe bin, da soll ich schon wieder heiraten. Christopher, das würde niemand so einfach bewältigen.«

»Ich habe dich gefragt. Erinnerst du dich? Heute mittag in dem Restaurant. Ich fragte dich, ob die Dinge irgendwann anders aussehen könnten. Du hast geantwortet, nichts werde sich ändern.«

Sie stöhnte leise. Was sollte sie jetzt sagen, ohne unglaubwürdig zu wirken?

»Christopher, wenn du mich jetzt tötest, wächst mein Kind als Vollwaise auf. Du hast Sophie schon den Vater genommen, und ...«

Sie hatte das Falsche gesagt. Er brüllte sie plötzlich an.

»Nein! Du hast nichts begriffen! Gar nichts! Ihr Vater wollte sie verlassen. Er wollte dich verlassen. Ihr wart ihm scheißegal. Er hat sich einen Dreck darum geschert, was aus euch wird. Ich habe keinen Unschuldigen getötet!« Seine Stimme überschlug sich fast. »*Ich habe keinen Unschuldigen getötet!*«

»Natürlich nicht. Ich weiß. Das habe ich dir auch nie unterstellt.«

»Er kam gerade aus dem *Chez Nadine*, als ich vorfuhr. Er wollte zu seinem Auto. Ich sagte ihm, er soll bei mir einsteigen, wir müßten reden. Er war sofort bereit. Ich merkte, daß er dringend jemanden suchte, mit dem er reden konnte. Er wollte sein Gewissen erleichtern, wollte die Absolution haben ... wollte, daß ich ihm sage, ja, alter Junge, ich verstehe dich, tu es, geh mit ihr weg. Ich fragte ihn, ob er sie gesehen hat in der Pizzeria, und er sagte, nein, sie warte wohl schon am Treffpunkt. Ich fuhr mit ihm los. Er redete und redete, über sein verkorkstes Leben, seine beschissene Beziehung, das Recht eines jeden Menschen, irgendwann einmal einen kompletten Neuanfang zu wagen. Er merkte gar nicht, daß ich hinauf in die Berge fuhr, daß wir plötzlich weit weg von allem und ganz allein waren. Ich sagte, komm, laß uns ein paar Schritte laufen, das wird dir gut tun, und er trottete hinter mir her, die Aktentasche mit seinem letzten Geld in der Hand, er hatte solche Panik, die könnte ihm geklaut werden, und redete immer noch, und ich dachte, du redest dich mehr und mehr um dein ganzes blödes Leben. Wir gerieten immer tiefer in die Einsamkeit, und schließlich wollte er umkehren, wurde nervös wegen seiner Geliebten, die sich irgendwo den Arsch abfror, während sie auf ihn wartete, und außerdem fing es an zu regnen. Wir drehten um, und nun ging er vor mir her. Ich hatte den Strick in der Innentasche meiner Jacke. Ich wußte, was ich zu tun hatte, ich hatte es wohl schon die ganze Zeit gewußt, sonst hätte ich es nicht mitgenommen. Es war nicht einfach. Er wehrte sich heftig. Er war ein sehr starker Mann. Ich hätte es vielleicht nicht geschafft, ihn zu töten, aber zum Glück hatte ich noch das Messer dabei. Mit dem Messer habe ich den Nutten die Kleider zerschnitten. *Damit man sieht, wer und was sie sind, verstehst du?«*

Seine Stimme war zunehmend gleichmütig geworden. Laura fror, und ihr war schlecht. Er war krank, er war vollkommen gestört. Sie würde ihn mit Bitten und Betteln nicht erreichen, und nicht mit Argumenten.

»Ich verstehe«, sagte sie. Sie fand, daß sie sich anhörte, als habe sie einen Ballen Watte verschluckt.

»Ich stach ihm das Messer in den Unterleib. Und in den Bauch. Immer wieder. Er wehrte sich dann nicht mehr. Er war dann tot.«

Klang etwas von Bedauern in seinen Worten mit? Sie hätte es nicht mit Sicherheit zu sagen vermocht. Aber schon veränderte sich seine Stimme. Sie wurde kalt und schneidend. »Und du kommst jetzt da raus. Andernfalls bin ich in zehn Minuten bei dir drinnen.«

Sie bemühte sich noch immer, mit ihm zu reden, wobei die größte Schwierigkeit darin bestand, ruhig zu bleiben und nicht in Tränen auszubrechen. Sie sah ein, daß sie verloren war. Was sie von ihm wußte, war, daß er es liebte, über seine Theorien von der Familie als höchstes und unantastbares Gut zu sprechen. Es gelang ihr, ihn noch einmal dazu zu bringen, von seiner Mutter zu erzählen, die ihn verlassen hatte, und von seinen Kindern, von der Unverschämtheit, mit der Scheidungsrichter bei der Vergabe des Sorgerechts die Gefühle der Väter mißachteten. Sie merkte, daß hier sein Wahnsinn wurzelte, daß ihn der Gedanke, von Jugend an Opfer eines großen, weltweiten Unrechts gewesen zu sein, beherrschte und peinigte. Er erzählte von Camille Raymond, für deren kleine Tochter er hätte dasein wollen und die ihn zurückgewiesen, seine Sehnsüchte mit Füßen getreten hätte. Sie begriff, daß sie und Sophie ihm seinen Seelenfrieden hätten zurückgeben können, so wie Camille Raymond und ihre kleine Tochter es gekonnt hätten, und daß er ihr so wenig wie Camille verzeihen würde, daß sie ihm diesen Trost verweigert hatten. Ihr fiel Anne ein, die sie auf die Parallelen zwischen ihr und Camille hingewiesen hatte, und sie begriff erst jetzt, wie wichtig ihm Frauen mit Kindern gewesen waren, und vor allem *verwitwete* Frauen, nicht *geschiedene*, denn einem verrückten Ehrenkodex folgend, hätte er wohl anderen Vätern nicht die Kinder weggenommen.

»Dann hatte Peter jedenfalls kein Verhältnis mit Camille Raymond?« fragte sie und dachte, wie unwichtig es eigentlich noch war, ihn in diesem Punkt zu rehabilitieren.

»Nein. Camille kannte er überhaupt nicht.«

»Ich hatte Angst, er hätte mich auch mit ihr betrogen.« *Rede, rede, rede! Wenn du aufhörst zu reden, bist du tot!* »Ich habe versucht, mit ihrer Putzfrau zu sprechen. Aber sie hat nicht reagiert.«

»Ich weiß«, sagte er gelassen, »die liegt mit gebrochenem

Genick in meinem Keller. Ich habe neulich abends den Zettel weggetan, der bei deinem Telefon lag. Sie hat sich zu tief in Dinge gemischt, die sie nichts angingen.«

Ihre Zähne schlugen aufeinander. Wenn niemand diesen Verrückten überlebte, wie konnte sie glauben, daß es ihr gelingen sollte?

»Jetzt mach die Tür auf«, sagte er.

Und in diesem Moment hatten sie beide wahrgenommen, daß sich jemand dem Haus näherte.

17

Nach dem ersten Schreck, dem ersten Entsetzen wehrte sich Nadine mit allen Kräften. Sie glaubte, es sei Laura, die sie von hinten angefallen hatte, eine betrunkene, wütende, durchgedrehte Laura, die endlich hinter die ganze Geschichte um Nadine und Peter gekommen war. Aber sehr schnell begriff sie, daß sie es mit einem Mann zu tun hatte; ihr Gegner war zu groß und zu stark für eine Frau. Schließlich vernahm sie seine keuchende Stimme an ihrem Ohr: »Halt still, du Schlampe. Halt still, oder du bist tot!«

Er schleifte sie zur Haustür. Sie trat um sich, spuckte, biß, versuchte, die Hände frei zu bekommen. Ein Einbrecher wahrscheinlich. Ein gottverdammter Einbrecher. Und sie tappte ihm genau vor die Füße. Sicher hatte er das Licht des Bewegungsmelders gesehen. Kein Kunststück für ihn, sie hier abzufangen. Sie war so idiotisch gewesen. So abgrundtief dumm.

Die Wut auf sich selbst verlieh ihr stärkere Kräfte. Sie trat ihn mit aller Gewalt auf den Fuß und hörte ihn stöhnen vor Schmerz. Es gelang ihr, eine Hand loszureißen. Wie eine Schlange wand sie sich in seinen Armen. Sie hatte ihren

Autoschlüssel in der Hand. Sie versuchte, ihn ihm ins Auge zu rammen.

Sie verfehlte das Auge knapp, aber das Metall schrammte über seine Schläfe und riß eine blutende Wunde. Er ließ auch ihre andere Hand los, faßte sich ins Gesicht. Für eine Sekunde war er außer Gefecht. Sie rannte an ihm vorbei in den Garten.

Das Licht sprang wieder an und beleuchtete die gespenstische Szenerie.

Sie riskierte es, sich umzuschauen. Er folgte ihr, aber es ging alles zu schnell, und sie war geblendet vom Licht, und so konnte sie nicht erkennen, wer er war. Er war ein auffallend großer und starker Mann, und sicher stärker und schneller als sie, aber er schien Probleme mit dem Laufen zu haben. Er zog ein Bein nach, konnte einen Fuß offenbar kaum aufsetzen. Hatte sie ihn mit ihrem Tritt so stark verletzt?

Sie rannte weiter. Einmal rutschte sie auf den Kieselsteinen, wäre beinahe hingefallen, konnte sich gerade noch fangen. Läge sie auf der Erde, wäre sie verloren. Trotz seiner Behinderung holte er auf. Der Abstand zwischen ihnen verringerte sich ständig.

Sie erreichte ihr Auto, riß die Fahrertür auf, fiel auf den Sitz. Sie hörte den Regen auf das Blechdach prasseln, aber lauter noch war ihr keuchender Atem. Sie fingerte am Zündschloß herum.

Sie merkte, daß sie den Schlüssel nicht mehr hatte.

Er mußte ihr aus der Hand gefallen sein, als sie ihren Angreifer damit attackiert hatte.

Schon hatte er den Wagen erreicht. Voller Panik drückte sie die Verriegelung an ihrer Tür, lehnte sich zur Beifahrerseite hinüber, um sie ebenfalls zu verschließen. Aber sie hätte mehr Hände und eine halbe Minute länger Zeit gebraucht. Schon riß er eine der hinteren Türen auf, griff hinein, zerrte sie an den Haaren auf ihren Sitz zurück. Er tat dies mit einer Brutalität, daß sie meinte, ihr Genick müsse brechen. Er löste die Verriegelung, öffnete ihre Tür und zog sie heraus. Seine Faust landete in ihrem Gesicht. Nadine fiel zu Boden, fühlte einen wilden Schmerz an Nase und Stirn, schmeckte Blut auf ihren aufgeplatzten Lippen. Er beugte sich über sie, packte sie vorn an ihrem Pullover, zog sie hoch und ließ zum zweiten Mal seine Faust in ihr Gesicht krachen. Sie sah Sterne, ging zu Boden, fühlte sich dann erneut nach oben gerissen.

Er würde sie totschlagen, und was sie fühlte, war ein fast ungläubiges Staunen darüber, daß so also das Ende aussah, daß ihr zugedacht war.

Während sie seine geballte Faust zum dritten Mal auf sich zukommen sah, verlor sie bereits die Besinnung.

18

Es dauerte eine ganze Weile, bis Laura es wagte, aus ihrem Zimmer zu kommen. Sie konnte jetzt nichts mehr hören und war fast sicher, daß Christopher das Haus verlassen hatte und bisher nicht zurückgekehrt war. Sie hatte den furchtbaren Verdacht, daß Nadine tatsächlich hierhergefahren war, um nach ihr zu sehen, und sie wagte sich kaum vorzustellen, was er ihr da draußen im Garten jetzt antat. Sie mußte unbedingt die Polizei anrufen. Was bedeutete, sie mußte die Treppe hinunter und an das Telefonbuch gelangen.

So leise wie möglich öffnete sie schließlich die Tür. Der laute Wind draußen und der Regen machten sie fast wahnsinnig, denn sie verhinderten, daß sie wirklich auf die Geräusche des Hauses lauschen konnte. Ihr schauderte bei dem Gedanken, Christopher wäre eine Stunde später in den Keller eingedrungen. Beim Tosen des Sturms hätte sie nichts gehört und wäre wahrscheinlich nicht aufgewacht. Er hätte sie in ihrem Bett überrascht, und sie hätte nicht die geringste Chance zur Gegenwehr gehabt.

Die Galerie und die Halle lagen leer vor ihr. Draußen im Garten brannte das Licht. Christopher schien sich nicht im Haus aufzuhalten, aber sie wußte, daß er jeden Moment wieder auftauchen konnte. Kurz spielte sie mit dem Gedanken, durch den Keller zu fliehen, aber da sie keine Ahnung hatte, wo im Garten er sich befand, verwarf sie den Einfall wieder. Die Gefahr, ihm dabei genau in die Arme zu laufen, war zu groß. Sie mußte unbedingt die Polizei anrufen, sich dann wieder im Schlafzimmer verbarrikadieren und hoffen, daß die Beamten eintrafen, ehe Christopher die Tür aufgebrochen hatte.

Sie huschte die Treppe hinunter, argwöhnisch die Haustür im Auge behaltend. Die war zugefallen, aber ein Blick zu dem Haken, der direkt daneben an der Wand angebracht war, sagte ihr, daß er den Schlüssel mit nach draußen genommen hatte. Er hatte es nicht riskiert, ausgesperrt zu werden. Den zweiten Hausschlüssel hatte Peter gehabt. Er mußte sich noch unter den persönlichen Habseligkeiten befinden, die von der französischen Polizei einbehalten worden waren.

Mit zitternden Fingern blätterte sie im Telefonbuch. Einmal rutschte es ihr auf den Boden, so sehr bebten ihre Hände. Auf der ersten Seite ... eigentlich müßte die Polizei auf der ersten Seite zu finden sein ...

Das Licht im Garten erlosch. Laura erschrak so sehr, daß sie fast das Telefonbuch hingeworfen hätte und die Treppe hinaufgelaufen wäre. Doch sie zwang sich zur Vernunft. Wenn er jetzt zum Haus zurückkkam, zumindest zum Vordereingang, mußte er wieder die Schranke passieren. Damit wäre sie rechtzeitig gewarnt.

Sie hatte die magischen Worte *Samu, Police* und *Pompiers*

entdeckt, *Notarzt, Polizei* und *Feuerwehr*, aber unglücklicherweise befanden sich dahinter keine Nummern. Sondern kleine Kreuze in verschiedenen Grautönen, die offenbar darauf hinweisen sollten, daß man irgendwo auf dieser Seite die jeweiligen Nummern in der entsprechenden Farbe oder in einem entsprechend schraffierten Feld finden würde.

Laura fluchte leise und dachte, daß wer immer dieses System erfunden haben mochte, offensichtlich nicht überlegt hatte, daß es bei *Notrufen* häufig um *Notfälle* und damit für manche Menschen um Sekunden ging, und daß ein heiteres Suchspiel daher womöglich fehl am Platz war. In panischer Hast irrten ihre Augen über die Buchseite. Endlich entdeckte sie einen Kreis, der in verschiedene Grauzonen unterteilt war, von denen die mittlere Farbstufe dem Kreuz hinter dem Wort *Police* entsprach. Darin eine große 17. Sie hatte die Nummer gefunden.

Sie hob den Hörer ab und wartete auf das Freizeichen und stellte fest, daß die Leitung tot war.

Im selben Moment, da sie bemerkte, daß er das Telefonkabel aus der Wand gerissen hatte, ging draußen im Garten wieder das Licht des Bewegungsmelders an.

Reflexartig durchzuckte sie die Erinnerung, die sich bislang nicht hatte fassen lassen: der Bewegungsmelder! Der Abend, an dem er plötzlich vor ihrem Fenster gestanden hatte. Ihre Irritation, von der sie nicht gewußt hatte, woher sie rührte.

Nun wußte sie es. Das Licht hätte angehen müssen. Er konnte sich nur von hinten durch den Garten dem Haus genähert haben, *um sie ungestört beobachten zu können*. Hätte sie nur genauer darüber nachgedacht! Dann hätte sie früher erkannt, daß etwas nicht stimmte mit ihm.

Keine Zeit, sich jetzt damit zu befassen! Ihr Handy! Wo, zum Teufel, hatte sie ihr Handy? In ihrer Handtasche vermutlich. Und wo war die Handtasche?

Ihre Blicke jagten im Zimmer herum. Wie üblich hatte sie sie irgendwo abgestellt, und ganz offensichtlich nicht im Wohnzimmer. Sie hörte ihn an der Tür und dachte, daß sie so verdammt leichtsinnig gewesen waren in all den Jahren. Warum hatten sie nie eine Sicherheitskette angebracht? Warum hatten sie immer geglaubt, daß ihnen schon nichts passieren würde?

Sie rannte die Treppe hinauf. Sie sah ihn zur Tür hereinkommen. Er war völlig durchweicht vom Regen und keuchte laut. Sein Gesicht war schmerzverzerrt, jede Bewegung mußte ihm Qualen bereiten. Er hinkte sehr stark, schleppte sich eher vorwärts, als daß er lief. Er starrte zu ihr hoch.

»Du billige kleine Nutte«, sagte er, »gib doch endlich auf.«

Sie vermutete, daß er Nadine umgebracht hatte, was bedeutete, daß sie nun keine Hoffnung mehr haben konnte. Sie rannte in ihr Schlafzimmer, verschloß die Tür und versuchte mit aller Kraft, die schwere Kommode zu bewegen, um sie von innen gegen die Tür zu schieben. Es ging nur millimeterweise vorwärts, immer wieder mußte sie vor Erschöpfung innehalten. Dazwischen lauschte sie ins Haus. Zweimal hörte sie Treppenstufen knarren, er kam also herauf, aber es schien sehr langsam zu gehen. Was hatte er noch über seinen Fuß gesagt, am Mittag auf dem Parkplatz in La Madrague? Er sei in eine Glasscherbe getreten. Sie nahm an, daß sich die Wunde entzündet hatte, vielleicht hatte er sogar schon eine Blutvergiftung. Zweifellos litt er starke Schmerzen, und womöglich würde noch Fieber dazukommen, oder er fieberte sogar bereits jetzt. Er hatte nicht mehr allzuviel Kraft, das hatte sie sehen können; was immer er mit Nadine angestellt hatte, es hatte seine letzten Reserven aufgebraucht. Es würde ihn dreimal so viel Zeit kosten, in das Zimmer einzudringen, wie er normalerweise gebraucht hätte, aber am Schluß würde er es schaffen.

Er war vor der Tür angekommen. Trotz des Windes konnte sie ihn atmen hören. Es mußte ihm sehr schlecht gehen, aber das schien nicht zu bedeuten, daß er von seinem wahnsinnigen Vorhaben abließ.

Während sie qualvoll langsam die Kommode bewegte, machte er sich mit irgendeinem Gegenstand – sie vermutete, mit einem Messer – am Schloß zu schaffen. Er unterbrach immer wieder und rang nach Atem. Laura jedoch keuchte inzwischen nicht weniger als er. Mühsam wuchtete sie die schweren Schubladen heraus und konnte die Kommode dann leichter schieben. Sie rückte sie unter die Türklinke, wobei sie feststellte, daß sie zu niedrig war, diese zu blockieren. Die Chance bestand nur darin, daß der geschwächte Christopher nicht in der Lage sein würde, sie wegzuschieben. Eilig machte sie sich daran, die Schubladen hineinzuhieven. Der Schweiß lief ihr in Strömen über den Körper.

Sie war noch nicht fertig, da hörte sie, wie das Schloß klirrend nachgab. Die Kommode schwankte. Christopher drückte jetzt von der anderen Seite dagegen.

So schlecht es ihm gehen mochte, er war doch von äußerster Entschlossenheit, und die verlieh ihm die Kraft, das letzte aus sich herauszuholen. Aber auch Laura, von Todesangst beherrscht, gab nicht nach. Sie wuchtete die zweite Schublade an ihren Platz, und erhöhte damit erheblich das Gewicht, gegen das Christopher zu kämpfen hatte. Jetzt noch die dritte. Und wenn sie zusammenbrach. Sie würde es ihm so schwer machen, wie sie nur konnte.

Sie hatte nicht darauf geachtet, wieviel Zeit vergangen war, seitdem er aus dem Garten zurückgekommen war, aber sie hatte den Eindruck, daß es mindestens vierzig Minuten sein mußten. Eine halbe Ewigkeit. Und dennoch lagen noch unendliche Nachtstunden vor ihr. Sie wußte nicht, was sie sich davon versprach, wenn der Tag graute, aber sie sehnte sich danach, als würde er neue Hoffnung bringen.

Die dritte Schublade war an ihrem Platz, und trotzdem merkte Laura, daß das Gewicht nicht ausreichte. Sie preßte sich dagegen, aber ihre Kräfte schwanden rapide. Die Kommode bewegte sich stärker. Einmal konnte sie sogar Christophers verzerrtes Gesicht erkennen, so groß war der Türspalt schon geworden.

»Du bist gleich fällig«, quetschte er mühsam zwischen den Zähnen hervor, »du verdammtes Luder, ich bin gleich bei dir!«

Die Tränen schossen ihr aus den Augen. Sie war so erschöpft. Sie war am Ende. Sie würde sterben.

Sie würde Sophie nie wiedersehen.

Als sie das Geräusch von Automotoren durch den Sturm hindurch hörte, hatte sie bereits aufgegeben, kauerte auf dem Bett und fand keine Kraft mehr.

Sie sah zuckendes Blaulicht, das sich an die Wände ihres Zimmers malte.

Die Polizei. Endlich die Polizei.

Sie trafen in letzter Sekunde ein. Wie sich später herausstellte, hatte Christopher den Schlüssel stecken lassen, und sie hatten sich ohne Schwierigkeiten die Haustür öffnen können. Sie kamen, als er fast im Zimmer war. Er hatte noch weitergekämpft, als sie schon die Treppe hinaufliefen.

Ein Beamter steckte den Kopf ins Zimmer. »Sind Sie in Ordnung, Madame?«

Die Tränen liefen ihr übers Gesicht, und sie konnte nichts dagegen machen. Sie lag einfach auf dem Bett und heulte. Als sie endlich den Mund aufmachen konnte, fragte sie: »Wo ist Nadine?«

»Sie meinen die Frau, die wir im Garten gefunden haben? Sie ist bewußtlos, aber sie lebt. Sie wird schon mit dem Notarztwagen ins Krankenhaus gebracht.«

Irgendwie arbeitete ihr Kopf so langsam. Alles ging so

schwerfällig voran. Als es ihr nach einer Weile erneut gelang, den Mund zu öffnen, fragte sie: »Wer hat Sie denn angerufen?«

»Das war eine Madame ... wie hieß sie noch gleich? Ach ja, Michaud. Madame Michaud. Cathérine Michaud. Kennen Sie sie?«

Sie versuchte sich zu erinnern, wer Cathérine Michaud war, aber nichts in ihrem Kopf funktionierte mehr. Sie hätte nicht einmal antworten können, wenn er sie nach ihrem eigenen Namen gefragt hätte. Stimmen und Geräusche traten in den Hintergrund. Sie hörte noch, wie jemand sagte – wahrscheinlich war es der freundliche Polizist, der zu ihr ins Zimmer gekommen war –: »Ist der Arzt noch da? Ich glaube, sie klappt gleich zusammen.«

Dann wurde es dunkel um sie.

Donnerstag, 18. Oktober

1

»Sie dürfen aber nur kurz mit Madame Joly sprechen«, sagte die Schwester, »es geht ihr noch nicht gut, und die Polizei war vorhin schon bei ihr. Eigentlich braucht sie viel Ruhe.«

»Ich bleibe nicht lange«, versprach Laura, »aber einen Moment muß ich mit ihr reden.«

Die Schwester nickte und öffnete die Tür.

Nadine lag allein in dem Zimmer im Krankenhaus von Toulon. Ihr Gesicht sah abenteuerlich aus, stellte Laura beim Näherkommen fest. Um das rechte Auge herum war die Haut in allen Lilatönen verfärbt. Unterhalb der Nase klebte noch ein wenig blutiger Schorf. Die Oberlippe war dick geschwollen. Außerdem hatte sie, wie Laura von der Schwester wußte, eine kräftige Gehirnerschütterung davongetragen.

Nadine wandte vorsichtig den Kopf, wobei sich ihre Miene sofort schmerzlich verzog.

»Beweg dich nicht«, sagte Laura und trat an das Bett heran.

»Ach, du bist es«, murmelte Nadine.

»Ich komme gerade von der Polizei. Ich habe heute nacht bereits lange mit Bertin geredet, aber heute morgen hatte er immer noch ein paar Fragen. Dafür kann ich jetzt endlich nach Hause fahren. Ich muß sicher zu Christophers Prozeß noch mal wiederkommen, aber in der Zwischenzeit darf ich heim.«

»Vorhin war ein Polizist bei mir«, sagte Nadine. Das Sprechen fiel ihr schwer, und ihre Worte klangen ein wenig undeutlich. Sie zog eine Hand unter der Bettdecke hervor, berührte ihre geschwollene Lippe und zuckte dabei zusammen. »Du kannst mich sicher schlecht verstehen. Aber es geht nicht anders ...«

»Ich verstehe dich schon. Aber du brauchst auch gar nichts zu sagen. Du hast bestimmt Schmerzen.«

»Ja«, sagte Nadine und sah plötzlich sehr erschöpft aus, »starke Schmerzen. Im Kopf.« Dennoch schien sie unbedingt reden zu wollen.

»Der Polizist hat mir erzählt ... Christopher ... Ich kann es kaum glauben. Er war der beste Freund von ...« Sie sprach den Satz nicht zu Ende. Aber der ungenannte Name hing plötzlich zwischen ihnen, schien den ganzen Raum auszufüllen mit einer Atmosphäre von Anspannung und kaum erträglichen Emotionen.

»Von Peter«, sagte Laura.

Nadine schwieg. Laura schaute zum Fenster, hinter dem eintönig der Regen rauschte. Toulon mit seinen häßlichen Hochhäusern, seinen Mietskasernen, sah noch trostloser aus als sonst.

Nach einer Weile meinte Nadine: »Der Beamte sagte, Cathérine hat die Polizei alarmiert. Ich habe allerdings nicht ganz begriffen, wie sie etwas von all dem mitbekommen konnte.«

»Sie war heute früh auch auf dem Präsidium. Soweit ich verstanden habe, hat sie zufällig dein Auto gesehen, als du zu mir fuhrst. Sie vermutete aber, daß es Henri wäre – wohl aufgrund deines Fahrstils. Sie wollte unbedingt zu Henri, wobei sie aber selbst bei der Polizei den Grund nicht nennen mochte.«

Nadine versuchte ein zynisches Lächeln, das kläglich mißlang und ihr entstelltes Gesicht noch befremdlicher aussehen ließ. »Vielleicht gab's gar keinen bestimmten Grund. Sie wollte immer zu Henri. Ihr ganzes Leben lang.«

»Jedenfalls parkte sie in ihrem Auto vor unserem Tor, unschlüssig, was sie tun sollte. Sie hoffte, Henri käme heraus. Stattdessen sah sie dich. Und dank des Lichts, das zuvor angesprungen war, konnte sie genau verfolgen, wie du zusammengeschlagen wurdest. Sie fuhr den Berg hinunter und verständigte über ihr Handy die Polizei.«

Nadine verzog ihren geschwollenen Mund erneut zu einem fratzenhaften Grinsen. »Jede Wette, daß sie gezögert hat? Da ist bestimmt einige Zeit verstrichen. Mich dort liegen und sterben zu lassen hätte sich zu schön mit ihren Wünschen gedeckt. Ich war ihr immer im Weg.«

»Ich war dir auch im Weg«, sagte Laura, »und trotzdem wolltest du mir helfen.«

Nadine versuchte den Kopf zu heben, stöhnte jedoch und sank in ihr Kissen zurück.

»Bleib liegen«, sagte Laura, »du machst alles nur schlimmer, wenn du dich bewegst.« Sie sah, daß Nadine den Mund öffnete und kam ihr zuvor. »Bitte, sag dazu nichts. Ich weiß alles über Peter und dich. Und ich möchte nicht darüber sprechen, nicht mit dir.«

Jedenfalls nicht so, fügte sie in Gedanken hinzu. Dieser schwer verletzten Frau gegenüber vermochte sie keine Wut aufzubringen. Sie waren beide beinahe ums Leben gekommen. Sie fühlte sich leer und müde, unfähig zu hassen, unfähig auch zu jeder anderen Emotion. Die kaum überstandene Todesnähe schien alles relativiert zu haben. Irgendwann würde sie wieder voller Zorn sein auf Nadine, würde den ganzen Schmerz des Verrats und der Demütigung erneut spüren. Aber sie würde Nadine nicht wiedersehen, und sie beide würden einander nichts erklären. Und eigentlich wollte sie das auch nicht. Sie wollte keine Erklärung von Nadine haben. Keine Rechtfertigung, keine Entschuldigung. Dann mußte sie auch kein Verständnis haben. Sie wollte es einfach stehen lassen, wie es war.

»Danke, daß du gestern nacht zu mir gekommen bist«, sagte sie, »das war es eigentlich, weshalb ich jetzt zu dir gekommen bin. Weil ich dir danken wollte.«

Nadine erwiderte nichts.

Laura war erleichtert, als die Schwester in der Tür erschien und ihr bedeutete, daß sie nun gehen müsse.

Es gab nichts zu sagen.

2

Cathérine war erstaunt, den Makler, den sie mit dem Verkauf ihrer Wohnung beauftragt hatte, in Begleitung eines jungen Pärchens vor ihrem Haus wartend anzutreffen.

»Sie wollen sicher zu mir«, sagte sie.

Der Makler sah sie gekränkt an. »Ich habe gestern den ganzen Nachmittag über versucht, Sie zu erreichen. Aber Sie waren nicht da! Jetzt bin ich auf gut Glück mit den Interessenten hergekommen.«

Cathérine sperrte die Tür auf. »Kommen Sie herein.«

Bei dem Regen und dem trüben Wetter wirkte die Wohnung noch heruntergekommener und häßlicher als sonst, aber das Pärchen schien das kaum zu bemerken. Cathérine vermutete, daß die beiden kaum älter als zwanzig waren. Sie wirkten ungeheuer verliebt ineinander und aufgeregt bei dem Gedanken, in eine eigene Wohnung zu ziehen.

»Wir werden zum ersten Mal zusammenleben«, sagte das Mädchen zu Cathérine.

Cathérine beteiligte sich nicht an der Führung, sie überließ es dem Makler, die Scheußlichkeit ringsum irgendwie schönzureden. Sie zog ihre Schuhe aus, hängte die tropfnasse Jacke über die Badewanne. Sie war müde. Sie hatte kein Auge zugetan in der Nacht, und frühmorgens hatten zwei

Polizeibeamte sie abgeholt und nach Toulon aufs Präsidium gefahren, wo ihre Aussage protokolliert wurde. Sie hatte Laura getroffen, die gespenstisch bleich war und in deren Augen noch immer die Schrecken der vergangenen Nacht standen.

»Danke«, hatte sie gesagt, »danke. Ich verdanke Ihnen mein Leben.«

Cathérine war wie überwältigt. Solch großen Dank hatte noch nie jemand ihr geschuldet. Sie fragte sich, was Henri sagen würde, wenn er alles erfuhr. Denn auch Nadine wäre tot, wenn sie nicht eingegriffen hätte.

Sie wußte später selbst nicht recht zu sagen, weshalb sie Nadines Auto gefolgt war. Es mußte an der verrückten Art gelegen haben, in der der Wagen um die Kurve geschleudert war. Es hatte eine Erinnerung wachgerufen, die viele Jahre zurücklag, irgendwo in der Zeit ihrer frühen Jugend, in der Zeit vor Nadine. Henri hatte sie oft im Auto mitgenommen, Henri, den seine Freunde den *wildesten Fahrer der Côte* nannten. Sie vereinbarten irgendein Ziel, Cassis oder Bandol, und fast jedesmal war sie auf seinen Trick hereingefallen, scheinbar an der entscheidenden Abzweigung vorbeizufahren.

»Halt, hier müssen wir rechts!« hatte sie gerufen, und er hatte gesagt: »Oh – das stimmt!« Und dann hatte er in voller Fahrt das Steuer herumgerissen, und sie waren um die Kurve gerast. Er hatte gelacht, und sie hatte geschrien. Manchmal hatte sie in sein Gelächter eingestimmt. Manchmal hatten sie auch heftig gestritten. Sie hatte erklärt, sie werde nie mehr in sein Auto steigen, aber sie hatte es natürlich doch wieder getan, und er hatte weiterhin seine Kunststücke vollführt.

Irgendwie war sie sicher gewesen, daß *er* in Nadines Auto saß, vielleicht auch deshalb, weil sie in ihrer Verzweiflung so heftig nach ihm verlangte, daß sie wollte, er möge es sein. Sie war ins Quartier Colette gefahren, bis hoch zum Haus der Deutschen, und dort hatte sie den Wagen auch schon innerhalb des Grundstücks stehen sehen. Sie selbst war draußen geblieben, ratlos, was sie als nächstes tun sollte. Ratlos auch, was Henri hier tat. Um diese Zeit. Mit seinem einstigen Nebenbuhler konnte er nicht mehr sprechen, der war tot. Gab es irgendeinen Gesprächsbedarf mit dessen Frau?

Und während sie noch wartete und sich fragte, wann er wohl herauskommen würde, tauchte plötzlich Nadine auf, kam den Abhang vom Haus heruntergerannt, gefolgt von einem Mann, der offenbar ein verletztes Bein hatte. Ohne die Situation wirklich zu begreifen, hatte sie sofort erkannt, daß Nadine in höchster Gefahr schwebte. Das Flutlicht im Garten präsentierte ihr eine Art hell erleuchteter Bühne, auf der sie jeden Ablauf genau verfolgen konnte. Nadine erreichte das Auto, sprang hinein, startete es jedoch nicht. Der Mann riß eine der hinteren Türen auf, beugte sich hinein, tauchte wieder auf, öffnete die Fahrertür und zerrte Nadine heraus.

Und dann schlug er sie zusammen, fast systematisch und mit äußerster Brutalität. Wenn sie am Boden lag, zog er sie in die Höhe und schmetterte ihr seine Faust ins Gesicht. Einmal, zweimal, dreimal, viermal. Von Nadine kam nicht die geringste Gegenwehr mehr, und sie zeigte auch sonst keine Regung. Cathérine hatte den Eindruck, daß sie bewußtlos war.

Nadine war immer der Mensch gewesen, den sie am meisten auf der Welt haßte. Es gab fast nichts Schlechtes, Böses, das sie ihr nicht von Herzen gewünscht hätte. Und jetzt, da alles vorüber war und sie hier in ihrer Wohnung saß und teilnahmslos dem Geplapper des jungen Paares zuhörte, fragte sie sich, ob in der Nacht wohl eine Versuchung in ihr gewesen war, die Dinge ihren Lauf nehmen zu lassen. Wegzufahren und sich um nichts zu kümmern. Mochte er sie totschlagen. Mochte sie dort in der kalten, regnerischen Nacht sterben. Wen ging es etwas an?

Sie vermochte sich diese Frage kaum zu beantworten. Sie hatte eine Weile gebraucht, ehe sie ihren Wagen gewendet hatte und den Berg hinunter zur Hauptstraße gefahren war. Dort hatte sie immer noch reglos gesessen und in die Nacht gestarrt. Kostbare Minuten, wie sie jetzt wußte, die das Leben der deutschen Frau hätten kosten können. Aber sie hätte bis jetzt nicht sagen können, was mit ihr los gewesen war. War es der Schock dieses Abends, der sie lähmte, das Entdecktwerden durch Stephane, die Demütigung, die er ihr mit seinen Beschimpfungen zufügte? Oder hatte sie Zeit gebraucht, überhaupt zu begreifen, was sie da gesehen hatte?

Oder hatte sie Nadine einfach nicht helfen wollen?

Bei der Polizei hatte man sie gefragt, ob sie sofort ihren Notruf getätigt habe.

»Ich weiß nicht genau«, hatte sie geantwortet, »ich war zuerst wie erstarrt. Es vergingen sicher einige Minuten ... ich konnte ja kaum fassen, was ich gesehen hatte.«

Niemand hatte sich darüber gewundert, man schien dies für eine normale Reaktion zu halten. Und zumindest vorläufig hatte niemand etwas über die Uhrzeit sagen können, zu der Nadine mißhandelt worden war: Die verletzte Nadine selbst nicht, und die geschockte und verstörte Deutsche auch nicht. Der Täter sagte sowieso nichts.

Aber Cathérine wußte, daß zwischen dem Moment, da Nadine niedergeschlagen worden war, und dem Eintreffen der Polizei mehr als eine Dreiviertelstunde vergangen war. Eine knappe Viertelstunde hatten die Beamten von St. Cyr herüber gebraucht. Irgendwo dazwischen war eine halbe Stunde im Dunkel der Nacht verlorengegangen.

Und im Dunkel der Erinnerungen.

Denn Cathérine wußte es wirklich nicht mehr.

Den Beamten, der sie vorhin von Toulon wieder nach La Ciotat zurückgefahren hatte, hatte sie gebeten, sie am Stadteingang unten am Kai abzusetzen. Ungeachtet des heftigen

Regens hatte sie ein Stück laufen wollen, um nachzudenken. Herausgefunden hatte sie nichts.

Natürlich hatte sie den Beamten nicht die Wahrheit über ihren Abend in La Cadière gesagt. Sie werde bald fortziehen, hatte sie erklärt, und sie sei an jenem Nachmittag und Abend in der Gegend herumgefahren, um Abschied zu nehmen.

»Ich saß in La Cadière im Auto. Ich saß einfach dort und sagte einem Ort auf Wiedersehen, den ich immer sehr geliebt habe.«

»Es war stockdunkel«, hatte der Kommissar erstaunt gesagt, »es regnete, und es war kalt. Und Sie saßen einfach nur im Auto?«

»Ja.«

Er hatte ihr nicht recht geglaubt, das hatte sie spüren können, aber da es wohl unerheblich war für den Fall, hatte er das Thema nicht weiterverfolgt.

Sie selbst dachte nun, daß ihr langes Zögern vielleicht auch mit dem schrecklichen Erlebnis in La Cadière zu tun gehabt hatte. La Cadière war nichts Besonderes gewesen. Es hatte den Höhepunkt dargestellt in einer lebenslangen Kette von Demütigungen, die auszuhalten sie hatte lernen müssen. Am Ende war es eine Art Linderung gewesen für all ihre Wunden, die Frau, die zu sein sie alles gegeben hätte, unter den Faustschlägen eines Mannes zusammenbrechen zu sehen. Die schöne, verwöhnte, begehrenswerte Nadine zu sehen, wie sie wie ein weggeworfener Müllsack im Regen lag.

Wie sie endlich bekam, was sie verdiente.

Der Makler streckte den Kopf ins Wohnzimmer. »Die sind ziemlich angetan«, zischte er ihr zu, »wenn wir noch ein bißchen im Preis nachgeben ...«

»In Ordnung«, sagte Cathérine. Es konnte ihr nur recht sein, wenn die Angelegenheit schnell über die Bühne ging.

Das Pärchen kam nun auch heran. Selbst in den engen, verwinkelten Räumen bewegten sie sich nur Hand in Hand.

»Ich glaube, das könnten wir uns ganz kuschelig machen«, sagte das Mädchen. Ihr strahlender Blick suchte ständig den ihres Freundes. »Wir haben nämlich ein bißchen Geld geerbt, wissen Sie. Und das würden wir gern in ein eigenes Nest stecken.«

Ihrer beider Verliebtheit und ihr Leuchten ließen die Wohnung heller und freundlicher erscheinen.

Vielleicht war sie nie so häßlich, wie sie mir schien, dachte Cathérine, vielleicht hingen nur zuviel Einsamkeit und Schwermut zwischen ihren Wänden.

»Wegen des Preises ...«, fing der junge Mann an.

»Da können wir uns sicher einigen«, sagte Cathérine.

Eines jedenfalls wußte sie: Jetzt, am Tag danach, war sie erleichtert, weil Nadine überleben würde. Froh, daß sie am Schluß doch eingegriffen und die Polizei gerufen hatte. Zum ersten Mal, seit sie sie kannte, dachte sie an Nadine nicht mit Haß, sondern mit einem Gefühl der Zufriedenheit. Und es war, als habe sie nach langen Jahren dadurch ein Stück Freiheit zurückbekommen.

»Wohin werden Sie gehen?« fragte das Mädchen.

Cathérine lächelte. »In die Normandie. In ein bezauberndes kleines Dorf. Der Pfarrer dort ist ein Freund von mir.« Noch während sie dies sagte, dachte sie: Wie dumm muß sich das anhören! Für eine junge, verliebte Frau. Daß ich mich auf den Pfarrer irgendeines weltabgeschiedenen Dorfes freue!

Aber sie war wirklich sehr nett.

»Wie hübsch«, meinte sie.

»Das finde ich auch«, sagte Cathérine.

Es kostete Laura einige Überwindung, die Tür aufzuschlie-
ßen und das Haus zu betreten, in dem vor knapp zwölf Stunden so viel Schreckliches geschehen war. Der Beamte, der sie
hierhergefahren hatte, hatte ihr Zaudern bemerkt und ihr
angeboten, sie zu begleiten, aber sie hatte abgelehnt. Sie hatte plötzlich das Gefühl, die Anwesenheit eines Polizisten
werde alles nur schlimmer machen.

Die Spurensicherung war bis morgens dagewesen, hatte
jedoch kaum Unordnung hinterlassen. Die Kommode oben
im Schlafzimmer stand noch halb vor die Tür gerückt, und
Laura beschloß, sie so stehen zu lassen. Wenn sie geklärt hatte, was mit dem Haus passieren würde, mußte sie sowieso
herkommen und ihre Möbel abholen lassen, und erst dann
würde Monsieur Alphonse mit seinen Führungen beginnen.
Sie würde die Putzfrau bitten, jemanden kommen zu lassen,
der das kaputte Schloß in der Kellertür erneuerte.

»Das hatte er im Handumdrehen aufgebrochen«, hatte
ein Beamter gesagt. »Dieses Schloß war so schlecht, daß Sie
die Tür eigentlich auch gleich hätten offen lassen können.«

Sie fragte sich, ob Christopher diese Einbruchsmöglich-
keit schon ausspioniert hatte, als er sie besuchte. Mindestens einmal war er in den Keller gegangen, um eine Flasche
Wein zu holen. Aber ebensogut konnte es sein, daß sie selbst
oder Peter in den letzten Jahren in seiner Anwesenheit einmal davon gesprochen hatten. Sie dachte an Nadines fas-
sungsloses Erstaunen, mit dem sie gesagt hatte: »Er war Peters bester Freund!« Als solcher hatte er am Familienleben
teilgenommen. Über viele wichtige Dinge hatte er Bescheid
gewußt.

Die Polizei hatte Monique Lafond tot in seinem Haus gefunden, das hatten sie Laura am Morgen gesagt. Er hatte

nicht gelogen: Sie hatte sich das Genick gebrochen, als sie die steile Kellertreppe hinuntergestürzt war.

»Es sah so aus, als sei sie in dem Keller gefangengehalten worden«, hatte Bertin gesagt, »doch wie lange und warum wissen wir nicht. Sie hat für Camille Raymond gearbeitet. Ich nehme an, daß sie irgend etwas wußte, was für Monsieur Heymann gefährlich wurde. Deshalb mußte er sie aus dem Verkehr ziehen.«

Christopher selbst hatte noch keine Aussage gemacht. Bertin sagte, er schweige beharrlich auf alle Fragen. Sein Fuß hatte sich fürchterlich entzündet, es war eine Blutvergiftung hinzugekommen, und er hatte hohes Fieber. Wie Nadine lag auch er im Krankenhaus von Toulon; auf einer anderen Station jedoch und unter scharfer Bewachung.

»Unsere Leute haben Scherben und Blut im Keller gefunden«, hatte Bertin berichtet, »da ist wohl sein Unfall passiert. Möglicherweise in einem Kampf mit Mademoiselle Lafond.« Er hatte Laura sehr ernst angesehen. »Sie haben unglaubliches Glück gehabt. Ohne seine schwere Verletzung wäre die Sache wahrscheinlich anders ausgegangen. Er hatte Schmerzen und Fieber, und wohl nur deshalb konnte sich Madame Joly losreißen und in den Garten entwischen – und nur dadurch hat Cathérine Michaud mitbekommen, daß da etwas Schlimmes vor sich ging. Danach wäre er sicher sehr viel schneller in Ihr Zimmer eingedrungen. Die Polizei wäre zu spät gekommen, wäre er nicht so gehandikapt gewesen.«

An diese Worte mußte Laura nun denken, während sie ihre Koffer aus dem Schlafzimmer nach unten trug und durch das Haus ging, die Fensterläden schloß, die Blumen goß und sich vergewisserte, daß alles in Ordnung war. Bei allem, was ihr zugestoßen war in den letzten Wochen, hatte sie tatsächlich zum Schluß doch einen Schutzengel gehabt. Vielleicht auch in Gestalt der armen Monique, ohne deren Zutun Christopher seine Verletzung womöglich gar nicht gehabt hätte. Und natürlich auch in Gestalt von Nadine und Cathérine.

Mit Grauen betrachtete sie die Küchenablage, dachte an den Abend, an dem sie und Christopher sich hier geliebt hatten.

Ein Mörder. Sie hatte mit dem Mörder ihres Mannes geschlafen.

Schwer atmend lehnte sie sich an die Spüle, drehte den Wasserhahn auf und spritzte ein paar Tropfen in ihr Gesicht. Ihr war plötzlich schwindelig geworden, aber nach ein paar Minuten ging es ihr besser, sie konnte wieder klar sehen. Durch das Fenster schaute sie auf das Meer, das in eintönigem Grau mit dem Himmel verschmolz. Es regnete noch immer.

Sie hatte Bertin gefragt, was wohl mit Christopher geschehen würde. Bertin hatte gemeint, er werde eher in eine psychiatrische Anstalt kommen als in ein Gefängnis.

»Und wird man ihn je wieder herauslassen?« hatte sie gefragt.

Bertin hatte die Schultern gehoben. »Das kann man leider nicht genau sagen. Das Schlimme ist, daß solche Leute auch immer wieder auf allzu verständnisvolle Gutachter treffen, die ihnen einen geheilten Zustand attestieren – was nach meiner Überzeugung in jedem Fall ein hochriskantes Spiel mit dem Feuer bleibt. Das heißt, ich kann Ihnen nicht versprechen, daß er für immer hinter Schloß und Riegel landet.«

Die Worte klangen in ihr nach, während sie aus ihrer Küche über das verregnete Tal mit seinen vielen Weinstöcken und kleinen provenzalischen Häusern blickte. Wie sehr hatte sie diese Gegend geliebt, und wie schnell war ein Ort des Schreckens für sie daraus geworden. Ein Schrecken, der vielleicht noch nicht vorüber war. Natürlich würden Jahre vergehen. Aber irgendwann mußte sie vielleicht wieder Angst haben.

Jetzt nicht daran denken, befahl sie sich.

Sie würde ihre Nerven brauchen in den nächsten Wochen. Sie mußte den gewaltigen Schutthaufen ihres alten Lebens beiseite räumen und auf den Trümmern das neue Leben aufbauen. Die Alpträume vergessen. Vielleicht konnte sie dann ihrer Tochter sogar irgendwann einmal etwas Gutes über ihren Vater erzählen. Etwa davon, wie schön es gewesen war, mit ihm zusammen dieses Haus zu suchen, es zu finden, es einzurichten, darin zu leben.

Sie merkte plötzlich, daß sie weinte. Sie lehnte ihr heißes Gesicht gegen das kühle Glas der Fensterscheibe und ließ ihren Tränen freien Lauf. Sie ließ den Schmerz, die Enttäuschung, die Trauer über sich hereinbrechen, ließ sich überschwemmen davon. So heftig hatte sie erst einmal geweint, damals in Peters verlassenem Auto vor dem *Chez Nadine*, aber diesmal meinte sie, nie wieder aufhören zu können.

Als sie ein Klingeln hörte, hatte sie zunächst keine Ahnung, woher es kam. Erst nach einer Weile registrierte sie, daß es ihr Handy war, das läutete. Die Handtasche. Wie dringend hatte sie sie gesucht in der Nacht. Hier in der Küche stand sie also, auf einem Stuhl.

Ihre Tränen versiegten so plötzlich, wie sie gekommen waren. Sie kramte das Handy hervor und meldete sich. »Ja? Hallo?«

»Du hast aber lange gebraucht«, sagte Anne, »wo bist du? Ich hoffe, schon ein ganzes Stück weit auf der Autobahn. Ich habe mit deiner Mutter gesprochen. Sie sagte, du wolltest heute abreisen?«

»Ich bin noch hier.«

»O Gott, das gibt's doch nicht! Hast du verschlafen?«

»Meine Nacht war ein bißchen unruhig.«

»Dann sieh zu, daß du jetzt in die Gänge kommst!« sagte Anne. Mißtrauisch fügte sie hinzu: »Bist du erkältet? Du klingst so komisch.«

477

Laura wischte sich mit einem Ärmel ihres Pullovers über das nasse Gesicht. »Nein. Das muß an der Verbindung liegen.«

»Fahr gleich los, hörst du? Ich möchte dich so gern noch sehen heute abend. Ich freu mich so auf dich!«

»Ich freue mich auch auf dich.« Laura rieb sich ein letztes Mal die Augen.

»Ich bin schon fast bei dir«, sagte sie.

GOLDMANN

*Das Gesamtverzeichnis aller lieferbaren Titel erhalten Sie
im Buchhandel oder direkt beim Verlag.
Nähere Informationen über unser Programm erhalten Sie auch im Internet unter:*
www.goldmann-verlag.de

★

Taschenbuch-Bestseller zu Taschenbuchpreisen
– Monat für Monat interessante und fesselnde Titel –

★

Literatur deutschsprachiger und internationaler Autoren

★

Unterhaltung, Kriminalromane, Thriller
und Historische Romane

★

Aktuelle Sachbücher, Ratgeber, Handbücher und
Nachschlagewerke

★

Bücher zu Politik, Gesellschaft, Naturwissenschaft und Umwelt

★

Das Neueste aus den Bereichen
Esoterik, Persönliches Wachstum und Ganzheitliches Heilen

★

Klassiker mit Anmerkungen, Anthologien und Lesebücher

★

Kalender und Popbiographien

★

Die ganze Welt des Taschenbuchs

★

Goldmann Verlag • Neumarkter Str. 18 • 81673 München

Bitte senden Sie mir das neue kostenlose Gesamtverzeichnis

Name: _____

Straße: _____

PLZ / Ort: _____